U0112668

远东来信

张新科 著

江苏凤凰文艺出版社
JIANGSU PHOENIX LITERATURE AND
ART PUBLISHING

图书在版编目（CIP）数据

远东来信 / 张新科著. — 南京 ：江苏凤凰文艺出版社，2024.2

ISBN 978 - 7 - 5594 - 7991 - 4

Ⅰ. ①远 … Ⅱ. ①张 … Ⅲ. ①长篇小说－中国－当代 Ⅳ. ①I247.5

中国国家版本馆 CIP 数据核字(2023)第 176556 号

远东来信

张新科　著

出 版 人　张在健
策　　划　于奎潮
责任编辑　孙楚楚
装帧设计　嫁衣工舍
责任印制　杨　丹
出版发行　江苏凤凰文艺出版社
　　　　　南京市中央路 165 号，邮编：210009
网　　址　http://www.jswenyi.com
印　　刷　苏州市越洋印刷有限公司
开　　本　718 毫米×1000 毫米　1/16
印　　张　28
字　　数　400 千字
版　　次　2024 年 2 月第 1 版
印　　次　2024 年 2 月第 1 次印刷
标准书号　ISBN 978 - 7 - 5594 - 7991 - 4
定　　价　78.00 元

献　给

第二次世界大战中帮助过犹太人的中国人

目　录

引　子　/ 1

第 1 章　德国汉堡　/ 1

圣诞节淘到八件宝，留德学生谢东泓的生活波澜骤起……

第 2 章　易北河 · 大西洋 · 东海　/ 16

上海！上海！第一个看到东方陆地的雷奥疯狂地喊着，跑着，跳着……

第 3 章　德国汉堡　/ 53

文本分析，实地认证——谢东泓决定用这八个字细细解读历史真相……

第 4 章　中国上海　/ 64

雷奥正和伙伴在公园里玩“黑森林猎人的眼睛”，突然日本宪兵来了……

第 5 章　德国汉堡 · 中国上海　/ 91

摩西会堂，冥想中，谢东泓见到了五十多年前的雷奥……

第 6 章　中国上海 · 中国杭州　/ 103

雷奥几声号叫后被堵上嘴巴，扔进了三轮摩托，消失在茫茫夜色之中……

第 7 章　德国德累斯顿 · 波兰奥斯威辛　/ 141

在纳粹集中营中，谢东泓如入鬼窟，不寒而栗……

第 8 章　中国上海 · 中国开封 · 中国上蔡　/ 151

“武侠，该出发了，给妈妈抱拳行礼！”雷奥听到王家甫一声大吼……

第 9 章　德国汉堡　/ 196

看完白修德的报道，谢东泓泪流满面：“雷奥，这场灾荒你熬得过吗……”

第 10 章　中国上蔡　/ 207

从门缝里看到大和娘舔着自己吃剩的汤碟，雷奥哇的一声大哭起来……

第 11 章　德国柏林 · 德国波茨坦　/ 249

在签署《波茨坦公告》的圆桌边，谢东泓倾听着那并不遥远的历史过往……

第 12 章　中国上蔡　/ 261

“小孩大舅！”门开后，两个黑影手提铡刀闯进房间……

第 13 章　德国吕贝克　/ 302

勃兰特的赎罪，让谢东泓更加深刻理解了一个人、一座城、一个民族……

第 14 章　中国上蔡　/ 313

扮演《铡美案》中赵虎的雷奥，看到台下的高野中尉，双腿筛糠般颤抖……

第 15 章　德国汉堡 · 法国巴黎　/ 356

“别津！Aufwiedersehen Hafen!”谢东泓哭着喊了起来，笑着喊了起来……

第 16 章　中国上蔡　/ 370

雷奥随车远去，潘进堂仰天吼唱：“贼娃子，听孤唱。此一别，天一方……”

尾　声　/ 422

雷奥扑通一声跪在了坟前，号啕大哭：“大，娘，五十年了，娃回来了……”

引　子

谁要是寻找，就准会找到。

[德国]君特·格拉斯《我的世纪》

从来没有它，倒也无所谓，曾经有过，便再也放不下了。

[中国上海]王安忆《长恨歌》

何况这疤疖也结得太厚，被岁月和灰尘风干成了盔甲，搬动它像搬动大山一样艰难费劲。

[中国河南]刘震云《温故一九四二》

第1章　德国汉堡

“清晨逛鱼市，下午泛舟阿尔斯特湖，晚上陶醉于圣·保利红灯区。”在朋友面前炫耀自己的留学城市汉堡时，谢东泓总离不开这句话。大家都认为谢东泓这话精辟，不但言简，而且意赅。但朋友来到汉堡后恍然发现，不只他一个人这样说，驶往汉堡的旅行大巴上，导游们摇头晃脑吆喝的也都是这句。

导游从哪里觅得佳句，谢东泓自然不知，但他清楚自己从何处学来。两年前，他到汉堡的第一天，在火车站等车时，本想从报刊亭里拿本国内看不到的《花花公子》或者《男人帮》开开眼，没有料到这类杂志都用透明薄膜密封着，里面的精彩不掏钱是看不到的，只好拿了本旅游手册，翻开第一页看到的便是这句话，从此这句话在谢东泓的心里扎下了根。

两年来，谢东泓一直认为这句名言将汉堡特色凝练得十分到位，直到有一天他改变了这种看法。

谢东泓对汉堡的看法不是自己主动改变的，是一个周末在汉堡市中心的中餐馆“汉华楼”为来此吃饭的顾客端盘子后改变的。凭打工积累的察言观色之经验，谢东泓意识到这次来“汉华楼”的一群中国台湾人和中国香港人绝不可能只是来填饱肚子的。五道菜三巡酒之后，立一旁应侍的谢东泓从他们大大咧咧的言谈中恍然明白，这帮人有一个共同的嗜好：在跳蚤市场上淘宝。

“鱼市上的货都是烂鱼虾，满场腥臭味；阿尔斯特湖丁点大，坐在船上一个响屁下去，整个湖都翻浪；红灯区人山人海，干起那事来别别扭扭，还是在跳蚤市场逛荡自在。”一个头顶微秃的台湾人说。

“你们都跑十几年了，汉时金明朝银家里摆着。我才淘三年，刚开始还挨老婆骂，手里攒了几件小玩意儿后，女人不再唠叨了。”一位体形微胖、貌似公司老板的香港人嘴上沾着啤酒花，面露得意之色。

从这群人口无遮拦的谈话中谢东泓获悉，汉堡的周末跳蚤市场竟是全德最红火的。腰里票子多的淘老货，金币钟表之类；次之淘硬货，银饰烛台诸种；再次者就只能找软货，邮票旧书不等。

二十四岁的谢东泓是从上海来的自费留学生，白天在大学学的是渔业生物学，晚上和周末在中餐馆端盘子。由于在客人面前能一口气报出盘中鱼虾所包含的二十四种氨基酸和十七种微量元素，成了店里的名人。华人一进门就呼“谢东泓”，德国人可不这么喊，而是颠倒着叫“Donghong Xie”。

“谢东泓”也好，“Donghong Xie”也罢，自从那次端盘子之后，谢东泓的想法变了。下班前，他斩钉截铁地对老板说：“今后我只晚上来，周末不来了。”

谢东泓决定周末去淘软货，专淘与中国相关的软货。

从此，谢东泓每个周末穿梭在汉堡的各大跳蚤市场上，像渔业生物学课上讲到的“海中狼”——鲛鲨寻找鲸、海狮或者海龟一样机智敏捷。一年下来，成绩斐然。他用五马克淘到的布莱希特 1943 年版《四川好人》，四十马克倒腾给了上海图书馆；出三马克买到的德语版《毛语录》，转手卖给了汉堡汉学研究所，一番讨价还价后净赚了二十马克。

转眼到了 1993 年底。

圣诞前夕的一个周末，海港之城的空气中弥漫着松香蜡烛燃尽后散发的醇馨和各式巧克力沁人心脾的芳香，夜色里充盈着圣诞树彩灯的温柔色光和携带大包小盒节日礼物者的灿烂笑容。易北河静静地流淌，河面上的波光因彩灯的照射更显妩媚，圣·米歇尔教堂默默地耸立在夜空下，塔顶的钟声因冬日的寂静而更加悠扬。

汉堡城的气氛变了。

谢东泓也变了。

他的身影又一次出现在“汉华楼”门口，饭店老板一脸惊愕。

“你怎么没去跳蚤市场，来吃饭？”

“不，来端盘子！”

谢东泓决定周末不再去淘宝，这和他当初决定每到周末要去淘宝时一样突然。不再去淘宝不能说他发了财，如果发了财就自然不会再来端盘子；但也不能说他了无所获。谢东泓最近确确实实淘到了东西，不过这东西不是卖钱的物什，或者说，能卖钱他也不卖。

这源于他最近一次意义非同小可的淘宝。

上个周六，汉堡跑马场举办了一年一度的圣诞跳蚤市场“嘉年华”，谢东泓事先从满城尽贴的橘红色广告中恍然悟出，这次的圣诞跳蚤市场不一般。于是谢东泓前一天晚上做了精心准备，先是换好了一把硬币，又破例买了瓶橙子汁，最后还比平常多烙了一张油饼放在包里。第二天开市时间是上午九点，六点半刚过，谢东泓就出现在了跑马场门口。俗话说，无利不起早。谢东泓起早，是提前来侦察地形的。

汉堡跑马场有两个足球场大，大大小小的门共有五个。谢东泓从一个门到另一个门沿着跑马道走了一圈，边走边计算时间。五个门勘察一遍后，发现场内还没有一个摆摊者，所见的只有地上用白灰画出的摊位区。谢东泓将四排摊位一排接一排走了一遍，也是边走边计算时间。

经历一段时间的淘宝，谢东泓悟出了一点心得。万事皆有源，谢东泓的心得源自他在上海的学习经验。谢东泓在上海学德语时，从外教那里知道阅读外文时要先泛读再精读，泛与精这么一结合，如编织了一张恢恢天网，字面含义和背后寓意昭然若揭，疏而不漏。谢东泓把这个技巧用在了淘宝上。先一排一排地快速扫描，叫泛搜；之后便静下心来，一个摊位一个摊位细查，称精搜。泛搜时，要先搜大门附近再搜小门附近，因为从大门进来的淘宝者要比从小门进来的多；精搜时，要先瞄桌下再查桌上，因为绝大部分摆摊者都把老货和硬货置于桌上，而把旧书邮票之类的软货放在桌下。

谢东泓把五个门和四排摊位顺溜一遍后，看了一下手表，1 小时 27 分 38 秒，于是心里有了底。谢东泓来到跑马场最大的门南门边坐下，从包里掏出橙汁拧开，轻轻吸进一口，满嘴甜滋滋的。接着，又从塑料袋里取出两张油饼，先对称着叠放在一起，然后结结实实地卷成筒状，接着闭眼、启唇、张牙，一下子咬掉整卷油饼的三分之一。顺便提示一下，上海人谢东泓原来是不吃油饼的，一个同来汉堡留学的山东人对油饼"亦菜亦饭"的高度评价慢慢影响了他，最后改变了他。三分之一的油饼挤满谢东泓两腮之间时，他并没有马上咀嚼，而是有意让油饼一动不动含在嘴里。他在渔业生物学课上听一位名叫沃尔德的教授讲过，鲛鲨从鲸或者海狮身上咬下第一块肉后，不是马上咀嚼，而是一动不动，原因是感受食物的温度和滋味，需要让食物在齿牙唇舌间静止片刻时间。

两腮间鼓鼓囊囊的谢东泓笑了，心里很是得意。他体会到了沃尔德的伟大。鲛鲨是否体会到鲸肉或者海狮肉的细腻和滑润他不知道，但此时的谢东泓确实感受到了满嘴油饼的实在与喷香。

圣诞跳蚤市场开市后，谢东泓第一个扎了进去。一切都按自己的计划进行。在南门边第一排摊位走到尽头的时候，他发现一个摊位上有一套 1963 年的黄山盖销邮票，卖家开价 6 马克，谢东泓一口气压到了 3.5 马克。谢东泓掏出硬币塞给摊主的时候，心里喜滋滋的，因为他清楚，上海卢工邮票市场上一套同样的盖销票折算过来应该是 9 马克。谢东泓心里开心，但并没有因此陶醉，他知道，这充其量算是鲛鲨逮到了一只海龟，不是海狮，更不是鲸。明白了这一点，向摊主道了声"再见"，谢东泓迅速转身，顷刻间隐没在熙来攘往的人群里。

转到西门附近第二排第一个摊位时，谢东泓看了下腕上的表，时间过去了 22 分 36 秒。谢东泓在心里告诫自己，下面的行动既要特别细心专注，又要节约时间，于是再吸口橙汁的想法也不得不放弃，因为从打开背包、取出瓶子、拧开盖子、吸进咽下到再放回背包，最少得花去 25 秒。

泛搜到第二排中间一家摊位时，谢东泓看到了一本崭新的杜登德语字典，心痒起来了。谢东泓不是没有字典，他的字典是从国内带来的，只是已经翻烂，一直想买本新的，去了书店很多趟，五十五马克的价格还是压倒了内心的渴望，拿起几次最后还是放回了原处。这次与对方讨价还价到三十马克，接近了谢东泓的心理底价，于是他放下背包。就在摸到钱包的一刹那，谢东泓的双手又停了下来。三十马克不是个小数目，为了一本字典自己要在饭馆跑三个晚上，不值！想到这里，谢东泓重新把背包甩到了肩上，向张大嘴巴一脸不解的摊主说了声"再见"便黯然离去。

扭头走开后，谢东泓暗自庆幸自己又一次做出了明智的选择。之所以明智，源自渔业生物学课上学到的知识。沃尔德教授讲鲛鲨捕食过程时说，鲛鲨对小鱼小虾从不理睬，只有听到鲸、海狮或者海龟的声波后才猛扑上去。

谢东泓想到自己宛如聪明的鲛鲨，十分满足，不禁心花怒放。怒放的结果竟是不自觉地嘿嘿仰脖大笑起来，止都止不住。挤在人堆里的谢东泓一笑，旁边的德国人、土耳其人、捷克人，还有众多形形色色的人不知发生了什么事情，也都跟着莫名笑了起来。

在莫名的笑声中，谢东泓加快了步伐。他的双眼不会一起聚焦于一个摊位，那样太浪费时间，他每次都把脚步停留在两家摊位中间，一只眼负责搜寻一边。谢东泓的特异举动有时闹得两家摊主丈二和尚摸不着头脑，不知道该不该和自己摊前的这位"半个"顾客打声招呼，心里直犯嘀咕，东方人和西方人就是不一样，一石管二鸟，一手托两家，了不得！

谢东泓完成泛搜，时间用去了1小时28分。从1小时29分开始，他启动了精搜。从东门边的摊位开始，谢东泓不再双目分视，而是两眼紧盯一个摊位，桌下桌上、桌左桌右、桌前桌后，边边角角，旮旮旯旯，先看后翻，翻了又看，像是找寻不小心掉落的一根绣花针。心细的摊主对半小时前来过的这位年轻人满腹狐疑，刚才是独眼惊鸿一瞥，现在是双眸聚精会神，东方人和西方人就是不一样，先冷后热，欲擒故纵，了不得！

别人称赞"了不得"，谢东泓自己一点也没有骄傲。时间已经过去了1小时57分，才挣了5.5马克，没有骄傲的资本。尽管走得口干舌燥，同时每走一步，背包里的橙汁就会咣当一声响，谢东泓还是抵制住诱惑，没有停下匆忙的脚步。是马克重要还是解渴重要,他还是掂得清分得明的。就这样,谢东泓一直逛到了北门附近一对四十多岁德国夫妇的摊位前。

“您是日本人?”德国夫妇先开了口。

谢东泓摇了摇头。

“韩国人?”

谢东泓摇了摇头。

“中国人。”摇过头后,谢东泓说。

在车站、大学、商店,甚至在他端盘子的饭店,很多德国人经常这样问。德国诞生了康德、黑格尔等逻辑思维超群的哲学家,还诞生了高斯、爱因斯坦等推理出众的科学家,但在提出问题之前,为什么德国人就不能简单地算一下呢?日本和韩国的人口加在一起,还不到中国的五分之一!谢东泓为这事纳闷了好几年。纳闷归纳闷,但谢东泓脸上并未露出半点不愉快。

谢东泓开始在德国夫妇的摊位上翻找起来。一番折腾之后,谢东泓没有找到自己要寻找的东西。

谢东泓失落地轻叹了一声,准备转身离开。

“小伙子,您找什么东西?”德国男人问。

“邮票或者旧书。”谢东泓答。

“这些东西我们没有,不知道您对信件感不感兴趣?”德国男人说。

“什么信件?”谢东泓淘宝从来不淘信件,但他还是随便应了一声。

金发女主人从自己挎包里小心翼翼地掏出几封信,递给了面前的谢东泓。

谢东泓拿起一个信封,仔细地看了起来。一分钟后,谢东泓明白了,这封信是从上海寄到德国的,并且还不是新信,是五十多年前的老信。判断寄信时间得看邮戳,这封信的背面有个纽扣般大小的圆形邮戳,上面可以清清楚楚地分辨出三排字“海(丙)上,7. 1. 39. 15, SHANGHAI”。“SHANGHAI”就是上海,“7.1.39.15”的意思是1939年1月7日15时。

1939年正是日本人占领上海时期,彼时寄来的信件,从来不淘信的谢东泓顿时心生好奇，但他并没有表现出来，轻易显露喜爱之色是淘宝大忌。

“我对信件不感兴趣。”谢东泓递回了信封。

“这几封信不是一般的信。”德国男人说。

“有什么不一般的，信封不是纪念封，邮票也是一般的平信邮票。”谢东泓根本不看德国夫妇，而是低头翻动桌子上的东西。

“信里有故事。”女主人说。

“写信都有事，没有事写信干吗！”谢东泓仍旧低头翻着东西。

德国夫妇无言以答。

谢东泓不翻了，抬起头做离开的姿态。姿态摆出来了，他却没有走，而是漫不经心地哼出一句话来：“如果便宜的话，我也可以考虑。”

“这几封信我们不卖。”德国男人说。

谢东泓没有想到对方竟然说出这样的话。

作为一个淘宝之人，谢东泓心里清楚，得实施淘宝攻略的第二步了。

“不卖是假话，您就开个价吧，凡事总得有个商量嘛。”

“我们真的不卖！”男人再次回答。

第二步没有奏效，谢东泓只得迈出第三步，淘宝的最后一步。

“按照您的意思，就算我出高价，您也不卖？”

“小伙子，多少钱我们都不卖！”德国男人回答得干脆利索。

谢东泓无言以对，无奈地准备转身离开，但心里对这对德国夫妇主动展示几封旧信还有点疑惑。

“小伙子，不急，话还没说完呢！”德国男人忽然冒出一句。

谢东泓这时明白，今天遇到了一对狡猾的对手。

“小伙子，您是学生？”女主人这时插话了。

“是的！我有学生证。”谢东泓边点头回答边往口袋里摸。

“您是中国哪里人？”德国男人紧跟着问。

“上海。这上面既有国籍也有出生地。”谢东泓随手递上了自己的学生证。

“学生证我们就不看了,您真对这些信感兴趣?”德国男人脸上的笑容慢慢舒展开来。

谢东泓没有回答对方问题,只是默默地站立不语,生怕中了对方欲擒故纵的套。

“小伙子,我们之间可能误会了,信我们不卖,但可以送!”

“您说什么?”谢东泓不相信自己的耳朵。

“我们这里有八封信,是母亲谢世前留下的。她说过,这些信是她的一个学生从中国寄来的,希望以后能够交给中国人,最好是上海人或者是河南人。您是上海人,我们就送给您。”

德国男人两眼紧盯着谢东泓,将信封小心翼翼地递了过来。接过信,谢东泓一封一封地翻看着。信封已经泛黄,正面写着收信人的地址,其中三封背面写有寄信人的地址,另外五封没写。

“一般寄信人地址都写在信封左上方或者背面,怎么三封有地址,五封没有?”谢东泓问。

“这个我也不清楚。”德国男人回答。

“不过八封信都是从中国上海寄出的,有邮戳为证!”德国男人补充道。

“每个信封里面都有信,写的都是一个德国人在中国的事。”金发女人这时也开了口。

谢东泓只顾低头看信封,还没有顾及信封里还装着信笺。经金发女人提醒,谢东泓抽出两封看了看,信纸颜色不一,一封是粗糙的黄纸,另一封是细柔的白纸。

“信我们送给您,不过您回去后一定要好好读读,了却我母亲的心愿。”德国男人最后说。

谢东泓手捧八封信,不知如何是好,淘宝多时,他还是第一次遇到这样的主。

坐在从跑马场回宿舍的地铁上,谢东泓一路琢磨着两件事。

第一件事是信的真假。如果信是赝品，自己不懂但买家懂，货一亮相马上就会被戳穿，那就斯文扫地了。但这个念头在谢东泓的脑海里只停留了十秒钟，有两个理由让他相信手中的信是真品：一是摊主把信放在挎包里，没有摆在显眼处，说明卖信的意图并不强烈；二是信最后是无偿赠送的，半个子儿也没收。谢东泓为自己这一闪而过的念头脸红起来，因为他想起了中国的一句老话，叫作"以小人之心度君子之腹"。

地铁隆隆前行，谢东泓坐在车厢的尽头，从包中摸出了一封信，开始验物。他首先看起了邮戳，邮戳上的字迹虽然还能分辨得清楚，但每一笔画上的墨迹已向四周浸洇，成雾斑状。谢东泓又掏出信封内的一张信纸，信纸上的字也大致相同，字的黑色墨迹向周围发散，活生生地在白纸上为每个字加了一个深沉的底色。谢东泓笑了，确实是真东西，人们都说文化需要沉淀，知识需要沉淀，字迹难道不需要沉淀吗？谢东泓的"底色技能"是从万里之外的母亲那里学来的。

谢东泓妈妈在上海一家国棉厂当会计，儿子去德国留学后，活蹦乱跳的人儿一两年也见不上一面，便想了个法子，把儿子从幼儿园到高中每一阶段上学时的作业本找出来，各撕下一张，用图钉钉在家里卧室的白墙上。前年春节谢东泓回家，看到白墙上的作业纸后，眼里立刻噙满了泪花。看着儿子，妈妈只说了一句话："看看侬幼儿园写咯字，笔画都模糊了，每个字在纸上都浸出底色了。"

确定信为真货后，谢东泓开始考虑第二件事，把这几封信倒腾给谁？毕竟挣钱才是谢东泓淘宝的真正目的。

谢东泓首先想到的是汉堡汉学研究所。这几封信从年代上推算，距今有近六十年，虽算不上古董，却也不能说是新物。信只是纸，非金非银，本身没有流通价值，但纸上的文字就不一样了，可能蕴藏着人、蕴藏着命运、蕴藏着文化。别人不要可以，汉堡汉学研究所不要就不对了。只要他们买，十马克一封是底线。谢东泓想到的第二个买家是上海档案馆。谢东泓一次替上海来的一个文化代表团当翻译时偶然得知，上海档案馆这几年正在征集与上海有关的老照片、旧书籍和名人往来信件。自己手里的信件，就算不是出自名人之手，但图章清晰、品相完好，每封没有十五马克是不能出手的！之所以中外价格有别，不是他谢东泓崇洋媚外，而是多出的五马克要贴补一下来回的机票。

谢东泓思量好信件出手价格的同时，地铁进站了。往常都是斯斯文文、步履规整地迈出车门，而这一次，他几乎是跳出车门的。

傍晚，浑身被喜悦包裹的谢东泓回到了宿舍，他决定做一次生煎包。

谢东泓有两样拿手菜。一样是生煎包，亦菜亦饭；另一样是白斩鸡，故乡上海的招牌菜。但这两样拿手菜谢东泓一般不轻易显露，他制订了严格的显露原则。生煎包在三种情境下才做：小考通过、阿拉上海人三人以下来访或请外国人帮自己改论文摘要。白斩鸡同样适用于三种情境：大考通过、阿拉上海人三人及三人以上来访或请外国人帮自己修改整篇论文。

谢东泓用发酵粉把面揉好，饧着，把冷冻的肉糜在微波炉中解好冻，便去盥洗间冲澡。

谢东泓所住的学生宿舍是一幢公寓楼，共四层。每层四个房间，四人各住一间，一个厨房、一个盥洗间、一个卫生间由四人共用。谢东泓这一层里除他外还住着一个学日耳曼文学的美国人、一个学建筑学的波兰人和一个学哲学的阿根廷人。与谢东泓来往最密切的是美国人杰瑞，一米八八的个头，喜欢健身，每个星期至少三次开车去大学健身房。

别看杰瑞人高马大，但心思细腻且极具语言天赋。谢东泓经常请他校对待发表的论文的英文摘要，杰瑞从不拒绝，但也扭扭捏捏地提出一点小要求，诸如可否吃顿生煎包之类。

谢东泓这次冲凉时，比平常多擦了一遍沐浴露，两遍沐浴露滋润之后，整个人通体芳香，神采奕奕。谢东泓换好便装来到厨房，切香葱，剁姜末，拌馅，揉面，擀皮，一个接一个地包将开来。包完十二个生煎包，谢东泓启动了入锅程序。

谢东泓将三两荷兰葵花油置于平底锅内，整整齐齐地码上生煎包，盖上锅盖后的五分钟里，谢东泓也没有闲着，戴着棉手套匀速地转动着煎锅，待油气扑鼻，便开锅添三两冷水。冷水一加，厨房里的响动陡然增大，滋滋之声响彻二十平方米见方的厨房。又复煎六分钟光景，锅中热气掀动锅盖上蹿下跳，一股亦水亦油、亦面亦肉、热腾腾的香气顷刻间弥漫了整个厨房，又从厨房弥漫到了狭长的走廊……关键的步骤快到了，谢东泓清楚这一点。

这时候，杰瑞来了。

“泓，今天一定是考试通过了，我热烈地祝贺你！”

“没有考试，没事没事！”

“需要我帮你什么忙，我这会儿闲着呢！”

“这会儿电视里不是在重播**NBA**吗，别影响你！”

“半场休息，半场休息！”杰瑞连说两遍。

和杰瑞说着话的谢东泓开始完成关键的一道步骤。在揭开锅盖的一瞬间，他用一撮葱花、一撮香菜、一勺白芝麻、一勺黑芝麻，天女散花般迅速为雪白通透的生煎包增加了“彩头”，然后果断地扣上沉甸甸的锅盖，将溢出的香气又赶回到了锅内，只需再待最后的两分钟，期待已久的生煎包就可以上桌了。

“半场休息该结束了吧？”谢东泓扭头问杰瑞。

目不转睛盯着热气腾腾的平底锅，杰瑞没有回答，也许是锅中冒出的“嗞嗞”声盖过了谢东泓的声音……

谢东泓一口气吃完六个生煎包，满嘴油光发亮，但没有打饱嗝，因为另外六个分给了杰瑞。两人吃完了十二个生煎包，杰瑞说：“泓，你好像有心事，吃完饭你就忙你的事吧。不过，我有个提醒，你快两个多月没有写英语论文了，该写的时候不能偷懒啊！”

吃完生煎包，谢东泓取下眼镜，把两个镜片用厨房的洗涤剂擦得透亮，然后三步并作两步回到自己房间，砰的一声关好房门，顺手把屋内的电灯全部扭开，优哉游哉走到书桌前，把书桌上的杂物收拾停当，平平稳稳地坐下，小心翼翼地取出八封信，一封一封谨谨慎慎地铺展开。今晚，谢东泓将要认认真真、仔仔细细地大干一场了。

铺好信后，谢东泓发现八封信有四处一样的地方。信封式样和颜色一样、收信人地址一样、信封上的笔迹一样，还有始发地也都一样，都是远东上海。谢东泓又仔细瞧了瞧始发地的圆形邮戳，第一封信上的时间是1939年1月7日，最后一封为1945年9月12日，前后相距六年多。这六年多时间正值第二次世界大战爆发，也正处于日本侵略中国期间。八封信出自一个德国人之手，自己国家在欧洲打着仗，不远万里从一个战场跑到另一个战场，他到底是去干什么的呢？谢东泓心里纳闷起来。越是纳闷，越觉得这八封信里有故事，值得往深处琢磨。

鉴宝的第一步是分析收信人地址。八封信都是寄给一个叫索菲娅·施密特的女士，不用说，就是上午跳蚤市场上那对德国夫妇的母亲。收信地址是柏林大街55号汉堡玛瑞亚小学。柏林大街是汉堡较有名气的街道，谢东泓自然知道，但他不知道玛瑞亚小学。不知道不要紧，实地去看一下不就变不知为知之了吗，谢东泓这样想。

搞清了收信人，下一步要弄清写信人是谁。按照欧式信封的格式，寄信人的地址有两种写法：一种是写在信封正面的左上方，另一种是落在信封背面。谢东泓在跳蚤市场时就已发现，三封有地址，写在信封背面，五封正反面都没有写地址。难道有两个寄信人？或者是同一个寄信人，写前三封信时记得写自己的地址，写后五封时忘记了？

发现问题后，谢东泓又立马想起沃尔德教授来。沃尔德在课堂上说过，对固有的思维定式要敢于否定，但否定要有根有据。谢东泓思考一会儿后，终于找到了否定的根据——收信人地址的笔迹和写法。

经过三番五次的比较，谢东泓确认八个信封上的笔迹都是出自一人之手，这就否定了第一种可能。谢东泓于是开始分析第二种可能。按照标准，收信人地址应该写在信封正面的右下方，桌面上的八封信，收信人地址全部规规范范、一笔一画、工工整整地写在每个信封正面的右下方，这说明寄信人不但懂规矩，而且做事认真严谨。至于寄信人地址，如果一封信没写，可能是疏忽大意，但好几封都忘记，对一个严谨的人显然是不可能的。前三封写明地址,后五封一封没写,谢东泓最后得出结论:故意回避,定有隐情。

前三个信封寄信人姓名写的是德文 Leo Affen-kraut,翻译成汉语就是雷奥·阿芬克劳特,地址只写了上海河滨大楼,具体哪个房间没有标明。后五个信封上没有寄信人的名字,只能查看信结尾的署名了。谢东泓从第一个信封里掏出信纸,放在信封下方的桌面上,又从第二个信封掏出信纸,对应放在第二个信封下方。掏完八封信,桌面上满满当当排成了两排,一件宝变成了两件宝,八件就变成了十六件。桌面上铺满了实物,谢东泓心里也很充实,但他没有马上翻找后几封信结尾的署名。

大幕已经开启,面纱即将撩起,谢东泓心里反而不急了。沃尔德教授说,鲛鲨在扑向鲸、海狮或者海龟之前,心率最平静,甚至比平常时刻还平静。所以谢东泓也设法让自己平静,比没有得到这些信时还要平静。他双目紧闭,举头三秒,深呼吸两次,此刻的谢东泓心如止水,万境皆空。

内心归于平静的谢东泓张开了双眼。

八封信全部是用德文写的。前三封信的署名,信封上和信纸上是一致的,都是 Leo,后面五封信,谢东泓逐一核对了三遍,落款也都是 Leo。谢东泓这下确定了,果然不出所料,八封信都是一个人写的。

确认写信人和寄信人后,谢东泓看了一下手表,已经是夜里十点。作为世界五大自由贸易港之一的汉堡位于德国北部,冬天天黑得早,此时窗外更是一团漆黑,但谢东泓的房间里却是灯火通亮,奔忙了一天的他仍然睡意全无,决定今晚要读完第一封信,否则他不可能安然入梦。

第一封信一共四张纸,不但字写得小,信纸的两面都写得满满的。“亲爱的施密特老师,我是雷奥,您还记得我吗?我是在万里之外的远东上海给您写这封信的。您给我们读过的《八十天环游地球》中,伟大的斐利亚·福克虽然去了很多国家,但他却没有到过上海,我到了。”这是第一封信的第一段话。由于字迹已经模糊,谢东泓费了好几分钟才拼完看懂。看到信中提到自己的家乡上海,谢东泓来了精神,他迫切地想知道雷奥在上海到底发生了什么故事。

读雷奥信的第一张时，谢东泓边读边笑。读第二张时，谢东泓已经笑不出声来。读到最后一页，谢东泓表情凝重。四页正反两面的信读完时，已经是夜里两点。窗外，凛冽的海风将窗户上的玻璃拍得哐哐作响，玻璃上涂上了一层寒气逼人的白霜，抽噎不停的谢东泓伏在桌上，心潮难平。这一刻，在他的意识里，自己不再是凶猛的鲛鲨，而是一块被鲛鲨从猎物身上撕下含在嘴里的鲸或者海狮的鲜血淋淋的肉。

第二天上午，谢东泓十点钟才起床，噩梦折腾了他整整大半夜。谢东泓坐在床前发呆，窗户上凄冷的白霜不见了，但他的心情依然阴森凄凉。五十多年前一个德国孩子从汉堡跑到上海的故事，还在片刻不停地折磨着他这个从上海来到汉堡的中国人。

谢东泓坐在床前一动不动，手腕上手表的指针指向十二点时，他有了打算。

谢东泓来汉堡留学后，业余时间经常与外国同学一起谈论反映二战的小说和影片，有美国的、英国的、法国的，也有德国的和意大利的，但很多外国同学都说没有看到过中国的。一位非洲同学好奇地问谢东泓："谢，你们中国人当年也反侵略、反纳粹吗?"非洲人的问题还不算最令谢东泓伤心的，另一位英国同学的玩笑话则令谢东泓感到了刻骨铭心的羞辱，用他自己的话讲"就好像吞了一只绿头苍蝇"。

"谢，你们中国人二战期间是不是只顾打'内战'，根本不关心国际上的事?"

对这句话，谢东泓一直苦恼万分。

对这句话，谢东泓一直耿耿于怀。

来德留学后，经济的窘困、打工的酸楚、学业的紧张、漂泊的孤寂，谢东泓都忍受得了，但他忍受不了外国同学看似平淡的这句话！谢东泓知道，英国同学的这句话，在欧洲是很普遍的一种观点，在他们眼里，中国人喜欢"窝里斗"，"东方睡狮"是缺乏人性关爱的"冷血动物"。

在汉堡，谢东泓多次遭遇这种尴尬，外国人由于不了解中国这个东方古老的国度而对中国人另眼相看，甚至语带讥讽，这些经历使他苦恼至极。谢东泓一直渴望寻找一种方式，一种中西方都能接受的方式，来向自己周围的外国朋友和同学说明中国人在二战时期所受的苦难，以及对人性与和平的理解，但好长时间苦寻无果。

现在，谢东泓认为，他终于找到了。

“我要把这些信件整理和翻译好，让信中的故事告诉美国人，告诉英国人，告诉犹太人，告诉德国人，告诉日本人……中国人也和其他民族一样，不但在乎自己，也在乎别人。”

谢东泓心里明白，要让人看懂这些信不容易。他费力地看了一夜，其中很多词他还是没有理解，很多地方他不要说去过，甚至连听也没有听过。这才是第一封信，还有后面的七封呢？

谢东泓毅然调整时间安排：为挣学费和饭钱，今后周末仍去“汉华楼”端盘子，到跳蚤市场淘宝这事从此不干了。白天上课，晚上就在家翻译信、解读信。想到这里，全身激情荡漾的谢东泓像充了电似的，赤脚扑通一声从床上跳到了地板上。

第2章　易北河·大西洋·东海

听小学教师索菲娅·施密特朗读过《八十天环游地球》的雷奥·阿芬克劳特知道,虽然伟大的斐利亚·福克到过靠近上海的海域,但他却没有踏上上海的陆地,他是从上海的东边海域登上邮轮去日本的。斐利亚·福克没到过上海,德国男孩雷奥却到过,虽然路途艰难。

对雷奥来说,1936年以前的时光是美好的。

雷奥家一共四口人,父亲阿芬克劳特先生在汉堡港货运码头当调度,码头上大量的棉花、茶叶、丝绸和桐油等货物主要是从远东运来的,香港、东京和上海居多。父亲经常带回来一些有关东方的物件逗雷奥和比他大两岁的姐姐玩。一天,他又带回了一张废纸片,上面写着几个对雷奥来说只有在《格林童话》中才出现的外国字。

“你们看看,这是什么字?”父亲问。

“日本字?”雷奥挠头表示不认识。

“不,中国字。知道什么意思吗?”父亲接着问。

雷奥抓耳挠腮,默不作声了。

“让我姐姐猜!”雷奥看了看一直站在旁边的苏珊娜。

“茶叶?”苏珊娜满心好奇。

“不对!”父亲否定了女儿的答案。

“瓷器?”苏珊娜又猜了一遍。

“还是不对!”第二次猜测又被否定。

“麻将?”这回是雷奥猜的。雷奥的话一出口,三人开心地笑出声来。笑声把厨房里雷奥的妈妈莎拉·阿芬克劳特招来了。了解事情原委后,看到自己丈夫对雷奥的回答又是摇了摇头,她便大声说:“小脚女人?”

莎拉的话音刚落，四个人同时大笑起来。笑声中，雷奥做了一个怪异的动作，前弓着腰，两手提起裤管，双脚一高一低碎步前移，活脱脱一个小脚老太。雷奥出神入化的表演，更是把全家人逗得乐翻了天。苏珊娜端在手上的咖啡摇晃着泼了一地，阿芬克劳特先生只顾仰天呵地，哪里看得见这满地的咖啡，一脚踩在了上面，滑了个大趔趄，扑通一屁股坐在了地板上。

阿芬克劳特先生从地板上爬起已经是几分钟以后的事了，他笑得精疲力尽，但仍兴致不减，来回摆动的手像扇芭蕉扇似的，嘴里不停地喃喃着："不对，不对！"其他三人也不相上下，苏珊娜无力地窝在沙发里，妈妈抖动着双肩蹲在地上，雷奥捂着肚子趴在茶几上。站起的阿芬克劳特先生又开口了，重复先前的两个字"不对"，不过紧接着，他大声地说出了一个单词：

"长城！"

"长城？"其他三人满脸惊讶。三人惊讶之际，阿芬克劳特先生慢慢地从自己的上衣口袋里掏出了记事本，小心翼翼地从里面抽出一张照片来。

"快来看，中国长城！"

一家四口人围在了一起，个个伸长脖子往布丁蛋糕大小的照片上瞅。照片是黑白的，一个中国中年男人居前，身后的背景就是蜿蜒于崇山峻岭之间的长城。

"瞧这里，这是长城上的烽火台，古代中国人利用烟火传递信息，通报敌情！"阿芬克劳特先生若有所思地指着照片一角说。其他三个人的目光一同聚焦在照片上。雷奥和姐姐苏珊娜在课堂上听老师提到过万里长城，但这还是第一次看到长城的真面目。

"长城有多长？"雷奥好奇地问爸爸。

"我们汉堡在德国北边，从这儿到南端的慕尼黑是八百公里，长城差不多是汉堡到慕尼黑的三个来回，坐火车得四天四夜！"阿芬克劳特先生讲完，雷奥和姐姐、妈妈一起惊叹起来。

阿芬克劳特先生最后补充道，照片上的那个人是他在码头上的一位中国同事,叫王家甫,会德语,负责中国来船的卸货和入库登记,有时也为不懂德语的中国船员当翻译。介绍完照片上的人物,阿芬克劳特先生叮嘱还没有回过神的雷奥要爱惜照片,明天他还要还回去。

时光荏苒,最近两年,雷奥一家的这种快乐越来越少了。

在学校里,或者其他公共场所,德国人高声笑大声嚷,但雷奥一家不敢,他们生活得十分谨慎,或者说十分小心,甚至还可以说十分惶恐。原因很简单,他们是有着犹太血统的德国人。与过去不同,也不再有德国人到家里来做客。但一个外国人常来,这就是雷奥父亲的同事王家甫。四十来岁的王家甫通常西装革履,不像德国漫画上经常看到的中国男人身着长袍马褂,戴斗笠,留长辫。王家甫说话细声慢气,说德语时略带中国腔,但雷奥一家觉得新鲜亲切。王家甫的到来是雷奥最期盼的时光,因为家里终于可以听到笑声了。

雷奥问王家甫:"王先生,中国有童话吗?"

"中国没有童话,但有神话。"

"神话和童话一样吗?"雷奥问。

"有的地方一样,有的地方不一样。"

"讲讲,讲讲!"雷奥好奇地瞪大眼睛。

"一样的都是讲些马呀、猴呀、狼呀、鬼呀的故事。"

"那不一样的地方呢?"苏珊娜加入了进来。

"童话发生在森林里,神话发生在大山里!因为德国森林多,中国大山多。"

汉堡没有山,更没有大山。苏珊娜和雷奥对大山很向往,他们问王家甫中国的大山有多高,答案使姐弟俩很吃惊,"像你们这个年纪从山脚爬到山顶,仅吃的窝头就得带足半个月的。""窝头"一词王家甫自己不知道对应的德语是什么,是用汉语说的。

"wo-tou是布丁还是松子蛋糕?"雷奥问。

"比布丁大,但比松子蛋糕硬。"

从那以后,苏珊娜和雷奥对连伟大的斐利亚·福克都没去过的中国越发向往,他们向往大山,向往窝头。

令姐弟俩更加神往的还有王家甫所说的中国神话。王家甫给姐弟俩讲过一只中国神猴。这猴子练就了一双火眼金睛,能识破任何乔装打扮的妖魔鬼怪;这猴子武艺高强,遇到险境能够七十二变;这猴子手里的武器是一根明晃晃亮铮铮的金箍棒,这金箍棒一会儿变大一会儿变小,大到可以支撑塌下来的天,小到可以藏入浅浅的耳蜗……

姐弟俩听得神魂颠倒。

"您每次来我们家,都给我们讲中国神猴的其中一变,好吗?"苏珊娜诚恳地请求。

有一次在雷奥家,王家甫绘声绘色一下子讲了中国神猴的三变。神猴三变之后终于打死了一个想吃僧侣肉、狡猾凶残的女妖精。

听完中国神猴的神奇三变,雷奥惊奇不已:"中国神猴太伟大了,和《格林童话》里强壮的汉斯一样。小小的汉斯不但打败了强盗,还惩罚了狡猾的'旋转枞树的人'和'劈岩石的人'!"

苏珊娜同样惊叹中国神猴的机智和功力,但她和弟弟的观点不一样:"不!比汉斯更伟大!汉斯只是强壮,但不能变来变去,中国神猴不但强壮,还变化多端,就像童话里的青蛙王子,一会儿是可爱的青蛙,一会儿是王子,一位长着又美丽又善良的眼睛的王子……"

姐弟俩就中国神猴到底像《格林童话》里强壮的汉斯还是像青蛙王子,争论了很长时间。

王家甫先生讲到中国神猴三十二变的时候,时间是 1937 年 7 月中旬。此后他再也没来过。

阿芬克劳特先生告诉家里人,日本进攻中国北平地区了,北平离上海的距离也就是汉堡到慕尼黑的两倍,王家甫的夫人和孩子都在上海,他心里放不下,手拎两只小皮箱就匆匆踏上了回中国的轮船。雷奥和苏珊娜后面很长一段时间还在家中盼着剩下的四十变,但讲神猴变化的王先生从此再也没有出现在他们家门口。

姐弟俩没有等来中国神猴再变，汉堡的形势却变了。

1938 年 5 月，正是汉堡景色宜人的春天。搁在往年，白云在蔚蓝的天空中悠悠飘荡，海鸥在易北河上翩翩觅食，湖鸭在阿尔斯特湖上快乐地嬉戏，鸽子在圣·米歇尔教堂顶上好奇地眺望，汉堡当地人和外地游客都会陶醉在这旖旎的北德风景里。但今年不一样了，奥地利和捷克刚刚被纳粹德国武力吞并，鸽子俯瞰到的人间祥和与静谧再也没有了。汉堡大街上，着崭新纳粹服装的青年人越来越多，集会和游行中“嗨，希特勒！”的呐喊声一浪高过一浪，就连路边只有大人齐腰高的孩子也跟着父母斜伸右手，双脚一磕立正敬礼，呐喊着、咆哮着。咆哮之声撼天动地，惊得教堂塔顶上的鸽子扑棱棱仓皇逃遁。教堂塔顶都已经没有鸽子们的立锥之地，它们漫天惊飞，不知道哪里才是栖身之所。

雷奥也感受到了外界气氛的变化。刚上小学一年级时，班里的小朋友经常从家里带蛋糕、布丁、巧克力分着吃，雷奥妈妈的松子蛋糕做得最好，小朋友们整天围着雷奥。而现在班里的小朋友不再和他交换甜点了，他经常一个人默默坐在教室最后排的座位上吃，其他伙伴则挤在教室的讲台旁，你掰我一块、我咬你一角地吃着闹着。课堂上，老师们也不再向雷奥提问，眼角流出的余光也越来越异样，雷奥始终不知发生了什么事。雷奥唯一快乐的时光是在音乐课上，年轻漂亮的女教师索菲娅·施密特风姿秀逸地来到音乐教室内，端庄地坐在钢琴后面，纤纤玉指一动，贝多芬、巴赫和勃拉姆斯们就似乎回到了人间。施密特老师请其他同学站起来唱，也请雷奥站起来唱。施密特弹的曲子是明快的，但雷奥唱着唱着就想流泪。一次，施密特弹奏勃拉姆斯《摇篮曲》，弹到一半的时候，雷奥唱着唱着哇的一声哭出声来。下课后，施密特走到雷奥桌前，轻声说：“雷奥，我弹了快一个小时的钢琴，饿了，你带松子蛋糕了吗？”

埋头趴在桌子上哽咽的雷奥听到了施密特老师的声音，他从书包里取出盒子，递给了施密特。

施密特老师轻轻掰下蛋糕的一角，放进嘴里微笑着品尝，全班学生默默地注着这位女音乐教师。

“蜂蜜和松子比上一次多,更香更甜啦!”

施密特老师的话讲完,雷奥不哭了,浅浅地笑了。

一个月后,雷奥妈妈失去了工作。莎拉·阿芬克劳特原来是邮局的投递员,骑着自行车满街送信和电报。有时碰到下班回家的妈妈,雷奥还可以坐在自行车前面的横梁上风光风光,一边使劲晃荡着双脚,一边举起双手嗷嗷嚷呼:“妈妈,快点,再快点,要像黑森林里的百灵鸟一样!”但现在不可能了,汉堡和德国的其他城市一样,众多职业已经禁止犹太人从事了。只有一些苦力活和技术性特别强的工种还没有禁用犹太人,比如雷奥爸爸所从事的远洋货物的交接、起仓、搬运、储藏和重新分发。这个工作不分黑天白日,而且需要格外细心,阿芬克劳特先生已经干了二十多年。

两年多以来,阿芬克劳特先生的犹太朋友们都在想办法移民到其他国家去,犹太人在德国已经被剥夺了选举权和被选举权。阿芬克劳特先生和妻子商量,虽然在汉堡生活了半辈子,家里并没有很多现金细软,外国也没有亲戚,哪里也不能去,哪里也去不了。

雷奥还去上学,但老师的笑脸越来越吝啬,伙伴的目光越来越诡异,他已成为班里孤零零的怪物。上学时,他不再带大块的松子蛋糕,而是一小块。只有上音乐课那天,雷奥会在前一天晚上反复叮嘱妈妈做块大的,蜂蜜和松子都要多放,因为音乐老师弹了一个小时的钢琴后会饿的。

时间在煎熬中挪到了 1938 年 11 月,德国国内的排犹气氛一天比一天严重,终于在这个月的 9 日达到了高潮。汉堡和首都柏林一样,爆发了纳粹党一手策划的大规模反犹事件,犹太人的商店、房屋和会堂遭到暴力袭击,玻璃碎片散落一地,在纳粹党徒点燃的熊熊大火映照下发出惨白的亮光,这一天后来被称为“水晶之夜”。这天夜里,楼下一帮穿制服的纳粹青年用石块砸碎雷奥家房子玻璃后并没有罢手,他们又提着棍棒冲进了屋内。雷奥家里的衣柜和里面的衣服,碗橱和里面的碟盘,桌子和桌上的物件，还有墙上的油画全被撕毁捣碎。书柜里全家的相册、雷奥和姐姐苏珊娜的书本和作业本全被扔到了窗外，当一人抢去雷奥的书包准备扔到楼下的时候，阿芬克劳特先生忍无可忍，便上前和抢书包者争夺，三五个穿制服的年轻人一齐围了上来，木棍和钢条噼里啪啦打在了阿芬克劳特先生的脸上和头上。

阿芬克劳特先生血流如注地倒在地上时，楼下燃起了熊熊的烈火，从那幢楼三家犹太人屋里搜出来的书籍和照片，正被几十个青年浇上汽油点燃，他们边点边围着火堆高唱起来。

当天夜里，雷奥爸爸妈妈的房间里没有亮灯，雷奥妈妈不停地抽泣，阿芬克劳特先生在床上呻吟不断，直至天亮。

接下来的几天，雷奥一家胆战心惊，谁都不敢出门，谁也不敢大声说话，犹如世界末日到来一样恐惧。到了第五天，一大早，雷奥妈妈急匆匆地出了门，直到天黑才回来。后面好几天，雷奥的妈妈都是一样，天不亮出去，夜里回来。雷奥和姐姐谁也没有问，白天他们在家里照顾头缠绷带、伤痕累累的爸爸，妈妈回来后，姐弟俩就默不作声地回到自己那黑漆漆的房间。

冬季的汉堡被厚重的阴霾笼罩，没有风没有雨更没有阳光，遭受纳粹青年打砸抢烧的犹太人的居所上空仍然飘荡着黑烟和尘埃，这黑烟和尘埃丝毫没有散去的迹象。汉堡的犹太人不敢外出，白天黑夜待在家里，那些为了生计不得不外出的人溜着墙根，缩着脑袋，低下头像在不断地计数着遗失在汉堡街道上的脚印……汉堡城的空气凝固了，犹太人在这凝固的空气中挣扎，精疲力尽、万念俱灰。

第九天的早晨，四个持枪的纳粹士兵踢开了雷奥的家门，雷奥一家人被强制佩戴上了用于区别犹太人的六角星标志。整整一个白天，戴着标志的四个人都觉得如同身负枷锁，各自坐在房间里默默无语，惶惶不安。

这天晚上，雷奥妈妈做了一盘松子蛋糕，妈妈与雷奥姐弟围坐在地板上，阿芬克劳特先生也挣扎着从床上起来，与妻儿围坐在一起。

阿芬克劳特先生平静地说:“今晚我们一家人谁都不要哭,都要高兴,一哭,蛋糕的香味和甜味就没有了。”

雷奥妈妈先点点头,雷奥和姐姐也都跟着点了点头。

“你们最喜欢读哪本书?”阿芬克劳特先生看着一双儿女突然提了一个问题。

“《八十天环游地球》!”姐弟俩低声回答。

“《八十天环游地球》中提到的国家你们最愿意去哪个?”

“中国!”姐弟俩原来最喜欢埃及,因为在那里能骑着高大的骆驼,用围巾包住头、露着眼,去金字塔里探宝,去观看千年不腐的木乃伊,一不留神说不定还能解密古墓内千年悬而未决的天文符号。但听了王家甫讲的中国神猴的故事之后,他们最乐意去的是远东中国。

“去中国哪个城市?”

“上海!”雷奥和姐姐目前只知道上海。孩子们的回答与阿芬克劳特先生想法一致,上海不仅有自己的朋友王家甫,另外听说当地的犹太人救济组织也较得力。

“我们一家人去上海好吗?”阿芬克劳特先生紧接着说。

“好的,好的!”雷奥和姐姐兴奋得喊了起来。

“但我们一家人得分两批走,我现在这个样子走不了。”

阿芬克劳特先生说完这句话,雷奥的妈妈呜咽起来。

“不是讲过不哭吗,一哭,松子蛋糕吃起来就没有味了。”阿芬克劳特先生边说边拍妻子的肩膀,雷奥的妈妈捂嘴止住了抽泣。

“让妈妈和雷奥先走,苏珊娜等我好了以后再走可以吗?”

雷奥半喜半忧,但苏珊娜哭了起来。

“我也要先去,我也要先去!”苏珊娜边嚷边哭。

“不是说过不哭吗,松子蛋糕一哭就没有味了。”阿芬克劳特先生把女儿搂进怀里,抱得紧紧的,缠着纱布的头低下,用温热的脸颊紧贴女儿的额头。女儿不哭了,可他自己的泪无声地流了下来。

这一夜,阿芬克劳特先生一家凄凄切切。

雷奥和苏珊娜并不知道,这是一家人生离死别的前夜。

雷奥后来知道了妈妈先前几天出去的原因。

莎拉·阿芬克劳特第一天出去,去了美国驻汉堡领馆。中午时分到达美国领馆,眼前的一切使莎拉·阿芬克劳特大吃一惊,领馆门口聚集着上百位戴着犹太标识前来办签证的人,领馆签证处的大门是关闭的,门上悬挂着白纸黑字的告示:"不再签发赴美签证,敬请谅解!"

莎拉·阿芬克劳特接着又去了法国领馆和英国领馆,结果也都和美国领馆一样。莎拉·阿芬克劳特哪里知道,早在这一年 7 月,西方诸国在法国埃维昂举行了国际会议,专门研讨犹太难民问题,慑于纳粹的淫威,与会国以各种理由拒绝收留犹太难民。英国领馆处在易北河边,无助的莎拉·阿芬克劳特默默地坐在易北河的河岸上,万念俱灰。望着静静流淌的河水,双眼呆滞的莎拉·阿芬克劳特这时看到一只鱼鹰从水中捉到了一条白鱼,鱼鹰把白鱼衔在嘴里,飞到高处,可怜的白鱼还在空中左摇右摆着极力挣扎,鱼鹰旋即松开长喙,把白鱼从十几米高处摔回到水面上,白鱼刚要摇摇晃晃地游走时,鱼鹰又一次猛扑了下来……几个来回之后,无力再作挣扎的白鱼被反扑下来的鱼鹰叼走了……

人为刀俎,我为鱼肉。看了鱼鹰擒获白鱼的无情与冷酷,莎拉·阿芬克劳特浑身颤抖,欲哭无泪。

第二天虽然是安息日,清晨,莎拉·阿芬克劳特还是去了中国驻汉堡总领馆。签证处门口也排起了长队,但她不能再犹豫,对她一家来说,这是最后一次机会了。阿芬克劳特站在队伍中,心里不停祷告,她祈祷上帝开恩,祈求得到上帝的护佑。莎拉·阿芬克劳特清楚,拿到签证,等于逃脱死亡。今天拿不到签证,自己再也没有信心迈进家门了。

和莎拉·阿芬克劳特一样,成百上千的犹太人盼望在这里捞到最后一根救命稻草。总领馆一位何姓签证官几个月以来签发了上千份"生命签证",汉堡纳粹当局以领馆房子是犹太人财产为理由,已经警告过他三次,他仍然没有放下手中的签证章。纳粹的淫威施加给了远东的蒋介石,昨天，国内给何签证官发来了“限量签发”的紧急指令。

莎拉·阿芬克劳特把一家四口的证件递给了何签证官。

“尊敬的女士，我只能签发您一个人的签证。”

“尊敬的先生，我们一家四口人啊！”

“对不起，我们国内刚传来紧急指令，一家人只能获得一个签证。我签一个必须登记一个，领馆长官要审查。”

“那另外三个人怎么办呢？您也知道，留在汉堡，他们就活不成了！”

莎拉·阿芬克劳特说完这句话，再也忍受不住积压多时的惊恐，哇的一声哭了起来。

签证室内的气氛骤然紧张。

莎拉·阿芬克劳特看着何签证官，那是一种求生的目光。

何签证官看着莎拉·阿芬克劳特，那是一种无奈的眼神。

时间在一秒一秒过去，空气凝固，四目对视。

最后，何签证官说话了：“我现在给您签一个……”话刚说一半，莎拉·阿芬克劳特的哭声更大了，接着扑通一下瘫在了签证桌前。

何签证官急忙离座，把莎拉·阿芬克劳特从地上扶了起来。

“请您听完我的话，我现在给您签一个，晚上八点请您到这个地方来一下！”

何签证官在纸条上写了一个住址。

晚上八点，莎拉·阿芬克劳特来到了纸条所写的地方。按响门铃，开门的是一位穿蓝色旗袍的优雅女士，是何签证官的夫人。问过姓名，莎拉·阿芬克劳特被允许进入。客厅内已经坐着十几个犹太人，人人都在默默等待。

坐在客厅里，莎拉·阿芬克劳特用双手捂住脸，她已经没有勇气睁开自己的眼睛。墙上的挂钟嘀嗒嘀嗒作响，声声宛如针刺。能不能得到签证，她浑然不知，她祈祷伟大的万能的上帝今晚开恩。

客厅外的大街上呼啸着一辆又一辆盖世太保捕人的囚车，刺眼的白炽灯光透过窗户射进来，把房间刷得冷酷苍白，茫然无色。

这天晚上再拿不到其他三人的签证，莎拉·阿芬克劳特清楚等待家人的是什么。

挂钟嘀嗒嘀嗒地响着。

一个犹太人从书房走了出来，面露微笑地离开了客厅，离开了何签证官的家。

挂钟嘀嗒嘀嗒地响着。

又一个犹太人走了。

挂钟嘀嗒嘀嗒响了半小时后，轮到了莎拉·阿芬克劳特。

莎拉·阿芬克劳特从座位上站了起来，双腿抖动不停的她，嘴里仍在不停祷告。

莎拉·阿芬克劳特被何夫人领进了书房。

"尊敬的女士，您一家其他三个人的证件呢？"

莎拉·阿芬克劳特迅速打开挎包，把证件双手捧着递了过去。

"尊敬的阿芬克劳特夫人，您的家人去中国哪里？"

"上海！"

"确定吗？"

"确定！"

砰！砰！砰！三个签证章敲在了三张证件上，接着又是三次清晰的签名。

"可以了！"

"真的可以了吗？"莎拉·阿芬克劳特愕然。

"真的可以了！您和您的家人现在拥有中国政府的合法签证，任何人无权阻拦你们前往中国！"

"Mein Gott(上帝啊)！Mein Gott！"莎拉·阿芬克劳特双手合十，大声惊呼。

一切竟是如此顺利，当莎拉·阿芬克劳特拿到三张签证时，惊呼之后的她一阵眩晕。多日饥渴与惊恐终于有了一个结果，她从撒旦手里索回了四条人命，其中包括三位她至亲至爱的人！一个趔趄之后，她从混沌中清醒了过来，恭恭敬敬地向何签证官鞠了一躬，本来坐着的何签证官也从座位上起立，欠身脱帽回礼。鞠过躬之后，莎拉·阿芬克劳特从挎包里取出了一个小布袋，递给了何签证官。

布袋里装着一枚金戒指。

"尊敬的阿芬克劳特夫人，这个东西我不能收。戒指戴在手上是好东西，但压在心上会太沉重！"

布袋被递回莎拉·阿芬克劳特手上。

"请回吧，尊敬的阿芬克劳特夫人，客厅还有人等，祝您一家旅途愉快！"这是莎拉·阿芬克劳特听到的何签证官的最后一句话。

莎拉·阿芬克劳特没有转身，她一步步地后退，带着感激注视着眼前给她一家生路的何签证官。退到门口的一刹那，她哇地一下失声痛哭。

何夫人拍了几下她的肩膀算是告别。

历史不会忘记这位湖南籍签证官。他冒着生命危险和被撤职的风险，私自带出签证章，在自己家中秘密为两千名犹太人签发了"生命签证"。

第三天，莎拉·阿芬克劳特急急忙忙去了银行。银行人员打开账户后告知她，政府已经通知查封她家的账户，因为两天前戈培尔部长发布了命令，在德犹太人必须向政府赔款十亿马克。雷奥妈妈哭着与银行争论，三分钟后，银行的主管出来了。翘着胡子、手握烟斗的主管只说了一句话："限你半分钟内离开，否则我就给党卫队打电话！"汉堡的党卫队以凶残出名，遇有犹太人辩驳，一言不合即拔枪杀人。雷奥妈妈恐慌地离开后，又去了第二家银行，结果还是一样。莎拉·阿芬克劳特独自躲在阿尔斯特湖边抱头痛哭了整整一个下午，天黑时才摇摇晃晃回到家。

此后一天的早晨，像雷奥和姐姐苏珊娜看到的一样，妈妈又出了门。当莎拉·阿芬克劳特来到市政厅大楼旁的一家典当行时，店门还没开。在瑟瑟的寒风中，莎拉·阿芬克劳特蜷曲着蹲在铁门外等待。典当行对面是一家有名的叫“Elben Kaffee”(易北河咖啡)的面包房,莎拉·阿芬克劳特和丈夫过去每年带着儿女逛市政厅广场前的圣诞市场时,走累了都会来到这个店里,点上四杯咖啡,各人选一块自己喜欢的面包、蛋糕或者布丁,围坐在一个小圆桌旁,听着轻快的巴伐利亚民歌或者瓦格纳的音乐,一坐就是一个小时。现在,一切都改变了,莎拉·阿芬克劳特看到面包店里坐满了来吃头炉面包的德国人,人人端着咖啡,吃着面包,谈笑风生,相互之间恭恭敬敬。莎拉·阿芬克劳特认识的那位面包房的年轻女店主,穿着漂亮的红色圣诞服装,戴着红色的圣诞老人帽,微笑着穿梭在客人中间……当典当行的铁门打开一半的时候,莎拉·阿芬克劳特就挤了进去,她从口袋里掏出两袋金银首饰放在柜台上,面无表情的德国店主戴上圆孔镜一个一个检查了两遍,最后轻轻地开了口:“确定当?”

得到雷奥妈妈点头确认后,德国店主一脸僵硬:“按政府规定不能收购这些东西,因为从前天开始,你们的东西已经是帝国的财产了,这些财产必须上交到党卫队总部去,我买是有风险的。”

“我家有病人,治病需要钱,您就高抬贵手吧!”雷奥妈妈哀求。

对方慢慢悠悠拿出一张小纸片,在上面写了一行字:“150DM”。

“先生,才一百五十马克,实在太低了啊!”

德国店主没有回答,只是将所有的金银首饰又装回了那两个布袋内,轻轻地推回到雷奥妈妈面前。

“别的店说不定能当个好价钱,请便吧!”

莎拉·阿芬克劳特最后只得以一百五十马克当了祖传下来的两袋金银首饰,强忍泪水离开了典当行。她知道,自己和丈夫商量好的计划落空了。阿芬克劳特先生从王家甫那里得知,一张从汉堡到上海的船票是一百二十马克,这些首饰至少值七八百马克,可以为全家人购买四张去上海的船票。

走出典当行,莎拉·阿芬克劳特听到了面包房传来的悠扬的圣诞歌曲,闻到了空气中弥漫着的面包的麦香和咖啡的醇香,她再也忍不下去了,蹲在地上轻声地哭泣起来。突然,莎拉·阿芬克劳特马上警觉地捂住自己的嘴,她意识到在这里不能哭,作为犹太人的她已经失去了在公共场所出声哭泣的权利。

回到家里,莎拉·阿芬克劳特的心又灰暗了下来,因为她知道,当掉首饰换来的一百五十马克加上家里仅有的一点现钱,只能勉勉强强凑够两张去中国的船票,也就是说,一家四口人中只有两个人有机会离开眼前所处的凶险之地。一儿一女,让谁先走呢?她和丈夫商量了一个晚上,抽泣也持续了一个晚上。

又是一个灰蒙蒙的大清早,莎拉·阿芬克劳特冒着北风来到了汉堡远洋客运码头。购买去上海船票的窗口前面已是黑压压一片人群,凛冽的寒风中,蜷缩着身体等待购票者排成的队伍足足有两三百米长,队伍中有戴着六角星标识低头无语的犹太人,有不戴标识手里提着光亮牛皮包的德国生意人,还有谈笑风生的旅行者。莎拉·阿芬克劳特握着手中勉强凑齐的两张船票的钱,站在队尾焦虑万分,巴望着队列能迅速缩短,可是半个小时过去了,队伍仅仅向前挪行了一小段距离。

焦急万分的莎拉·阿芬克劳特意识到,这样下去,就算花一整天时间她也无法买到去上海的船票。做生意和旅游的人可以等,但她不能等,一天都不能再等。

于是莎拉·阿芬克劳特从队尾来到了售票窗口,她想看一看有无别的办法。售票的一共两个人,一个是德国人,另一个是中国人。看到那个中国人,莎拉·阿芬克劳特眼前忽然一亮。

"王家甫?王家甫?"莎拉·阿芬克劳特在窗外大声吆喝起来。

正在售票的德国人和中国人没有听到,仍旧低着头在数钱。

"王家甫?王家甫?"莎拉·阿芬克劳特呼喊的声音更大。

中国人抬起了头,好奇地盯着窗外大声吆喝自己朋友名字的外国女人,还是一动没动,"王家甫已经回上海了,难道又回到汉堡了?"

"王家甫?王家甫?"

窗外的叫喊声嘶力竭,意识到窗外喊叫的女人正恐慌地盯着自己,中国人走出了售票间……

莎拉·阿芬克劳特于是买到了两张三天后去上海的船票。

莎拉·阿芬克劳特深深地向中国人鞠了一躬,她从王家甫那里学得鞠躬的样子。中国人也向她鞠了一躬,是和王家甫一模一样的鞠躬姿势。

告别了中国人,莎拉·阿芬克劳特手握船票走在回家的路上,这时,一艘驶往远东中国的诺亚方舟慢慢出现在她的脑海里,她看到了海上的曙光,看到了向她频频招手的王家甫,莎拉·阿芬克劳特双手合十,泪眼模糊……

知道自己要去中国的前一天,雷奥来到了学校,因为上午最后两节课是音乐课。

雷奥来到音乐教室时,音乐课已经结束。施密特女士合上钢琴正在整理乐谱,她抬头看见站在门口默不作声的雷奥,一下子怔在了那里,半天没有缓过神来。她知道,政府已下令所有犹太裔儿童都不能再来上学了。

“雷奥,还好吗?”

雷奥没有说话。

“雷奥,还好吗?”

雷奥还是没有说话。

沉默,还是沉默,足足有一分钟的时间。

“老师,我要去远东中国了。”

施密特女士没有说话。

“老师,我要去远东中国了。”雷奥重复了一遍。

施密特女士还是没有说话。

两人默默对视着,又是足足一分钟的时间。

“雷奥,我给你弹首曲子吧?”施密特女士说。

于是施密特女士重新打开钢琴,娴熟地弹了起来。施密特女士弹奏的是贝多芬的《命运交响曲》。

“雷奥,你听,贝多芬哭了!”施密特女士弹到忧伤的低音时,自言自语道。

听着沉闷的琴声，雷奥哭了。

“雷奥，你听，贝多芬笑了！”

雷奥笑了。

“雷奥，你听，贝多芬在痛苦地挣扎着！”

雷奥又哭了。

“雷奥，你听，贝多芬战胜了命运，他胜利了，他在笑呢！”

这时候，雷奥又笑了。

曲子弹完了，施密特没有站起来，这位平时优雅端庄的老师趴在琴键上呜呜大哭起来，琴键发出吱吱呀呀的呻吟。

就这样，师生两人足足沉默了五分钟，谁也没有说出一句话。

“雷奥，你去了中国，有机会就给我写信吧。每收到你的一封信，我就在这里弹一首曲子祝福你！音乐无国界之分，无时空阻隔，只要你用心灵去感悟，就一定能听见远方的老师给你弹的曲子！”

雷奥没有讲话，默默地点了点头。

“我们拉个钩吧，谁都不能忘记我们的约定。”施密特女士说。

两个小手指钩在了一起。

雷奥在心里暗暗发誓，无论今后遇到什么情况，一定要定期给自己心目中最好的老师写信。

分别的时刻到了。雷奥默默地走到施密特女士面前，从口袋里摸出了一个纸包，说出了两人最后一次见面的最后一句话：

“老师，这是您最爱吃的蛋糕，可惜家里没有松子了！”

说完，雷奥眼眶一红，泪水夺眶而出。

离开教室的雷奥再也没有回头。

离开音乐教室几十米后，雷奥突然听到身后又传来了《命运交响曲》，是贝多芬痛苦挣扎的那一段……

汉堡客运码头在凛冽的寒风中静默着，即将起航驶往各地的海轮在冰冷的易北河里左摇右晃,船上的机器发出沉重的叹息,高大的烟囱里冒出一段接一段怪诞的白烟,犹如重病垂危者的最后几口喘息。白烟升腾后,又迅速被阴冷的寒风残忍地吹散,而后消失于苍茫的天际。

灰暗的天空下面是一排排候船者列成的队伍,队伍的最前端是数名荷枪实弹的党卫队士兵。每一个准备登船的戴有犹太标识的人都必须接受严格的检查,按照戈培尔部长签署的命令,他们每个人不得携带超过十马克的钱财离开德国。雷奥和妈妈身上一马克也没有,但在党卫队搜身时依然浑身冷汗,战战兢兢。因为在他们前面的一个中年犹太男人,一颗镶金的门牙硬是被党卫队用钢钳无情地拔下,用纸揩净后扔入了收集袋中,犹太男人嘴里的鲜血流了一下巴,又顺着下巴流到了脖子上,他竟然一声不吭。嘎嘣一声金牙落地后,犹太男人一手提起自己的小布袋,一手捂着血流不止的嘴巴,挺胸抬头走向了轮船的舷梯。

雷奥妈妈肩膀上挎着的一只精致的牛皮挎包被强行夺走后,母子俩已是囊空如洗,一文不名。帆布箱里的破衣服和旧鞋子党卫队是不要的,不但不要,他们检查完还用黑色皮靴狠狠地踢了一脚,嘴里骂出一句:“快滚,犹太猪!”

登上香港一家轮船公司的远洋客轮,雷奥妈妈进了船舱大门后,立刻瘫坐在地板上,忍不住失声痛哭。多少个凶险的日子里,她想尽情地放声哭泣,但她不能,也不敢,只有此时此地,她才敢放声痛哭,才敢取下胳膊上佩戴的犹太标识。很多人也像雷奥妈妈一样取下胳膊上佩戴的犹太标识,瘫坐在地板上哽咽,刚才那位被拔掉门牙的男人也在抽泣,不过没有坐在地上,而是手扶舷梯,涕泪沾襟地凝望着汉堡港,他生活了半辈子的汉堡港。

汉堡港变了,汉堡的地变了,汉堡的天也变了。

汉堡港进入了冰冷的季节。

在这冰冷的季节里,雷奥没有哭,他静静地看着舱外海面上的海鸥。以前,在学校老师的带领下,他和全班同学带着苹果、香肠、面包和蛋糕多次来过有着七百多年历史的汉堡港。有时是春游,有时是秋游,有时是生活观察课，有时是地理考察课，他和同学们领略过海鸥展翅高飞的优美，那时的海鸥成群结队，自由嬉戏，时而紧贴水面滑翔，时而迅捷高飞直上，时而拍击海水，时而掠水盘空，发出的声声鸣叫悦耳欢快。而今天看到的海鸥个个独自飞翔，孑然神伤，在半空中盘旋一圈后没有停下，接着又盘旋徘徊，声声鸣叫中透出凄凉哀怨。这哀怨与船舱内传出的阵阵哭声交织在一起，像一张灰色的、密不透风的大幕蒙在雷奥头顶上方，使他辨不出哪里是船，哪里是海，哪里是岸，哪里是天。

一阵又一阵的寒风刮到雷奥的脸上，如刀割针刺般疼痛。雷奥用双手捂住脸，不由自主潸然泪下。雷奥哭了，他哭海鸥，哭自己，哭汉堡，哭未来……

雷奥和妈妈在轮船上悲恸欲绝，爸爸阿芬克劳特先生和姐姐苏珊娜在家里肝肠寸断。阿芬克劳特为不能送妻儿一程痛心难过，苏珊娜也为不能去中国伤心不止。上午十点钟的轮船，从家里到码头虽就一个小时的路程，但全家凌晨四点钟就起了床。实际上，凌晨四点钟起床的只是雷奥和姐姐苏珊娜，阿芬克劳特先生和妻子一夜都没合眼，房间里的灯亮了一夜。

汉堡的冬晨暗淡无光，北风把糊在窗户上的报纸吹打得哗哗作响，声声剜心。从四点到七点半的三个多小时内，一家人谁也没说一句话，静静地坐在地板上，等待着妻离子散、天各一方时刻的到来。

离别时一家人抱在了一起，没有一个人讲话，没有一个人抬头，只有号啕大哭，肝肠寸断地哭，撕心裂肺地哭，四个人椎心泣血……雷奥和妈妈就要出门了，一家人这才止住了哭声，阿芬克劳特先生哽咽着对妻子说："到了上海，一定要找到王家甫先生，他是个好人，一定会帮助你们的。别忘了告诉他，有机会再来汉堡……"

苏珊娜站在弟弟雷奥面前，用手揉着泪眼，断断续续地说："雷奥，你到了上海，王家甫先生肯定会给你讲中国猴子剩下的四十变，你一定要记清了，等我到了上海，你一定要讲给我听，好吗？"

雷奥拉着姐姐苏珊娜的手，使劲地点头，说道："姐姐，不哭了，不哭了，我答应你，我一定把王家甫先生讲的故事记在心里，等你去了上海，一个接一个地讲给你！"

雷奥和妈妈走出家门的时候，阿芬克劳特先生和苏珊娜扑通一声瘫坐在了地上。

从轮船地板上站起来的雷奥妈妈没有拉着儿子在船舱内寻找自己的铺位，而是先去寻找船上的卫生间。等他们来到卫生间，门口已经排起了长队，队伍里站着的全是犹太人，进去的人一脸紧张，出来的人一脸轻松。等待的时候，雷奥妈妈趴在儿子耳边轻声说话，眼神警惕着周边的人。雷奥先于妈妈进去，卫生间里阵阵血腥味扑鼻而来，马桶壁上还残留着未被流水冲走的血污，马桶边的地板上溅着斑斑点点的血迹。雷奥按照妈妈的嘱咐，脱去了裤子，半蹲在马桶之上，然后两个手指伸进了自己屁股底下……当雷奥咬紧牙关猛力拉出一颗樟脑丸大小的塑料团后，一股鲜血顺着屁股流进了马桶里。雷奥感到锥心的疼痛，但他没有叫，更没有哭，因为妈妈一路上都在提醒他，里面的东西是他们母子俩到中国后的活命钱。雷奥在水龙头上洗净塑料包，里面的东西他太熟悉了，是妈妈逢年过节戴的一只玉石耳环，另一只在妈妈那里。

雷奥从卫生间出来后，朝妈妈点了两下头，这是母子间的暗号。雷奥妈妈也点了两下头，随后进了卫生间。雷奥看到，妈妈也像自己一样是并拢双腿进去的。他还看到，后面不少人都是并紧双腿进去的。

雷奥和妈妈找到自己的床位，母子俩相视无语，各自用被子蒙着头躺在自己的铺位上。七岁的雷奥从没有做过这样的事情，他感到了空前的羞耻，这种羞耻带给他内心的疼痛比屁股的疼痛剧烈得多。这时，雷奥又听到妈妈在低声抽泣，时断时续地抽泣，直到轮船鸣笛启动，母子俩都一直蒙着头，谁也没和谁讲一句话。

轮船起航了。

中午时分，轮船驶出易北河来到了大海上，德国西北部的黑尔戈兰岛出现在眼前,这是轮船上的人能看到的德国最北部的陆地了,逃亡的人们纷纷簇拥到甲板上,在凛冽的海风中再凝望一眼这片土地,再看一眼他们曾经居住过、热爱过,现在又被迫逃离的土地,何时能回来?能不能回来?就是能等到回来的那一天,这片土地容貌依旧吗?萦绕在心头的这些问题使每个逃亡者泪眼婆娑,静默无语。黑尔戈兰岛在注目者的眼中慢慢变成了一个黑点,黑点由清晰慢慢变得模糊,最后这黑点消失在海天相接处。

别了,故土!别了,生我养我的故土!别了,美丽的故土,多难的故土!别了,爱恨交织的故土!站在甲板上的人们神情肃穆,双手合十,默默对天祈祷……

轮船在苍凉的北海上,在刺骨的海风中颠簸着,步履蹒跚地行进,像一位衰朽的老者,负着沉重的担子,吃力地行进。

这是一次艰难的洲际航行。

第一天,雷奥在自己铺上躺了一天。从夜里开始,海面狂风骤起,暴雨如注,巨浪一个接着一个翻滚,一浪比一浪猛烈。轮船不停地颠簸摇晃,一会儿船身被闪电照得煞白,一会儿轮船没入漆黑一片的海水。船舱里的很多人开始呕吐,第一次乘海轮的雷奥也不例外。刚吃过一点东西,一两个小时的颠簸过后,雷奥就吐了出来,直到把腹内仅有的一点东西吐光,直到最后吐出来的都是苦涩的黄水。到了半夜,精疲力尽的雷奥连爬上铺位的力气都没有了,是妈妈和旁边的一位阿姨把他托上去的。躺在铺上,头晕目眩的雷奥哭了起来,这一回雷奥没有用被子蒙头,而是放声大哭,他受不了这种人间地狱般的折磨。雷奥一哭,阿芬克劳特夫人也跟着抽泣起来,也不知道是因为雷奥的哭声凄惨还是哭声具有传染力,旁边的两个孩子也哭了起来。哭声混杂着机器的轰鸣声,整个船舱变成了冷森阴暗、令人心悸的地狱。

第二天早上,阿芬克劳特夫人起得很早,面朝西方,一阵虔诚的祷告之后,她睁开眼睛看自己的儿子。这么一看,她发现了可怕的事情,雷奥双眼紧闭，脸色惨白，满头虚汗，已经处于昏迷状态，当她把手放到儿子额头上时，感到的是阵阵滚烫，一连几天的惊吓和颠簸，滴水未进的雷奥发起了高烧。阿芬克劳特夫人轻轻摇晃几下雷奥，但雷奥始终说不出话来。看着虚弱的、奄奄一息的儿子，阿芬克劳特夫人惊叫起来，附近的人听到阿芬克劳特夫人的惊叫，不知发生了什么事，纷纷围拢过来。看着可怜的雷奥，人们都跟着紧张起来，启程才两天时间，面前的孩子就变得如此虚脱，整个行程需要二十来天，他能闯过这一关吗？船上的逃亡者同病相怜，大家都知道，阿芬克劳特夫人的丈夫和女儿仍留在德国，雷奥是她身边唯一的亲人，容不得半点闪失啊！住在阿芬克劳特夫人隔壁铺位的一位阿姨焦急地嚷起来："有谁带了退烧的药吗？有谁带了退烧的药吗？"退烧药片很快送来了，是一对老年夫妻送来的，他们把一瓶药全部塞到了阿芬克劳特夫人手里，安慰道："没事，孩子吃了药就会好的，红色的吃一片，白色的吃半片。"上船时被拔掉金牙的那位中年汉子也来了，他嘴里塞着止血的棉球，两个腮帮肿胀得乌紫透亮。中年汉子把药拿在手里，端着茶缸爬到了上铺，托起雷奥的头把药塞进他的嘴里，又喂了几口水。船舱里暂时安静了下来，阿芬克劳特夫人抱着头坐在自己的铺位上，所有的人都抱着头安静地坐在自己的铺位上，轮船一上一下摇摆着，每个人的心都悬着，默默地为可怜的雷奥祈祷，为这次悲惨的航行祈祷！

整个上午，雷奥一直处于昏迷之中。

中午，那位中年汉子再次爬到雷奥床头，给他喂了药。

船舱里没有一个人吃午饭，大家都坐在自己的铺位上静静地等待。

每隔十几分钟，就会有一个人轻轻地爬到雷奥床头，看雷奥一眼。一个人下来，下面所有人都会抬头注视着他的神色，看到他摇头，又都将头再次埋进怀里。

阿芬克劳特夫人连抬头看的力气都没有了，她坐在舱板上，用被子蒙着头，嘴里不停地诵吟着祷告词，祈求上帝保佑儿子平安。

下午三点，有人轻声说："孩子的眼睁开了！"

这个细微的声音在死寂的船舱里如同炸雷，阿芬克劳特夫人一把甩掉蒙头的被子，迅速向上攀爬，她看到自己的儿子果真睁开了眼睛。人们再一次哗啦啦围了上来，一个接一个地爬到上铺，大家看到雷奥睁开了双眼。人们喜极而泣，雷奥活过来了！此时的景况，大家本该微笑，但人人都流了泪。泪眼蒙眬中大家看到了希望，看到了生机。一位带小孩的母亲这时送来了半瓶牛奶，牛奶装在带有奶嘴的奶瓶里，“就剩这半瓶了，快让孩子喝下去吧！”在众人的帮助下，阿芬克劳特夫人用力地爬上雷奥的铺位，用颤抖的手紧握瓶子，将奶嘴塞到了雷奥嘴里……

轮船在大海上漂着，坐在靠窗铺位的每个人都透过玻璃凝视着苍茫的海面，海水翻起的大浪击打在玻璃窗上，整个窗口立刻变得白花花的一片，凝望的人们下意识地眨了一下眼，又继续凝望窗外。短暂的平静过后，又一个大浪打了过来……人们就这么凝望着大海，虽然眼里所见只有茫茫无边的海水，但人人心里充满着希冀，尽管希冀是如此遥远。

海浪呀你就翻腾吧，每翻一个浪，轮船就前行一步，每前行一步，就离中国上海近一步，每离上海近一步，人们活下来的希望就多一分。海浪啊你就疯狂吧，再恶的滔天巨浪，也都有归于平静的时候，人们默默地念叨着内心的希望。

阿芬克劳特夫人坐在儿子身边，她用温热的手紧紧地拉着儿子的小手，盯着雷奥的眼里充满着慈祥和怜爱。雷奥也用眼睛注视着妈妈，眼光里透出依赖和温顺。此时，望着儿子，阿芬克劳特夫人不再流泪。一个多月以来，她的泪已经流得够多了，就是有眼泪这个时候也不能流，她要用微笑温暖病中的儿子，这个时候微笑比任何药物都管用。于是阿芬克劳特夫人微笑起来。雷奥看到妈妈久违的微笑，心中油然升起无尽的甜蜜和幸福。妈妈的微笑温暖着雷奥的心，雷奥也会意地望着妈妈微笑起来，母子俩的手握得更紧了。

晚饭的时候，几个人给雷奥送来了苹果和巧克力，阿芬克劳特夫人感谢过每个人，用汤勺在茶杯里把苹果捣成泥，一勺一勺地喂雷奥吃下，阿芬克劳特夫人又把巧克力化成汤水，一勺一勺地喂进儿子嘴里。吃着妈妈喂的东西，雷奥的眼睛始终盯着妈妈微笑的脸庞，他觉得妈妈脸上的微笑和含在嘴里的苹果、巧克力一样甜蜜。

夜幕降临，大海变得一团漆黑，船舱内的灯熄了，轮船像漂在海上的一片树叶被海浪推动着在黑暗中孤独前行。雷奥吃过药片，迷迷糊糊地闭上了双眼，不一会儿就睡着了。阿芬克劳特夫人没有回到自己的铺位上，而是一直静静地坐在儿子身边，她默默地看着脸色煞白的儿子，又想起了留在汉堡家里的女儿和丈夫，泪水止不住又流了出来。

阿芬克劳特夫人在儿子身边守候了整整一夜。

黑夜白天，身体虚弱的雷奥躺在床上，每当他闭上双眼，音乐教师施密特女士的话就会萦绕在他的心头，施密特女士的钢琴声就会回荡在他的耳畔。听着听着，雷奥的心就会温暖起来，涌动的希冀就会从心脏通过血管弥漫至全身的每个细胞……

三天后，雷奥能下床走动了。

五天之后，轮船到达了西非佛得角群岛，在匆忙与嘈杂中加煤加水加油后，再次鸣响嘶哑的汽笛，马不停蹄沿着西非海岸继续向南行驶。又是几轮白天黑夜，轮船气喘吁吁地到达好望角，很多乘客都出来观看过去只有在地图上才能看到的好望角。雷奥没有心情观赏这非洲胜景，他心中期待的不是非洲。绕过好望角，轮船在一个风雨交加的夜晚抵达了东非的一个港口，雷奥也不知道叫什么名字，轮船再次加煤加水加油后离开，驶向辽阔的北方海域。

在船上，对于雷奥，黑夜白昼已经没有区别，他有时白天睡觉，有时黑夜睡觉，无论白天黑夜他都离不开那张床。轮船吐着黑烟在海浪中疲惫前行，终于有一天由往北行驶掉头向东航行了，雷奥心里轻快起来，因为他知道，中国在东方，上海在东方，东方才是他心中神往的方向。

轮船向东行驶之后，雷奥白天都会站在甲板上瞭望前方。和雷奥一起站在甲板上的还有另外一个人，就是那个被拔去金牙的中年汉子。从交谈中，雷奥知道这位先生叫哈雷尔，是德国不来梅造船厂的一名钳工。哈雷尔口中的棉花团前几天还血淋淋的，他整天一句话不讲，现在棉花团变小了,嘴里留出了一点空间,他慢慢开始说话了,毕竟嘴里腾给舌头的空间有限,说话时呜呜噜噜的,听起来相当吃力。

“雷奥,前几天,你可把大家吓坏了!”哈雷尔呜呜囔囔地说。

“我妈妈都给我说了,谢谢你,也谢谢其他好心人!”雷奥回答。

“当时我就相信你没事,上海是天堂,天堂还没有到过,怎么能入地狱呢?”哈雷尔抚摩着雷奥的头,微笑着说。

“我永远都不要到地狱去!”雷奥坚定地回应。

“是啊,我们既然逃离了一个地狱,其他的地狱我们都不去。”哈雷尔眼中闪着亮光,望着前方的大海。

“哈雷尔叔叔,您去过上海吗?”雷奥问。

“上海? 没有! 只是听说过。”哈雷尔回答。

“上海大吗?”

“我想肯定很大。”

“有多大呢?”

哈雷尔回答不了这个问题,但他不想让面前这个可爱的孩子失望,略加思考后,他便用手指着周围浩瀚的海面,身体转了一个三百六十度的圈,兴致勃勃地说:“上海就和大海一样大!”

想着和浩瀚大海一样大的上海,雷奥心里更加神往。

“哈雷尔叔叔,您到上海后干什么呢?”

“我去造船厂找工作,造一条比我们坐的这艘还要大的轮船,等将来不打仗了,好让你乘我造的船回汉堡。”

“您怎么知道上海有造船厂?”

“靠海靠江的城市都有造船厂,你们汉堡有,我们不来梅有,上海也肯定有。”哈雷尔说得雷奥心悦诚服。

“您会开船吗?”

“会!”哈雷尔其实不会开船,他只是船厂的钳工,为了不使雷奥失望,他信口说自己会开船,边说边用手模仿掌舵的动作。

“好,那我们说好,我和妈妈今后就坐您开的船回德国,到时候,您一定要让我到驾驶室里去看看，您是怎么开动那么大的轮船的。”

“好，我答应你，我们一言为定。”

听完哈雷尔叔叔的话，雷奥高兴得蹦了起来，他心中的哈雷尔叔叔真了不起，不但能造船，还会开动大大的轮船。这还不是最令雷奥激动的，最令雷奥激动的是，哈雷尔叔叔爽快地答应让他到大轮船驾驶室里去，让他亲眼看一看，大轮船是怎样在哈雷尔叔叔的手上服服帖帖地在茫茫大海上向前行驶的。

向东航行的轮船还是原来的轮船，但雷奥此时认为，轮船变了，变轻了，变稳了，变快了。轻快的海轮先是到达南亚，接着轻快地到达东南亚。脑子里装满憧憬的雷奥有时白天站在甲板上，一两个小时一动不动，他在凝视苍茫的海天，他在想象上海辽阔的程度。睡不着觉的夜晚，雷奥有时也会站在甲板上，顺着船顶探照灯的方向，惬意地望着浩瀚的大海翻起一排又一排白浪，每排白浪从远处滚来荡击在船舷上，发出“嘭嘭嘭”的巨响，片刻后，又是排排白浪和阵阵巨响，这节奏感极强的响声撩拨得雷奥心潮澎湃，他在用心体会大海的心声。

又是一个晴朗的白天，雷奥来到了甲板上。甲板上围了一群人，人群中间站着一位先生，正在拉小提琴，只见他穿着燕尾服，看起来四十多岁，消瘦，但十分精神，他演奏的是贝多芬《D大调小提琴协奏曲》，也是贝多芬唯一的一部小提琴协奏曲。雷奥不懂这些，但他看到周围的每一位听众都在聚精会神地听着，于是也跟着围了上去。贝多芬的这部小提琴协奏曲共有三个乐章，先生演奏第一乐章时，沉静、安详、从容不迫，琴曲中的乐音透出坚定和果断，周围的听众都被乐曲感染，人人脸上露出了坚毅的神情，好像自己不是处在逃难的途中，而是端坐在庄重肃穆的维也纳金色大厅里。接下来的第二乐章是贝多芬典型的抒情曲，曲调浪漫、平静、舒缓，每一位听众的脸上都露出了难得的惬意，思绪在乐曲中回到了自己的故乡，回到了西部的波恩、考布伦茨，回到了东部的莱比锡、德累斯顿，回到了北部的基尔、什未林，回到了南部的海德堡、斯图加特……欢乐和高昂的第三乐章到来了，雷奥看到，演奏小提琴的那位先生显得十分激动，拉弦的右手时快时慢，时紧时缓，身子时而上提时而下顿，时而前后摇摆时而左右震荡，站在周围的每一个人都随着乐曲的节奏晃动着身体，宽阔的甲板这时候变成了巨大的舞台。人们忘记了曾经的苦难，忘记了未卜的前途，人人紧闭双目思绪飞扬，人人尽情晃动着身体，轮船的颠簸有意无意地配合着身体的晃悠。

轮船于夜间十点到达香港，眼前一片灯火通明。港口内悬挂着清一色的英国米字旗，让人仿佛置身于欧洲的大不列颠。要在平常，这种氛围一定会让雷奥想念同样灯火通明的汉堡，汉堡夜间灯火的璀璨不亚于香港，但甲板上的雷奥没有这样想。还需多少时间才能到达上海？这个问题一直盘桓在雷奥的脑海里。

雷奥不知道轮船在香港停留多长时间，三个小时，五个小时，或者一夜？一分钟雷奥都嫌长！

轮船从香港驶向上海的途中，船上的气氛变了。白天，所有的人都会来到甲板上，看看盘旋飞翔的海鸥，望望青蓝的天空中飘荡的云朵，听听小提琴悠扬的琴声。雷奥从哈雷尔叔叔那里知道，拉小提琴者是德国国家歌剧院第一提琴手，因为犹太身份遭到驱逐。一位老者也告诉雷奥，拉小提琴者名叫卫登堡，在德国可是个响当当的人物，喜欢音乐的人没有一个不知道他的名字。卫登堡一拉就是好几支曲子，老人说："你听，这是舒曼的《梦幻曲》，是写给你们孩子的！"在大家陶醉于婉转悦耳的琴声时，雷奥环顾了左右，发现大人们的脸上都洋溢着一种喜悦，一种沉浸于缥缈的梦幻世界中的喜悦，一种追忆童年无忧无虑快乐时光的喜悦。在雷奥眼里，这时的大人都变成了孩子，甚至比自己年龄还小的孩子。卫登堡换了曲子，老人低下头告诉雷奥："你听，这是舒伯特的《蜜蜂》，留心，别蜇着啦！"雷奥捂住脸，透过指缝，他似乎看到，听乐曲的每个大人都在抬头寻找蜜蜂，在他们的眼中和耳中，蜜蜂嗡嗡着成群结队在甲板上空飞舞，尽管天空中什么都没有，从每个人的表情中，雷奥感到他们确确实实地看到了、听到了蜜蜂们在欢唱。接下来，卫登堡演奏了霍瑟的《摇篮曲》，这个曲子雷奥多次听过，但他不知道叫什么名字，这次从老人的口中得知叫《摇篮曲》。听着甜美温馨的《摇篮曲》，雷奥觉得，晴朗的天空黯淡了下来，顷刻间变成了繁星闪烁的浩瀚夜空，甲板上的每个人不是站着，而是静静地躺着，闭上双眼进入了甜蜜的梦乡，海面上的阵阵波涛也变成了均匀的、此起彼伏的鼾声……

夜晚，大人们入睡了，孩子们却全无睡意，他们围坐在一位犹太老人四周，跟他学汉语。

“nǐ hǎo！”老人教。

“nǐ hǎo！”孩子们一起学。

“xiè xiè！”老人说。

“xiè xiè！”孩子们跟着说。

“zài jiàn！”老人读。

“zài jiàn！”孩子们一起念。

老人认真地教着，孩子们认真地学着，每个人脸上都挂满了憧憬，每个人心里都充满了向往，他们憧憬着大海尽头的一个崭新大陆能尽快出现在自己面前，他们向往着苦难尽头有一块乐土，张开坚强但温柔的双臂欢迎他们。雷奥也在其中，挤在最前面，每发一次音他都踮起脚尖，挺起胸膛，特别留心音节的长度和音调的变换。

夜深了，孩子们谢过老师，回床铺睡觉去了。雷奥没有上床睡觉，而是来到了哈雷尔叔叔的床铺前，因为白天，哈雷尔告诉雷奥，他要用木头给自己刻一只海鸥。雷奥到来的时候，哈雷尔正在昏暗的灯光下聚精会神地刻着，见雷奥来到自己面前，哈雷尔轻声问道：

“雷奥，学汉语了？”

“是的！”

“给我说几句听听！”

雷奥把“你好”“谢谢”“再见”抑扬顿挫地说了一遍。

“雷奥，我认为中国人真奇怪！”

雷奥不清楚哈雷尔叔叔的话从何说起，也就无从回答。

“你看,中国人见面先相互问候,接着就说‘谢谢’,然后就喊‘再见’,‘再见’完了,拍拍屁股扭头就走开了,不奇怪吗?”

雷奥笑了起来,哈雷尔也笑了起来。

“哈雷尔叔叔,我来看您刻海鸥。”雷奥对哈雷尔说。

“这不,还剩一双翅膀,今晚一定给你刻好。”

“哈雷尔叔叔,您刻的这只海鸥会飞吗?”

“孩子,我们犹太人说,万物皆有灵性,只要你心里想着它能飞,它就能飞起来,比甲板上空的海鸥飞得更高,飞得更远!”

轮船是在一个傍晚穿过台湾海峡,进入东海海域的。甲板上一群人围拢在一起看落日,落日的余晖给甲板涂上了一层红彤彤的色彩,灰黑坚硬的甲板于是有了许多温暖和煦。手里拿着木海鸥的雷奥看见了拉小提琴的卫登堡先生和夫人拉着手在甲板上散步。在雷奥眼里,卫登堡先生和其他人不一样,别人散步时,都爱不停地讲话,卫登堡夫妇一句话不说,一会儿抬头仰望天穹,一会儿低头凝望甲板,仿佛他们对眼前的世界完全陌生。卫登堡夫妇眼中的世界究竟怎样?雷奥思考了很长一段时间,最后还是从索菲娅·施密特老师那里得到了答案。雷奥想起来了,索菲娅·施密特老师和玛瑞亚小学的其他老师不一样,讲话很少,在音乐教室弹钢琴时,也经常抬头凝望天花板,过了很长一段时间,又低下头目不转睛地注视红砖地板,也会观望很长一段时间。卫登堡先生和施密特老师一样,心中一定装有自己的音乐世界。心中装着音乐世界的人就是和其他人不一样!雷奥得到了答案。这时的雷奥心里十分高兴,手举着木海鸥在甲板上跑得更快,边跑边喊:“海鸥飞起来啦,海鸥飞起来啦!”卫登堡夫妇听到雷奥的喊声,停下了脚步,看着在甲板上奔跑的雷奥,微笑起来,雷奥也看见了音乐家的微笑,绕着卫登堡夫妇转起圈来,“海鸥飞起来啦,海鸥飞起来啦!”卫登堡夫妇一齐随着雷奥喊了起来……突然,甲板上响起了刺耳的广播声,所有的人都惊呆了,站在原地一动不动,“请大家赶快回到船舱,请大家赶快回到船舱,右前方五海里发现日本飞机和军舰!”

甲板上的人们正在四处逃窜之时,两架草绿色的飞机俯冲而来,在轮船上空轰鸣盘旋。

轮船停在了海面上，不敢再向前行进半步，船舱内地狱一般地死寂。几分钟前，还活蹦乱跳的孩子们个个乖乖地抱着头坐在自己的铺位上，没有一个说话，没有一个敢哭，连大气都不敢出。雷奥来到了哈雷尔叔叔的铺位上，哈雷尔叔叔正在透过玻璃窗向外看，见雷奥来了，就移身给雷奥一点位子。雷奥看到远处的海面上，一排纽扣般大小的小黑点在移动，小黑点排得整整齐齐，像搬东西的蚂蚁。雷奥知道，那不是他在汉堡阿尔斯特湖边见到的搬运面包屑的蚂蚁，也不是在《格林童话》里搬运圣诞糖果的蚂蚁，那是吃人的毒蚂蚁，一旦它们发威，一切生灵都将被它们无情地吞噬。想到这里，雷奥不敢再看，而是依偎在哈雷尔叔叔的怀里，一只小手紧紧抓着木海鸥，另外一只小手捂住了双眼。

十几分钟后，盘旋的飞机飞走了。

半个小时后，黑点消失了。

船舱内的每个人脸色苍白，满头虚汗。

浑身发抖的雷奥睁开了双眼，舱外的海面已经黑暗如漆。

1938年12月11日，雷奥和妈妈一辈子都忘不了这一天。天刚蒙蒙亮时，船舱内响起了广播声，“各位乘客，各位乘客，远东中国就要到了，离上海还有一个半小时的行程。”船舱内立刻沸腾起来，欢呼起来。欢呼声中，哭声、笑声、掌声交织在一起，在大西洋、印度洋、南海上颠簸了二十一天的轮船终于到达中国的东海了。东海在什么地方，雷奥不知道，他妈妈也不知道，但他们清楚，到了东海就等于到了中国，就等于到了上海。到了王家甫嘴里经常提起的上海了，到了二十多天来船舱里每个人日思夜盼的上海，到了每个人想象中都不一样的上海，东方的上海，神秘的上海，船上的每个逃难者都情不自禁。

这时候东海的东边泛起了鱼肚白。太阳还在海面之下，但它的光辉已经显露了出来，茫茫大海一片蔚蓝，唯有太阳周围的海水被其光辉镀得金碧辉煌。顷刻之间，太阳努力地升上了海面，宛如半个金色的芒果，再渐渐变成一个浑圆的蛋黄安卧在巨大的红色蛋壳之中，最后红彤彤的蛋壳幻化成硕大的热气球慢慢上浮，把慵懒的蛋黄拖出了海洋的怀抱。万道光芒随着太阳的升高变得越来越长，越来越亮，把整个轮船浸染得前后通红，把站在甲板上披着毯子的雷奥浸染得上下通红，雷奥从来没有像今天这样被太阳的神圣与伟大所折服。轮船在太阳光辉的照耀下继续前行，太阳的光辉漂白了天空，漂白了浮云，漂白了一望无际的海水。雷奥沿着阳光照耀的方向慢慢抬头向前方眺望，他看到了一个神奇的景象：暖暖的、闪闪的、长长的、缕缕的太阳光线竟然最后汇聚在了一起，汇聚在了海的尽头，汇聚在了一块崭新的陆地上。

"上海！上海！"第一个看到陆地的雷奥一把扔掉披在身上的毯子，在甲板上疯狂地喊着，跑着，跳着。

"上海！上海！"全甲板上的人被雷奥的激动所感染，全都用同样的一个姿势——雷奥的姿势——疯狂地喊着、跑着、跳着。这时候，太阳的光辉把远方的陆地也浸染成了金黄，熠熠的、暖暖的、闪闪的金黄，把海洋的尽头织成了一个无限广袤的金色世界。

望着甲板上像孩童一样欢快的人群，想象着盼望已久的上海的模样，雷奥哭了。

一脚踏上上海码头的陆地，把木海鸥高高举过头顶，雷奥笑了。

雷奥的脑袋和双腿还在晃动，但他知道，脚下不再是甲板和海洋，而是陆地，实实在在的陆地，远东中国上海的陆地！

码头上，等待这艘轮船到来的是一片黑压压的人群。乘客通过栈桥走到码头上，人群中有人不断呼喊着亲人的名字，他们是先期到达上海的犹太人，是前来迎接自己亲人的；另外一部分人手里举着写有姓名的牌子，牌子高高地举过头顶，不停地晃来晃去，他们是来迎接朋友的，只知姓名而未曾谋面的朋友；而更多的人则戴着统一的袖章，默默地等待犹太避难者的到来，这些人是欧洲犹太难民救济委员会、美国犹太联合分配委员会和上海希伯来救济会的成员，同时也是承担安置犹太人工作的志愿者。

黑压压的人群背后,是清一色的黄包车,每辆黄包车前面侍立着一名车夫,车夫是清一色的中国人,穿着清一色的制服,露着清一色的微笑,他们是被协会雇来拉人和运大件行李的。两年多来,每辆车每天都会载上几名犹太人和他们的行李去要去的地方。使黄包车夫纳闷的是,为什么突然间有那么多的犹太人来到上海,而前几年,他们根本没有听说过世界上还有一种人叫犹太人。纳闷归纳闷,但他们从来不多说一句话,也不多提什么问题,车夫们用善意的微笑和勤快的双脚让坐在车上的客人感到一种无声的接纳。

数百辆黄包车后面,停放着十几辆四轮卡车,卡车的后车厢敞开着,像亲人敞开的臂膀和胸怀。车厢里面,站立着三五个年轻人,车厢下面,也站立着三五个年轻人,从肤色上可以看出,他们一半是犹太人,一半是中国人。车上车下的年轻人相互之间没有讲话,而是用心在交流。车下的人把行李举到半空,车厢里的人马上就会抓紧接过,轻轻地放在车厢边角上;车下的一个人把小孩掐腰举起,车上的人马上就会拉住小孩的双手用力向上提,待小孩稳稳地落在车厢后,车下的人拍一下双手,这时候车上的人则会轻轻地拍一下小孩的头。

雷奥和妈妈是最后一批走下轮船舷梯上岸的,他们没有熟人接。他们唯一认识的中国人是王家甫,由于出发得太仓促,根本无法和他联系。踏上码头之后,脸上挂着紧张与迷茫,面对一个陌生的世界,他们不知道应该去哪里,也不知道哪里能让他们去。

“你们有人来接吗?”一个犹太志愿者用德语问道。

“没有!”雷奥抢在妈妈前面回答。

“有朋友提前在上海给你们找房子了吗?”

“没有!”还是雷奥的回答。

“你们有钱租房子吗?”

这次雷奥没回答,他转头盯着妈妈,妈妈摇头无语。

“那就跟我走吧!”志愿者抚摩着雷奥的头,微笑着说。

雷奥和妈妈坐上了汽车。汽车在人头攒动的码头上缓缓前行，后面跟着同样缓缓前行的黄包车。汽车开得快一点，拉车的中国车夫就一路小跑，汽车慢下来，车夫就一摇三摆地迈着碎步拉车，这种姿势惹得坐在黄包车上的犹太孩子笑声不止。孩子们一笑，中国车夫更是得意，把动作做得更夸张，连黄包车上的大人也忍俊不禁。雷奥看到了车后的一切，也笑了起来，心里恨不得一步跳到黄包车上。雷奥的笑声引起了妈妈的注意，看到身后情景的雷奥妈妈也笑了，这是二十多天以来第一次发自内心的微笑。

汽车驶出码头，并没有直接开往为车上这些既无朋友也无力租房者临时安排的收容站，而是去了上海外滩。在外滩前的马路上，汽车开得很慢很慢，车上的接待者在大声介绍几公里长的外滩建筑，那是雷奥不曾见过的建筑。

“大家快看这一座八层的大楼，是英商亚细亚火油公司办公的地方，叫亚细亚大楼，1916年建成，外观采用巴洛克风格，辅以爱奥尼克柱！”车上众人都向接待者手指的方向望去。

“大家瞧，这是外滩占地最宽、体积最大的建筑，汇丰银行大楼是新古典主义风格的建筑。”雷奥眼里看到的是一座主体高七层、两边辅楼高五层的宏伟建筑，外墙用石块贴敷，和他在汉堡见过的最坚固、最雄伟的市政厅一样。

汽车上的人东瞧瞧，西看看，东方上海的模样他们已在轮船上勾画了多次，梦见了多次，也议论了多次，但谁都没有说准，包括在梦里出现的图景。这里说是东方，却又像西方，像伦敦，像巴黎，也像汉堡！他们回家了，回到了“西方”，回到了没有枪声、没有歧视、没有驱赶，充满微笑、充满祥和、充满平等的“西方”。汽车上的每一个人都暂时忘记了自己的遭遇，忘记了自己的身份，忘记了自己的苦难。

“各位，各位，看这边绿顶的大楼，叫沙逊大厦，是移民到上海的犹太人沙逊1929年建造的，用花岗石砌筑的大楼，是全上海最高的建筑，最高有十三层，人称‘远东第一楼’！”

眺望沙逊大厦，雷奥竭力昂起头看。犹太人在柏林、在汉堡建了许多宏伟高大的建筑，过去雷奥和班里小朋友去参观时，他和别的小朋友的感觉是不一样的，别人感到伟大，雷奥感到自豪。雷奥记得，爸妈给他讲过，他们是犹太血统，犹太人也和日耳曼民族一样，不但勤劳，而且善于创造。雷奥怎么也不会想到，犹太人在东方也建起了如此壮丽的建筑，还是远东最高的建筑，非要他把头抬到最高才能看到顶层。

不知不觉间，汽车来到了苏州路上的河滨大楼。雷奥从车上那位接待者嘴里得知，河滨大楼是远东第一大公寓，足有四个足球场大，也是移民到上海的犹太裔富商沙逊的产业。雷奥从来没有看到过这么大的公寓，一个公寓的面积相当于他们在汉堡居住的二十几栋公寓的总和，雷奥激动万分。

河滨大楼正门前堆积起了小山一样的行李，圆的、方的、扁的，竹编的、帆布的、铁皮的，各式各样，一座小山挨着另一座小山。看到这些小山，雷奥心里明白，在他们到来之前，卡车已经送来了很多与自己有同样处境的人。接待人员卸下车上行李后，雷奥妈妈领着雷奥去排队登记，然后两人由接待人员带领着去临时居住的房间。

雷奥和妈妈居住的房间足有自己在汉堡上学的教室三倍大，房间里整整齐齐地摆满了铁床，铁床分上下铺，每个床铺上已方方正正铺好了垫褥和盖被，清一色雪白。妈妈在整理提包中物件的时候，雷奥一排一排地数着铁床。“一百一十张!”他大声向妈妈报告。雷奥在大房间里来回走动数铁床的张数时，原来坐在床上的几个男孩女孩也按捺不住了，纷纷从床上蹦了下来，也一五一十地数了起来。孩子们嘴里喊的除了雷奥听得懂的德语外，还有另外几种叽里呱啦古怪的语言，后来雷奥才明白，那是波兰语、捷克语和希伯来语。

吃午饭的时候到了，雷奥和妈妈来到了临时餐厅。餐厅里摆着一条条木板长桌和长凳，大人们排队领饭，孩子们则在桌子和桌子间相互追逐嬉闹，他们只有在看到自己的父母快排到窗口时才停下玩耍，一溜烟地跑到大人跟前，生怕漏掉属于自己的那一份美味。

“没有香肠和奶酪吗?”雷奥看到妈妈递来的一碗土豆泥汤和一个拳头大小的面包,疑惑地问。

“吃吧,不说了!”妈妈回答。

喝下一口汤,雷奥感觉到味道不对,便又开了口:“怎么只放盐不放奶油,中国的食品真难吃!”

雷奥妈妈没有开口,低头大口大口地喝着汤。

“面包也不是新烤的,生硬生硬的,没有曼穆拉得(果酱)我吃不下,中国的食品真难吃!”雷奥噘起了小嘴,一脸不高兴。

雷奥妈妈还是没有开口说话,仍旧一口面包一口土豆泥汤。

雷奥抬头看了一眼长条桌旁的大人,个个都像妈妈一样,都在低头吃着难咽的中国食品,没有一个人讲话。只有孩子们东看看,西瞧瞧,面无喜色,谁也没有吃。

雷奥把面包往桌上一摔,使劲推了一下汤碗,碗里的土豆汤荡出一半,洒了桌子一片。正在低头喝汤的雷奥妈妈大吃了一惊,同样大吃一惊的还有桌边的大人们,个个惊诧雷奥的举动,但谁都没有吱声,默默注视雷奥一会儿后,又都埋头吃了起来。

雷奥生气地走出了餐厅。跟着雷奥走出餐厅的还有三五个初来乍到的同样讨厌中国食品的外国孩子。

大人们仍旧默默无语地吃着东西。

雷奥一帮人走出河滨大楼,来到了紧靠大楼的一条狭窄的弄堂里。他们看到了外滩“十里洋场”外的另一个上海。

正是吃午饭的时间,一个一个亭子间组成的弄堂人家都在烧午饭,每个亭子间都冒出一股一股的青烟,青烟飘出窗口,透过门缝弥漫到空气中,呛得人十分难受,让行走在弄堂小道上的路人透不过气来,行人和亭子间里的人都在干咳。几户人家干脆把火炉搬到了门外,一边往炉子里添木柴,一边用扇子不停地扇风。雷奥看到,煤炉上方架着一个煤饼,中国人在用木柴点燃煤饼。雷奥一帮人围着火炉看,烟熏火燎的中国人没有让他们走开，而是一边低头扇风，一边朝他们淡淡一笑。

淡淡一笑的是位老妇人，雷奥在缕缕青烟间看清了她，这是他详细观察的第二张中国人的脸，第一张是王家甫的脸。眼前的这一张不同于看惯了的前一张，布满皱纹，微微泛黄，低低的鼻梁，花白的头发盘在脑后，用一圆形发髻束着，发纹清晰而整洁。老妇人的眼睛黝黑，算不上深邃也没有棱角，没有光亮也没有惆怅，尽管噙着烟熏的泪水，但透出平和与淡定。她笑着朝炉子周围的孩子们讲了一句话，雷奥他们没有一个人听得懂，老人看了他们一会儿，见没有反应，只好继续扇她的煤饼。雷奥看到，她扇炉子时，不紧不慢，不慌不忙，匀速挥动着右手，像施密特女士弹钢琴时一样旁若无人。

炉子上方的煤饼慢慢变红了，火越烧越红，老人掏出了炉膛中的木柴，把煤饼放在了炉膛内，又在烧红的煤饼上方放了新的煤饼，她的动作迟缓却流畅。

老人又摇摇晃晃地从亭子间端出了一口盖着木盖的铁锅，小心地放在了炉子上。放好铁锅的老人这时在白色的围裙上擦了一下双手，站在炉边看着雷奥一群人，善意地笑了笑。雷奥理解这种微笑，他先前在汉堡家里的厨房常见到这样的微笑。他妈妈把一锅香肠或者一只火鸡放在煤气炉上，轻轻拧开开关后，不管手上有没有水和油，都会在围裙上擦一下，然后露出的就是这种微笑。

雷奥突然有一种疑惑，并且相信跟他同来的孩子们也有同样的疑惑：锅里炖的是香肠还是火鸡？语言不通，无法用言语解开这一疑惑，雷奥就用动作表示。只见他伸出右手食指，朝炉子上的铁锅指了一下。站在一旁的老人笑了，她明白雷奥的意思，于是揭开锅盖。雷奥和他不知姓名的小伙伴们这时看见了锅里煮的东西，不是北德红肠，也不是南德白肠，更不是硕大的火鸡，而是一铁锅水，锅底沉淀着薄薄的一层大米，连锅底都没有完全覆盖。

雷奥抬头惊奇地看着老人，老人却没露半点惊奇，还是一脸的微笑。雷奥过去从王家甫那里知道，中国人爱喝稀饭，王家甫还在他们家做过一次，雷奥喝了两口就把碗放下了，稀饭寡淡无味，没有奶油的浓香，也不比果仁的脆爽，实在太难下咽了。

雷奥和他的伙伴们继续向弄堂深处走去，来到两条弄堂的交会处，看到了一群黄包车夫。汉堡没有黄包车，雷奥很是好奇，虽然早晨见到过，但雷奥当时是在汽车上，现在实物就在眼前，雷奥充满兴致地走了过去。黄包车一溜排开停在墙根，每个车夫都坐在车斗里一边等客一边吃饭。看到雷奥他们走来，车夫们知道不是乘客，冲孩子们笑了笑接着埋头吃饭。

站在黄包车旁边的雷奥这回看清了车夫，他们个个双手并用吃着午饭。右手要么拿着瓶子，要么握着葫芦，左手抓着的则都是黑色的食物。喝一口葫芦里的东西，再啃一口黑色的东西，吃得津津有味，嘴巴咂得吧吧直响，馋得雷奥双眼一眨不眨地盯着车夫上下挥动的双手。雷奥和其他几个孩子都很好奇，其中一个车夫明白了孩子们的心思，微笑着把葫芦递给了雷奥。雷奥抵挡不住诱惑，学着车夫举起葫芦喝了一口，灌进他嘴里的不是热茶，也不是果汁，而是一口冰凉冰凉的咸水。雷奥喝过蜂蜜水，喝过带气的苏打水，喝过美国的可口可乐，从没有喝过生盐水。车夫们因拉车汗多要补充盐水，雷奥哪里知道这一点，他扑哧一口把嘴里的咸水吐了出来，那位车夫没有生气，反而哈哈大笑起来，笑声过后，车夫递过来手中握着的食物，雷奥明白，是让他尝尝。雷奥接过了黑色的食物，感到比汉堡面包店里的全麦面包沉，也比褐色的酸面包沉，甚至比妈妈平时做的表面被松子和核桃仁覆盖的蛋糕还要沉。在德国，面包越沉，营养越全，价格也越贵。雷奥正为刚才吃到的轻而硬的中国面包生着气呢，没有想到在这儿碰到了沉甸甸的面包，于是张开了大口，狠命地咬了下去。雷奥怎么也不会想到，这次进嘴的东西就是王家甫给他讲过的窝窝头。雷奥这一口咬得稳、准、狠，但咬住一大块时发现了问题，那感觉与咬风干的奶酪或者生硬的火腿相差无几，下嘴容易，咬下就难了。雷奥动了几下嘴巴，同时用手向外扯拽，还是没能啃下一块，雷奥无奈地从嘴里拔出窝窝头，窝窝头上留下了一排齐整整的牙印，牙印凹陷处由黑色变成了白色。

车夫们又一次哈哈大笑，笑得雷奥手足无措起来。递给雷奥窝窝头的那位车夫没有大笑，而是轻轻微笑，微笑中又朝雷奥摆了摆手。雷奥明白，他是鼓励自己再咬一次。雷奥这回有了经验，不敢从别处下口再咬，而是照着原来的牙印处拼命地又咬了下去，咬紧之后的雷奥一动不动，然后双手抓着窝窝头往外拽，手嘴齐用，一小块窝窝头终于被雷奥啃了下来，人群中一阵鼓掌，满嘴鼓鼓囊囊的雷奥也尴尬地笑了。

雷奥用了三分钟的时间才嚼碎那块"中国面包"。中国面包不如德国面包香甜，更不像德国面包那样越嚼越有松软软、浓滋滋、沁人心脾的口感，而是越嚼越乏味，到最后满嘴都是细细的渣粒，怎么也团不起来。雷奥最后还是把满嘴的渣粒吐了出来，吐出的渣粒没有粘成一团，而是飞溅一地……

雷奥和妈妈安顿下来后，才意识到快到圣诞节了。在汉堡时，每逢圣诞节，他和同学们都会给老师写精美的贺卡。贺卡上字画俱全，蓝色的字，绿色的圣诞树，红色的彩灯。给施密特老师的贺卡，雷奥特意在右上角加画了一个大大的符号"♫"，用的是金灿灿的黄色。今年圣诞前的一段时间，雷奥还在大海上颠簸，别的同学给老师送贺卡，自己没送，雷奥害怕老师责怪，特别是怕音乐老师责怪。今年的贺卡是买不起了，雷奥决定给远方的施密特老师写封信。从下午到晚上，雷奥像换了一个人似的，不再到处乱跑，而是一动不动趴在床帮上写信，遇到不会的词就请教妈妈。雷奥想把自己一个多月来在汉堡、在海上、在上海的经历一一告诉她。雷奥心里想，施密特老师不知道他身在何处，就会一直弹琴，不分白天黑夜地弹，那样老师会累着的。

第3章 德国汉堡

翻译和整理完雷奥的第一封信，谢东泓长长地舒了一口气。谢东泓觉得，沃尔德的渔业生物学学起来复杂，但现在看来，整理这封信比其更复杂。两个星期以来，每天晚上写完专业课作业和小论文，谢东泓都把自己关在房间里，一遍又一遍地研读，与研读相伴的是他的时笑时哭。读信的过程中，谢东泓感到自己不再是鲛鲨，他自己就是小雷奥，年纪只有自己三分之一大的小雷奥。

谢东泓对渔业生物学的课程是精专的，也是非常自信的，在与亲朋好友谈及专业时，总是口若悬河，滔滔不绝。但翻译整理雷奥的信件后，谢东泓的自信起了微妙的变化。他已经非常努力地运用课上学得的联想、类比、推论等方法来整理这几封信，但仍然感到力不从心。谢东泓就这么熬到了半夜。

第二天早上，谢东泓在盥洗间碰到了杰瑞。

“泓，昨天晚上又在做老师布置的鲛鲨作业吗?”杰瑞问。

“不是。忙了点别的。”谢东泓答。

杰瑞有点兴奋，双手对击，啪的一声脆响，大声嚷:“好，太好了，又准备写英语小论文了!”

“不。我最近有机会接触到一些二战期间犹太人在中国的史实，很受震动，我想以自己的理解把这段历史写出来。”

正在刷牙的杰瑞惊讶不已，简直不相信自己的耳朵，面前的这位只对渔业生物学、端盘子和淘宝三样东西感兴趣的中国人刚才胡说了一句什么? 那是我们美国人才干的事啊!

杰瑞怔怔地愣在了水池边，手里握着牙刷一动不动，牙膏沫子顺着嘴角流了出来,吧嗒吧嗒滴在了地板上。

谢东泓狼吞虎咽地扒完两盘西红柿炒蛋盖浇饭,抹了一下嘴,便匆忙离开了厨房,来到宿舍楼大门口。他要给在上海的爸爸打个电话。他从口袋里掏出了在亚洲商店购买的电话卡,按下电话盘上的数字 0086 - 21……谢东泓家没有电话,对门邻居林叔开了个烟店,为生意往来方便,家里装了座机,谢家遇急事都把电话挂到他那里。来德国两年多,谢东泓只往国内打过两次电话,一次是刚到德国第一天给家里报平安,另一次是大半年后谢东泓通过了德国大学的 PNDS 语言考试,可以注册成为德国大学的正式学生了,他便打电话告诉家人这个喜讯。

听到林叔的呼喊,谢东泓的爸妈破门而入。

“东泓,啥事体,快冈冈!”谢东泓爸爸知道国际长途贵,开门见山。

在听筒里,谢东泓把自己淘到八封信的事情说了一遍。叙述这件事谢东泓是想让爸爸问问高中的老师,怎样好好充分利用这八封信。谢东泓最后说,他两小时后打回电话问结果。

谢东泓父亲是儿子高中的体育老师,放下电话,谢过老林,两口子就急忙去找公用电话。林家的电话只管接不管打,打了不好计费。

在公交车站的电话亭,谢东泓爸爸拨号,妈妈站在一旁,手捧笔记本记录,一口气打了一个半小时的电话。谢东泓爸妈又慌慌张张地往林叔家赶。

谢东泓准时来了电话。人说近朱者赤,他已学会了德国人严谨守时的习惯,说两个小时就两个小时。老谢举着笔记本,一五一十地说了起来。老谢说,他们问了高中的四位语文教师。他们一致建议以八封信为蓝本写成小说。理由很简单,如果单单把八封信翻译出来,仅仅是一个孩子的个人经历,但如果据此扩写或者改写成小说,就不只是一个小小孩子的故事了,那是挥之不去的一代人的刻骨记忆,是对波澜壮阔历史过往的钩沉再现。四位热心的老师还列举了上海好几位作家的例子加以佐证,说他们根据收集到的有限素材,充分利用自己的创作天赋,写就了一部部感人肺腑的鸿篇巨制，远的有周而复的《上海的早晨》和叶辛的《孽债》，哪部不是红遍了全国，前者还被拍成电影，后者据说要拍成好几十集的电视连续剧呢；近的有王安忆，女承母业，这几年一篇接一篇地发小说，《海上繁华梦》把十里洋场上海滩写得活灵活现，读了她的小说，上海娘儿们都坐不住了，个个从箱底翻出旗袍，扭着屁股要到舞厅去……

谢东泓挂断电话回到宿舍，躺在床上思考了整整一个下午。谢东泓没有学习过小说的写作方法，他的渔业生物学课本上都是实实在在的图表，一板一眼的数据，一下子转到咬文嚼字、联想丰富的文学领域，谢东泓没有了主见。说小说是虚构的吧，它完全符合真实的生活逻辑；说小说是真实的吧，很多人物、时间、地点和事件又都是虚构的。真实和虚构的关系，周而复、叶辛和王安忆分得清，他谢东泓分不清。

一阵痛苦的思索后颇有成绩，谢东泓理出了一点头绪。俗话说"隔行如隔山"，周而复他们知道小说的写法，但搞得清鲛鲨的习性吗？想到这里，谢东泓对自己在文学领域无知与迷茫的羞愧减少了许多。羞愧少了，胆量就大了起来。胆量越来越大的谢东泓联想到两位大人物的话，一句是鲁迅的"世上本没有路"，一句是但丁的"走自己的路"。学医的鲁迅成了"民族的脊梁"，做官的但丁成就了《神曲》，这两位人物原来都不是学文学的，最终却成了大文豪。学渔业生物学的自己成为大文豪不太现实，但写好一部小说还是有可能的。

想到这里，谢东泓勇气大增，思绪的闸门洞开，开始了联翩的浮想。这次谢东泓的浮想只有一个目标，就是要想出一句至理名言来指导自己的小说创作。

如鲛鲨般灵敏的谢东泓先从中国开始思考，他把自己目前记得的名言警句在脑海中一一过了堂：从近代洋务派的"中学为体，西学为用"、顾炎武的"天下兴亡，匹夫有责"一直追溯到远古孔子、孟子、庄子的圣语格言……半小时过去了，谢东泓没有找到自己需要的话语。

谢东泓喝了一口茶，望了两眼窗外的景色，做了三次深呼吸，把自己的思绪从国内跳到了国外。赫拉克利特的"人不能两次踏进同一条河流”，尼采的“哪里有知识之树，哪里就有天堂”，还有康德、马克思、爱因斯坦……一个个西方伟大人物的至理名言被谢东泓拎了出来，又是半小时过去了，谢东泓还是没有找到。

谢东泓没有懈怠，继续苦思冥想，喝下三杯茶，时间过去两个钟头的当儿，他忽然想起了沃尔德教授。

沃尔德是德国著名的渔业生物学家，在给包括谢东泓在内的几百名新生第一次授课时，三小时总共讲了两个关键词：“文本分析”和“实地认证”。沃尔德前一个半小时实际上只讲了一句话：“不进行文本分析，你们只能看到文本的表象，而分析后才可以深入到文本的内在，发现那些五彩缤纷表象背后的东西。”这句话空洞，学生并不感兴趣，感兴趣的是他接下来对这句话的形象诠释：“就像你们只能看到我妻子的晚礼服，而我能看到她晚礼服里面那美丽的丰乳肥臀。”后一个半小时沃尔德同样也只讲了一句话：“文本上的东西是别人的，只有一个一个实地考察认证后才能变成自己的经验，认证过程中说不定还能发现新的事实或者联系。”

谢东泓拍了一下自己的额头，对啊，“隔行不隔理”，这次就用“文本分析”和“实地认证”相结合的办法。学德语的方法适用于淘宝，渔业生物学的学习方法也一定适用于“鉴宝”。

明确了写作指导思想的谢东泓说做就做。

第一封信提到的事情发生地在汉堡，为整理好这封信，谢东泓利用下午没课的时间去汉堡的三个地方进行实地认证。

谢东泓去的第一个地方是位于柏林大街的玛瑞亚小学。

循着门牌号，谢东泓开始了自己的寻找。柏林大街 1 号是德累斯顿银行，2 号是著名的汉堡老艺术博物馆，3 号是卡时塔商场……眼里的这些气宇轩昂、古色古香的欧式建筑，谢东泓从一位中国“老汉堡”那里知道，都是后建的。汉堡的古老建筑在二战中绝大部分都被盟军炸平了。想到这里，谢东泓心里咯噔了一下，玛瑞亚小学会不会……谢东泓不愿再想，他咬下一块饼，几经咀嚼之后，仰头喝下一口水，加快了步伐。

柏林大街 55 号出现在眼前的时候，谢东泓惊呆了，那不是一所小学，而是一家奶酪商店，站在门口四五米远的地方，他还是忍受不了浓浓的奶酪味。不但味道忍受不了，眼前的现实谢东泓更忍受不了。信中的学校、雷奥的学校、施密特的学校不见了，只有大包小兜拎着奶酪走出商店的顾客，身上裹挟着刺鼻的味道。

第一炮没有打响，谢东泓惆怅失落，就在他走进回程地铁口的一刹那，他眼角的余光扫到了街边竖立的一块不锈钢牌子，上面写着两排德语："柏林大街 70 号，玛瑞亚小学。"谢东泓眼前一亮，心里禁不住冒出一句，"God help me(天助我也)！"

下午四点，玛瑞亚小学校园里已经空空荡荡，学生们都放学了。谢东泓进了校门，小心翼翼地往里走，他想去找校长或者人事部门询问有关索菲娅·施密特的情况，尽管他在跳蚤市场上知道自己寻找的这位老师已经不在人间。这还不是谢东泓寻找的重点，他最想知道这个学校 1938 年是否有一名叫雷奥的学生，是否有人记得或者有无档案可查，他好顺藤摸瓜找到雷奥。按时间推算，现在雷奥应该是六十多岁的老人了。半路上，谢东泓碰见了正在学校体育场边整理铁栅栏的一位老人，老人告诉了谢东泓校长办公室的位置。敲了三遍门，校长不在。这时候，隔壁办公室的一名女士探出头来，她是校长的秘书。

"先生，校长不在，有什么事可以跟我说吗？"

"其实也没什么大事，只是想打听你们学校的一位老师和一个学生，老师叫索菲娅·施密特，学生叫雷奥·阿芬克劳特。"谢东泓说。

校长秘书思索了一会儿，马上回了话："叫索菲娅·施密特的老师没有，至少这三十年没有！她教什么课？"

"音乐！"

校长秘书又低头思索了一会儿，确定地回答："肯定没有这个人，三十年来我一直在学校工作，没有听说过这个人，更没有叫这个名字的音乐教师。"

这时候有几位老师来办公室取课时计划，听到站在门口的谢东泓和秘书一问一答，先是好奇，后面也加入了进来，他们也都确认没有叫索菲娅·施密特的音乐教师。

“那么有一个叫雷奥·阿芬克劳特的学生吗?”谢东泓只得问下一个问题。

“是几年级学生,在哪个班? 我这儿有在校学生的花名册!”校长秘书问。

“1938 年,二年级学生,在哪个班我不清楚。”

“哪一年?”校长秘书和其他几位老师都以为自己的耳朵出了问题。

“1938 年。”谢东泓重复了一遍。

面前的一帮人愣了好一会儿后,校长秘书说:“1945 年以前的学生花名册原来学校都有,但二战中学校遭到盟军轰炸,校舍和文档全没了,现在的这个校园也是战后重建的。”

谢东泓明白了在一所新学校里寻找 1938 年的学生材料是不可能的。他还明白了玛瑞亚小学过去是在柏林大街 55 号,现在地址变成 70 号的原因。

谢东泓道过谢,转身准备离开。临走时,校长秘书给他留了电话,客气地说如果需要帮助,她很乐意。谢东泓的询问是有策略的,他一直没有提及自己寻找的学生是一个犹太人,他不想因此触及德国人的心中之痛。

谢东泓低头向校门走去,他为没有得到自己需要的信息而失落。走到操场边时,又遇到了那位整理铁栅栏的老人,老人看出了他的失落。

“年轻人,找到您的熟人了?”

“没有,他们都不知道。”

“请问您找哪位老师? 我看看是否认识。”

“索菲娅·施密特。”

“您说什么? 您再讲一遍!”

“索菲娅·施密特。”

听到谢东泓第二遍说出名字,老人先是一脸茫然,思索了一会儿才舒展了眉头,愣愣地审视着谢东泓。

“那是位顶好的音乐老师! 70 年代末去世的。现在学校里的年轻老师都不认识她了。我在这个学校干了一辈子，我知道她。您如果一定要找她，可以到她儿子那里去，她儿子住在老房子里。”老人说完，告诉了谢东泓施密特老师儿子的大致地址，但住哪一栋，老人忘记了。

谢东泓向老人点头致谢，老人微笑着说：“小伙子，再见，再见！”

汉堡汉学研究所是谢东泓要去的第二个地方。以前到这个研究所，谢东泓都是直奔所长办公室，其他房间瞄都不瞄一眼。这次不一样了，他直接进了阅览室，所长办公室瞄都不瞄一眼。谢东泓知道自己此行的目的，但门口值班的德国老太太不知道，心里纳起闷来，中国留学生谢东泓原来可不是这样的。难道这次淘得稀世宝贝，一激动走错了房间？不向所长汇报不光有失礼貌，说不定还会给所里带来不可弥补的文化损失。于是，她拨通了所长办公室的电话。

谢东泓刚把背包挂在座椅靠背上，正在动手脱外套，穿西服扎领带的所长就出现在阅览室门口。

“贵客光临，柴门有庆，蓬荜生辉啊！”所长边喊边伸出双手走向谢东泓。

谢东泓知道，Fuchs 博士来了。

这里打个岔。说起汉语来比一般中国人还拿腔捏调的汉堡汉学研究所所长是个德国人，德语姓为 Fuchs，翻译成汉语就是“狐狸”，在德国取得汉学博士学位后，曾在上海的一所大学教过三年德语。Fuchs 博士在给他的中国学生上第一堂课时，用汉语自我介绍的第一句话是：“同学们好，我是狐狸博士！”中国学生人人以为讲台上的外教采用的是幽默教学法，于是哄堂大笑。学生们都知道德国人幽默，还是冷幽默，但没想到讲台上的这位德国老师一开讲就幽起默来，于是有个学生站了起来，大声喊道：

“Long long ago（很久很久以前）！”

在座的每个学生都知道这是《格林童话》惯用的开头方式。于是，整个教室又是一阵笑声，Fuchs 博士自己也笑了起来。

笑声中，Fuchs 博士再次开口：“同学们好，大家请相信，我真的是狐狸博士……”

谢东泓走进所长办公室，Fuchs 博士忙了起来，在桌面上摆好两套中国景德镇瓷杯，轻声问道：“谢先生，您是喝西湖龙井、武夷山铁观音还是信阳毛尖？”

谢东泓想了一下，轻声答道：“有咖啡吗？”

Fuchs 博士怔了一下：“有，有！您是加糖不加奶，加糖又加奶，还是既不加糖也不加奶？”德国博士说话都十分严谨。

谢东泓喜欢一杯三味，答道：“一样都不少！”于是，Fuchs 博士唤来门口的德国老太太，到咖啡间为谢东泓准备“一样都不少”的咖啡。

老太太刚走，Fuchs 博士微笑着开口了：“谢先生，有货吗？”

谢东泓这时候明白，“狐狸博士”名副其实。

面对“狐狸”，谢东泓矛盾起来，回答没有吧，明显欺骗了人家；说有吧，手里的东西又不能卖。三秒思考之后，谢东泓有了主意。

“有，八件呢！这不借书来了，回去好鉴宝！”

“Mein Gott！先喝咖啡，先喝咖啡！”Fuchs 博士一边感慨，一边递过热腾腾的杯子。

谢东泓从汉堡汉学研究所借回了中文版《世界二战史》和德文版《纳粹的犹太政策》两本书。

两天后的下午，谢东泓上完沃尔德教授的课，第一个冲出了大教室。沃尔德教授有些失落，像往常一样，他今天还等着回答这个中国学生有关文本分析和实地认证方面的问题呢，怎么呼啦一下人就没影了。谢东泓溜得急，因为他下午要跑很远的路，从大学到施密特儿子居住的地方需要坐一个多小时的地铁。

上了地铁，谢东泓开始吃午饭。一瓶“止咳糖浆水”加两张油饼，早上烙的油饼现在已经生硬，止咳糖浆瓶里的水已经冰凉，但谢东泓习惯了，德国人大清早就喝冰水，也没有喝热茶的习惯，谢东泓早就入乡随俗了。

实际上大学食堂里有午饭，还是热的，但谢东泓从不在那里吃，因为一份要3.5马克，如果再加一根香蕉和一杯热饮，要掏五枚沉甸甸的钢镚儿。5马克如果自己去穷人商店ALDI买原料回来做，谢东泓一个人可以吃一天到一天半，来个客人可以吃两顿。怎么吃划算，谢东泓心里清楚，嘴里却不这么说。杰瑞一次在食堂边碰到谢东泓，拉着他去食堂边吃饭边聊用英语写小论文的事，谢东泓死活不肯，“不去，不去，土豆泥黏糊糊的，咽起来如吞糨糊，酸菜酸得掉牙，吃一次我胃疼三天，就一个鱼排炸得还可以，但浇上了奶酪汁，有一种脚臭味。”话没说完，杰瑞就松开了手，西方饮食和东方饮食不一样，萝卜青菜各有所爱，再拉就勉为其难，缺乏民主了。从此，杰瑞记牢了谢东泓的话，在大学食堂里吃土豆泥，吃酸菜，但再也不点过去最喜欢的炸鱼排了。

谢东泓来到的是汉堡有名的易北河畔富人区，名字叫布朗肯勀热。小区由一栋一栋各式各样的别墅组成。别墅不是用齐腰深的冬青篱墙就是用木本色的栅栏围成一圈，形成一个个独立的王国。别墅一般是两层，要么白墙蓝瓦，要么青墙红瓦，瓦檐下面是一扇扇半开的窗户，宽玻璃衬着白色窗帷，窗台上悬挂着与窗等长的银色槽斗，从槽斗内长出的是一串串各式鲜花，紫罗兰、丁香、薰衣草、郁金香等。每家别墅前后的花园里栽种的不是苹果树就是鸭梨树，树下是一片修剪得平平整整的草坪，不仔细看，还以为是在房子周围铺了一张巨大的绿色羊绒地毯。

在这样的小区找人，谢东泓是有经验的。他刚到德国时，为挣学费，跟着一位土耳其老板到阿尔斯特湖畔富人区发过广告。德国人和中国人不一样，他们都把自己的姓名刻在一块铜牌上，端端正正地挂在家门口，是教授的在姓名前加“Prof.”，是博士的要加“Dr.”，既是教授还是博士的便一前一后加“Prof.”和“Dr.”。一次，谢东泓在一家特别大的别墅门上瞧见过一个铜牌，上面写的是“Prof. Dr. Dr.”。天啊！沃尔德教授名字前才一个“Dr.”，这家主人一人有俩，比不上爱因斯坦和费尔巴哈，也一定不亚于威廉·洪堡和马克斯·普朗克呀！为表示特别的敬意，谢东泓在其他人家的邮箱里塞一份广告，在这一户，他虔诚地塞了两份。

一家一家地看铜牌，转悠了将近半个小时的谢东泓终于寻到了索菲娅·施密特儿子的家。开门的是上次在跳蚤市场上见到的金发女士，愣了半天神儿后，她终于想起来了，面前的年轻人就是从自家先生手里接信的那个中国留学生。

"我没有预约，就私自闯上门来，真对不起!"

"没关系，没关系，我刚从一本书上看过，中国人之间关系亲密，访问不需要预约。你们的圣人孔子不也说过，四海之内皆兄弟吗!"

谢东泓一时也想不起这句名言是不是孔子说的，反正中国的名言名句到了德国人那里都是孔子的话，再怎么纠正也是白搭。想到这里，谢东泓便笑嘻嘻地进了门，对女主人说明了来访的目的。

"您先等会儿，我先生半小时后就会到家，您问信的事，得等他!"女主人说完这句话，就进厨房煮咖啡去了。

谢东泓喝完两杯"一杯三味"的咖啡，开着奔驰车的施密特先生回来了。女主人介绍完，发愣的施密特先生才回过神来，笑哈哈地握着谢东泓的手足有三分钟，边握边说：

"欢迎，欢迎，你们的圣人孔子说过，远方朋友的到来使人高兴!"

谢东泓忍不住笑出声来。

稍作镇定，谢东泓说，他想问问索菲娅·施密特女士和雷奥的事。

男主人一下子陷入了沉思。

施密特先生说，其实他也不知道多少他妈妈与学生的事。德国人在家里是不谈二战那段往事的，谈起来特别沉重。直到1979年11月，妈妈在去世前一个月，才和他在病床边聊了半天雷奥的事。他妈妈讲了雷奥给她吃松子蛋糕的事，说那是她一辈子吃过的最香最甜的蛋糕。她还讲到了他们分别时的情景，边讲边流泪。最后，他妈妈说，她箱子里的那几封雷奥的信不要扔，今后有机会送给中国人，最好是上海人或河南人。

施密特讲完这段话，屋子里一片沉寂，三个人各自端杯默默地喝着咖啡。

"我妈妈是学音乐的，在维也纳上的音乐学院。我爸爸在希特勒军队里当过上校，1939 年在巴黎被法国游击队狙击手打死时，妈妈才三十一岁。”

施密特说到这里，屋内的气氛更加肃穆。

“没有想到，她的儿子后来找了个巴黎人当太太，不过我妈妈挺高兴的。”看屋内的气氛太凝重，施密特想舒缓一下。他说完这话，女主人伸出双手，把施密特的手焐在了自己手心里。

“您看，这就是我妈妈的照片！”施密特这时候拉着夫人的手，站了起来，两只眼睛朝墙上望去。

谢东泓看到了镜框里的索菲娅 · 施密特。

那是一张无法用言语表达的端庄漂亮的脸庞，头发是柔卷的，皮肤是白皙的，高高的鼻梁，一双明亮清澈的眼睛，含着微笑，含着甜蜜，含着淡定……

“这是我妈妈在维也纳上学时的照片！”施密特说。

谢东泓没有讲话，他盯着看了很长很长时间，他从照片中那双眼睛里读懂了很多很多东西。

谢东泓对着照片恭恭敬敬地鞠了三个躬。

稍后，谢东泓又对着照片鞠了三个躬。

后面的这三个躬，谢东泓是替雷奥鞠的。

第4章　中国上海

到达上海的第三天上午，雷奥和妈妈一起来到了河滨大楼餐厅，不过不是吃饭，而是去开会，所有新到上海的犹太难民都去了，站着和坐着的人挤满了整个餐厅。三个人先后讲了话，一位是欧洲犹太难民救济委员会主席斯皮尔曼，一位是美国犹太联合分配委员会的女会长，还有一位是在沪犹太人组织的负责人，是位穿西服打领带的先生。

从他们的讲话中，雷奥了解到东方上海的最新情况。斯皮尔曼主席说，目前，日本人占领着上海，中国政府迁到千里之外的重庆去了。上海是个无主“孤岛”，外国人很多，不要居住证，有各国的租界，其中法国、英国、日本的最大。几年前，就有大批的犹太人从欧洲逃到上海，到目前为止，有接近三万犹太人生活在这里。

听了主席的讲话，雷奥满心疑惑。上海明明是中国的，为什么被日本人占领着？雷奥在德国读小学时，知道中国和日本是两个国家，为什么一个国家现在要“占领”另外一个国家呢？雷奥也不能确切知道三万人有多少，但他知道，他念的汉堡的小学，学生只有四百人，四百人在学校里开运动会，能站满整整一个操场，他数都数不过来。三万人，那要站满多少个操场啊？

浮想联翩的雷奥被优雅的女会长的声音打断了。她说，大家不要害怕，日本人目前对犹太人还是客气的，他们没有出台过多的压制犹太人的政策。中国政府的政策大家都清楚，他们很同情犹太人的遭遇。前几年，前总统夫人宋庆龄女士和一个叫作中国民权保障同盟的组织还专门约见了德国驻上海的总领事，抗议纳粹在德的排犹暴行，这个组织中有很多中国的名人，如蔡元培、鲁迅和林语堂等，其中蔡还懂德语，在德国柏林洪堡大学留过学。

雷奥最不习惯听中国人的名字。中国人把姓放在前边喊,把名置在结尾叫,顺序正好与欧洲相反。雷奥刚认识王家甫时,爸爸提醒过他好多次,但关键时候雷奥还是出了错。在家里第一次见到王家甫时,雷奥脱口而出的不是“王先生,您好”,而是“家甫先生,您好”。闹得王家甫也犯了迷糊,搞不清自己身处汉堡还是上海,因为如此亲切的称呼只有在中国才听得到。这次,讲台上的女士一口气报了好几个人名,雷奥只记前边的姓,不记后面的名,两者都记他记不住,只能拣最重要的。令雷奥没有想到的是,那位女士报名字时已考虑到欧洲人的习惯,讲话时有意将中国人的姓与名换了顺序。雷奥并不知道这一点,好几次在给别人提到曾经留学德国、做过北京大学校长的蔡元培时,他都亲切地称“元培先生”,闹得中国人一脸迷糊,觉得面前的这个生瓜蛋子小屁孩来头还真不小。

最后一个上台讲话的是在上海生活多年的犹太人,叫尤利安。仪表堂堂的尤利安先生绘声绘色把上海的地理和历史介绍一番后,重点向餐厅里新来的犹太人介绍了几个重要的地点。首先提到的就是长阳路上的摩西会堂,是犹太人在上海的宗教活动中心,新生儿在那里接受洗礼,青年人在那里举办婚礼,老人们在那里诵经祷告。尤利安介绍的第一个地方,雷奥并不是十分感兴趣,他感兴趣的是尤利安嘴里的第二个地方。

尤利安说,在上海的虹口区,霍瑞斯·嘉道理先生刚刚建了一所学校,名字就叫嘉道理学校,犹太人的孩子都可以去上学。学校里开设德语、数学、地理、生物、体育等课程,刚讲完“等课程”三个字,站在台下的雷奥打断了尤利安的讲话。

“有音乐课吗?”

尤利安被问了个措手不及,他看着八九岁大小的雷奥,微笑着说:“这个问题还是请嘉道理学校的校长露西·哈特维希女士来回答吧!”

这时候,从人群中站立起了一位圆脸、卷发、大眼、柳眉的端庄女士,她不慌不忙地走到尤利安身边,微笑着开了口:

“不但有音乐课,学校还有自己的乐队!”

“音乐课上有钢琴吗?”雷奥继续问。

“有钢琴啊,小朋友喜欢听什么曲子?”

“勃拉姆斯的《摇篮曲》和贝多芬的《命运交响曲》!”雷奥回答。

“咚咚咚,咚——”露西·哈特维希女士模仿起了《命运交响曲》的开头,全场哄然大笑,雷奥也跟着笑出声来。然而整个餐厅的笑声还没有停息,想起施密特老师的雷奥低头呜咽起来。雷奥一哭,全场的笑声立刻止息。雷奥妈妈知道儿子的心事,赶紧过来把儿子搂在了怀里,依偎在母亲怀里的雷奥哭声更大,全场静寂一片,没有一个人讲话,只有雷奥的哭声在大厅里回荡。

第二天上午,雷奥妈妈和其他大人留在河滨大楼接受培训。难民要在上海生存,必须自食其力,尽快找到一份谋生的职业,这是昨天尤利安先生说的。尤利安先生最后还说了一句话,在场的人都报以热烈的掌声:犹太人从来都靠自己的双手,不靠别人的施舍。培训的职业工种很多,翻译、打字、印刷、缝纫、烤面包、煮咖啡、理发、木工、机械修理等。雷奥妈妈在汉堡是骑自行车送报送信的,外国人在上海当邮差可没有优势。思考了一夜,决定去学烤面包,她的蛋糕做得好,学烤面包是有基础的。妈妈去学烤面包,雷奥激动了一个晚上,对他来说,在兵荒马乱的年代没有比可口的面包更重要的东西了。

大人们去接受培训,志愿者就带领孩子们乘汽车去认识上海。他们去了霞飞路。上海外滩如果说是外国建筑的“万国博览会”的话,以法国将军霞飞命名的霞飞路就是东方的巴黎或者圣彼得堡的商业街,志愿者一边给孩子们认认真真解释,一边指指点点介绍景观。两边种植着高大的法国梧桐的霞飞路上,电车轰鸣而过,黄包车穿梭其间,行人来来往往,如过江之鲫。街道两边,娱乐场所、商店、公司、饭庄、洋房住宅比肩而立,外文的Casino de Paris(巴黎夜总会)、Pilszi(捷克饭店)、Kazbeck(高加索饭店)、Sukiyaki(日本饭店)、Kelamen Kaffee(克来蒙咖啡),中文的国泰电影院、尚贤坊、盖司康公寓、法租界公董局、百货公司鳞次栉比。在汉堡、在柏林雷奥从来没有见过这样的街道,也从来没有见过如此众多的行人,就是圣诞节期间也没有。水泥街面上的行人当中有穿西服、戴礼帽、洒香水的欧洲人,也有着长袿、戴毡帽、穿旗袍的中国人。交臂而过的路人各自说着不同的语言,谁也听不懂谁的话,自然而然地构成了一种距离、一种保护、一种自我、一种温馨。看到这些,雷奥突然想起了自己崇拜的《八十天环游地球》的主人翁斐利亚·福克,他颇为斐利亚·福克惋惜,如果斐利亚·福克能来上海,《八十天环游地球》应该会有更多精彩的篇章。

雷奥和伙伴们是在一家叫沪江包子店的地方吃的午饭,每人三个热气腾腾的肉包子,上海的包子都是大肉的,但这次遵照犹太人的习俗改成了羊肉包子。志愿者称"Dampfnudel"。雷奥怎么也不会想到,他吃的东西翻译成汉语就是大名鼎鼎的上海生煎包子。

沪江包子店店面太小,一百多个孩子是排成一列站在门口等包子的。店里的一个年轻伙计用纸片托着三个包子放到雷奥手上时,白纸上沾满了黄澄澄的油水,油水在阳光的照射下泛出黄澄澄的光亮,比他妈妈做的松子蛋糕底下那层油纸发出的色泽还光亮。光亮的刺激从雷奥的视觉神经传导到嗅觉神经,雷奥闻到了一股浓香和一股清香。浓香是来自包子的内里,是一股肉糜撩人的芳香;清香是从包子表面弥漫开来的,到底是麦面之香、油水之香,还是上面的黑芝麻、黄芝麻、葱花的香气,雷奥也说不清道不明。

雷奥拿到包子,足足看了三分钟,觉得手里的东西值得好好琢磨。雷奥不明白,一个白白的、圆圆的、裹得严严实实的"面包",哪里来的肉香,他吃过意大利的比萨,面上有馅,肉香是馅香。他也吃过土耳其的Döner(肉馅饼),肉香是从劈开的烤饼中发出的。中国的"面包"浑身只有白面,哪里来的肉香?迷茫中的雷奥动口了,他用力咬下了一口。之所以使劲咬,是雷奥来中国后总结的经验,河滨大楼里的白面包如此,黄包车夫的"黑面包"也如此,不使劲不行。狠命地一嘴撕咬,没料到出了问题。只听扑哧一声,一股黄澄澄的油水从包子内喷涌而出,溅得雷奥满头满脸满手都是。"啊呀"一声过后,雷奥知道出了洋相,赶紧用手背去擦脸,生怕旁边的小伙伴看了笑话。当他从指缝间窥视是否有其他人注视自己时，看到了一个滑稽而又壮观的现象，几乎所有的小伙伴都在擦脸，有的用手，有的用纸，还有撩起褂子用衣角的……雷奥一口气吃下了三个包子，这种外脆内嫩、外淡内咸、外素内腻、外干内油的“面包”，雷奥可是从来没有吃过，今后要是能天天吃这样的 Dampfnudel 该有多好！雷奥心里想。

雷奥和他的一百多个伙伴埋头吃包子的时候，四周已经围过来十几个中国孩子，他们在静静地等着、望着。当雷奥吃完包子，准备把手里的油纸扔到店门旁木箱里的时候，一个中国孩子走到了他的面前伸出了手。雷奥的三个包子已经下肚，他不知道对方还要什么。正在迷茫的当口，手里的油纸被一把夺了过去。夺去油纸，中国孩子没有走开，而是扭过头用舌头舔起黄澄澄的油纸。雷奥愣在了那里，他看到的眼前的孩子和自己一样高，却枯瘦如柴，棉衣上一个窟窿接着一个窟窿，每个窟窿里都外露着脏兮兮的棉絮。舔完油纸的一面后，雷奥没有想到，油纸背面中国孩子也不放过，也认认真真舔了一遍。中国孩子把纸扔进了木箱后并没有离开，而是扭过头来，向雷奥点头笑了一下，接着走到了下一个正在吃包子的外国孩子跟前。

坐在回河滨大楼的汽车上，雷奥一直没有说话。他不敢相信自己亲眼看到的上海，他理解不了自己亲眼看到的上海。神秘的上海使他着迷，神秘的上海也使他迷茫。他在一遍一遍回忆着车上志愿者讲过的话。原来的上海没有这么多流浪孩，日本人来到中国后的这两年突然多了起来，都是从内陆地区扒火车来的。汽车驶过富丽堂皇的永业大楼、气势恢宏的诺曼底大厦、流光溢彩的“黑眼睛”、生意兴隆的小支古力店时，其他孩子都在兴高采烈地四处观望，雷奥却低头一路无语。

雷奥和妈妈居住的大房间里，夜晚屋顶的白炽灯泡幽暗昏黄，接受培训干了一天活的大人们和游览玩要累了的孩子们都睡下了，只有雷奥妈妈一人趴在床边，她在借着灯光给雷奥的爸爸和姐姐写信。屋内，均匀的鼾声此起彼伏，鼾声不但没有袭扰黑夜的寂静，反倒更能证明黑夜的存在。这封信，雷奥的妈妈从汉堡上船到现在已经思考了二十多天，天天都在心里打着腹稿,每一个字都凝结着她的思念。在西方,自己的丈夫是否已经头伤痊愈?在西方,自己的女儿是否平安无恙?她恨不得插上翅膀,越过东海,越过南海,越过印度洋,越过大西洋,回到西方,回到德国,回到汉堡,亲眼看一下自己的爱人、自己的骨肉。想着写着,写着想着,写到一半的时候,莎拉·阿芬克劳特低声哽咽起来。为了不让别人发觉,她用双手捂着自己的嘴巴,哪里想到,捂得越紧,自己的哽咽声越大,最后她干脆趴在床边,用被子捂着自己的头。来到上海的这两个夜晚,实际上这样的哭声太多了,大人们为了不让孩子们听到,白天不哭,只有在夜里偷偷地哭。别人的哭声雷奥不知道,但自己母亲的声音他是熟悉的,他是听到母亲的哭声后醒来的。雷奥看到了用被子盖着头的母亲,也看到了掉在地上的信纸和钢笔,他明白了一切。雷奥从上铺爬了下来,帮妈妈捡起地上的钢笔和信纸,然后钻进了妈妈的被窝,拉着她的双手,在黑暗中他看不见妈妈的脸,但他知道妈妈的双手在颤抖、双腿在颤抖、浑身都在颤抖。

莎拉·阿芬克劳特用了三个晚上才写完发往汉堡的第一封信,收信人是自己的丈夫和女儿。信封上丈夫的姓名是她写的,而女儿的姓名是雷奥写的。星期天不培训,莎拉·阿芬克劳特对儿子说:“我们上午去邮局发信,发完信后去找王家甫先生。”

去找王家甫先生,是雷奥上了轮船之后梦寐以求的事。王家甫两年前从汉堡回上海之前,告诉了阿芬克劳特先生自己就职的地址。

在霞飞路邮局发完信,莎拉·阿芬克劳特心里的石头终于落了地。母子俩坐车向吴淞码头出发了,吴淞码头在上海的西北方向。在市区内,电车跑得飞快,但出了市区的马路坑洼不平,汽车一路颠簸前行。坐在车厢里的母子俩看到,马路两边的民房很多都成了残垣断壁,那是两年前日本军队进攻上海时的炮火所致,母子俩不知道这一点。但他们看到在通往吴淞码头的路上,重要的路口都有一队队的士兵把守。莎拉·阿芬克劳特告诉儿子,那些端着刺刀、戴着钢盔的是日本军队,他们的太阳旗插到哪儿,哪儿的中国人就遭殃。莎拉·阿芬克劳特轻声对雷奥说,日本人跟中国人长相一样,别看租界里穿西服与和服的日本人文质彬彬,但对中国人很凶恶。报纸上说，他们杀了很多中国人，杀男人，杀妇女，连小孩也杀。雷奥心里咯噔了一下，他想问，为什么日本人跑到中国来杀人，但车上人多，他不敢问，因为河滨大楼里的大人讲过很多次，中国人和日本人之间的事不要讲，也不要问。

换了五趟车，历经三个多小时的颠簸，雷奥和妈妈终于在中午时分到达了吴淞货运码头。

码头大门值班的一位老人在看过莎拉·阿芬克劳特手里的地址后，知道面前这两位外国人要找的调度员就是王家甫，于是他急急忙忙摇了一通电话。

十几分钟后，从码头内向门口方向走来一个人，穿西服打领带，大约还有四五十米的距离，雷奥就认出来，向他们走来的人正是爸爸的朋友王家甫先生。雷奥知道，被他第一次见面称作“家甫先生”的这位中国人走路不快不慢，从不东张西望，步伐永远都是那么从容不迫。

“家甫先生您好，我是雷奥！”还有十来米的距离，雷奥一边举起手里的木海鸥，一边大声地冲来者高喊。

来者顿时像触电一样吃惊，然后怔在了那里，许久一动没动。

“王先生您好，您仔细看看，我是雷奥啊！”雷奥又是一声高喊，这次他想起了中国人的姓名习惯。

来者还在那里怔着，他哪里想到自己眼前竟会出现这对德国母子。

王家甫的眼里涌出了泪水。莎拉·阿芬克劳特女士也一样，紧接着是雷奥。那个码头大门值班的老人一脸茫然，不知道眼前的三个人究竟怎么了。

雷奥和妈妈是在大门值班的老人处吃的午饭，日本人控制着码头，任何人不能入内。王家甫让食堂送来的是两饭盒洋葱肉丝饭，母子俩吃得津津有味，直到饭盒里饭粒一颗不剩。王家甫一口饭没吃，一口水也没喝，从前到后都是眼里噙着泪水凝视着母子俩。他多么想看到自己的外国同事阿芬克劳特先生和他漂亮的女儿此时也能在这里吃上洋葱肉丝饭啊，但他泪眼里看到的只有两个人，不是完整的一个家庭。

王家甫送别母子俩时，留下了他在杨浦区自家的住址。

“过去你们汉堡的家是我的家，今后我上海的家就是你们的家！”

听到王家甫的这句话，雷奥和妈妈含泪点头。

来到上海的第二周，雷奥和新来的一批难民子弟一道去了嘉道理学校上学，他在汉堡上的是小学二年级，来到这里后，插班进了二年级。与在汉堡的小学相比，这里的小学新开了一门课，叫希伯来语。从希伯来语老师那里，雷奥不但学习了语言，还了解到了犹太民族的发展史、迁徙史。有时候，希伯来语老师在台上讲着讲着就会哽咽，老师一哭，底下的学生也都跟着哭。放学回到家，雷奥经常问妈妈，犹太人为什么一直身处苦难。雷奥妈妈无言以对。雷奥问得多了，妈妈最后说了一句话，犹太人在其他国家受苦受难，但在中国没有，今后，像中国这样的国家会越来越多。雷奥认为妈妈的话是对的，后来也就不再提出同样的问题了。

在学校里，雷奥最喜欢的还是音乐课。每到音乐课，雷奥都会穿上漂亮衣服，腰杆站得笔直，挺着胸膛听老师讲课，随着琴声卖力演唱。歌声牵动着雷奥的思绪，飞越千山万水回到德国，回到汉堡，回到他熟悉的玛瑞亚小学的音乐教室里，回到施密特女士的钢琴旁。

嘉道理学校教音乐的是位男老师，很喜欢雷奥，经常在全班同学面前表扬雷奥，翻来覆去总会提到一句话：“雷奥同学唱歌，让人能听到他的心跳！”

除了坐在教室里上课，雷奥最喜欢课间和伙伴们一起在校园内的一块平地上做操。每次做操，露西·哈特维希校长就会从办公室走出来，站在一旁认真观察，每次看到雷奥，她都会格外多看几眼。为了得到女校长的注意，雷奥回到家经常在妈妈面前练习，有时在地上，有时在床上，让妈妈看他每一个动作是否规范。妈妈看时，雷奥还要求她把眼睛瞪大，因为露西·哈特维希校长的眼睛特别大。

放学后，雷奥去找过几次露西·哈特维希校长，他想加入学校的小乐队。但露西·哈特维希校长一直没有同意，乐队都是由十岁以上的孩子组成的，但雷奥只有八岁。露西·哈特维希校长说："快点长大，等你背得动鼓搬得动琴，我就让你参加！"为了快点长高，每次体育课，雷奥特别卖力，不到汗流浃背绝不收场。

每隔五六天，都有一个中国女人带着一个男孩来到河滨大楼找雷奥和妈妈。

中国女人每次来，手里提的东西都一样，一只瓦罐和一个洋铁皮饭盒。瓦罐里盛着半只炖鸡，饭盒里是二十多个生煎包。

这位中国女人就是王家甫的妻子，雷奥叫她潘姨。潘姨的儿子叫保立，比雷奥小两岁，圆圆的脸蛋，大大的眼睛，留着一个小平头。潘姨与保立见到雷奥和他妈妈，两对母子之间没有一句话，因为潘姨和保立不会德语，雷奥和妈妈不会汉语。潘姨坐在床边，等待雷奥和妈妈把炖鸡和包子吃完，然后再提着空罐和饭盒回去。每次雷奥满嘴油晃晃地啃鸡大腿时，保立都会站在旁边眼睛直勾勾地盯着雷奥的双手，这时候，潘姨都会拧着保立的耳朵把他拉到自己身后。雷奥没有觉察到面前发生的一切，雷奥妈妈则不一样，她每次都会扯下一块鸡腿肉递给保立，但保立不敢接，而是把一双小手藏在背后，双眼直愣愣地盯着潘姨的脸。这时的潘姨从来不说一句话。

潘姨每次走时，都微笑着朝雷奥和妈妈点一下头，一只手拎着装有空罐和饭盒的布袋，一只手拉着噘着小嘴的保立。

1939 年的中国春节过后，雷奥妈妈结束了三个月的培训。莎拉·阿芬克劳特知道，中国国内的混乱局面一天比一天严重，各个犹太组织物资供应状况也一天比一天差，她决定不能再住在河滨大楼接受救济，自己要找一份活计养活母子俩。每个礼拜天她领着儿子到虹口摩西会堂参加完弥撒后，就到会堂所在的华德路和附近的舟山路、唐山路一带闲逛，雷奥对这种漫无目的的溜达一点也不感兴趣，但他不知道妈妈是在找工作。虹口区本来就人口密集，几年来涌进了大批从欧洲来沪的犹太人，加剧了这里的拥挤。一段时间的观察后，莎拉·阿芬克劳特认为在这里赁间房子开个面包店还是可行的,犹太人和其他欧洲人是主要顾客,一部分中国人也会时不时买上一块半块。在舟山路上,她终于发现了一间关门歇业的小店,半旧的板门上用英语和汉语写着"转让"二字。

星期天的晚上,莎拉·阿芬克劳特带着雷奥来到了王家甫的家。

两家人已经很熟。王家甫在家,两家人在一起用语言沟通;王家甫不在家,两家人之间用手势与笑声沟通。笑声是最好的语言,站在对面的两人一笑,就相互明白对方的意思,潘姨和莎拉·阿芬克劳特之间是这样,雷奥和保立之间也是这样。王家甫不在时,闹误会的情况有,但不多。闹了误会也没多大的问题,结果还是以笑声收尾,笑声对两家来说都是期盼的东西。一次傍晚要煮饭的时候,潘姨笑着指指铁锅,意思是问雷奥想吃啥,雷奥当然明白,就用手比画一番,潘姨明白雷奥指的是母鸡。片刻工夫潘姨就从附近的市场拎回了一只老母鸡。莎拉·阿芬克劳特一看吓了一跳,她知道,潘姨自己没工作,还有儿子保立,全靠王先生一人支撑,鸡也是家里舍不得买的东西,就责怪起雷奥来。雷奥十分委屈,他说自己比画的是一只饭盒,他想吃上次在码头吃的洋葱肉丝饭。

这一次王家甫在家。

"王先生,我想租房开个小面包店,您看行吗?"莎拉·阿芬克劳特提出想法后,又把舟山路的情况叙述了一遍。

"怎么烤面包我们中国人不懂,在上海有设备吗?"王家甫问。

"犹太人协会帮助打听到一个消息,霞飞路法国俱乐部有一套旧设备准备折价出售,大概三千二百法郎!"

"那么多钱!"

"俱乐部同意分两次付清,期限为半年。外加房租,每月偿还三百法郎。"

"您付得起吗?"

"我一分现钱都没有。来上海时,我和雷奥偷偷藏了一对耳环和一枚戒指,是到这儿的活命钱。我上个星期,去了外滩的两家典当行问过,一家说一千二,一家说一千三,看来就是这个价了。"

王家甫听完莎拉·阿芬克劳特的话,半天没有开口。

“我不懂烤面包,但会蒸馒头,那可是个体力活,您一个人干得动?”

“我想雇个帮工,只管吃饭,没有工钱。”

“这样好!一个人无论如何干不了!”说完这话,王家甫在屋子里踱起步来,来回走了几圈后,他停了下来。

“您把耳环和戒指给我吧,我明天去一下外滩,好好和当铺老板讨个价!”王家甫最后说。

第二天晚上,莎拉·阿芬克劳特没有想到,潘姨来到了河滨大楼,这一次保立没来,她一人来的。坐到莎拉·阿芬克劳特的床边,雷奥看到潘姨掏出了一封信,同时从腰里解下了一个小布袋,递给了雷奥妈妈。

雷奥妈妈先读了信,信是王家甫用德语写成的。

尊敬的莎拉·阿芬克劳特女士:

您好!

我今天上午去外滩两家典当行之前,请了一位上海老先生瞧了您的东西,他出了几个点子和典当行要价。我照他的指点做了,最后一家典当行给了两千法郎,晚上就让保立妈妈转交给您。

您开面包房一定要找位帮工,一个人实在太辛苦。在没有找到合适的人之前,就让保立妈妈先帮您一段时间忙,她家乡河南三餐以面食为主,她面包不会烤,但会蒸馒头。我想,面包馒头虽然味道不同,但制作原理还是有相通之处的,保立妈妈的手艺也应该有点用,至少她可以出点力气,打打下手……

看到这儿,莎拉·阿芬克劳特喜出望外。“Mein Gott!”是她高声喊出的第一句话。两千法郎,她想都不敢想,这样的话,就马上可以租房子、购设备了。莎拉·阿芬克劳特仿佛闻到了面包房弥漫出的芳香,她举头看着天花板,闭上眼睛沉浸在美好的憧憬之中,再没有说第二句话,忘记了旁边还坐着潘姨和雷奥。

过了好长一阵子，莎拉·阿芬克劳特才睁开眼睛，思绪从憧憬回到现实。

她看到，潘姨和雷奥望着她一直在笑。

微笑中的潘姨用手指了指小布袋。莎拉·阿芬克劳特明白，对方要她当面把钱数清。

莎拉·阿芬克劳特一连数了两遍，都是两千两百法郎，其中两百法郎用一方手帕另外包裹着。这时候，她疑惑起来，抬头看潘姨。

潘姨自然明白她的疑惑，又用手指了指信。

莎拉·阿芬克劳特这才意识到，王家甫的信她还没有读完。

> 您和雷奥搬到店上面的阁楼居住，需要购买一些家什和被褥，外加店里开业也需要购买面粉、煤块和发酵粉。我们凑了两百法郎，您先作应急之需吧，等以后资金充裕，再还给我们。

莎拉·阿芬克劳特看完这一段话，心里明白了为什么手中多出两百法郎。握着王家甫信的莎拉·阿芬克劳特始终没能说出“谢谢”或者相似的话。潘姨紧握莎拉·阿芬克劳特颤抖的双手，也没有说一句话。这一切，雷奥都看在了眼里。

细心的雷奥还发现，潘姨右手无名指上原来一直戴着的一只金戒指不见了，手指上空空的，只在戒指扣环处留下了一圈略显白色的痕迹。

莎拉·阿芬克劳特的面包店一个星期后开业了。门上的横匾是王家甫在制匾店定做的，名字也是他起的。匾上一共两行字，第一行是德语“Hamburg Back Spezial”，第二行是汉语“汉堡特色面包店”。犹太人协会的工作人员来了，莎拉·阿芬克劳特在上海认识的德国、捷克、波兰朋友来了。王家甫也来了，不光自己来，还带来了一群中国人。祝贺的外国人带的是鲜花和葡萄酒，中国人手里个个拎串鞭炮、对联或者大红的蜡烛。噼里啪啦一阵脆响之后，舟山路上的中国人和外国人都围了过来，这几年，上海城里日本人的枪声不断，喜庆的爆竹声却少得可怜。

莎拉·阿芬克劳特面包店玻璃橱柜里，既有简单便宜的黄色吐司面包片,价位适中、拳头般大小且上面粘满芝麻、葵花子和南瓜子的全麦褐色面包,也有口感偏酸的全麦黑面包,俗称“大砖头”,还有价格偏贵的一层黄油一层奶酪的 Käsecroissant 牛角面包,甚至还有一种叫作 Laugenbrötchen 的巴伐利亚碱水面包。

开业仪式上,各式各样的面包被莎拉·阿芬克劳特和潘姨切成了一个个小块,放在盘子里供来宾品尝。每个人嘴里都鼓鼓囊囊,每个人脸上都挂着微笑。穿西服打领带的王家甫也快乐地咀嚼着,嘴里咔吱咔吱作响,那是德式面包酥脆的外皮发出的特有的响声。这种响声,王家甫已经两年没有领略了。听着自己嘴里发出的脆响,王家甫情不自禁地想起了一句德国谚语:“人活着光有面包是不够的!”在这个时候,在日本人占领下的上海人连块面包也难得吃到啊,还能祈求什么?想着想着,一阵酸楚涌上王家甫的心头。

每天早上五点,潘姨就起床了,为王家甫做好早饭,再用饭盒盛好三份午饭,就背着睡眼蒙眬的保立出门了,她要赶一个多小时的车才能到舟山路上的“汉堡特色面包店”。来到店里,她把保立放在雷奥床上让他继续睡觉,自己就和莎拉·阿芬克劳特一起忙活起来。莎拉·阿芬克劳特和潘姨各有分工,做各式花样的面包、入炉、烤制、出炉和摆放是莎拉·阿芬克劳特的事,揉面、烧炉、洗刷工具和打扫店里卫生是潘姨的活。两人分工明确,配合默契,至于交流,则更多借助手势、微笑和眼神。

欧洲人来买面包,莎拉·阿芬克劳特出面接待。中国人偶尔也会来,哇啦哇啦的上海话莎拉·阿芬克劳特听不懂,她会赶紧跑到里间叫来潘姨,又是一阵哇啦哇啦的对话之后,中国人拿着面包笑呵呵地走了。

面包店的生意一天天红火起来。

莎拉·阿芬克劳特和潘姨也有“冲突”,每次都发生在吃午饭的时候。

到了吃午饭的时间,潘姨都会取出从家里带来的两个饭盒,放在锅里蒸热一下,那是她和保立的午餐。莎拉·阿芬克劳特看到母子俩坐在里间捧着饭盒默不作声地吃饭,都会偷偷塞给保立一个新烤的

Käsecroissant,潘姨看到后总是用眼瞧瞧保立,一言不发。懂事的保立手里握着热乎乎的面包,呆呆地站立一会儿,然后慢悠悠地走到前台,把面包轻轻地放回面包篮里,然后再慢悠悠地回到里间。

也有很多时候,潘姨带面包回家。那是卖不完的面包,表面已经松散,是莎拉·阿芬克劳特用纸包好后强塞到潘姨的包里的。潘姨还是不要,两个女人总要拉拉扯扯好一阵子,这时候,莎拉·阿芬克劳特都会大声嚷叫:“那是给王先生的,不是给你的!”“王先生”三个字,莎拉·阿芬克劳特是一字一字喊的,潘姨虽不懂雷奥妈妈嘴里的整句德语,可她听得懂“王先生”三个字。

犹太人的安息日是从周五下午日落时开始,到周六晚上夜空出现第一颗星星时结束。在安息日,犹太人一天要三次祷告,分别称作早祷(沙哈瑞特)、午祷(明哈)和晚祷(马阿瑞夫)。尽管漂泊到上海,但在莎拉·阿芬克劳特眼里,有件事比什么都重要,这就是祈祷,她相信犹太拉比的话:“祈祷是伟大的,胜于一切的善行。”每到安息日,她都会带着儿子雷奥去摩西会堂做祷告,祈求上帝保佑自己的丈夫、自己的儿女,祈求上帝给自己的家庭带来好运。安息日之外的每天早上,莎拉·阿芬克劳特也在家里独自祷告。天蒙蒙亮时,她就起了床,换上洁净的衣服,面朝西方,肃穆站立,嘴里开始诵读祷词。待半个小时的祷告结束,她才换上其他衣服准备开始一天的活儿。雷奥明白,祷告已经成为妈妈生活中不可或缺的最神圣部分,一天不祷告,妈妈就会失去信心、失去忍耐、失去方向,他相信妈妈的虔诚一定会感动上帝,全能的上帝一定会给他们一家永恒的救赎。

夜深人静的时候,莎拉·阿芬克劳特常常偷偷地坐在面包间啼哭。已经寄出了四封信,还是没有丈夫和女儿的一点消息。莎拉·阿芬克劳特每天空闲的时候都看上海的德文报纸《八点钟晚报》和《黄报》。这年9月,德国吞并了波兰,波兰陷入了灭顶之灾,受难最重的还是那里的犹太人。这两份报纸上每天都有这方面的消息和照片。每当看到这些消息,莎拉·阿芬克劳特的心都像被锥子刺了一般。昨天,莎拉·阿芬克劳特从报纸上看到了一个令她心惊胆战的消息,德军已经占领了巴黎。法西斯在国际上已经如此猖狂,在国内对犹太人的迫害到了何种地步,莎拉·阿芬克劳特实在不敢想象。最近,报纸上不时刊登消息,说离汉堡不远的魏玛布痕瓦尔德集中营、柏林萨克森豪森集中营和慕尼黑达豪集中营里犹太人被随意枪杀,被用作解剖标本。莎拉·阿芬克劳特的心情灰暗到极点,她不敢把这一切告诉雷奥,只有自己独自一人饮泣吞声。幽咽过后,莎拉·阿芬克劳特又开始给丈夫和女儿写第五封信,她多么期盼万里之外的骨肉亲人能给自己一个回音啊!

回音终于盼到了,不过不是莎拉·阿芬克劳特丈夫和女儿的回信,是欧洲犹太难民救济委员会从汉堡打听到的消息。听到这个消息,莎拉·阿芬克劳特和雷奥整整三天哭断肝肠,面包店也关了三天。

原来,莎拉·阿芬克劳特和儿子雷奥离开汉堡两星期后的一个晚上,一队党卫队破门而入。因为阿芬克劳特先生多年来在汉堡港从事远洋货物的调度、统计、仓储和转运,还是这个部门的领班,盖世太保认为他知道战争军用物资的采购地和转运到德国国内的接受地,而这些都是帝国的军事秘密,因此阿芬克劳特先生和他的家人被列为"危险人物"和"优先解决"的犹太对象。一阵疯狂的翻箱倒柜的搜查之后,盖世太保没有得到半点证据,正当阿芬克劳特先生认为可以逃过这场劫难时,枪响了。阿芬克劳特先生和女儿苏珊娜后脑勺各中了一枪,被活活枪杀在了地板上。同楼里的居民看见,一具男人尸体和一具女孩尸体被抬出公寓楼后,直接扔到一辆垃圾车里运走了。第二天,同楼里的居民发现,楼下入口处阿芬克劳特家的门牌被摘掉了。

雷奥从来没有如此痛苦过,这不是一个八岁孩子应该承受的痛苦,但他必须承受。自己的爸爸姐姐说没就没了,死亡以前离他是那么的遥远,现在说来就来了,雷奥不相信这一切是真的。来到上海十个月的时间里,他经常在梦里见到爸爸,那个让自己骑在肩上扮演《格林童话》里满载而归的猎人的爸爸,那个拿着王家甫给的奇怪的中国汉字让他和姐姐猜、然后一起哈哈大笑的爸爸。同时梦见的还有那个为了一块糖与自己争夺不休、最后遭妈妈训斥站在墙角里哭鼻子的姐姐,那个和自己一起坐在床上、一起朗诵《八十天环游地球》的姐姐……从今以后,他再也见不到爸爸和姐姐了,谁还能给他表演格林兄弟的童话呢?谁还能给他朗读妙趣横生的《八十天环游地球》呢?

雷奥和妈妈泣涕如雨,潘姨也跟着一起啜泣不止,她虽然没有见过雷奥的爸爸和姐姐,但她从丈夫的嘴里听说过,从丈夫拿回来的照片上瞧见过,那是一个多么温馨和睦的家庭啊,男人是个忠厚负责任的男人,女儿是个如花似玉、温顺懂事的孩子,两声罪恶的枪响就毁灭了这一切。作为一个家庭妇女,潘姨总疑惑,这样的事情只有日本人才干得出,丈夫口口声声夸耀的德国怎么也会有这样的事情?

为安慰雷奥和他妈妈,王家甫下班后经常来到面包店。王家甫坐在面包房里,低着头,捂着脸,一个晚上不讲一句话,他每天都在公司阅读德语报纸上纳粹部队的"捷报"和日本的"战况",杀戮每天都在发生,鲜血每天都在流淌,他不明白世界到底怎么了。看着大人们的痛苦和无奈,站在墙角里的小保立恐惧万分,他已经和大人一样一整天汤水未进,他不知道屋子里的大人们为什么痛哭,也不知道发生了什么。

很长一段时间,雷奥郁郁寡欢,经常独自一人坐在学校空空的教室里,坐在舟山公园静静的角落里,有时他还会爬上面包房后那棵二十几米高的梧桐树,骑在树杈上,抱头捂脸,一动不动。这个时候,音乐教师施密特女士的钢琴声马上就会越过千山、涉过万水传到雷奥的耳畔,也只有这个时候,雷奥体内的血液才流动,心脏才跳动……

日子浑浑噩噩地过着。

1940年5月底,犹太人协会在摩西会堂组织了盛大的犹太"七七节"活动,老老少少的犹太人挤满了整个会堂。"七七节"是犹太人的三大节日之一,犹太难民在摩西会堂阅读完包含十诫的《出埃及记》后,便开始品尝各式各样的肉类食品、奶制品、蜂蜜、水果、蛋糕和香槟酒。嘉道理学校的乐队也来了,他们的演出使摩西会堂的气氛达到了高潮,每一个在场的难民一边吃,一边欣赏音乐,他们忘记了心中所有的苦难和酸楚。露西·哈特维希校长提前几天就通知了雷奥,一定要在摩西会堂里好好观察乐队的演出,等9月份雷奥升入四年级,就允许他加入乐队,正式成为乐队的一员。但雷奥和妈妈都没有去,多少天来,雷奥与妈妈在一起时,一直没有见过妈妈的笑脸。如果说妈妈的脸上还会有笑容,那是有顾客来买面包时才出现的。不过,即便是妈妈脸上挂着笑容,雷奥也分明体会到藏在后面的凄楚。看到这些,雷奥总也高兴不起来,比看到妈妈没有笑脸时更痛苦。雷奥心里清楚,妈妈的笑容是强装出来的,为了安慰自己,为了安慰王先生一家,为了生计。

6月初的一天下午,雷奥放学后,在妈妈面包店旁边的路口看见了一个新来的修鞋兼补锅的摊子。雷奥站在摊位面前,打量起佝着头正给一双皮鞋钉掌的中年汉子来。中年汉子穿着整洁的蓝色工作服,雷奥一眼就看出来,那是一种德式工作服,因为胸口两侧大大小小缝制了五六个口袋,他在上海没有见过中国人穿这样的工作服。中年汉子双腿上铺着一块白色的帆布,帆布铺得齐齐整整,连下垂到双腿两侧的长度都一样。雷奥感到眼前的身影是如此地熟悉。钉好一个鞋掌的间隙,中年汉子这时抬起了头,雷奥惊叫起来:"哈雷尔叔叔!"哈雷尔也认出了雷奥,脸上立刻浮现出了久违的笑容。

"哈雷尔叔叔,这么长时间怎么没有见到过您?"

"前一段时间我在静安区,挣不到钱,就跑到虹口来了。"

"您不是说去造船厂吗?"

"造船厂被日本人飞机炸毁了。不过,我正在造比轮船更先进的东西呢!"哈雷尔看着雷奥,微笑着回答。

"什么先进的东西?"雷奥只看到了哈雷尔叔叔脚边摆着两双皮鞋和一个白铁皮锅。

"我在造飞机!"哈雷尔举起手里的皮鞋比画了一下。雷奥笑了。

“我还造航空母舰!”哈雷尔指着地上的白铁皮锅说。雷奥笑得更开心了。

“你怎么没有去摩西会堂参加‘七七节’活动?我还以为在那里一定会见到你呢。”哈雷尔叔叔问雷奥。雷奥没有回答,他不想把悲伤的事告诉哈雷尔叔叔。

“那次,很多人都去啦,还记得那位拉小提琴的卫登堡先生吗?他也去了,还带了几个中国小徒弟,拉的《蜜蜂》蜇得满场人心痒痒的。”雷奥的脸上收起了笑容,他想到了毙命于纳粹暴徒枪口下的爸爸和姐姐。

第三天下午放学后,走在路上的雷奥准备再去看哈雷尔叔叔。离哈雷尔叔叔摆摊的地方还有四五十米时,雷奥就看到了那里围了一圈人,人群中吵吵嚷嚷。走到跟前,雷奥惊呆了,哈雷尔叔叔坐在地上,鼻孔里和嘴角边流着血,皮鞋和工具散落一地。

“小瘪三,在我们的地盘上捞钞票,不交茶水税,欠揍!”两个穿黑衣、戴礼帽的中国人气势汹汹地站在人群中间,其中一个对哈雷尔吼道。

哈雷尔叔叔坐在地上一声不吭。

“给日本人交完税后,一天还挣不饱三顿饭,怎么给侬交茶水钱!”一位老人说话了。雷奥认识这位老人,是与妈妈面包店隔了几间商铺的开水房卖开水的。

“老东西,侬又不是洋蛮子,关侬屁事?”那个戴礼帽者歪咧着嘴,握着拳头骂了起来。

“人家外国人好不容易逃到上海,就图保条命,侬还欺负人家,有一点良心没有?”旁边一个学生模样的年轻人嚷了起来。

“对,没有一点良心,丢上海的人!”人群中男男女女跟着嚷了起来。

“谁再敢替洋毛子讲话,老子就动手!”两个黑衣礼帽的家伙从腰中掏出了刀子。

“侬敢!”开水房的老汉从地上抓起了哈雷尔割鞋面的锋利的刀子,年轻人抓起了一把锥子。

这时候,附近店面的人手里握着剪刀、菜刀、锅铲、烧火棍、鸡毛掸子赶了过来。

“再欺负人家一次,老子跟侬拼了!”开水房的老汉面部青筋暴起。

“拼了! 拼了!”人群中一阵狂呼。

两个黑衣礼帽的家伙看到众怒难犯,一时也捞不到什么便宜,便气急败坏地走了。开水房的老汉把哈雷尔从地上扶了起来,一位老太太递过一块布片,哈雷尔用布片擦了擦鼻子和嘴巴。这时候,很多犹太人也赶过来了,他们帮哈雷尔收拾起地上的工具。雷奥从来到哈雷尔的摊位时起,一只手里握着木海鸥,另一只手一直攥着小拳头,咬紧牙关静静地站在一旁,观望事态的进展。但他太小了,力量太薄弱了,不知道自己该做些什么,也不知道自己能做些什么。他多么希望自己快快长大,长成一个顶天立地的男子汉,也能助哈雷尔叔叔一臂之力啊。此刻,看着几十个自己并不认识的上海人对犹太落难者出手相助,他只能以泪花感谢他们,用心铭记住他们,除此之外,别的他什么也做不了!

隔天放学后,雷奥路过哈雷尔摊位时,看到了叔叔的脚边多了几双布鞋、两把雨伞,一个中国老太太手里拎着白铁皮水壶,用手指着壶底比画着什么,围在旁边的一群中国孩子嘻嘻哈哈笑个不停。

潘姨原来打算在面包店生意步入正轨后就回家,她一是听不懂雷奥和莎拉·阿芬克劳特讲话,二是想专心伺候丈夫,料理家务,况且儿子保立也到了上学的年龄,也该做些准备。潘姨每次提起,都被丈夫王家甫否定,特别是得知阿芬克劳特先生和女儿出事后,王家甫更不同意妻子回家。王家甫对潘姨说:“你去帮忙,不光是活上帮力,心上也帮力,其他中国人或者外国人做得到吗? 至于保立上学,晚一年没什么关系。”潘姨一向听丈夫的,这次也不例外,从此再也不提回家的事了。

莎拉·阿芬克劳特的面包店在舟山路的名声越来越大,整个虹口地区的犹太人,最后扩展到霞飞路的俄国人、法国人、英国人、美国人,甚至德国人都来购买“汉堡特色面包店”里的各式面包。在沪的德国男人自己不来,都偷偷让家里的女主人出面。西门子驻沪总代表舒尔茨,是南德慕尼黑人,酷爱巴伐利亚碱水面包 Laugenbrötchen,原来都是托从德国来上海的朋友捎带,但捎带回来的面包经过长途跋涉放不了几天,就变硬变酸了。每个星期,舒尔茨夫人都要到店里来两到三次,买上一篮新鲜的 Laugenbrötchen 回去。有时,莎拉·阿芬克劳特还会按照舒尔茨夫人的要求多加一点碱水,专门烤出一箱满足舒尔茨先生个人口味的面包,于是舒尔茨夫人和莎拉·阿芬克劳特成了朋友。雷奥每次看到妈妈和舒尔茨夫人讲话,总是冷眼站在一旁,心里气愤不平。雷奥心里想,德国人杀了爸爸姐姐,妈妈怎么还和他们讲话?晚上睡觉的时候,雷奥就把这个问题提了出来,莎拉·阿芬克劳特说:"舒尔茨是舒尔茨,希特勒是希特勒,我们犹太人有恩报恩,有仇报仇,但从来不转嫁仇恨。"

和雷奥怀有同样心情的还有潘姨。王家甫经常掏钱让潘姨从面包店里购一袋最贵的牛角面包 Käsecroissant 回家,不是他自己吃,是送给码头上的总管山本吃,山本在奥地利留过学,喜欢吃南德面包,特别是 Käsecroissant。潘姨回到家后,总是把装面包的布袋摔在桌子上,然后神情凄然地告诉丈夫:"我哥上个星期来信,日本鬼子在老家又烧了几个村庄,你还给他们买面包?"王家甫听后,发出一声叹息,总是轻轻地回答:"你放心,我不是汉奸!"

6 月的上海,豫园里人山人海,人们在参加各式各样的庙会,庙会里做糖人的、搅棉花糖的、唱小曲的、看西洋景的,一摊挨着一摊,热闹非凡。一个礼拜天的上午,卖完面包,两家人来到了这里。西洋景雷奥不看,但保立看。看过以后,羞怯的保立就问雷奥:"你们那里,大姑娘都不穿衣服吗?"雷奥不知道保立说什么,以为保立在向往他经常炫耀的汉堡,边得意地点头,边用刚学会的洋味十足的汉语说"是的,是的",惹得保立和潘姨大笑不止。

雷奥在豫园最喜欢的事是听弦子伴奏演唱的小曲。演唱者是个穿青衫的瞎子,眨两下眼,铿铿锵锵唱上一阵,又眨巴两下眼,凄凄凉凉地哭上一场,最后又是眨两下眼,只见瞎子抬起白发稀疏的头颅,一段一字一句道白之后，呼呼哈哈大笑起来，撼天动地的笑声穿越围观人墙，惊袭了道上的行人和其他摊位上的观者。一阵骚动之后，人们哗啦啦全都围了过来……瞎子唱什么，雷奥其实一句也没听懂。听不懂瞎子的话，但雷奥明白瞎子的心。雷奥听了已经半个小时，保立拉了他三次，他才极不情愿地离去。

玩过豫园，两家人来到了阳光明媚、人流不息、江风荡漾的十里外滩。面朝江面，人们在观看海鸥自由地飞翔。雷奥来上海一年半的时间，他看到在天空飞翔的东西一共有两种，一种是日本人的飞机，另一种就是外滩的海鸥。细心的雷奥发现，两种天上飞的东西不一样，前者张牙舞爪，轰鸣着、俯冲着、嚣张着，似乎要毁灭人间的一切；海鸥的飞翔则是默默地、轻轻地、自由地，是在体会海风的拂煦，是在享受大自然的恩赐。雷奥也经常问妈妈，除了外滩的海鸥，上海市内怎么没有飞翔的鸟群？妈妈回答不了这个问题，雷奥就接着问王家甫先生。王家甫说，日本人的飞机飞来之后，上海的鸟群就飞往远方了。

雷奥和保立来外滩这次不是第一回，他们常在两位妈妈的带领下来外滩，用店里的面包渣喂海鸥。雷奥这次带来了两包面包渣，一包大的留给自己，一包小的给了保立。雷奥从自己的包里抓起一把面包渣抛向空中，正在阳光普照的天空中滑翔的十几只海鸥一齐哗啦啦俯冲下来，衔到面包渣后没有立刻飞走，而是在雷奥的头顶盘旋了一周，然后转身而去。雷奥明白，海鸥在用特有的方式感谢他提供的美餐。保立也想让十几只海鸥在自己头上盘旋，于是就学着雷奥的样子向上抛，但总是没有雷奥引来的海鸥多，一般三五只，最多时也就六七只。看到懊恼的保立，莎拉·阿芬克劳特就用手在两个孩子的头顶比画，意思是等保立也像雷奥那么高时，一定也会引来同样多的海鸥。潘姨知道雷奥妈妈的意思，就“翻译”给保立听。保立听后，脸露喜色，于是又抓起一把面包渣，跳跃着抛向高处。这时候，十几只海鸥一齐飞来了，最后又一齐在保立头顶盘旋。八岁的保立得意地笑了，张开双臂，作盘旋状。莎拉·阿芬克劳特、潘姨和雷奥都被他逗得笑了起来。

舟山路上，中国家庭和犹太家庭比邻而居。

在面包店对面，住着一户人家，男主人姓胡，在霞飞路一家法国宾馆做搬运工，女主人得了哮喘病，一天到晚喘鸣不歇，就在门口摆个缝纫摊，帮人缝补衣服。胡家有三个女孩一个男孩，男孩瘦如麻秆，外号“猴子”。“猴子”与雷奥一般大，雷奥家一搬来，两个人很快成了朋友。

只要有时间，“猴子”就到雷奥家的面包店玩，雷奥有时还没放学，“猴子”就在面包店门口和保立一块玩，等着雷奥回来。时间长了，雷奥发现，和自己一块玩的“猴子”说话时，眼睛不看自己的脸，老往店里面包篮里瞟。雷奥明白了“猴子”所想，自己吃面包时，总会掰下一块，塞给“猴子”。

雷奥妈妈也认识“猴子”，几次过犹太节日，就让雷奥拎一兜面包送到对面“猴子”家。“猴子”妈接了面包，总是一句话：“阿拉是个废人，帮不了侬，有衣服要补，就送来吧！”雷奥听不懂“猴子”妈的话，“猴子”妈就用手往门外的缝纫摊上指。雷奥回家学着“猴子”妈的样子比画给妈妈看，阿芬克劳特夫人明白中国邻居的意思。

“猴子”爸爸隔三岔五打孩子，打三个女儿，更打“猴子”。有时用巴掌，有时甚至用棍子，打得“猴子”跪在地上动弹不得。一次，雷奥实在看不下去，就从面包店冲到对面，一把夺下“猴子”爸爸手中的棍子，用蹩脚的汉语大声喊：“中国人，打孩子，不好！”

“猴子”爸爸先是一愣，继而望着矮小的雷奥吼道：“阿拉打儿子，关侬屁事！”

“打儿子也是打人！党卫队打人，日本宪兵打人，打人的就是坏人！”瘦小的雷奥手拎夺来的木棍，抬头挺胸站在跪着的“猴子”和爸爸之间。

阿芬克劳特夫人和潘姨怕邻居生气，急忙从面包店里奔了过来，阿芬克劳特夫人手里还拿了一个大面包。

“孩子不懂事，老胡，您别生气！”潘姨替阿芬克劳特夫人说话。潘姨说话的时候，阿芬克劳特夫人把面包塞到了女主人手里。

“不过，老胡，孩子说得对，人家外国人从来不打孩子。咱们这住多少外国人，您见过人家打孩子吗？”潘姨平心静气地说。

“猴子”爸爸杵在原地,一动不动……

后来,“猴子”爸爸打孩子的次数越来越少,再也没有用过棍子。一次,“猴子”爸爸从宾馆带回来几颗糖豆,就让“猴子”把雷奥和保立叫去,学着雷奥讲汉语的样子说:“法国糖,甜,吃!”

吃着糖豆,雷奥说话了:“‘猴子’为什么不上学?”

“猴子”爸爸再一次愣住了。

“上学没用!长大搬行李不用上学。”“猴子”爸爸的这句话,雷奥似懂非懂。

保立晚上把“猴子”爸爸的话给来到面包店里的王家甫说了。王家甫想了半天,还是对雷奥说出了实话:“‘猴子’上不起学!”

有家庭就有孩子,两个民族的女孩子在一起玩,男孩子也在一起耍。街上的女孩子分成两三堆,要么在街边跳橡皮筋,要么丢沙包,要么玩“抓子”。雷奥刚搬到舟山路时,女孩子的几种游戏学着玩了几次,后来不玩了,认为太低级。雷奥带领十几个中国和犹太孩子去了附近的舟山公园。

舟山公园里有滑梯、沙坑、秋千等供孩子游乐的设施,但雷奥一伙不是冲着这些东西去的,雷奥认为这些东西和舟山路两边女孩玩的游戏一样,太低级。雷奥的游戏有个美丽的名字,叫作“黑森林猎人的眼睛”。这个名字雷奥在每次游戏开始前都会扯起嗓门对着双方人马喊几次,讲德语的犹太孩子听得懂,保立和其他中国孩子一个也听不明白,不明白并不会影响参与,雷奥示范了一次,大家立刻就明白了。保立后来把游戏的情况给王家甫描绘了一番,王家甫听后笑了起来,游戏原来是一帮人找另一帮人,不就是中国的“捉迷藏”嘛!

雷奥组织的“黑森林猎人的眼睛”有着德国式的严谨。

游戏分成两组,中国孩子和犹太孩子各成一组。谁是狐狸,谁是猎人,由中国古老的猜拳方式来决定。伸手变换“剪刀、锤子、布”的一直是两个人,犹太方是雷奥,中国帮是“猴子”。赢者当猎人,输者做狐狸。

猎人寻找狐狸当然得有时间限制,这难不倒没有手表但不乏聪明的雷奥。雷奥每次都把面包店里的塑料垃圾桶带到舟山公园来。这不是一只普通的塑料桶,雷奥趁妈妈不注意时在桶底用烤红的铁丝烫出了一个烟头大小的孔,带孔的桶这下变成了计时的沙漏。游戏开始前,雷奥先把空桶吊在公园沙坑边的树下,用纸团堵住小孔,然后把沙子灌满整个塑料桶。每次游戏时,都会有在公园里溜达的老人自愿当裁判。待“狐狸们”在公园里的四面八方发出一连串的怪叫后,裁判便冲着公园门外一声大吼,旋即用手拉开堵孔的纸团。不同的裁判大吼的内容也不一样,犹太老人吼:“猎人们,擦亮你们的眼睛,进——来!”中国老人嚷:“小瘪三,藏好你们的狐狸尾巴,开——始!”

不管哪种喊声,只要裁判口中一声呐喊,公园门外的一方个个手举拳头,呜呜哇哇一阵嘶鸣冲进公园,因为他们每个人都知道,如果在塑料桶里的沙子漏空之前抓不尽所有“狐狸”,他们就要背着“狐狸们”在公园里游行一圈。中国孩子没有被对方抓尽的时候,“猴子”说:“哥儿们,我们赢了,快骑‘外国马’,我们来他一回狐假虎威!”而每当被对方一网打尽个个当马骑时,“猴子”还是振振有词:“哥儿们,猎人也成为我们的狐朋狗友啦。”

刚开始玩“黑森林猎人的眼睛”时,“猴子”一伙斗不过雷奥一帮,玩了一个月之后,两队人马平分秋色。游戏进入了拉锯战,一次你赢,一回我胜。最后两队人马斗起了智慧。

斗智的第一回,雷奥的队伍胜了。那一次,塑料桶里的沙子还有一半的时候,犹太孩子一个一个被从树上、墙角、花丛中、石凳下揪了出来,唯独不见雷奥。

“猴子”又组织了一遍大搜捕,还是没有发现雷奥,桶中沙子只剩下了三分之一。“猴子”敏捷如猴,嗖嗖几下蹿到了公园东北角一棵有几人合抱粗的枫杨树上,仔细俯瞰一遍整个公园后,突然朝树下大喊:

“只有可能在女厕所,保立,侬进去看看!”

保立站在原地傻笑,他不好意思进去。

“勿进去,阿拉输了,就让侬背那个犹太大胖子!”

保立一听到这句话，心虚了下来，乖乖地朝女厕所走去。

保立探头看见的女厕内的情况使他吓了一跳，厕所的蹲位上一个裹红色围巾、穿方格花褂子的女孩正在低头如厕，边蹲着嘴里还不停地挤出女音，像是拉不出来。保立嗖地一下跳了出来，捂着脸就跑。

“是不是雷奥在拉稀，看把侬臭的！”“猴子”笑着大喊，中国孩子一个个跟着大笑起来。被“俘虏”的犹太孩子见对方人人捂嘴，虽然听不懂中国孩子说什么，但看明白他们的肢体语言，也齐刷刷地跟着笑出声来。

“不是雷奥在拉，是一个女孩在拉，还特别用劲！”保立回答。

孩子们再次哄地一下大笑起来，连做裁判的老人也跟着捧腹大笑。

等裁判高喊游戏结束后，公园里还是没有雷奥的踪影。只看到那个女孩从厕所里提着裤子扭扭捏捏地走了出来，走到沙坑边，女孩取下了红色围巾，露出了庐山真面目，原来就是狡猾的雷奥。

保立背着犹太胖子在公园转到大半圈的时候，小脸已经红扑扑的一片，汗水浸湿了整个白色布褂……

这一回，雷奥一帮人在一番“剪刀、锤子、布”后成了猎人，“猴子”对保立和其他中国孩子说，他想出了一个计策，按他的计策来做，这次人人都会“骑洋马游园”。

雷奥自制的“沙漏”见底的时候，个头最小的保立仍然没有踪影。

雷奥也和“猴子”一样爬上了东北角那棵枫杨树上，两圈环视后朝树下喊道：“在女厕所！保立这个小笨蛋，一定是在学我！”

雷奥把去女厕所侦察的任务交给了犹太胖子。天下胖子都害羞，犹太胖子也一样，站在原地一动不动。

“你上次把保立累个半死，自己却咧嘴笑得像喝了一盎司蜂蜜，你不去谁去？”雷奥在树上大声喊叫，树下的犹太孩子一齐呼应：

“胖子！胖子！胖子！”

犹太胖子不情愿地向女厕所走去。

谁都没有料到，胖子这次捅了马蜂窝。

胖子伸头看过一遍女厕所后，跟着他跑出来的不是保立，是两个老太太:一个中国老太,一个外国金发老太。

"死胖子,不要脸,吓得老娘弄了一手屎!"追人的上海老太一只手提着裤子,一只手在空中甩动着。"猴子们"听得懂她说的上海话,一个个笑得东倒西歪。

"小坏蛋,耍流氓耍到中国来了,这么小就想看不该看的东西……"金发老太一只鞋跑掉了,双手提着裤子也在追。金发老太嘴里的德语是什么,"猴子"一帮人听不懂,但雷奥帮听得明白,一个个乐得上蹿下跳。

两帮人正在歇斯底里欢笑的时候,裁判的哨声响了。

只见身边地上一米高的竹编垃圾筐晃动了起来,垃圾慢慢地由里向外溢出,一个人头慢慢钻了出来。所有的人都清楚地看到了钻出的人是保立,头顶上一层尘土,小脸脏兮兮的,浑身上下挂满了纸屑、树叶和烂菜叶。

雷奥一帮个个目瞪口呆。

站稳后的保立突然大喊一声:"我们赢了!""猴子"一帮围着保立又跳又笑。小保立笑得特别甜蜜,特别开心,特别自豪。整个舟山公园里的中国人和犹太人都围过来了,他们都看到了保立的笑容,这种笑容传染得极为快捷,一秒钟之后,所有的人都面露保立式的微笑,包括那位中国老太和那位一头金发的外国老太。

"黑森林猎人的眼睛"雷奥他们玩了一个多月后,公园里出了大事。

那天,雷奥和"猴子"两帮人玩得正在兴头上,二十多个日本宪兵哗啦啦从公园门口闪了进来。日本宪兵个个头戴钢盔,手端步枪,闯入公园后,就直扑公园东北角。

扮演猎人的雷奥一伙正在兴致勃勃地满公园找"猴子"他们,看到了眼前发生的一切,个个吓得立刻停下了脚步,站在原地一动也不敢动。

进入公园的日本宪兵举起了步枪,呈包围状向东北角逼近。

公园东北角上,雷奥和"猴子"经常爬上去的那棵枫杨树后面,围蹲着几个中国人,像是在低头聊天,他们全然没有察觉危险正在一步步靠近。

“日本人!”树下的一个人突然喊了一声。这一声高喊,惊醒了周围所有的中国人,也把站在不远处的雷奥吓得魂不附体。

一切都晚了。

这帮中国人一阵慌乱之后,便一起从枫杨树后面向公园的后围墙跑去,后围墙离枫杨树只有十几米的距离,一群人跑到一半的时候,日本人的枪响了。

雷奥看到,两个中国人扑通扑通栽倒在地。

日本人的枪声没有停止,又有两个人摇晃几下后倒在了地上。

震耳欲聋的枪声中,公园里比雷奥一伙年龄稍小的犹太孩子个个捂着眼,不知所措地放声大哭。

雷奥从来没有见过这样的场面,也和其他孩子一样嗷嗷地哭着,但他没有捂上眼睛。他本想捂起自己的眼睛,但颤抖的双手已经不听使唤了。

跑在最前面的两个中国人仍在狂奔,离围墙还有一米左右的距离时,其中一个被子弹击中,一头撞在了砖墙上,撞墙反弹之后,仰天摔倒在地;另外一个逃奔者一只脚踩在墙中间,两只手扒住墙头,身子正在往外翻动时,“啪啪啪”一排子弹射了过去。

最后,这个人死在了墙头上。

日本人没有罢休,两人一组对准地上和墙上的六个中国人的头部连开数枪。

枫杨树和后围墙之间十几米长的地面上鲜血和脑浆飞溅。

第二天,舟山公园的大门上贴出了日本宪兵队的布告:“凡与大日本帝国作对的反抗分子,格杀勿论!”

从这一天开始,雷奥他们再也没有在公园里玩过“黑森林猎人的眼睛”。

第5章 德国汉堡·中国上海

翻译雷奥的第二封信，谢东泓用了一个星期时间，但用文学的手法整理好这封信，可是费尽了周折。从雷奥信中可以看出，很多词不是小学生雷奥的笔迹，是别人的。从灵巧娟秀的笔迹上分析，谢东泓认为是雷奥妈妈加的。这还不是最主要的，最主要的是信中上海的地名、楼名、街名雷奥是用德语按照音译拼写的，谢东泓看不明白，也联想不明白。上海三四十年代的地名现在有的在用，有的已经改名了。很多信中提到的地方，谢东泓不要说联想和推测，连听也不曾听说过。

谢东泓陷入了迷茫之中。

一星期后，谢东泓决定，必须进行实地认证。他想利用学校的短假回上海一趟，走一遍雷奥当年住过和到过的地方，如果不亲临现场，理科出身的谢东泓似乎很难打开文学的想象空间。

谢东泓用了两个钟头时间打电话询问德、法、荷、丹四家航空公司，最后决定购买从汉堡经哥本哈根转机到上海的机票。谢东泓计算过，这条航线半夜间在丹麦哥本哈根机场转机，虽然要在那里窝上四个小时，但比其他三条航线分别便宜36、41和57马克。走出航空公司的售票大厅，谢东泓右手握着机票，一遍又一遍地敲打着自己的左手，脸上挂满了得意的微笑。谢东泓的得意是有道理的，给爸爸在跳蚤市场淘一双大号球鞋，给妈妈在ALDI商店里购买一瓶PONDS护手霜，给林叔购买两包德国香烟，一起才31.5马克，这笔开销不就可以从机票的差价中弥补了吗？不但如此，即便是以最低差价36马克计，也还结余4.5马克。谢东泓边微笑边思考这4.5马克怎么用。公共汽车车门闪开，一脚在里一脚在外的瞬间，他突然想到了一个最优方案，ALDI商店有一种阿尔卑斯山牌巧克力,每板 90 芬尼,4.5 马克正好可以购五板。谢东泓购巧克力,计量单位从来都用板不用盒。德国商店里有两种巧克力包装方式,一种是盒装,价格都在两马克以上,另一种是用薄纸裹装,长长的一板,价格都在一马克以下。ALDI 里用薄纸裹装的巧克力有四种牌子:蜜蜂牌、松鼠牌、向日葵牌和阿尔卑斯山牌,分量差不离且价格相同。谢东泓选阿尔卑斯山牌有着自己的考量,包装纸上的蜜蜂、松鼠、向日葵虽然印刷精美,但对巧克力的实际内涵并没有"扩大"和"加增"的意义,阿尔卑斯山是欧洲最大最高的山脉,以这么伟岸的山脉命名的巧克力拿在手上,哪位亲朋好友不感到这礼物沉甸甸的?

深夜时分,谢东泓乘坐的航班抵达了上海虹桥机场。看到出口处熙熙攘攘的接机人群,谢东泓心里明白,其中是不会有自己家人的,因为他来不及写信告知,只在三天前给林叔打了个不超过三十秒的电话,说了句"大后天阿拉回上海"就挂断了电话。低着头提着两个行李包的谢东泓在离出口还有十几米处,清楚地听到"东泓,东泓"的呼喊声,这个声音他太熟悉不过了,是爸爸的声音。

"侬勿晓得阿拉咯航班号,哪能来了?"

"阿拉在这等了一天了,只要是欧洲来咯飞机都仔细看,漏勿掉侬咯。"

谢东泓看着一脸疲惫、头发有点蓬乱的爸爸,心头不觉一沉。

"呢子,啥事体就突然回来了?"一进家门,谢东泓妈妈就问。

"勿是想你们了嘛!"

谢东泓的话音一落,爸妈立刻心花荡漾。

"回来查点材料,顺便看看上海几个老地方。"

"是读书需要咯材料哦?"谢东泓妈妈问。

"勿是!"

"艾咯是啥材料,花介许多钞票回来一趟。"

谢东泓把整理雷奥信的事说了一遍。谢东泓爸爸和妈妈都知道儿子这一段在忙这件事。

“这事体有这么急吗，勿要影响侬学习啊！”谢东泓爸爸说。

“其实这事体啊没嘎急，拖个一年两年整理出来也可以。但阿拉想，雷奥信中提到的那些人，年龄大咯都七八十岁了，小咯也在六十岁以上，阿拉整理得快一捏，说不定还能赶上寻到伊拉。”

谢东泓第一站计划去河滨大楼，但他并不知道河滨大楼在上海什么地方，把两包烟送到林叔手里时，顺便提了河滨大楼的事。林叔一边好奇地看着洋码字密布的烟盒，一边插科打诨：“侬出了两天国，问个路还要掏钞票，岂不是资本主义额一套？”热心的林叔不晓得河滨大楼，马上抓起电话打给自己的一个老烟民，老烟民是位大学老教授。话筒里传来一半咳音一半话声：“看来侬勿光卖香烟捣糨糊，又当起包打听了，在北苏州河旁边。”

苏州河谢东泓是知道的，那儿实际上离繁华的南京路很近。一个半小时后到达北苏州河边时，谢东泓没有问任何人，从百米开外就认出了河滨大楼。因为烟民教授告诉林叔，河滨大楼是一座十来层高的S形建筑。

远远望到至今在大楼林立的苏州河边设计仍不落伍的河滨大楼，谢东泓思绪万千。面前的这座大楼，半个世纪前发生了多少故事，如果不是雷奥的信件，这些事可能他永远都不会知道，更不会前来一探究竟。距离河滨大楼越来越近，谢东泓的步子也越来越缓慢，比苏州河里碎浪轻盈的水流还要慢。来到河滨大楼一个最大的门厅，看着进进出出的人流，谢东泓停在那里不动了。从身边走过的青年情侣他不看，走过的老年夫妻他也不看，每当有妇女带着小孩走出或迈进大门时，谢东泓都要打量好长时间，盯得对方走过谢东泓身边很远后，还回过头来侧目看他。在谢东泓眼里，走过自己身旁的每一对母子仿佛都有可能是信中提到的雷奥和他妈妈，或者是潘姨和保立。

站在门厅里的谢东泓多么希望苏州河水倒流啊，时光倒流，让他回到20世纪30年代的上海！这种感觉在谢东泓小时候观看电视连续剧《上海滩》时有过,因为他太羡慕里面风流倜傥的许文强了,而这一次比那一次希望时光倒流的念头更为强烈。现实使谢东泓失望了,所见的这些人都不是雷奥和他妈妈,也不是潘姨和保立。从门厅内的一块介绍河滨大楼的铜牌上谢东泓了解到,过去老沙逊的产业,现在变成了一座公寓大楼。

谢东泓径直去了公寓大楼管理处。管理处两位管理人员明白谢东泓的来意后,女的倒水,男的滔滔不绝地介绍起河滨大楼的历史来:"这座大楼30年代末确实收容过一批又一批犹太难民,当时他们无家可归,慷慨的沙逊财团将河滨大楼让出,作为犹太难民接待站。1942年后,大批日本人住了进来,还有少量英国人、西班牙人和葡萄牙人。"

谢东泓和两人交谈的时候,公寓管理处的总经理到了,女管理员半小时前给他打了电话。到来的总经理手里拿着一本册子,走到谢东泓面前的他没有多解释,而是直接翻开了书:"你看,这就是那时的照片!"

照片是黑白的,一共三张。第一张是犹太难民在河滨大楼前的合影,身边还放着一堆行李;第二张是在宿舍里拍摄的照片,照片里的每个人都昂着头向镜头方向看,眼睛都尽力睁得很大;最后一张拍摄的是当时食堂的情景,一群犹太人在排队领饭,人人手里都端着一个瓷盆。

总经理指着照片介绍的时候,谢东泓一句也没有听清楚,他的注意力都集中在照片上,想从照片中搜寻十来岁的男孩,一个叫雷奥的男孩。令人失望的是,照片里没有一个孩子,都是大人。

按照谢东泓的要求,总经理让手下人给他复印了三张照片。谢东泓拿着复印的材料,心里有一种热乎乎的感觉,尽管在照片里他没有看到雷奥,甚至连一个孩子也没有看到,但他感到了极大的希望。

谢东泓从不同角度拍完河滨大楼外观和内部结构的照片后,时间已经过去了一个小时。"等侬今后整理好信,出了书,千万不要忘记通知我一声,我要给公司里每个员工发一本。"和谢东泓在河滨大楼门口分别时,总经理握着谢东泓的手热切地说了这样一句话。

"雷奥,我一定要找到你!"望着渐行渐远、慢慢退出眼帘的河滨大楼,望着潺潺流动的苏州河水,谢东泓心里反复念叨着这句心之所思。

在一个馄饨摊上胡乱扒了一碗青菜肉末馄饨,谢东泓抹了一把嘴,看了一下手表,已经一点半。按照自己的计划,该去南京路上的新华书店了。

在熙熙攘攘的书店内,谢东泓没有去生物学书区,也没有去海洋学书区,而是去了上海地方志专柜。专柜前的购书者都是戴老花镜的,与隔壁售卖高考复习资料的柜台相比,人少得出奇,这使谢东泓感到自己有点另类,但他喜欢这个书柜前的气氛,人人都在默默地翻书,没有声张,也没有售货员推荐,一下子好像来到了汉堡的书店,心里格外惬意。

谢东泓买了八本书,一共二百六十二元。除了《上海历史》《三十年代上海市民的生活》《外国人在上海》《欧洲与上海港的贸易往来》等几本书外,最让谢东泓兴奋的是他找到了一本旧上海的地图册,并且还是最后一本。地图上的街名不但有繁体中文的标注,而且还有英文的标注。谢东泓拎着捆扎成包的八本书,好像自己在汉堡跳蚤市场上淘到宝贝一样。

第二天清晨,谢东泓吃过母亲准备好的早点,挎着背包出了门。这次,他要去的是位于仙霞路的上海市档案馆。

谢东泓按照门卫的指点来到了接待科。他敲了两下接待科办公室门,出来了一位年轻的女工作人员。

谢东泓看着开门的女工作人员,一下子愣住了。

“芮玮?”怔了两秒钟后的谢东泓叫出一嗓。

“谢东泓?”对方也惊讶地一声大喊。

芮玮是谢东泓的高中同学,不仅成绩好,人也长得漂亮,是当之无愧的“班花”,当年的谢东泓自然对芮玮有过一份仰慕的心思。

一阵激动的寒暄。

留在谢东泓记忆里的芮玮用紫色橡皮筋扎起的半尺长马尾,现在成了齐耳短发。短发拉得很直,没有一丝凌乱,底部两寸处微微向内弯曲,那不是自然的弯曲。弯曲的头发遮掩着一半白皙圆颈,另一半在黑色纱巾的遮掩下若隐若现。苗条的少女现在变成了丰满的姑娘,鸡心领羊毛衫把芮玮上半身裹得严严实实,只有胸口处被“怪物”撑得离开皮肤一寸有余。“怪物”这个词是谢东泓在读一本德国小说时学来的，德国人理性含蓄，很多话不明说。

谢东泓说：“五六年没看到，侬变了！”

“啥地方变了？”芮玮边倒水边问。

谢东泓本来想把刚才观察到的诸如发型之类变化的话说上一通，但他没有说，那样说太感性，太感性就会出问题。

“变漂亮了！”四个字一出口，谢东泓就感觉到不妥，马上加了一句，“变得更漂亮了！”

芮玮一边把茶杯端到谢东泓面前，一边笑个不停。她没有想到过去寡言少语的谢东泓现在也变成了一个会说话的人。

这时，谢东泓从背包中取出了两板阿尔卑斯山牌巧克力。谢东泓随身携带巧克力，本来是想送给帮助自己查找资料的人，没有想到，这个人竟是自己的同学。他本来只想取出一板，但手伸进包里以后，竟鬼使神差地拿出了两板。

“也没啥送给侬，奔驰汽车买不起，西门子冰箱也背不动，晓得侬老早欢喜吃甜咯，就帮侬带了两盒巧克力。”谢东泓本来想说成两板巧克力，为彰显大气，还是把板改成了盒。

芮玮拿着两板巧克力，正反面翻来覆去看个不停。

又是半个小时的寒暄，芮玮给谢东泓加水的时候，把话扯入了正题。“侬一个学渔业生物学的，现在怎么对几封老信感起了兴趣？还要用文学的方法整理伊拉，原来在班里侬从来勿参加文体活动啊。”

“要不是这几封信，可能阿拉现在对专业以外的东西还勿感兴趣。这几封老信非常感性地反映了二战时期犹太人在上海的一段历史，虽然当年上海接纳犹太人的原因非常复杂，但三万多犹太难民真真实实地在上海生活了几年，他们的生活气息至今还散发在很多弄堂老屋里。你们档案馆是从官方角度整理历史，阿拉呢，是从民间搜集历史，然后以文学的方式把这段尘封的历史展示出来，侬不觉得这是件很有意思的事吗？！”

芮玮是个土生土长的上海姑娘，当初正是对十里洋场的百年历史感兴趣，考大学时毫不犹豫地报考了历史系。芮玮心里想，像谢东泓这样早早就留学德国的工科生，居然对上海一段不为人知的历史感兴趣，不禁对他刮目相看，心里已经决定要帮他做点什么。

芮玮帮谢东泓复印了几十张材料，除了20世纪三四十年代外国人在上海生活工作的资料外，还有一部分日本、德国、国民政府以及汪伪政府对待犹太人政策的官方文件。最让谢东泓兴奋的是，从上海档案馆得到了一批与犹太人在上海相关的地址，其中就有摩西会堂，就是雷奥在信中提到的那个犹太人在上海集中活动的地方。

晚上回到家，当儿子讲完今天在档案馆见到女同学芮玮的事后，谢东泓的妈妈就有点心猿意马了。

“那个女小囡不错，你们班毕业典礼还是由伊组织的呢，我和你爸都去看了。”谢东泓妈妈一边往儿子碗里夹菜，一边独自唠叨。

“芮玮那女小囡我记得，文艺活动还可以，篮球课不来塞！”谢东泓爸爸插话。

“侬能不能不谈侬咯篮球了。呢子今后不能和篮球过啊！”谢东泓妈妈瞪了丈夫一眼。

“阿拉今朝只是请伊帮忙查一些犹太人在上海的材料。”谢东泓这时说话了。

“犹太人的事体要谈，旁格一些事体也可以谈谈嘛！”谢东泓妈妈旁敲侧击。旁敲侧击的同时，她还给丈夫使眼色，希望他能在节骨眼上帮帮腔，但谢东泓的爸爸傻笑无语。

第三天，上海下起了小雨，整座城市笼罩在一片蒙蒙的雾霭之中。公交车、卡车、出租车、自行车和撑着五彩缤纷雨伞的行人汇集在街道上，如不见首不见尾的两条长龙平行地正反盘卧，朝两个方向缓缓向前蠕动。谢东泓虽然起了个大早，但十点半时他才赶到虹口区的摩西会堂。星期天不上班，撑着一把红伞的芮玮已经先到。

谢东泓昨天晚上在刚买的上海老地图上查到了摩西会堂的地址，在一条名叫华德路的街上，街名与雷奥信中提到的完全一样，而现在改名长阳路。谢东泓眼中看到的摩西会堂是一座三层欧式建筑，与周围中国民居相比，格外醒目惹眼。整座会堂由褐色砖块密砌而成，从外形上看应是巴洛克风格，顶端向两边斜拉的尖顶使建筑大气灵动，而墙上一个个长方形的窗户和白色的窗棂更使建筑风韵卓著。

谢东泓和芮玮走进敞开着的镂花铁门，直接去了一楼。一楼是礼拜堂，这一天只有几名参观者，厅内静悄悄的。谢东泓在汉堡时，经常陪同从国内来的朋友和旅行团去圣·米歇尔教堂、尼古拉教堂参观，喜欢大声谈天论地的中国人一旦迈入教堂，个个便寂静下来。教堂内庄重、肃静和虔诚的气氛不但谢东泓在上海没见过，谢东泓的朋友和旅行团中大大小小的人物在国内其他地方也没有见过。摩西会堂虽然没有汉堡的圣·米歇尔教堂和尼古拉教堂宏伟，但气氛是一样的，那是一种直逼心灵的安谧，一种洗涤灵魂的肃穆。摩西会堂内供礼拜者坐用的长凳放置在场地中间，一排排地从前向后有序地摆放，每条长凳的靠背和底座都被磨得光滑圆溜。谢东泓盯着长凳的光泽一动不动，他想那应该就是小说和诗歌中经常描绘的历史的反光和岁月的底色。

此刻，谢东泓思考的问题只有一个，五十多年前的雷奥会坐在哪一排哪一个座位上？他最渴望自己能坐在雷奥坐过的位子上，只要找到这个位子，他坚信自己定能感受到雷奥留下的余温。最后，他选择了第一排最中心的位子，因为孩子们都喜欢坐第一排的中间，小雷奥应该也一样。谢东泓轻轻地坐下，闭上了双眼，凝神感悟会堂的肃穆。他脑海中闪过雷奥的一个个镜头。慢慢地，谢东泓感受到长凳上有着一种余温，这种余温是一种不可名状的温馨，温馨在谢东泓的血管中传输，从下往上，缓缓地、默默地来到了心脏，穿过两个心房后没有停留，又缓缓地、默默地来到了他的头顶……谢东泓眼角泪光闪闪，因为他见到了雷奥，在冥冥之中，在缥缈之间。

谢东泓的虔诚，站在一旁的芮玮看在眼里。

朦胧之中的谢东泓好像听见了有人说话，不是汉语，不是英语，是德语，而且是童音的德语。这段话谢东泓在雷奥信中读过，那次是谢东泓自己读出来的,而这次是雷奥的童音以德语读出的,内容正是逃难来到上海的犹太人在摩西会堂听到的主教的第一次讲话:“欢迎前来上海！从今往后,你们不再是德国人、奥地利人、捷克人、罗马尼亚人……在这里你们可以堂堂正正地做犹太人。”

谢东泓泪滴掉落。

参观、拍照和询问工作人员两个小时后,时间已经是下午一点。谢东泓对芮玮说,他自己不饿,想抓紧时间去离摩西会堂不远的舟山路拜访两个人,工作人员提供了这两个人的地址。芮玮也说自己不饿,并说他们走快点,事情宜早不宜迟。

走在雷奥妈妈开“汉堡特色面包店”的舟山路上,映入谢东泓和芮玮眼帘的是两侧三层建筑的红砖拱券、雕花柱头、顶置阁楼、门前花苑……哥特式的风格使谢东泓好像置身于汉堡一条古老的街道里。谢东泓多么希望自己具有美国影片中超人的非凡本领,穿越五十多年的时光隧道,回到并不遥远的从前,把历史的帷幔拉开,看清幕后的真实场景。但他做不到这一点,因为舟山路上熙来攘往的多数是中国人,驶来奔去的也不是黄包车,而是一辆辆小汽车。只有从街道两边依然矗立的红楼斑驳褪色的墙面上,谢东泓才能找到一点点历史的痕迹,隐隐约约,若暗若明。

两人终于找到了一位姓全的老人,一阵呼喊般的介绍后,耳背的老人这才明白眼前两位年轻人的用意。

“侬是对的,舟山路高头开过一家面包店,之前是嘎丝绸店,场地老小咯,老简单咯,来买面包的人老多咯,蛮像样子!”

“店主是啥人?”谢东泓喊了两遍。

“是啥人勿晓得,一个外国女的和一个中国女的。两个女人来得咯精明,店里布置咯辰光,阿拉路过店门辰光,老闻到香味咯。”谢东泓此时也仿佛嗅到了香味。老人所说的那种香味,他在汉堡面包店门前路过时经常闻到,那是面香,是奶香,是奶酪香,是巧克力香,或者是它们的糅合之香。虽然老人说不明白当年闻到的到底是怎样一种香味,但谢东泓相信,一定和自己此刻闻到的一样。

“就是这间，一点也看勿出来老早咯样子了！”拄着拐杖的老人有些踉跄，陪同谢东泓和芮玮来到了舟山路一家皮鞋店门前。

谢东泓站在门口，一句话也说不出来。

盯着门框上方悬挂的“义祥皮鞋店”招牌，谢东泓眼前一片模糊，模糊之中，红色招牌上的五个金字慢慢褪去，渐渐地变成了七个字：汉堡特色面包店。在夜里多少次梦到过的面包店仿佛海市蜃楼般出现在自己眼前。

在谢东泓模糊的眼中，店里货柜上花花绿绿、长长短短的东西不是皮鞋，是各式各样的面包。深色的是全麦面包，浅色的是精粉面包，红色的是羊角面包，白色的是奶油面包，长的是牛角面包，短的是碱水面包……

谢东泓甚至还闻到了面包的味道，甜的、香的、酸的、咸的……

年轻的女店主听完老人和谢东泓的一番陈述，怎么也不敢相信自己租下的这间店面有着比各式皮鞋更加复杂的故事。兴奋过后，女店主说：“只可惜这条街上的所有店铺都进行了几次改造，与原来的店面大不相同了！”

女店主招呼店里的客人退到门外，谢东泓从各个角度拍摄了店里的结构。最后，女店主还带着谢东泓爬上了店上面的阁楼，那是历任店主居住生活的地方。

“阁楼里的木头地板还是几十年前的，一直没换！”女店主说。

谢东泓在阁楼门口脱掉了皮鞋，他不是怕踩脏了地板，是怕惊醒了雷奥和保立两个孩子的美梦。尽管谢东泓轻手轻脚，地板仍旧咯吱咯吱作响，谢东泓这时恐慌起来，如果被惊动的雷奥和保立突然醒来，看到面前出现陌生的自己，他该如何和两个孩子打招呼呢？

女店主和一群顾客望着远去的谢东泓、芮玮和老人，一直站在店门外，一个也没有进去。谢东泓和他们挥了两次手，一群人还是站在门外，一动不动。

“叫卢长生的老人住在哪？阿拉想去看看。”和全姓老人告别时，谢东泓问道。

“侬见勿到伊了，一个月前就西特了。还叫啥长生，七十二岁咯生日都没赶上，伊爷爷就在面包店边开的帽子店……”

雾雨密布的上海天空格外阴沉，小雨还在淅淅沥沥地下着，落在灰白的水泥地面上，没有泛出雨花就泯灭得无影无踪。中午时分的天色好像黄昏时刻那般阴沉，赤裸裸地夺去了人间五颜六色的生机，把灰暗扩散到整个街道，沉重得让路上的每个行人都喘不过气来。谢东泓告别老人，走在舟山路上，心里有种说不出的滋味，这种滋味是辛、是苦、是酸、是痛，他自己也说不出。谢东泓就这样在舟山路上惆怅地走着，芮玮不愿打扰他，无声地跟在后边。漫无目的的两人在59号门前停住了，用相机拍起照片来，那是后来成为美国财政部长的布鲁门撒尔十三岁时居住的房子，门边铜牌上的文字告诉了他们。拍完59号，围观的几个孩子把两人带到了另一个门口，门口也有一块铜牌，上面写着一行小字：以色列原驻美国和联合国大使Y.特科阿二战期间曾在此生活居住。谢东泓再一次兴奋地举起了相机……好奇的孩子们明白了谢东泓二人对门口挂有铜牌的房子感兴趣，于是就领着他们去了第三户美国亚美公司总经理约瑟夫·甘结居住过的门洞，第四户美国耶希大学校长戴维·柴斯曼当年的旧屋，第五户1939年从奥地利来沪避难，后与共产党领导人刘少奇和陈毅并肩战斗十年、做过解放军纵队卫生部部长的罗生特的租居之地……

上海的冬天是阴冷的，寒风裹挟着冬雨使每一位行人脸上增添几许惆怅和无奈，虽然人们嘴中没有抱怨，但脸上的神情可以看得出来，他们不喜欢这样的冬天——阴雨连绵的冬天。街上，人人低着头，步伐急促匆忙，恨不得一秒钟也不耗在这阴冷潮湿的路上。又冷又饿的谢东泓却恰恰相反，每一次照相机快门的咔嚓声都使他热血沸腾，每一块铜牌上的名字都使他流连再三，他用手摩挲着每个铜牌上的名字，脑海里不停浮现出一张张鲜活的面孔。每块铜牌背后都有一段动人故事，谢东泓对此深信不疑。这一次谢东泓感到自己就是超人，有着让时光回转五十年的非凡能力，有着让时光瞬间凝固的无边法力，严寒冬日里弥漫天空的灰冷色调恰恰为他将历史拉回到现实提供了一张极好的幕布……因此，谢东泓从心里坚定地认为，这场雨不是为别人下的，是专为自己落的，他感谢冬天的上海，感谢阴雨连绵的冬天的上海。有了这样的感想，拍完照片的谢东泓在雨中不停地走着，手里拿着一块面包，边走边啃，一直没有停下脚步。谢东泓手里的面包是芮玮从一家烟酒店买来的，是最为一般的甜面包，但谢东泓吃出了特有的味道，面包里溢出的是“汉堡特色面包店”面包独有的芳香，这是他这次回到上海吃到的最好的面包。芮玮看着谢东泓吃面包的样子，脸上浮现出浅浅的微笑……按照摩西会堂工作人员的指点，谢东泓领着芮玮一口气去了附近犹太人曾经集中居住的霍山路、唐山路、海门路、长阳路和舟山公园，还有荆州路上的嘉道理学校……

第6章 中国上海·中国杭州

8月中旬,在炎热的夏季之尾,雷奥所在的嘉道理学校新学期开学了,也在同一时间,保立背着潘姨亲手用帆布缝制的崭新蓝色书包,进入了虹口区的一家小学。

因学校不远,雷奥上学都是自己走着去。而保立就不同了,潘姨一如既往,早上五点起床,从杨浦区家里背着睡眼蒙眬的儿子乘一个多钟头的公交车先来到面包店里,到店后,让儿子在雷奥床上再睡一个多小时。快到八点的时候,保立起床洗脸,从书包里拿出妈妈用苞谷面和白面混掺在一起做成的发糕或者馒头,一蹦一跳地去上学。

王家甫几次都提出要把家搬到虹口区附近,但潘姨死活不同意,搬到虹口区,自己方便了,但丈夫必须每天早起一个多钟头。

每天下午三点光景,保立放学回到面包店,把书包放好后,就一个人在门口板凳上坐定,全神贯注地望着远处的路口,等待街面闪出雷奥的身影。雷奥一般在四点半才姗姗归来,只要门口的保立"欧"的一声欢呼,店里的潘姨和阿芬克劳特夫人就知道,雷奥放学回来了。

"欧"了一声之后,保立就像箭一样从板凳上射了出去,跑向路口。来到雷奥面前,保立唰地一下停了下来,直愣愣地看着雷奥,好像两人分离了十年八载一般。这时候,雷奥总是先开口:

"你——好——吗?"

保立听到后先是嘿嘿一笑,接着嘴里大声喊道:

"热尔古特(Sehr Gut)。"

"热尔古特"是德语,意思是"很好"。雷奥给保立按照德语的发音教过几遍,保立模仿得挺好,但关键时候不是顿住就是忘记。王家甫知道后,用“热尔古特”四个汉字对儿子进行了启蒙,方法果然有效,从此保立次次对答如流。

每逢节假日,雷奥和妈妈都会来到杨浦区王家甫家里做客,这是两家人难得的快乐时光。

三个大人正在喝茶聊天,没有想到,旁边的两个孩子争论起来。

三个大人停止说话,侧耳倾听。

保立说:“雷奥哥哥,你真麻烦,整天‘谢谢’‘对不起’说个不停。”

雷奥说:“就是应该这样嘛!”

王家甫说:“怎么回事?说给我们听听。”

“刚才,雷奥哥哥手里的铅笔掉在地上,我捡起来交给他,他说‘谢谢’,这是他今天来到我们家说的第四次‘谢谢’啦!”

王家甫欲笑又止,问保立:“哥哥还有什么时候说‘谢谢’呢?”

“他嘴上沾了个米粒,我替他抹掉,他说‘谢谢’;蹲马桶忘带擦屁股纸,我给他递,他说‘谢谢’!”

平常不爱讲话的阿芬克劳特夫人捂住嘴笑了起来,然后说:“保立聪明,两个例子举得好,一个说的是雷奥的上面,另一个是雷奥的下面!”

听完阿芬克劳特夫人的话,王家甫和潘姨哧哧笑个不停。

潘姨经常故意逗两个小家伙,这次也一样:“那雷奥哥哥什么时候说‘对不起’呀?”

保立接着“控诉”:“他走路时不小心碰了我一下,说‘对不起’;在屋里踩了我的脚,说‘对不起’;还有一次,我们几个在舟山公园一起玩,雷奥哥哥突然放了一个屁,他也说‘对不起’……”

王家甫强忍住笑,看着雷奥问:“怎么放个屁也要说‘对不起’?”

“我没有憋住,臭得他们捂了半天鼻子,所以应该说‘对不起’!”雷奥赶忙解释。

三个大人乐得东倒西歪。

笑声停息,保立又一本正经地开了口:“对别人可以说‘谢谢’‘对不起'，对好伙伴，我们是不说的。"

雷奥想了一下，望着保立："对别人讲礼貌，对好伙伴也应讲礼貌啊！"

旁边的三个大人看着争论的俩孩子，脸上挂着笑意。

最后，王家甫说话了，他拉着两个孩子的手说："我给你们各说一句德国和中国的民谚可以吗？"

两个孩子点了点头。

"Andere Länder，andere Sitten！"王家甫说出的第一句是德语，这句德语几乎每个德国人都知道，叫"不同的国家，不同的风俗！"，雷奥听到这句熟悉的话，高兴地拍起了小手。王家甫接着说出了第二句："五里不同俗，十里一规矩！"保立每次回妈妈老家，这句话都被舅舅挂在嘴边。保立不仅拍起了小手，还在地上蹦跶起来。

王家甫最后抚摩着两个孩子的头说："各个民族都有自己与人相处的习惯，习惯无所谓好坏，相互理解相互尊重就是啦，懂了吗？"

雷奥和保立又一次点了点头。

两个孩子的争论仍然没有结束。

雷奥和保立在礼貌的问题上扳了个平手，又把话题扯到汉堡和上海两个城市的对比上。雷奥说："我们老师说过，汉堡是德国最大的港口，是座水上城市，市内有阿尔斯特湖，湖水通过星罗棋布的内陆河汇到了易北河，最后流向北海。"保立刚刚上过地理课，这时候，他从书包里拿出了地理课本，在上海城市地图上寻找起湖面来，找了半天，也没有找到，但他发现了弯弯曲曲的河流。最后，保立说："我们上海是中国最大的港口，你们汉堡有湖，阿拉这里有河呀！"他拉着雷奥的手在地图上指认，"你看，这是吴淞江，这是苏州河，还有……"两个孩子手指一起指着的河流名称保立读不出来了，王家甫看了一下，说："南边的叫淀浦河，北边的叫蕴藻浜。"

"你看，它们最后都汇在一起流入了黄浦江，黄浦江又汇入了长江，由长江流入了……"保立边说边在地图上寻找长江流向了哪里，但书本上没有标出。

“流向了东海，你的书太小啦！”王家甫说完，两家人都笑了。

笑过之后，王家甫又补充了一句：“其实上海也有湖，并且是很大的湖，只不过不在市内，在上海的西南角，名字叫淀山湖，和黄浦江是连在一起的。”

保立和雷奥又一起在地图上寻找起淀山湖来，王家甫说：“别找了，你的课本太小！”

两家人被孩子的认真劲儿逗乐了。

比完了上海和汉堡哪个水多，最后，两个人比起了汉语和德语哪个好，哪个不好。

这次是保立先开的口。保立挠着头说：“你们德语太麻烦，问一个人身体好不好，要回答‘热尔古特’四个字！我们只有两个字‘很好’！”

三个大人一起笑了，个个看着雷奥，等待他的辩驳。

雷奥想了一会儿，脸上露出了得意的微笑，不慌不忙地接了保立的话茬：“你们中文太啰唆，问人做一件事行不行，要说两个字‘可以’或者‘好的’，我们德语多干脆，要么说‘Ja’，要么说‘OK’！”

雷奥的一句话把小两岁的保立给唬住了，保立又一次抓耳挠腮起来。潘姨心疼自己的宝贝儿子，这时候插话了：

“保立，你想想，每次回老家时，你求舅舅做事，舅舅回答的话是‘可以’或者‘好的’吗？”

“不是！”保立回答。

“那舅舅说的啥？”潘姨继续启发。

“中！”保立学着舅舅的腔调，瓮声瓮气地叫道。

充当翻译的王家甫这次首先笑了。王家甫想，这个词他不翻译，雷奥和他妈妈也能明白。于是，他摸着儿子的头，慢声细气地说：“你这个小瘪三，回老家时光说上海好，想不到关键时候还能来一句我们老家话！”王家甫这句话也没有翻译，明骂暗褒儿子的话他不好意思翻译。

雷奥记住了保立说的这个最简洁的汉字，从此以后，回答王家甫一家和妈妈问他可以不可以的问题时，他都学着保立舅舅憨厚的腔调喊“中”。

在嘉道理学校里，德语老师和同学问他可以不可以时，雷奥不再回答“Ja”或者“OK”，而是瓮声瓮气地喊一声“中”，惊得提问者个个丈二和尚摸不着头脑。

入秋后的第一个周末，王家甫到杭州出差，邀了两家人一同去。这是雷奥和妈妈来到中国后第一次去上海以外的地方，雷奥两天前听说后，激动的心就一直怦怦地跳个不停。杭州是个什么地方，雷奥不知道，但他从很多朋友嘴里听到过一句话：“上有天堂，下有苏杭。”头顶上的天堂他去不了，也不能去，因为中国人说一个人升天了，也就是上海话“西特了”的意思，这样的天堂再美，雷奥也不想去，去了就回不来了。但雷奥想去地上的天堂，去了还可以回来的天堂，有湖、有山、有寺、有茶的天堂。对雷奥而言，湖、山、寺、茶好，但还有更好的东西。到底是什么东西，前来告知消息的潘姨没法用德语说清，只是做了一个用手向嘴里递送的动作。潘姨的动作做到一半的时候，雷奥就明白了，甚至比潘姨用语言表达出来还要令他明白。

坐了一上午的轮船，秋高气爽的中午时分，五个人到了杭州码头。准备下船的雷奥闭起了眼睛，他在想，如果突然睁开自己的双眼，面前出现的人间天堂会是什么样子。雷奥在汉堡时，爸爸给他讲过格林童话，在学校时，德文老师给他讲过安徒生童话，德国和丹麦童话里的天堂都使他神往。中国老话中的天堂孩子是不愿意去的，但欧洲童话中的天堂每个孩子都想去。在欧洲童话的天堂里，孩子们乘着弯弯的月儿船到达的时候，红地毯从船头一直延伸着，五颜六色的鲜花开放着，羚羊跳跃，百灵歌唱，狮子翻滚，鲸鱼摆尾，猎人开枪鸣着礼炮，公主婀娜跳着舞蹈……

雷奥睁开了双眼，他看到了中国的人间天堂。码头两岸，耸立着两座高大的建筑。雷奥睁眼看到的首先就是它们，他以为是两座迎接他们一行的城堡，但睁大眼睛仔细瞧瞧，他错了，是两个炮楼。岗楼顶上猎猎作响的太阳旗让雷奥知道，人间天堂现在也是日本人的地盘，码头内外端枪站岗的日本人也使雷奥从憧憬回到了现实。

王家甫的朋友带了两辆黄包车来接人。雷奥和王家甫、保立坐在一辆车上。在去西湖的路上,雷奥看到杭州没有上海那么多人,也没有上海那么多高楼,但杭州处处是绿树,处处是花朵,处处是古色古香的民居,处处是沁人心脾的茶香……雷奥陶醉于这一切的时候,对面开来了一队汽车,汽车上架着机枪,鸣着警笛,行人和三轮车慌张地向两边躲闪,雷奥和保立在三轮车夫的闪躲中差一点从车上摔了下来,幸亏被王家甫双手抱住。望着远去的车队,雷奥和保立两个人的身体在颤抖。雷奥原来只恨德国人,来到上海后,也恨日本人。这与保立不同,保立原来谁也不恨,但见了两次舅舅后,他恨日本人,因为当他问起舅舅与他玩得最要好的小伙伴三娃时,舅舅哭了,他摇了半天捂脸痛哭的舅舅,舅舅最后说三娃死了,是日本人用刺刀挑死的。雷奥来到上海后,保立也跟着雷奥恨起了德国人,因为德国人把雷奥的爸爸和姐姐给杀了。

坐在三轮车中间的王家甫一手搂着一个孩子,他说:“我给你们讲个中国民间故事吧,传说就发生在我们要去的杭州西湖!”王家甫想安抚受惊吓的孩子,他不想让恐惧的阴影留在孩子心里。

去西湖的路上,王家甫讲起了白蛇和许仙的传说,听着美丽的传说,两个孩子的心情舒缓了许多。

西湖到了。一望无际的是绿水,环绕四周的是青山,绿水上泛着一叶一叶轻舟,青山间缀着一丛一丛碧绿。穿着青衫的女人在绿水边洗衣,长着绿翅的小鸟在山间翔鸣。在悠长的苏堤上漫步,五个人透过条条低垂摇曳的烟柳,看到了湖面腾起的薄雾,望尽了波光粼粼的湖水。在人间天堂里,心都醉了。五人租了一叶扁舟,向湖中心的孤山划去,雷奥站在船头,保立站在船尾,满眼的湖光山色他们都不舍得丢失一眼。

在湖的中心,王家甫指着湖的南岸青山对一前一后的两个孩子说了两遍:“快看,原来压着白娘子的雷峰塔就在那里,十几年前倒掉了。”

“白娘子出来了吗?”两个孩子都问同样的问题。

“出来了,出来了!是儿子长大了,练就一身好武艺,推倒了雷峰塔,救出了妈妈白娘子。”王家甫喊道。

船上的人都笑了起来。

戴着斗笠的船夫面露微笑,也接了一句话,使船上的笑声更加响亮。

“你们来迟了,若是早上来,还能见到白娘子在湖边洗衣呢,中午回家给许仙做饭去了!”

白娘子给许仙做的什么饭,他们五个人看不到,但湖边一个小饭店做的午饭让雷奥眼花缭乱。王家甫点了一桌子菜,光翻译菜名就用了十几分钟。雷奥最喜欢两个菜,一个是西湖醋鱼,半尺长的整条鱼装在青花瓷盘中,雷奥正准备动筷,被饭店胖乎乎的师傅一声喝停,只见他手执铜勺,不慌不忙地在鱼身上淋起糖醋芡汁来,芡汁染红了鱼身,也染红了白色的盘底,滋滋的响声惊呆了筷子举在半空的雷奥;另一个菜也是欧洲人最喜欢的甜味美肴,不是鱼是牛肉。这道菜不是用盘子端上来的,是用砂锅,一种暗红色的砂锅,雷奥在汉堡从来没有见过这种不是铁、不是铝、不是瓷、不是钢的锅。当那位厨师打开砂锅的瞬间,喷香的热气四溢,扑了雷奥一脸,雷奥手中的一根筷子掉在了地上,都没有时间捡,用一根筷子就插中锅底的一块沾着葱花和姜丝的红彤彤的肉块,摇晃着挑到嘴边,一口吞了下去。

“味道怎么样?”王家甫问第一个动筷子的雷奥。

“烫,烫!”雷奥边摇头边说。

走在绵延的白堤上,平常十分矜持的阿芬克劳特夫人神态轻松,脸上挂着在上海面包店里极少有的舒心笑容,这时她也说话了:“你们中国有白娘子和许仙的故事,我们那里有罗密欧与朱丽叶的故事,他们的故事被编成了各式各样的歌剧和舞剧,人人知晓。”说完这话,她附耳问了潘姨一个问题,王家甫和她是怎么认识的。走在三个大人前面的雷奥听到了妈妈的问题,没等王家甫翻译,就扭过头来大声叫了起来:“我也要听王叔叔与潘姨的故事!”

王家甫不得不先翻译雷奥的叫喊声,保立也大声跟着起哄:“我也要听爸爸与妈妈的故事！”

潘姨红了脸，羞涩着对儿子嗔怪：“小孩子，懂个啥！”

王家甫看着阿芬克劳特夫人，用眼神往潘姨那边瞅，意思是让潘姨来讲。潘姨也同样，把眼神递回给了王家甫。

雷奥和保立这时候忍耐不住了，一个用德语，一个用汉语不约而同地喊了起来：“快讲，快讲，我们要听！我们要听！”

故事最后是王家甫讲的。王家甫是河南开封人，在河南大学学德语，大学二年级暑假时和同学一起搞乡野采风，去了潘姨所在的豫东南乡村，住在了潘姨家里。潘姨大哥是个文化人，给王家甫提供了很多当地的对联、乡约、家谱和婚葬习俗方面的素材，最关键的是潘姨大哥还能哼一腔地道的河南梆子，听得王家甫如醉如痴，热血沸腾。王家甫整天和潘姨的大哥黏在一起，连上茅房都憋着一起去。

阿芬克劳特夫人扭头问潘姨：“是这个样子吗？”

潘姨轻声说：“刚开始是这样子！”

雷奥接着潘姨的话：“后来呢？”

保立也说：“后来呢？”

后来是潘姨讲的，王家甫不好意思讲。潘姨说，后来王家甫变了，她哥哥在家时王家甫竖起耳朵听，拿着小本子拼命记。她哥哥有事外出时，沉默寡言的王家甫马上换了个样，在她面前叽里呱啦讲开了，讲开封的潘杨二湖，讲开封的龙亭，讲开封的铁塔，讲开封的钟鼓楼。后来讲完了，又重复了一遍，不过这次顺序变了，先讲的是开封的龙亭，接着是铁塔、钟鼓楼和潘杨二湖，这样也就罢了，五天之后，王家甫开始讲第三遍，顺序又变了……

潘姨叙述的时候，王家甫笑嘻嘻地低着头，两个孩子抬着头从下往上瞅他的时候，王家甫的头压得更低。阿芬克劳特夫人认识王家甫多年，从来没有见过他这个样子，她觉得中国人和德国人不一样，有着一种特殊的神秘。

阿芬克劳特夫人这时候看着王家甫问话了：“是这个样子吗？”

雷奥和保立也学着阿芬克劳特夫人:“是这个样子吗?”

“谁让她是村里的美人呢!”王家甫在三人的逼迫下,最终说出了一句话。

阿芬克劳特夫人不再提问题了,但两个孩子意犹未尽,转过身来,倒退着走了十来步,边走边嘴里喊着语言不同但意思相同的话:

“后来呢?”

“后来呢?”

四年级的学生雷奥终于如愿以偿地成为嘉道理学校乐队的一员,入队那一天,校长露西·哈特维希女士也来了。

哈特维希女士问雷奥,最想学哪一种乐器,她指着小号、单簧管、双簧管、大号、吉他、小鼓和大鼓一一做介绍。雷奥说,他最想学钢琴。哈特维希女士笑了:“我们学校的乐队规模小,没有配钢琴。”雷奥说:“没有钢琴的话,我愿意学大号,大号最响!”雷奥的话音一落,乐队的十几个孩子都笑了。哈特维希女士抚摩着雷奥的头,最后说:“雷奥,我答应你学大号,但不是现在,因为学大号时间长,而乐队圣诞节要到剧场演出,你先学小鼓,等新年一过,就让你学大号!”

雷奥低下头,有点闷闷不乐。

“等过了新年,我们乐队配钢琴,让你弹钢琴可以吗?”校长哈特维希女士安慰道。

“老师说话算数?”雷奥说。

“算数!”哈特维希女士紧跟着说。

雷奥高兴地跳了起来。

乐队的十几个孩子一齐鼓起掌来。

每天下午,雷奥下课后,撒腿就往学校的小礼堂跑,他的乐队在那里集合。每一次练习,雷奥都是第一个到,扑扑通通敲着他的小鼓,催促乐队的成员快点到来。

保立对乐队的事一窍不通,他们小学只有秧歌队、舞狮队,没有乐队。

但保立喜欢问乐队的问题,从爸爸嘴里知道雷奥在学校练习敲小鼓后,保立就说:“小鼓没有大鼓响!”雷奥说:“小鼓与大鼓在乐队里一个都不能少!”保立不信,再次接着雷奥的话说:“小鼓没有大鼓响!大鼓一敲,小鼓就听不见了!”

这下惹毛了雷奥,他噘起小嘴,正儿八经面对王家甫说:“王先生,您好好翻译一下,我要给保立讲讲小鼓的重要性!”

“乐队大鼓用来敲强拍,小鼓呢敲弱拍!小鼓通过细小的节奏来调和音色,这个大鼓敲不出,必须靠我的小鼓。明白吗?”雷奥把乐队老师的原话照本宣科地复述了一遍。

保立听后,像听天书一般,傻笑不停。嘴里说出的一句话把雷奥气了个半死。

“小鼓没有大鼓响!”

这时候,笑个不停的王家甫出面了:“小鼓确实没有大鼓响,但小鼓的作用不在响而在于变!”

屋内安静下来,雷奥和保立目不转睛地盯着王家甫。

“打小鼓的人可以在鼓面上蒙块绒布,也可以使用硬度不同的鼓槌击打,这么一来,发出的音色就不同了,一种乐器可以产生不同的效果,只有小鼓做得到,大鼓不行!”

王家甫说完,雷奥长长地舒了一口气,他扭头望着保立,等待保立的反应。

保立笑了,冲雷奥做了个鬼脸,边做鬼脸边狡猾地说:

“今后你打大鼓,我敲小鼓!”

三个大人望着两个孩子,挤眉弄眼后笑了起来。

在回家的路上,阿芬克劳特夫人对儿子说:“今后要像王家甫先生一样,以理服人。”

雷奥说:“理我不是讲了吗?”

阿芬克劳特夫人又说:“还要把理讲清楚!”

回到家里，雷奥躺在床上准备睡觉，妈妈没睡，而是在水池边洗衣服。看着妈妈的背影，雷奥发现，妈妈老多了。来上海前，阿芬克劳特夫人满头卷曲的黑发，油光发亮，而现在，黑发越来越多地变白，逐渐占去了一半，剩余的黑发也失去了自然的光泽，变得枯槁。每天夜里，雷奥起来小解的时候，都会发现对面床上的妈妈辗转反侧并未入睡，有时还会发出长时间的呻吟。甚至有几次，妈妈在喃喃自语，念叨着爸爸和姐姐的名字，吓得雷奥一下子从床上坐了起来，他呆呆地看着妈妈，妈妈却还在一动不动地睡着，雷奥这才知道妈妈在说梦话。

听到妈妈呼喊爸爸和姐姐的名字，雷奥后半夜常常就睡不着了，也在半睡半醒中做着噩梦。雷奥把这事告诉了妈妈，阿芬克劳特夫人从此睡觉就用被子蒙上头，有时还拿棉袄盖住头部。

雷奥看到的阿芬克劳特夫人的变化，潘姨和王家甫也都觉察到了。阿芬克劳特夫人是个少言寡语的人，来到上海后，话就更少了。王家甫和潘姨了解她的性格，更知道她内心的痛苦，所以经常主动找话和她搭讪，有时王家甫还故意讲一些老家河南的民间谚语、笑话和典故逗乐。一天晚上，阿芬克劳特夫人和潘姨正在店里搓揉面包的面坯，站在后面的王家甫说话了："两位女面包大师干活，我一个大男人不能闲站着，就来段顺口溜给你们添把力吧！"

"来段好听的！"潘姨嚷。

"中！Kein Problem！"王家甫先后用河南话和德语回答。

"就来段我从保立舅舅那里学来的'四快、四孬、四有、四害'吧！两位大师竖起耳朵，请听！"王家甫喜形于色。

"'四快'呀，就是：兔子跑，箭离弦，鹰抓鸡，天打闪。

"'四孬'呢，就是：抽大烟，开黑店，当赌鬼，干贼汉。

"'四有'嘛，就是：水有源，树有根，瓜有秧，话有因。"

每说完一句河南话，王家甫马上用德语翻译一遍。

阿芬克劳特夫人停下揉面的手，听得津津有味。

"要说最后一个'四害'啊，两位面包大师可得小点心，稍不留神，你们就要倒霉了!”

“噫! 别卖关子了,快说!”潘姨瞪了王家甫一眼,阿芬克劳特夫人看着潘姨的样子,嘻嘻笑了起来。

“老虎腚,毒蛇嘴,马蜂窝,蝎子尾!”

王家甫说完河南话,潘姨笑个不停。

王家甫翻译完老虎腚、毒蛇嘴、马蜂窝“三害”,阿芬克劳特夫人也笑个不停。

“蝎子”是个生僻词,王家甫一时想不起来德语该怎么说。

“王先生,您又在卖关子吗?”阿芬克劳特夫人急切地想知道最后“一害”,她用德语问王家甫。

王家甫嘻嘻一笑,用西方人的方式摊了一下双手,然后说道:“这回关子卖不起来了,真的不知道这个词怎么说。”

“您说,我用面泥捏一个,您看是不是!”阿芬克劳特夫人回答。阿芬克劳特夫人经常用面团捏成香蕉、草莓、橄榄和巧克力形状,在烤炉内烘烤后给两个孩子吃,次次把雷奥和保立高兴得合不拢嘴。

根据王家甫的描述,阿芬克劳特夫人捏出了一只壁虎。

潘姨摇了摇头:“这个东西吃蚊子,不坏!”

阿芬克劳特夫人又捏成了螳螂。

王家甫摇了摇头:“这个东西虽然捕到了蝉,但也吃了黄雀的亏,吃的亏比赚的便宜还大,算不上坏东西!”

一番功夫后,一只蝎子终于捏成了。

“Skorpion! Skorpion!”阿芬克劳特夫人惊叫起来。

潘姨好奇,伸出手指去摸案板上逼真的“蝎子”,手指刚要碰到,王家甫就在后面大声喊了一嗓:“小心,尾巴里有毒刺!”

阿芬克劳特夫人开心地笑了起来。

王家甫和潘姨也跟着爽朗地笑了起来。

两家人在一起的时候,王家甫每次都给两个孩子讲中国神猴剩下的四十变，什么黑松林遇妖，什么大战牛魔王，什么乌鸡国除害，什么盘丝洞降妖……讲到最后，王家甫都以一句话收尾，叫作"善有善报，恶有恶报"。这句话，王家甫不光是说给孩子们听的，也是说给阿芬克劳特夫人听的。

除了说河南民间典故和讲中国猴子的故事，王家甫还时不时向阿芬克劳特夫人通报欧洲的情况。阿芬克劳特夫人从王家甫那里得知，到了1941年夏末，德国出动了五百多万部队分成三路向苏联发动突然袭击，虽然他们8月上旬攻占了通往莫斯科路上的一个重要据点斯摩棱斯克，但遭到苏联军队顽强抵抗，现在德军的攻势减弱了。另外，苏联道路的泥泞给纳粹摩托化部队带去了天然的障碍，希特勒的闪电战术失去了作用，10月以后，西伯利亚寒流就要到来，衣着单薄的德国纳粹冻不死也得冻残……

听到这些消息，阿芬克劳特夫人的脸上露出了一丝笑容，雷奥也使劲鼓起掌来。保立听不懂爸爸在说什么，潘姨就在一边解释："爸爸说的是白骨精，害人的白骨精！"一提白骨精，保立就知道是坏人，马上学着雷奥鼓起掌来。

说完苏联的情况，王家甫还说，法国的抵抗组织也在日夜不停地狙击和偷袭德国人，巴黎城的德国兵晚上都不敢出门了。最后王家甫压低声音，轻轻地说到两天前他刚从港口总管山本那里打探出的一个消息，英国部队也不是孬种，两个星期前他们在非洲也取得了重大胜利，歼灭了德国几个师。

"大家不要急，美国还没有加入呢，美国报纸和电台都在公开反对纳粹德国，我想，过不了多久，他们一定会参加。中国神猴为什么第一棒没有打死白骨精，主要是想给妖精一个改过的机会，白骨精不听，不但不听，还浪费了第二次机会，到了死不改悔的第三次，猴子就不客气了，一棒下去，白骨精就粉身碎骨了！美国人现在不出手，学的就是中国神猴这一招！"王家甫讲完这段话，用双手狠命地在桌子上猛击了一下，好像自己手里拿着中国神猴的那根金箍棒。

雷奥从《八十天环游地球》里知道美国，那是一个和中国差不多大小的国家。保立不知道美国,但他知道中国神猴,他甚至还知道中国猴子姓孙,只要是孙猴子干的事,他都认为是好事,为孙猴子助威,保立自然愿意,于是他也使出吃奶的力气把双手砸向了桌面。

雷奥带着保立经常到哈雷尔的摊位上去看修鞋补锅。这天下午,雷奥发现哈雷尔的豁牙补上了,补的不是金牙,是和其他牙齿一样的白牙。现在的哈雷尔叔叔在雷奥眼里比原来好看多了。

“哈雷尔叔叔,您现在变漂亮啦!”雷奥说。

哈雷尔笑了,还夸张地露出了那颗新镶的白牙。

保立也知道这个豁牙的犹太叔叔镶了新牙,当他看到哈雷尔故意显摆时,小嘴里毫不客气地冒了一句:“叔叔臭美!”

雷奥听得懂保立的话,哈雷尔听不懂,就问雷奥:“这小家伙说什么,给我翻译翻译?”

“说您的牙真漂亮,像小白兔的大门牙!”

哈雷尔哈哈大笑起来,笑完摸着保立的头,伸出大拇指说:“你这小家伙,真鬼!”

三人说笑间,来了一个女人,是热水铺那个老人的大女儿,雷奥和保立都认识她,叫她翠芬姐。两个孩子从保立妈妈那里知道,翠芬姐刚结婚半年,当兵的丈夫就被日本人打死在杭州湾,连尸体都没个下落。翠芬姐右手拎着一只快脱底的水壶,左手端着一茶缸热水。她离摊位还有两米远,哈雷尔就笑嘻嘻地站了起来,一手托着壶底接过水壶,另一手赶紧去端热乎乎的茶杯。

“水甜,水甜!”哈雷尔叔叔望着翠芬姐,用夹生的汉语说。

翠芬姐扭捏着扭头就走开了。

“哈雷尔叔叔,让我们也尝一口您的甜水吧?”雷奥笑着问。

哈雷尔说:“这是给我的,你们喝了她会生气!”

“叔叔,就让我喝一口吧,我的嘴小,喝了翠芬姐也看不出来!”保立说。哈雷尔不知道面前的这个中国孩子在说什么,但看到他眼巴巴地盯着茶缸,也就猜出了七八分,于是点了点头。

"不甜,不甜!"保立喝过一口后,大声地喊了一句。

哈雷尔笑了,看着小保立,用手指着茶缸说:"这里不甜。"说完这句,哈雷尔把手指的方向从茶缸转向了自己的胸口,说:"这里甜!"

雷奥和保立都认为哈雷尔叔叔是个骗小孩的骗子,明明是淡淡的白水,非说成很甜很甜的糖水。回到面包店,雷奥告诉了阿芬克劳特夫人,保立告诉了潘姨,哪里想到,两位母亲一起笑了起来,一个用德语一个用汉语,回答自己儿子的话几乎一样:"小孩子,懂个啥!"

后面很长一段时间,雷奥和保立在哈雷尔叔叔的摊位上玩耍时,几乎每次都会看到翠芬姐去修理东西,有时是水壶,有时是雨伞,有时是铜镜的镜腿,有时是发卡。有一次捅煤炉的铁火棍弯了,也拿到摊位上让哈雷尔用锤子砸直。每一次来,翠芬姐手里都会端一茶缸热水。

"让我们喝一口吧!"雷奥说。

"不甜,你们不是喝过了吗?"哈雷尔笑着说。

保立是个调皮的家伙,当雷奥和哈雷尔商量的时候,他就双手捧起缸子喝了一口,烫得他急急忙忙地放下茶缸,双手捂住小嘴巴:"甜水,甜水!"保立大声喊着。

雷奥一听是甜水,顾不上礼貌了,也端起茶缸喝了一口。保立没有说错,茶缸里的水确实是甜水,很甜很甜的水,一定是放了很多糖。

从此之后,雷奥和保立更加确信哈雷尔叔叔是个对小孩不讲实话的骗子。水寡淡寡淡时,他笑嘻嘻地说甜;明明是很甜的水,他竟厚着脸皮说不甜。

雷奥度过了一个快乐的暑假,在暑假的最后一周,谁都没有想到,大祸临了头。

在虹口舟山路一带,日本宪兵经常贴出一些布告,多是枪毙中国抗日分子的内容。雷奥自从上次亲眼看到舟山公园里日本人枪杀六个中国人的场面后,一看到这样的布告就浑身哆嗦。雷奥的内心越来越痛恨日本人，他没有想到，日本宪兵也和希特勒的党卫队一样残暴。每次在街上碰到巡逻的宪兵队，雷奥都拉着保立的手站在街旁的屋檐下，瞪着他们气势汹汹地走过后，两个孩子一起往地上吐唾沫。

雷奥认为光吐唾沫不能解恨，他想出了一个法子，在保立耳边一番低语之后，保立说了两个字："中，中！"

晚上天黑之后，雷奥带着保立偷偷溜出了面包店，雷奥的口袋里装着一包黑黢黢的煤灰，他们要去干一场心里解恨的事情。日本宪兵贴出的每张布告下面，都印有醒目的日本军旗。日本军旗衬底为白色，中间是一个猩红的太阳，射向四周的光线也是猩红色的。雷奥对保立说，杀人者的心都是黑的，所以他们的太阳应该和其他人的不一样，不该是红色，都应该是黑色，他们要把杀人者的太阳涂成黑色。

两人来到了舟山公园门口，保立按照雷奥的吩咐站在几十米开外的十字路口望风，雷奥一个人向公园门口走去。保立一阵东张西望之后，见没有穿军装的日本宪兵队，就用力敲手里的洋铁桶，咣咣咣三声之后，雷奥开始了涂抹。

第二天，舟山路一带的中国人和犹太人都看到了日本的"黑太阳"。

第三天，贴在摩西会堂大门外围墙上的日本布告也变了样，军旗中央的太阳变成了黑色一团。

被涂黑的布告和军旗一被日本宪兵发现，立刻就会有几辆摩托轰隆隆驶来，车上的日本兵凶神恶煞，摩托车一停下，两个宪兵跳下车，一把撕掉布告，接着朝天放枪以示警告。

每个看到布告的人多半警觉地迅速离开，但心里却是说不出的高兴，明白了什么是世道人心。他们都为不屈的抵抗分子的举动而欣喜万分。

到了第四天，雷奥和保立偷偷商量，下一次他们不光要让布告中间的太阳变黑，还要让太阳的光亮也改变颜色。太阳都黑了，发出的阳光不能是红色的！

这天下午，舟山公园的大门上贴出了一张新布告。天黑之后，两个孩子再一次偷偷溜出了门，保立的三声洋铁桶响后，雷奥开始了涂抹。

雷奥把中间的太阳涂成黑色后，没有听到保立一连两声急促的信号，知道周围没有日本宪兵，便用手指蘸着煤灰，开始把一条一条的阳光涂得乌黑。

保立站在十字街口的一家紧闭的茶叶店旁，一会儿看看东西，一会儿望望南北，行人稀疏的大街上没有一个穿军装的日本人。保立得意地笑了，他相信这一回雷奥哥哥一定会比前几次干得更漂亮。

保立错了。

雷奥把两条太阳光线涂成黑色的时候，三个穿着打扮和寻常路人并无不同的男人正悄悄从不同方向向公园大门逼近。

雷奥正全神贯注地忙活不停，他全然不知灾难正一步步靠近。保立还在警惕地左顾右盼，丝毫没有察觉街面上有半点异常。

满头大汗、正在踮起脚尖忙活的雷奥被三个黑影扑倒在地。

雷奥几声号叫后被堵上了嘴巴，再无半点声响，三个人以迅雷不及掩耳之势就把雷奥平放抬起，快步跑向了附近一棵大树背后的三轮摩托车，消失在茫茫夜色之中。

保立听到了雷奥哥哥的号叫，他拼命往舟山公园门口跑，边跑边敲洋铁桶，但是一切都晚了，保立一屁股瘫坐在地上……

从保立嘴里听到儿子被绑架的消息，阿芬克劳特夫人惊惧片刻之后，扑通一声栽倒在地。

舟山路上居住的中国人和犹太人也知道了雷奥的消息，人人都知道雷奥这一回凶多吉少，整个街道笼罩在一种极度紧张和忧虑的气氛之中。

最焦急的是王家甫，他让潘姨照顾阿芬克劳特夫人和保立，自己心急火燎地四处打听雷奥的下落。

王家甫心里清楚，是日本人绑走了涂黑日军旗帜的雷奥。当天夜里，他就和开水铺的翠芬爹、哈雷尔一起去了虹口区的日军宪兵队。日本人一通怒骂后说，如果再诬蔑他们绑了人，小心脖子上的脑袋。

王家甫知道，如果不尽快打听到雷奥的下落，明天黄浦江的江面上就可能会漂出一具尸体。在上海，这种事情每隔几天就会发生一起或者几起。王家甫还十分清楚，如果再到宪兵队硬要人，不但找不回雷奥，还会危及更多的人。

王家甫、翠芬爹和哈雷尔在面包店考虑了整整半夜，最后想到了一个人，只有这个人才有可能救雷奥一命。

这个人就是王家甫工作码头的顶头上司，吴淞码头总管，日本人山本。

在奥地利留过学的山本偶尔遇到王家甫，喜欢用德语聊上几句。外加王家甫经常给山本带一些他爱吃的德式面包，山本对王家甫颇有好感。有几次，山本还邀请王家甫到他办公室喝咖啡，一起品谈维也纳、萨尔茨堡、慕尼黑等地的音乐，他们从贝多芬谈到莫扎特，又从巴赫谈到瓦格纳……王家甫接近山本，最主要的目的是自己一家人和雷奥一家遇到麻烦时，在上海日本人圈中有点影响的山本能为之说句话。对与山本的交往，王家甫心里矛盾过，山本毕竟是日本人，自己和山本走得这么近，别的中国人怎么想，王家甫十分苦恼。

王家甫决定，这次只有请山本出面了。

王家甫后半夜做了两件事：一是包辆黄包车接潘姨回家，把家里所有的积蓄都拿了出来，阿芬克劳特夫人也把开面包店挣的钱拿了出来，勉强凑够了一千法郎。王家甫知道，这点钱打动不了山本。正在一筹莫展之际，翠芬爹和哈雷尔说："我们能再凑五百。"一千多法郎凑齐后，王家甫半夜出了门，去做第二件事。

黎明时分，王家甫回来了。他又从朋友处借到了两千五百法郎，除了钱，他还带回了两本昆曲《牡丹亭》唱词善本，清朝的。王家甫知道山本酷爱昆曲，尤其喜爱《牡丹亭》，他曾让自己打听哪里有《牡丹亭》的戏曲善本，说多少钱他都买。但这样的事，王家甫不愿意做，尽管他知道一位朋友处有这样的东西。

大清早，王家甫来到了山本的办公室，把两部善本恭恭敬敬地递到了山本手里。

山本喜出望外。

山本说:“王,你是我遇到的最好的中国人。”

王家甫说:“总管,我有一件事请您帮忙,只有您才能帮我!”

山本一边翻书,一边微笑道:“说。”

王家甫说:“总管,欧洲的毛孩子是不是都喜欢在墙上或者在墙上贴的公示上、图画上、布告上乱涂鸦?”

山本停下翻书的手,抬起头看着王家甫:“是的! 王,你怎么想起这事?”

王家甫显出焦虑的神情,但他还是压住了内心的慌张:“总管,我邻居家的一个欧洲孩子在大日本帝国宪兵队的布告上乱涂鸦,被抓走了,小孩只有十岁,只知道好玩,哪里知道犯了大事啊!”

“哪个国家的孩子?”山本问。

“德国的。”王家甫急忙回答。

“德国的好说!”山本脸上露出了笑容,又继续低头小心翼翼地翻起书来。

“总管,是德国人不假,但是犹太裔德国人。”王家甫一字一句地说。

山本捧书的手颤抖了一下。

“犹太人? 犹太崽子?”山本愣住了。

“总管,我这个人念旧,在德国工作时,这个崽子的父亲帮我不少忙,人都是讲知恩图报的,就像总管对我好,我也要报答您一样。”王家甫说着说着抽泣起来。

山本从心底喜欢王家甫这种为人的态度。

山本站立着,一言不发,眼睛直愣愣地盯着王家甫。

“总管,这里有一点小钱,我知道您根本不在乎,但您出面,总得请人喝杯咖啡,不,喝杯茶吧,只当我送上几杯茶水费。”王家甫把四千法郎放在了山本的办公桌上。

山本站立着,还是一言不发。

“总管,不懂事的孩子乱涂鸦,揍他一顿就算了,请让宪兵队别跟他一般见识,谅他今后再也不敢了!”

王家甫说完这句话，心里明白，再多说一句都是多余的，于是向盯着自己的山本深深地鞠了一躬，慢慢地退出了山本的办公室。

王家甫那天上午一直守在办公室的电话机旁，他知道，如果上午接不到山本的电话，将再也见不到活蹦乱跳的雷奥了。

面包店里，阿芬克劳特夫人神志恍惚，一会儿哭一会儿叫，整个人快要疯了。

潘姨和翠芬坐在床帮上，每人分别用双手握着阿芬克劳特夫人的一只手，不敢发出半点声响。她们两人心里都知道，如果上午得不到王家甫的消息，出事的就不光是雷奥一个人了。

翠芬爹和哈雷尔坐在面包店的底楼，翠芬爹还把哭泣不停的保立搂在怀里，两人谁也不讲一句话。

王家甫坐在自己的办公室里，一只手放在办公桌上，另一只手放在电话机的听筒上。虽然吹着电扇，他的额头上仍然冒出一层汗珠。

时间在一分一秒地过去，王家甫坐在那里一动不动。额头上满是汗珠，他干脆不擦了。

时间在一分一秒地过去，昔日热闹的面包店变成了死一般寂静的人间地狱。

十点钟的时候，电话响了，浑身一个冷战的王家甫抓起了电话听筒："总管，我是王家甫……"

电话是码头打来的，告知一艘货轮到岸了。

十点半的时候，电话再一次响起，王家甫又是一个冷战："总管，我是王家甫……"

电话里依旧不是山本的声音。

时间到了 11 点 40 分，王家甫趴在桌子上浑身颤抖起来，再有二十分钟，山本就要回市内的别墅了，他下午不上班，王家甫知道这一点。

王家甫手握听筒，双眼恍惚。

11 点 52 分，电话响了……

下午，王家甫把满身血迹、奄奄一息的雷奥从虹口日本宪兵队背回了家。

几天之后，王家甫从山本那里得知，山本和宪兵队长打通电话的时候，雷奥已经被装进了麻袋包，开往黄浦江边的摩托车已经发动。

10月下旬，嘉道理学校举办了好几场庆祝“住棚节”的活动。“住棚节”是犹太民族的传统节日，为感谢上帝的恩赐，庆祝丰收的喜悦，犹太人聚在一起，吃饭聊天，唱歌跳舞。系列活动之一是场音乐会，除了学校乐队演出外，还邀请了卫登堡先生和他的中国学生。自从雷奥上次出事之后，嘉道理学校的校长露西·哈特维希女士几次来到面包店，和阿芬克劳特夫人悄悄谈话，意思是，雷奥还小，一定要让他多参加学校的活动，这样对医治他心灵的创伤有好处。经过一个多月的调整，雷奥从阴影中慢慢走了出来，这次，他也将参加音乐会的表演。

在嘉道理学校的大礼堂内，音乐会还没有开始，听众已经黑压压坐了个满堂。雷奥妈妈来了，王家甫、潘姨带着保立也来了。保立还换了一身新衣服，因为爸爸妈妈跟他说过，外国人参加音乐会，不但要穿戴整齐、不声不响，还要端端正正、双目平视地坐着。保立记住了爸爸妈妈的话，乖乖地坐在椅子上，绷紧小嘴，大气都不敢出一声，唯恐自己的呼吸会影响到旁边的人。

演奏开始了，先出场的不是卫登堡先生和他的小提琴学徒，而是雷奥的鼓乐队。保立从身着统一队服、坐在舞台中央的十几个人中一眼就认出了朝夕相处的雷奥，一脸严肃的雷奥面前摆放着小鼓，他不慌不忙击打着小鼓，有时单手有时双手，有时轻有时重，有时缓有时急。保立听不懂约翰·施特劳斯的《蓝色多瑙河》圆舞曲，他的双眼紧盯着雷奥和那面小鼓。保立确确实实听出了大鼓和小鼓的差别，小鼓在雷奥的双手里变幻出不同的鼓点，不同的鼓点发出了不同的声音，它们或脆或闷，或高或低，或整或零，或疏或密。保立和大人一起鼓起掌来，大人们的掌声是给整个乐队的，而保立的掌声是给雷奥的，或者说是给雷奥面前的那只圆圆的小鼓的。

王家甫和儿子保立不一样，他不但听得懂雷奥的鼓声，还能听得懂整首曲子。王家甫在开封读大学时，就喜欢听学校乐队演奏这个曲子。后来在汉堡工作时，经常用省下的饭菜钱，跑到市中心音乐厅门口等便宜的退票，也是为了听这首曲子。雷奥的乐队还在演奏着，王家甫的思绪已经回到了久违的欧洲。他听到了春天多瑙河的水波在轻柔地翻动，看到了阿尔卑斯山下穿着鹅绒舞裙的小姑娘们在轻歌曼舞……舞曲演奏到最后的时候，王家甫闭上了双眼，他在用心体会音乐描绘的男男女女在多瑙河上无忧无虑荡舟的情景。闭着眼睛，王家甫还在心里一字一句随着音乐背诵著名诗人卡尔·贝克的诗，一首几乎每个欧洲人都熟悉的诗："你多愁善感，你年轻美丽、温顺好心肠，犹如矿中的金子闪闪发光，真情就在那儿苏醒，在多瑙河旁，美丽的蓝色的多瑙河旁。香甜的鲜花吐芳，抚慰我心中的阴影和创伤，荒芜的灌木从中花儿依然开放，夜莺歌喉多么婉转，在多瑙河旁，美丽的蓝色的多瑙河旁……"

雷奥的乐队演出完毕，卫登堡先生身着晚礼服，扎着领结上台了，台下立刻响起了潮水般的掌声，礼堂内的每个人都站了起来，向这位伟大的音乐家致敬。卫登堡一连演奏了舒伯特的《小夜曲》《土耳其进行曲》和《卡门幻想曲》三首小提琴独奏曲。每奏完一曲，场下都报以雷鸣般的掌声。掌声经久不息，礼堂内沸腾一片。雷奥站在幕布后面，他看不到卫登堡先生的面容，但他清清楚楚地听到了那悠扬、婉转、低沉、凝重的琴声。大人们鼓掌的时候，雷奥在幕布后边也使劲拍着小手，他相信，自己小手鼓出的掌声和大人们大手鼓出的声音不一样，就像小鼓和大鼓发出的声音不同一样，卫登堡先生一定会从震耳欲聋的掌声中分辨出他雷奥的掌声的。卫登堡先生演出结束后，他的几个刚学小提琴的中国学生也分别演奏了几首曲子，舞台上他们的动作有点稚嫩，乐音控制还不是十分理想，但每演奏完一个曲目，台下同样响起热烈的掌声。卫登堡先生的中国学生十分感动，每个人离开舞台时，都深深地向台下鞠躬致谢，每鞠一躬，台下的掌声一浪盖过一浪。

阿芬克劳特夫人的面包店生意兴隆，到了这年 11 月，为了感谢老主顾们的关照，她准备了一份特殊的礼物，给每家制作了一份印有家庭主人姓名的松子蛋糕，打算在安息日到来之前，把自己的心意一家一家送到。阿芬克劳特夫人和来到上海的犹太人一样，一直保持着自己的生活习惯：安息日不上班。周五下午，阿芬克劳特夫人乘三轮车，把一篮巴伐利亚碱水面包和热乎乎的松子蛋糕送到了西门子驻沪总代表舒尔茨家。舒尔茨夫人高兴地拉着阿芬克劳特夫人的手，邀请她到家里喝咖啡。阿芬克劳特夫人本想转身离开，但还是不好意思拒绝女主人的盛情，走进了舒尔茨家的客厅。

话是从巴伐利亚碱水面包谈起的。舒尔茨夫人说，要不是有阿芬克劳特夫人的碱水面包，她那口味刁钻的丈夫在中国是待不下去的，现在有了可口的面包，自己的丈夫乐不思蜀了，外加欧洲局势动荡，任期满了，总部征求他的意见，她丈夫也不愿回去。

当舒尔茨夫人眉飞色舞地提到丈夫时，阿芬克劳特夫人伤心地垂下了头。舒尔茨夫人意识到自己远离了面包的话题，立马站起给阿芬克劳特夫人的杯里续了咖啡，随即切了一块蛋糕，塞进嘴里。

“好，纯正的德国口味，我丈夫最喜欢松子蛋糕，这下他更不愿回慕尼黑了！”舒尔茨夫人说。

“上海买不到新鲜的松子，如果松子是今年的，味道会更好。”阿芬克劳特夫人接过舒尔茨夫人的话说。

“如果您不嫌麻烦，每周都给我们家做一个松子蛋糕吧！”

“可以的。”阿芬克劳特夫人答应了舒尔茨夫人的要求。

丁零零，门外三轮车夫摇铃了，阿芬克劳特夫人知道自己该走了。

阿芬克劳特夫人又说了几句感谢舒尔茨夫人照顾她生意的话后准备起身离开，刚才一直微笑的舒尔茨夫人这时沉下脸来。

“舒尔茨夫人，我前面说错什么话了吗？”阿芬克劳特夫人发现了舒尔茨夫人情绪的异常。

对方没有回答。

“对不起，舒尔茨夫人，我刚才说错什么了吗？”阿芬克劳特夫人又问。

对方还是没有回答。

客厅内的空气凝固了，阿芬克劳特夫人低下了头。

半分钟的沉默后，舒尔茨夫人走到阿芬克劳特夫人跟前，轻轻地开口了。

“您是个好人，有句话我想给您说，但千万不能对外声张。”

阿芬克劳特夫人不知道舒尔茨夫人下面要说什么，也就不好接话。

“今年4月，梅辛格上校担任了盖世太保驻日本首席代表。一个月前，我先生在东京见到过他，在饭桌上他酒喝多了，说他正在制订一个针对上海犹太人的最终解决方案。在这个大方案实行之前，还要对一部分影响帝国安全的犹太人实行优先解决方案，我知道您先生的情况，现在，您和孩子要特别当心。”

坐在回舟山路面包店的三轮车上，阿芬克劳特夫人双手捂面，神情木然。一想到丈夫因为在码头工作而被列入影响帝国安全的黑名单遭到了杀害，她感到恐怖再一次向她袭来，向自己的儿子袭来，回家的路程变得如此煎熬和漫长。

回到店里，阿芬克劳特夫人仍旧忙里忙外，焙制各式各样的面包，一刻也没有闲暇。但细心的潘姨发现，阿芬克劳特夫人出去一趟后，动作和原来不一样了，分切面包坯的节律杂乱、缓慢，个头大小不匀，这是她原来从来没见过的。阿芬克劳特夫人的异常使得潘姨的心情也杂乱起来，她觉得，阿芬克劳特夫人不是太累了就是有心事。

雷奥也发现了妈妈的异样，拳头大小的面包，妈妈过去一顿能吃下两个，而这天晚上，她仅吃了半块。妈妈吃不下，但仍旧坐在饭桌旁，盯着自己吃面包、喝汤、夹菜。而在平常，晚饭过后，妈妈不是要雷奥谈一谈白天的课程，就是去清洁面包柜或者替雷奥洗衣服。雷奥还发现，晚上睡觉时，妈妈一躺在床上就用被子蒙住头，一动不动。他也和潘姨一样，认为妈妈不是太累了就是有心事。

这种情况持续了三天，潘姨认为阿芬克劳特夫人心里藏着事，就把情况告诉了王家甫。第四天傍晚，王家甫来到了面包店，两个孩子去舟山公园捉迷藏去了，家里只有三个大人。

“阿芬克劳特夫人，如果您有私事我们不便问的话，我们就不问。但如果有需要我们帮助的事，可以给我们讲。”王家甫在欧洲待过，他知道欧洲人的交往方式。

“我没有什么个人私事。”阿芬克劳特夫人说。

王家甫没有再问，他知道，如果对方不愿讲，是不便多问的。

“两年来麻烦你们太多了，真不忍心再让你们操劳！”阿芬克劳特夫人停顿了一会儿，接着说。

“我丈夫在汉堡的时候，得到了你们一家的关照。你们来上海，我们自然应该力所能及地帮你们做点事。现在这种情况下，我们更应该替你们多承担一点。”潘姨看着惆怅的阿芬克劳特夫人，抢在王家甫前面说话了。

“现在这种情况我们平头百姓都没有办法，但这种日子不会长久的，我们中国有句古话，‘得道多助，失道寡助’，历史上的失道者没有一个长久的！”王家甫接过潘姨的话题。

潘姨这时候坐到了阿芬克劳特夫人旁边，用自己温热的双手握住对方冰冷的手：“有什么难事，您自己能做的话，我们就给您出出点子，毕竟我们在上海比您熟悉；您自己做不了，我们就一起来做，做到哪一步算哪一步！”

王家甫用德语一字一句将妻子的意思说给阿芬克劳特夫人听。

阿芬克劳特夫人低下头，突然啜泣起来。她把见到舒尔茨夫人的事说了一遍。

潘姨慌张起来，她意识到了事态的严重。

潘姨和阿芬克劳特夫人一起望着王家甫。

王家甫神色严峻。

面包店里寂静得出奇，店外路上行人的脚步声都能听得清清楚楚，甚至三个人能够听得见彼此的心跳声。那是一种锥心的寂静、无助的寂静、绝望的寂静。喧嚣可怕,但有时寂静比喧嚣更可怕。这种寂静,王家甫从小到大,第一次遇到。

王家甫心里明白,阿芬克劳特先生和女儿被枪杀就是因为他们属于"影响帝国国家安全的犹太人",阿芬克劳特夫人和儿子也逃脱不了"影响帝国国家安全"的干系,自然也会被列入"优先解决方案"的人选。他们虽然来到了万里之遥的中国,但恶名昭著的盖世太保如果要寻找他们真是易如反掌。想到这里,王家甫心里不寒而栗,面前这对寡母弱子的命运,如同待宰的羔羊,说不定明天,说不定后天,也说不定就在今天,屠夫的刀斧就会落下。

心里不寒而栗的王家甫明白,自己内心的恐惧不能外露,因为坐在对面的两个女人已经六神无主,他的任何一点惊慌和无奈都会引起她们更大的惶恐,甚至绝望。在即将来临的灾难面前,男人该表现出来的是冷静、坚毅和智慧。所以,王家甫必须在极短的时间内使自己冷静下来。

"事已至此,不慌不慌! 中国有句古话,叫作'天无绝人之路'。只是我们得想个应对的法子。"冷静之后的王家甫说出了第一句话,两个哭泣着的女人同时抬起了头。

王家甫讲完这句话,其实他的第二句话还不知道要说什么,但他一看见两个女人抬起了头,两双充满企盼的眼睛直盯着自己,便知道自己已经无路可退,他迅速想出了第二句。

"让我们一起来想想办法,共同闯过这个鬼门关!"

"鬼门关"三个字王家甫的语音拖得很长,一是暗示问题的严重性;二是给自己留下思考第三句话甚至第四句话的时间,三个字中的最后一个字说完的时候,下面的话已到了王家甫的嘴边:

"这件事,我们三个现在对谁都不能讲,包括家里的两个孩子。如果讲出去,一是对舒尔茨夫人不利;二是盖世太保知道消息已经泄露,说不定还会加快行动的步伐,我们自己反而没有了回旋的余地。"

"那很多和我们同样情况的犹太人怎么办呢? 他们都蒙在鼓里啊! 我们自己有回旋的余地,他们没有啊!"阿芬克劳特夫人接了话。

"我来想想办法,我来想想办法。"同样的话,王家甫说了两遍,他又在给自己争取一点思考的时间。

这样的办法王家甫知道需要时间来考虑,一时半会儿他是想不出来的。面对惊恐万分的两个女人,王家甫决定先撇开这个棘手的问题,打消她们的恐慌;否则,不但她们晚上睡不着觉,明天更会加倍地手足无措。

"这么大的行动,对三万犹太人采取行动,不比在德国国内的行动,希特勒就是再丧心病狂,也不会轻举妄动的,他们一定会计划周密,也一定会派人到上海来摸底,甚至那个盖世太保梅辛格上校也一定会到上海亲自安排。你刚才说他们正在制订计划,说明他们还没有确定方案。他们需要时间,我们就有时间!"王家甫说这番话时,心里也陡增了几分底气。

两个女人的表情明显轻松起来,阿芬克劳特夫人起身给王家甫和潘姨倒了两杯茶水,神色比刚才舒缓许多。她相信王先生的分析,自从几年前在汉堡认识这个中国人开始,她和丈夫都信服这个中国人。

雷奥和保立游戏结束回来了。两人满脸都是汗水,浑身上下一身尘土,进门后一个喊"我渴了",另一个喊"我饿了"。面包店里的寂静被打破了,三个大人脸上一齐露出了笑容,好像刚才的寂静和恐慌没有发生过。

"好的,今晚我们五个人一起吃饭,我去做饭!"阿芬克劳特夫人说。

保立一听爸爸妈妈今晚要在面包店吃饭,高兴地拉着阿芬克劳特夫人的手,大声地吆喝出一个字:"中!"

店里令人窒息的气氛被保立一声清脆响亮的"中"扫除了一半。

雷奥睡了,等待阿芬克劳特夫人的又是一个不眠之夜。

阿芬克劳特夫人躺下后,脑海中不断映现出的只有一个画面,那就是丈夫和女儿被枪杀的情景。这种情景,阿芬克劳特夫人并没有亲眼看见,那是她的幻觉。丈夫的挣扎、女儿的嘶叫、黑洞洞的枪口、呼啸的子弹、一摊又一摊的鲜血,这一幕幕凄惨情景反复在她脑海里翻滚,令她窒息,让她痛不欲生,她几近疯癫,要不是儿子的存在和王家甫、潘姨的陪伴,她相信自己早已疯了。阿芬克劳特夫人经常梦到自己真的疯了,梦醒之后,坐在床上浑身颤抖的她不但不怨恨噩梦，甚至还感谢噩梦，因为只有在梦境里变成疯子之后自己才不会去想丈夫和女儿的惨死……这天晚上，阿芬克劳特夫人不但要重复那幅想象的画面，还不得不面对新的更加残酷的现实。自己的丈夫和女儿因"影响帝国国家安全"死在了纳粹的枪口下，儿子和自己又怎能撇得开呢？从舒尔茨家回来的路上，新的想象就一直像幽灵般缠绕着她，挥之不去。蒙着被子的阿芬克劳特夫人仿佛看到了两名穿着黑色风衣、戴着黑色礼帽、双手插在口袋里的盖世太保突然闯进了自己的面包店，两人一前一后开了枪，阿芬克劳特夫人希望先倒下的是自己，她实在不愿看到，也忍受不了自己的儿子首先倒下，但盖世太保却恰恰先向自己的儿子开了枪，儿子小小的脑袋被一颗子弹穿透，留下一个黑色橄榄粒样的枪眼，枪眼里汩汩向外喷着鲜血……阿芬克劳特夫人浑身大汗，四肢颤抖，她多么期望能大呼一阵或者号啕大哭一场啊，但她不能，她使劲咬着被角，双手紧抓床帮，双脚蹬抵冰凉的水泥墙，她用尽全身的力气控制着自己，她挣扎着抑制住自己的疯狂，这一切都缘自王家甫的一句话，无论如何不能让孩子知道！

保立也睡了，等待王家甫和潘姨的同样也是一个不眠之夜。

王家甫和潘姨怕影响儿子保立睡觉，两个人坐在了客厅里。潘姨烧了一壶水，给自己和王家甫各倒了一杯。两人各抱着一个茶杯，开始讨论这件事情。

潘姨先开口："你今晚只谝了一句古话，'是福不是祸'，还有一句没说，'是祸躲不过'。"潘姨和王家甫在外面讲话都不说河南话，在家里就不一样了。

"俺知道阿芬克劳特夫人躲不过，但当时不中，不能说啊！"王家甫无奈地回答。

"不能当着她的面说，俺理解，但咱们得替他们一家考虑到后果啊。德国现在和日本结成了同盟，上海又在日本人的控制下，德国人想干的事，没有办不到的。"潘姨的语速明显加快了。

王家甫这时站了起来，他实在坐不住了。

“现在有两个问题要考虑:一个是如何解救阿芬克劳特夫人和雷奥这对母子,还有一个是看看能不能帮帮其他犹太人。”王家甫边走边说。

“咱们哪有那么大的本事,能救他们两个的命就很不容易了!”潘姨说。

“俺原来也这么想,你不是在场吗,阿芬克劳特夫人不同意啊!”王家甫接着潘姨的话说。

潘姨不说话了。

王家甫停下踱步,仰头喝干了一杯水,看着低头不语的潘姨,叹了一声气后说道:“俺也理解阿芬克劳特夫人的想法,都是一块从德国死里逃生的同胞,这个时候不能只顾自己。犹太人特别抱团,他们几百年来都有这个传统!”

“那该怎么办呢?”潘姨也叹了一口气。

王家甫又倒了一杯水,在屋子里再一次转起圈来。

“你不要在这来回晃荡了,俺受不了。”潘姨冲着王家甫说。

王家甫没有办法,重新坐了下来。

深夜的屋子里一片寂静,喝水的声音格外清晰又格外冗长,水进喉咙的“咕噜”声一消失,接着又是一声沉闷的叹息。

王家甫又喝完了一杯水,他站了起来。

“分两步走吧! 咱们先想办法救他们母子,营救其他犹太人咱们确实没那个能力,就想个法子让其他人帮他们。”王家甫抱着个空杯子,看着潘姨说。

“快说说看!”潘姨也喝干了杯子里的水,眼巴巴地看着王家甫。

“三十六计,走为上策!”王家甫说得干脆。

“走到哪里?”潘姨紧追不停。

“俺刚才想了一下,到开封去吧,俺姐姐那里。”王家甫说出了自己的想法。

潘姨不说话了。

时间在一分一秒地过去,王家甫在等待潘姨的回答。王家甫知道,自己的女人虽然学问不大,但主意一点不比自己少,家里的事,很多都由她做主。

潘姨这时候站了起来,她把茶缸放到了饭桌上,又坐了下来。

“不行!你不是不知道,开封的日本鬼子一点不比上海的少,开封又不大,两个大活人总不能一天到晚不出门,迟早会被发现的。”潘姨亮出了自己的观点。

潘姨的话突然提醒了王家甫,他想起了前些时候在开封发生的一件大事,日本侵华特务机关的重要人物、“华北五省特务机关长”少将吉川贞佐和几名日军头目被人刺杀于特务机关在开封的驻处山陕甘会馆。吉川贞佐被中国人刺杀后,日本人对河南省会实行了空前严酷的控制。华北五省的特务总机关在开封,哪能把阿芬克劳特夫人和雷奥送到那里啊,这不是刚出虎穴又入狼窝吗?

王家甫吓出了一身冷汗。

“俺看有一个地方可以。”潘姨这时候说话了。

“哪里?”王家甫赶忙问道。

“保立舅舅家!”

还没等王家甫问起原因,潘姨就解释起来:“你也知道,俺哥家在乡下,虽然县城有几十个鬼子,但村里没有,那帮畜生只有抢粮时才过去,只要藏得好,一般不会被发现,比到开封安全多了。”

王家甫看着自己的夫人,半天没有说一句话。

墙上的挂钟在寂静的深夜响了两下时,王家甫夫妇心中的第一步才算有了眉目。

潘姨说:“你说说第二步。”

“帮整个犹太人的第二步,俺还没有想到周全的办法,但有三点是无论如何不能做的。一是不能让阿芬克劳特夫人出面来说这事,她一出面,暴露她是消息的来源,东京和上海的盖世太保知道了,不但他们一家完蛋,舒尔茨一家也完蛋;二是不能让其他犹太人出面传播这个消息,犹太人逃到上海,泥菩萨过河自身难保,就是知道了纳粹的计划他们又能怎样，况且德国驻上海的机构到时候倒打一耙，说犹太人造谣诬蔑帝国政府，说不定还会惹出更多对犹太人不利的事来；三是不能把消息在上海抖搂出去，日本、汪伪政府控制着上海，他们的特务组织梅机关、樱机关、76号包括盖世太保在远东的势力都很强，消息在上海抖搂出去，就会有一场腥风血雨，很多人都会遭殃。”王家甫一口气说了好几分钟，潘姨边听边不停地点头。

“你说得不错。但这也不中，那也不中，总得想个中的法子啊！”潘姨心急如焚。

“咱们得借别人的嘴把这个事捅出去，这张嘴还得是张大嘴。你说谁的嘴大？”王家甫给潘姨提了个问题。

“美国？”潘姨不假思索地回答。

“美国至今还没有真正卷入战争，眼下是谁都不想得罪。”王家甫否定了妻子的想法。

“苏联？”

王家甫一听就笑了起来，他知道潘姨第二个就会提到这个名字。

“也不行，他们现在也是焦头烂额，男女老少都上了战场，顾不了别人的事。”

潘姨一连提出的两个大国都被丈夫否决了，只得继续想，这次她想起了另外两个国家，这两个国家在上海都有租界，有租界的国家一定有自己的势力。于是她脱口而出：“英国和法国？”

“英国和法国看起来应该可以，但实际上不行。这两个国家是同盟，但日本和德国也是同盟啊！现在在上海，英国和法国都不敢直接和日本人硬碰硬，也就不敢和德国人对着干。”

王家甫的话一说完，潘姨像泄了气的皮球，沉默无语。

“只有咱们中国！”王家甫抛出了自己的观点。

王家甫喝了一口热水，看着两眼瞪得贼大的潘姨道出了个中缘由：

“当下中日交战，日本虽说是德国的盟友，但现在德国的态度是不卷入中日战争。中国和德国还保持着外交关系，政府从德国采购大量的枪炮武器,德国也从中国进口战争需要的粮食、棉花和矿石。今年两国的关系冷淡不少,但还没有翻脸,没有翻脸就有说话的机会和分量!”

“政府会因为犹太人的事和德国翻脸?”潘姨对此有疑问。

“和德国翻脸倒不会,如果政府明确反对这样做,德国就不会肆无忌惮,因为犹太人毕竟在中国的地盘上。”王家甫回答得很干脆。说完这句话的王家甫好像还没有尽兴,又在屋里来回走动。

“这两年,政府里的很多大人物都对犹太人的处境表示同情,宋庆龄、孙科、孔祥熙等都站出来说了话,国内文化教育界的许多名人也都向德国提过抗议,政府碍于国际舆论,也向德国转达了国民意愿。如果能让政府知道纳粹的阴谋,说不定能起到作用。另外政府现在在重庆,离上海几千公里,这件事从那里说出去,德国人根本想不到是从上海走漏的风声。”

这次看着来回走动的丈夫,潘姨不但心里不别扭,还特别欣赏,如此精辟的分析,潘姨认为一个人坐着不动是无论如何想不出来的。想到这里,潘姨也站了起来,她也想让自己的思绪活跃起来,凌晨四点了,再不站起来像丈夫一样走走,思维是会被凝固住的。

“那你怎样告诉政府?”潘姨站起后,果然思路不一样,立马提出了关键的问题。

“写信!”王家甫回答。

“从上海发信?”潘姨紧接着问道。

“不能从上海,得从上海以外的地方。”

“从哪里?”

“开封!”

两个人一问一答,屋子里的气氛顿时活跃起来,潘姨趁势也喝了一口热水。一口热水下去,浑身上下暖和了,她知道了丈夫为什么一直不停地喝热水,一暖壶水已经快被他喝完了。

“让你姐姐写吗?”潘姨猜测。

“这事知道的人越少越好,俺自己写自己发。”

“你自己写没问题,怎么在开封发?”

“带他们母子去河南的时候肯定要经过开封，在开封转车时，让他们母子在车站等，俺一个人找个理由偷偷跑到邮局发掉，开封的邮局我熟悉。”

王家甫和潘姨两个人在屋子里来回走着，谁也不看谁，各自低头思考着，一个人提出问题，另一个人回答，转完一圈，回答的人提出了问题，提问者又变成了回答者。

“不但要发给政府，还要发给报社，这样才会双保险，政府就是出于外交原因把这事捂着，报社也会把事情捅出来！”正在走动的王家甫停下了，他突然想到自己刚才的计划还不算周全，又补充了两句话。

“俺也有一个想法，不知中不中？”潘姨也停了下来，盯着丈夫的脸一动不动。

“你说。”

“每次回老家，俺哥都说，共产党游击队斗起日本鬼子来也特别狠劲，抡起大刀片子不要命。俺们村一个叫吴腾子的，小时俺还见过他，据说跟着一个姓寇的和一个姓王的游击队头头干，还是个交通员，身子骨柴得很，用铡刀砍下一个老日的头，自己中了三枪，硬是拄着铡刀站在那里没有倒。部下都这样，估计他们的大头头更是不用说。共产党坚决抗日也一定反对纳粹，肯定也会对这个消息感兴趣！”

“好主意，好主意！从报纸上看到，正好八路军在重庆有个办事处，俺也一同寄去。”

王家甫看着潘姨，得到丈夫肯定的潘姨有点不好意思。

“噫！看看，看看，你这个人，刚才坐着光提问题，这不站起来一走，主意就来了，今后在家里，可不能再怪俺在屋里来回晃荡了！”

夫妻两个相视一笑，笑容在这天夜里第一次挂上夫妻俩的脸。

浅笑之后的王家甫和潘姨同时看了墙上的挂钟，再有一刻钟就五点了。

这个时刻的上海应该晨曦微露，但这个冬天没有，外边仍旧是一片漆黑。

第三天晚上,王家甫下班后,便匆匆地来到了舟山路上的汉堡特色面包店。阿芬克劳特夫人知道,他是来谈事情的,于是就把雷奥支去了阁楼。雷奥一上去,保立紧跟着也跑上了阁楼。

阿芬克劳特夫人关上了面包店的大门,三个人静静地坐下。

阿芬克劳特夫人说:"我们的事让你们操心了,这两天我看到您夫人的眼睛又红又肿。"

王家甫知道阿芬克劳特夫人这话是对自己说的,他没有为潘姨翻译成汉语,就直接说起了德语。

"您也知道,我们都很平凡,想为你们做更多的事,但力不从心,这两天每想到这些,总感到心里憋得慌。我和保立妈想来想去,琢磨出一点小办法来,今天想和您谈谈。"

"你们真是客气了,没有你们,我们母子俩都不知道这日子怎么过下去!"阿芬克劳特夫人说。

"中国有句话,无风不起浪,纳粹跟日本的头头既然这么说了,我们估计他们就会这么做。与日本、德国在上海的势力相比,你们包括其他犹太人都是鸡蛋,鸡蛋不能和石头硬碰。"王家甫用中国人的俚语开始了解释。

阿芬克劳特夫人认识面前这位文质彬彬的中国人已经好多年了。他第一次到自己家里的时候,说起话来也是这种中国式风格,德语叫"zirzak"。学德语的王家甫对这个词再清楚不过了,说得含蓄点叫"循序渐进",说得直接些叫"拐弯抹角"。王家甫在德国工作时,总想改掉 zirzak 的毛病,但他没有成功,如果像德国人一样一开口就 direkt(直截了当),他感到不合适。在他看来,那样少了点绅士风度,说得严重点叫头脑鲁莽。

阿芬克劳特夫人已经习惯王家甫的这种表达方式,她来中国两年多了,见到的中国人都是这种方式,她不但习惯了,有时自己也 zirzak 起来。她这么一 zirzak,反而闹得和她交流的中国人不习惯了,外国人怎么不像传说中的一样 direkt? 呜呜哇哇说了一大段话,竟不能总结出一句重点来。

王家甫这时看了一眼潘姨,潘姨没有说话,只是轻轻点了点头,他知道自己的前期铺垫已经完成,该切入正题了。

“舒尔茨夫人透露的纳粹的那个计划,是天大的事,他们实施起来肯定需要时间,这就给我们留下了回旋的余地。我和保立妈这两天一起想了很多办法,看来得分两步走。”

关于两步走的具体内容,王家甫把和潘姨两个晚上讨论的结果一五一十翻译给阿芬克劳特夫人听,这次王家甫翻译的语速特别慢,遇到一些地名和人名,王家甫尽可能详细解释。王家甫翻译的过程中,潘姨目不转睛地盯着阿芬克劳特夫人,她看到此时阿芬克劳特夫人的表情,像一个正在面试的学生留意着考官的表情一样。

潘姨目不转睛地盯着阿芬克劳特夫人,耳朵却听着丈夫的翻译。潘姨虽然听不懂一句德语,但翻译得顺畅不顺畅她是听得出来的。潘姨无数次听过丈夫与阿芬克劳特夫人之间的交流对话,她感到,丈夫的这次翻译速度慢得出奇,神情也特别严肃,甚至可以说是紧张,紧张得额头上竟冒出一层薄薄的汗珠来。

似这般内容关系到数万人生死存亡的翻译,王家甫一生中头一次遇到。

半个小时过去了,王家甫翻译完了他和妻子的计划。

满额头汗水的王家甫和潘姨盯着阿芬克劳特夫人,他们焦急地等待着对方的反应。两个人虽然没有说话,但相互从眼神里都十分清楚,如果这个计划被阿芬克劳特夫人否定,他俩也就不知道还能再做什么了。

听完王家甫的翻译,阿芬克劳特夫人呆在了座位上,两眼向上直愣愣地凝视着天花板,已经过去两分多钟的时间了,还没有说出一句话。屋子里安静得瘆人,只有阁楼上时隐时现的雷奥和保立玩耍嬉闹的声音还能使人感到面包店的存在。

阿芬克劳特夫人的眼眶红了,她想哭,但刚张开嘴,又急忙捂上了。雷奥和保立没有听到阿芬克劳特夫人的哭声,阁楼上仍然传出打闹声。

焦虑万分的王家甫和潘姨看到阿芬克劳特夫人的表情,心里咯噔一下,信心失去了一半,看来她不同意这个计划。

阿芬克劳特夫人终于张开了嘴，脸涨得通红，上气不接下气。王家甫和潘姨手足无措，坐在自己的座位上一动都不敢动，只能眼巴巴看着浑身颤抖的阿芬克劳特夫人。大约过了十来分钟，阿芬克劳特夫人松开了捂住嘴的双手，身体仍然微微抖动着：

“真的太感谢你们了！”这是阿芬克劳特夫人说出的第一句话。

王家甫和潘姨感到事情没有想象的那么糟糕，但两人都确定阿芬克劳特夫人还有话要说，都没有插话。

“为了我们母子和在上海的犹太人，你们想了这么多，真难为你们了。”阿芬克劳特夫人说完这句话，脸上的神情舒缓了许多。敏感的王家甫和潘姨意识到希望的存在，但他们仍然没有说话，略微放松片刻之前紧绷的神经，等待阿芬克劳特夫人进一步表态。

“我们一家谢谢你们，我也代表犹太人谢谢你们，请你们给我一天时间，让我考虑考虑，行吗？”

听到阿芬克劳特夫人说完这句话，王家甫和潘姨心上压着的大石头总算落地了，只要阿芬克劳特夫人不一口否定，事情就有希望。在这个黑暗的夜晚，希望就像一盏灯，只要点燃，就会发出光亮，只要有光亮，王家甫和潘姨就还可以向前再走一步，甚至几步。

这种光亮与其说是阿芬克劳特夫人带给王家甫和潘姨的，不如说是王家甫和潘姨带给阿芬克劳特夫人的。阿芬克劳特夫人怀着求生的企盼逃到中国，在她每走一步遇到困难的时候，心就被黑暗缠绕，总是坐在自己面前的这一对中国夫妇给她带来光亮，这光亮有时虽然微弱，却点燃了阿芬克劳特夫人对生活的希望、对生命的希望、对未来的希望……光亮需要燃烧才能获得，燃烧就会有消损，甚至燃烧物会全部化为灰烬，这个道理，阿芬克劳特夫人再明白不过了。也正是因为自己明白，她才没有一口答应王家甫和潘姨的方案。王家甫和潘姨不但把一家人性命全部置于这样一个充满危险，结果不可预测的计划中，还把远在千里之外，与此事毫无瓜葛的亲人拉了进来，一步出错，燃烧就会停止，光亮就要熄灭，希望就会随风飘逝！阿芬克劳特夫人实际上心里是同意这个方案的，但她实在不忍心看到这么多的好人因为这个方案而担当不可预测的风险。

“您好好想想,我明晚再来!”王家甫这时说话了。

“如果我们一家在德国遇到了同样的情况,你们也一定会帮助我们的,我们说过的话请您放心,我们一定会说到做到!”看着还在犹豫中的阿芬克劳特夫人,很长时间没有说话的潘姨开口了,最后一句“我们一定会说到做到”潘姨说得坚定果断。

送走王家甫一家人,夜已经很深了,雷奥也上床睡觉了,阿芬克劳特夫人没有爬上阁楼,而是一个人坐在没有开灯的黑暗的面包房里,思考了一个晚上,第二天拂晓时分,她下定了决心,拿定了主意。

阿芬克劳特夫人没有否定王家甫和潘姨的整盘计划。如果光有计划的第一部分,也就是只有他们一家出逃,阿芬克劳特夫人是无论如何不会同意的。那么多的犹太同胞远涉重洋一起来到中国,遇到凶险就独自逃离,她实在做不出那样的举动。现在王家甫和潘姨的计划不光有第一部分,也有第二部分,所以从整体上她没有理由拒绝这个计划。对计划的第二部分,她也实在无话可说,事关几万犹太人的性命,阿芬克劳特夫人认为自己没有权利肯定或者拒绝,她从头到尾分析了计划第二部分的每一个细节,一切都入理入扣,由难民所在国的政府作为“第三方”出面干涉确实是最好的选择。这样一来,阿芬克劳特夫人思考的重点落在计划的第一部分上。她首先想到的是她和儿子一起去潘姨哥哥家,现在是战争时期,一个普通的农户怎么能够喂饱突然增加的两张嘴,况且这么一走,面包店就得关门,自己的一点收入来源也就没有了,一天两天可以,一月两月可以,时间长了怎么办?阿芬克劳特夫人无法预测这噩梦般的战争到猴年马月才能结束。阿芬克劳特夫人的分析还没有到此结束,她旋即想到了第二个问题。雷奥一个孩子去可以,编造一个合适的理由,勉强能够让乡下村民接纳,如果自己也去,村子里突然来了两个外国大活人,其中一个又是成年人,目标就大了一倍,甚至两倍三倍,理由也就难编了。这样问题迟早会暴露,暴露后县城里的日本人很快就会知道,日本人知道了，不也就等于德国人知道了吗？到头来，不但自己一家完蛋，也把潘姨哥哥一家给牵连了进去。潘姨哥哥给牵连进去了，王家甫和潘姨还能跑得掉吗？

最后，阿芬克劳特夫人拿定了自己的主意，让儿子雷奥跟着王家甫去河南，她自己留在上海。这样就是上海出事，她自己也不在乎了，儿子的性命保住了。如果上海不出事，她还可以用做生意挣来的一点钱，贴补远在千里的儿子。拿定主意后，阿芬克劳特夫人上了阁楼，床头的闹钟已指向了凌晨三点，这是1941年12月5日的凌晨三点。阿芬克劳特夫人躺下前，看了对面床上正在熟睡中的儿子一眼，泪水夺眶而出。

即将与母亲分离远行千里的年幼无知的儿子，此时此刻对大人们的计划一无所知。

阿芬克劳特夫人怎么也不会想到，两天后的又一个凌晨，意想不到的事情发生了。日本人在雷奥动身之前，对万里之外的美国珍珠港海军基地发动了突然袭击，美国海军损失惨重，几十艘战舰被击沉，数千名官兵伤亡。

日本欢腾。

美国震惊。

世界哗然。

第 7 章　德国德累斯顿·波兰奥斯威辛

回到汉堡的谢东泓忙得不亦乐乎。

谢东泓白天去大学上课,晚上在宿舍同时做着两件事:一是完成沃尔德教授布置的小论文;二是翻译整理第三封信。

沃尔德教授在大学里是个有名的“spezial”人物,“spezial”汉语释义为“特殊”。上了教授一个学期的课程,谢东泓认为,沃尔德的“特殊”之处,应该理解为古板和变幻。明明是一门实践导向很强的课,他却穿着西服打着领带,外加板着面孔在课堂上花费很长的时间讲解研究方法,光“文本分析,实地认证”就讲了三个小时,讲就讲吧,还密密麻麻写了几黑板,自己累得满头冒汗。

四十多年来,渔业生物学专业届届学生个个惧怕沃尔德的考试。沃尔德的考试实际上就是写一篇小论文,但这篇论文不一般,它的完成除要求包含渔业生物学理论知识和实践环节外,还要求“活学活用”。别小瞧这篇小论文,每届补考的学生比例不小,补考的原因主要是吃了“活学活用”部分的亏。

谢东泓同样惧怕沃尔德教授的考试。

思考了两个晚上之后,谢东泓做出了一个大胆的决定,重写论文的“活学活用”部分。谢东泓原来写的这个部分还是就鱼论鱼,没有跳出渔业生物学的范畴。这次重写,谢东泓决定完全跳出渔业生物学的框框,另辟一个崭新天地。谢东泓想开辟的充满奇思妙想的崭新天地就是自己分析、考证、整理雷奥信件的过程。谢东泓认为,自己分析雷奥的信件以及回上海调研、证实信件内容的方法,不就是从沃尔德教授提出的“文本分析,实地认证”八个字中得到的启发吗?虽然是从渔业生物学上学来的方法，用在分析整理雷奥信件上，谢东泓真真实实感到了同样切实可行，这不是“活学活用”又是什么？

小论文上交一星期后，沃尔德教授批改的结果出来了。在课堂上，沃尔德一开始并没有分析试卷，而是大声地喊道：“谢东泓先生，请站起来！”

谢东泓战战兢兢地站了起来，一百来双蓝眼睛、黑眼睛、黄眼睛的目光齐刷刷从教室四面八方投射了过来，聚焦在谢东泓不知所措的脸上。

“大家都看看这位先生，他的答卷尤其 spezial。”沃尔德教授说。

站着的谢东泓紧张万分。

“这位先生的分析对象从海洋来到了陆地，从鱼类变成了人类，这样的活学活用太 spezial 了！”沃尔德教授大声说。

结果出乎谢东泓的预料，沃尔德给了他全班唯一的 sehr gut（优秀）。教授还说这门课教了三十多年，谢东泓的“活学活用”他最满意。满意的原因主要有两点：一是谢东泓把渔业生物学的学术方法拓展了，从渔业生物学拓展到了人文科学、社会科学、历史科学、档案学、传记学还有文学；二是谢东泓把捕鱼技术的使用领域拓展了，拓展到了寻找时间、寻找人物、寻找地点、寻找记忆、寻找历史，还有寻找良心……

渔业生物学小论文的成功使谢东泓在整理第三封信时充满激情。每天晚上，完成白天课堂上老师布置的作业，谢东泓就开始翻译雷奥的信。对于雷奥信中提到的人名和历史事件，谢东泓更是不敢懈怠，他从图书馆借来了大量二战时期的书籍，认真研读。首先，他查阅了好几本德文版有关纳粹对犹太人实施的“最后处理方案”和盖世太保梅辛格上校的书籍，查到的资料，谢东泓都分类记在了笔记本上。有几个与雷奥同期在上海虹口区居住过的犹太人的资料不清晰，他们是美国前财政部长迈可·布鲁门撒尔、以色列原驻美国和联合国大使 Y. 特科阿、美国亚美公司总经理约瑟夫·甘结和美国耶希大学校长戴维·柴斯曼等人。谢东泓去了汉堡的三家图书馆，得到的资料还是支离破碎的，对此他不甚满意。经过思考，谢东泓想出了主意，看来要找美国人杰瑞帮忙了，他相信，杰瑞一定可以从美国给他找到不再支离破碎的资料。于是，他去肉食品店买了新鲜的肉糜，到亚洲店购了必备的作料，准备明天再做顿生煎包。

第二天晚上，谢东泓和杰瑞坐到了一起，每人面前一盘生煎包、一碟江南香醋、一瓶青岛啤酒。油滋滋地吃着生煎包，杰瑞想，这顿饭后，看来一篇英语小论文的摘要就要递到他手上了，于是心里美滋滋起来。来到德国学习后，杰瑞最喜欢同宿舍楼里的同学问他英语或者美国的问题，等对方问题提完，杰瑞的第一句话总是："你看我是用德语回答还是英语回答？"

吃过饭喝过酒，谢东泓知道，该是喝绿茶的时候了。

肉也吃了，酒也喝了，茶也品了，这个时候，杰瑞以为谢东泓该拿出那份论文摘要了。

谢东泓并没有要拿出纸片或者笔记本的意思，而是低头继续喝第二口清茶。杰瑞有点等不及了，他知道面前的这位中国朋友不论干什么事都沉得住气，自己熬不过他。

"这次写的是渔业生物学的育种、养殖、捕捞还是品鉴？"

"我没写论文！"

从谢东泓嘴里说出没有写论文这句话，杰瑞吃了一惊，吃惊旋即变成了失望。杰瑞为别人修改摘要或者回答关于美国的问题，别人高兴，他自己也特别快乐。现在谢东泓说没有写论文，没有论文自然没有英语论文摘要，而没有摘要，谢东泓和自己也就没有了共同快乐的介质，所以杰瑞失望。

"我有几个关于美国的问题可以向你请教吗？"谢东泓说。

"你看我是用德语回答还是英语回答？"杰瑞激动地问。一般来说，杰瑞都要等到别人把问题提完后，才大大方方地道出这句他情有独钟的话。但这一次，杰瑞认为有必要把这句话提前说出来。

杰瑞一说完，两个人一起哈哈大笑起来。笑过之后，谢东泓把自己目前正在翻译整理雷奥信件的事讲了一遍。杰瑞还是第一次听谢东泓讲这件事。待谢东泓用十来分钟的时间讲完，杰瑞神情严肃起来。

"这事比写一篇英语小论文重要！"最后杰瑞说。

要是过去，杰瑞听到同宿舍楼里朋友提出的问题后，都会嘻嘻笑上一声，表示听懂了问题并且暗示要马上作答。但谢东泓的问题提出后，杰瑞不但没有嘻嘻一笑，就连刚才严肃的神情也没有缓和的迹象。杰瑞自己心里很清楚，这次谢东泓提的问题与其他同伴的不一样，他笑不出来。

"迈可·布鲁门撒尔和 Y.特科阿这两个人的情况我知道一点，但具体生平就不清楚了，另外两人仅是听说过，他们的情况一点都说不上来。"杰瑞看着谢东泓，为难地摇了摇头。

"关于他们的德文材料极少，我想是不是在美国关于他们的英文材料会多一点？"谢东泓望着摇头的杰瑞，轻声地补充了一句。

"这个忙我帮！给我一个星期时间，我今晚就给妈妈打电话，让她去图书馆查点材料发来给我。"

谢东泓点头称谢。

"按照时间推断，这个时候应该发生了'珍珠港事件'，你还需要这方面的资料吗？"杰瑞盯着谢东泓，平静地问道。

"不要了，我在我们大学图书馆查到了不少资料，足够了！"谢东泓说。

"我有个建议，不知对你有没有点用处？"杰瑞一句话冒了出来。

"你请说！"谢东泓赶紧接话。

"下个月 5 号，学校外办组织留学生去波兰参观奥斯威辛集中营，我们一起去看看，说不定对你整理雷奥的信有帮助……"

春天是汉堡最迷人的季节。

谢东泓喜欢汉堡的春天，特别是汉堡城市公园里的春天。

汉堡有大大小小、形形色色的许多公园，这些公园有的以花卉为主题，有的以植物为主题，有的以建筑为主题，有的本身就是一片森林，有的整个公园就是一座墓园。相比其他公园，谢东泓最喜爱的是位于汉堡中心的巨大的城市公园，那里有湖泊，有草坪，有阳光酒吧，有参天大树，其他公园里有的，城市公园里都有；其他公园没有的，城市公园也有。

节假日或者周末，谢东泓常常一个人来到城市公园。

在城市公园里，谢东泓看到，孩子们玩过摩天轮、滑梯之后，便脱掉长裤，穿着裤头扑通扑通一起跳进齐脚深的水池里，嬉闹取乐。戏水之后的孩子们没有消停，在草坪上打过几个滚后便放起五颜六色的风筝来。孩子们个个牵着风筝满公园奔跑，风筝在蓝天上翱翔，孩子们在尽情享受自由自在的快乐。

年轻人钟情在公园露天舞台上歌唱，他们唱巴伐利亚民歌，也唱滚石乐队的老歌。一次十几个男男女女一连唱了三个小时，谢东泓站在最前面一动不动听了三个小时，当他们演唱滚石的《同情恶魔》和《给我一个避难所》这两首最令他痴迷的歌时，谢东泓甚至拍着手、摇着头和他们一起呐喊。

老年人没有孩子们那么嬉闹，也没有年轻人那么奔放。阴天的时候，他们不是三五成群围在咖啡馆里端着卡布奇诺轻声慢语地聊天，就是坐在饭馆里一边喝着清香四溢的小麦啤酒HB，一边大口咀嚼涂有一层黄澄澄奶酪的咸猪手。晴朗的天气里，老人们都不会待在室内，每个人都会手执一书，静静地坐在草坪上阅读。谢东泓观察了很多次，老人们看的都是小说，其中尤以卡尔·施皮特勒的《奥林匹斯的春天》、托马斯·曼的《布登勃洛克一家》以及奈莉·萨克斯的《在死亡的寓所》《星辰隐灭》居多。谢东泓没有看过这些小说，一次他问同专业的德国同学，为什么德国人那么喜欢阅读小说，德国同学说："德国人如果不读托马斯·曼和奈莉·萨克斯，就像蛋糕里不放糖一样。"谢东泓后来也借了几本托马斯·曼和奈莉·萨克斯的作品，阅读之后，他感到自己的白米饭里都带有一股甜滋滋的味道。

谢东泓来到城市公园，最喜欢一个人躺在草坪上，仰望蓝天，双眼一眨不眨地注视云卷云舒。谢东泓之所以喜欢凝望天空，首先与自己的专业有关，专业说法叫职业习惯。谢东泓经常乘坐学校的实习船到北海、到波罗的海，来到蔚蓝浩瀚的大海上，看浪起浪落，听浪响浪息，心情特别激动，胸怀特别宽阔，久而久之喜欢上了海的蔚蓝和浩瀚。但绝大部分时间，谢东泓只能坐在教室里，泡在饭馆里，躺在宿舍里，遗憾的是这些地方看不到蔚蓝和浩瀚,不但这些地方没有蔚蓝和浩瀚,汉堡的其他地方也没有,但在公园里有。谢东泓认为自己看到的不是天空,是大海,蔚蓝的天色是海水,浩瀚的天穹是海面,在蔚蓝浩瀚之间飘浮的不是朵朵云彩,而是游荡的海洋生物。在谢东泓眼里,天空中一片片簇拥在一起的,白色的是珊瑚,赤色的是红树林;三五成群相伴而行的,圆圆的是海豚和海龟,修长的是儒艮和海鳗;体形庞大、特立独行,在浩瀚中一往无前的是鲛鲨,是蓝鲸,是海狮……谢东泓仰望天空,百看不厌,万看不倦,他真想从地上飞向蔚蓝浩瀚的天空,不,从地上跃入蔚蓝浩瀚的海洋,与它们结伴,和它们畅游,同它们成为四海兄弟。

最近一个时期,谢东泓更加喜欢凝望蔚蓝浩瀚的天空,这是从淘到雷奥的信件后才开始的。每当谢东泓躺在草坪上,看到天空中飘来飘去、行色匆匆的流云,心情莫名沉重起来。谢东泓想,天上的一朵朵白云,不知默默地漂泊了多长时间。在默默漂泊的过程中,大块的慢慢变小,小块的变成了丝丝缕缕,最后变得无影无踪,随风而散。世间万物皆有灵性,云如此,人又何尝不是这样?眼中看着流云,谢东泓心里想到了雷奥。雷奥何尝不是一朵流云呢?小小年纪从汉堡历经千辛万苦漂泊到了上海,又即将从上海开始新的漂泊,在今后的漂泊过程中,这朵流云会遇到暴风吗?会遇到骤雨吗?会遇到电闪吗?会遇到雷鸣吗?在暴风骤雨、电闪雷鸣中会碎裂直至化为乌有吗?小小的年纪能经受住人世间的熬煎吗?每次想到这里,谢东泓都不敢再看天空一眼,他害怕蔚蓝,他恐惧浩瀚,他把书本打开遮住自己的脸,在周围孩子的嬉笑声中,在年轻人的歌唱声中,在老人们杯中溢出的咖啡的芳香中,他设想雷奥离开上海可能面对的命运,一边想,一边任凭泪水恣意涌流。

谢东泓回到汉堡的第二天,就迫不及待地给芮玮写了一封信。谢东泓是个缺乏恋爱经验的人,工科出身的他最不擅长的就是说甜言蜜语、写浪漫情书。但此刻他觉得有好多话要对芮玮说,过去常常听到别人说起什么"高山流水遇知音""一日不见如隔三秋",他现在统统有了体会。这是不是就是恋爱的感觉呢?谢东泓自嘲地摇头笑笑,他不敢期待昔日同班男生心目中的女神能喜欢自己，但此时的他不能克制自己想对芮玮说点什么的冲动。踟蹰了半日，他动了笔："上次送给你的巧克力口味还好吧？如果你喜欢，下次回国我多带点……"

没有想到的是，第二个周末就收到了芮玮的来信。谢东泓拿到信，幸福地看了半天，确定是写给自己的之后才小心地打开。其实芮玮在信中也没说什么，依旧只是围绕"巧克力"，她说老同学带回来的阿尔卑斯山牌巧克力不一般：一是大，她一次只能吃下四分之一，而国内"天山"牌巧克力她一次可以吃下两块；二是纯，放到嘴里根本不用嚼，不到三秒钟就自然融化了；三是甜，指甲盖大小的一块放进嘴里，不到十秒钟，喉咙甜了，脾胃甜了，心里也甜了……

好个冰雪聪明的女孩啊！谢东泓看罢心花怒放。从芮玮的来信中，谢东泓读出了一丝隐隐约约的东西，他自己也确定不了这种东西是什么。谢东泓决定趁热打铁回信。动笔之前，他在心里确定了第二封信的基调，就是避实就虚，旁敲侧击："芮玮，你吃了巧克力心里甜了，但你知道吗，巧克力不像其他东西，它的甜味是会传染的，是会漂移的，我现在浑身的每个细胞都像浸在甜水里一样。听说科隆有个巧克力博物馆，那里不仅能买到现场制作的各种口味的巧克力，而且还可以了解巧克力的发展史呢。如果有机会的话我会带你来德国参观，相信你这个搞历史的人一定会感兴趣的！"

早上五点，谢东泓和杰瑞一行乘坐的大巴出发了，同行的还有大学里来自世界各地的留学生两百多人，大学外办每年春天都会组织去波兰奥斯威辛的参观活动。这次赴波兰参观，每个学生只交十马克，几乎等于免费，谢东泓激动了半夜。

参观车队从大学门口出发了。

汽车在晨曦中行进，不一会儿，太阳就出来了。阳光透过汽车前面的玻璃窗射进了车厢，车厢内逐渐被和煦的阳光照得暖意融融。与温暖的车厢交相辉映的是，车身也被一缕一缕的阳光涂成了金黄色。不但谢东泓的汽车变成了金黄,高速公路上川流不息的所有车辆都变成了金黄,一时间,整个高速公路变得金碧辉煌。谢东泓喜欢德国城市墙壁上的涂鸦,有的涂鸦几百米长,有的涂鸦几十米高,但他今天看到了一个无与伦比的涂鸦,谢东泓自己也估摸不出来这次太阳的涂鸦有多长,有多高。

一路上,谢东泓舍不得合眼休息,高速公路两旁的欧式田园景色特别养眼。坐在高背宽松的奔驰大巴的航空座椅上,两眼眺望窗外,映入眼帘的一切使谢东泓陶醉。路两旁,一会儿是一块块连绵不断的草坪,青青绿绿平坦如织的草坪;一会儿又是一片片郁郁葱葱的森林,方方正正、树木高矮参差的森林;接下来又是一条条玉带蜿蜒的河流,缠缠绵绵流向远方……谢东泓认为每一块草坪、每一片森林、每一条河流都是一幅油画,车在路上行,人在画中游,谢东泓怎么会睡着呢?但谢东泓的邻座杰瑞可不这样,汽车开动十分钟后就迷迷糊糊睡着了,车驶两个半小时到达柏林郊区加油时,他醒过一次,上车后再一次呼呼大睡起来。又是两个小时,车队来到了德国最东边的城市德累斯顿,这回杰瑞醒了,因为大巴要在德累斯顿市区停留两个小时。

杰瑞来过好几次德累斯顿,其中有一次还是陪美国来的父母乘豪华游轮从汉堡沿易北河来的。杰瑞揉亮惺忪的双眼说:"东泓,你知道吗,德累斯顿被称为'易北河上的佛罗伦萨'呢!"

这话谢东泓听说过,是从一位来自德累斯顿的同学那里知道的。谢东泓还听说,二战以前,这座城市不但是以生产照相机、钟表著称的最发达的德国工商业城市之一,也是以巴洛克古典建筑享誉整个欧洲的"建筑博物馆"。尽管他听说过这些,但更期待亲眼一见。

车子开到易北河岸边的茨温格宫边停了下来,谢东泓随着队伍参观了一个多小时,但眼前看到的一切和自己憧憬的不一样。城市里除了几座保存较好的宫殿外,很多地方都正在维修,包括著名的圣母教堂。为什么这里的教堂和宫殿都在维修?大学聘来的当地导游解答了谢东泓的疑问。导游说,包括大家刚才参观的完好的宫殿,其实都是最近才修复完成的。原来,1945 年德累斯顿也和汉堡、科隆一样成了盟军轰炸的重点目标。那一年,拥有巴洛克建筑艺术圣地之称的德累斯顿几乎被夷为平地,作为城市标志的圣母教堂也没有幸免,成为“德国最美的废墟”。从走进德累斯顿这座城市开始,谢东泓心中就有一种隐隐的忧伤。谢东泓把自己的想法告诉杰瑞以后,杰瑞也有同感。

谢东泓开玩笑地说:“这可都是你们美国人炸的!”

杰瑞说:“这就是战争,战争发动国有时也是战争受害者!”

当地导游无意间听到了两人的对话,也附和了一句:“是啊,这就是战争,千年积淀,毁于一旦!”

车子继续前行,夜晚时分,谢东泓一行来到了波兰城市克拉科夫。吃过晚饭,杰瑞和其他同学都去中心火车站旁边的“猎人迪斯科”舞厅狂欢。谢东泓躺在床上,闭上双眼,好像时光倒流到了1945年8月,回到了日本的广岛、长崎,谢东泓似乎看见,在那两枚叫作“小男孩”和“胖子”的原子弹投下的瞬间,蘑菇云升起的那一刻,无数生灵灰飞烟灭,数百年积淀的文明荡然无存。

第二天早上九点,参观团队来到了波兰小城奥斯威辛。来到“死亡工厂”奥斯威辛集中营一号正门时,门框上纳粹时期的横标依然存在:Arbeit macht Freiheit(劳动使人自由)。谢东泓心里想,一个多么响亮和伟大的口号啊!他恨不得立刻走进去,深刻理解这句话的无限内涵。

谢东泓走进院内看到的一切,均与劳动无关。

电网密布,戒备森严,气氛阴森的一号、二号、三号营地内有的不是各式各样的劳动工具,而是哨位、禁闭间、绞刑架、化学实验室、毒气杀人浴室、尸体解剖室和焚尸炉……还有那面“死亡墙”,位于集中营内11号楼和12号楼之间,是专门用来枪杀犯人的墙壁,墙边竖了个小牌,上面写着“请您保持肃静,不要打扰死难者的宁静”。

还有堆积如山的鞋子、眼镜、衣物、头发、牙齿……解说员说,奥斯威辛集中营面积达四十平方公里,二战期间,一百多万犹太人被纳粹屠杀于此。

整个参观途中,不寒而栗的谢东泓始终没有讲一句话……

从奥斯威辛返回德国的高速公路上，夕阳再一次把汽车涂满了颜色，不过这一次不是金黄色，而是红彤彤的。谢东泓和其他同学一样静悄悄地坐在车内，一言不发，两眼凝视窗外。窗外红彤彤的颜色让谢东泓再次不寒而栗，他仿佛觉得那不是阳光涂成的，而是血染的。

谢东泓不敢再凝视窗外，他不得不闭上了双眼。集中营的块块土地、条条道路、幢幢房屋、处处标牌、旮旮旯旯不断浮现在眼前，他好像在那里见到了枯瘦如柴的雷奥、全身赤裸地正在走进毒气室的雷奥、面目全非地被抬进焚尸炉的雷奥……

“啊”的一声惊叫后，谢东泓从噩梦中醒了过来。

杰瑞看到了一个满头冷汗的谢东泓。

“雷奥，你在哪里啊？你最后去成遥远的河南了吗？”谢东泓两眼僵直，气喘吁吁。

第8章　中国上海·中国开封·中国上蔡

明晚就要出发去遥远的河南了。

这天晚上，两家人聚在王家甫家里，潘姨做了满满一桌菜，有蛋炒饭、白斩鸡、生煎包、西湖醋鱼……雷奥和保立很长时间没有吃过这么丰盛的菜肴了，两个人一直拿着筷子夹个不停，小嘴里塞得满满的，再也顾不上斗嘴皮子了。

围坐在桌边的三个大人默默地盯着两个兴奋的孩子，愁眉不展，谁也没有动筷子。

过了一会儿，王家甫看了阿芬克劳特夫人一眼，阿芬克劳特夫人点了一下头，他望着两个孩子，开始讲话了。

"雷奥和保立，给你俩说个好消息。"

两个孩子想，今晚真是幸福啊，吃着好吃的，又来了好消息，于是他们一齐乖乖地放下了筷子。

保立说："爸爸，快讲，快讲！"

雷奥说："好的，好的，快讲！"

王家甫说："你俩喜欢看中国戏吗？戏里有人，有鬼，有枪，有刀，还有那个会七十二变的中国神猴。"王家甫问两个孩子的是中国戏，没有说明是什么剧种，对此他自己是有考量的。一听是有中国神猴的戏，雷奥和保立根本不会考虑是什么剧种，况且，这两个孩子还搞不清中国戏究竟有哪些剧种。只要有中国神猴，至于是什么剧种又有什么关系呢？

雷奥说："我喜欢！"

保立跟着说："我也喜欢！"

三个大人互相看了看，都笑了。与两个孩子相视而笑的王家甫的脸上透出一丝勉强，这种勉强，兴奋的孩子是不会察觉出来的。不但察觉不出来，他们比刚才更加兴奋，四只眼睛齐刷刷地望着王家甫，等待下文。

王家甫说："喜欢看戏，你们喜欢演戏吗？"

这次保立抢在了前面："喜欢！可我不会演啊。"

雷奥说："在汉堡上学时，我们班同学演过德国情景剧，我在里面演了黑森林中的小矮人，但中国戏我不会演。"

王家甫说："不会演就学嘛。我也不会演，正准备学呢，你们愿意跟我一块儿学吗？"

在雷奥眼里，王家甫是个严肃的人，但这一次不一样了，他要学演戏，不但他自己学，还邀雷奥和保立一道学。雷奥充满了好奇，高兴地拍起巴掌来，边拍边大声叫了起来："中，中！"保立听到雷奥说中文，眼珠骨碌碌转了两圈，也跟着拍响了小巴掌："热尔古特，热尔古特！"

三个大人一起笑了起来，看着活泼天真的孩子和他们灿烂的笑容，他们没有理由不笑。

王家甫说："我建议，我们仨比一比，看谁演得好，演得像！"

保立说："我演得好！"

雷奥看着保立笑了一下，说："你不中，我中！"

旁边的两位妈妈默默地看着三个人的一举一动。

笑声停息，王家甫抚摩着俩孩子的头，若有所思，慢吞吞地说："不过，教唱戏的师傅一次只能带两个学生，一个大人一个小孩，我想先带雷奥过去，等雷奥学过一段后，我再回来接保立。"

雷奥高兴得跳了起来。

保立上扬的嘴角立马耷拉了下来。

保立哽咽着说："爸爸偏心，爸爸偏心，我要先去，我要先去！"

王家甫看到保立哭了，就给潘姨使了个眼色。潘姨赶紧走到保立跟前，把儿子搂进了怀里，一边轻轻拍打保立的后背，一边充满慈爱地笑着说："爸爸没有偏心，我们原来也准备让你先去，但爸爸问了教戏的师傅，人家说，先让大孩子去，学戏年龄越大越不好教，所以雷奥得先学。我们家保立小,聪明、伶俐、机灵,不需要那么长时间。"潘姨形容保立时,一连用了三个褒义词。这三个褒义词,潘姨说得特别慢,声音也特别柔,每说一个,都用手轻轻拍打儿子后背一次,好让保立清清楚楚地听到。

听到妈妈的赞扬,保立不哭了。这时候,阿芬克劳特夫人插话了,她笑着说:"保立是我见过的最聪明的孩子,不但中国话说得好,德语说得也标准,他的'热尔古特'是我听到的外国人中发音最标准的。"旁边的王家甫忙不迭地将雷奥妈妈的话译成汉语告诉保立。

保立从妈妈怀里钻了出来,抹去眼角的泪花,说:"我不光会'热尔古特',我还会'当克'(谢谢)呢。"

阿芬克劳特夫人说:"'当克'这个词的发音也很标准!"

保立的嘴角又开始上扬,笑了起来。

保立一笑,半天没有讲话的雷奥也十分开心起来。

王家甫的脸突然严肃,他望着两个孩子,郑重其事地宣布:"不过学戏有点苦,可能整个寒假都要在那里学,我是不出师不回上海的,你们两个有没有这个决心?"

雷奥第一个发话了:"有!"

保立说:"我也有!"

王家甫说:"空口无凭,我们拉钩!"

保立一听拉钩,伸出小拇指走到爸爸面前,边走嘴里边唱:"拉钩,上吊,一百年不许变!"

雷奥听不懂保立嘴里的话,眼睛直愣愣地盯着王家甫,等待他的翻译和解释。

王家甫说:"我们中国小孩子都知道这句话,也都在拉钩时说这句话。其实这句话还是来源于你们欧洲。传说很久很久以前,欧洲的一位公主特别美丽,许多勇士甚至还有位王子都向她求婚。公主想出了一个法子来挑选今后的丈夫。雷奥、保立,你们知道她想出一个什么法子吗?"

雷奥摇了摇头,保立尽管这句话喊了多年,但也不知道是什么法子,同样摇了摇头。

“公主把小手指弯起藏在自己背后，叫每个追求者猜弯起的是哪个手指，谁能猜中，她就嫁给谁。一个勇士猜中了，就和公主结了婚。可是不久，战争来了，勇士要上战场，出发前，两人用小指头拉钩约定重逢。一年过去了，两年过去了，十年过去了，勇士杳无音信。终于有一天，一个乞丐来到凄怨的公主面前，伸出了小指头……可是就在这天夜晚，公主朝思暮想的勇士却消失了。”

“你们知道为什么吗？”王家甫又一次提出了问题。雷奥和保立赶紧摇头，他们不知道，他们急切地想知道为什么。

“战场上回来的勇士在寻找公主的过程中，被求娶公主未果的那位王子用剑杀害了。原来，勇士是化作幽灵回来的，只为兑现一生的承诺。公主最后在一棵树下找到了丈夫的尸体，用她的小手指钩了丈夫的小手指后，悬树自尽了……”

王家甫讲完这个故事，屋子里静悄悄的。

最后还是雷奥先说了一句话：“该死的战争！”

保立也跟着雷奥说：“该死的战争！”

分别的夜晚到了。

这一晚，两家人又聚在了一起，在雷奥家吃最后的晚餐。阿芬克劳特夫人做了土豆汤，煎了几块牛排，还特意做了一个特别大的松子蛋糕，五个人围在桌子四周热热闹闹地吃着。从放寒假到现在，整天到舟山公园玩耍的雷奥和保立很少规规矩矩坐下来吃顿完整饭，何况也很久没有吃到既有蛋糕又有牛排的大餐了。两个孩子边吃边称赞牛排香，蛋糕甜。

吃完两块蛋糕的雷奥问王家甫：“教戏的老师傅那里有松子蛋糕吃吗？”

王家甫说：“有，但味道不一样。”

“什么味道？”雷奥反问。

“味道太丰富了，我一时也说不清，等你到了以后，自己去品尝吧！”

雷奥眼里充满着期待。雷奥喜欢德式蛋糕，特别是妈妈做的松子蛋糕,来到上海这么长时间,他还从来没有吃到过中式蛋糕,听说教戏的老师傅那里也能做和自己盘里一样的蛋糕,内心充满着无限的期待。

阿芬克劳特夫人和潘姨一点东西都没有吃。阿芬克劳特夫人把自己盘里的牛排给了儿子,潘姨则把盛给自己的那块牛排一切两半,一半给了保立,一半给了王家甫。最后轮到了王家甫,他把自己盘里的一半牛排又分切了两小块,分别夹给了保立和雷奥。焦黄焦黄香喷喷的牛排是奢侈品中的奢侈品,两个孩子已经很长时间没有吃过了,满口流油地咀嚼起来。

雷奥吃东西的时候,阿芬克劳特夫人一直默默地、慈爱地盯着自己的儿子看。她要把儿子的眼睛、鼻子、嘴巴……还有儿子的一举一动都深深地刻进脑海里。雷奥一口松子蛋糕一口牛排兴奋地吃着,根本没有注意到妈妈的眼神。阿芬克劳特夫人知道,这一别,母子俩天各一方,相见只能在梦中了。

阿芬克劳特夫人看着自己的儿子,一直想哭,这个时候,唯有哭声才是心声。但阿芬克劳特夫人不能哭,因为她和王家甫、潘姨有约定,无论如何不能哭,一旦哭了,雷奥就走不成了。雷奥走不成,问题就大了,大到他们三个大人都无法解决的地步,大到她和雷奥今后再也没有机会痛哭的程度。不但不能哭,还得笑,让雷奥和保立两个孩子蒙在鼓里,让雷奥和保立对未来留点憧憬,哪怕一个晚上的憧憬也行。阿芬克劳特夫人笑着,笑着给儿子添蛋糕,笑着为儿子准备行囊,笑着交代儿子要听教戏先生的话,笑着吩咐儿子在陌生的地方要少讲话,多待在屋子里。

阿芬克劳特夫人的心却在哭。

从晚上为儿子做送行饭开始,她心里已经泪流成河。王家甫领着两个孩子在外间玩,潘姨陪着阿芬克劳特夫人在厨房忙活。潘姨看到,阿芬克劳特夫人一边干活一边时不时仰起头,抑制泪珠掉落。潘姨知道此时的阿芬克劳特夫人心如刀绞,所以一直没有打搅她。阿芬克劳特夫人不能哭,流泪的心只能默默祈祷。阿芬克劳特夫人祈求伟大的上帝,保佑自己的儿子,通天的大道千万条,给自己的儿子留下一条吧!阿芬克劳特夫人祈求伟大的上帝,为她的儿子开恩,世上的磨难千千万,都赐给自己一个人承受吧!阿芬克劳特夫人祈求伟大的上帝,赐福于好人王家甫一家,人间善恶当有别,给善良的人一点点福佑吧!

祈祷着的阿芬克劳特夫人手在颤抖,身体在颤抖,心也在颤抖。

潘姨看着阿芬克劳特夫人,内心痛苦万分。都说女人理解女人,都说母亲理解母亲,既是女人又是母亲的潘姨,她十分清楚阿芬克劳特夫人现在的心境。多么可怜的一个女人,多么可怜的一位母亲啊!夫死子别,再坚强的女人和母亲也受不了啊!想到这里,潘姨的眼眶中流出眼泪来。潘姨想忍却没有忍住,突然哇的一声哭出声来。哭声尽管很小,但还是惊动了颤抖着的阿芬克劳特夫人,她迅速睁开眼,看见了双手用力压紧嘴巴的潘姨,她用最简单的汉语说:“不,不,孩子,孩子!”

潘姨忍住了哭声,但她的双手紧接着颤抖起来,双腿颤抖起来,身体也颤抖起来。

两个女人感到,整个世界都在颤抖。

不知什么时候,正在追着玩的雷奥和保立前后脚跑进了厨房,看到了两位母亲含泪的眼睛,急忙吃惊地问:“怎么了?怎么了?”

雷奥妈妈赶快拿起半个洋葱笑着说:“正在切洋葱呢,辣着了眼睛。”

“那你们小心点啊!”

孩子们并没有觉察出异样,也没有多想,因为他们以前都见过切洋葱时眼睛被辣出眼泪的样子,所以说完话的孩子们扭头又跑出去玩了。

离出发还有一个小时,五个人都坐了下来,王家甫说,他要讲几件事情。

“按照教戏老师傅交代的,在去他那里的路上要进行化装,因为中国戏演员上台都要穿行头的,得提前适应。”王家甫说。

“那我穿什么行头?”雷奥赶紧询问。

王家甫没有直接回答,而是从自己的帆布包里掏出几件东西来。雷奥一看,是一顶两边带耳的棉帽子,厚厚的,大大的,像个掏空的葫芦。雷奥一看到这种帽子,就联想起很多在街口寒风中站立的小商贩,他们都戴这种帽子。雷奥戴上之后,前后左右的头部被包裹得严严实实的,只露出鼻梁、嘴巴和一双眼睛。雷奥刚刚戴好帽子,王家甫又掏出了一只口罩。王家甫说,雷奥必须把口罩也戴上,只能露出两只眼睛,因为教戏的老师傅说了,第一场戏,雷奥有可能演一位秘密出征的武侠,露出两眼看世界,迈开两腿走四方,伸出双手除暴安良。

雷奥顺从地戴上了口罩。

"你们看看,我像不像一位秘密武侠?"

保立说:"像,像,下次我也要这样。"

潘姨说:"像,中国武侠向来不露庐山真面目。"

阿芬克劳特夫人看着眼前的雷奥,差点认不出是自己朝夕相处的儿子了,这个孩子现在是如此亲近,却又如此遥远。她不知道该说像还是不像。如果说像,证明自己已经从外形上开始与那个百依百顺、令她牵肠挂肚的儿子生疏了,儿子已经开始变成了行走四方、浪迹江湖的游侠了;说不像,如果门外突然走进来这身打扮的雷奥,自己绝对认不出来,儿子的额头、儿子的鼻子、儿子的嘴巴还有儿子的耳朵,她再熟悉不过了,但如今,这些部位都被包裹起来,她一个也看不见,仅凭一双眼睛她是判断不出是何路神仙的。

最后,阿芬克劳特夫人还是点了点头。

这时候,王家甫自己也戴上了一顶同样的棉帽,但他没有戴口罩。

"爸爸,你怎么不戴口罩?"保立问。

"我不能戴啊,我只是武侠的跟班,不配戴口罩。"王家甫说完这话并翻译成德语后,其他四个人都笑了起来。

王家甫说,中国的武侠分很多门派,华山派、峨眉派、少林派、武当派……王家甫一连说了十几种,听得雷奥迷迷瞪瞪,但他只记住了王家甫的最后一句话,他属于上海派,简称海派,气压华山、力盖峨眉、拳打少林、脚踢武当的海派。王家甫说,无论何时,无论何地,雷奥都要自认上海人,为海派扬名立威。

雷奥笑着说:"阿拉是上海人。"

王家甫说："对，就这么说，几年之后，江湖上声名赫赫的就是你这个海派大侠啦！"

离别的最后时刻到了。

雷奥和保立紧紧地抱在了一起，雷奥说："阿拉上海人要走了！"保立抱了一下拳，这个动作他是从街头卖艺的那里学来的，抱拳之后，大声喊道："兄弟，后会有期！"这句话保立也是从卖艺者那里学的，他用在了这里。听懂这句话的王家甫和潘姨想笑，但都没有笑出来。

雷奥和潘姨紧紧抱在了一起，潘姨说："孩子，听教戏师傅的话，好好学戏，学成后回到上海，阿姨给你做生煎包还有白斩鸡。"说完这话，潘姨松开了双手，迅速转过身去，双手捂脸哽咽起来。

雷奥和母亲紧紧地抱在了一起，这时候，母子俩谁都没有说话。这时的阿芬克劳特夫人多么期望时间就此凝固啊，她想多抱一会儿自己的骨肉。虽然看不清儿子的面颊，但她能感受到儿子的体温，听得到儿子的心跳，这种体温，她已整整感受了十一年，这种心跳，她已整整倾听了十一年。在安逸的汉堡，在逃难的海上，在避难的上海，她一刻也没有离开过自己的儿子，儿子是她含辛茹苦的依托，是她活下来的希望，是她的一切，是她的一切的一切。如今，儿子就要再次踏上避难的路程了，她不知道还能不能再次感受到儿子的体温，还能不能再次倾听儿子的心跳……阿芬克劳特夫人再也支撑不住，松开了抱紧儿子的双手，突然放声号啕大哭起来。

"武侠，我们该出发了，给母亲抱拳行礼！"王家甫用德语对雷奥大吼一声。

雷奥抱拳于胸，同时俯身低头，向生他、养他、爱他、疼他的妈妈行礼致敬。

"出征！"王家甫一嗓大吼。

两个人背起行囊，匆匆走出了家门。

一高一矮两个背影迅速消失在茫茫夜色之中。

阿芬克劳特夫人扑通一声晕倒在地上。

哽咽的潘姨放声而哭。

八岁的保立一会儿看看门外,门外一团漆黑,一会儿看看屋内,屋内一片狼藉,他不知道这个世界究竟发生了什么事情。

“妈妈、阿姨,你们哭什么啊?”

王家甫和雷奥登上了开往内地的火车。落座之后,雷奥问:“我们去哪里学戏?”王家甫回答:“神秘武侠心里只装大事,吃什么、喝什么、去哪里,诸如此类世间凡事都由我这个跟班的操心就是了。”一听这话,雷奥笑了,他怎么也不会想到,尊敬的王家甫先生现在成了自己的跟班。

坐在火车上,王家甫和雷奥满头大汗,为赶火车他们奔波和挤攘了两个多钟头。火车上坐着站着的人不是解开了棉袄扣子,就是用衣襟或者帽子扇着满头的汗水,唯独雷奥一个人全副武装。因为来车站的路上,王家甫给雷奥讲了中国神秘武侠的做派,叫作“两不、两来、两大”。雷奥说:“王先生,您给我详细讲讲。”王家甫慢条斯理地讲开了,“两不”就是面纱不离面,佩剑不离身。王家甫说完,看了雷奥一眼,雷奥点了点头。王家甫接着说,“两来”指的是来去无声,来而不往。雷奥这次听完没有点头,王家甫知道雷奥不甚明了,便解释说,神秘武侠来来去去神龙见首不见尾,从来不留任何声响,到达一个地方后,也从来不和闲杂人员交往,一则不扰民,二则为保自身平安。雷奥听到这么详细的解释,一连点了好几下头。关于“两大”,王家甫这样娓娓道来:“大爱无声,大将无容!神秘武侠除暴安良是人间大爱,不求功名,所以从来都是默默无声;侠是武士的最高境界,一般的武士喜形于色,只有侠遇喜不露笑,遇难不显色!”

雷奥喜欢中国武侠,但他不知道铿铿锵锵、拳打脚踢的拼杀打斗背后还有这么多学问,于是越发感到中国武侠的神秘。想到这里,雷奥说:“我现在开始就学一学,好吗?”

王家甫说:“好的,万事开头难,但我们的雷奥是好样的!”

雷奥说:“谢谢王先生,您总是夸我。”

坐在王家甫和雷奥对面的是一对老年夫妇，从口音上判断应该是中原人。老太太看到雷奥热得额头上冒汗，心疼孩子，就对王家甫说："娃他爹，把帽子和口罩给娃摘下来吧，看把娃捂的。"

"谢谢老人家，孩子得了重感冒，捂着好。"王家甫笑着回答。

"娃他爹，你和孩子刚才呜呜哇哇说的啥话呀，俺们咋一句都听不懂?"老汉纳闷。

王家甫赶忙解释："我们是东海嵊泗岛渔村的，说的是当地土话!"

老人咧嘴笑了："怪不得呢，水多的地方和土多的地方话就是不一样。"

火车在轰隆隆地行驶着，雷奥趴在面前的小桌上睡着了，王家甫没有睡觉，他睡不着，他要考虑下面的行程以及怎么和自己的大舅子潘进堂交代，怎么和一直蒙在鼓里的雷奥交代。两个星期以来，王家甫每天都在琢磨，每夜都在思考，这种琢磨和思考折磨得他寝食难安。作为雷奥的护送者，王家甫的责任太大了，路上容不得半点差错，同时还要圆两头，让小雷奥安心留在大舅子家，让大舅子能够乐意留下小雷奥。王家甫从来没有做过如此艰难费神的事情，紧绷的神经让他难以入睡。

半夜时分，火车到达了徐州。徐州是陇海线上的大站，上下车的人员很多，王家甫趴在窗口有意无意地向外瞭望，这么一望，不禁吓出了一身冷汗。站台上，站着五排头戴钢盔的日本兵，足有两百名，每排最前面的日本兵手里举着太阳旗，其余的则个个荷枪实弹，肩膀上背着行军包裹。和王家甫同一车厢的旅客看到这一情景，纷纷把头从窗口缩了回来，不敢也不愿再多瞧一眼。王家甫感到大事不好，他没有像别人一样缩回头，而是把头贴在窗框旁，用双眼的余光仔细打量日本兵的举动，同时，他的脑瓜快速运转起来，思量着下一步的对策。在这样的路途中，王家甫知道，危机无处不在，生死悬于一线，不能出任何一点闪失。日本兵哗啦啦上车了，王家甫看到，他们上的是后面的两节空车厢。这两节空车厢，王家甫在上海上车时就发现了，车厢内黑洞洞的，车门紧锁。王家甫以为是为苏州、无锡、常州、镇江或者南京旅客预留的空车厢，但驶入这几个城市后，他却没有发现旅客上车，正在纳闷的时候，却等来了一队日本兵。日本兵上完车，火车喘着粗气缓慢地启动了，王家甫心中的疑问终于有了答案，老天爷，要是日本兵上到自己的车厢，该怎么办呢？王家甫不敢多想，他低头看了一眼熟睡的雷奥，然后用双眼紧紧地盯着车厢的后通道。

十几分钟后，后通道上走来了两个身穿制服、手持警棍的人，王家甫看清了，是两名列车护警。

“醒醒，醒醒，都给我抬起头来！”两人中的高个子大喊。

车厢里趴在小桌上和靠在立背上的每个人都被叫声吵醒了，雷奥也一样，他不知道发生了什么事，不情愿地抬起了头。

“都坐直了，脱掉帽子和围巾，让我一个一个瞧！”高个子一边吆喝，一边开始从后面第一排座位查起。

眼前的情景王家甫看得清清楚楚，他表面上强装镇定，心里却是火急火燎，他快速思量着对策。雷奥不知道过道里两个穿制服的是什么人，两只眼睛眨也不眨地盯着王家甫。王家甫趴在雷奥耳边用德语说了一句话：“什么时候都不要讲话，听我的！”至于让雷奥听自己的什么，王家甫脑中还是空白一片。

“什么人？把口罩摘下来！”穿制服的两个人来到了雷奥和王家甫面前，随即一声大叫。

“老总，这娃得的是重感冒。”还没等王家甫开口，坐在对面的老汉就说话了。

“重感冒？把口罩给我摘下来！”穿制服的大个子再一次命令道。

“这位先生，可不能把口罩给取下来，重感冒传染啊，您知道，火车上空气不好，人又多，传染得更快啊！”王家甫现出可怜兮兮的样子，边说边递上了一支香烟。

大个子一把把王家甫手里的香烟打落在地。

“他妈的，不取下来就给我滚下去！皇军有令，得传染病的一律不准上车。”跟在大个子后面的小个子开腔了。

“我们买了车票，还没有到站，不能把我们赶下车！”王家甫继续申辩着。

“老子不把你们赶下车,等会儿皇军知道车上有传染病人,非一枪把我崩了不可!”大个子吼道。

王家甫这时从座位起身站到了过道上,再一次可怜地哀求:“两位先生,就高抬贵手,放过孩子这一回吧,我们再有几个小时就下车了。”

大个子抡起巴掌,照王家甫脸上就是一耳光,然后抓起王家甫的衣领,扑通一声就把王家甫摔倒在地。“老二,你快去叫韩老把子,就说这儿有人行凶闹事。”大个子一嗓怒吼后,小个子手提木棍向前一节车厢跑去。

车厢内的所有人呆若木鸡。

雷奥看到王家甫被扇耳光,然后又被摔倒在地,心中的怒火噌噌直冒,当他打算从座位上站起来帮助王先生时,王家甫叮嘱他的话起了作用,他静静地坐在座位上,一动不动。

“我日他得儿,哪个赖孙敢在这日火!”过道上走来了一个五大三粗穿制服者。

王家甫听出,来者讲的是开封土话,“日他得儿”和“赖孙”还是龙亭一带特有的骂人方言。

“就是这货,带个病犊子上车,日本人知道了,非响枪不可!”跟在后面的小个子指着王家甫说。

“谁个次毛敢在老子这里逞脸,看老子怎样呼他巴掌!”五大三粗穿制服者气冲冲地蹿了上来,举手就往躺在地上的王家甫脸上扇,王家甫从“次毛”和“呼巴掌”两个方言词中再次确定,对方一定是开封龙亭周边人。

“韩老把子,你不认识俺了? 小时候咱们一起在龙亭上放毫呢!”王家甫大喊一声。“放毫”是开封土话,意思是放风筝,只有龙亭的孩子这么叫,开封其他地方不这么说。王家甫说这话是有根据的,龙亭一带的孩子个个喜欢在风声呼呼的龙亭上放毫。

韩老把子一听“放毫”两字,立刻收回了手。

“你说个尿啥,跟俺小时候一块儿放过毫,俺咋不记得你?”韩老把子的语气明显缓和了下来。

“你比俺大几岁，放的毫又高又远，俺们都是瞎忙活，你每次都左挠俺们几句，你不记得俺应该，俺不记得你就是二半吊了！”王家甫用龙亭话回答。

“你叫个屎啥？”韩老把子问。

“杨毛子呀！”开封是满门忠烈杨家将的天下，姓杨的特别多，尤其是古龙亭一带，王家甫急中生智给自己起了个新名。

“杨毛子？杨毛子？”韩老把子挠着头，眯起眼睛回忆着。

“俺爹在杨寺胡同里开了个杂货铺，后来跟着俺大姑到上海，都快二十年啦。”王家甫知道杨寺胡同里的杂货铺有三十来家，所以就把“家”安在了那里。以防韩老把子对那一带也熟悉，说完上句，王家甫又赶紧把自己的“家”从开封搬到了上海。

“噫！俺说哩，咋没见过你个二半吊呢！起来，起来。”

王家甫从地板上站了起来。拍打掉身上的尘土后，掏出香烟，给韩老把子点着。

车厢里的气氛变了。

“这样，毛子，把乖藏在前面行李间里躲躲，别让太君看见了！”韩老把子最后开了口。

王家甫用手拉着雷奥来到了行李间，雷奥被锁在了里面，行李间黑洞洞的一片，惊恐万分的雷奥从自己的背包中取出了木海鸥，紧紧地抱在胸前。王家甫本来可以回自己座位上休息，但他没有，而是蹲在行李间门口。每隔十几分钟，王家甫都对着门缝呼喊一声：“雷奥？”雷奥听到王家甫呼喊，赶忙回答：“我在呢！”又过了十几分钟，王家甫再一次轻轻呼喊：“雷奥？”雷奥回答：“我在呢！”

就这样，王家甫喊了一路，雷奥应了一路。

火车第二天中午时分到达了河南省会开封。对这座城市，王家甫了如指掌，他出生在这座城市，生活在这座城市，后来又在这座城市读了大学，毕业后才去了上海工作。王家甫已经三年没有回过这座城市了，但这座城市的气味、这座城市的颜色、这座城市的风物他再熟悉不过了。王家甫的很多同学、很多亲人包括他的姐姐都在这座城市,他想去看望他们,哪怕坐上一时半刻也好,但王家甫不能这么做。这么做太危险,眼下开封驻扎着一个旅的日本兵,驻扎着日本在中原地区的特务总机关。

出了凌乱不堪的开封火车站,王家甫抄小道七扭八拐来到了一条大街背面的烧饼铺,铺子里没有一个客人,一位老人无精打采地打着盹儿。烧饼铺处在一条狭长的胡同里,王家甫大姐家就在附近,所以王家甫熟悉这里,也知道这里安全。王家甫要了四个烧饼和两碗羊肉汤。雷奥已经一天一夜没有正经吃饭了,他按照王家甫的要求面壁而坐,取下口罩后,一手拿饼一手端碗哗啦啦吃了起来。看着面前的雷奥,王家甫差一点流出泪来,多好的一个孩子啊!王家甫把汤里的碎肉块用筷子捞起,放到了雷奥碗里。

雷奥说:“王先生,您自己吃,不要给我了。”

“我不吃羊肉。”王家甫回答。

雷奥说:“您不吃羊肉怎么喝羊汤?”

“我这个人就这点怪,不吃羊肉但喜欢喝羊汤。”王家甫再一次回答。

雷奥不讲话了。

“雷奥,吃过饭你戴上口罩在这等我一会儿,我去给教戏的先生买点礼物。”王家甫说完这话,付了饭钱,手里拿着烧饼匆匆出了门。

王家甫没有去买礼品。他先到大街上的邮局发了五封信,又在邮局隔壁的长途汽车站买了两张下午的车票。半个小时后,王家甫回到了烧饼铺。铺子里面,老人还在打着盹儿,雷奥面壁直挺挺地坐着。王家甫拉着雷奥离开店里之前,问了老人一句话:“老人家,胡同里王家瑛一家还好吗?”

老人回了一句话:“前两年隔三岔五还来铺里买俩烧饼,现在不中啦,她那当家的瘫在床上半年多,听说快不中了。”

王家甫听后,手里的包裹扑通一声掉在了地上。

夜里十点的时候，王家甫和雷奥乘坐的汽车颠簸八个小时后，终于到达了豫南的一座县城——上蔡。王家甫对这座县城太熟悉了，他上大学时在这里做过一个暑假的乡村采风，在这里他认识了唱戏的潘进堂，在这里他结识了潘进堂那美丽的妹妹，也就是现在的潘姨。他像爱开封一样爱上蔡，他甚至比潘姨还要了解上蔡，他能一口气说出上蔡历史上的几十个人物，说出上蔡这座千年古城四座城门的建造时间。十年前那次来上蔡，王家甫他们也是夜里到达的，并且也是从西城门下经过的。在王家甫的记忆里，那时西城门上无灯无光，他能看见西城门，是需要借助月光的，是需要借助西街路两边店铺里的灯光的。这一次，天上没有月亮，西街的店铺全都黑洞洞地闭着门，但在一里多地之外他就看到西城门的城楼上有光，这使王家甫很纳闷。汽车开到西城门下的时候，王家甫看到了几十米高的城楼上挂着一只汽灯，汽灯上方还挂着一件东西，这件东西被面大小，仔细一看，是日本的太阳旗。王家甫心里一惊，更让他吃惊的是，太阳旗下站着两个手端长枪、头戴钢盔的日本兵。故城虽在，面目已非，王家甫低下了头。

王家甫带着雷奥在汽车站对面的一家面馆各吃了一碗面，抹了一把嘴，又准备上路了，从县城到潘姨娘家的村庄有十几里的土路，眼下只能靠他们的双腿了。

“王先生，这是哪里啊？怎么一点灯光都没有。”走在土路上的雷奥问。

“神秘侠客迈开双腿走四方，不问天南与海北。”王家甫回答。

“快到教戏老师傅的家了吗？我走不动了。”望着路两边漆黑一片的田地，雷奥说。

“快到了，再坚持半个钟头。”王家甫回答。

又是半个多小时跌跌撞撞、一脚低一脚高的夜路，尽管雷奥取下了口罩，但还是大口大口地喘着粗气。连续两天的奔波，雷奥已经精疲力尽，尽管他从心里把自己看成意志刚强的神秘武侠，但他已经力不从心，十一岁的雷奥毕竟是个孩子，他实在顶不住了，终于扑通一声瘫在了路上。

王家甫从心里佩服这个孩子，也可怜这个孩子。十一岁的年龄，本来应该在冬日汉堡阿尔斯特湖的冰面上溜冰，应该在春天上海开满鲜花的舟山公园里玩耍，但眼下，他却千里奔命来到了连名字都不知道的陌生之地，一路上一声苦没叫，一口气没叹！王家甫内心的佩服，嘴里说不出，他望着倒在地上的雷奥，眼里差点流出泪来。王家甫取下雷奥身上的背包，把它和自己背上的大背包一块儿吊在了胸前，蹲下身子把雷奥拖到了自己背上。王家甫右手绕到后背托起雷奥，左手提着为雷奥准备的一床被子和一只脸盆，身体几乎弯成了九十度，深一脚浅一脚地在黑夜里向前蠕动。

乡村的土路本来就凹凸不平，经过乡人和牲畜的踩踏，再加上马车、手推车的碾轧，更是变得坑坑洼洼。这样的路白天一个人空着手走都不容易，更别说在这样漆黑的夜晚，王家甫既要背着雷奥又要手拎东西，艰难程度可想而知。走着走着，扑通一声，两人一起摔进土坑里，背上熟睡中的雷奥惊醒了。

“王先生，到哪里啦？”

“快到了，快到了！”

王家甫再次背起雷奥，跌跌撞撞，连滚带爬地向前走着。

夜路走到一大半的时候，背着雷奥的王家甫全身上下湿漉漉的，他实在走不动了，最后在路边的一座破庙前停了下来。这座破庙，王家甫非常熟悉，门口有一块青石板，是备给十里八乡来磕头的人打开香袋用的。放下手中的包裹，王家甫一屁股坐在了青石板上，他把熟睡着的雷奥的头放在自己的双腿上，大口大口地喘起气来。大口喘气的王家甫闭起了双眼，这一闭，他竟不知不觉地睡着了。

哗哗啦啦一阵马蹄声传来时，迷迷糊糊的王家甫猛地惊醒了过来，他看到四五十米开外的土路上，一队燃着火把的马队奔驰而来。王家甫赶忙背上雷奥，拎起地上的包裹就往破庙旁边的坟地逃，跑到十来米远的乱坟堆中，王家甫扑通一声趴在了地上。他用一只手把雷奥搂在怀里，另一只手捂住仍在熟睡中的雷奥的嘴。

马队在庙门口停了下来,火把把庙门前的空地照得一片通明。

一群人下马之后,有的撒尿,有的抽烟。

他们也是在庙门口休息的。

“太君,这里有一个小布袋!”突然一个中国人发出惊叫。

“马上打开。”一句日语后,传来一声汉语翻译。

“里面是大米。”中国人再次惊叫。

“上蔡人都是浑蛋,我们跑了一天,弄来的都是苞谷和红薯干,他们竟把大米供到这破庙里,进去看看,庙里还有没有?”又是一阵日语。

王家甫这时明白,自己遇到了日本人和“二狗子”的征粮队,刚才由于慌张,竟把一袋大米忘在了青石板边。王家甫被自己的打盹儿吓出了一头冷汗,丢失一袋米事小,如果不是自己醒得快跑得急,现在也许天都塌了。

庙门被砸开了,咣咣当当一阵声响后,一群人空着手蹿了出来。

“你们进去把菩萨给我砸了,看看上蔡浑蛋们今后还供给谁!”日本人一声吼叫。

庙内传来了一阵噼里啪啦的巨响……

一个半钟头之后,在寒风中一步一步蠕动的王家甫终于来到了潘进堂的屋门前,现在他连敲门的力气都没有了,雷奥还在自己的背上睡着。王家甫放下手里的包裹,喘了一阵子白花花的虚气,才用力地敲响了大门。

咚,咚,咚!

咚,咚,咚!

“谁?”屋内传出了一声恐慌的喊叫。

“是俺,家甫!”

“家甫,你真是家甫?”

“进堂哥,俺真是家甫。”

屋内燃起了煤油灯,王家甫从门缝中看见了光亮。三个多小时的路上,王家甫没有看见过一丝光亮,天上没有光亮,地上也没有光亮,但他心里渴望着光明。在黑暗中,每个人都会感到恐慌,弯腰背着雷奥一步一步挪动的王家甫不时转头朝两边的田野望望,他想寻找萤火虫的光亮,小小萤火虫的光亮也能让他的心田灌满希望。但他一直没有找到,他不知道到底是冬天没有萤火虫,还是冬眠的萤火虫不能发光,或者是日本人来了,萤火虫也不敢发光。现在屋子里的灯亮了,亮光来了,王家甫踏实多了,心里瞬间亮堂起来。

屋门开了,头顶门板的王家甫一个趔趄闪了进来,要不是潘进堂赶紧双手拉着,王家甫差一点一头摔在地上。潘进堂怎么也不会想到,平常仪表堂堂的妹夫竟然是这个狼狈样子,胸前挂着一大一小两个包,一手托着背上的人,另一手提着个包裹,满脸满身沾满了泥土。潘进堂帮妹夫从头上取下两个包,又从背上接过雷奥放在罗圈椅上,看着大汗淋漓的王家甫,埋怨了起来:“噫!你看看,你看看,带着保立和这么多东西回来,提前打个招呼,俺也好去接你啊。”

王家甫立在屋内,腰还是九十度弯着,他一时直不起腰来,汗水吧嗒吧嗒地落在地上。

这时候,潘进堂的老婆喜鹊从里屋披着棉袄走出来了,她看见了狼狈的王家甫,说:“家甫,看把你累成啥样子了。”

“嫂、嫂子,不说了,把孩子外衣脱掉,先让他到你们床上热被窝躺下,别冻着孩、孩子。”

喜鹊把雷奥抱进了里屋。

王家甫坐在了椅子上,头依然向前伸着。潘进堂拿来了一条毛巾,给妹夫擦起汗来,王家甫的双手按着自己两条腿,大口大口地喘着气。

“娘呀!娘呀!”里屋传来了喜鹊的大声惊叫。

“进堂,进堂,快来呀,鬼,鬼啊!”喜鹊边冲向堂屋边连连惊叫,分明是受到了极度的惊吓。

潘进堂拎起毛巾就冲进了里屋。

“鬼,鬼啊!”潘进堂同样大声惊叫起来。

两人看到的不是鬼,是脱掉棉衣露出庐山真面目的雷奥。

“家甫,你怎么背回来一个鬼!”潘进堂和喜鹊一起跑到了王家甫面前,神色慌张地叫着。

王家甫自然知道哥嫂指的鬼是啥,不慌不忙地笑着。王家甫在潘进堂和喜鹊面前还是小老弟,从年轻时开始,就时不时说点“半吊子话”逗乐,这次也一样,王家甫笑着说:“嫂子,寇准背靴俺背鬼啊!给俺烧口水喝,解了渴俺好讲讲鬼的故事。”

喜鹊去灶屋烧水去了,潘进堂壮着胆子再次走进了里屋。潘进堂从墙上灯洞里取下煤油灯,从头到尾打量起自己从未见过的“鬼”来。卷曲的头发,白皙的皮肤,深凹的眼窝,高高翘起的鼻梁……在村子里他没见过这样的人,在上蔡县城他没见过这样的人,潘进堂带着戏班子去过东商水,到过西禹州,上过北许昌,下过南信阳,高天厚地几百里,他从没见过这样的人,躺着的不是鬼还能是什么?

潘进堂又举着煤油灯把躺着的“鬼”从下到上看了一遍,看完之后,禁不住满心蹊跷。戏曲里的鬼,身披白纱,无眼无鼻。但床上躺着的,身上穿的不是白棉布,而是黑色呢子布,眼睛虽然一时看不到,但有眼窝,眼窝是用来盛眼珠的,有眼窝肯定有眼珠!另外不但有鼻,鼻子还特别高,特别大。在潘进堂眼里,这几点还不是最主要的,最主要的是戏曲里的鬼都是来无影去无踪,悄无声息,但面前躺着的东西,两个大大的鼻孔不但有规律地翕动,还在呼哧呼哧地冒着热气,哪里是悄无声息啊!

潘进堂吓出了一身冷汗,端煤油灯的手开始晃荡起来,他赶忙把煤油灯放进灯洞,又扑哧一口吹灭,便匆匆离开了里屋。

等喜鹊把一碗开水端进堂屋,王家甫已经睡着了。王家甫的身体没有靠在罗圈椅的后背上,而是依然向前弯曲着,发出的呼噜声分外沉重。喜鹊想上前叫醒王家甫,被潘进堂一把拉住了:“再让他睡会儿,等开水凉了再叫!”

喜鹊到灶屋忙活去了,潘进堂静静地站在王家甫旁边,凝视着自己的妹夫。对潘进堂来说,王家甫首先是自己的朋友,其次才是自己的妹夫。

王家甫当学生时来村里采风,两个人如同兄弟,住在一个炕上,甚至一同去茅房。后来,王家甫把妹妹娶走并带到上海,潘进堂来到父母的坟前,先磕了三个头,然后跪着说:"爹,娘,俺完成了二老的交代,给妹子找了个好婆家,您二老就别挂念了!"王家甫和潘姨结婚后从上海回来过两次,三年前还带着刚懂事的保立一起在村里住了七八天,保立一口大舅一口妗子,把潘进堂和喜鹊给叫得像心里喝了槐花蜜一样甜。

保立的妗子喜鹊原来是戏班子里唱花旦的,不但戏唱得好,人也长得美,后来和潘家戏班子的顶梁柱潘进堂结了婚,可惜婚后一直没有生孩子。自己没有孩子,但潘进堂和喜鹊特别喜欢孩子,剧团有个叫"八仙"的,是戏班子的司鼓,在上蔡也叫打鼓佬,自己没有讨到老婆,他弟弟有三个儿子,把其中一个叫桩子的过继给了他。有点好吃的东西,潘进堂和喜鹊都要给桩子端去半碗。本来这次他们等待保立再叫几声大舅和妗子的,哪里想到,妹夫背上驮来的不是自己的外甥,而是一个怪物,两人的心凉了半截,另外半截则是惊慌与不安。

被叫醒的王家甫一口气喝下一碗凉开水,又用水洗了把脸,便开始讲起了关于"鬼"的故事。

"躺在床上的不是鬼,是个大活人!"王家甫说。

"是人咋这个孬样?"潘进堂疑惑地问。

"说了你们不要害怕!"王家甫继续说。

王家甫不说也罢,这么一说,潘进堂和喜鹊更是一脸惊慌,四只眼睛直愣愣地盯着王家甫,在昏暗的堂屋里,像挂着四只灯笼。

"外国人!"

"乖乖,你咋弄了个洋蛮子来!"喜鹊的身子打了一下摆。

"进堂哥、喜鹊嫂,俺这个妹夫做人办事牢不牢靠?"

潘进堂和喜鹊没有想到王家甫会突然冒出这句话来,妹夫的话音一落,俩人异口同声地答道:

"牢靠,牢靠!"

"如果相信俺这个妹夫,俺就把实情一五一十地告诉你们。"

"给你哥嫂说实话!"潘进堂坐直了身子。

"躺在床上的是个德国人。"王家甫说。

潘进堂和喜鹊知道这才是故事的开头,就像大戏开始前的热场锣鼓一样,所以两个人都没有说话,他们等待大戏拉开帷幕。

"还不是一般的德国人,是被德国人驱赶到我们国家的德国人。"

听完王家甫的话,本来清醒着的潘进堂和喜鹊顿时糊涂起来,他们拎不清"德国人"和"德国人"之间的区别,更搞不明为什么"德国人"还会驱赶"德国人"。对于拎不清搞不明的事,潘进堂是不会贸然开口的。

"躺在被窝里的孩子是个犹太裔德国人。"

"犹太"两个字,潘进堂和喜鹊还是第一次听说。在方圆两百来里的范围内,他们什么都听说过,他们听说过委员长蒋介石,听说过汤司令汤恩伯,听说过上蔡县县长李云和伪县长孙宝康,听说过土匪陈杆子,听说过常香玉,听说过马金凤,就是没有听说过"犹太"两个字。

"咋个回事,你详细说说。"潘进堂看着自己的妹夫问。

喜鹊又盛来了一碗水,王家甫喝了两口。"那我就细说端详。""细说端详"四个字是豫剧老戏里经常用的台词。

王家甫就从自己在德国汉堡工作时认识阿芬克劳特一家讲起,讲到了希特勒,讲到了犹太人在德国所受的迫害,讲到了阿芬克劳特先生和女儿的被杀,讲到了阿芬克劳特夫人和儿子雷奥的逃亡,讲到了两家人在上海的交往,讲到了雷奥将要面临的灾难……

一碗水喝光了,故事讲完了,天也快亮了。

潘进堂和喜鹊双手捂着脸,从头到尾一句话没讲。

"可怜的娃啊!"喜鹊轻声啼哭。潘进堂的眼圈也被泪水浸湿了。

"进堂哥、喜鹊嫂,俺和保立妈商量了几天几夜,没有别的法子,只有把这个孩子带到你们这里来了。你们要是认为俺这个妹夫这事做得不靠谱,俺就把他带到开封俺姐那里去。"

潘进堂双手捂头,哽咽着,一言不发。

堂屋内死一般的寂静,时间在一分一秒地过去。

王家甫的双眼紧盯着潘进堂。

雷奥还在里屋睡着觉，他太困了，睡梦中的孩子不会想到，堂屋里的几个人在为他的命运泪流不止，为他的将来焦急万分。

时间在一分一秒地过去。

这时候，抽泣着的喜鹊开口了："照顾可怜的娃俺心里没想法，但娃在咱这里没有日本人的良民证，一天两天可以，时间长了，属于私藏嫌疑，要杀头的啊！况且德国人也在找他，事大啦！"

时间还在一分一秒地过去。

潘进堂突然站了起来："这是天大的事，俺得听听一个人的想法。"

一阵狗叫之后，潘进堂领着八仙走进屋内。八仙五十多岁，是戏班子里年龄最大的，见多识广，唱戏时打鼓，闲暇时一个肩上掮条布袋，另一个肩上扛着白旗，上书"八仙"二字，进城算卦占卜，潘进堂有事都和他商量。天刚蒙蒙亮时，潘进堂就把他从被窝里揪起来了。八仙迷迷糊糊来到潘进堂家里，和王家甫一阵寒暄过后，潘进堂才开口："八仙，来的路上俺也和你把事说了，现在听听你的想法。"

八仙这时道："戏词里常说，仙有模，人有样，俺得先开开眼，看一下德国犹太娃什么模样。"

八仙在里屋仔仔细细、上上下下打量仍然熟睡着的雷奥三遍之后，回到了堂屋。

"额宽庭满，眉浓眼宏，鼻大闻四方，耳阔听八面，好福相，好福相啊！"八仙说。

八仙刚说完上句，还没有等大家搭话，就冒出了下句："不过，相书上说，发硬刚烈，发软心细，发密气壮，发疏肾虚，发直顺畅，发曲就……"

"发曲就怎么啦？"王家甫等不及了。

"发曲逶迤啊！"叹了一声气后，八仙说。

八仙对这四个字进行了解释，意思是卷曲的头发暗示命运离奇波折，这样的人留下来必惹祸，还是大祸。

王家甫知道,事情遇到了大麻烦。

听完八仙的意见,潘进堂双手抱头,坐在凳子上一言不发。

“家甫,你踅摸一下,娃要在村里待多长时间?”几分钟沉默后,潘进堂开口了。

确切说出雷奥要在村里待多长时间,王家甫办不到。但如果没个大致的时间,他心里知道,摊上这样的大事,无论是谁都不会轻易答应的。

“一个月。”王家甫不得不说出一个时间段。

说完这句话,王家甫认为还没有把话说到位,又补了一句:“一个月到了,俺再想别的办法。”

屋子里再一次沉默起来。

喜鹊、八仙和王家甫谁都不敢再说一句话,留与不留,全看潘进堂的态度了。

潘进堂抬起了头,一字一句说起话来:

“你们几个都说过话了,各有各的理,但这事儿不能耽搁,今儿个必须定下来。俺揣摩了下,事儿这样办……”潘进堂的话一出口,屋子里寂静下来。

“家甫已经把娃带来了,再让他带走,俺这个当哥的就不懂事了。这一个月,咱们憋紧屁股门扛着,一个月后家甫把娃再带走换换地方。”

王家甫听后,点了点头。

潘进堂用眼看着喜鹊和八仙,两个人低头不语。

“做人得将心比心,要是娃是咱们亲生的,摊上这事,别人不管不问,咱们心里咋个想法?况且只有一个月,一睁眼一闭眼不就过去了!”

潘进堂的话,喜鹊和八仙知道是说给自己听的。他们两个人都知道潘进堂的脾气,他说定的事别人很难改变。

喜鹊点了点头。

八仙也点了点头。

屋子里的气氛一下子轻松起来。

算命先生八仙是个见风使舵的人,这时的他慢慢悠悠地唠叨起来:“俺刚才说的发曲逶迤,你们不要往歪里想,要是顺畅,娃还能到咱们这里来?到咱们这里就是要避避逶迤,以待来日昌达。”

“你别在这谝些胡八扯的东西,家甫是文化人!”潘进堂瞪了八仙一眼。

“天有阴晴,月有圆缺,这人啊,也有逆顺!俺说这话,就是要咱们知道个理,叫作顺不骄,逆不屈。”八仙笑着说。

“这还像句人话!”

潘进堂的话音一落,王家甫笑了,喜鹊笑了,屋子里的气氛一下子活跃起来。

待大家笑声停息,潘进堂说了一句:“走,再瞧瞧娃去!”

潘进堂第三次从墙上的灯洞里取下了煤油灯,颤抖着手把灯举到雷奥的脸上方,柔弱的灯光把雷奥的小脸照得红通通的。雷奥均匀地呼吸着,喜鹊禁不住用纤细的手指抚摩起雷奥的脸颊,轻轻地,慢慢地,柔柔地;灯光移动,照在了雷奥的一双小手上,潘进堂用手掌从上而下,像在戏台上捋自己的髯口一样,摸了摸雷奥的左手,又摸起了雷奥的右手,接着又一遍轻抚左手……抚摩雷奥小手时,潘进堂闭上了双眼,两行热泪扑簌簌流了下来。

堂屋内,煤油灯忽闪忽闪地燃着。煤油灯照射到的半米之内,还算亮堂,半米之外,则变成了昏黄,昏黄的光线延伸到堂屋四个角落时,显得有些昏暗。但这时,四个中国人的心里却是豁亮豁亮的,豁亮的心温暖了冬日里寒冷昏暗的堂屋。堂屋内的气氛热烈起来,大家你一言我一语,谈论着里屋那个熟睡着的、家在天边身在眼前、与豫南农村的乡民八竿子搭不上关系的雷奥。

“俺带雷奥来时,说是跟教戏的先生学戏。从明天开始,俺就和他一起跟进堂哥学戏。但俺只能在这待三天,三天以后,得回上海,你们得想法放走俺,圈住他。”王家甫说。

“娃的寒假有多长?”潘进堂问。

“一个月。”王家甫答。

“先圈他一个月再说!”潘进堂斩钉截铁。

“娃不会说汉语,俺们不会说德语,咋办呢?”喜鹊是个心细的人,这是她唱戏时养成的习惯,戏台上的一步一扭、一腔一调她考虑得都很周全。虽然现在不唱了,但十几年的习惯还在。

“娃已经在上海待两年了,虽然在犹太学校上学,但好赖也能说几句汉语。这三天俺在没问题,俺给进堂哥带来了两本词典,三天后,你们有问题时翻汉德词典,他有问题时查德汉词典,只有这样凑合了!”王家甫对这个问题早有准备。

“今后咱们仨分分工,有唱白脸的,有唱红脸的,弄成一台戏,把娃糊弄住。”潘进堂说完这话,看了喜鹊和八仙一眼,两人心领神会,一起点头表示赞同。

最后,问题的关键落在了怎样和村子里的人交代雷奥的身份上。

潘进堂说:“难就难在娃的模样上。”

堂屋里安静了下来,大家面临棘手的问题。

时间在一分一秒地过去。

王家甫说话了:“俺在来的路上琢磨了一个法子,就说雷奥是上海人,父母是俺的同事,得霍乱去世了,俺就把他带回来了。村里人也没见过上海人,俺们就说上海人就这个怪模样。”

王家甫的话音一落,八仙接了话茬:“妹夫的话中是中,但不妥。”

“咋不妥?”王家甫问。

“一旦出事,会牵涉到你。俺这些人是大老粗,少十个八个不可惜,你是文化人,喝了一肚子墨水,不能让你出事。”八仙看着王家甫说。

屋子里又一次安静下来。

一袋烟的工夫后,八仙又一次开口了,用的是戏词:“俺有个主意,不知能否表上一表?”

“都啥时候了,还来这一套,有屁快放!”潘进堂不耐烦了。

“前一阵子戏班子没戏,俺挑着白旗出去了半个来月,这事村子里的人都知道。俺就说去了东边的商丘，在火车站捡来了个娃！”摇头晃脑的八仙说。

“这年头，捡个娃还不容易？关键是娃的模样。”喜鹊不认可八仙的主意。

“且慢！”不慌不忙的八仙立马喊道。

“且听俺述说两条理由。一是这些年你们两口子要俺给找个养子伺老，这个儿子要越远越好，没有家的更好，别养大了拍拍屁股跑了，他是个捡来的，无家无靠，跑不了；二是戏班子这些年一直想演一场连本大戏《狸猫换太子》，其他演员不缺，就缺一个看起来有点像狸猫的家伙，俺刚才看了被窝里的娃，不用上妆就可以上台。”

屋子里的每个人都笑了。

“咱们没有说要演《狸猫换太子》啊，再说，戏里的狸猫是个没有满月的婴儿，年龄对不上啊。”喜鹊忍不住问。

“话不是人说的嘛！就说准备唱，排他个一月两月的，到真要搭台唱戏的时候，难就避过去了，娃也就能拍拍屁股溜了。”

“俺看中！另外，就说雷奥是从上海扒火车逃难的，村里人都没见过上海人，况且他也会说几句上海话的。”王家甫说。

“俺看也中！但大家再想想办法，尽量掩饰些娃的模样。”潘进堂这些年带着草台班子四处搭台唱戏，与日本人暗斗，与官府交通，与乡绅过往，与土匪斡旋，养成了谨慎的习惯。

“娃的头发卷，鼻子大，皮肤白，咋个掩饰？”喜鹊摇了摇头，一声叹息。

“娃的鼻子大，俺也没有办法，总不能割掉一截吧！皮肤白，俺还是没有办法，也不能把娃扔进村里王拐子的染缸里染黑吧！但话不是人说的嘛，俺想了个点子，你们听听这样说中不中？”八仙期待着屋子里的人的反应。

“说！”潘进堂回答。

八仙得意地说了一通。

听完八仙的话，屋子里的人都表示赞同。

"你这个骗人的嘴皮子,看来还有点用。"潘进堂满意地看着八仙,把八仙盯得不好意思起来。

"说了鼻子和皮肤,头发呢?"细心的喜鹊问道。

"卷毛问题好解决,找老纪刮成'光马蛋'不就是了,今后,长一点刮一点,给娃说,今后唱戏要戴发套,长头发不中。"八仙这回的语气如刀切斧砍。

屋子里的四个人哄堂大笑。

这时候,天放亮了。

天亮后,按照四人商定的,潘进堂家院子里的大门紧闭着。庄子里邻居来串门,喜鹊在门内大声吆喝了起来:"当家的得了伤寒,过几天再来吧!"一听伤寒,邻居一个比一个跑得快。这院门一闭就是三天,不能让人知道本家女婿王家甫大老远从上海回来了。

半晌午,雷奥醒了。雷奥揉着惺忪的双眼从床上坐了起来,里屋黑洞洞的,空无一人,他不知道自己在哪里,也不知道现在是几点。雷奥的双眼扫视了一下屋子的四周,他终于看清了山墙上一块面包盘大小的地方透着微弱的光亮,借着这点微光雷奥下了床,他朝泛着微光的地方走去。雷奥伸出手指去触摸发光的地方,手指扑哧一声戳穿了一层东西,一束阳光顺着手指从小洞直射进来,原来是一个用厚纸糊起来的窗户。雷奥这时也清醒了,他回忆起,从昨天夜里到现在,还没有见过如此灿烂的阳光。

好奇的雷奥趴在窗户前,透过小洞向外窥视。雷奥看到了外面更多更为灿烂的阳光。灿烂的阳光下,雷奥看到了一棵大树,看到了一堆麦秸,看到了地上整整齐齐摆放着的几根长棍,他甚至还看到了两只鸡,一只是红的,一只是黄的,它们在寂静的院子里悠闲地徘徊……雷奥一刻也不愿在这黑暗的屋子里待下去了,他喜欢明媚的阳光,喜欢外边的世界。雷奥从窗户前后退了一步,亮堂堂的光柱重新出现了,在光柱的照耀下,他终于发现了房门,他朝房门走去。

打开房门的瞬间,眼前出现的景象使他目瞪口呆。

堂屋的大门紧闭，长条几上呼呼地燃着两盏煤油灯，齐刷刷地照耀着整个屋子。堂屋的中间，摆着两把罗圈椅，上面端端正正地坐着两个人。雷奥揉了两次眼，终于看清上面坐的是一男一女，男的披青色长袍，头戴高高的帽子；女的身着红色缎衣，头发耸耸盘起，上面插着的几件东西在灯光下熠熠闪亮。雷奥想起来了，头上这种耀眼的东西他在汉堡歌剧院里见过，是公主的钻石皇冠。堂屋里的女士戴着耀眼的皇冠，天大的好奇充满了雷奥幼小的心田。

好奇的雷奥没有停下自己的目光，他看到了罗圈椅前边的地上站立着一个人，这个人也身穿长袍，头戴高帽，还不只这两处，这人脚上竟然穿着底子一半黑一半白，比面包还厚的长靴，这种长靴雷奥从来没有见过，在歌剧里和童话里也没有见过。更使雷奥惊奇的是，站立着的不是别人，正是王家甫，雷奥费了半天劲才辨认出来。

身着长袍、头戴高帽、脚蹬长靴的王家甫随着屋内第四个人的轻轻吆喝在抱拳鞠躬。第四个人雷奥也看清了，黑褂黑裤黑鞋，但这人抹了一个大白脸。看到这个人，雷奥心里有点紧张，这人多像一个有脸无身的幽灵啊，幽灵是要吃人的。想到这里，雷奥"啊"的一声叫了起来。

王家甫这时转过身来，他竖起自己的右手食指放在嘴前，雷奥知道，这时候不能惊叫和说话。

"幽灵"呜呜哇哇一阵后，王家甫也停了下来。刚才还严肃地板着脸的王家甫笑嘻嘻地走到雷奥面前，用德语问道："睡得好吗？"

"很好！"雷奥回答。

"告诉你，这就是我们要学戏的先生家。我刚拜过师，该你啦！"王家甫把雷奥从后面拉到前面，指着罗圈椅上端坐的两人说。

"这是潘师傅。"王家甫指着潘进堂说。潘进堂面无表情。

"这是潘师娘。"王家甫指着喜鹊说。喜鹊的嘴角露出了一丝笑容。

雷奥正准备端详将要教他唱戏的师傅，突然，旁边的八仙大喊了一嗓。

"拜师仪式正式开始！"王家甫赶紧退到一旁，开始翻译雷奥从未见过的拜师仪式。

“梨园之业,代代相传,礼节隆重,师徒共遵。”八仙喊出了第一句。雷奥看着举头闭眼、摇头晃脑大声吆喝的八仙,正要咧嘴大笑,被王家甫瞪了一眼,才没有笑出声来。

王家甫把八仙的话翻译了一遍,雷奥模模糊糊理解了大意。

“今有上海人雷,雷——”八仙记不得雷奥的姓名。

这句最简单的汉语雷奥还是会的,他知道八仙想叫自己的名字,于是看着八仙,大呼一声:“雷奥!”

八仙听见了,于是接着主持。

“今有上海人雷,雷娃,年方十一……”八仙刚喊到这里,王家甫扑哧一声笑了出来:“不对,不对,是雷奥,不是雷娃。”

八仙看着王家甫,一脸庄重:“潘家戏班演戏百村,搭台千次,见过戏场上叫狗娃、猪娃、猴娃,还有叫李娃、王娃、赵娃的,还没有听过叫雷奥的,奥不顺当,娃字响亮,就叫雷娃。”

王家甫无言以对。

“今有上海人雷娃,年方十一,情愿投于潘家戏班班主潘进堂门下,拜学豫剧。自此之后,虽分师徒,但情同父子,梨园行规,当知恭敬。若犯众怒,愿受训罚。台上演戏,台下做人,知善崇礼,永感师恩!”八仙这次完整地喊出了拜师仪式的开场序言。

从此之后,在潘家戏班子里,雷奥成了雷娃。上蔡人喊名不带姓,带姓不热乎,所以,人人亲昵地称“雷娃”为“娃”。

“拜师仪式第一项,请娃向师傅和师娘行鞠躬叩首之礼!”八仙接着喊。

雷奥听完王家甫的翻译,一头雾水,不知道“娃”是谁。

王家甫说:“雷奥,你就是娃,娃就是你啊!”

雷奥笑了起来,立刻给正襟危坐的潘进堂和喜鹊鞠躬磕头。雷奥趴在地上的时候,潘进堂和喜鹊抿嘴微微一笑。

“拜师仪式第二项,请娃斟茶拜师!”

雷奥这回知道自己就是娃，娃就是自己了。他从王家甫手中接过一口小瓷碗，瓷碗里盛着半碗温热的白开水，递给了潘进堂，潘进堂一饮而尽；雷奥又把另一碗递给了喜鹊，喜鹊用宽大的袖口半遮粉面，缓缓品味。

“拜师仪式第三项，请师傅潘进堂训词。”

“梨园业苦，手脑并用，冬练三九，夏练三伏，娃可做得到？”潘进堂问。

王家甫强忍笑声，赶忙进行了翻译。

雷奥哪里知道学戏的苦衷，只知道唱戏的热闹与好玩，于是回答：“做得到！”

“人生如戏，戏如人生，台上台下，不亢不卑，能屈能伸，娃可做得到？”潘进堂问。

雷奥心想，上台唱戏不盛气凌人于观众，下了戏台在平常生活中大大方方，不难，于是回答：“做得到！”

“戏有悲欢，世有冷暖，有福同享，有难同当，娃可做得到？”潘进堂问。

雷奥眼里，看戏唱戏有着无限的快乐和幸福，既不无聊也不辛酸，于是回答：“做得到！”

“现在俺宣布，潘进堂和娃正式结为师徒！”

四个大人一个小孩的掌声在堂屋内回荡。

午饭的时辰到了。

八仙回了自己的家。潘进堂的堂屋里只剩下了四个人，四个人趴在低矮的饭桌四边，每人面前一只大碗，碗里盛着红薯干汤，王家甫和雷奥的碗边放着一个白水煮的鸡蛋。桌中间放着一个馍篮，篮里盛着四个黄澄澄、两指厚、小孩脸大小的苞谷饼，馍篮旁边放着一个蒜臼，里面是一窝蒜泥。

雷奥指着自己面前的大碗问：“碗里面是什么？”

王家甫说：“你们德国人吃饭先喝汤，上蔡这里也一样。你们喝奶油蘑菇汤或者奶油土豆汤，这里喝碱面红薯干汤。”红薯干很难煮烂，有客人来时，往锅里放半勺碱面容易煮烂。

“那这里是什么?”雷奥指着馍篮问。

“就是给你讲过的中国蛋糕啊!”王家甫回答。

饿极了的雷奥从馍筐里拿了一个苞谷饼,大口大口地啃起来。雷奥一边啃,碎屑一边吧嗒吧嗒地往桌上掉。三个大人看着雷奥,他们想知道,面前的孩子能否吃惯这里的东西。吃了两口,雷奥停了下来:“中国的蛋糕太干。”

“你看,像我一样把中国的曼穆拉得抹在蛋糕上就不干了!”王家甫说完,自己也拿了一个饼,用勺子舀了一勺蒜泥抹在了苞谷饼上。

雷奥学着王家甫的样子做了一遍,然后啃了一口,大力咀嚼起来。

谁也没有想到,咽下一口,之后雷奥大声喊叫起来:“辣,辣,中国的曼穆拉得不甜,辣!”

三个大人笑了一下,之后谁都笑不起来了。

“娃,你来得突然,俺这里今儿个就这东西了,下午让师娘进城给你买点白面。”潘进堂说。

“雷奥,来,先把两个鸡蛋吃了!”王家甫边说边把自己碗里剥好的鸡蛋塞到雷奥手中。

雷奥手里拿着鸡蛋。吃一口鸡蛋,喝一口红薯干汤,碱水汤有点苦涩。“有糖吗?”雷奥放下碗问。

“现在家里没有,俺下午进城给你买去。”喜鹊赶紧搭话。

雷奥放下碗不喝了,第一顿饭只吃了两个鸡蛋。

王家甫问:“嫂子,家里还有鸡蛋吗?”

“就剩这两个,其他的都拿到集上换盐了。”喜鹊回答。

“你去染坊王拐子那里先借三个鸡蛋一把红糖,就说俺病了,吃不下饭,隔天还他。”潘进堂想了一会儿,对老婆喜鹊发了话。

喜鹊放下碗出了门。

雷奥后面又喝了满满一碗红糖水荷包蛋。“这个汤有点我们德国的味道。”雷奥说。

吃罢午饭,雷奥在院子里斗起两只鸡来,红鸡和黄鸡被雷奥追得满院子跑。王家甫给雷奥交代过下午剃头的事后,自己一头倒在床上蒙头大睡起来,他已经两天两夜没有好好睡过觉了。雷奥期待着剃头师傅的到来,因为王家甫说了,学戏先剃头,剃头之后才能加冕戴冠。

日落树梢的时候,喜鹊进城回来了,她手里拎着一包红砂糖、半斤棉籽油、几斤白面和一块拳头般大小的卤水豆腐。喜鹊刚进门,八仙也来了,屁股后面还跟着一个人。

"这就是俺在路上给你说过的娃。"八仙对老纪说。

"这,这……"老纪看着雷奥,一脸惊奇,边揉眼边慌张地说。

"俺说伙计,啰唆个啥,准备你的家伙,剃头!"八仙的手指戳了一下老纪的屁股。用上蔡话讲,八仙和老纪在村子里是最好的伙计。

老纪在门鼻儿上挂起了他的荡刀布,在板凳上铺好了磨刀石,默不作声地霍霍磨起刀来。边磨刀,老纪边斜着眼不停地瞟着坐在罗圈椅上的雷奥。这个模样的孩子,他自己没见过。

喜鹊烧好了一盆水端了过来。

老纪给雷奥围好围裙。"剃个啥头?"他低头看着雷奥问。

雷奥不知道老纪说什么,一脸茫然。

"光马蛋!"潘进堂说话了。

"光马蛋"是上蔡土话,就是光头。老纪用温水给雷奥洗起头来。老纪今年六十三,剃了快五十年的头,大头小头、妇人头汉子头不知摆弄过多少个。老纪剃头,一摸头发就知道几推子能推个"锅盖",几刀子能刮个"光马蛋",但这次他一摸雷奥的头发,心里没了数。

"有句话,俺不知当讲不当讲?"老纪终于忍不住了。

"就你这臭屎嘴,哪有不能喷的粪,讲!"八仙说。

"这头不是汉人头!"老纪说。

"咋能这样胡尿谝!"潘进堂猛喝一句。潘进堂和老纪也是老伙计,老纪喜欢潘进堂的戏,潘进堂在哪村搭台,老纪就肩扛剃头挑子追到哪村摆摊。有时,潘进堂唱词中一个音没唱准,老纪就在台下喊:"跑调了,跑尿调了,和三天前的那场唱的不一样!"

“这娃的头发虽然是黑色的,但卷得很,俺剃了一辈子头,没见过!还有鼻子、眼睛和肤色,俺也没瞧过!”老纪疑惑地说。

八仙听完老纪的话,本来想笑,还是忍了下去,他知道不能笑:“你挑着个破挑子才去过几个村,没见过的东西多了,上海南蛮子你见过吗?”

潘进堂这时插话了,不紧不慢地:“这是八仙在商丘火车站算卦时捡回来的要饭孩,南蛮子上海货,剧团准备演《狸猫换太子》,他演狸猫用不着化装。”

老纪扑哧一声笑了出来。

“娃乖着呢,俺还要收养娃做养子呢,收的养子越远越好,老纪,你说对吧?”

老纪堆着个笑脸回答:“对,对!”

“为啥南蛮子头发这么软这么卷呢?”老纪又回到前面的问题。

“说你没见识还真没错。南蛮子活在南方,南方日头毒温度高,温度一高这头发就软,一软不就卷起来了嘛!”八仙不屑地看着老纪,慢条斯理地解释。

老纪佩服地点了点头。

说话的当口,老纪已开始动刀给雷奥刮光头。刮光头只用手,嘴是闲着的,“话篓子”老纪剃头时是不会闲嘴的。

“头发软和卷俺懂了,但这南蛮子的皮肤咋这么白呢?”

“娃家在上海,上海上海肯定靠海,海边空气里盐多,一点一点沉积到脸上,这么一腌,谁的脸皮不白?就你这张老皮老脸,今后去上海住上几年再回到村里,到时候俺一瞧,一定以为是大姑娘的白屁股蛋子呢!”

八仙一顿神谝,把老纪、潘进堂和喜鹊说得嬉笑不停。雷奥不知道三个中国人笑什么,感到莫名其妙,也抿嘴笑了起来。

“噫!看看,看看,人家上海人在笑你不是!”见雷奥笑了,八仙瞧着老纪说。

“你这么一提醒,俺也就明白这娃的鼻子为啥这么大,眼窝为啥这么深啦!”老纪瞧八仙有点轻视自己,想着这回要表现一次。

“说说为啥?”八仙激将老纪。

“娃的家在上海,上海上海肯定靠海,海边风大,大风成天在鼻孔里和眼窝里盘旋,慢慢不就把鼻梁掀起来了,把眼球给吹进去了?”

“你个尿剃头的,手头有点尿谱,没有想到这破脑袋瓜子也靠谱!”八仙的话音刚落,老纪便扬扬得意起来。

堂屋里的气氛顿时热烈。

也就半袋烟的工夫,老纪手下雷奥的光头剃好了。雷奥照着老纪那块中间有一条长长裂纹的镜子,用手反复抚摩自己光溜溜的头皮,心里甜滋滋的。雷奥从来没有剃过光头,对此充满着无限的遐想:今后,在这个光头之上,他雷奥可以戴厚冕充官府,顶盔甲做武士,着素帽当学士,束围巾仿农夫,罩面具扮幽灵……王家甫给他描绘过十几种人物,一部分他知道,还有一部分他连听都没听过,听过的他愿意学,没有听过的他更愿意演。雷奥听到别人笑,知道他们在替自己开心,但他认为自己比其他人更开心。

“进堂,今后你这间堂屋,就别点灯了,有娃的‘光马蛋’在屋内晃荡,每个月你家能省三两煤油!”看着噼里啪啦拍打自己光头炫耀的雷奥,八仙最后说了一句。

堂屋里笑声沸腾。

又到了吃晚饭(上蔡人叫“喝汤”)的时间,这一次,雷奥吃到了一顿满意的晚餐。四个人还是围坐在堂屋内的小桌上,王家甫、潘进堂和喜鹊还是一人一碗红薯干汤,一人一个苞谷饼,饼上都抹着一层薄薄的蒜泥,蒜泥太稀,滑滑溜溜地向下滴着。潘进堂和喜鹊一手抓着饼,另外一只手也没有闲着,伸开巴掌等着接滴下的蒜泥,接了三五滴之后,举到嘴边,哧溜一声用舌头把掌心舔得干干净净。雷奥与他们三人不同,一只小手握着个用白面烙的甜滋滋的饼子,另一只手用筷子夹着棉籽油炒的豆腐,两面煎得焦黄的豆腐,不停地往嘴里送。

吃完饭,雷奥拍着鼓鼓的肚子提了两个有趣的问题:

“你们几个怎么不吃又软又甜的白饼?”

“白饼在嘴里嚼一嚼就粘牙,俺们这里的人都不吃粘牙的东西。”喜鹊笑眯眯地看着雷奥。

“那你们怎么也不吃菜?”

这一次是潘进堂回答的,他先学着雷奥的样子拍了两下自己的肚子,然后说:“娃,大人要下地干活,吃硬馍有力气,菜都是汤汤水水的,占肚子,一会儿就饿了,给俺炒菜俺也不吃……”

夜深了,雷奥躺在床上睡着了,一双眼睛紧闭,鼻孔不紧不慢地一张一翕,脸上露出孩子特有的纯真烂漫。王家甫站在雷奥床前足足看了半个小时,他好像突然不认识床上躺着的孩子。多少年了,他很少这么仔细观察熟睡的孩子,包括自己的宝贝儿子保立。一眼一眼看过之后,王家甫从心底里感觉到,睡着的孩子比醒着的孩子更纯洁、更天真、更烂漫。王家甫给雷奥掖了掖被角,看到被窝外露出的秃秃的脑袋,禁不住抚摩了一下,光光的、滑滑的,这时的王家甫想笑又想哭,心中滋味难以言表。要不是这场战争,这位异国孩童无论如何也不会来到这万里之外的偏僻一隅,他真不想用谎言欺骗孩子,但又不得不欺骗,而且还得继续欺骗。他自己也不知道这种欺骗何时是个尽头,只希望这种暗淡无光的日子结束得早一点。

王家甫回到了堂屋,他要跟潘进堂和喜鹊说会儿话。堂屋饭桌上的煤油灯呼呼地燃着,灯芯上的火苗被门缝里挤进来的风吹得忽东忽西,左右摇晃。潘进堂和喜鹊在晃晃悠悠的灯光下坐着,王家甫从里屋出来后,悄悄地坐了下来。

“娃睡啦?”潘进堂问。

“睡了!”王家甫答。回答完,他紧接着问:“进堂哥,喜鹊嫂,现在还有戏唱吗?”

“今年不行了,旱灾收成差,俺们赖好还存了点粮食,村里很多家现在只有喝稀饭吃野菜了。天灾之年,很少人请唱戏,两三个月也搭不成一次台，偶尔也只是出折子戏。”潘进堂边说边叹气。

“也不知道俺们哪一辈子得罪了老天爷、土地爷，这么个惩罚法！你没看，八仙这两天一到吃饭时间就走，原来用棍子撵都撵不走。他和桩子两人每顿只喝碗红薯干汤，说是红薯干汤，碗里最多四五片红薯干。”喜鹊接了潘进堂的话茬。

“俺俩来上蔡的路上，看到车站到处都是逃荒要饭的，在上海只是听说，回来之后，才知道比听说的还严重。”王家甫说这话的时候，低头翻起了自己的内衣口袋，掏了半天，终于掏出了一个手绢。他一层一层打开，几张纸币露了出来。

“这不是俺的钱，是雷奥妈妈从牙缝里省下来的。她的面包店前两年挣了点钱，大部分都用来还债了，这一段时间不知道怎么了，面包也卖不出去了。”王家甫说这话的时候，右手在解左手腕上的手表带子，解下来后，他把手表放在了桌子上。

“来的路上，俺考虑过了，这块表给你们留下。日子要是能熬过去，今后就还俺，实在熬不过去，就当了换点粮食给娃糊口吧！”王家甫说完，就把手表推到了潘进堂面前。

“这表俺们不能留，你当差还得用它呢！你放心，没有粮食了，俺把锣鼓和戏服当了也会给娃弄口吃的。”潘进堂把表推回到了王家甫面前。

“这兵荒马乱的谁还要你们的锣鼓和戏服！再说了，就是当了，又能换几个钱？”王家甫又把手表推回到了潘进堂面前。

“不能留！俺要是收了，妹子非从心里骂死俺这个当哥的不成！”潘进堂又一次把表推给了王家甫。

“哥，嫂，这样吧，这表俺不是留给你们的，是留给娃的，可以吧？”

“留给娃的也不行！”

就这样，桌子上的手表被来来回回推了五六次。这块“劳力士”手表，潘进堂和喜鹊听妹妹说过，是王家甫在德国工作时，从牙缝里挤了三年才省出钱来买的，也是他们最值钱的家当。

“哥，嫂，算是俺这个当妹夫的求你们了可以吧？你们要是不留下，俺回到上海也安生不了啊！俺回去给保立妈解释，她会同意的！”王家甫双手捧着手表，苦苦哀求着递到了潘进堂面前。潘进堂从来没有看见过妹夫这副可怜巴巴的模样，像家门口可怜兮兮的乞讨者，像戏台上跪官的弃妇，他的心软下来了。

寂静的堂屋里，三个人围坐在一起，你一言我一语地对着话。在三人说话的间隙，屋子里只能听到从门缝里钻进来的凛冽寒风的呼叫。三个人都把双手插进袖口里，缩着头，对瞅着。每个人每说一句话，嘴里和鼻孔里都会冒出一串白色的雾气，雾气很薄很弱，话音一落，就消失得无影无踪。

“娃在你们这里，不能出半点闪失啊！否则，俺和保立妈不好向阿芬克劳特夫人交代！”王家甫说。

“这也正是俺们担心的。”喜鹊回答。

“戏词里说，君子一言，驷马难追！俺们算不上君子，但这句话在戏台上唱了几十年，这辈子俺也学着做一回君子！家甫，俺和你嫂子既然答应了，就不反悔，一个月到头你来领人就是啦！”潘进堂看着王家甫，眼睛里闪出一道亮光。这道亮光王家甫在看潘进堂演戏时瞧见过，那是他演《铡美案》黑包拯面对公主、太后的阻拦，怒铡陈世美时发出的。当时，坐在王家甫左右的几位老戏筋不停地说：“老潘的戏，一听唱腔，二看眼光！瞧见没有，就刚才这一瞪眼，发出的光能钻木取火！”

潘进堂的话像在王家甫的心中点燃了一把火，把王家甫的胸膛照耀得亮堂堂、暖和和的。在这寒冷的冬夜，王家甫没有感到丝毫寒冷，在这昏暗的草屋里，他感到了光明的力量。

“下午你睡觉时，俺们和八仙嘀咕了一阵，为了娃的安全，准备在俺们这个里屋挖一个地洞，应个急！”潘进堂小声说。

“你们床底下不是有一座红薯窖吗？”王家甫问。

王家甫所说的红薯窖，在潘进堂床底下确实有一座，其实不但潘进堂家有，上蔡农村每家每户都有，也都在主人的里屋内。上蔡人挖出的地窖，冬暖夏凉，贮藏的红薯不会冻坏，也不易腐烂；地窖挖在里屋，方便主人日夜守护，防老日防土匪防盗贼防饿疯了的人。潘进堂床底下的地窖两人多深，口细得刚刚容下一个成人进出，三四米深的窖底有村子里的两个磨盘大小，好年成红薯能装得满满一窖，歉收的年成也能装个半窖，而今年潘进堂家窖底的红薯还不到三分之一。

“家家都有，就不是什么秘密了。窖里藏个人，一找一个准。”喜鹊插话。

潘进堂听完老婆喜鹊的话，又补充了一句：“在墙角再挖一个口更小的地窖，只要孩子能钻进去就可以了，在窖底放一些麦秸，应急时让娃躲进去。天亮后你给娃翻译一下，今后坏人来，他得配合。”

王家甫点了点头。看着浓眉大眼、五官端正的大舅子潘进堂，他心里更加钦佩。王家甫看过潘家戏班子的好几出大戏，面前的这位汉子都在里面挑大梁，《宋世杰告状》里唱大义的宋世杰，《审诰命》里装诙谐的唐知县，《诸葛亮吊孝》里扮睿智的诸葛亮，《铡美案》里吼刚直的黑包拯，《岳母刺字》里演忠贞的岳飞。潘进堂演一个成一个，在上蔡县是个角儿，戏台下王家甫不止一次听说过戏迷的一句顺口溜：“十里八里跑一蹦，只听老潘哼一声！”想到这里，王家甫内心充满着幸福。

鸡叫三遍之后，潘进堂一把掀飞了雷奥身上的被子。

“起床了，戏词里唱闻鸡起舞，枕戈待旦，光天化日你这懒蛋还睡觉！”潘进堂口冒粗话，动作粗鲁。

学戏开始了。

王家甫和雷奥毕恭毕敬地站在堂屋中间，而潘进堂则坐在罗圈椅上。

“上蔡小地，古风淳朴，说书唱戏，千年盛行，崇文重礼，教化乡里。富人看戏祈福，穷人听戏求乐，吾辈搭台为米。人家低头言俺下九流，吾辈抬头瞧人皆父母。”潘进堂紧绷着脸，呜呜哇哇说了一通，王家甫赶紧一五一十做了翻译。雷奥听得仔仔细细，他没有想到，在中国，唱戏的演员竟然被别人当成与乞丐同类的人。

“上蔡戏班，细分五类，龙虎班、共和班、玩会班、小窝班和训练班。前两种俗称江湖班，以戏为生，四季唱戏，分工明确，管理严格；玩会班仅在正月闹灯节时搭台开场；训练班由官府举办或者上层贤达资助，衣暖饭稠。”潘进堂又是一阵慷慨陈词。

“我们是什么班？”待王家甫翻译完潘进堂的话，雷奥迫不及待地问道。

“愚徒不可中途插言，以免影响师傅思路！”潘进堂大喝一嗓。王家甫听着雷奥和潘进堂的一来一往，禁不住想笑，但哪里敢笑，只得把上下嘴唇闭得紧紧的，不敢发出一丝声响。

雷奥和王家甫只得低头继续听从端坐在罗圈椅上潘进堂的大声教导。

“咱们潘家戏班属于小窝班，也叫科班。教戏育人为主，搭台唱戏为辅，按梨园列祖列宗定下的规矩，学员学期三年，三年之内无饷，三年期满需为班主效劳一年之后方能入班扮角。”

“要学三年啊，我一个月怎么能学完？”雷奥大吃一惊。

“愚徒口吐何言？”潘进堂听到雷奥说了一句话，厉声向王家甫发问。

“报班主，娃说他一个月怎么学完别人三年的戏？”王家甫回答。

潘进堂着实没有想到雷奥会提出这样的问题，心里咯噔了一下。瞬间回答这个没有准备的问题，对潘进堂而言也是为难之事。但他毕竟是在戏台上下穿梭几十年的演员，遇到过不少大大小小的舞台“娄子”，补“娄子”他是有经验的。

“这个嘛，容老夫一想，容老夫一想呀，呀，呀，呀呀，呀呀呀……”潘进堂从罗圈椅上站了起来，先说后唱，一连喊出几十个呀呀之声，边喊边在两人面前打转。潘进堂打转时，一手掐腰一手平伸，碎步均匀，落地有声……雷奥看着面前的景象惊呆了，这哪里是几尺草屋，分明是宽阔的戏台，回答他一个简单的问题，师傅就能舞上如此优美的动作，他对将来的演戏更加神往，三年的戏他如何一个寒假学会，雷奥满脸狐疑地期待着师傅的回答。

潘进堂呀呀叫着转了三圈,还是没有想好确切的答案。

潘进堂再一次呀呀喊着转起圈来,刚才是正着转,这一次变成了反着转。

喜鹊是个懂戏的人,戏台上,表达思考问题的脚步只能按一个方向迈。现在,自己的丈夫先正着转,又反着转,这不是忘词就是六神无主啊!十几年来,在舞台上她还没有见过潘进堂急成这个样子。

正反转了二十来圈的潘进堂终于停下了脚步,不慌不忙地踱着方步,重新坐回罗圈椅上。潘进堂一脸热汗,而喜鹊则是满额冷汗。

"咱豫剧分唱、念、做、打四部分。唱是唱功,念是念白,做是表演,打是武功。要全部掌握这四个方面的技艺,常人需要三年。"气喘吁吁的潘进堂重新开了口。

王家甫和喜鹊知道,潘进堂在故意绕圈子,实际上他是说着上句想着下句,两人都为潘进堂捏着一把汗。而雷奥可不这么认为,他认为自己的师傅不但庄重而且活泼,慢慢悠悠、一字一句地回答表示的是庄重,说话中间二十几圈翻来覆去地转表现的是活泼。

"梨园里有句行话说,笨者学戏三年如一日,灵者学戏一日顶三年。请娃自鉴,你是笨者还是灵者?"潘进堂这时高嗓提问。

"我聪明!"雷奥回答。王家甫翻译时,把"灵者"翻译成了"聪明的人"。

"聪明的人学戏,按说只要一天就够了,你既然自夸是个聪明人,在俺这里学一个月,够否?"

"够了,够了!"雷奥自信地高喊起来。

这一出戏终于给圆过去了。潘进堂这时转过身去,掏出手绢擦起了满头热汗,边擦汗边给王家甫和喜鹊使了个眼色。王家甫和喜鹊表面冷静,实际上心脏怦怦直跳。

"现在开始学习唱、念、做、打四部分的第一部分,唱。学唱的第一步是喊嗓和吊嗓。"擦完汗的潘进堂没有停歇。

"啊,啊啊,啊啊啊!"潘进堂抬起脖子,一串连呼。

"啊,啊啊,啊啊啊!"王家甫学着潘进堂的样子,也是一串连呼。

"啊,啊啊,啊啊啊!"雷奥挺直胸膛,仰起光头,又是一串连呼。

两人呼喊之后,潘进堂从椅子上站了起来,端起桌子上的煤油灯,走到王家甫面前,叫他张开嘴,借着煤油灯的光亮足足看了一分来钟,最后摇了摇头。潘进堂又来到了雷奥面前,把前面的动作在雷奥身上重复了一遍,雷奥不知道师傅这是在做什么,但他知道,师傅看完王家甫先生的口腔后,使劲摇头,摇头在德国和中国都是否定的意思,这一点雷奥是清楚的。

雷奥紧张起来,但愿师傅千万不要在自己面前摇头。潘进堂从雷奥嘴边移开煤油灯,点了点头。

"哇,哇哇,哇哇哇!"潘进堂又一次抬起脖子,一串连呼。不过,这一次"啊啊啊"变成了"哇哇哇"。

王家甫和雷奥也跟着高声哇哇哇了一通。

潘进堂再一次端起煤油灯,叫两人把嘴巴张到不能再张的程度,又在一大一小两徒弟面前先后打量了一番。在王家甫面前,头摇得更加激烈,在雷奥面前,点头的频率比上次更快。

"尊敬的王家甫先生,您学戏的热情可嘉,认真劲可贺,但恕俺直言,您学戏的条件太差了,喉咙里皱褶密布,堵了声道,窄了音域,您这样的学生俺教不了,还是另请高明吧!"潘进堂边摇着头边说。

王家甫一脸失望:"那还有什么法子补救吗?"

"您明天就回上海,把喉咙里的皱褶拉平再来吧!"潘进堂一声叹气后说。

站在一旁的喜鹊扑哧一声笑了起来。喜鹊一笑,雷奥也笑了。潘进堂使劲瞪了喜鹊一眼,又瞪了雷奥一下,两人立刻收起了笑容。

"娃的嗓门好,喉咙通畅,音域宽广,学戏必成大器,日久必成台柱!"潘进堂望着雷奥,说出了一串肯定的话。

雷奥高兴得手舞足蹈,在三个大人面前上蹿下跳。

"王先生,您不要太伤心,您明天回上海把喉咙拉平吧,我在这里等您!"雷奥走到沮丧的王家甫面前,拉着他的手安慰道。

这时候,谁都没有想到,王家甫双手掩面哽咽地颤抖起来。雷奥很少看见王家甫流泪,而且还是颤抖着流泪。

"王先生,您来的路上教过我一句中国的名言,叫'男儿有泪不轻弹',您如果再流泪就不是一个男子汉啦!"雷奥拉着王家甫的手,苦苦哀求。

这是王家甫在上蔡的最后一天。

吃过早饭,王家甫说:"雷奥,你今天早上练了一大阵嗓子,师傅说了,今天上午不唱了,我教你学上蔡话,行吗?"

雷奥见王家甫先生忘记了吃饭前的沮丧,脸上露出了轻松的表情,心里非常高兴,忙接过话说:"中,中!"

"上蔡这里吃早饭叫'喝——稀——饭'。"王家甫教。

"喝——稀——饭。"雷奥学。

"吃中午饭叫'喝——面——条'。"

"喝——面——条。"

"吃晚饭叫'喝——汤'。"

"喝——汤。"

王家甫让雷奥重复了几次,雷奥记住了。王家甫正在啧啧称赞雷奥时,不料雷奥突然提出了个问题:"怎么这里的人吃饭都用喝,而我们德国人只有喝水时才用喝?"

"在德国,饭是饭,水是水,饿了吃稠渴了喝稀,而我们中国人把稠的和稀的煮在一起,既顶饿也解渴!"

听完王家甫的话,雷奥笑了,潘进堂和喜鹊也跟着笑了。

王家甫又指着潘进堂对雷奥说:"从今以后,你就是潘师傅的干儿子,儿子喊爹称大,叫大!"

"大!"雷奥看着潘进堂喊道。

"唉!"潘进堂羞涩地应了一嗓,紧绷了一个早上的脸笑成了一朵花。

"上蔡这里称呼师娘喊'娘',叫'娘'!"

"娘!"雷奥看着喜鹊喊道。

"唉!"喜鹊喜形于色,一声"娘"简直把她叫酥了。

"娃,你今后一天只能叫上一嗓,要是叫上两声,俺就酥瘫了!"喜鹊摸着雷奥的光头说。

喜鹊的话再次使屋子里充满了欢乐和温馨。

王家甫从包里拿出了两本字典。把德汉字典交给了雷奥,把汉德字典交给了潘进堂。"我回上海抹平喉咙皱褶这一段时间,你们相互之间有不通的地方,只有借助这两本字典交流了。"王家甫对三个人说。

"现在练习一下,我不翻译,看看行不行,请雷奥先开始。"王家甫布置了任务。

雷奥微笑着想了一会儿,于是开始翻字典。

雷奥翻开的第一个单词是"ich",潘进堂看到了它的解释,是"我"。

雷奥找出的第二个单词是"toilette",潘进堂看了之后笑了起来,原来这个词的意思是"厕所"。

潘进堂对王家甫说:"娃的意思俺懂了,他要去蹲屎茅子!"

喜鹊急忙把鼻子捂了起来。雷奥看见喜鹊捂鼻子,知道对方明白了自己的意思,也捂着鼻子大笑起来。

雷奥接着又找出了第三个词"papier",潘进堂赶忙凑上去看,他看到了汉语的解释"手纸"。潘进堂明白雷奥要擦屁股的纸,但他没有,这几天雷奥用的手纸都是王家甫带来的。

潘进堂开始翻汉德字典,他要回答雷奥的问题。他翻出的第一个单词是"我",第二个单词是"有",这两个单词雷奥一看就明白。在关键时刻,潘进堂翻出的第三个单词是"砖头"。

看到"砖头"这个词,雷奥吃了一惊,他不明白自己需要手纸,为什么对方找出了盖房子才需要的砖头。

潘进堂是个演员,看来只能用自己的演技说明问题了。潘进堂这时从罗圈椅上站了起来,做完了解裤带的姿势,又惟妙惟肖地表演了把裤子褪到脚腕的动作,之后顺势蹲了下去。蹲下去后,潘进堂一边抖动屁股,一边费力地龇牙咧嘴，哪里想到三五秒钟之后，潘进堂的脸上露出了轻松愉快的表情。在轻松愉快的气氛中，潘进堂的关键表演开始了。只见他张开右手手掌，从地上好像抓起了一块沉甸甸的东西，是什么东西雷奥猜不着，但绝对不是纸。抓到东西后，潘进堂在自己的屁股底下来回擦。

雷奥这时明白了，师傅手里抓的是砖头。

屋子里的四个人个个笑得前仰后合。

晚上，雷奥趴在桌子上写起信来。王家甫从上海带来了信封和信纸。写信之前，王家甫给雷奥做了交代，雷奥只写收信人地址，发信的地址他自己来补。雷奥来上蔡三天，一直激动不已，他要告诉远在德国汉堡的音乐老师索菲娅·施密特，自己是如何来到上蔡的，在上蔡他又是如何开始学戏的。他要详详细细把最近几天的所见所闻写在信里，让远在万里之外的索菲娅·施密特老师分享他的快乐。雷奥趴在桌子上一声不吭地写着，遇到问题他就大声问王家甫。对雷奥的问题，王家甫不假思索就回答了，只其中两个问题，王家甫考虑了好一阵子才告诉雷奥。

"王先生，我们所在的这个地方叫什么名字啊？我好告诉索菲娅·施密特老师。"雷奥问。

王家甫说："河南上蔡。"

过了一会儿，雷奥又大声喊了起来："王家甫先生，我的信写到我们现在的村庄了，这个村叫什么名字啊？"

对这个问题，王家甫没有直接回答，他要考虑考虑。潘进堂所在的村处在洪河边，前两年河上面刚架了一座木桥。过去村里人进城要在渡口乘小船或者木筏，因此村子有了个很好听的名字。村里老人听上一辈老人说，这个名字不是一般人想出来的，是当年孔子困于陈蔡从这里渡河时，村里人不但没有收夫子过河的费用，还在岸边管了孔子和他身边的弟子一顿捞面条换来的。王家甫从一开始听到这个村名，就很喜欢，后来娶了这个村里最美的姑娘，就更是喜欢。王家甫清楚的是，不论自己怎么喜欢这个名字，都不能把村名告诉雷奥。

最后,王家甫喊:"这个村有个很好的名字,叫 Aufwiedersehen Hafen(再见码头)。"

得到满意答案的雷奥在灯光下愉快地写着。他的心一会儿在中国一会儿在德国,一会儿在上蔡县一会儿在汉堡,一会儿在"再见码头"一会儿在玛瑞亚学校,趁着煤油灯昏黄的灯光,雷奥觉得自己变成了一个飞翔的天使,穿梭在万里之距的东西方之间。

雷奥静静写信的同时,八仙和其他三个人在里屋忙活着。四个人在用铁锨为雷奥挖洞。雷奥听他们说了,上蔡这里有日本兵,有土匪,有盗贼,关键的时候雷奥要躲进去,和他们玩一玩"黑森林猎人的眼睛"。

王家甫说:"雷奥,谁都玩不过你!"

潘进堂说:"娃,坏蛋不中,你中!"

喜鹊说:"俺娃不但嗓子好,脑瓜也好!"

八仙说:"你个'光马蛋'躲在洞里无论有什么情况都别出声,哪个王八蛋也找不到你!"

第9章 德国汉堡

今年是谢东泓在汉堡留学的第四年，也是最后一年。

上课、打工之余，谢东泓最喜欢的事就是躺在宿舍床上，眼望天花板，憧憬未来。再有一年，他就可以拿到德国大学的硕士学位了，到了从校长手里接过学位证书的那一天，自己一定要办三件事：一是给上海的爸妈打个报喜电话；二是大笑一场，要跑到阿尔斯特湖边没有人的草坪上，举着啤酒，喝一口笑一声，非要笑到湖面泛起涟漪不可；三是要大哭一场，到哪里去哭，谢东泓选择过几个地方，最后决定去易北河岸上。易北河岸不但空旷，而且居高临下，他要站在高高的、空旷的河岸上，面对东逝之水，来上一场号啕大哭，把四年的辛酸淋漓尽致地哭出来，把四年的彷徨痛痛快快地哭出来。这四年，他用了半年提高德语，通过了德国大学注册入学的PNDS考试，其他三年多时间，白天上课，晚上和周末在餐馆打工。他要用脑袋拿学分，用双手挣钞票，快乐只有他一个人享受，痛苦也只有他一个人承担。四年了，语言的障碍、学习的艰辛、打工的心酸、考试的压力、经济的窘迫时时伴随着他。和别的留学生不一样，他们失眠，但谢东泓躺下很容易入睡，可睡到午夜两点时，谢东泓常常满身大汗突然惊醒，他有时梦见一门课程不及格需要重修，有时梦见上交的一篇论文论据不足被教授打回重写，有时梦见自己打工的中餐馆关门倒闭……

谢东泓知道，在德国获得硕士学位的中国留学生将来一般有四条道路选择：一是继续攻读博士学位，德国博士在世界上名声是响当当的，取得博士学位后找到一份待遇优厚的工作自不必说，就是攻博期间，也可以拿教授助教的薪水，虽说数目不多，但可以解决基本生活所需；二是留在德国工作，收入高，国人羡慕；三是去在中国的德资企业就职；四是回中国到国企上班。在大部分留学生心里,当然也包括谢东泓,上述四种情况是从好到差排序的。

但最近一段时间,谢东泓躺在床上悠闲自在地憧憬未来的闲暇越来越少,除了做作业、写论文、复习考试,他得抓紧整理剩下的信件。谢东泓发现,雷奥的第四封信写得特别长,他翻译、整理和润色整整用了二十天时间。谢东泓还发现,余下的四封信也特别长,外加他对河南情况不甚了解,整理完全部信件至少还需要一个多月的时间。一个月后,正是 8 月上旬大学放暑假的时间,谢东泓想了很长时间了,他准备到企业打上十几天的暑假工,挣上一小笔钱,选个便宜的航班再回一趟国,不回上海,直接去河南。谢东泓决心已定,他要把实地论证做到底,他要把八封信的来龙去脉理得清清楚楚,最关键的,他要找到雷奥,找到未曾谋面却日思梦牵的小雷奥。

杰瑞妈妈的传真来了。谢东泓拿到打印工整、字迹满满的四张传真纸时,对杰瑞一连说了三声“当克”。杰瑞说,他母亲去了两家图书馆和两家档案馆,找齐了谢东泓所需要的材料。由于材料有点凌乱,杰瑞爸妈做了整理,怕整理得不到位,在每页传真的结尾部分,还列出了所查阅的原始档案和图书的名称、卷宗号、时间和地点等,以便核实或者再检。送走杰瑞,谢东泓仔细翻阅起四张传真来。四张传真依次是美国前财政部长迈可·布鲁门撒尔、以色列原驻美国和联合国大使 Y. 特科阿、美国亚美公司总经理约瑟夫·甘结和美国耶希大学校长戴维·柴斯曼四位人物的情况。每页传真不但有他们四人的生平、求学、任职内容,还有他们对二战期间上海生活的回忆。比如迈可·布鲁门撒尔,谢东泓只知道他后来在美国卡特总统时期担任过美国的财政部部长,而杰瑞妈妈的传真上说,他本人出生于柏林,1939 年 2 月被纳粹驱逐,他的一句名言在犹太人圈里流传甚广:“The word ‘Shanghai’ will forever hold a space in the Jewish history(在犹太人史书里,‘上海’一词将永远占有一席之地)。”杰瑞妈妈的传真中还说,迈可·布鲁门撒尔先生目前生活在柏林,经常开设有关犹太历史主题的讲座。“上海,我童年生活的故乡”“上海,给我第二生命的地方,我在梦里常常走在你的里弄”“记者和朋友们经常问我的故乡是哪里,我不知道该怎样回答,是德国柏林呢,是美国纽约呢,还是中国上海”,读着传真上这些名人说过的刻骨铭心的话语,谢东泓的眼睛湿润了。

翻译雷奥第五封信之前,谢东泓又给芮玮写了一封信,有两件事他需要芮玮的帮助。

在没有探清芮玮态度的前提下,写往上海的信,谢东泓决定采用温水煮青蛙的方式,小火慢炖。所谓小火慢炖,就是信中多用征求意见的语气,多次通信打探对方虚实。信的首页,谢东泓是这样写的:……以上所写的四种个人未来发展的设想也请你帮我参谋参谋,俗话说,当局者迷,旁观者清。你一直是清醒的,不但清醒,还有女性特有的敏感、准确的直觉,我相信你的直觉。不管你选择四种设想中的哪一种,我都会认真考虑!

谢东泓对信的第一部分十分满意,半张嫌短,一张半嫌长,不短不长一张最佳,写完“认真考虑”四个字外加一个描粗的“!”,满满的第一张信纸正好剩下两个空格,这是谢东泓计算好的,不能全部写满,得留两个空格,就像中国画一样,要留白,没有留白就没有回味。

谢东泓求助芮玮的第一件事,是让她设法查找20世纪三四十年代吴淞码头的相关资料。谢东泓需要上海吴淞码头的历史材料,其实主要是想查找一个人,这个人就是王家甫。从他翻译雷奥的第一封信开始,谢东泓就认为王家甫这个人不简单,到整理好第四封信,他更认为这个人不简单。要解开五十多年前雷奥避险到中国、避难在上海、逃命去上蔡的谜团,不找到这个人不行。

在翻译和整理四封信的过程中,谢东泓对王家甫的敬意是一层一层加深的。谢东泓是个能讲一口流利德语的留学生,他每次回国,上海的朋友与同学看见他书包里大大小小的德语书,特别是看他在街头对德国游客的问题对答如流时,个个钦佩得五体投地。谢东泓在表面上波澜不惊地极力掩饰被钦佩的喜悦，但内心却是甜滋滋的。从第一封信知道王家甫这个人后，谢东泓内心的这种甜滋滋的味道便变淡了许多，人家王家甫五十多年前就能讲德语，还在汉堡港工作过，资历上绝对是自己的前辈，这么一比，谢东泓油然而生一层敬意。第二、第三封信整理完后，谢东泓对王家甫的态度由带着敬意上升为敬佩。在那个豺狼当道、风雨如晦的年代，王家甫兑现了自己的诺言，带领一家人帮助阿芬克劳特夫人和雷奥历经苦难生存下来，没有王家甫一家，阿芬克劳特夫人和雷奥在上海一定会生活得更加艰难，甚至难以存活。翻译整理出第四封信后，谢东泓对王家甫的态度又变了，由敬佩升华到了敬仰。谢东泓认为，王家甫为雷奥一家在中国避难想出的锦囊妙计和舍命做出的行为，他想不出也做不到。

谢东泓向芮玮求助的第二件事是寻找19世纪三四十年代的河南地图以及上蔡县相关的档案。为什么要查找这两个方面的资料，谢东泓思量了很长时间。有了一张当时的河南地图，谢东泓可以准确地知道雷奥是如何去上蔡的，尽管他还没有翻译整理后面的四封信，但谢东泓相信，雷奥后四封信中一定会涉及相关的地名，有了地图，他就可以把雷奥信中用德语音译的地名还原为汉语，方便日后的实地考察。与地图相比，谢东泓更加需要1941年左右上蔡的资料，这就比找到一张河南地图复杂多了。出国之前，谢东泓不熟悉河南，也没有去过河南，更不要说上蔡，谢东泓还是第一次听说。没有去过也就没有感性认识，仅借助一封外国孩子用德语书写的信件来推断、整理当地发生的事，谢东泓感到困难。何况其间还可能产生一些问题，比如信息失真和实情误读。

圣灵降临节过后的第二天，谢东泓做完了所有的课程作业，腾出了一天的时间，去了汉堡汉学文化研究所。这一次，谢东泓没有回避所长Fuchs博士，而是直接去了他的办公室。

Fuchs博士正在为《北德意志报》撰写一篇汉堡和上海十年经贸关系的评论，抬头看见老朋友谢东泓来了，赶忙放下手中的笔，“哪股风把您刮来了，是西伯利亚寒流还是密西西比季风?”

“是40年代的狂风暴雨!”谢东泓回答。

Fuchs博士听出了谢东泓话里有话。“什么意思?”他一边给谢东泓让座一边问。

“对不起,博士先生,我没有预约就来了,主要是有个急事,想耽误您十分钟时间,请您这位中德文化的大专家推荐几本书。”

“哪个方面的书?”

谢东泓把他希望查找有关20世纪40年代河南旱灾的事说了一遍。他刚说完,Fuchs博士紧接着问:“您学的是渔业生物学,怎么查阅这么具体的社会学材料?”

“还记得上一次我到贵所来,说自己淘到了八件宝贝的事吗?”

“记得,记得,我还正想问您这件事呢。”Fuchs博士赶忙回答。

“其实,我淘到的八封信,不是一般的信!”

“什么信,说说看?”Fuchs博士对文化的东西极有兴趣。

博士的问题打开了谢东泓的话匣子。谢东泓一口气把如何得宝、如何鉴宝、如何分析宝物的过程详详细细地说了一遍,手里虽然端着香喷喷的英国红茶,中间一口也没有顾得上品尝。

Fuchs博士听完谢东泓的一席话,半天没有回过神来。

“好东西,好东西!”Fuchs博士终于回过神来。

“Fuchs博士,您放心,等我把这八封信翻译整理完,就把雷奥所有的信件复印一份捐给贵所!”谢东泓说。

“那原件呢?”Fuchs博士直奔主题。

“原件我想捐给上海犹太文化研究所。”谢东泓回答。

“虽然我们研究所想得到原件,但您这样的决定我理解!”

Fuchs博士给谢东泓的茶杯里添了水,开始回答谢东泓刚才提出的问题:“说实话,这个方面专门的德文书籍我们所没有,但我知道这件事,我也阅读过一点这方面的材料,主要是英文的,我建议您去查一些有关白修德先生的著作,他写过不少这方面的报道,他本人也是美籍犹太人。”

说完这段话,Fuchs博士站了起来,对谢东泓说:“走,我带您去所里的图书馆看看!”

到了图书馆,Fuchs 博士叫来一名女图书管理员一起帮忙,十几分钟后,几本有关白修德的著作和传记放在了谢东泓面前。

“请您在这里好好阅读,需要复印的话,账算在我头上!”Fuchs 博士拍着谢东泓的肩膀说。和谢东泓说完这话,他又转过头来,对女图书管理员交代道:“等一会儿给这位先生加点热水!”

谢东泓专心地看起了面前的书籍。

一个多小时过去了,喝完两杯热茶的谢东泓理清了头绪。白修德是20 世纪 40 年代美国著名的新闻时政性期刊《时代》周刊派驻中国的记者,1972 年他还作为尼克松的随行记者访华,1983 年又在中国进行了为期两个月的采访活动,是当时全球新闻界的名记。

从白修德的报道中谢东泓了解到,1941 年和 1942 年中原地区发生大面积的旱灾和蝗灾之后,一百多个县粮食收成锐减,个别地方甚至颗粒无收,当时的国民政府极力掩盖事实,不允许记者采访报道此事,但白修德还是想尽办法来到了河南郑州和洛阳,骑马奔波于两地进行新闻采访。白修德眼中看到的是灾民挖野菜、啃树皮的惨状,很多村庄里人亡户绝,荒无人烟,野狗野猫啃噬着尸骨,百万逃难的人群拖家带口向西涌动,一路饿死冻死者无数……白修德再也忍不下去了,写出了一系列报道,将这些骇人听闻的事实告诉世人。1943 年 3 月,白修德的新闻报道在《时代》周刊上发表了,世界为之震惊,国际舆论为之哗然。

谢东泓急切地想知道,为什么那次河南旱灾会导致如此惨重的死亡,在另一本书里他查到了白修德的分析。白修德认为,河南 1941 年和 1942 年的旱灾是主因,但当时的国民政府也有不可推卸的责任。“珍珠港事件”爆发后,美国卷入二战,为争取美国钳制日本,蒋介石着力斡旋国际事务,无力顾及国内灾情,甚至有意掩盖实情,最终铸成殃及百万民众的人间惨祸。

谢东泓看着白修德的报道,内心恐慌起来。天啊,1942 年雷奥正是在河南啊!一百多个受灾的县包括上蔡吗?如果包括,小雷奥是怎么度过这个鬼门关的呢？谢东泓想从白修德的报道中寻找上蔡县的一些信息，但他一点儿也没找到。没有找到，谢东泓恐慌的心稍微平静了一点。“没有消息就是好消息”，因为凡是白修德报道中提到的地方，处处触目惊心，尸骨遍野。这时，殷勤的女图书管理员又来给谢东泓添水，谢东泓摆了摆手，他再也喝不下一口茶。因为茶杯里红红的茶水，在正陷入苦难场景想象中的谢东泓眼里，好像是猩红的血水。

下午又是沃尔德教授的渔业生物学课。教授洋洋洒洒一口气讲了两个小时，时间消逝得飞快，听课者还没有来得及眨眼就已经下课了。听沃尔德教授的课不但脑瓜累，眼睛也累，谢东泓坐在第一排，不但沃尔德教授的脸装在他眼里，笔挺的西服、鲜艳的领带、闪光的皮鞋也都装在他眼里。物理学上讲，离得越近成像越大，因此与后排同学相比，谢东泓必须用尽所有视觉细胞，眼中才能容纳下高大魁梧的沃尔德教授的各个部位，如果说坐后排的同学一堂课后需眨三下眼才能放松双眼，坐前排的谢东泓则至少需要眨六下眼。

当谢东泓惬意地搓揉眼皮的时候，面前站了一个人。这个人不是别人，正是沃尔德教授。谢东泓赶忙收敛起松懈的表情，大声说：“教授，您好！”沃尔德教授微笑着没有说话，直愣愣地看着谢东泓。

片刻之后，微笑着的沃尔德教授开口了：“谢，不知您半小时后有空没有，我想约您谈谈。”

“有！”谢东泓干净利落地回答。

“好，四点半到我办公室来。”沃尔德教授说完这话，夹着半尺厚的讲义转身离开了。同学们哗啦啦地也走开了，偌大的教室内只剩下谢东泓一个人。谢东泓一屁股落在座位上，心里惶恐起来。谢东泓听比他早到德国留学的中国人讲，教授主动相约，一般不出三种情况：一是学生德语差，劝其转课；二是学生课程学习差，责令其日夜补课；三是学生作业或者考试试卷上流露出明显的政治倾向，这么一来，事情就麻烦了。

谢东泓坐在空荡荡的教室里紧张思考，他认真地分析自己到底属于哪种可能性。德语差？不会啊，他谢东泓课听得懂，卷子写得出！课程学习成绩差？也不会啊，自己几次考试都在选沃尔德教授课的上百名学生中名列前茅，前一阵子他“活学活用”写的一篇小论文还得到了唯一的优秀。谢东泓分析来分析去，看来只有第三种可能了。谢东泓趴在桌子上仔细回忆第三种可能到底出现在哪一次课上或者哪一次考试中。谢东泓突然想到一次沃尔德教授的讨论课，触电般地站了起来，对了对了，就是那一次！

那次，讨论课的题目是“远洋捕捞与海洋经济”。对这个题目，谢东泓十分陌生，因为中国很少远洋捕捞。课上，英国同学口若悬河，挪威同学洋洋洒洒，丹麦同学有条不紊，日本同学掷地有声，更多的德国同学更是娓娓道来……谢东泓始终一言未发，直到沃尔德教授点他的名字。谢东泓无奈地站了起来，用很低的声音说了自己的两点想法：“前面各位同学都以自己国家为例，阐述了远洋捕捞与海洋经济的关系，我认为都有道理，也很羡慕。过去几百年时间，远洋捕捞都是由传统海洋大国的殖民国家把持着，远洋捕捞不仅发展了这些国家的渔业经济，也带动了这些国家造船工业、港务实业、食品加工业等产业的发展。今后，我认为，广袤富饶的海洋应该为地球公民服务，发达国家可以开展远洋捕捞，发展中国家也应该发展远洋捕捞。至于发展中国家应该怎么做，中国有句古话，叫‘临渊羡鱼，不如退而结网’。”谢东泓的第一个观点讲完，周围的同学交头接耳，谢东泓没有听清他们在说什么，因为他还在琢磨第二个观点。

“远洋捕捞对发展一个国家的海洋经济固然重要，但也不能不顾一切。应该兼顾海洋环境保护、海洋生物链的保护、渔业资源的保护，对此，中国还有两句古训能很好地说明远洋捕捞和渔业经济的关系，在这里愿与大家分享，一句是‘临溪而渔，溪深而鱼肥’，另一句是‘竭泽而渔，必将无鱼’！”

回忆到这里，谢东泓确信，这次沃尔德教授找他，一定是他在那次讨论课上的发言无意间夹杂了“殖民国家”“发达国家”“发展中国家”等这些政治名词，一定是这些词的误用惹怒了沃尔德教授。

“谢，今天下午请您到我办公室来，知道是什么事吗?”办公室里的沃尔德教授一脸严肃。

“不知道，但我猜是为我在那次讨论课上所作的不合适的表达。”虽然谢东泓进门之前已经想好了如何回答，对德国人特别是德国教授，不能“zirzak”，要“direkt”，有问题直接说明，有错误主动承认，但此时他的脑门上还是布满了又细又密的汗水。

“什么不合适的表达?”沃尔德教授的脸更加严肃。

谢东泓开始主动交代了，他说得特别慢特别清晰，好让教授知道他的诚心。谢东泓用了五分钟时间把使用过“殖民国家”“发达国家”“发展中国家”等关键词的那次发言慢条斯理地重复了一遍。

谢东泓怎么也不会想到，听完自己的话，沃尔德教授的表情和动作把他吓了一跳。沃尔德教授仰头哈哈大笑。

半分钟之后，疯狂大笑的沃尔德教授停了下来。谢东泓仍然紧张着，他不知道教授的笑是善意的，还是笑里藏着刀。

“Quatsch(胡扯)!”沃尔德教授大呼一声。教授一嗓喊过，谢东泓更是丈二和尚摸不着头脑。

“如果您这样说也算政治问题的话，我天天骂德国联邦政府，骂汉堡市政府更不得了啦！不但没有问题，您那次讲的还很好，发达国家能吃鱼，发展中国家照样能吃鱼，有什么不对!”

沃尔德教授说完这话，仍然笑个不停，紧张的谢东泓也笑了。自己认为的天大的政治问题看来是不存在的，这下谢东泓放心了。

“再想想，我找您有什么事?”沃尔德教授收起笑容，再次严肃起来。

“教授先生，我真的想不起来了。”谢东泓拘谨地回答。

“看来你们年轻人有时候比我这个古板的老头忘性大啊!”沃尔德教授自嘲地说。教授的这句话，谢东泓没有接茬。

“我这次找您来，主要是谈谈您上次那篇小论文后续的事!”教授说。

谢东泓知道，沃尔德教授所说的小论文就是他得优秀的那篇论文。但让谢东泓纳闷的是，那篇论文等级已定，可以说已经盖棺定论，并且已经过去很长时间了,怎么还有后续之事? 上一次沃尔德教授在课堂上振振有词地点评了那篇小论文,谢东泓一字不落听得清清楚楚,教授没有提一个关于论文后续问题的字啊! 想到这里,谢东泓学着德国人的样子,或者说他已像一个德国人了,摊开双手,用德式手语表达了不甚理解的态度。

"如果我没记错的话,上次您那篇小论文提到总共有八封信,您当时只写了对雷奥前三封信的实地调查情况,后五封信呢?"

谢东泓恍然大悟。

但紧接着,谢东泓突然又一次疑惑起来。

沃尔德教授觉察出了自己学生的疑惑,双手托着咖啡杯,两眼盯着谢东泓,娓娓道来:"上次看了您写的那篇小论文,心情既高兴又沉重。高兴的是,我的学生能把我课堂上讲授的渔业生物学的研究方法活学活用,还把使用的范畴扩大了,这是我没有想到的,关于这一点,我已经当着上百名学生的面讲过了,这里我也就不再复述了。"沃尔德教授说完这段话,低头喝了一口咖啡。谢东泓看得出来,教授这一次喝咖啡的动作与前几次不一样,这一次教授的嘴唇紧贴咖啡杯沿的时间特别长,不像是品香喷喷的咖啡,倒像是喝苦涩的中药。

"看过后,我心里也特别沉重。一个十一二岁的孩子因为纳粹的迫害沦落异乡,饱尝人间辛酸,受尽世间疾苦,我不能接受,也不愿接受! 就像为躲避鲛鲨的吞噬本来群居群游的鲸,其中一头幼鲸失散了,独自在汪洋大海没日没夜地东躲西藏,我不能接受,也不愿接受!"沃尔德教授说完这话,端起了咖啡杯,谢东泓以为他要喝上一口,可是沃尔德教授举着的咖啡杯悬在空中,既没有喝也没有放下。

谢东泓没有见过这样的场面。

"我把您写的故事给我夫人和儿子讲了,他们也都不能接受,也都不愿接受!"沃尔德教授激动地讲着,咖啡杯仍悬在空中。

谢东泓愣住了,他不知道自己该做什么。

"可这一切却是真的!"突然,教授的手颤抖起来,越颤越激烈,咖啡荡出了杯沿,洒落在他的西裤和皮鞋上。

谢东泓被眼前的情景惊呆了。

足足过了三分钟,沃尔德教授才抬起头来。

“对不起,我今天失态了！虽然战争已过去几十年,但作为德国人,负罪感总是挥之不去。”沃尔德教授低头自语。

这个时候,谢东泓知道,一切语言都是多余的。

“如果您有时间,也把后五封信整理整理吧！把这段历史写出来。德语的给我们德国人看,汉语的给你们中国人看。您也可以翻译成英语,给欧洲人、美国人、以色列人和日本人看,让全世界的人都知道:再不要发生这样的战争！虽然是渔业生物学教授,但我认为,这件事的意义比发表一篇渔业生物学论文重大!”谢东泓怎么也不会想到,一向自视甚高、专心致志于渔业生物学研究的沃尔德教授竟然会说出这样的话。

教授的这番话使谢东泓感到震惊。

一阵沉默之后,谢东泓把他最近利用空余时间翻译整理雷奥后几封信件的情况仔细述说了一遍,他告诉教授,想利用今年暑假期间再回一趟中国,不是回自己的家乡上海,而是去雷奥后来的避难之地河南上蔡。

听完谢东泓的话,沃尔德教授没有说话,只是点头回应。

“谢,我还有个问题,您硕士毕业后有何打算?”沃尔德教授突然转换了话题。

谢东泓对这个问题没有思想准备。离毕业毕竟还有一年的时间,另外不久前他刚刚给女同学芮玮写过信,信里也谈到了这件事,他还没有收到芮玮的回信,也就没有多想。

“您自己考虑考虑,也和家人商量一下,愿不愿意继续在德国学习研究,攻读渔业生物学博士学位?”沃尔德教授说。

第10章　中国上蔡

雷奥来村里十天，半拉村的人都知道了八仙给潘家戏班捡来个要饭的，传声筒的功劳得记在剃头匠老纪身上。

老纪在村里剃头有两个不成文的规矩。一是只在自己屋子里剃，原因很简单，落在地上的头发茬归他们家。短碎头发茬拌进泥巴可以修墙补院，长头发水洗捋顺整理后，可卖到县城收购铺换上一两二两下锅盐。二是单日不剃双日剃，每次动推舞剪要生火烧水，而生一次火要用掉一根洋火柴，人多了还可以，人少了就不划算了。雷奥来到村里十天，老纪在自己院子里生了五次火，剃头的和围观的闲人都是半拉村的人。

“老纪，树上马蜂窝热闹，地上就算你这个人窝热闹啦，有啥稀奇事给俺们喷喷！”染坊的王拐子刚坐到老纪的长条板凳上，就急不可耐地对给他围剃头布的老纪说。上蔡把吹牛说闲话叫喷或者喷空。

“老日没来，土匪陈杆子也没来，没啥稀奇事。”老纪答。

“要是这两窝鳖孙来了，俺还能在你这安生剃头！说不定这头就用不着剃了。”王拐子拍着自己的头嚷了起来。

“大的没有，屁大点儿的倒有一件。”老纪满不在意地开了口，王拐子和围在板凳四周等剃头、看剃头的个个来了精神，眼里发出贼溜溜的亮光。

“啥尿事，快喷喷！”王拐子急吼吼地叫起来。

“村里来了只狸猫，还是头发卷、鼻子大、眼窝深、脸皮白的狸猫呢！”老纪神秘兮兮，他故意停下手里的推子，眼光环绕场地一圈。在场的人个个瞪大眼睛看着老纪。

王拐子没有像其他人一样对老纪的话感到惊讶：“狸猫有啥稀奇，这年头野猫哪天夜里不嗷嗷号叫!”

“这只狸猫倒不叫,要唱戏呢!”老纪唏嘘一声。

听说狸猫不但不叫还要唱戏,王拐子这次也和一圈人一样惊讶起来,本来他的半个头被老纪按入瓦盆正用皂角揉搓,白花花的,这时哧溜一声钻了出来,甩出的水滴和白沫溅了对面几个人一脸:“你说个啥,狸猫要唱戏?太阳从西边出来了,快喷喷!”

老纪把八仙给潘进堂捡来个要饭的以及雷奥的长相细细说了半天,说一阵洗一阵,王拐子的半个头一会儿出水,一会儿入水,洗个头折腾了半袋烟工夫。

“知道为啥娃长成这个样子?”老纪给王拐子擦干头发,把油腻腻的毛巾扔回到水盆里时,只说了一句话。这句话明里是提问,暗里是引子。

俗话说,千奇百怪,眼见为实。其他人连见都没有见过雷奥,更不用说回答老纪的问题了,只能等老纪自问自答。

“都是南方毒太阳晒的,狠命海风吹的,白花花海盐给腌的!”老纪的嗓门这次特别大,也特别坚定,把王拐子和一圈人给弄糊涂了。

“你说的这是啥屎话!”王拐子说。

老纪不慌不忙把雷奥相貌形成的原因解释了一番,从头发开始,接着讲了鼻子、眼睛,最后以皮肤结尾,比八仙讲得还有条有理,有根有据,绘声绘色。

“这么说,等今后俺有了钱,带着六房姨太太坐着八抬大轿去上海,得用白毛巾把头围严实了,别把老子的头发晒成了卷毛!”听完老纪的解释,王拐子由雷奥联想到了自己。王拐子的话音一落,老纪和一屋子人都哈哈大笑起来。

“围个毛巾只顾头,眼睛和鼻子呢?”旁边一个年轻货问王拐子。

“借个平光镜戴上把海风挡回去,眼睛不就没事了。鼻子就更简单了,起轿时在村头田地里摘几片蓖麻叶带身上,到上海时塞进两个鼻孔不就可以啦!”听完王拐子的办法,老纪捧腹大笑,推子不小心咣当一声掉落在地,推子上的碎头发茬溅了一片。

“你最好在地里拔两棵大葱插进鼻孔,更好!”年轻货道。

“滚,滚,你个王八蛋拐个弯骂老子!老子的那两棵葱不要了,拿回家去!”王拐子骂了起来。

王拐子的话音一落,年轻货低下了头,其他人个个幸灾乐祸。

“拐子,你的头发、眼睛和鼻子都没问题了,那白脸皮呢?你一个人白天在上海转了一圈,晚上想钻六姨太的香被窝,人家的小手一摸,腰里的家伙没变,咋上头的猪毛脸变成了煺了毛的猪屁股呢?”一老汉向王拐子挑衅,众人再一次大笑,那个年轻货的笑声最大。

老纪这时已经把王拐子的头推光了一半,阴阳各半的王拐子一下子愣了神,好阵子才回话。

“屎,这还不简单,俺是开染坊的,带半包染料用唾沫掺和掺和,往脸上一抹不就中了!”

“你个鳖孙倒会想办法!但是,如果你在上海住个十天半月,天天抹染料,等坐着八抬大轿回到村里,轿上坐的哪里是人,明明是一头黑公猪啊!”屋子里炸了锅,老纪笑得双手抖动,不得不蹲下,他已经推不成头了。

一阵狂笑过后,老纪站了起来,大声对王拐子说:“你带染料一是花钱,二是容易染成黑公猪,俺倒有个十全十美的法子!”

“啥屎法子?”王拐子已经被别人取笑了半天,等着妙计解围。

老纪这时收起推子不推了,他转过身去,一边吩咐老婆给剃头锅加井水,一边拆卸掉推子的每个部件,一件一件摆在桌子上,提着油壶在卸下的部件上滴起煤油来。王拐子盯着老纪,像热锅上的蚂蚁,心里想,屎老纪,一定是潘进堂的戏看多了,节骨眼上每次都是这个熊样子。等老纪把三四个部件一个一个滴完煤油,重新组装好呱嗒呱嗒试了几次之后,才慢悠悠地回到王拐子身边。

“十全十美的法子!”老纪又说了一遍,所有的人都竖起了耳朵,期待着老纪的锦囊妙计。

“拐子,你今后再到俺这里剃头,不要光端一碗苞谷,也顺带掐捆麦秸来烧水,等麦秸烧成黑灰,你就攒起来,这麦秸灰抹在脸上一是防腌,二是洗得掉,变不成黑公猪。”

听完老纪的办法,焦急地等待好长一段时间的王拐子和一群人又笑了起来,王拐子笑着大声回了一嗓:“你个尿老纪,被你骗了还得说你好!”

随着老纪的传播,村里人都知道了潘进堂家收了一个南蛮子做养子,从早晨到晚上都有人去潘进堂院子里看稀奇。

雷奥喜欢人多,生人来,他都跟在喜鹊身后去开门,还要第一个打招呼。过了早饭时辰来的,个个双手插在袖筒里,雷奥上前劈头就问:“喝过稀饭了吗?”吃过午饭来的,前脚刚迈进门槛,后脚还在空中悬着,雷奥就递上一句:“你喝过面条了吗?”这话惊得对方一愣,不知道后脚到底该落在门里还是门外。王拐子是吃过晚饭来的,喜鹊刚打开门,雷奥就从喜鹊的身后闪了出来,吓了王拐子一跳,一条好腿哆嗦了半天才站稳,待王拐子定下神看清刚才的黑影就是雷奥时,便想开口提问,哪里知道雷奥抢了个先,大喊一嗓:“你喝汤没有?”

“喝了,喝了! 这南蛮子比俺家那个小子嘴活,俺那个鳖孙整天到晚不放一个响屁!”王拐子答道。

“今年贵庚啊?”王拐子突然反问道。

雷奥一头雾水,双手摊开,一脸惊惑。

这时八仙走了过来,离王拐子还有三步远就大大咧咧地骂开了:“你个王八蛋,肚子里的墨水也就半泡尿,在娃面前转什么转!”八仙说完这句话,扭过头来对雷奥说:“你今年多大了?”这句话雷奥练习了很多遍,他听得懂。

“十一!”雷奥说,王拐子听后点了点头。

“请问公子尊姓大名啊?”王拐子再一次问话。

“就知道你狗嘴里吐不出象牙!”八仙又骂了一句王拐子,骂完之后,加大嗓门一字一句地问雷奥,“你叫什么名字?”

雷奥蹦着大喊一声:“雷——娃!”

王拐子听完雷奥响亮的回答,叹了一声长气:“看看人家南蛮子,虽然被海风吹成了歪瓜裂枣,但嘴甜机灵,比俺家那个鳖孙强一百倍!”说完这句话，王拐子还想再问几个好奇的问题，没有想到被八仙一把扯着拉进了堂屋，“快走，屋里一帮人等着你这个王八蛋喷空呢！”

村子里的人都认识了雷娃，也喜欢上了这个嘴甜机灵的南蛮子。

清晨，鸡刚叫过一遍，喜鹊就起床了。喜鹊在井边洗罢脸，就把前一天夜里发酵好的小麦白面与高粱面两掺的面团和成拳头大小的一块，之后搓揉成黑白相间的两个花卷，然后就开始烧火。锅里添了半锅水，里面放有一把红薯干，等锅里冒出一阵子热气后，喜鹊就从墙上取下蒸馍的箅子，装在大锅里，再把两个花卷放在箅子上继续烧。锅灶里炉火通红，光亮反照在喜鹊的脸颊上，把这位乡村女人映衬得格外端庄和美丽，不时冒出的青烟刺激着她的眼睛，晶莹的泪花噙在眼眶四周滴溜溜打着转。到天大亮了，馍也就熟了。喜鹊这时把花卷装在馍篮里用厚棉布捂着，再把半锅红薯干汤分盛三碗放在锅边，然后急急忙忙地去叫潘进堂和雷奥起床。两人穿衣起床的工夫，喜鹊已经把锅刷好，又烧好了半锅洗脸水。盛在瓦盆里洗脸的热水，总是雷奥先洗，潘进堂后洗。师徒两个人洗脸的时候，喜鹊又忙开了，她要给雷奥炒一碟菜，有时是萝卜丝，有时是粉条，有时是豆腐。等潘进堂洗完脸、把洗脸水泼到院子地上的时候，喜鹊已经把馍菜汤端进了堂屋，摆在了小四方桌上。由于白面实在太贵，喜鹊没有办法，只得做起了白面和高粱面两掺的花卷。雷奥原来不习惯吃两掺的花卷，现在习惯了，因为有菜辅助着，吃得倒也爽快。一小碟菜只有雷奥一个人吃，潘进堂和喜鹊不动一筷子。雷奥每次都把菜碟推到潘进堂面前，潘进堂说：“俺们早上不吃菜，习惯了！”对这句每天重复的话，雷奥将信将疑，见师傅和师娘从来不碰一下碟子，甚至连看也不看，只好把碟子拉回到自己面前。

中午喜鹊要擀两种面条，分两锅来煮。首先要擀的是好面条，上蔡人把小麦白面叫“好面”。煮好面条的锅里总是放一点白菜叶或者萝卜缨子，煮好后，喜鹊就用筷子把稠的全部捞进一个碗里。在端给雷奥之前，她不会忘记一个重要的环节，就是从墙上取下一个黑黢黢的油瓶，插进大半截筷子，蘸上棉籽油滴进碗里。等雷奥趴在桌上用筷子笨拙地卷起面条送进嘴里时，喜鹊开始在案板上擀第二锅面条，纯红薯面的面条。雷奥吃完了，潘进堂和喜鹊才端起碗，每人一碗，大半碗是汤，没有白菜叶也没有萝卜缨子，更没有戳半滴棉籽油，两人呼啦呼啦地捧着大碗喝得很响，响声把雷奥招来了："好吃吗？"潘进堂这时嘴巴呼啦得更响："香，香，比老母鸡汤还香！"

晚上的汤在一天三顿饭中是雷奥最不能适应的。在上蔡，白天吃完早饭和午饭，庄稼人要下地干活，所以饭里放盐，也相对稠一点。晚上不干活，饭就变成了淡的，汤也就更稀了一些。喝过晚汤，每家每户的大人就上床躺下不动了，孩子不愿意上床，但躺在床上的大人们唱："床是一盘磨，躺下就不饿。"孩子们一听这话，也就纷纷上了床。在床上只动嘴不动腿，因此整个庄子空空荡荡，不见丁点人影。对雷奥，喜鹊还是蒸两个小麦白面和高粱面两掺的花卷，但吃馍的伴菜没有了，取而代之的是一小碟自腌的黑不溜秋的"大头菜"。潘进堂和喜鹊每顿晚汤雷打不动都是红薯干汤，如果晚上出月亮，两人的碗里除了漂着几片红薯干，也漂着皎洁的月亮。吃了五天之后，雷奥坚持不下去了，他翻出德汉字典，找出了三个单词指给潘进堂看。雷奥的第一个单词是"晚上"，第二个是"菜"，最后一个是"单调"。潘进堂看完，朝雷奥笑了一下，就一个人搬着小板凳，坐在空荡荡的院子里举头凝望苍茫的夜空，一个多钟头没有进屋，也没有讲一句话。

从第六天开始，雷奥晚汤的伴菜不再是黑不溜秋苦涩的"大头菜"，而是和早晨一样，有时是萝卜丝，有时是粉条，有时是豆腐。就这样吃到第十天的时候，家里发生的一件事被雷奥看到了。

那天晚上，夜空里挂了月亮，喝过晚汤的雷奥在院子里用棍子捅鸡窝里的鸡，雷奥每天晚上都这么做。听着两只鸡在鸡窝里扑腾腾乱叫，雷奥心里特别高兴，在汉堡，在上海，他没有见过鸡窝，也不知道鸡也要睡觉，他认为鸡只不过是害怕没有光的夜晚，在鸡窝里等待天明罢了。那天晚上，雷奥捣鼓得特别厉害，两只鸡在鸡窝里待不下去了，呼啦啦飞出鸡窝，又呼啦啦飞上了一棵小树的枝丫。雷奥是第一次看到鸡还能上树,心里有着比往常更加强烈的兴奋,两只鸡太可爱了！雷奥认为,眼前这么有趣的事不能自己独自欣赏,他要告诉师傅和师母,让他们一块儿来观看。

雷奥蹑手蹑脚地走进灶屋,他这次想大叫一声,给屋内的两人来个惊喜。灶屋的门是关着的,雷奥的脸贴近门缝,他要先观察观察两个人在屋内忙什么。雷奥没有想到的是,眼前的情景足以把半分钟前看到鸡上树而产生的兴奋击得粉碎。昏暗的油灯下,潘进堂和喜鹊站在锅台边,喜鹊正在用手撕给雷奥蒸花卷时粘在蒸布上的馍皮,撕下一块,递给潘进堂,潘进堂放进嘴里吃了起来,吃得特别香,脸上露出了香喷喷的微笑。喜鹊撕下第二块的时候,潘进堂伸手接过来,但没有放进自己嘴里,而是放进了喜鹊的嘴里,喜鹊也吃得特别香,脸上露出了满足的微笑。两人相视而笑,仿佛嘴里咀嚼的不是指甲盖大小的馍皮,而是啃着鸡大腿……雷奥的泪水流了出来,他再也没有力气大喊一嗓,给屋内的两人一个惊喜了。泪眼蒙眬的雷奥贴在门缝边,不知道自己该做什么,正在踌躇之际,映入眼帘的情景终于使他再也忍受不了。

屋子里,喜鹊端起雷奥吃过菜的碟子递给潘进堂,碟子里已经没有半根菜,只有盖着碟底的一点咸汤。潘进堂小心翼翼双手捧碟端到嘴边,喝了半口,然后闭上双眼,仰起脖子慢慢咽了下去,三秒钟之后,脸上挂上了惬意的微笑。潘进堂没有停下双手,而是小心翼翼地把碟子递到喜鹊手里,喜鹊也喝了半口,脸上也挂上了幸福的笑容。碟子里的汤还剩一点,喜鹊也没有停下双手,再一次小心翼翼地把碟子递给了潘进堂……

站在门外的雷奥哇的一声大哭起来,咣当一声推开门,愣愣地站在门口。

“大!”雷奥朝着潘进堂喊了一声。

“娘!”雷奥朝着喜鹊喊了一声。

看着雷奥,潘进堂和喜鹊先是一惊,明白了娃看到了他们所做的一切,三人抱成一团,泪如泉涌。

在上海的时候,雷奥跟着妈妈做祷告。来上蔡之前,妈妈告诉儿子,去了新地方,要记住安息日的时间,不要忘记祷告,祷告要虔诚,心里要装着上帝,妈妈不在身边,只有求上帝领着走路了。

到了安息日,雷奥就一个人静静地待在里屋内,面朝西方,嘴里不停诵读起祷词来。犹太人的祈祷分三部分,第一部分是对上帝的赞美,第二部分是赎罪,第三部分是乞求和平与感恩。不诵读完这三部分,雷奥是不会走出里屋的。

潘进堂和喜鹊第一次发现雷奥祷告的时候,吓了一跳。娃在里屋嘟嘟囔囔干什么呀? 看他,喊他,问他,雷奥始终一动不动,继续诵读不停。潘进堂最后明白,娃在做自己不懂的外国人的事。望着一旁迷瞪的喜鹊,潘进堂说:"走,别扰了娃。咱们中国人念经,外国人也念经!"

从此之后,每当娃"念经"的时候,潘进堂和喜鹊都关上门,一是不扰娃,二是怕别人看见。

但还是出了事情。

一天中午,老纪来问潘进堂和喜鹊,娃的"光马蛋"是不是又长出头发了,要不要刮一刮? 潘进堂和喜鹊下地干活还没有回来,正巧碰上雷奥在里屋做祷告。老纪大吃一惊。

"不得了啦,娃是个小和尚,呜呜哇哇每天晌午念经呢!"在村子里,老纪到处传播。

"真的假的?"村里人问。

"要是俺胡诌,你就用屎橛子塞住俺的嘴!"老纪信誓旦旦。

"怪不得娃剃'光马蛋'呢,原来是个小和尚啊!"众人呼应。

第二天晌午,潘进堂院子里一下拥进来十几个人,嚷嚷要看娃咋个样念经。

潘进堂和喜鹊吓得手足无措。屋子里的雷奥不知道这么多人来干吗,一双眼睛惊讶地向外望着前来一探究竟的人。

"听俺说,听俺说!"潘进堂把准备进屋的一群人拦在了院子里。

"老纪这个龟孙到处放臭屁,说娃念经学和尚,良心叫狗吃了!"潘进堂说。

众人不解,等待潘进堂的下文。

“娃哪里是在念经!”潘进堂大喊一声。

“那是在干啥? 大白天在屋子里呜呜哇哇的。”有人喊。

“娃亲爹亲娘不在了,每逢他们的忌日,都在屋里独自念叨!”潘进堂说话的嗓门很低。

院子里的一群人没有一个说话。

第二天,村子里的人又听到老纪到处叽喳:“进堂那个龟孙这辈子算有福气,捡了这么个懂事的娃,看来今后两腿一蹬,翘了辫子后不愁没烧纸磕头的啦!”

白天,潘进堂和喜鹊不下地的时候,就教雷奥练嗓子,啊啊啊和哇哇哇要喊上半天。喊累了,也教雷奥几句豫剧舞台上跑龙套的常用语,主要是衙役和兵卒唱喊的口号。

“升——堂!”潘进堂扯起嗓子大吼一声。

“升——堂!”雷奥学着潘进堂的样子扯起嗓子也是一声大吼。

雷奥吼完,就问:“这是什么?”

潘进堂自己解释不了,就翻开汉德字典找“升堂”,可是字典里没有这个词,只有字形相近的“升官”,于是就指着“升官”对雷奥说:“就是这个!”雷奥从此认为“升堂”就是“升官”。雷奥心里想,他扯上喉咙喊一嗓,别人的官级立马就提高一等,自己不是国王至少也是个伯爵! 所以每次喊得都特别卖力和张狂。坐在旁边的喜鹊看见雷奥喊“升堂”的样子,就对潘进堂说:“你别说,咱娃虽然是外国货,瞧他那喊升堂的鬼样,把衙役的泼痞表现得还真不孬!”

“威——武!”潘进堂又一次扯起嗓子大吼一声。

“威——武!”雷奥也扯起嗓子大吼一声。

“师傅,这是什么啊?”

潘进堂不得不再次翻开了德汉字典,这回字典上有这个词,潘进堂十分得意,心想,这回娃该像领悟“升堂”一样心领神会了。可实际上效果却不像预料的那样理想,雷奥看完德语对“威武”的解释,随即脱口而问:“谁?”

原来德语对“威武”的释义是“形容一个人大气、庄重和不卑不亢”。

“什么谁?”潘进堂有点糊涂。

“谁威武?”雷奥不依不饶。

潘进堂这回听懂了,但听懂了却解释不了。他实在不知道该给娃说谁威武。不同的戏里威武的人不一样,《铡美案》里老包威武,《审诰命》里唐知县威武,《十五贯》里况钟威武,《四进士》里毛朋威武,但解释任何一个人物都不能说明“威武”的全部,况且解释其中任何一个人物,不翻个十次八回字典是说不清道不明的。潘进堂没了辙。

“谁威武?”雷奥又问了一回。

急中生智的潘进堂忽然想起,这些人物平常不都是自己扮演的吗?既然是自己扮演的,他就好解释了。

只听潘进堂一声大呼:“俺!”

雷奥大吃一惊:“您?”

“俺!”潘进堂又是一声重复。

雷奥这回彻底明白了,自己今后在戏台上高呼“威武”,是为师傅喊的,师傅就是那个大气、庄重和不卑不亢的人。雷奥从心里佩服师傅,他要把自己的佩服之情喊出来,从心底喊出来。

“威——武!”雷奥的呼喊不快不慢,不高不低,不紧不松,喊声不是出自口中而是发自心底。喜鹊听后,哗啦啦拍起了双手,脸上露出了满意的微笑:“进堂,你听听,咱娃的呼喊还真是那么回事,喊得咱这破院子像官府!”

喜鹊的话把潘进堂说得心里甜滋滋的,他本来打算这次只教雷奥“升堂”和“威武”两句,但见雷奥每次都不费吹灰之力就能心领神会,临时决定再加一嗓。

“开——铡!”潘进堂合并双腿,仰起脖子,向天而呼。

“开——铡!”雷奥也合并双腿,仰起脖子,向天而呼。

雷奥呼喊完,正想向师傅提问,可是他的话还没出口,潘进堂就对站在一旁的喜鹊唱了一句:“娘子,快快给俺呈上字典!”潘进堂的唱词逗得喜鹊哈哈大笑,急忙把手里的字典递给潘进堂。雷奥没有听懂师傅对师娘说的词是什么意思,但他从两人的笑声里已经明白了七八分,于是也跟着哈哈大笑起来。

潘进堂翻出了一个词“铡刀”。

雷奥看完德语的解释,吓得后退了半步。

“铡,铡什么?”雷奥惶恐地问。

“铡——人!”潘进堂又一声吆喝。

“什么人?”雷奥又一次后退了半步。

潘进堂这次犯难了。是啊,该给娃说铡什么人呢?说陈世美不错,说程西牛不错,说娄阿鼠不错,说姚廷春和他的刁妻田氏也不错,但只说他们其中一个也都不对,这次潘进堂真的犯难了。他本来还想说“铡俺”,但转念一想,认为不妥。正在舞台上威武着呢,撅着屁股刚转了一圈就给铡了,于理不合,娃理解不了。

潘进堂这次犯大难了。

雷奥两只眼睛直勾勾地看着潘进堂。

“铡老日!”在潘进堂黔驴技穷之际,喜鹊高喊了一嗓。

平常村里人都把杀人放火的日本兵叫“老日”,王家甫走之前也专门提到过这个词,村里人对老日的恐惧和憎恨雷奥再清楚不过。雷奥还记得,保立给他说过,他的一个村里伙伴就是被老日用刺刀给挑死的,雷奥也从妈妈嘴里听说过,日本兵对中国人就像纳粹对犹太人一样。一听是铡老日,雷奥来了精神,他沉下脸,挺直腰,抬起头,憋足满腔的怒气一声大喊:

“开——铡!”

雷奥喊完,潘进堂学着雷奥的样子,沉下脸,挺直腰,抬起头,憋足满腔的怒气一声大喊:

"开——锄!"

王家甫回上海前教雷奥的一大堆上蔡话中,一个关键的日常用语不能不提,就是"屎茅子"。屎茅子用上海话讲叫"伺素",翻译成德语就是"厕所"的意思。有一日三餐之进,必有三番五次之出。上蔡有句土话讲"一斤红薯两斤屎,回头望望还不止"。大家吃的不是红薯干就是红薯面,因此,出的比进的多,屎茅子就去得特别勤快。在潘进堂家,"进"不容易,"出"也同样不容易。雷奥每次上屎茅子,都会大大小小出点状况。

第八天中午,雷奥出了一次大状况,大状况的发生源自雷奥的一次大意。这次,雷奥和往常一样捏着鼻子走进了屎茅子。潘进堂家的屎茅子和村里其他人家的没什么两样,在院子西北角用茅草搭了个小棚,小棚一人高,三尺宽,五尺长,刚好容下一个人。棚中间挖了个两尺深、磨盘大小的坑,坑上面架着两块木板。按照常规的次序,应该是屏着呼吸,慢悠悠走到两块木板上,双脚踏稳之后再解下裤带,褪去棉裤之后,还不能松气,必须慢悠悠蹲下,等待忽闪着的木板静止后,才能开始人人皆知的原始操作。在德国,雷奥如厕坐的是白色的陶瓷马桶,每次坐下对雷奥来说是享受,他屁股安然自得地坐下之后,就会顺手拈来旁边的《八十天环游地球》,一边顺其自然按照原始程序操作,一边畅游七大洲四大洋。上一次厕所,在雷奥手一拉哗啦啦一阵水流之前,一般要环游一个国家,要是国家小,一次甚至可以环游三到四个之多。在上海,雷奥没有了舒适的白色的陶瓷马桶可蹲,也听不到哗啦啦的流水声响,因为他坐在了圆鼓鼓的木桶上。刚开始有些不习惯,后来雷奥想了个法子,每次去坐木桶之前,就把家里的烧火钳抓在手里,一坐下,木桶里是最原始的声响,木桶外,他就用烧火钳当作鼓槌打起鼓来,敲在木板上是低音,敲在木桶外的铁箍上是高音,低音高音相伴,压倒了桶内原始的声响,雷奥在学校小鼓敲得流畅,与他坐木桶有着直接的关系。一次,嘉道理学校的校长露西·哈特维希女士在给乐队训话时说:"大家要向雷奥同学学习,他平常在家里坐木桶,也咣咣当当地练习着!"

到了上蔡，不但没有了白色的陶瓷马桶，也没有能当作小鼓敲击练习的木桶，只有两个颤悠悠的木踏板。雷奥最怕走上这两块木踏板，但又不得不走，还得走到中间才能停下。前面七天，雷奥都是按潘进堂教给他的规范动作来做的，这一次，他想改一改，因为站在木板上脱裤子，脚下的踏板晃动，有时两只脚底下的踏板晃动的频率还不一致，造成脱裤子的时间几乎比蹲着的时间还要长。雷奥决定在走向木板之前先脱裤子，把裤子褪到腿弯，然后走上去就可以立刻蹲下，免去使他心有余悸的踏板的上下晃动和晃动频率不同的问题。雷奥挪到踏板三分之一处时，出现了故障，褪到腿弯的棉裤拧着了右腿，正在前进的右腿抬不起来了，左腿不得不向前迈。这一迈，脚劲还特别大，咣当一声踩下之后，左边的踏板反弹了起来，一只脚高一只脚低的雷奥失去了重心，只听扑通一声，雷奥的身体被弹起的踏板掀翻掉进了齐腰深的屎坑，满身都是臭烘烘的屎尿。

雷奥哇哇叫着哭了起来。潘进堂和喜鹊正在院子里劈柴，不知出了什么大事，拎着斧子跑进了屎茅子，当他们看到坑里的雷奥后，禁不住捂嘴嘻嘻笑了起来，这么一笑，把正想哭鼻子的雷奥逗乐了。

雷奥不习惯潘进堂家的屎茅子，还有一个重要的原因，就是没有手纸。王家甫从上海带回来的一包手纸，没几天雷奥就用完了。随后的一天早晨，雷奥一阵痛快之后才发现墙缝里的纸没了，于是大声叫了起来："娘，娘，快来，快来呀！"两声"娘"把喜鹊叫得吓出了一头冷汗，正在烧锅的她大步流星往屎茅子跑，边跑嘴里边叫："娃咋啦，娃咋啦？"慌慌张张进了屎茅子的喜鹊看见了雷奥的鬼脸。

"纸没，纸没！"雷奥笑着说。

喜鹊也笑了，她知道雷奥的意思，就用手指着墙角的两块磨得滑溜溜的砖头说："这，纸，这，纸！"

雷奥摇了摇头。

喜鹊以为雷奥不懂她的意思，又一次说："这，纸，这，纸！"

这回雷奥先是点了点头，接着又摇了摇头。

喜鹊知道，娃明白了自己的意思，但他不愿意用。

喜鹊无奈，只得退出了屎茅子回到里屋，找出了两块布片，递给了雷奥。雷奥用过之后，脸上露出了满意的神情，布片软和，擦屁股比纸舒服。从此之后，雷奥习惯用布片了。喜鹊家没有那么多布片，所以雷奥每次上屎茅子，她都叮嘱雷奥擦过屁股的布片不要扔到粪坑里，而是放在一边，等雷奥一出来，她赶紧去把布片洗干净，晾在院子的绳上。再后来，村子里的人都知道了这件事，大家在一起喷空的时候，时不时会骂上一句："㞞上海人娇气，擦屁股不用砖头，用布条子！"

十天之后，潘进堂开始教雷奥舞台上的一些小知识。潘进堂实际上并不想教雷奥这些东西，他和喜鹊商量过好几次，就这么对付一个来月时间，上海那边的事平息后，妹夫王家甫就会回来带娃走。但雷奥有点不耐烦了，整天"啊啊啊"和"哇哇哇"吊嗓子实在太枯燥了，虽然每天要喊上几十次"升堂""威武""开铡"调剂调剂，但还是没有雷奥预想的那么神奇和热闹。雷奥每天都喊："还有吗，还有吗？"一连叫了几天，潘进堂意识到，该叫娃学点新东西打发时间了。教什么呢，教整段唱词不合适，教生、旦、净、丑的表演更不合适，于是决定教雷奥跑龙套的衙役、兵卒等小角色在舞台上的走步和站位。

"娃，咱学会了喊'升堂''威武''开铡'这些词，但不能光用嘴喊，有时需要站着喊，有时需要走着喊，有时甚至需要跑着喊，咱练习怎样上台，怎样走步！"潘进堂说。

雷奥摇了摇头，表示没有听懂。潘进堂这时明白，自己太着急，这些话娃是听不懂的，必须得翻字典。

潘进堂自己心里清楚，他教雷奥扮演的角色统称"龙套"。他要先翻出"龙套"这词，让他明白自己所学角色的大致种类。潘进堂找到字典上的解释，把书递给雷奥。正当雷奥准备接书的瞬间，潘进堂忽然想起了一件事，迅速把书抽了回来，嘴里大声唱了起来：

"使不得，使不得啊！"

喜鹊和雷奥都一脸诧异，字典递上来了为何又突然收回，收回也就收回吧，当家的怎么忽然唱了起来。

“使不得，使不得啊！”潘进堂匆忙把书合上，又唱了一嗓。

“有啥使不得的？”喜鹊问。“使不得”这三个字，说出来雷奥是听不懂的，唱出来，就更听不懂了。见师母说话了，雷奥明白，师母也没有弄清楚师傅收回字典的原因。

“错，错，错，张冠呀那个李戴了呀！”潘进堂乐呵呵地唱了一嗓高调。

喜鹊这时明白了，潘进堂翻错了页码，于是就扭过头来，微笑着对等待答案已多时的雷奥说：“娃，你师傅教你学戏，高兴得屁颠屁颠的，看他那狗样，糊涂了，错——了！”雷奥听清了师母话里的最后两个字，知道了师傅也有犯错的时候，跟着师母笑了起来。

其实，潘进堂并没有翻错，他确实找到了“龙套”这个词。在雷奥接书的刹那间，他之所以哧溜一声收回，主要是他突然想到，这个词不能让雷奥知道。“龙套”这个词，潘进堂对它的了解比谁都清楚，龙套在豫剧中也称“文堂”，上蔡当地的戏迷又叫“打旗的”，不入生、旦、净、丑四大类，俗称“流”行或“杂”行，为戏台上扮演衙役、兵卒等小角色的统称，一般四人一组，手持旗帜，第一人为带头人。如果雷奥看过德语的解释，知道了“龙套”是“小角色”，不愿意演，要演大角色，就不好收场了。

“俺的娃，待老眼昏花的我细观端详，啊，那个啊，啊，啊……”潘进堂一边翻书，一边嘴里哼着慢板，把喜鹊和雷奥都逗乐了。

“找到了，找到了，啊，那个啊，啊，啊……”潘进堂唱着把书递给了雷奥。雷奥一看，抱着字典跳了起来。

“Kommandeur，Kommandeur！”雷奥兴高采烈地喊着。

“你给娃说的啥，看把俺娃高兴的！”喜鹊冲着潘进堂说。

“大将军！俺让娃学演大将军！”潘进堂抬起头，脸朝天，一本正经地回答。

“啥大将军，不就是打旗的吗？”喜鹊满脸疑惑。

“头发长见识短，官府大堂上休提妇道之言啊，那个啊，啊，啊……”潘进堂这次把慢板变成了快板，一连哼出了二十几个“啊”，边“啊”边给喜鹊使眼神。喜鹊恍然醒悟,她彻底明白了丈夫的智慧,于是双手击掌当作梆子,摇头晃脑地配合起来。

从这一天之后,雷奥学起了“大将军”。“大将军”雷奥跟在潘进堂屁股后面,两人手里各执一面“风旗”,哗啦啦从堂屋门口碎步上场,上场过程中,口中吆喝高亢的“啊啊啊啊”,走到院子中央,头颈一摇,戛然停下,肃静站立,挺胸抬头,双目平视前方,嘴里“啊啊啊啊”之声立马变成了低沉浑厚的“有”字的长吼……雷奥太享受这种气氛了,一个上午,他跟着师傅跑上跑下几十个来回都不嫌累。每跑上几个来回,潘进堂都会坐在凳子上休息一会儿,大口大口地喘着粗气,特别是快到晌午饭的时候,师傅的粗气喘得更加厉害,这使雷奥很是纳闷。潘进堂喘完一阵粗气后,又精神抖擞地站了起来,领着雷奥走到堂屋门口,“啊啊啊啊”地再次上场。

跑到快十五天的时候,潘进堂让喜鹊也举着风旗,跟在雷奥后面跑,三人成组,呼啦啦从早到晚能跑上百十来趟。每跑上七八趟,在雷奥笑嘻嘻喝水的时候,潘进堂和喜鹊都会坐在板凳上,一人一头,大口大口地喘着粗气。雷奥看到,师母喘气的节奏比师傅还快,脸色比师傅的还要煞白。

“你——们——不——中,我——中!”雷奥这时总会冲着两人喊。

“俺娃中,俺不中!”潘进堂看着雷奥,笑着说。

“俺娃中,俺更不中!”喜鹊满头都是虚汗,边擦汗边看着雷奥,同样笑着说。

时间到了二十天头上,潘进堂把整天躺在床上的八仙给拉了起来。因为“龙套”是四人一组,三缺一站位不好确定,于是八仙成了第四旗。八仙一来,阵势整齐,各种上下场的队形和各种舞台站位的变换就好演了,这使雷奥更加激动,劲头也更大。他心里想,现在人多了,师傅一定会把学戏的节奏安排得更紧凑,中间休息的次数一定比原来少,他自己从心底做好了准备,为了演好“大将军”,多跑几圈没有什么问题。哪里想到,八仙来后,休息的次数更多,每跑上三圈,八仙的双腿就打摆,站立之后身体像筛糠一样晃动不停。第一个发现八仙打摆的是雷奥。

“不是 Kommandeur，不是 Kommandeur！”雷奥指着晃动不止的八仙，一边哈哈嘲笑，一边大声喊着。

八仙尴尬地笑了，他咬紧牙关，并紧双腿，身体终于不抖动了。

“是 Kommandeur，是 Kommandeur！”雷奥竖起大拇指，对八仙说。八仙点了点头，于是接着跑下一圈。

跑到半晌午的时候，八仙扑通一声一屁股坐在地上起不来了，满额头都是豆粒大的汗珠，身体颤抖不停。潘进堂和喜鹊大吃一惊，赶忙俯身把八仙搀到了堂屋的罗圈椅上。八仙的样子让正在兴头上的雷奥很是失望，他一个人站在院子中央，手舞风旗，嘴里念念有词：“八仙不是 Kommandeur，八仙是冬天黑森林里的狗熊！”

潘进堂和喜鹊知道狗熊八仙满头虚汗的原因，要不是雷奥死活要求练习，他们真舍不得这样折磨八仙。潘进堂一边用木勺往八仙嘴里喂水，一边对惊呆在一边的喜鹊说：“家里还有馍吗？”

喜鹊说：“你还不知道，每天早上只蒸两个馍！”

“快去拿几块红薯干！”

喜鹊把生硬的红薯干掰成指甲大小，一块一块地往八仙嘴里填，刚填进嘴里，八仙就吧唧吧唧地咀嚼起来，没有嚼几下，就仰脖吞了下去，随后就是几声剧烈的噎咳，潘进堂赶紧送上一口水，压住了咳声。一袋烟工夫后，八仙吞下了三块巴掌大小的红薯干，喝下了满满两碗水。

潘进堂和喜鹊看着八仙，泪水从眼眶中悄悄流了出来。

这时，雷奥从院子里一蹦三跳地进了堂屋：“可以开始了吗？”

潘进堂和喜鹊赶忙擦掉泪水，微笑起来，但没有回答。

“娃是狗性，急！没进洞房，裤衩就脱了！”潘进堂听罢八仙打诨的话笑出声来，喜鹊扭头捂着嘴，想笑但不好意思。

“你个龟孙，啥时候都不正经！”潘进堂骂。

八仙自己也笑了，但他并没有停下话茬，看着雷奥，吃力地笑着说：“娃说可以，俺就可以！”

四个人重新站立在堂屋门口，排成一列，各执一旗，嘴里高呼“啊啊啊啊”,一个接一个地跑向了院子中间……

随后几天的练习,潘进堂改变了策略。对老戏骨潘进堂来说,“龙套”在戏里的作用是常识中的常识。虽然“龙套”在上蔡叫“跑龙套”,四个人根据剧情的需要,手执风旗、水旗、火旗、枪旗、红门旗、飞虎旗不等,跑出千军万马的气势和官府县衙的威严,通过走阵势、摆队形,制造威风凛凛之气概,但这是最基本的作用,或者说最简单的作用。四个人除了基本的“跑”,更要喊。四人齐声高喊,呼出大堂的肃静,呼出大人的威严,营造出让好人肃然起敬、坏人魂飞胆丧的气氛。喊法分数种,有时严肃,有时雄壮,有时悲悯,有时滑稽,各种呼喊要配合面部表情来彰显,这就有点难度了。但这些还都不是“龙套”在戏台上最主要做的动作。“龙套”在戏台上,大部分时间是静,静静地站着。可别小看这静,实际上比跑比喊更重要,“龙套”要静得庄重,静得威严,静得冤屈者慷慨陈词,静得刁痞者语无伦次,静得万民敬仰,静得乾坤朗朗。这静戏就要靠眼神来传递和表现了,四个人要根据剧情的进展不停变换眼神,眼皮一会儿睁一会儿闭,眼睛一会儿大一会儿小,眼光一会儿远一会儿近,并且四个人动作还要协调一致,这就是难上加难的事了。潘进堂多想把这些戏台上的必备技能一股脑全部倒给雷奥,让孩子心领神会,但潘进堂做不到。潘进堂从心底里希望自己的妹夫王家甫这个时候能站在这个院子里,有他这个文化人在,一切将顺畅多了,但王家甫不可能在。自己不能,王家甫也不在,潘进堂只得通过表演让雷奥明白这一切。潘进堂决定跑一阵,喊一阵,静一阵,把“龙套”的作用全部表现出来,最使潘进堂犯难的是,光练习雷奥最喜欢的走阵势、摆队形,在院子里来来回回,激激荡荡地不停穿梭,八仙受不了,喜鹊受不了,他自己也受不了。

潘进堂、雷奥等四个人呼啦啦走到院子中央,变换几次队形之后,潘进堂开始带头吆喝“升堂”“威武”和“开铡”。喊“升堂”时四人声音豪壮,呼“威武”时四人声音庄重,吼“开铡”时四个人的声音则变成了义愤填膺。震耳欲聋的声音引来了半个村子的人,大人小孩都来到了潘进堂的院子里，看看潘进堂家这次要铡谁。老纪一进大门，劈头盖脸就问雷奥："娃，你们这帮王八蛋把村子弄得鸡飞狗叫，要铡谁吗？"雷奥听懂了给自己剃头的老纪话中的最后四个字，斩钉截铁地大声回答："铡老日！"一听铡老日，院子里的人来了精神。呼喊"升堂""威武"时，只是四个人的事，但当吼叫到"开铡"时，院子里几十口子人个个扯起喉咙跟着呼喊起来，"开铡"之声响彻村子上空，吓得整个村庄冬日枯枝上的麻雀扑棱棱夺路而逃。

"升堂""威武""开铡"雷奥不知喊了多少遍，刚开始喊时，他的面部表情还没有随着声音的落下做出调整，几天下来，潘进堂发现，娃可以了，声音洪亮不说，感情充沛，他把院子当成舞台，把院子里歪七竖八站着坐着的人当观众了。站在一旁的老纪说："你们三公一母四个家伙，就数这南蛮子的声音尖，像驴叫！把俺的耳屎都给震掉一块！"王拐子是从染坊跑过来的，来时慌张没有洗手，双手乌黑，像一对黑猪蹄子，看过几遍雷奥喊戏词的表情，用黑猪蹄子指着雷奥，对围成一圈的村民说："大伙瞅瞅南蛮子这个屌样，和俺过去在县城官府见到的那帮王八蛋一个样！"

雷奥跟着潘进堂练习"龙套"在戏台上的静功花了好几天时间，总是不到位。该瞪圆双眼表示惊奇时，他把眼睛舒展着；该让眼光像流星般放光时，他把眼神收得很紧。这一点使潘进堂伤透了脑筋，说出来雷奥听不懂，模仿又模仿得似是而非，气到最后，潘进堂大声责骂起来："俗话讲，'一身的戏在脸上，一脸的戏在眼上'，你这个徒弟，笨得像猪，俺不教了！"说罢，扔掉手中的旗子，气冲冲地回堂屋去了。雷奥虽然听不懂师傅骂他的话，但他明白师傅这回生气了。看到潘进堂气冲冲拂袖而去，前几天对雷奥称赞有加的村民们这次也改变了态度，个个幸灾乐祸。上次被王拐子骂了个狗血喷头的那个年轻货，嬉皮笑脸地看着雷奥说："屌南蛮子吃大米不吃红薯，不但下边放屁没有咱们这里多，没有咱们这里响，哪里知道上台唱戏也不灵！"围成一圈的人笑了起来，笑着的人个个盯着雷奥，眼光像要把雷奥穿透一样，雷奥低下了头。王拐子这次还是接了那位年轻货的话，说："你个王八蛋，除了屁响，哪一点中？"一圈人再次发出了肆意的笑声，年轻货本来还想再讲一句，被王拐子的一句话给压住了。雷奥还是以为大家在笑自己,把头压得更低。

王拐子见雷奥把头低下,于是来了精神,他走到雷奥面前,低头看了一阵雷奥的脸,然后慢悠悠地转过身来,对着一圈人说:

“你们想知道南蛮子唱戏为什么眼神不中吗?”

“想!”一圈人附和。

“南方啊,水多。水多啊,这鱼就多,整天看鱼,这南蛮子的眼就像鱼眼一样转得不灵光了!”

王拐子的话音一落,村民们个个发疯似的笑了起来,一群孩子又故意跑到雷奥面前,从下往上看雷奥的眼。雷奥刚才就已经知道王拐子在说自己的坏话,一直忍住没哭,但看到大大小小的孩子在围观自己,认为是极大的羞辱,于是哇的一声捂脸哭出声来。

八仙和喜鹊原来以为雷奥受得了村里人的玩笑,也就没有插话。他们戏班子在村外搭台唱戏,不要说面对玩笑话,就是骂人的话,甚至有时候是向舞台上投来的土坷垃和砖头,他们都得笑脸相迎,直到对方安静下来重新听戏为止。这次人家刚说了两句,雷奥就哭了,这是他们没有想到的。喜鹊赶紧上前,一把把雷奥搂在怀中,拍着雷奥的光头说:“娃,不哭,不哭,咱们演戏,得让人家评,还得让人家骂。”

八仙不像喜鹊那样婆婆妈妈,没有上前劝哭泣的雷奥,而是笑呵呵地走到王拐子面前,盯着王拐子的脸仔仔细细看了一遍又一遍。王拐子不知道老对手八仙这次提的是哪一壶,要的是哪一招,只好眼睁睁地让对方看。八仙看完之后,转过身对一圈人说:“我和拐子打小在一起,他的一个毛病俺愣是没有看出来,现在俺瞧出来了,大伙想不想听听?”

“想!”那个年轻货又开始带头起哄。

“南方啊鱼多,咱北方呢?猪多!拐子家喂着一头老母猪和三个猪娃。”说到这里,八仙不说了,故意停顿下来,干咳了两嗓,吊吊众人的胃口。

“八仙,你个慢踅,每次都是屎到屁股门你硬是给眨巴上了!”老纪冲着八仙吼道。

“拐子是个染布的，这个行当有句行话，叫作‘近朱者赤，近墨者黑’，他虽然没有天天和老母猪同吃同睡，但天天看着老母猪，伴着老母猪，这双眼难道不会变成母猪眼？”

老纪和年轻货哈哈大笑起来，所有院子里的人都跟着嗷嗷起哄。八仙这时火上浇油，用手指着院子里的孩子：“你们这帮龟孙，愣着干啥，还不上去瞅瞅拐子的老母猪眼！”

八仙的话音刚落，院子里所有大大小小的孩子都哗啦啦围到了王拐子面前，人人怀着好奇想知道拐子的双眼是否和老母猪的一样。王拐子拼命捂住自己的双眼，孩群中个头高的五六个上前扯他棉袄袖子、拉他领口、揪他头发，个头低的七八个要么抱他双腿，要么把小手伸进他棉袄里抓他肚皮。八仙家的桩子更是想了个绝招，一只手插进了王拐子棉裤裆里摸到命根子，使出吃奶的力气往外拽。王拐子动弹不得，杀猪般嗷嗷狂叫，哭丧着脸求饶：“小祖宗，俺承认，俺承认，俺是老母猪眼，中不中？”

所有的人像疯了一样狂笑，雷奥破涕而笑，鼻涕在嘴巴前晃来晃去。

到了晚上，雷奥上床睡觉前，就在床边的墙上用土坷垃画道道，一天画一道。自从墙上画了二十道以来，每晚雷奥都躺在床上反反复复睡不着，他想妈妈，想王先生，想上海，这时的他就用被子蒙起自己的头，闭上眼睛，让音乐教师施密特女士的钢琴声萦绕耳边，盘旋心间，只有这样，他才能慢慢入眠，度过茫茫长夜。

雷奥画完第二十五道，坐在床边哭了起来。边哭嘴里还一遍遍地重复：“王家甫先生怎么还不来，王家甫先生怎么还不来？”潘进堂和喜鹊装睡觉，潘进堂甚至还装起了打呼噜，实际上雷奥的每一声啼哭他们两人都听得真真切切。每天晚上，雷奥在墙上画道道，潘进堂和喜鹊却在心里画着道道，并且心里的道道比墙上的道道更清晰。雷奥的道道只有到了晚上，看着才令人难受，而潘进堂和喜鹊心里的道道昼夜相随，每时每刻都在提醒着，揣摩着，念叨着。潘进堂和喜鹊每天躺在床上，第一句话就是：第九天啦，第十七天啦，第二十三天啦……这天晚上，他们刚刚说完“第二十五天啦”，另一间屋里就传出了雷奥的哭声，两个人的心紧揪着，却不敢发出一点响动。和喜鹊相比，这时潘进堂的心不但揪着，而且还痛着，他对自己白天骂孩子的举动感到十分懊悔，多乖的娃娃啊，打来到这儿从来没有哭过，可是今天晚上哭了，不是被自己骂的还能是什么？想着想着，潘进堂嘴里打着呼噜，眼圈里却流出了泪水，他在心里骂自己狠心，骂自己不像个师傅，骂自己不像娃的大……一会儿工夫，潘进堂的眼窝里积满了泪水，他怕喜鹊知道，不敢用手擦，只能打着呼噜，轻轻侧身把泪水倒在了枕头上。其实，潘进堂白天骂雷奥，是他自己精心策划的。雷奥学戏学得用心，因此学得很快，眼看到最后的“静戏”学完就要结束，潘进堂再无其他把式来拖延时间了，一个月却还差五天，雷奥一天一个要求，每天还得要有新花样，把潘进堂都难为得难以入睡。潘进堂一连想了好几夜，终于在昨天夜里下了决心，不管明天娃学戏学得好坏，都必须把娃骂上一顿，拖上五天时间，到了五天头上，按照约定，妹夫王家甫就会来带人。潘进堂夜夜等待上海的消息，他几次梦里都梦见自己去了上海，雷奥妈妈好好的，灾难过去了，王家甫随他一起笑呵呵地回到了上蔡，笑呵呵地把雷奥接走了。好几天深夜，潘进堂突然一下子像触电般从床上坐了起来，把身边的喜鹊吓个半死，一头大汗的潘进堂说：“喜鹊，你听听，有敲门声，咱妹夫家甫的敲门声！”

夜深了，在另一间屋子里，雷奥还在哭着，他喊起了妈妈。德语中“Mama”和汉语的“妈妈”发音一模一样，“妈妈”之声喊得潘进堂和喜鹊心如刀绞。潘进堂和喜鹊心里明白，娃这会儿一定是想娘了，这个时候娃不想娘还能想谁呢？要爸，爸没了，要姐，姐没了，娘是世上唯一的亲人，娃能不想吗？喜鹊两眼泪汪汪的，她怕自己哭出声来让雷奥听到，也怕自己的丈夫听到，就用牙使劲咬紧被子；潘进堂两个眼窝里更是积满了泪水，他照样打着呼噜，他不想让雷奥知道自己的痛苦，也不想让喜鹊知道自己的痛苦。要是女人和小孩都知道自己也没有了主意，自己也和他们一样哭了起来，他们的天就塌了。

就这样，雷奥哭了半夜，潘进堂和喜鹊也哭了半夜。

后半夜，雷奥哭累了，就蜷着身子钻进被窝睡。潘进堂和喜鹊的眼泪却无法止住，一直流到鸡叫天明。

雷奥在墙上画出了第二十八道。

正当潘进堂忧心忡忡不知如何对付之际，天无绝人之路，伪县长孙宝康派人请戏来了。

孙宝康请戏，不是为日本主子请的，是为他六十六岁老母亲祝寿请的。前两年，潘进堂接到过孙宝康的两次请帖。第一次是县维持会成立庆典，潘进堂说自己闪了腰了，浑身贴着膏药上不了台，没有接帖；第二次是为上蔡"中日共荣协会"成立举行祝贺演出，孙宝康怕潘进堂又有什么闪失，亲自派管家吴文举送请帖。穿长袍戴眼镜的吴文举拴好马直接进了潘进堂家的堂屋，堂屋内喜鹊正在烧纸磕头，哭着祈求老天爷保佑。吴文举在里屋看到潘进堂后大吃一惊，一口水没喝，撂下两包果子扭头就跑。原来，躺在床上的潘进堂满头大汗，脸色蜡白，喷嚏一个比一个响，四肢痉挛得像杀猪时一刀下去后的猪蹄子。吴文举知道，床上之人得的是疟疾，疟疾在上蔡也叫瘴气，是通过空气传染的。吴文举刚走，潘进堂和喜鹊就哈哈大笑起来，原来他俩在演双簧。两天之前，潘进堂在县城白圭园庙会上碰见了另一个戏班，戏班主问潘进堂吃到孙会长的果子没有，潘进堂一脸糊涂。对方就说，孙会长请了三个戏班为"中日共荣协会"成立演出，他们已经吃到果子，明后天潘进堂也一定会吃到，因为请戏的先生说了三个戏班子的名字。潘进堂不愿意吃孙会长的果子，更不愿意到县城为日本人演出，吃了果子演了戏怕村里人背后戳戏班子的脊梁骨，就想了法子，让八仙家的桩子爬到村头一棵歪脖皂角树上，若见西边马路上来了几匹高头大马，就高喊"狼来了"。

孙宝康在上蔡是个名人，到 1945 年 8 月枪毙他时，他的几箩筐故事上蔡人仍然津津乐道。1927 年，为争夺老家孙家坨村的一处庙产，孙宝康两斧子把上蔡绿枪会首领廉麻子的头给砍了下来。官府缉拿他，孙宝康不得不跑到开封躲了十二年，隐姓埋名开了个木材铺活命。日本人侵占上蔡后,孙宝康认为时机已到,便回到上蔡。回到上蔡的第二天,他从孙家坨小学校长处借来一身黑色制服、博士帽和"文明杖",租了一班响器吹吹打打去了孙氏祖坟里,然后连跺三脚,大声对围成一圈看热闹的人喊:"中,坟里有嗡声,俺老坟里有棵蒿子,走,进城当县长去!"众人皆笑他痴,认为他在白日做梦。第三天,他怀揣四两纹银托旧相识翻译官刘房国拜见了日本高野中尉,高野看见孙宝康仪表堂堂,甚是喜欢,问:"干过什么?"孙宝康答:"留学法国!"再问:"法国首都是哪里?"孙宝康根据刘房国事前的交代,答:"派瑞斯(Paris)!"高野一听法语都能说,也就不问文的了。不问文的,高野开始问武的:"杀过人吗?"孙宝康答:"杀过!"再问:"用枪还是用刀?"孙宝康答:"都不是!""用什么?""斧子!两斧子砍下过一个人头!"高野心想,用斧子杀人者心狠,且两斧子就能把一个人的头给砍了下来,武的也就没必要再问了。

孙宝康当上了伪县长。

在后面的故事中,孙宝康是个举足轻重的人物,再讲一件他的逸事。1941 年秋,孙宝康伙同刘房国贪污了高野配给维持会的粮饷,高野一怒之下把两人囚禁了起来,和偷袭日本人的一个大胡子关在一起,每天只喝一碗红薯干汤。孙宝康一声长叹:"妈里个×,俺以为祖坟里有棵好蒿子,哪里想到落到这个下场!"刘房国听后笑了,指着一旁戴着手铐脚镣的人说:"都是这帮家伙把那棵蒿子给拔了!"戴手铐脚镣的大胡子也笑了:"你个王八蛋,再长,俺还拔!"几天之后,大胡子被拉出去枪毙,临出牢门之前,据说看了孙宝康一眼,把孙宝康给看得浑身哆嗦得像筛糠,趴在地上连磕三个响头:"俺的老祖宗,你可别再拔俺老坟里新长的蒿子了!"

囚了半个月之后,饿得皮包骨头的孙宝康被放了出来,继续当他的伪县长,后面再也不提祖坟里蒿子那码事了。1945 年 8 月老日投降,孙宝康落入国民党县政府之手,枪毙他的地点最终选在了孙家坨他的祖坟地里。那天,被五花大绑的孙宝康跪在祖坟前磕完三个头,提手枪行刑之人一把抓起他的头发,枪口对准他的天灵盖问了最后一句:"'县长',你家老坟里那个蒿子还在吗?"孙宝康答:"看来,这回真要给拔了!"孙宝康的话音刚落,枪响了。

这是后话。

孙宝康出狱后,继续骑着高头大马当他的伪县长,对高野更是感恩戴德,死心塌地当起了汉奸。一次,日本人抓了三个国民党伤兵和四个共产党游击队员,孙宝康一口气用斧头全给砍了,他的身上和脸上溅的全是血,上蔡人没有一个不怕他。潘进堂也怕,如果这次再不去演戏,孙宝康就不待见了。八仙说,去演吧,又不是给老日演,孙宝康那个王八蛋赖好还是个人,知道为老母亲庆寿。喜鹊也说,去演吧,赖好去吃顿饱饭,娃从来到咱们这里,还没有见过苞谷粒大小的肉丁。潘进堂最后同意去演,主要是考虑到雷奥。雷奥来到上蔡,还没有看过一场戏,整天练啊练,都烦了,让他去看一场戏,知道戏台上的繁文缛节与生龙活虎,或许能压压娃的虚火,再拖延几天时间。于是,潘进堂接了孙宝康庆寿戏的帖子。

第三十天到了,王家甫还是没有来,潘进堂和喜鹊成了热锅上的蚂蚁,妹夫是个守信之人,不知道这次为啥食言了,好在戏是同一天上演,无意中帮了他们的忙。两天前接过帖子之后,潘进堂、喜鹊和八仙犯起了愁,三人愁的是怎样带雷奥去。不让雷奥去,肯定不行,这两天雷奥没日没夜闹着要回上海上学,打又打不得,骂又听不懂,潘进堂已经撑不住了,把他一个人留在家,非出大事不可。让雷奥去吧,村里的每家每户相信娃的白皮肤、大鼻子和深眼窝是海盐腌的,海风吹的,可怎么让村外的人相信呢?第二十九天晚上,三个人坐在了一起,开始商量对策。

“反正咱们白天在庙里,晚上才唱戏,娃晚上随咱们一起去吃饭看戏,灯光暗,看不清!”喜鹊说。在上蔡,戏班子到请戏人家里唱戏,戏子们是不允许进主家堂屋的,要住在村外的寺庙里,白天自己生火做饭,晚上唱完戏,主家会在院子里摆桌招待。

潘进堂摇了摇头。

“让娃白天晚上都在庙里待着,咱们晚上给娃偷藏点好吃的回来!”八仙说。

潘进堂摇了摇头。

“就说娃得了瘴气,给娃缝个口罩戴上,捂住鼻子和半张脸!”喜鹊说。

潘进堂还是摇了摇头。

屋子里安静下来,雷奥在里屋哭着喊妈妈。

一袋烟工夫过去了,雷奥还在喊。

潘进堂、喜鹊和八仙个个捂住脸,低着头,谁也不看谁一眼。

“有了!”这时,八仙大叫一声。

潘进堂、喜鹊双眼冒火,瞪得滚圆滚圆地看着八仙。

“咱们前一段不是天天念叨《狸猫换太子》吗,这次也来上演一出真实的《狸猫换太子》!”八仙双手一拍,大声喊道。

“咋个换法?”喜鹊赶忙问。

“这次唱《打金枝》,跑龙套的是桩子和其他三个人,让雷奥和其他三人出发时都画好花脸,白天不卸装,住在庙里或者蹲在化装棚里不出来,别人发现不了。”八仙说。

“那晚上呢? 雷奥现在上不了台啊!”潘进堂说。

“晚上就让桩子化装上,桩子和雷奥的个头差不多,让雷奥待在化装棚里! 反正所有演员都在化装棚,外人进不来也看不到。”

“那晚上吃桌饭呢?”潘进堂紧跟着问。

“桩子一演完,赶快卸装,然后一个人偷偷跑回庙里等着。三个跑龙套的和雷奥带装去吃饭,反正戏台上跑龙套的是四个,吃饭的还是四个,没有人怀疑!”

潘进堂一拍大腿,大喊一声:“好计,好计啊,真正的《狸猫换太子》!”

三个人一阵高兴后,喜鹊突然说话了:“那桩子在庙里吃什么呢?”

“俺家桩子皮实,吃个白天的剩馍,喝口凉水就可以啦!”八仙回答。

雷奥被喜鹊拉到堂屋时,眼里依然噙着泪,眼眶里的泪珠在煤油灯照耀下晶莹剔透。雷奥最近两天哭得厉害,一是因为想妈妈,二是抱怨王家甫先生的喉咙怎么还没有治好,更多的还是因为马上就要开学了,自己不去学校,也没有请假,老师会责怪他的,那个严厉的校长露西·哈特维希女士会把他从学校乐队里开除出去。再有两天开学的日子就到了，王家甫还没有来，雷奥想和师傅师母说清自己的想法，可是怎么也沟通不起来，就这么一急，哭得比往常更加厉害。

“娃，明天咱们演戏去？”潘进堂对喜鹊怀里的雷奥说。低头的雷奥哽咽着，没有抬头看潘进堂。

“明天，咱们，去，演戏！”潘进堂走到雷奥面前，嬉笑着又喊了一遍。雷奥把头抬高，轻瞟一眼，仍然不说半句话。

潘进堂的表演开始了，他要把这句话里的每个词都表演给哭泣的雷奥看。

潘进堂首先表演“明天”这个词。只见他两脚并拢，做了个立正的姿势，然后指着自己的脚步说：“娃，你看，这里就是‘今天’！”说完这句话，潘进堂向后退了一步，立正后指着双脚说：“这里就是‘昨天’！”“那么什么是‘明天’呢？”潘进堂吧嗒吧嗒向前走了两步：“瞧，这里就是‘明天’！”雷奥看着潘进堂，觉得师傅的表演实在多余，“明天”这么个简单的词还用得着这么费劲吗？雷奥没有笑，还是板着哭脸。“咱们”实际上也可以不用肢体语言来诠释，但潘进堂用了，他用手指指了一下雷奥，接着指了喜鹊、八仙，最后指着自己的鼻子说：“这就是‘咱们’。”看到潘进堂的认真样，雷奥认为师傅为说清楚“咱们”，费了太大的劲，实在有点愚蠢，脸上露出了丁点大的笑意，又咬牙憋了回去。现在轮到了“去”这个词，这个词雷奥本来明白，雷奥心想，这个词师傅一定不会再解释了，但潘进堂这回还是解释了。“什么叫‘去’呢？娃，你看，这就叫‘去’！”潘进堂说完这句话，就开始在堂屋里围着桌子走动起来，前几圈潘进堂走得慢，他对雷奥说：“这就叫慢——慢——地——去！”接下来的几圈，潘进堂加快了步伐，大步流星，人影随着桌子晃动起来，“这就叫快——去！”最后四圈，潘进堂双手摆动，跑了起来，跑步带起的风扇得煤油灯的火苗扑哧扑哧上蹿下跳，整个房间忽明忽暗，仿佛进入了一个黑白变幻的时空隧道，这对喜欢幻想的雷奥来说美极了。雷奥忍不住嘻嘻笑了起来，他说：“师傅快跑，师傅快跑，跑在时间前面！”雷奥一激动，这句话是用德语说的，潘进堂没有听懂，他看雷奥笑了，双手摆得更欢，步子也就跑得更快，边跑边喊："娃，这就叫跑——着——去！"三圈之后，正在"跑——着——去"的潘进堂扑通一声摔倒在地上，满头是汗，气喘吁吁。雷奥看到后，笑声更大："师傅笨，师傅笨，没有跑到时间前面！"潘进堂看到眉开眼笑的雷奥，躺在地上回了一嗓："娃，俺到了！"

"演戏"这个词，不是潘进堂表演的，八仙和喜鹊上去想扶饿了一整天的潘进堂，潘进堂摆摆手，说让他躺在地上歇会儿，并让八仙和喜鹊为娃解释最后一个词"演戏"。喜鹊立正站定，然后向前迈出一大步，刚站稳就喊："明天！"轮到八仙了，只见他用手指逐个指了一圈之后，说："咱——们！"话音一落，就慌慌张张围着桌子走了起来，边走边喊："去！"三圈走完，并排和喜鹊站在了一起，两个人相互使了个眼神，齐声吟唱："演演演，戏戏戏，演——戏啊！"站在一旁的雷奥明白了三人的意思，实际上，他一开始就明白了三个人的意思。雷奥要让三个大人知道自己听懂了，便一步迈到躺在地上的潘进堂面前，挺起胸，抬起头，用汉语大喊了一声：

"明——天——咱——们——去——演——戏！"

喜鹊和八仙笑了起来。

躺在地上的潘进堂笑了起来。

在雷奥激动地上床睡觉之前，潘进堂抱着字典来到了雷奥的房间，要给娃交代清楚明天的事。潘进堂翻出的第一个词是"日本"，雷奥浑身一惊，这一惊的余悸还没消失，第二个词潘进堂就找到了，是"县长"。潘进堂说："明天我们去唱戏，是去……"潘进堂不知道"日本县长"德语怎么说，就用手指了两下字典。这么一指，雷奥明白了，明天的戏原来是唱给"日本县长"听的，更是惶恐。潘进堂看到雷奥紧张的神情，头左右摆动起来，同时逐字地告诉雷奥"不——要——怕"，雷奥这才安静了一些。潘进堂说："我们化装！""我们"雷奥听懂了，"化装"没有听懂，就学着潘进堂的发音问："huà zhuāng 是什么？"潘进堂只好再翻字典。字典上是这么说的："化装，军事用语。为了不让对方认出真实面目，故意用各种手段掩盖面容、四肢等身体特征。”雷奥这回彻底明白了，明白后，雷奥不再害怕，他甚至还十分期待，他在汉堡、上海玩“黑森林猎人的眼睛”游戏时就经常化装，化得没有人认出他是男的还是女的。期待中的雷奥大声回答：“中！”

第三十天上午，潘进堂的戏班子人聚齐了，男男女女二十来人。大家在院子里围成一圈，听潘进堂训话。潘进堂呜呜哇哇讲了好长一阵子，雷奥一句也没有听懂，因为潘进堂讲的是上蔡土话，是戏曲术语，并且讲得特别快。看着一圈人服服帖帖的样子，雷奥更加敬佩自己的师傅。这位师傅虽然有时生气，有时也骂人，但雷奥从他眼睛里看出了一股善良和慈祥，跟自己去世的爸爸、上海的王家甫先生一样的那股子善良和慈祥。站在人群里的雷奥没有像其他人一样毕恭毕敬，他听不懂师傅的话，也就不用全神贯注了，他东看看西瞧瞧，看看前面的人，扭过头来看看身后的人，每看到一个人，这个人要么朝他咧咧嘴，要么向他挤挤眼。向雷奥咧嘴挤眼的每一个人都认识雷奥，并且都知道他的名字叫雷娃，是班主养子，但雷奥却叫不出他们的名字，他们的名字太拗口，好几次雷奥一说，对方就笑了起来，旁边的人也都笑了起来，笑得雷奥不敢再说。

潘进堂讲完了，锣鼓、梆子、弦子开始响了起来，戏班子要进行一次排练。来到上蔡之后，雷奥还没有见到院子里这么热闹过。

叮叮咣咣的音乐声中，一个个人物走到了院子中央，咿咿呀呀地唱了起来，唱着的每一个人不光嘴动，手、脚、腿、身子也都扭动起来。其中几个小伙子竟然在院子里的平地上翻起跟头来，边翻边嗷嗷吼叫，赢得全院子站着、蹲着的人一阵又一阵的掌声。

雷奥看到，院子里除了打鼓、执锣、敲梆、拉弦的几个人坐着外，只有师傅一个人坐在罗圈椅上，并且还把大腿跷到二腿上。坐在罗圈椅上的师傅有时微笑，有时板脸，有时击掌相伴，有时破口大骂，而演戏的人不管这位班主做出何种表情，照样一板一眼地演着、唱着、蹦着、跳着，没有不耐烦，没有不高兴，更没有反唇相讥。雷奥听到，院子里除了乐器的响声、演员的唱声，还有老纪、王拐子、年轻货在一旁的鼓掌声、呐喊声、嘲笑声和摇头摆尾的跟唱声。雷奥对自己看到的兴奋不已，对自己听到的也兴奋不已。雷奥喜欢这种兴奋,这种兴奋使他幸福。

接近中午的时候,演练停了下来。所有吹拉弹唱者开始吃午饭,喜鹊在灶屋已经忙活了一个上午。每人一个红薯面窝头、一碗红薯干汤,蹲在地上呼呼啦啦地吃了起来。堂屋里小桌边坐着四个人,潘进堂、八仙、雷奥和一位年轻漂亮的大姑娘。除了雷奥是一个花卷、一碟萝卜炒粉条,外加一碗白米稀饭,其他三人也都是一个红薯面窝头和一碗红薯干汤。大米是雷奥不认识的一位拉弦子的老汉用手绢兜来的。

"娃,等你今后有本事了,俺也到你们南方吃大米去!"看着雷奥白花花的一碗稠粥,八仙说。

雷奥听不懂八仙的话,摇了摇头。

"这娃不中,一提到去你家吃饭就摇头!"笑着的八仙调侃雷奥。八仙的话把潘进堂和旁边的大姑娘逗乐了。看到大姑娘笑了,八仙的兴致更高。

"俺这死老头子你不让吃,这位'花姑娘'今后去你家吃米饭,可以吧!"说着话的同时,八仙用筷子指了指雷奥的碗。看到八仙指自己的碗,雷奥猜测八仙是在问米粥好吃不好吃,雷奥吃了很多天红薯干汤,又苦又涩的红薯干汤自然比不上大米粥。

"好,好!"雷奥高兴地回答。

"看看,看看,这个小王八蛋,也像老日一样喜欢'花姑娘'!"

坐在一旁的潘进堂扑哧一下笑出声来,那位大姑娘却羞涩地低着头,掩饰着不让别人看到她也在笑,但手中碗里的红薯干汤却晃荡了出来,哗啦啦洒了一桌子。雷奥看到后,直愣愣地盯着大姑娘的脸,对她的反应感到纳闷。

八仙这时火上浇油,对潘进堂说:"你瞧瞧,娃的眼往哪看?"

潘进堂这时笑得上气不接下气。潘进堂这么一笑,端着碗吃饭的大姑娘就再也忍不住了,扑哧一声把口中的稀汤喷了出来,尴尬地端着碗跑到院子里去了。

"羞了不是,羞了不是!"八仙朝大姑娘的方向喊。

大姑娘叫马兰兰，今年二十二岁，不是潘进堂一个村的人，是洪河南岸马家埠的。十年前，马兰兰父亲染了痨病去世了，她下边还有四个妹妹，家里实在熬不下去了，母亲拉着哭泣着的她来到潘进堂家拜师学戏，一是养活自己，二是为家里挣点下锅盐和点灯油的钱。哪里想到，十年后的今天，马兰兰成了潘家戏班子的当家花旦。

雷奥上午看到了三个女人排练唱戏，两个年纪大的和一个年纪轻的，年纪轻的就是马兰兰。留着两条长辫子、长着圆圆大眼睛的马兰兰吱吱呀呀唱了好几段，雷奥一句听不懂，另外两个年纪大的也吱吱呀呀唱了好几段，雷奥还是一句听不懂。虽然听不懂一句，但雷奥认为马兰兰唱得最好，原因很简单，马兰兰漂亮。雷奥喜欢漂亮的人儿唱歌和唱戏，他觉得，人漂亮，歌和戏一定唱得好。这种认识雷奥不知道自己是何时萌发的，反正他在汉堡时就有了。在玛瑞亚小学念书时的雷奥认为音乐教师索菲娅·施密特最漂亮，尽管雷奥后来跟着爸妈和姐姐不知看过多少场歌剧和音乐剧，但他认为舞台上所有的女演员都没有索菲娅·施密特唱得好。

吃过午饭，喜鹊在堂屋里的小桌边一个接着一个地给四个"大将军"化妆，在雷奥心里，师娘不是在"化妆"而是在"化装"。和桩子一样，其他三个演兵卒的都是近三年潘进堂带过的戏娃，年龄都在十二三岁上下，个头也都和十一岁的雷奥差不多。院子里戏班子的成员都在准备各自的戏装和道具，因为孙宝康派来的两辆马车就要到了。

四个"大将军"化完装，一齐跑到屋外混进人堆里等车。这时候，老纪挑着剃头挑子也来了，他要跟着马车一块儿去孙宝康老家孙家坨。老纪放好挑子，看到四个跑龙套的戏娃已经扮好装站在院子里，十分纳闷，不对啊，都跟着戏班子溜了十几年啦，没瞧过不见戏台就扮上装的。老纪一把抓着四个人中的一个，大声喊："桩子，你说说，谁给你化的装？半夜里起来坐坐，早着呢！"被老纪抓着询问的戏娃吱吱哇哇答了一句话。

"你个尿娃，抹了一脸驴屎末子咋说话就呜哇不清了！"老纪嘲笑道。

正在这时，没有化装的桩子与他爹八仙一起把鼓和鼓架从堂屋抬到了院子里，放在了人群脚边。老纪大吃一惊，看着抓着的戏娃："你不是桩子？你不是桩子？”

“俺是娃！”雷奥大笑起来。

“看来俺这双尿眼不中了！”

“你浑身上下还有啥中？”八仙冲着老纪笑着说。

“你个王八蛋，满嘴没有一句人话！”老纪还了几十年的老对手一句。

潘家戏班子乘着孙宝康派来的两辆马车出发了。头辆车上坐满了人。潘进堂、喜鹊、八仙、老纪坐在车厢两边的护栏上，雷奥、马兰兰和另外两个女人坐在车厢内。后面一辆车上拉的是乐器和戏服，还有老纪的剃头挑子，不过烧水的剃头锅中装的不是水，是老纪两天的口粮——一斤多红薯干。戏班子的每个人都知道老纪的砂锅有两种用途，忙时烧水洗头，冲掉粘在锅底的头发茬子就能煮红薯干汤。

桩子和其他十几个人三五成群，一路小跑着跟在车后。

从坐上车的那一刻开始，雷奥的心就飞翔了起来，他认为自己不是坐在车厢里，而是畅游在童话里。一个月了，他没有出过这个村子，绝大部分时间是待在师傅的院子里，只有几个晚上，在他反复不停地唠叨央求下，潘进堂才带着他在村里转过几圈，告诉他村东头就是王拐子家的染坊，村西边有座百年的老戏台，村北边是祖祖辈辈的坟地，村南沿就是洪河。两个人最后手拉手来到洪河边，看了一阵漆黑的河床后就回了家。而现在，雷奥要出村了，要出去化装演戏了，他觉得自己飞出了樊笼，像鸟儿一样自由，这个鸟儿还是黑森林里面的百灵，童话里只有百灵才会唱歌，才会演戏。

坐在马车里，雷奥的眼睛一刻也没有闲着。他东张西望，想把一个月来视觉的匮乏补回来。在从上海赶往教戏先生家的路上，王家甫先生给他讲了很多那里美丽的风光。碧波荡漾的洪河两岸，到处是绿油油的庄稼，遍地是撅着圆鼓鼓屁股的牛羊，鸡儿打鸣，斑鸠歌唱，小狗在冬日暖洋洋的日光下打盹，白马、黑马还有枣红色的骡驹在无边无际的平原上撒欢奔跑……雷奥陶醉了，陶醉到最后，忍不住问王家甫：“和黑森林一样吗？”

“和黑森林一样!”王家甫回答。

马上就要看到和黑森林一样的风光了,雷奥期待着梦中的风景。

马车沿着洪河岸边蜿蜒的土路向东行驶,为了看清碧波荡漾的洪河,雷奥从车厢内站了起来,映入雷奥眼底的洪河里没有碧波,也就更不会有荡漾,只有河水覆盖着中央河床的低洼之处,两边已经露出了白花花的、有着一道道裂纹的河泥沙砾。眼前所见和王家甫口中的黑森林相差甚远,雷奥很失望,转身问身旁的潘进堂:“水,水少,哪里去了?”

潘进堂明白雷奥的疑问,用手指了指天空:“雨,雨少,水干了!”去年,上蔡已经干旱了一年,现在,干旱仍然持续着。潘进堂和村里的人怎么也不会想到,这一年干旱会如此严重。一路上,雷奥看到了无数的村民在从洪河里向外挑水,一桶一桶地挑向麦田。地里的麦苗本该是绿油油的一片,像地上铺的一层绿地毯,但今年麦田里麦苗稀稀拉拉,像瘌痢头一样,仅有的一些麦苗还是绿黄相间。由于干旱,一半的麦苗已经发黄,萎缩着身躯伏在地上,像是累极了趴在地上大口大口地喘着粗气,等水止渴。

路边上,也有一些人提着竹篮,不时地弯腰捡拾着什么,好奇的雷奥指指他们,喜鹊明白他想知道这些人在做什么。喜鹊做了个手拿刀子挖东西的姿势,说:“野菜。”然后又比画吃的动作,雷奥这下明白了。路两边挖野菜的人,个个枯瘦,满脸菜色,虽然一直佝着头、弯着腰非常努力地寻找,但竹篮里挖到的野菜也仅仅盖住篮底,偶尔发现一棵能吃的,便脸露喜色,两眼放光。干旱这么长时间了,地里的野菜比往年少得多,况且路两边不知被人挖过多少遍了。潘进堂、喜鹊和车上的所有人默默地看着路边的景象,个个脸露忧戚,大灾之年,很多人家已经到了揭不开锅的地步了!看着路两边的情景,雷奥不禁皱起了眉头,因为他想起了师傅师娘每天三顿吃的稀汤。

傍晚时分,两辆马车到了孙家坨村。

村头两挂迎接的鞭炮噼里啪啦响过,上百人纷纷走出自家院子,拥向从村街穿过的马车。村街也是泥土路,但少了些坑坑洼洼,显然为了这次活动,孙"县长"已经派人做了平整。马车一刻也没有停下,在众人的簇拥下径直去了集中心的戏楼。戏楼前除了预先留下的一块空地,其余地方早已围满了占位子的大孩小娃。马车的到来立刻使四周沸腾起来,快一年没有看过戏了,人们期待着大戏开演。

潘进堂跳下车,和接车的管家一阵寒暄后,吩咐戏班子的所有成员卸道具搭戏台。孙家坨的戏楼是一座青砖戏楼,前半部是个长宽各五米的平台,高约一米半,后半部则是突出平台的阁楼,青砖砌成的三面围墙,高有丈余,圈住阁楼。阁楼屋顶青瓦铺就,青瓦上长着瓦松,昭示阁楼的年代已经久远。眼前的这座戏楼,曾经上演过人间的多少喜悲大戏已经无人说清了,只有阁楼中间悬挂的一块方匾和一副对联向看戏者诉说着历史的烟云和世间的沧桑。方匾上篆刻着四个遒劲的汉隶大字:春秋戏楼。阁楼两边立柱上的对联用草书写就:演唐宋　演君臣　演三侠　演五义　演不尽世道纷繁;唱秦汉　唱忠奸　唱喜怒　唱哀乐　唱不完人间悲欢。在雷奥眼里,汉字是神秘的,他现在只能说不能写。越是不能写,雷奥越觉得汉字神秘,他看着一字不识的对联,心里憧憬起未来,等今后自己学会了写汉字,他一定把这些东西都记录下来,带回去给妈妈看,给露西·哈特维希校长看,给远在德国的音乐教师施密特女士看。看之前,他还要请王家甫先生给他翻译好,他好一字一句地讲给她们听,让她们羡慕,让她们嫉妒,让她们后悔没有像自己一样来上蔡。

正在憧憬之中的雷奥被潘进堂一把拉进了搭好的化装棚。"外边冷,这里暖和!"潘进堂笑着对雷奥讲。化装棚是用桐油布围成的,有一间房子大小。棚里这时只有四个人,马兰兰和那两个雷奥叫不出姓名的女人,还有师母喜鹊。喜鹊正在往桌子上摆彩盒,一盒又一盒,摆了满满一桌,雷奥知道,那是给上台演戏的人化装用的东西。三个女人一个接着一个洗了脸,洗完脸之后都用白色系带把头发裹了起来,雷奥很好奇,他不知道女人们要做什么,傻傻地看着忙碌的师母,莫非师母也要给她们化装?雷奥等到的结果是,师母没有给她们化装,而是她们自己给自己化装。师母把一面碗口大小的镜子竖在桌子上之后,马兰兰第一个开始。雷奥站在马兰兰身后，他从正面看不到的美人的脸，却能从镜子中看到。镜子当中马兰兰的白皙是与其他女人不一样的，中国人喜欢纯白，雷奥自己喜欢白中透红，马兰兰的白皙正是雷奥喜欢的那种。雷奥认为，马兰兰的白是纯洁的白，马兰兰的红是温润的红，白是表，红是里，白中透红实在太难得了。雷奥站在身后看自己化装，马兰兰从镜子当中早已发现。女演员化装时，按照梨园行规，男人是不能偷看的，但是雷奥是被班主拉进化装棚的，马兰兰也不好吱声。

用白色系带裹紧头后，马兰兰把乌黑的头发整整齐齐地盘束起来，完完全全地露出了整个鹅蛋形的脸盘。盘完头发之后，马兰兰开始往自己脸上涂粉，雷奥十分纳闷，那么白皙的脸庞怎么还要涂白粉，看到马兰兰这时的白脸，雷奥认为美丽被破坏了，镜子当中的美人不存在了，感到若有所失。马兰兰涂完白粉，雷奥看到她用指头从一个妆盒中蘸了一团油腻腻的东西，轻轻地点在了双颊上、额头上、鼻子上和尖尖的下巴上，点完之后，用纤细的手指再均匀地慢慢地涂开。这回雷奥看清了，涂开的是一种颜料，一种红色的颜料，红色的颜料盖在白色的粉底上，被破坏的美丽又慢慢回来了，甚至比刚才还夺目。刚才镜子中的美是一种白里透红，而现在镜子中的美则是红中蕴白，失望的雷奥兴奋起来，他不知道是镜子的魔力产生了让人惊叹的美丽，还是化妆者纤细的手指再造了神奇！雷奥眼中的神奇还在继续，马兰兰开始用小小的毛笔画眉勾眼。不一会儿，马兰兰的眼睛更大更圆，也比先时更加有神，闪着晶莹的光亮，透着动人的韵味，眉毛也更浓更密了。雷奥没有见过这样神奇的眼睛，他甚至认为镜子中的不是人的眼睛，是两颗黑白相间的宝石。

马兰兰这时候站了起来，雷奥赶紧向后退了半步，把头扭向一旁，他不想让马兰兰察觉自己在看她。马兰兰也假装不知道雷奥在自己身后，径自走到化装棚的一侧，打开戏箱，取出了一件东西，背对雷奥戴在了头上。马兰兰扭过头来的时候，雷奥惊呆了，面前的女人突然变了样，头上的凤冠五颜六色，上面的钻石、玛瑙或者翡翠晃动着，折射出五彩缤纷的光线。雷奥这时已经顾不上羞涩，他愣愣地看着马兰兰，傻傻地笑了起来。雷奥的笑没有声响,是一种浅浅的笑。马兰兰发现了雷奥在偷笑,也冲着雷奥会心地笑了一下。马兰兰对着镜子扶正凤冠后,再次回身走到了戏箱面前,开始拿出戏服来。马兰兰走到哪,雷奥的眼光就跟到哪;马兰兰举高戏服,雷奥就抬起头;马兰兰低头查看,雷奥就把头压低。就在雷奥目不转睛的时候,背对雷奥的马兰兰做出了一个让雷奥意想不到的举动,她开始慢慢地解红色棉袄的扣子。雷奥这时候为难了,自己到底应该做什么呢,继续看下去还是闭上眼睛?正当他犹豫不决的时候,眼前的马兰兰已经脱下了棉袄,一件白褂露了出来,白褂是束腰的,把马兰兰修长的腰身紧紧地裹着。雷奥的心怦怦直跳,他害怕这时候马兰兰突然转过身来,那样他会尴尬万分。马兰兰没有转身,她穿上了粉红色的戏服。穿好戏服,马兰兰转过身来的时候,雷奥兴奋得差一点喊出声来。

刚才那个镜子中的马兰兰没了,站在自己面前的是一个美若天仙的女人,是一位五彩缤纷的锦衣公主,雷奥第一次面对面看到这样的公主,他不敢相信自己的眼睛。锦衣公主朝他笑了笑,这么一笑,雷奥不知所措起来。雷奥真的猜对了,眼前这个女人上场第一句唱的就是“头戴翡翠冠双凤展翅,身穿八宝龙凤衣,我的爹爹,他本是当今的皇帝”。马兰兰今天要在台上扮演的还真是位公主,大唐盛世皇帝的女儿。

旁边的三个女人终于忍不住了,一起捂着嘴窃笑起来。雷奥默默地观看马兰兰的时候,她们一直在静静地观看雷奥。雷奥的失望、雷奥的吃惊、雷奥的兴奋和雷奥的羞涩,她们全看得清清楚楚。戏还没有开始,化装棚里已经在上演着一台戏了。

女人们化完装,潘进堂坐在了镜子前面,半个小时后,雷奥眼中的师傅变了模样。出现在雷奥眼里的师傅容光焕发,身着黄袍,头戴皇冠,脚蹬白底黑帮长靴,袖子长得出奇,腰外还悬挂着一个圆圆的像皮带一样的硬环。雷奥不知道师傅扮演的是何种角色,如果桩子他们四个是“大将军”的话,师傅的这身打扮和气质,怎么也该是比“大将军”还大的官。

“您是谁?”雷奥问师傅。

潘进堂吃了一惊,徒弟怎么忽然不认识自己了,娃一直站在身边看自己化装的啊！

“俺是你师傅。”

雷奥笑了，他明白师傅误解了自己的本意。“您还是谁?”于是他接着问。

正准备回答“我还是你师傅”的潘进堂突然脑袋转过了弯儿。

“俺是皇帝！”

“皇帝是谁?”

这下把潘进堂给问住了，这次出门，他不敢随身带字典。怎么解释“皇帝是谁”这个问题呢，他忽忽悠悠在化装棚转了一圈，计上心来，于是竖起大拇指，说道：“天下第一！”

雷奥明白“天下第一”是什么意思，他也从心底认为，只有师傅才配演“天下第一”。潘进堂在化装棚来回踱着方步，试试衣服的松紧，潘进堂走到哪，雷奥就模仿师傅的姿势走到哪，惹得满棚人笑声不停，喜鹊说：“你看看，有其师傅必有其徒子！”

锣鼓响起来了，戏台前乱哄哄的人群安静了下来。

锣鼓一共响了三遍。第三遍骤然停息之后，一个男人走上了戏台，身边一左一右站着两个身挎盒子炮的人。雷奥从化装棚的缝隙中看到舞台走上来三个人，掀开布帘就要往外跑，他想站在舞台边上看戏。潘进堂一把拽住了雷奥，先是狠狠地瞪了他一眼，然后趴在他耳朵旁小声地说：“‘日本县长’！”

身穿礼服、手拎文明杖、脚蹬日本长筒马靴、满脸笑容的孙宝康站在戏台中间讲着话，两个护卫一手掐腰，一手放在盒子炮的皮套上，舞台底下鸦雀无声，没有人敢动一动身子。叽里呱啦一阵后，全场响起了热烈的掌声。令雷奥没有想到的是，外人进不来的化装棚里也响起了掌声。雷奥没有鼓掌，他不想给“日本县长”鼓掌，潘进堂再一次瞪了他一眼，强拉着雷奥的手鼓起掌来，说：“不鼓掌，杀头！”

大戏终于开场了。

马兰兰上了台。

潘进堂上了台。

桩子和其他三个“大将军”上了台。

化装棚里的人一个接一个地上台下场。上台和下场的时候，每个人都会轻轻地拍一下雷奥的肩膀。雷奥没有时间理会他们，他的双眼一直从狭缝向外瞅着舞台。在舞台靠后的一角里，雷奥看到了八仙和他的伙伴，几个人摇头晃脑、歪嘴闭眼地奏着乐器，鼓乐之声一会儿高一会儿低，一会儿紧一会儿松，一会儿疏一会儿密，一会儿独奏一会儿共鸣……舞台之上，鼓乐声中，马兰兰轻曼的碎步、飘然的拂袖、婀娜的转身、羞涩的摆头使他心旷神怡；潘进堂稳健的踱步、潇洒的甩袖、爽朗的笑声、敏捷的撩袍使他赏心悦目；桩子和其他三人扮演的“大将军”一会儿提灯笼一会儿执木棍，一会儿跑一会儿站，一会儿大呼一会儿轻吁使他心花怒放……潘家班上演的经典老戏《打金枝》讲述的是圣明皇帝唐代宗把怜爱的女儿升平公主嫁给汾阳王郭子仪之子郭暧后的故事。郭子仪花甲寿辰之时，娇蛮公主不去祝贺，丈夫生气揍打公主，公主哭求父皇治罪驸马。郭子仪无奈绑子进宫请罪，通孝道、晓事理的代宗不但不责怪郭暧，还对其表彰加封。这个故事，不要说唱，就是让潘进堂一整天抱着字典给雷奥讲解，雷奥也不一定听得懂。尽管看不懂舞台上生、旦、净、末、丑的举止招式，听不懂演员们的呀呀吟吟，但雷奥依然趴在缝隙边，他看的不是门道，他是喜欢这种热闹。

与热闹的戏台相比，戏场里静悄悄的。离舞台三米远的人群中间摆着一张八仙桌，桌子三面坐满了人。雷奥看到，刚才上台讲话的那个人旁边坐着一位被红色锦缎棉袄包裹得严严实实的老太太，估计就是“日本县长”的老娘了。老太太边看边用手指着舞台，孙宝康和两个背盒子炮的人在一旁端茶倒水服侍着。舞台前沿，黑压压地趴满了村童，他们个个一身黑棉袄黑棉裤黑棉鞋，不但腰里扎着绳子，裤管也用绳子紧紧地束着。村童们双手交叉插在袖口里，消瘦的小脸齐刷刷地朝向舞台。雷奥看清了这些和他年龄相仿的孩子的脸，他不知道是否是电石汽灯照射的原因，他们个个脸色苍白，苍白的脸上显现的不是凄凉，而是笑容，那种心仪了很久很久的东西，终于如愿以偿后心满意足的笑容。孩子后面，高低不平的板凳上坐着一群老人，也一律是黑棉袄黑棉裤黑棉鞋。与孩子们相比，他们的脸色不是苍白的，是黢黑的。只有当他们张开嘴巴望着戏台大笑时，雷奥才从他们脸上看出一点白色和黄色，那是他们的牙齿。坐着的老人后面，一个挨一个站满了男男女女，雷奥期望能从他们身上看出点其他颜色来，哪怕是其他一种颜色也好，但他没有看到，年轻的、中年的男男女女也是清一色黑棉袄黑棉裤黑棉鞋，就连女人们的包头布也是黑色的。雷奥不知道上蔡这个地方的人为什么只喜欢黑色，他不喜欢黑色，因为他在汉堡小学的自然常识课上听老师说过，太阳有赤橙黄绿青蓝紫七种颜色，这七种颜色是最有活力的生命的颜色，穿衣服就要穿这七种颜色。

雷奥在戏台下看不到生机，就把眼睛转向舞台。舞台上正在热热闹闹地上演皇宫内最后一场高潮戏，雷奥心里明快起来，高兴起来，激动起来。他看到了龙袍在身的师傅，看到了光彩夺目的马兰兰，看到了威风凛凛的桩子，看到了一派祥和的气氛，看到了富丽堂皇的盛世……雷奥真希望他每天都能看到这样的大戏，甚至渴望自己能像中国神猴一样摇身一变，跳回到戏里所说的太平年代，生活在歌舞升平的鼓乐声中……

戏散了，戏班子吃饭的时间到了。

三桌饭摆在了戏台前，戏班子所有人都坐在了桌子旁，雷奥没有看见桩子。雷奥问八仙，八仙趴在他耳朵旁，悄悄说了一句“桩子吃过了，吃了四个白面馒头和一碗肥肉片子”。桌子上，两荤四素，两荤是肉片炖白菜、豆腐烩粉条，四素是菜丸子、炒豆芽、萝卜丝和甜米粥，主食是白面和红薯面两掺的花卷馍。雷奥在汉堡、在上海，从来没有见过这样的吃饭场面，三桌人吃馍时，人人满嘴装得鼓起了腮帮子。一个拳头大小的花卷，三两口就能吞下，转眼间花卷就从撑开的食管里进了肚；吃菜时，嘴巴咂得吧唧吧唧响，吃得分外有滋有味。这些还不是最令雷奥惊奇的，最让他惊奇的是三张桌子四周黑压压围满了看戏的村民，刚才看戏的村民一个都没有离开，现在的三张桌子在他们眼里变成了第二场上演的戏台。雷奥发现，村民们的眼睛没有看演员的服装，没有看演员的脸，没有看演员的动作，而是盯着桌面，盯着馍篮，盯着盛着两荤四素的六口碗。

今天终于吃到肉了，雷奥喜欢吃肉，牛排、鱼排他都喜欢，实在没有这些东西，肉丁甚至肥肉片也行。在师傅家时，他翻了好几次德汉字典找出“肉”这个词，但最后还是没有指给师傅看。今天，雷奥终于见到了肉，他专挑肥肉吃，肥肉放在嘴里之后，轻轻一咬，嚼得满嘴都是油，喷香喷香的油。王家甫给潘进堂讲过，犹太人不吃猪肉，孙宝康派人邀戏时，潘进堂只提了一个要求：“孙‘县长’如果备肉菜的话，就备点羊肉吧，俺戏班子里有两个‘回子’，闻不得猪油猪肉。”饭桌上的雷奥发现，原来肥羊肉比牛排、鱼排都好吃，他后悔自己在汉堡时总是把肥肉挑给爸爸吃。在后悔的同时，雷奥心里也十分生气，为什么让桩子一个人吃一大碗肥肉片子，而这么多人才一小碗肉菜，其中大部分还是白菜。吃了三个花卷之后雷奥发现，狼吞虎咽的同一桌上的人只夹素菜，他们一块肥肉都没有动，包括潘进堂和喜鹊。

四个花卷吃完后，雷奥把碗里的肥肉挑得干干净净。

“孙‘县长’到！”这时突然有人一声高喊。

人群呼啦啦闪出了一条道。

孙宝康带着两个挎盒子炮的护卫走了进来。潘进堂、喜鹊、八仙嘴里含着花卷，一动不动地愣在桌边，眼睛直勾勾地盯着雷奥。雷奥看得出来，那是一种恐惧的眼神，他在汉堡家里从爸爸的眼睛里看到过同样的眼神。

“老潘，羊肉香不香？”孙宝康笑着问。

潘进堂赶紧咽下嘴里的花卷，点头回答：“回‘县长’，香！”

“好，今天俺老娘特别高兴，让俺来替她瞧一下戏班子，说了，明年她还想听潘家戏！”

“请回禀老太太，明年一定效犬马之劳。”

“今晚这出《打金枝》唱得不孬，就是有一处稍有瑕疵……”

“请‘县长’开尊口！”

“其他演员不孬，就是其中一个演衙役的不管是挑灯笼还是禀报情况,都是走着来走着去,慢悠悠地像驸马爷一样,在皇帝面前能这样吗?要是在县府里,俺非一枪崩了他个王八蛋不可!"孙宝康虽是笑着说的,但笑声里透着寒气。

"回'县长',俺没管教好,俺没管教好!"潘进堂边说边给孙宝康鞠躬。

"你老潘肯定知道该怎样做,但你的戏子不一定知道。"孙宝康说完这句话,一桌子人本以为事情就此过去了。

但事情远没有过去。

孙宝康看到潘进堂旁边站着一个"衙役",脱口而出:"你说说,在皇帝面前能慢悠悠地走吗?"孙宝康把"走"说得特别慢,特别重,特别狠。

这个"衙役"就是雷奥。

雷奥知道"日本县长"在问他问题,但除了"走"这个字,其他的一个字都没听懂。

雷奥站了起来,满额头都是冷汗。

潘进堂、喜鹊、八仙的双腿打起摆来,他们都咬牙克制着,不让别人看出来他们的胆战。

天要塌了! 三个人的牙齿咬得咯嘣咯嘣响。

"王八蛋,快说,能走吗?"其中一个挎盒子炮的见雷奥没有吭声,再一次吼叫。

雷奥站在原地,不知所措。

三桌吃饭的人这时没有一个敢发出半点声响,所有人都看着戏班之主潘进堂。

不知所措的雷奥也转过头来看师傅。雷奥乞求的目光落到潘进堂身上时,面前的师傅做了一个摆胳膊的动作。这个动作,雷奥再清楚不过了,那是师傅在解释"明天我们去唱戏"时,表达"跑"的动作。

雷奥明白了师傅的意思。

"跑!"满脸大汗的雷奥喊了一嗓。

"怎么跑?"孙宝康紧接着厉声问道。

雷奥再次用眼光瞧了一下师傅,师傅快速摆动起了胳膊。

“快跑!”雷奥一声高喊。

“小王八蛋还知道,不孬不孬!明年来唱戏时,俺专门瞧你在戏台上怎么快跑!”

孙宝康带着挎盒子炮的护卫走了。

雷奥捂起小脸,嗷的一声哭了起来。

潘进堂扑通一声瘫在了地上。

第 11 章　德国柏林·德国波茨坦

10 月 3 日德国“统一日”这天,谢东泓去了柏林。

谢东泓这次去柏林,是 Fuchs 博士建议的。Fuchs 博士说,要翻译整理好雷奥的八封信,柏林的两个地方谢东泓不能不去:一个是市内的犹太人博物馆,另外一个是柏林附近波茨坦的采茨利恩霍夫宫。谢东泓购买了一张三十五马克的周末票,带着干粮就踏上了去柏林的火车。三十五马克的周末票在德国也叫“穷人票”,周六凌晨零点启用,至周日晚上十二点钟结束,只能坐慢车不能坐快车。谢东泓凌晨三点就出发了,快车只要一个半小时,谢东泓倒了三趟车,走了四个多小时,但谢东泓认为值得,车是慢了点,可一上车他就能睡觉,既休息了又能省钱,何乐而不为。

到达犹太人博物馆门前时,门口已经排了很多准备进馆参观的人。德国绝大部分博物馆都是免费的,这里也是分文不收,谢东泓对此格外高兴,省下来的钱可以应付在柏林一天的饭了。谢东泓随着参观的人流静静进入馆内,一位接待人员热情地迎了上来,接待员是个年轻的德国小伙子,他耐心地为参观者进行讲解并不时回答观众的提问。从讲解中,谢东泓得知,20 世纪 30 年代初期,居住在柏林的犹太人曾经建立了一座博物馆。1938 年纳粹德国封闭了这座博物馆,所有展品被没收。1978 年,德国政府在柏林博物馆中专门开辟了犹太博物分馆,展示犹太民族的发展历程和颠沛流离、屡受迫害却又自强不息的苦难经历。

谢东泓在博物馆里慢慢走着,每一件展品他都想仔细观看。玻璃橱窗内有一本保存比较完整的日记本,谢东泓多想打开仔细看看啊,里面肯定记载了很多很多关于德国纳粹时期的事情,说不定这些记载对自己整理雷奥的信件将有很大帮助呢！在另一个玻璃柜里,谢东泓看到了很多犹太人在二战时期的信件，他伏下头，几乎趴在玻璃上一句一句地读了起来，这是一封逃难在美国的儿子写给爸爸妈妈和舅舅的长信，这封信多像雷奥的信啊，很多句子很多词也是雷奥信中常用的，谢东泓觉得不可思议。

在每一幅照片前，谢东泓都驻足停留，踟蹰不前，他在细心观察照片中每个人的眼睛。眼睛是心灵的窗户，谢东泓想通过这个窗户体会受难者的情感，揣摩受难者的心思。谢东泓仔细观察每个人的眼睛，目的还不止这些，他想通过这一双双眼睛，寻觅和勾画出雷奥的眼神。从整理雷奥的第一封信开始，谢东泓就经常在心里猜测雷奥的眼神。由于没有见过雷奥，在谢东泓的脑海里，雷奥的眼神是模糊的，是飘忽不定的，看过这些照片之后，谢东泓认为雷奥的眼神在自己心中已不再模糊，渐渐地清晰明朗起来。

参观结束时，那位德国小伙子告诉大家，德国政府已决定再新建一座规模更大、容纳展品更多的犹太人博物馆，这座犹太人博物馆不再作为柏林博物馆的一部分，而是独立的。德国小伙子还说，等大家下次再来时，或许新的博物馆就已经建成了，他希望在新馆里为大家讲解。

走出犹太人博物馆，谢东泓看到，明媚的阳光洒满了柏林的大街小巷，节日的喜庆气氛写在每个柏林人的脸上。奔驰、宝马、大众汽车在大街上川流不息，熙熙攘攘的人在人行道上穿梭，一艘接着一艘的游轮在内陆河上游弋。大人们三五成群地坐在大街两旁的咖啡店门前喝着巴西咖啡和英国红茶，孩子们手举彩球、脚穿轮滑鞋在人群中晃晃悠悠地左突右闪，多么美好的节日景象啊！谢东泓沉重的心情受到了感染，逐渐变得轻松起来。是啊，柏林墙倒塌了，德国统一了，每天再也没有上百架为西柏林空投粮食的美国飞机的轰鸣声，再也没有东德青年翻越柏林墙时身中数枪的凄惨景象。在这样的节日里，德国人应该高兴，应该兴奋，应该兴高采烈。想到这些，谢东泓的步履轻快起来。

下午，谢东泓随着来自世界各地的游客群来到了柏林墙边。当两米高、顶上拉着带刺铁丝网的混凝土墙出现在谢东泓面前时，他不敢相信，这么简单的建筑竟把一个城市分割了三十年。谢东泓摸着光滑的墙面，电视上经常播放的东德青年翻越这道墙时，遭乱枪射杀惨死的画面反复出现在脑海里。看完柏林墙，谢东泓辗转来到了德国议会大厦，可惜，这座融古典、哥特、文艺复兴和巴洛克等多种风格于一体的建筑他没能进去参观，因为正在修缮之中。早在中学课本里，谢东泓就知道了"国会纵火案"，但到了柏林之后，他才知道希特勒栽赃陷害反对派人士的事件就发生在这里。谢东泓绕着工地转了一圈，从破烂不堪的议会大厦主体上仍能窥见其往日的风采和壮观，一座伟大的建筑在战争中被炸弹和炮弹摧毁，不正好说明战争的发起国同样也是受害国吗？追昔抚今，谢东泓心中感慨万千。

晚上，谢东泓按照来时的计划回到了柏林火车站，他要在那里过夜。柏林有大大小小、价格贵贱不等的旅馆和青年旅社，最便宜的只要十五马克一晚，但谢东泓还嫌贵，对穷学生谢东泓来说，免费的才是最便宜的。

第二天一大早，睡眼惺忪的谢东泓便搭上了去波茨坦的第一班车。

波茨坦地处柏林西南郊，需要乘坐城际轻轨，车程约五十分钟。走进采茨利恩霍夫宫的大门，谢东泓感觉自己走进了一个巨大的公园，园内绿树林立，草坪如织，鲜花芬芳，鸟儿在树上鸣唱，野兔在草丛中奔跑。宫邸处于公园的中心，三层楼的建筑在谢东泓眼中并不算宏伟挺拔，但着实庄重典雅。来之前，从 Fuchs 博士嘴里谢东泓就知道了采茨利恩霍夫宫的美丽和幽静。德国皇帝威廉二世为其公子与儿媳，也就是皇太子夫妇建造的这座宫邸，是以其儿媳采茨利恩的名字命名的，三面环水，四季如春，地处都市却一点不显喧嚣。身临其境之后，谢东泓感到果然名不虚传，建筑和环境完美结合，植物、动物和居住者和谐相处，这里俨然陶渊明笔下的世外桃源……如果以为仅是采茨利恩霍夫宫的美丽驱使谢东泓情有独钟来此参观的话，就有点曲解他的本意了。谢东泓来到这里，还有一个更重要的原因，采茨利恩霍夫宫是二战后期《波茨坦公告》的签署地。

谢东泓在中学历史课上就学过《波茨坦公告》,公告的要点和意义他还背过多次,很多考试中也都考到了这些内容。但谢东泓却没有想到,自己还能来此实地参观。今天来到采茨利恩霍夫宫的游客特别多,有德国人和其他国家人,有大人和孩子,谢东泓发现,这里参观者脸上的表情和昨天上午在柏林犹太人博物馆的不一样。在这儿,人们面带笑意,边走边窃窃私语。在签署《波茨坦公告》的圆桌边,谢东泓和大家一起,安静了下来,一位穿着笔挺西服的德国老者娓娓道来,述说着那段并不遥远的历史。从老者口中,谢东泓再次温习了耳熟能详的历史画面。

听着老者兴致勃勃的谈话,看着宫内一件件历史原件,谢东泓这回明白了为什么这里参观者的心情与在犹太人博物馆的不一样。犹太人博物馆中的很多展品,反映出那个疯狂的年代里人性受到了扭曲,邪恶压制着正义,而在这里,人性得到了释放,罪恶得到了惩罚,正义得到了伸张……走出采茨利恩霍夫宫的大门,谢东泓坐在了后花园的草坪上休息,望着对面小河里一群自由自在游荡的野鸭,谢东泓顿时好奇和兴奋起来,他捡起地上的一个土块,轻轻地抛到鸭群的旁边,想和它们嬉戏一下,看看它们怎样飞起来,飞得高不高。受到惊吓后的鸭子果真飞了起来,不过没有飞高飞远,而是扑棱棱飞到了谢东泓的脚边,用长长的嘴巴啃起谢东泓的双脚来,啃得谢东泓双脚痒痒的……生活在和平时代的人类和动物多么幸福和谐啊!谢东泓望着一摇三晃、蹒跚走远的鸭群,心情由兴奋变成了灰暗,他突然想到了雷奥。在采茨利恩霍夫宫里,二战已经结束了,时间凝固在了1945年8月15日,而在雷奥的第五封信里,日期定格在1942年的初春,离战争结束还有三年六个月的时间,小小的雷奥怎么熬得过去呢?王家甫、潘进堂和信中提及的一大帮人能否撑得下来?谢东泓望着重新回到河里、吱吱呀呀在水面上欢快嬉戏的鸭群,低头沉思着。

收发芮玮的信,已经成了谢东泓生活中的重要内容。谢东泓今天又收到了芮玮的信。

说实话,虽然和芮玮同学三年,谢东泓对她了解并不多。上次上海档案馆邂逅,芮玮给了谢东泓惊鸿一瞥之后,便深深地在他心里扎了根。要说谢东泓这些年飘荡世界,漂亮的姑娘还是见过不少的。但是像芮玮那样,始终钟情于“枯燥”的历史专业,守在一眼望不到边的“故纸堆”中乐而忘返的,是少见的。谢东泓忘不了那天和芮玮谈到二战时期上海的历史时,芮玮的脸上兴奋得都能放出光来。

在芮玮这边,近些年热心给她介绍对象的并不少,有钱的,有权的,抑或既有钱又有权的,芮玮总觉得他们身上还缺少点什么,究竟是什么呢?芮玮自己长时间也说不清楚。见到谢东泓之后,芮玮明白了,那就是两个字:感觉!她喜欢谢东泓的那股认真劲儿,喜欢谢东泓的执着和担当。一个学工科的穷留学生,为了那段尘封的历史不被人们彻底淡忘,不辞辛劳,万里奔波,用打工挣来的、牙缝省出来的钞票,在做这样一件没有功利,甚至看不见回报的事情。这样的男人,没有一点执着和担当精神是不可能的。

芮玮来信的主要内容,是谢东泓需要的1942年河南的材料。

谢东泓看到了芮玮寄来的白修德发表在1942年10月26日《时代》周刊上那篇著名的《十万火急大逃亡》的中文翻译件,“两万平方英里的河南北部地区正陷入饥饿之中。男人女人们正在吃树皮和草根,腹部肿胀的孩子们被卖掉换作粮食。数千人已经死去,数十万人走投无路,千万人面临着一整个冬天漫长的大饥荒的折磨。其原因:1. 日本人,他们在撤退前毁掉了地里的庄稼;2. 上帝,他拒绝给麦田降雨……”看到这段文字,谢东泓更进一步了解了河南当时的灾情,也知道了作为记者,当时白修德对一线情况的实地描述,但他没有看出白修德对蒋介石政府的态度。芮玮的另外一段摘录是来自白修德晚年的一篇回忆录 *In Search of History*: *A Personal Adventure*(《追寻历史——一个记者和他的20世纪》),“是河南的大灾荒,使我的立场从站在陈纳德一面变成了站在史迪威一面。尽管在当时,我已经看到了史迪威的使命是如何毫无希望,并且他将如何走向穷途末路。此外,大灾荒使我清楚地明白了什么是秩序和混乱,什么是生存和毁灭。在我所有的记忆中,河南大灾荒是最为刻骨铭心的。”谢东泓前期从汉堡汉学研究所里的英文和德文材料中获知,陈纳德将军是支持蒋介石的，而中印战区美军陆军总司令史迪威认为，蒋介石政权已经腐朽。白修德的这一段话，实际上也道出了河南大灾荒的第三个原因：当时国民政府的救灾无序和不力。

谢东泓读完白修德的文章后，他的目的实际上还没有完全达到，因为他急切地想知道河南上蔡的详细情况。几篇文章大部分说的都是豫中、豫北和豫西南，可是豫东南的情况怎样呢？雷奥在豫东南啊！

芮玮没有让谢东泓失望，她通过馆际关系，从河南档案馆调来了上蔡1942年灾荒的材料，材料有四五页之多，芮玮作了摘录并形成了两条结论：一是从1941年秋开始，上蔡就遇到了旱灾，收成只有往年的七八成，1942年春秋两季旱灾继续，收成减半，1943年春季旱灾之后出现蝗灾，几乎绝收；二是上蔡县城设粥棚六座，日夜赈济饥民。谢东泓看过芮玮密密麻麻的摘选后，喜忧参半。喜的是上蔡灾荒的情况看来没有豫北、豫中和豫西南严重；忧的是，材料里没有提供当时上蔡饿死的民众人数，是几千人、几万人还是更多呢？谢东泓判断不了。专长于文本分析的谢东泓这时慌张起来，因为他清楚，文本里越是不确定的东西，越让人捉摸不透，捉摸不透也就意味着可能会有更多的隐情和秘密。

可怜的雷奥啊，你怎么熬过这一关的？谢东泓手里拿着芮玮的信，闭目举头，沉默不语。五分钟过去了，十分钟过去了，半小时过去了，谢东泓就这么沉默地坐在宿舍的椅子上。

芮玮寄来材料的最后两页纸是关于王家甫的信息。芮玮说，这两个星期以来，她脑海里只有一个人，就是谢东泓让她打探寻找的王家甫。她翻遍了他们馆里的所有资料，找到了吴淞码头建筑情况、使用情况、维修情况和货物运输情况的资料，就是没有找到相关雇员的信息。没有找到，她并不灰心，听了馆里同事的建议，她一头埋进了20世纪40年代上海有关单位的税目档案，想从中发现王家甫的名字。可惜，这个阶段的码头被日本人统治着，查了整整三天的芮玮一无所获。

芮玮没有完成谢东泓交代的任务，情绪低落，坐在办公室里默默无语，这个情况被老馆长发现了。老馆长说，去上海康益医院看看吧，过去，吴淞码头的雇员都在那里看病。康益医院原来是上海的一家教会医院，虽然面积不大，但名气很大，三四十年代的日本人、欧美人和他们公司的高级雇员都到那里就医。果然不出老馆长所料，芮玮持档案馆的介绍信在这家医院查到了“王家甫”这个名字，而且确实是吴淞码头的高级雇员。写有“王家甫”名字的发黄的病历卡从1937年11月就有记录。她拿出笔记本，记下了王家甫每次来看病的时间，1938年，1939年，1940年……芮玮翻到的最后一次记录是1945年3月。这个时间以后，无论她怎样细心地翻找，却再也见不到“王家甫”三个字了。芮玮不死心，一直查到了1945年10月，仍然一无所获。

王家甫，您在哪里啊？谢东泓看着芮玮的来信，又一次抬起头，紧闭双眼，沉默不语。十分钟过去了，二十分钟过去了，半小时过去了，谢东泓仍然沉默地坐在宿舍的椅子上。

一个星期以后，谢东泓接到了Fuchs博士的电话，约他到汉堡汉学研究所谈事情。

谢东泓来到Fuchs博士办公室的时候，房间里已经弥漫着咖啡浓郁的香味。他刚一落座，博士笑容满面地端上来一杯“三合一”咖啡。

“谢先生，这次约您来，想告诉您一件事情。”

“您请说。”

“前天，我去市政厅参加汉堡犹太人协会的一个论坛时，见到了协会主席霍夫曼女士，我把您最近整理雷奥信件的事给她叙述了一遍，您知道，她听后什么反应？”

“请您说说看。”谢东泓不认识霍夫曼女士，当时也不在场，自然不知道这位主席的反应。

“她很惊讶！”

Fuchs博士说，霍夫曼女士问了很多谢东泓的情况，他知道的都一一作了回答。博士还向主席说，这个中国小伙子已经翻译了其中部分信件，边翻译边开展实地调查论证，回过一趟上海，还准备再去一趟河南呢！

“多么棒的中国年轻人！”Fuchs博士复述了霍夫曼女士的原话。

谢东泓腼腆地笑了起来。

“这个中国年轻人用什么费用回的中国？”Fuchs博士传达着霍夫曼女士的疑问。

“在中国餐馆做服务生挣的钱！”Fuchs博士把告诉霍夫曼女士的话重复了一遍。

霍夫曼女士沉默了半天没有说话。Fuchs博士这样告诉谢东泓。

“您知道最后霍夫曼女士说了什么吗？”Fuchs博士再次向谢东泓提了个问题。

谢东泓摇了摇头。

“我们协会不资助这样的年轻人还资助谁！”Fuchs博士学着霍夫曼女士当时的话音说。

谢东泓大吃了一惊。

“不过，女士还说了两个条件，一是您本人同意，二是得填一张申请表。谢先生，这两个条件没有问题吧？”说完这句话，Fuchs博士静静地看着谢东泓。

谢东泓没有讲话，他在沉思。

“Fuchs博士，给我两天时间，我考虑考虑。”谢东泓最后说。

晚上，谢东泓静静地躺在床上，思考接不接受资助的事。谢东泓在汉学研究所刚听到这个好消息时，内心十分激动，他下意识地决定立马接受协会的资助，因为自己太需要钱了。自从来到德国留学，所有费用谢东泓都是从中国餐馆一个盘子接一个盘子端着跑着挣出来的，虽然中间有一段时间淘宝挣了点钱，但他因为要翻译雷奥的信件又怕耽误学习而不得不将淘宝停了下来。与谢东泓相比，很多中国留学生家里的条件比较好，每年都能得到父母的一点补贴，但他几年来没有从家中要过一分钱，为了送他出国家里借了八万块钱，到现在还有两万块没有还清。谢东泓来德国几年,一直省吃俭用,杰瑞以及其他同宿舍楼的外国留学生坐在一起聊天,或者每年春节聚会时遇到上海同乡,听着他们绘声绘色地讲起法国巴黎艺术瑰宝的璀璨、荷兰阿姆斯特丹的灯红酒绿、希腊雅典的古色古香、意大利威尼斯的水波荡漾,谢东泓心里都痒痒的,但只能一言不发,因为他只去过一趟波兰参观奥斯威辛集中营,欧洲其他地方他都没有去过。谢东泓准备近期再回一趟中国,去河南,他暗暗地在心里不知计算了多少次:坐最便宜的荷兰航空,往返北京的机票来回也得六百五十马克;在中国国内,从北京到河南不坐飞机坐火车,硬座票来回需要三百多元人民币,再加上在河南吃住行的费用,去一趟没有七百多元是不够的。这么一算,谢东泓知道了开销的巨大,这一两个月来,他在中餐馆里跑得更快了,嘴也更甜了……正在这节骨眼上,有人乐意资助自己调查,真可谓雪中送炭,谢东泓思考一番后,决定申请这笔资助。

日有所思,夜有所梦。这天夜里,谢东泓做了一个梦,他梦见自己手里握着好厚好厚一大沓钱,张张都是印有克拉拉头像的蓝色百元马克大钞,他数了半个小时还没有数完……不光梦到了钱,谢东泓后来还梦到了几个人。首先出现在谢东泓梦境里的是那对德国夫妇,德国夫妇把八封信送给他,没要一分钱,满眼都是信任与嘱托,现在自己整理核实这些信倒要申请资助,谢东泓心里总有种借鸡生蛋的感觉;第二个梦到的是王家甫,王家甫掏出手表放在桌子上的动作不停地在梦里回放;还有潘进堂和喜鹊,两个人端着雷奥吃剩的菜汤推来让去的情景在梦境里再现;最后,谢东泓还在梦里看到了桩子,桩子一个人蹲在寒风呼啸的破庙里,喝着凉水啃着窝头……

浑身一个寒战后,谢东泓从睡梦中惊醒过来。是破庙里的寒风把他吹醒,还是因为别的什么原因,谢东泓自己也搞不清。谢东泓呆呆坐在床上好长一阵,默默地回味刚才的梦。把梦完完整整温习一遍后,谢东泓最后想通了,上天把大难给了王家甫、给了潘进堂、给了喜鹊、给了桩子,只给自己分了一份小苦,自己如果因为这份小苦再去跟人要这要那,这个手,谢东泓伸不出来。

第二天上午,谢东泓给 Fuchs 博士去了电话。

“谢先生,您想好了吗?”听到是谢东泓的声音,博士问。

“我想好了。”谢东泓回答。

“我昨天派人从霍夫曼女士那里取回了申请表,您今天抽空来一趟填下表,不复杂,半个小时就可以了。”Fuchs 博士的声音亲切爽快。

“谢谢您和霍夫曼女士,我决定不申请了。我在餐馆打工能挣足这笔回河南的钱……”

很长一段时间以来,谢东泓都是周末去“汉华楼”端盘子,晚上在宿舍里做作业和翻译整理雷奥的信件。谢东泓决定再回一趟中国,去河南上蔡做一次实地认证,为此他调整了自己的作息。每天早上,他都比原来早起一个小时,晚上迟上床两个小时,他把这三个小时的时间全部用在了完成教授们布置的各种作业上。这还不是唯一的调整,原本如果下午没有课程,谢东泓中午都会赶回宿舍,做一顿热乎乎、香喷喷的西红柿盖浇饭犒劳自己。但现在他不这样做了,没有课的下午,他都带两张油饼和一瓶凉开水,十几分钟稀里哗啦吃完后,便一头钻进大学的图书馆里,一坐就是四五个小时,他要把所有的课程作业在白天全部做完,对夜晚宝贵的五六个小时,他有了新的打算。

谢东泓决定利用三个晚上的时间,再去找一份小时工,把回国的机票和在国内的路费挣出来。去找一份什么样的小时工,谢东泓首先还是想到了“汉华楼”。他周末在“汉华楼”里端盘子做服务生,老板喜欢他,顾客喜欢他,如果张口提出每星期再多工作两三个晚上,老板不但会同意,甚至还会欢迎,因为谢东泓的回头客比饭店里其他三名中国留学生的加在一起还多。谢东泓的这个念头在脑海里刚刚一闪,他便迅速地掐灭了。不能那样做,那样做的话,自己满意,老板满意,顾客也满意,但几个同是来自大陆的自费留学生就不一定满意了。饭店里需要的服务生是有限的,多来一个,就必须辞退一个。

想了两天,谢东泓终于找到了办法,他去了《汉堡晚报》的流动销售服务部。

每周一、三、五傍晚的五点半钟，谢东泓就准时登上 U3 地铁。他有学生票，可以随便上下车，不用花一分钱。谢东泓从来没有卖过报纸，还要在众目睽睽之下卖，谢东泓拉不下这个脸面。

卖报纸必须叫喊，在 U3 地铁上站定后的谢东泓试了好多遍，一直感到嗓子里好像被一团棉花堵着，发不出叫卖声来。在车厢内傻傻站着的谢东泓脸涨红了。

随着轰隆隆的响声，涨红着脸的谢东泓心里明白，这样下去不行。

"Hamburg Abendblatt, Hamburg Abendblatt(《汉堡晚报》)!"拉着报车慢慢走在车厢通道里的谢东泓鼓足勇气，羞涩而矜持地喊出了第一声。

走了半个车厢，谢东泓没有卖出一份报纸，但仍然轻声地喊着："Hamburg Abendblatt, Hamburg Abendblatt!"

"Hamburg Abendblatt, Hamburg Abendblatt!"

表面平静的谢东泓心里却焦急万分。

"Hamburg Abendblatt, Hamburg Abendblatt!"

谢东泓喊着走完了整节车厢，当他走到两节车厢的连接部，即将走向下一节车厢的时候，身后忽然传来了一位老太太的呼喊声：

"小伙子，我来一份！"

这一声轻轻的呼喊，对谢东泓来说不啻于一声惊雷。

德国老太太递给谢东泓一马克，谢东泓找给她十五芬尼。不知是太紧张还是太激动，谢东泓找钱的手有些颤抖。

地铁轰隆隆地向前行进着，谢东泓站在两节车厢的接口处没有前行，他在闭着眼睛感受这一马克硬币的分量。手握着老太太给的一马克硬币，谢东泓好像握着一枚五马克的硬币，他甚至感到这枚硬币比五马克的硬币还大还重。在那里足足站立十几秒钟后，谢东泓才把一马克硬币装进了自己的上衣口袋。

"Hamburg Abendblatt, Hamburg Abendblatt!"

在下一节车厢的入口处,谢东泓再次轻轻喊了起来。不过,这次他的喊声比刚才提高了一个分贝,原来羞涩和矜持的脸上也露出了笑容。这还不是他最大的变化,最大的变化是谢东泓不再低着头喊,而是先朝通道左边座位上的乘客微笑着喊一声,接着慢慢转过头来,朝着右边座位上的乘客微笑着再喊一声。

“我要一份!”一个东欧模样的中年人买了一份。

“我来一张!”一个黑人小伙子买走了一张。

“你是中国留学生吧,给我一份!”一个穿西装、打领带的中国生意人笑着对谢东泓说完,递上了一马克。

“是的,谢谢您!”谢东泓笑着回答。

谢东泓一节车厢接着一节车厢地走着,二十多分钟后,地铁来到了终点站米姆尔曼斯贝克,他随着稀稀拉拉的乘客下了车。站在空旷的站台上,谢东泓做的第一件事就是用右手摸自己鼓囊囊的上衣口袋,一种沉甸甸的感觉在他心中油然而生。谢东泓这时没有停下自己的右手,而是用力把口袋向上拨动了一下,这么一拨,哗啦啦的声响从口袋中传出,听到响声,谢东泓笑了,满足地笑了。

谢东泓再次走进了车厢,不过这次他是走进地铁的最后一节车厢,因为这节车厢离入口最近,上车的人都会先坐到这节车厢里或者经过这节车厢向前走。

“Hamburg Abendblatt,Hamburg Abendblatt!”

谢东泓再次轻轻地在这节车厢里喊了起来……

第12章 中国上蔡

雷奥来到上蔡一个月又三天的漆黑的半夜，有人砰砰砰敲潘进堂家门。

“谁？”潘进堂猛地一下从被窝里坐了起来。

“进堂哥，是俺，家甫啊！”门外有人轻声回答。

“真是家甫？你再哼一声让俺听听！”坐在床上的潘进堂摇了摇头，他想再确认一下外边人的声音。

“进堂哥、喜鹊嫂，快开门，俺真是家甫。”

屋门打开了，满头大汗、头发蓬乱、面容憔悴得像变了一个人的王家甫闪进屋内。端着煤油灯的潘进堂看着妹夫手上背上都是大包小包，刚要开口问话，就被王家甫的眼神制止了：“走，到你们里屋说话。”

来到潘进堂住的里屋，王家甫放下手上和背上的包裹，立刻关上了房门，开口第一句话不是向潘进堂和喜鹊问好，而是急匆匆地问：“雷奥还好吗？”

“还好，正在那间屋里睡着呢，昨天抱着他的木海鸥闹了一天，要回上海见妈妈，你咋现在才来，俺和你哥这两天都快捂不住了。”喜鹊接了王家甫的话。

王家甫气喘吁吁地坐在板凳上，傻傻地坐着，眼睛没有看哥嫂两人，而是低头不语。

潘进堂凭经验和感觉，妹夫的神情不对劲。他一边递给妹夫擦汗的毛巾，一边轻声地问道：“家甫，上海出啥事啦？”

王家甫接过了毛巾，但没有擦汗，仍然默默地低着头，一言不发。

“家甫，上海出啥事啦？”喜鹊焦急地问道。

王家甫用毛巾捂着脸轻声抽泣。

“哥,嫂,出事了,出大事了!”

王家甫哽咽着叙述起千里之外上海发生的一切。

王家甫上次从上蔡回到上海十天后,《大公报》《新民报》和《新华日报》就刊发了上海犹太人正遭受暗杀迫害的报道,很多民权人士呼吁政府进行外交斡旋,“同为鱼肉,解救外人于刀俎之间”,上海犹太人办的报纸《黄报》《八点钟晚报》和《上海回声报》也迅速转载了这些报道。王家甫看到了这些报道,他暗暗高兴,心里知道发出的那些信起作用了,晚上下班后他就去了阿芬克劳特夫人的面包店,先告诉了潘姨,接着告诉了阿芬克劳特夫人。

“王先生,真的谢谢您!今天上午,几个来店里买面包的犹太人也告诉了我报纸上的报道。”阿芬克劳特夫人微笑着对王家甫说。

“这样的话,在上海的犹太人就没有问题了,等几天就可以把雷奥从上蔡接回来了。”说话的潘姨脸上也挂满了微笑。很多天了,他们一家和阿芬克劳特夫人一样,生活在惶惶不可终日之中,一边惦记着千里之外的雷奥,一边小心翼翼地期待着每天报纸上的消息。

雷奥去河南后,很多人问过阿芬克劳特夫人,她那个整天活蹦乱跳的儿子怎么不见了,她都笑着回答,趁着放寒假的时间,雷奥去苏州学昆曲去了。笑容背后,阿芬克劳特夫人心里藏着无尽的思念和凄凉,她白天想夜里思,十一岁的儿子现在是胖了还是瘦了,是热了还是冷了。王家甫和潘姨知道阿芬克劳特夫人的心思,自从雷奥走后,王家甫就让潘姨带着保立住在了面包店里,一天到晚三个人寸步不离,就是去买面和煤,潘姨也带上保立跟着阿芬克劳特夫人一块儿去。

现在好消息来了,王家甫一家和阿芬克劳特夫人的心情轻松了许多,他们期待着有一天,一切都风平浪静,他们一起去河南,把雷奥接回上海。

“爸爸,雷奥学戏该回来了吧?前几天,‘猴子’一直问我,好长时间没有和雷奥一起玩了!”

阿芬克劳特夫人听完王家甫翻译的保立的问题,俯下身去,抚摩着保立的头,用生硬的汉语回答:“快,快了!”自己的儿子不在身边,阿芬克劳特夫人每天看着在面包店里跑进跑出的保立,就像看到自己的儿子在身边一样,心里格外踏实和幸福,自己儿子像保立这般大小时,也是同样的好动和调皮。

“阿姨,您的话是真的吗?”保立问阿芬克劳特夫人。

“真的,真的!”阿芬克劳特夫人回答。

“好的,那我就告诉‘猴子’,‘猴子’可烦了!天天问我。”保立拍着小手,边跳边喊。

王家甫、潘姨和阿芬克劳特夫人看着可爱的保立,脸上浮出淡淡的微笑。

事实是,上海的形势没有像王家甫、潘姨和阿芬克劳特夫人预期的那么乐观,甚至可以说是更糟糕。美国因为日本偷袭珍珠港,次日便对日宣战,从此太平洋战争爆发。太平洋战争爆发前,世界上几个大国的关系极其微妙,中立的美国为维护自身利益,对德、日一直是道义上反对,但没有采取实际行动实施制裁,对中国也没有提供有力的支持;而德国在整个20世纪30年代与蒋介石政府关系密切,为蒋介石派遣几十位军事顾问,甚至日本侵华战争爆发后,这些军事顾问还直接参与蒋介石部队的对日作战,日本虽然对此耿耿于怀,但顾及和德国的同盟关系,也仅以抗议表示不满,没有和希特勒翻脸,也不敢和希特勒翻脸。

1941年7月,德国宣布承认汪精卫伪政权,蒋介石认为希特勒粗暴干涉中国内政,便正式宣布与德国断绝外交关系。由于两国相距遥远,虽然断交,但也没有产生直接的冲突。太平洋战争的爆发彻底改变了世界战争的格局。原本中立的美国对日宣战,根据日德条约之规定,对日宣战也就是对德宣战,这样的局面给蒋介石出了一个难题。此前蒋介石为替抗日争取最大的国际支持,在处理与中国关系都不远不近的两大国美国和德国的问题上一直寻求平衡,但现在这两个国家成了对手,他必须作出明确的选择,亲近一个国家,对抗另一个国家。权衡利弊得失,蒋介石选择了与美国成为战略盟友。太平洋战争爆发的第二天,中国政府即宣布同时对德国、日本和意大利宣战,从此站到了德国的敌对方。这个局面对在上海的犹太人同样产生了巨大的影响,日本原来顾及美国的犹太政策以及考虑到犹太人的可用之处,对德国提出的排犹方案执行起来不是很卖力。现在不同了,美国成了敌人,希特勒虽鞭长莫及但严厉敦促日本排犹,日本成了迫害犹太人的帮凶,对上海的犹太人采取了更加严厉的管理和更加苛酷的控制,等待希特勒"最后处理方案"的实施。

雷奥离开上海的第二十天,灾难发生了。

这天早上,面包店里的面粉用光了,潘姨为阿芬克劳特夫人雇好一辆黄包车去面粉店买面粉。原来都是阿芬克劳特夫人一个人随车去,潘姨留下来看店。雷奥去河南后,按照王家甫的交代,潘姨带着保立一块儿陪同阿芬克劳特夫人去。车子离开面包店不远,眼尖的潘姨就看见了一辆卡车跟在后面,黄包车快一点,卡车也快一点,黄包车拐弯,卡车也拐弯。坐在黄包车上的潘姨用手拉了一下阿芬克劳特夫人的衣襟让她看,阿芬克劳特夫人也发现了这辆车的可疑之处。潘姨趴在阿芬克劳特夫人的耳边说:"我们回去吧!"潘姨说的这句话阿芬克劳特夫人还是听得懂的,但潘姨怕她听不懂,又加了一个手势,用手指做了掉头回去的动作,边比画边再一次贴在阿芬克劳特夫人的耳边轻声说:"回面包店。"明白潘姨的意思后,阿芬克劳特夫人又扭头看了好长一会儿后面的卡车,车厢里空空的,驾驶室里只有两个人。大白天的,光天化日之下,即使有恶意,他们能干什么呢?她确实想不出。她现在记挂的是面包店里一点面粉都没有了,今天不去采购,明天顾客怎么办?对着卡车愣了好大一会儿神后,阿芬克劳特夫人回过头来对着潘姨微微笑了一下,然后用手指向前方指了一下,轻声用汉语说:"没关系,没关系。"

半个多小时后,黄包车来到了面粉店。面粉装了整整一车,阿芬克劳特夫人和潘姨不能坐在车上了,但小保立嚷嚷着要坐上去,和善的车夫掏出自己擦汗的毛巾垫在面粉袋上,双手掐着小保立的腰把他放在了上面,面朝后坐在车上的保立得意扬扬地笑着,全然不知道即将发生的劫难。

阿芬克劳特夫人和潘姨各自走在黄包车的一边，用手帮车夫向前推车。两个人低头弓身向前推车的同时，眼睛不时地暗暗向后瞟。走出面粉店几十米远后，她们没有看到原来跟随的卡车，两人对视了一下，脸上露出了一丝宽慰的笑容。黄包车慢慢向前走着，阿芬克劳特夫人和潘姨仍时不时向后瞄上一眼，还是没有发现那辆卡车，两个善良的女人彻底放松了警惕，一边和保立说笑，一边低头奋力向前推车。

就这样走着走着，来到了一段较宽的马路上，黄包车的速度因为平坦的路面明显加快了起来，坐在车上的保立感到了车子的加速，他把小手举到空中，嘴里不停地喊着："嘚儿驾！嘚儿驾！"那是保立一次跟爸爸妈妈回上蔡时，舅舅教他赶马车的号子。黄包车夫、阿芬克劳特夫人和潘姨听着保立的吆喝，都笑了起来。

阿芬克劳特夫人和潘姨万万没有想到的是，那辆卡车并没有离开，而是躲在马路边上一条弄堂里。等拉面粉的黄包车一出现，卡车突然从弄堂里冲上了马路，一个急转弯就朝前面三四十米外的黄包车疾速驶来。

这一切，阿芬克劳特夫人和潘姨都没有发觉，她们都在低头推车，耳朵里听到的是保立清脆的赶车号子。卡车冒着黑烟离黄包车还有十来米的时候，保立发现了异常，不再吆喝"嘚儿驾！嘚儿驾"而是忽然从面粉袋上站了起来，大声呼喊："汽车！汽车！"

等阿芬克劳特夫人和潘姨挺起身子，扭头向后看时，一切都晚了，卡车离黄包车只有四五米距离，而且车头直朝着阿芬克劳特夫人的那一边冲来。阿芬克劳特夫人立刻明白卡车是奔自己来的，这种悲惨的画面她在噩梦中不知见过多少回了。在梦里，她看见对方用的是刀，是枪，但她怎么也没有想到，对方会用卡车。阿芬克劳特夫人意识到，自己的生命可能今天就要走到尽头了，她一个人无论如何是对抗不了一个或者两个疯狂的国家的。阿芬克劳特夫人是机智的，她迅速离开黄包车向旁边闪去，因为车子上还站着小保立！

阿芬克劳特夫人向旁边闪开的瞬间，卡车紧跟着外转方向，朝她冲去。潘姨和保立看到了眼前发生的一切，随着一声惨烈的叫声，阿芬克劳特夫人被卡车撞飞了十几米远,卡车左拐右突之后,横冲直撞地向前冲去,撞飞路边的一个烟摊之后,一溜烟地消失了。

保立吓得一屁股坐在了面粉袋上呜呜哭叫起来。惊呆了的潘姨迅速跑到阿芬克劳特夫人身边,她看到,阿芬克劳特夫人面朝上躺在地上,满头都是血,嘴里和鼻孔里都在向外喷着血,只有眼珠还在转动。潘姨从来没有见过这样的情景,她吓得脸色铁青,全身颤抖。

六神无主的潘姨看到,阿芬克劳特夫人的眼珠一直在转动,还想把头朝黄包车的方向扭,但她实在扭不动了,好像是在找什么。潘姨终于明白了,她赶紧跑回黄包车边,把坐在面粉袋上捂脸痛哭的保立抱了起来,三步并作两步地向阿芬克劳特夫人身边跑。

阿芬克劳特夫人看到了保立,她的眼珠一动不动,露出了一丝亮光,作为母亲,潘姨理解阿芬克劳特夫人眼里的这点亮光,那是母亲特有的眼神,那是只有母亲眼里才会有的亮光。

潘姨一边流着泪,一边摇动阿芬克劳特夫人的双手:“你不能死啊,雷奥还没有回来!你不能死啊,雷奥还没有回来!”

不管潘姨怎样摇动,阿芬克劳特夫人再也不能说出一句话,她的嘴里和鼻孔里还在向外喷着鲜血。

“保立,快叫妈,代雷奥哥哥叫声妈。”潘姨转过身来,把哭泣的保立抱到阿芬克劳特夫人的面前,让她能够看得到保立。

哭泣的保立没有叫,阿芬克劳特夫人的样子把孩子吓傻了。

“保立,快叫妈,代雷奥哥哥叫声妈!”潘姨疯狂地摇着保立。

“妈妈!”刚才还惊惧万分的保立听清了妈妈的话,高喊出一声“妈妈”,这一声喊得撕心裂肺,震天动地!

阿芬克劳特夫人正慢慢闭上的双眼突然睁开,她听到了儿子的呼喊,她听到了自己最熟悉、最乐意听到的一声呼喊。她多么想爽快地应上一声,但她做不到了,她只能轻轻地点了一下头。之后,阿芬克劳特夫人便闭上了她一直明澈的也贮满忧伤的双眼,那双阅尽人间苦难又期盼着苦尽甘来的双眼。

“妈妈!”保立疯狂地哭着。

“妈妈!”保立疯狂地喊着。

不管保立怎样呼喊,阿芬克劳特夫人的双眼再也没有睁开。

王家甫讲完上海发生的惨剧,潘进堂和喜鹊泪眼蒙眬。昨晚上,雷奥还哭闹着回上海去找妈妈,他哪里知道,妈妈十几天前就已经不在人世了。对一个十一岁的孩娃来说,没了爹,没了妈,今后可怎么活啊!想到这里,三个大人个个肝肠寸断。

半个钟头过后,王家甫不再抽泣,因为,更重要的事情等着他和潘进堂商量。

“进堂哥,咱们光哭不中,得合计合计下一步的事。对了,娃在这里过得咋样?”王家甫问。

“娃是个好娃,就是在咱这样的庄户人家受罪了,又赶上了这样的赖年成,对不住娃啊!”潘进堂面带忧心和愧疚的神色。

“你走的这一段时间,娃跟着俺们遭了不少罪,一个月总算熬过去了,苦累俺自己不怕,俺怕娃遭罪啊,每次看到娃可怜的样子,俺心里像刀割。你还是把娃带到一个更好的地方吧!”喜鹊接了丈夫的话。

喜鹊的意思很明显。

“如果村里实在待不住,俺这次就把娃带走。”王家甫望着哥嫂。

“你准备把娃带到哪?”潘进堂低声问。

“开封。”

“你不是说,开封日本兵和特务特别多吗?”

“是!但没有别的法子啦!”

屋子里静默下来。

潘进堂在屋子里背着手走了起来,屋子里人心惶惶。

潘进堂一连走了十几圈,收住脚步停了下来。

“家甫,娃不去开封了,留下来,给俺养老……”

“哥,娃这一留,就不知道猴年马月了,你可想好了?”王家甫打断潘进堂的话,如此重大的事情,一旦决定,就没有退路了。

潘进堂稳稳当当地坐到凳子上,慢慢悠悠地说:“娃刚来时,俺只是可怜他,答应在家里藏上一段让孩子避避风头。娃现在来一个月了,俺心里不知咋的,像有根绳给拴住啦,忽然感到离不开娃啦! 你们两口子在上海有娃,百年之后,有人给你们穿孝服捧孝盆,俺和你嫂子没娃,还要靠他把俺们抬到坟地里!”

听完潘进堂的话,刚刚停下哭泣的喜鹊再一次捂脸而泣。王家甫的眼泪再一次涌了出来。

“妈里个×,那么多王八蛋想害俺娃,老子这辈子就学一出老戏《程婴救孤》,大不了把俺这不值钱的人头剁下来,扔到洪河里喂鳖!”潘进堂先是猛地跺了一下脚,接着举起双手,把自己的头拍得哗啦哗啦响……

煤油灯下,三个大人你一言我一语不停地说着,院子里仍然漆黑一片,1942 年上蔡冬天的夜,黑沉沉的叫人毛骨悚然。王家甫上次背着雷奥回来时,村子里的狗还时不时叫上几声,而这一次,整个村庄没有一声狗叫,万籁俱寂,连往日里仅存的一丝生机也荡然无存。春节快到了,王家甫从开封坐汽车来上蔡的路上,没有体会到一点这个庄户人家最重视的传统大节的气氛,没有人赶集,没有人刷房,没有买卖,没有笑声,更没有节前应有的喧闹。他能感觉到的只是肃杀、荒芜、悲戚甚至死亡的威胁。只有坐在煤油灯下的草房内,他才体会到人间的温暖和无言的亲情。

“去,给家甫烧口水喝喝。”潘进堂对坐在一旁的喜鹊说。喜鹊听到丈夫的话,马上站起身来。

“嫂,不用了,咱们合计合计咋样给娃把事情说明吧!”王家甫也随哥嫂把雷奥叫作了娃。

“俺也正想和你商量这件事,不过俺还是得把八仙叫来!”潘进堂说完这句话,准备起身向外走。

“等等。”王家甫叫住了潘进堂,然后刺啦一声拉开了一个帆布包,包里装着满满的各种各样的面包,黑的、红的、黄的、白的,散发出诱人的香味。

“这是店里没有卖完的面包，保立妈不让保立吃，一直让留着带给娃。就给八仙带一个吧！”

“这是啥东西？”潘进堂在领着八仙来自己家的路上，往八仙手里塞了一个面包，八仙看不清圆圆、软软的东西是什么，就问了这么一声。

“洋馒头！”潘进堂回答。

“啥个味？”

“自己尝！”潘进堂没有吃过面包，外加心里正为雷奥妈妈的遇害难受着，不愿意多讲话。而这一切，突然被叫来的八仙是不知道的。

“俺知道了，你那个排场的妹夫终于回来了，接娃来了！”八仙笑着说。

潘进堂走在前面，一声没吭。

八仙把面包掰下拇指肚大小的一块，小心翼翼地先送到自己的鼻子边，闻了五步远还没有送进嘴里，他舍不得一口吃下去，他要仔仔细细闻够后再吃。八仙闻出了烘烤后面包的麦香和面皮表面芝麻的油香，还有一种味道他也闻出来了，但不知道是什么香味，八仙没有见过黄油，自然不知道那是沁人心脾的黄油的芳香。走完第六步的时候，八仙才把面包块放进了嘴里，他用牙咀嚼起来，像咀嚼生硬的红薯干一样咀嚼起来，但八仙什么也没有嚼到。面包块进到嘴里之后，就悄无声息地融化了，留下的只有一丝香甜。八仙又走了三步之后，决定再拧下指头肚大小的一块。这一次，八仙没有放到鼻子边闻，而是迅速放进了嘴里，放进嘴里之后，他又迅速闭上了嘴唇，他怕面包的芳香散发到空气中去，那他就亏了。八仙把面包块放进嘴里之后，没有嚼，而是含着，他知道，如果一嚼就会和刚才一样，什么都没了。含着面包的八仙走了十几步，也陶醉了十几步，既香又甜的面包，准确地说应该是面包的香味在八仙的舌尖上、唇齿间、食道内萦绕、盘旋、缠绵，八仙这次感到自己真的成仙了，世间凡人是享受不到这种美味的……吃过两块指头肚大小的面包块之后，八仙把剩下的面包装进了自己棉裤口袋内，要留给家里的桩子。走三步，八仙摸了一下口袋，再走三步，八仙又摸了一下口袋。就这样，他跟在默不作声的潘进堂后面走进了院子。

从进门的那一刻起，八仙凭着多年举着算卦的白旗、行走四方的经验就发觉屋里的气氛不对。和自己打招呼的王家甫满眼通红，喜鹊抱着头坐在凳子上一声不吭，八仙断定，肯定是上海那边出事了。

王家甫把上海的灾难给八仙简要说了一遍，还没等讲到结局的时候，八仙已经猜到了可怕的结果，站立在床边的他扑通一屁股坐在了床上。“老天爷，这下娃可怎么过？老天爷，这下娃可怎么过？”身体颤颤抖抖的八仙嘴里反复念叨着这句话。

八仙知道，娃的一家就剩他一个人了，爹和姐在汉堡被杀害，相依为命的娘在上海又被谋害，娃再出一点事，一家的香火就这么断了。家族断了香火，在上蔡可是比天塌下来还大的事，这时的八仙彻底明白了潘进堂半夜三更把他从床上揪起来的原因。

人都到齐了，王家甫先开口说了话，因为马上要和屋子里的人商量雷奥的事情，他就把阿芬克劳特夫人遇害后上海那边的情况详详细细地介绍了一遍：“在阿芬克劳特夫人也就是娃的娘遇害前几天，已经有几名犹太人因车祸而离奇死亡，由于没有旁观者，也就没有引起关注。阿芬克劳特夫人的车祸显然是蓄意而为，因此，她被谋害的第三天，上海所有的犹太报纸都报道了这个事情。由于没人看到开车的是什么人，卡车也没有牌号，所以报纸上没有直接说是纳粹串通日本人干的，但也暗示了这是他们蓄谋已久的‘最终解决方案’中‘优先’处理所谓‘影响帝国国家安全的犹太人’的一次试探性行动。犹太报纸报道后，重庆的中国报纸，美国、法国、英国以及很多中立国的报纸也都报道了这件事情。这十几天时间内，再也没有犹太人不明不白地死去。我估计这很有可能是纳粹和日本迫于世界舆论压力暂时有所忌惮收敛了手脚，不等于今后这样的事不会再发生。”

“狗都改不了吃屎，更不用说孬种了，孬种的秉性比狗还坏！”八仙接了王家甫的话，王家甫说话文绉绉的，而八仙说话直来直去，一语中的。

“娃不能回上海，回去一定没有好果子吃，但娃留在咱们村里也不行，娃今后恐怕受不了这份苦啊!”八仙又说了一句。

“屁话!娃去哪?只要俺过得去,娃就能过得去。不然的话,咋向娃的娘交代?人家把娃放咱这,咱活得好好的,人家娃却出事了,咱这老脸往哪放?干脆放进裤裆里像屁股蛋子一样蒙起来算了!”潘进堂这话是说给自己的,但王家甫、喜鹊和八仙明白,也是说给他们的。

八仙一言不发了。

煤油灯下,王家甫看清了潘进堂一双大眼里闪着的坚毅的目光,这种目光王家甫看了十几年,戏台上他看过,戏台下他也看过。王家甫不止一次对潘姨说过,大哥目光里含有宋世杰的智慧、唐代宗的大义、诸葛亮的计谋还有包拯的决断。听到丈夫夸自己的哥哥,潘姨总是笑个不停,然后用一句轻描淡写的话回答:“哪有啊,小时候他总是用恶狠狠的眼睛瞪我,不让我做这,也不让我做那!”不管潘姨怎么说,王家甫一直相信自己的眼睛,这一次,他又看到了潘进堂的这种目光。

喜鹊在男人们说话的时候,一般不主动插话,但到了她认为该插话的时候她也不会一声不吭。在潘进堂眼中,自己老婆不是一般的农家妇女,偶尔说出的话不但不比自己差,有时还令他意想不到,所以每次议论大事,喜鹊不在身边他都觉得不踏实,不放心。喜鹊听了男人们之间的谈话,也知道了他们的态度,女性本有的怜爱之心改变了她原先的想法,这时不慌不忙地开了口:“没了大没了娘,回上海还是死,进堂留娃,俺这个当娘的也留娃,打今以后,进堂是娃亲大,俺就是娃亲娘!”

王家甫听完嫂子的话,心里的石头落了地。在来上蔡的路上,他最担心雷奥能不能继续在上蔡待下去。能不能待下去,取决于两个方面,一是哥嫂还愿不愿让雷奥待;二是雷奥自己愿不愿待。两个方面只要有一方不同意,天大的问题就来了。上海自然不能回,虽说现在暂时平静了,但谁能保证以后也没事呢?一有事就是他王家甫也担当不起的事。不能去上海,还能去哪里呢?原来还有一个地方可去,尽管没有上蔡安全,却比上海好,就是开封王家甫姐姐家。可现在姐夫瘫痪在床,家里的经济来源断了,可怜的姐姐自家不保,哪里还有精力照顾一个语言不通的外国孩子啊！王家甫在来的路上，想了一路，愁了一路，火车上、汽车上，其他旅客困了都呼呼大睡，他怎么都睡不着。十几天来，王家甫、潘姨和犹太人协会的人一直在忙着安葬阿芬克劳特夫人。由于惊吓和伤心，潘姨一连多天高烧不退，家里家外就剩他王家甫一个人，本来他还想请个病假回一趟上蔡，安抚千里之外的雷奥，但那时他实在抽不开身。一心挂着两头，王家甫整夜整夜地睡不着觉，身心交瘁，这个坚强的汉子差不多快垮了，如果上蔡再出意外，王家甫不知道自己该怎样应对。

“那俺这个做妹夫的谢谢哥嫂了！”王家甫说完这句话，站起来给潘进堂和喜鹊各鞠了一个躬。

“不是说过了吗，孩子就是俺亲娃，还谢个啥！”潘进堂一脸严肃。

现在，在上蔡关于雷奥可能出现的两个问题中的一个已经解决，王家甫暂时缓了一口气。这口气憋了他十几天，困了他十几天，压了他十几天，他终于可以把这口气从肚子里吐出来了。他想笑，很长时间没有开心地笑了，他更想哭，想痛痛快快地哭上一场，哭出胸中的积闷，哭出心中的压抑，但他不能，至少现在不能，因为还有一个更加棘手的问题等着他。

这个更棘手的问题就是以什么样的方式告诉雷奥上海发生的事情，并且还得让雷奥老老实实待在上蔡。

在来上蔡的路上，这个问题王家甫考虑得最细也最多，但始终没有想出让他自己满意的方法。把阿芬克劳特夫人在上海遇害的事情告诉雷奥吧，孩子才十一岁，实在太小，一家四口人，爸爸和姐姐在德国死了，现在连妈妈在上海也去世了，年纪小小的他知道后，受得了吗？受不了的话，孩子小不懂事，又哭又闹，不吃不喝，自己在上蔡的几天还能对付，一旦自己离开，不懂德语的哥嫂可怎么办？这个方案很快被王家甫否定了，他决定再编个幌子让雷奥留下来。编个幌子是可以的，三五天可以，甚至十天八天也可以，但再长就不行了，时间已经过去了一个月，小雷奥不但想妈妈，还想回去上学，两根线牵着他，孩子的忍耐是有限的，到时候别人是无论如何挽留不住的。思来想去，王家甫就是得不到一个好法子，走一路他思考一路，也苦恼一路。

“哥嫂，你们不嫌麻烦让娃继续留在这里，感谢你们的话俺这个当弟的也就不说了，现在看来，娃待下去的时间长短就不确定了，可能十天八天，也有可能三五月，还有可能三年五载啊！”王家甫说出了闷在胸中的话，他认为，这句话自己必须说。

“既然是俺的娃，待一辈子也没问题！”潘进堂看来早就想过这个问题，王家甫的话音一落，他的回话掷地有声。

喜鹊这时把丈夫的话接了过去：“反正俺和你哥没孩子，娃就是俺的亲儿子，你哥刚才不是说了吗，俺将来还等着娃拄丧棍、捧丧盆，给俺送终呢！”

“家甫，俺明白你的心思，你是怕娃在这待的时间长，你哥嫂不待见。你就放心吧，你哥嫂不是那样的人！一锅饭有他们喝稀的，就有娃吃稠的！”沉默了半天的八仙这时开口了，他清楚王家甫的所思所想。

听完哥嫂和八仙的话，王家甫知道，雷奥在村里待，不管多长时间是没有问题了。

现在的问题是怎样告诉雷奥并让他安心地待下去。王家甫在思考这个问题，潘进堂、喜鹊以及八仙实际上也都在思考这个问题。

八仙说：“俺看不能一下子告诉娃！这几天娃都快急疯了，走路时眼睛都恍惚着，昨儿个差点一头撞到树上，如果再被这天塌了的事一惊，非给击垮不可！”

当娘的是最细心的，也是最疼娃的。一提到这事，喜鹊就哽咽起来：“娃从上次演完戏回来，天天像发癔症似的，喊三遍都不应一声，吃饭也不中了，原来每顿两个蒸馍，这几天下来他吃一个都磨叽半天，要是再知道了这事，上海的天塌了，这边的天也非塌不可。”

听完八仙和喜鹊的话，王家甫和潘进堂没有说话，四个人各自低头坐在板凳上，此时，屋子里没有一点声响。院子里漆黑一片，嗖嗖的夜风把窗户纸打得哗啦哗啦响，像锤子敲击着屋子里每个人的心，人人在死一般的寂静之中忍受着时间的煎熬。

“现在不能告诉娃！”潘进堂终于说话了。王家甫、喜鹊和八仙抬起了头,人人看着潘进堂的脸,煤油灯的灯头虽然还在左右摇摆,但屋子里好像比刚才亮堂了一点。

“娃眼看就要垮了,再当头来上这么一棍,不是等于把娃往阎王爷那里送吗？咱村里没有瞧病的先生,娃出点事,得往县城医院抬,县城里到处都是老日和孙宝康的二狗子,不要说病的轻重,就娃这个长相,抬得去还抬得回来吗?”潘进堂的话震惊了屋子里的所有人。

王家甫刚才一直没有开口说话,不是他没有主意,而是他不愿意先说。雷奥在上蔡,不是在上海避难,自己仅在这里待两三天,很多事情今后还是靠哥嫂和八仙他们撑着扛着,外加自己对上蔡的情况也没有他们熟悉,所以他认为应该先听听他们的意见。现在三个人的意见都明确了,而且也和自己心里想的一样,他这时才开了口。

“你们三人都认为不能现在告诉娃上海的事,俺也同意,娃现在这个样子,再经不起折腾了!”

屋子里的四个人都明白,到了该想个法子把娃继续留在村子里的时候了。

这次还是八仙先开的口,他说:“就和娃讲上蔡这一段在打仗,日本人和二狗子检查得紧,眼下回不去,得等上一段时间。”

其他几个人没有说话。

“就说路上的铁路被洪水冲垮了,火车开不了,修好铁路得十天半月。”可能是上蔡遇到了旱灾,喜鹊日日夜夜盼水祈雨,所以想到了大雨滂沱造成的洪灾。

屋子里的其他几个人还是没有说话。

雷奥要继续留在上蔡,原因不能从上蔡这边找,也不能从路上找,这两个方面的理由对雷奥来说,编得再像都说服不了他的心。得从上海找,因为雷奥关心的事都在上海。想到这里,王家甫抬起了头,说:“俺有个主意,不知道中不中?”

潘进堂说:“讲!”

“娃现在一是想回上海见妈妈,二是想回去上学,他怕那位厉害的校长批评他。如果咱们在这两点上想点法子,或许能稳住他。”

“啥法子?”潘进堂急切地问道。

“来之前俺和保立妈商量了一个晚上,想出了好几个法子,琢磨来琢磨去,可能就这个法子还好一点。”

“啰唆,快说!”潘进堂这回更急了。

“要娃继续待在上蔡,不能说是咱们的要求,得说成是另外一个人的要求,这个人就是嘉道理学校的校长露西·哈特维希女士。”王家甫讲到这里,被八仙的一句话给打断了。

“谁啊?”

“露西·哈特维希女士。”王家甫重复了一遍,八仙看起来好像还是没有听清,正准备再问,被潘进堂呵斥了一声:“快说!”

王家甫继续他的话:

“就说露西·哈特维希女士来到雷奥妈妈的面包店里,说学校准备3月份举办一个音乐节,请卫登堡先生和他的学生来拉小提琴,请上海音专的学生来唱沪剧,雷奥已经在河南学习了一个月的豫剧,也请他上台唱一两段梆子戏。”王家甫把他和保立妈想的点子一五一十地说了出来。

“可娃还不会唱咱这梆子戏啊!”喜鹊急了。

“不会唱才好,要是会唱了,下面的戏就不好演了。等天亮娃起床了,俺就把露西·哈特维希女士的要求给他说,并说如果他能上台演唱,俺明天就带他回上海。”

“娃肯定说他不会唱,他确实也不会唱。”喜鹊说。

“他自己承认唱不了,那就好办了。就说,露西·哈特维希女士还讲了,如果暂时还不能上台演唱,也没问题,她批准他再继续学习一个月,3月中旬的音乐节前回上海。还得加上一句,他妈妈、潘姨还有保立非常期盼他登台唱戏!”王家甫说完了自己和保立妈的“谎言”。

屋子里其他三人没有接话,喜鹊和八仙看着潘进堂,王家甫也看着潘进堂,等待他的表态。

潘进堂抱着头思考着。

“中,俺看中!不过,空口无凭,孩子不一定相信,要是能有封那个什么女士的信就更好了!”潘进堂终于表态了。

“俺可以马上写,因为俺给雷奥带来的学校成绩通知单上有她的签名,俺可以模仿。”王家甫这次回来,知道雷奥在上蔡要长期待下去,就把他在上海的东西都打了包,能带来的都带来了。

“那就快写,以那个什么女士的名义写!”潘进堂说。

喜鹊收拾好桌面,王家甫先从自己上衣口袋里摸出钢笔,一圈又一圈拧开笔帽后放在桌子上,接着就从提包中找出了那张带有露西·哈特维希校长签名的学校成绩通知单,最后取出了一沓信纸,这些信纸他本来是带来给雷奥的。雷奥上次在他回上海前,趴在他耳朵边讲了几次,下次看好喉咙再来时,信纸和信封一定不能忘带,他要给汉堡的音乐老师写信!王家甫开始替露西·哈特维希女士写信。

潘进堂、喜鹊和八仙在王家甫俯下身子写信的时候,也个个从桌子的其他三面侧身低头观看。王家甫看一眼露西·哈特维希女士的签名,在信纸上写出三五笔来,接着再看一下签名,又写出三五笔来。王家甫聚精会神地写着,其他三个人目不转睛地看着,纸面上的外国字他们三个一个都看不懂,但越是看不懂,三个人越是直勾勾地瞧着纸面一动不动,生怕王家甫漏掉一笔,写错一画。

“这是啥字啊,咋像弯弯曲曲的簇串(蚯蚓)?”王家甫密密麻麻写完半张后,趴在一边的八仙说话了。

“你要是能写这样的‘簇串字’,还会在咱们这破庄子里打鼓扛白旗?”潘进堂回了八仙一句。八仙不好意思地挠了挠头。

王家甫写完了信,最后又认认真真签了露西·哈特维希女士的名字,脸上露出了一丝尘埃落定的微笑。

“给俺读一遍!”潘进堂说。

“是念德语还是说说汉语的意思?”王家甫问。

“念德语的,俺一辈子还没听过外国信啥个味呢!”潘进堂回答。

“Liebe Leo, wie geht’s Dir? Schon ein Monat habe ich Dich nicht gesehen. Ich vermisse Dich sehr……”王家甫手举信纸，轻声地朗读着，潘进堂闭着双眼，随着王家甫清脆、流利的发音频频地点着头，像在听徒弟们一字一句给他唱悦耳动听的《花打朝》，给他唱绵绵入耳的《凤仪亭》，给他唱丝丝入扣的《下陈州》……

“你读的是啥个腔调啊，咋像庙里和尚念经！”八仙听着听着笑了起来，轻声来了一嗓。

王家甫说：“俺念的是外国经，俺这就给你翻译一下：亲爱的小雷奥，你好吗？我们已经一个月没见面了，我非常想念你……”王家甫用汉语读信的时候，不光潘进堂闭上了眼睛，喜鹊和八仙也都闭上了双眼，他们陶醉在王家甫的声音里，陶醉在美好的幻觉里……

王家甫读完信的时候，天亮了。

雷奥迷迷糊糊从另一间里屋出来看到王家甫时，“啊”的一声大叫，一下子扑进了王家甫的怀中。抱了很长时间，雷奥的头才慢慢地抬起来，王家甫看到孩子的双眼湿润润的。眼前的雷奥面容消瘦，眼神也失去了初来时炯炯的神采，显得倦怠和憔悴，短短一个月的时间，孩子变了模样。

“王先生，您怎么这么长时间才来啊？”小家伙含着泪说，一个月恍如隔世。站在一旁的潘进堂、喜鹊和八仙看着雷奥可怜的样子，个个红了眼圈，泪光闪烁。

王家甫看着雷奥，他心里明白，孩子的忍耐已到极限，再也经受不起任何一点打击了。他必须强装笑容，让孩子感到上海一切正常，他的妈妈一切正常。虽然外面的世界饿殍遍野、寒意逼人，但王家甫要让潘家院子里的三间茅屋风调雨顺、春暖花开。

“叔叔在上海治喉咙呢，医生每天都用很长很长的刀子伸进叔叔嘴里，又是割又是刮，每天都出很多很多的血，还是没有治好，所以就来晚了！叔叔向雷奥道歉，好不好？”雷奥听到这话，止住了哭声。

“您痛不痛？”抬起消瘦的小脸，雷奥问。

“痛死叔叔了，但为了和雷奥一起学戏，叔叔都忍着不哭！”雷奥看到王家甫吃了那么多的苦还不哭，也变得坚强起来了，阴沉的脸上露出了一点点轻松。

“我妈妈还好吗，她怎么不和您一起来接我？”雷奥又想起了妈妈，他心里猜想，这次王家甫肯定是来接自己回上海的。

“你妈妈特别忙，她走不开，让我来接你回去的！你潘姨和保立弟弟也在上海等你呢！”王家甫笑着说。王家甫的笑脸潘进堂、喜鹊和八仙都看在眼里，他们感觉，这种笑脸比哭脸还难看。

“我没有去上学，露西·哈特维希校长生气了吗？”雷奥接着问。

“没有生气！她还让我给你带了一封信呢！”王家甫还是一脸笑意。

“给我看看，给我看看！”雷奥急得围着王家甫转了起来。

“咱们吃过饭再看，我走了一夜的路，都饿坏了！”

一说吃饭，八仙就提出要回家，这回被潘进堂一把拉住了，说锅里已经多添了一瓢水。喜鹊把早饭端上了桌，大人一人一碗红薯干汤，每人还加了一个窝窝头。雷奥除了一碗汤外，一如既往还有一盘菜，这次是鸡蛋炒萝卜丝，白黄相间盖满了巴掌大的瓷碟，热气腾腾地冒出棉籽油的醇香。雷奥坐下后，正在纳闷自己为啥没有白面馍时，喜鹊慌慌张张从灶屋跑进了堂屋，雷奥一看傻了眼，“哎呀”一声高兴地叫了起来，因为他看到喜鹊将细长的铁火棍串着的三个面包在灶膛里烤脆后举着过来了。

潘进堂、喜鹊包括八仙还是第一次真真切切地看清洋馒头，虽然潘进堂、喜鹊夜里瞄了一眼，八仙也吃了指甲盖大小的两块，但洋馒头的全貌他们都是第一次看到。串在火棍上的三个面包一个圆、一个长、一个方，而且一个黄、一个白、一个黑，面包一烤，满屋子喷香喷香起来。雷奥咬一口面包，夹一筷子菜，接着喝一口汤，嚼得津津有味，吃得兴高采烈，喝得酣畅淋漓。四个大人各自埋头啃着窝窝头，捧着大碗喝着灰色的红薯干汤，他们不时看着雷奥笑笑，雷奥也不时朝他们做着鬼脸。

吃过早饭，雷奥就躲在自己住的里屋读起露西·哈特维希校长的来信。不出王家甫所料，十分钟后，雷奥就噘着小嘴，手里拿着信闷闷不乐地出来了。

“这可怎么办？校长让我登台唱戏呢！”雷奥摇着头说。

“你要是现在能登台，我们明天就回上海。”王家甫激雷奥道。

“不行，我不能回去！回去的话，不能上台演唱，露西·哈特维希校长会生气的！”

“那怎么办呢？”王家甫面露难色。

“我要在这儿跟师傅学戏，露西·哈特维希校长在信上说了，到三月份回去也可以！”雷奥指着信理直气壮地说。

“不知道师傅愿不愿意教啊？”王家甫看着潘进堂，潘进堂一声不吭。

雷奥这时走到了潘进堂面前，羞羞答答地用德语说：“师傅，我今后不哭了，也不吵着回上海了，您教我学唱戏吧，还有一个月，我就要站在几百人面前唱大戏呢！”

潘进堂听完王家甫的翻译，还是一声不吭。

“师傅，我今后不让您生气了，我天天听您的话，您教我唱戏吧！”雷奥放大了嗓门，在潘进堂面前乞求着。王家甫也学着雷奥的声音，惟妙惟肖地翻译着。

“此话当真？”潘进堂终于开口说话了，一句话就四个字。

“真的，真的！”听完王家甫的翻译，雷奥立刻回答。

“那咱们拉钩！”潘进堂突然说了一句让雷奥吃惊的话。

雷奥笑了起来，平常严肃的师傅竟然要和他拉钩。

在王家甫、喜鹊和八仙的掌声中，雷奥和潘进堂伸出了各自的小拇指，一大一小两个拇指钩到了一起，潘进堂用自己的手指紧紧钩住雷奥的手指向上举，直到雷奥踮起脚尖还没有松开，雷奥随着潘进堂转起圈来。潘进堂边转边笑，小雷奥则边转嘴里边不停地嚷着：“师傅坏，师傅坏！”

雷奥愿意留下来了，四个大人悬着的心终于放下。八仙捂着棉裤口袋回家了，王家甫则和衣一头钻进雷奥的被窝呼呼大睡起来，他已经一天一夜没有合眼了。雷奥喝着师母喜鹊给他烧好的一碗红糖水，一个人趴在堂屋的小桌上安安静静地写信。雷奥要给上海的妈妈写一封信，让王家甫先生带回去。在信里，雷奥告诉妈妈，他今天终于吃到了她做的面包，又香又甜，又脆又软，圆的、长的、方的三个面包一顿全吃下去了，把其他几个大人都给馋坏了！不但这些，雷奥还告诉妈妈，村里什么样的人都有，师傅严厉；师母慈爱；王拐子满嘴粗话；剃头老纪的眼神有问题，竟然分不清桩子和自己；马兰兰和玛瑞亚小学的施密特老师一样漂亮；"日本县长"比《格林童话》里狡猾的狐狸还难对付……在信的最后，雷奥还告诉妈妈，等一个月之后，他学成了戏就回到她的身边，在给几百个人演唱之前，先在面包店里给她演上一场，让潘姨和保立也坐在旁边听，让妈妈为自己鼓掌，让妈妈为自己的儿子感到自豪……

雷奥在堂屋写信的时候，潘进堂和喜鹊一声不吭地坐在自己里屋的床上，翻看王家甫带来的雷奥的书本，花花绿绿一共十几本，那是嘉道理学校学生的课本，德语、英语、数学、自然常识和音乐等课程的教材。潘进堂和喜鹊一本一本地翻着，书皮上和书页里除了阿拉伯数字，他们一个字都看不懂。

"这外国字真怪，字都像八仙说的'簇串'！"喜鹊对丈夫说。

"俺猜啊，人家外国人拿到咱们的戏谱，也一定会说，这中国人啊真怪，怎么他们写的字不像咱们的'簇串字'，倒像七叉八拐的蜈蚣啊？"听完潘进堂的话，喜鹊先是翻翻眼看看丈夫，接着使劲在丈夫的屁股上拧了一下，然后趴在丈夫耳朵旁说："你这个人鬼得很，连外国人怎么想的都知道！"

潘进堂和喜鹊怕影响雷奥写信，一直闷不作声坐在床上翻看看不懂的外国"簇串书"以打发时间。翻到半晌午的时候，潘进堂翻出了个不大不小的问题，他的心立马收紧了，把书合上后，转过头来对喜鹊说："咱俩翻这书有个屁用，娃翻才有用！"

喜鹊不明白丈夫的意思，回答道："等娃写完信让他翻不就是啦。"

"娃学过的部分他翻一翻能看得懂，那没学过的部分呢？"潘进堂说完这句话，看着一旁的喜鹊，喜鹊回答不上来了。

"这事得和家甫合计合计，不能让娃在咱这待几年变成了二傻子，等人家将来回去时，除了会吼几嗓不中用的梆子戏，其他啥都不会啊！”潘进堂拍打着自己的额头，像是疏忽了一件重大的事。

“你说的也是，外国人又不听咱这豫剧，娃今后回去，得像家甫一样有文化，这样才能找个饭碗喝稀饭！”喜鹊同意丈夫的观点。

“你这当娘的不中，哪能让自己的娃将来喝稀饭，得吃白面馍加肉臊子！”潘进堂说完这话，没有想到喜鹊又在他的屁股上拧了一下。这一回，喜鹊加了一点力，掐得潘进堂捂住屁股“啊呀”一下叫出声来。

吃过晌午饭，八仙领着桩子来到了潘进堂家，桩子手里有个弹弓，他领着雷奥，两个人一前一后出了院子，到村头外的麦地里去打鸟。雷奥来到村里二十多天，潘进堂和喜鹊基本上没有让他出过院门。最近一段时间，村子里的人已经习惯了雷奥，喜欢上了雷奥，开口“娃”闭口“娃”的不再把他当外人了，潘进堂和喜鹊才敢让他跟着桩子出门。

“家甫，上午俺忽然想起了个事，娃待在村里看来不是个把月的光景，光学戏不让娃读书，会误了娃啊！”潘进堂和其他三人坐在小桌旁，道出了他上午与喜鹊翻书时的发现。

王家甫从心底里佩服自己的哥嫂，身居乡野，眼光却不比城里人少半寸，于是他说：“哥嫂真是有心人，这也正是俺把娃的书全部带过来的原因。但娃只能自己看看书，要想学新东西，上蔡哪里有学校啊？就是有学校，娃也不能去呀！”

屋子里一阵沉默。

“有个人不知道能不能当娃的老师？”潘进堂打破了屋子里的寂静。

“谁呀？”王家甫赶忙问。

“俺思来想去一个上午，或许一个人能帮点忙，就是县城私立学校武津中学的英文教员任天放任先生。这个人在美国留学三年，听说是学铁路的，后来得了一场病，半个胃切去了，美国待不下去就回到县城当起了英文教员。”潘进堂刚介绍完，王家甫就跟着问了一句话。

“娃是外国人，这个人可靠吗？”

“这位任先生经常看俺们戏班子的演出，次次都提上几点意见，说得还真是那么回事。至于可靠不可靠俺还拿不准,但有一件事或许能说明点问题。去年春,俺带着戏班子去县城山陕会馆唱《打金枝》,唱完后正往车上装道具,这位任先生找到了俺,问了俺一个问题,俺当时没有回答上来。"

"啥问题?"王家甫追着问。

"他说,俺原来以为你们班子这次来,要唱《杀兀术》或者《精忠报国》,没有想到你们弄了场歌舞升平的《打金枝》,请潘班主回去读读杜牧《泊秦淮》的最后两句! 说完拂袖走了。俺不知道这最后两句是个啥,后来问过一个文化人,人家说是'商女不知亡国恨,隔江犹唱后庭花'。"

王家甫沉默不语,但心里却十分亮堂,因为他不但知道唐朝著名诗人杜牧夜游秦淮时写下的这两句是什么意思,他还知晓任天放是个什么样的人了。心里明亮之后,王家甫就对潘进堂说:"这个人或许能教娃,他在美国学铁路,除了德语,英语、数学、自然常识他教都没问题。俺每次回来都和娃讲德语,德语是他母语,他忘不了的!"

"那你确定这位先生可以教娃?"潘进堂问。

"一定中!"王家甫回答。

"走,进城瞧这位先生去!"潘进堂说。

"俺和你一道去!"王家甫说。

武津中学位于上蔡东街的城隍庙内,是县里两位绅士出资银洋一千元建立的私人学校,老师大部分是从开封、洛阳和南阳请来的,学校虽然才开办两年,但在上蔡和附近几个县里已经颇有声望。

潘进堂和王家甫经过两个多钟头的紧赶慢赶,来到了上蔡县城,在县城十字街油条铺称了两斤黄澄澄的油条后,径直去了东街的武津中学。

问过门房,两人来到了一间瓦房门前,瓦房的门没有关,但门上挂着一卷布帘,两人正准备掀开布帘进屋的时候,屋内传出了一阵琅琅的读书声,潘进堂听不懂的读书声,两人怔在了门口。

王家甫大学学的专业是德语,德语系的学生必须选修英语,所以他听得懂屋内的书声,念的是林语堂的英文著作 *My Country and My Peo-ple*

(《吾国与吾民》),此书一出版,在欧美风靡一时。王家甫在汉堡工作时,不但读过英文原版的,也读过德文版的,他的很多德国同事都读过这本书,他们还问过王家甫:"王先生,您认识这位林先生吗?"在他们眼里,王家甫应该认识中国所有的名人。王家甫回答:"我认识林先生,林先生也一定认识很多王先生,但站在你们面前的这位王先生没有包括在内!"

等屋内人读完一段停下休息的时候,潘进堂才掀开了布帘。

"任先生,俺们搅和了您读书,实在对不起!"进到屋内的潘进堂、王家甫看到屋中央藤椅上坐着一个人,背对门,面朝墙。

"何路神仙?"坐在藤椅上的人没有起身,轻声问话。

"不是神,更没有成仙,唱梆子戏的潘进堂!"

藤椅上的人呼的一声站了起来,敏捷地转过身,面露惊喜之色。

"皇帝驾到,没有听到五巡开道鼓、七遍清场锣啊!"

潘进堂知道,对面站着的清瘦之人还是对自己在山陕会馆演唱《打金枝》耿耿于怀,赶忙鞠上一躬,和和气气地说道:"俺一个唱戏的原来只是想混口稀饭喝,但知晓了先生教俺的两句诗,心里豁然开窍,惭愧万分!"

"这位是……"任天放看到潘进堂身后还站着一人。

"俺妹夫!从俺嘴里知道先生学问高见过大世面,也随俺一道前来拜访,让榆木疙瘩脑袋开开窍。"潘进堂替王家甫回答。

潘进堂和王家甫入座后,便和任天放谈起了豫剧。对话是在任天放和潘进堂之间进行的,王家甫在一旁静静地听着,每当任天放一番高论之后,他都使劲点头,有个不停点头的倾听者在场,任天放更是兴致大增。

"你俩提着一捆油条来,不是光和俺喷喷梆子戏的吧?"

"大事没有,小事倒有一件,俺不知道能不能开口?"潘进堂羞怯怯地回答。

"尊口请开,慢慢细说端详!"任天放用了一句《打金枝》里的唱词。

"任先生,在俺这个戏班子里就俺肚里还装泡蚂蚁尿大小的墨水,能识俩字,勉强看得懂戏谱。再过几年,俺这老朽一死,班子就散了,不但《打金枝》唱不了,就连《精忠报国》也唱不了啦!"

“那你啥个意思?”

“俺想请您教教俺娃!”

“让他到学校里学吗?”

“娃小,您这里是高中,他才读了几年私塾。”

“那让他继续读私塾嘛,等今后大了再来这里!”

“俺村里没有私塾,过去都跑到隔壁村去读,上个月私塾先生被日本人用刀挑了。”潘进堂从马兰兰嘴里知道,她村里的一个私塾先生因不愿意给日本人写标语,被高野派去的一队鬼子用东洋刀给活活捅死了,捅死后尸体还被挂在村头的戏台上,悬尸三天。

沉默不语的任天放突然冒出了一句话。

“Bastard! Bastard!”

任天放嘴里冒出的这句话,潘进堂没有听懂,但王家甫听懂了,译成中文就是“王八蛋”。

进门后,没有开口说一句话的王家甫看到时机已到,便毕恭毕敬地说:“先生,俺从进堂哥那里听说您,很是敬仰。这次贸然登门,听了先生的话,更是佩服得五体投地。俺在开封开了一家巴掌大的茶行,家里三女无儿,女儿大了都是泼出去的水,俺哥让他娃接班唱戏,俺今后还想让这个贤侄帮俺打理破店呢!卖茶叶比不上先生教书需要的学问大,但也需要看得懂货票,开得出票据啊!”

“要学什么?”任天放沉默之后,轻声开了口。

“您时间宝贵,国文俺就自己对付教了,就教俺娃算术吧!”见任先生开了口,潘进堂赶忙回答。

“还得教点英语!俺那茶行时不时还会来几个外国人,呜啦呜啦俺一句话都听不懂,生意最后都跑到对面的‘宋都商行’去了,看着拎着大包小包走远的外国人,每次俺心里都酸溜溜的!”王家甫这时变成了一个演员,和潘进堂一道把任天放的三尺瓦房变成了七尺戏台。

“咋个学法?”任天放又问。

“您每周去俺村一次,俺借村里王拐子的毛驴车来拉您,除了管饭,每次备两碗白面作为娃的学费，先生您看……"潘进堂说出了他的想法，路上他和王家甫盘算好了，一次三碗白面也可以，超出三碗，他们就承受不起了。

任天放沉默了一会儿，突然嘴里冒出了两个字：

"一碗！"

潘进堂听后，看着对面的任天放，用商量的口吻说："先生辛苦，就两碗吧！"

"一碗！"对方干脆利落。

三个人商定好，等过完春节就来接先生。潘进堂和王家甫起身告辞，走出门外一米，正准备回头说上一句"请先生留步"，不料任天放把潘进堂拉到一旁，趴在他耳边说起了悄悄话。

任天放说："老潘，你这位演戏的今天在俺这破屋中耍了场精彩的双簧！看你的戏，俺每次都好歹评上两句，这次要不要听听？"

潘进堂说："尊口请开，愿闻其详！"

任天放说话了，像过去每次看完潘进堂的戏一样，背着手摇着头，一句一摇头："两位演员一明一暗，一前一后，一呼一应，一唱一和啊！"

听任天放说到这里，潘进堂不禁浑身一惊，脸上露出了惊诧的神情。

"老潘，你先别惊慌，俺还没说完呢！"任天放笑嘻嘻地看着潘进堂。

"先生，您继续评！"潘进堂的声音有点颤抖。

"不过，今天你俩扮演的不是奸臣，而是忠良！忠良戏俺任天放爱看，也愿在其中扮演个小角色，俺刚才已经参与其中，今后还会一直奉陪。但俺有言在先，既然是戏，你们不要告诉俺实情，咱们就按戏来演，把戏演完，也把戏演圆，这样对你们好，对俺也好！"任天放收起了微笑，一脸严肃起来。

潘进堂不再颤抖，他看到任先生的坚定后，自己也坚定起来。

"好！君子一言，驷马难追！"潘进堂说。

"君子一言，驷马难追！"任天放应。

任天放握住潘进堂的手摇了两下算是告辞，摇完之后，他又来到一米开外的王家甫面前,两双手紧紧握在一起上下摇晃着,这时的任天放说:“你们今天演的双簧出了纰漏!”

“啥个娄子?”王家甫好奇地笑着。

“你这个卖茶叶的不简单,不但会汉语,还听得懂英语。俺说了一个英语词,话音一落,你的表情和老潘的不一样!”

任天放说完这句话,点头致意后转身掀开门帘,哗啦一声没了人影。

潘进堂和王家甫对着晃动的布帘鞠了一躬,他们知道任先生看不见,但看不见,他们也要鞠。鞠过躬,两人转身举步向前,刚走出三五米,身后的屋里传出了英语的朗读声,声音时隐时现,潘进堂听不懂,但王家甫听懂了,那是《吾国与吾民》中的一段话,前面几句话和后面几句话王家甫没有听清,但其中一句话他每个词都听清了:“……我可以坦诚相见,我并不为我的国家感到惭愧……”

王家甫只能在上蔡待两天,他自己心里明白,他必须充分利用这有限的时间。第二天整个白天,潘进堂家的大门紧闭,喜鹊在门外坐在小板凳上纳鞋底,一有串门的人,喜鹊就一句话:“当家的得了伤寒。”“得伤寒”的潘进堂没有躺在床上,而是坐在院子里翻戏谱,他要为雷奥挑选出几段唱腔,后面一个月要教雷奥学唱,不但站着唱,还得表演着唱。作为戏班之主,潘进堂知道,站着清唱好学,表演着唱学问就大了。一个月的时间,只有学表演着唱,他潘进堂才有“调控”雷奥的余地。堂屋内,王家甫和雷奥一直坐在小桌旁,他在辅导雷奥德语,一师一徒,按嘉道理学校的课时设置,上午五节新课,下午五节新课。村里的近百户人家谁也不会想到,在一个离德国万里之遥的村庄里,在一个寒冷阴暗的农户的茅屋内,一个中国人在教一个德国孩子学德语,中国人读一句,德国孩子跟一句,琅琅的读书声回荡在茅屋内,回荡在中国男人和德国男孩的心间,温暖着院子里寒风中的中国男人,也温暖着门外寒风中的中国女人……

实际上,琅琅的书声还温暖着一个人,那就是八仙。自从雷奥来到村子里,八仙早上喝过稀饭,只要不下地干活,就独自一个人来到村西头那棵歪脖皂角树下，坐在凸出地面的树根上，靠着树身面朝太阳晒暖，一坐就是一个上午，一坐就是一个下午。八仙身边，每次都少不了一堆孩子，孩子们个个把手伸在袖筒里，缩着头围成一圈听八仙讲林冲夜闯山神庙，听八仙讲鲁提辖三拳打死镇关西，听八仙讲李愬雪夜入蔡州，听八仙讲诸葛亮草船借万箭……孩子们最受不了的是，每逢西边的马路上过来一个生人或者过来一辆马车，正在讲故事的八仙就唰地一下收住声音，瞪大双眼瞧了又瞧，和生人搭讪一句两句话之后才会重新坐下来接着说，而接着说之前，总是来上一嗓："你们这群王八蛋，俺刚才谝到哪了？"……太阳落下之后，八仙才懒洋洋地站起来回家。村子里人都知道，这年头，八仙没戏可演，没卦可算，只有跟一帮光屁孩消磨时间了。八仙的用意，村子里只有两个人知道，那就是潘进堂和喜鹊。就连雷奥也不知道，八仙在为自己放哨，西边马路上的任何一点小动静都逃不过八仙的那双小眼睛。

晚上，煤油灯下，王家甫在给雷奥翻译潘进堂为雷奥选中的两段唱词，那是豫剧老戏《卷席筒》和《十八扯》中的两段经典，前者是悲腔，后者是喜调。潘进堂先讲了一下两出戏的故事梗概，王家甫一五一十作了翻译。雷奥听懂了王家甫的翻译，他拍着小手，说："师傅唱唱第一段，师傅唱唱第一段！"潘进堂让王家甫和喜鹊移开屋中央的桌椅，自己则退到里屋。潘进堂刚进到里屋，喜鹊嘴里就响起了锣鼓之声，"锵锵，锵锵锵，锵锵，锵锵锵锵锵"！锣鼓声中，潘进堂从里屋踱着碎步出场了，只见他紧锁眉头，一脸哭相，双手放在胸前模拟披枷戴锁状，步履沉重地趟到堂屋中央，来了个一百八十度的转弯，稳稳当当地站在了雷奥和王家甫的面前，用力甩了一下头颈，抬头唱将开来：

小苍娃我离了登封小县，
一路上受尽饥饿熬煎。
行路人都道我是杀人凶犯，
他怎知我小苍娃受屈含冤。
在这里我只把嫂嫂埋怨，

小兄弟我起解你躲在哪边。
二差官好比那牛头马面，
一说话他和我就把脸翻。
从今后和哥嫂难得相见，
再不能和二侄一块来玩。
再不能捉螃蟹河边游玩，
再不能摘酸枣去上高山。
再不能到桥头去把集赶，
再不能穿新衣欢度新年。
再不能与全家一起会面，
但愿嫂嫂侄儿能保平安……

潘进堂边唱边表演，一会儿甩头一会儿叩首，一会儿闭目清哼一会儿瞪眼高吼，一会儿向前紧趟几步一会儿向后慢退几尺，一会儿踢脚至头顶一会儿扑通一声盘腿坐在了地上……王家甫喜欢潘进堂的这段唱腔，他不知听了多少遍，但百听不厌，他为小苍娃的大义所感动，更为潘进堂的表演所折服。雷奥虽然听不懂师傅的每句唱词，但他知道了剧情，从王家甫嘴里他还知道，这段唱词描绘的是善良的小苍娃在被押解途中的自我倾诉。看着师傅的动作，雷奥明白了小苍娃的苦衷，明白了小苍娃的挂念，他喜欢上了小苍娃。在他心里，村里的小苍娃很多，桩子就是其中的一个。雷奥相信，自己一定能把这段唱词学会，学会后还要成为小苍娃那样善良的孩子……潘进堂唱完了，王家甫鼓起了掌，雷奥也鼓起了掌，雷奥不是像王家甫一样站着鼓掌，而是在地上蹦跳着鼓掌。

"师傅唱唱第二段，师傅唱唱第二段！"潘进堂刚刚气喘吁吁地站定，雷奥就高声吆喝起来。雷奥期待着第二段戏，因为王家甫给他翻译这段唱词时说过，师傅每次演唱这段戏时，活像个德国舞台上的小丑，把安徒生笔下的人物写进了格林兄弟的童话里，把巴登-符腾堡州的黑森林挪到了北海之滨，把费尔巴哈和爱因斯坦说成了同学，把贝多芬和俾斯麦说成了兄弟……

师母喜鹊口中的锣鼓声再次响起，师傅潘进堂从里屋出来时，神情和刚才演唱时来了个三百六十度大转变。雷奥看到，这次师傅是不慌不忙、一摇三摆出来的，刚才演唱时的庄重严肃这时变成了轻松诙谐，一种嬉皮笑脸的轻松诙谐。潘进堂走到堂屋中央后，喜鹊口中的锣鼓声忽然变成了梆子声，潘进堂没有停下，而是踩着梆子点在屋中间表演起各种滑稽可笑的动作来。先是来了个白鹤亮翅，但没有站稳摔在了地上；接着是手捻胡须，但一不小心扯掉了两根，痛得他嗷嗷直叫；最后学的是卖油翁，脚下被石子一绊，肩上的担子前撅后仰，一阵手忙脚乱后，听到的还是两声咣当巨响，趴在地上的师傅没有起来，而是嘴贴地面，笑嘻嘻地喝起油来……正当雷奥和王家甫捧腹大笑的当口，潘进堂先是一个鲤鱼打挺，接着又是一个鹞子翻身，眨眼之间，他便直挺挺立在了雷奥和王家甫面前。恍惚着的雷奥还没有看清眼前发生的一切，师傅洪亮的嗓门这时豁然开启：

十冬腊月里好热的天，
牛皋把守在虎牢关，
娶妻名叫穆桂英，
生下一个花木兰，
姜子牙差人来下聘哪，
差来个媒婆潘金莲，
张飞敬德放鞭炮，
马武抬轿把亲搬，
新女婿关公下了轿，
来了个陪客张定边，
武大郎一见往里让，
让进了那位龙虎状元薛丁山，
上轿来本是孟姜女，
下轿来变成了秦香莲，
诸葛亮他把天地拜，

吕洞宾洞房去安眠，
韩湘子掀开罗帷观看，
不好了
变成了白蛇和许仙，
生下一子包文正，
猪八戒扣喜到门前，
杨老将一见冲天怒，
手指着韩信骂声李渊，
你不该差来孙悟空，
抢走我妻武则天。
爷唱的秦汉三国那个唐宋元哪，
是七不联来八也不沾，
起名字就叫十八扯，我说小继呀，
你看爷我唱的全不全哪？

黎明时分，笑了一晚上累极了的雷奥还在梦乡之中，王家甫站在他的床头足足看了十分钟，心里充满着酸楚和无奈。两天时间太短了，他真舍不得离开这个天真、幼稚、可爱又十分坚强的孩子。站在雷奥床前，王家甫这时怨恨起自己来，小雷奥和妈妈来到上海，现在孩子的妈妈在上海遭遇了灾难，他认为是自己一家没有照顾好、保护好孩子的妈妈，让雷奥成了孤儿，他们一家对不起躺在床上的这个孩子。十几天来，王家甫和潘姨一直处于深深的自责之中，潘姨到现在还是卧床不起，神志模糊，王家甫没有把这一切告诉雷奥，也没有告诉潘进堂和喜鹊。在上海的时候，王家甫想着上蔡，在上蔡的时候，他又想着上海，一边是亲人，一边又是不是亲人而胜似亲人的人，这样的日子把王家甫折磨得几乎疯狂。但王家甫知道，自己不能疯，更不能狂，他白天必须面带微笑，夜里的哽咽也不能出声，因为上海和上蔡都离不开他。夜深路黑，许许多多的人都在眼巴巴地指望着他这个带路者。

站在抱着木海鸥熟睡的雷奥面前，王家甫流下了眼泪，他不知道下一次相见，眼前的孩子会是什么模样。

王家甫看着雷奥，轻轻退步离开了房间。潘进堂和喜鹊在堂屋里的小桌边安静地坐着，他们知道妹夫和娃的感情，所以看到哽咽着的妹夫出来时，都没有上前搭话，因为他们知道，这个时候任何安慰的话都是多余的。王家甫坐在桌边捂住脸，很长时间都没有开口说话，屋子里出奇地安静，直到院子里的公鸡一声接一声地打起鸣来。

"哥嫂，这是娃的妈妈留在上海面包店里的八十多块钱，还有保立妈攒下的一百零五块钱，你们先留着用吧，别亏待了娃！"潘进堂和喜鹊不要，推搡了几个来回之后，他们不得不退让了一步，只是同意留下娃妈妈的八十多块钱。潘进堂和喜鹊知道，妹夫一家在上海也不容易，一人工作支撑三口人生活，不能再要他们的一分钱了。令他们两个没有想到的是，王家甫扑通一声跪在了地上，哀求着说："哥嫂，你们不收下，俺回去怎么向保立妈交代啊！再说，后面还要请先生教课，这都需要钱啊！"

"家甫，你不是背回来大大小小好几袋白面了吗，先生不收钱只收白面啊。"潘进堂和喜鹊眼里含着泪。

"哥嫂，你们不同意，俺这个当妹夫的就一直跪在这！"

潘进堂和喜鹊心软了下来，两个人赶忙把王家甫从地上搀扶了起来。站起来的王家甫没有讲话，拎起喜鹊昨天夜里蒸的一小布袋窝窝头，头也没回地径直向屋门外走去。院子里的大门咣当一声响后，潘进堂和喜鹊还呆呆地伫立在桌旁。

每天清晨，天刚蒙蒙亮，潘进堂和喜鹊就挑起水桶下地了，他们要趁太阳出来之前给麦田浇水。洪河岸边离自己家的一亩多地足足有一里多远，两口子一挑就是几十个来回。潘进堂的腰板还好，喜鹊就不行了，挑起一百多斤的两个水桶，走上十几米就停下来喘口气，再挑着走上十几米，又是一阵粗重的喘息，到最后，喜鹊脸上冒着热气，被汗湿的头发在寒风中已经结了白花花的一层霜花。每天浇完地，四脚沾满泥巴的两口子都是低着头弯着腰，相互搀扶着回家。

太阳露出地面的时候,他们歪歪扭扭地到了家。进到院子里,两个人就一头扎进了灶屋,潘进堂烧火,喜鹊揉面蒸馍,因为正在睡觉的娃该起床了。他们的娃一起床就喊饿,他们不想让娃饿着。

早饭吃过,雷奥来了精神,拉起坐在板凳上的师傅就开始学戏。学戏光两个人还不行,还得有个观众,雷奥就从灶屋里把刷碗洗锅的师母拉来,让她站在一边看着。喜鹊一来,不光观看,嘴里还响着锣鼓声和梆子声,这对雷奥来说更是锦上添花,兴趣大增。

潘进堂从里屋锵锵锵地出场了。

雷奥也学着师傅的模样,锵锵锵地走了一遍。雷奥这一遍走过,潘进堂和喜鹊忙活了半天,师傅矫正他的腿,师母矫正他的腰。

矫正之后,雷奥又锵锵锵地走了一遍。这一回,师傅关注起了他的头,师母关注起了他的眼。两个人一番云里雾里的解说后,看到雷奥似懂非懂,干脆各自重新走了一遍。解释没有听懂,师傅师母的表演雷奥看懂了,于是他又回到了里屋,锵锵锵地走了出来……这么一个出场动作雷奥练了两天,每天下来,他腰酸腿疼,颈僵眼胀,但想到三个月后几百名观众在台下坐着,雷奥没有叫一声苦。

第三天,师傅开始教唱。

"小苍娃我离了登封小县,一路上受尽饥饿熬煎。"潘进堂挺直腰板,面对雷奥和喜鹊不惊不慌地唱了一句。

"小 chiāng 娃我离了 dīng fēn 小县!"雷奥唱道。

"是小苍娃,不是小 chiāng 娃!"潘进堂纠正。

"小苍娃我离了 dīng fēn 小县!"雷奥再唱。

"是登封,不是 dīng fēn! 登封人要是知道你把县名给改了,非扒掉你的裤子不可!"潘进堂说完这话,自己先笑了,站在一旁的喜鹊也跟着笑了。雷奥听不懂师傅师母笑什么,但知道一定是师傅开自己的玩笑,也跟着笑了起来。

"小苍娃我离了登封小县!"潘进堂重新唱了一遍。

"小苍娃我离了登封小县!"雷奥也跟着唱了一遍。雷奥的唱声一落,喜鹊啪啪地鼓起掌来。

“一路上受尽饥饿熬煎！”潘进堂教下句。

“一路上 xiù 尽 qī 饿熬 qiān！”雷奥也跟着唱了一遍……

前面五天学戏的时候，只有潘进堂、喜鹊和雷奥三个人，从第六天开始，怕雷奥一个人学戏孤单，八仙让桩子也来陪伴雷奥一块儿学。桩子早就会唱这么一段，但还是按照潘进堂的要求，一字一句跟在雷奥后面唱。第十天的时候，老纪给雷奥剃完“光马蛋”，一听说雷奥要学戏，也就撂下剃头挑子不走了，坐在院子里听戏。潘进堂唱一句，雷奥唱一句，桩子唱一句……半个钟头之后，老纪实在待不下去了，捂住耳朵，重新挑起担子离开了。走出潘家大门的时候，撂下了一声吆喝：“尿南蛮子上海人唱戏，嘴里像含了半个驴屎蛋子！”

村子里的人听说南蛮子含着半个驴屎蛋子还能唱戏，纷纷来到潘家院子内看热闹。从此，潘进堂的院子成了一个大戏院，潘进堂唱一句“十冬腊月里好热的天”，接着院子里就会响起三嗓“十冬腊月里好热的天”，第一嗓是雷奥的，第二嗓是桩子的，第三嗓则是满院子孩子们的。不过，孩子们学的不是潘进堂的，也不是桩子的，而是模仿雷奥的：“十冬 lià 月里好 rì 的天！”

春节到了，但这一年的春节村子里冷清得出奇。家家连吃的东西都没有，谁还有力气像往年一样舞狮子、冲旱船呢？

雷奥不知道这一点，天天嚷着要看王家甫给他介绍过的比黑森林百鸟音乐会还热闹的上蔡春节“玩会”，潘进堂没了法子，只得领着他进了县城，只有县城里一年才有一两场这样的“玩会”。去县城不能白天去，因为上蔡的“玩会”不在白天举行，而在晚上。雷奥穿着厚厚的棉衣，头戴棉帽，脸上捂着上次从上海戴回来的口罩，重新成了密不透风的“武士”。正月初五去县城的路上，“武士”前面走着潘进堂，后面跟着八仙，左边站着桩子，右边立着喜鹊。

来到城北门内空旷的广场上，雷奥终于看到了他心目中的“玩会”。

先表演的是一班踩高跷，雷奥眼中每个人的腿都长了两三倍，他们个个打扮成戏剧人物，有白蛇、青蛇、猪八戒，有嘴角边点了一个大黑痣的媒婆，还有一个手里舞着木棒的猴子，数他腿最长，跑得最快。桩子趴在雷奥耳边喊："孙猴子，孙猴子！"这个时候，雷奥明白，这一定就是王家甫给他讲过的那个"中国神猴"了。"中国神猴"没有让雷奥失望，让雷奥惊喜万分的是，一身黄色猴皮衣的"中国神猴"先是从平地上一跃，随后扑通一声稳稳地跳到了一米多高的桌子上，人群中爆发出一阵雷鸣般的掌声，雷奥使劲拍着自己的小手。正在拍手的雷奥没有料到，站在桌子上足有半个城门高的"中国神猴"又是飞身一跃，这次不是双脚着地，而是手里那根木棒先着地，木棒接地的瞬间，三米多高的人竟然在空中翻了个三百六十度的跟头，然后再次稳稳地站在了地上……第二场表演的是狮子舞，雷奥看到，两个人身披狮子皮，学着狮子可爱的模样，不但能在人群中间的空地上抖动行走、平躺睡觉、打滚挠痒，而且还能钻火圈、走钢丝、翻跟头，最惊险的是从两根碗口粗的木桩上跳到三尺开外的另外两根三米多高的木桩上。狮子跳跃时，雷奥用手捂住了自己的双眼，直到欢腾和掌声响起，雷奥才放下自己的双手，而两根桩子上的狮子正在朝人群摇头摆尾打招呼呢……

那一晚，雷奥还看到了龙灯舞、旱船舞、竹马舞、鹤舞和"扁担桥"。看"扁担桥"时，雷奥站得最近，直看得他心惊肉跳。两个轿夫模样的人肩上抬着一根小孩巴掌宽的扁担，扁担上站着一个小丑，轿夫在地上走，小丑就在扁担上走。这样的动作已经使雷奥为小丑担心万分了，而后面进行的表演更使雷奥的心悬到了嗓子眼上。轿夫在地上走的同时，扁担上的小丑竟然在空中翻起了跟头，先是一个前空翻，扑通一声站在了扁担上，接着小丑要进行后空翻，雷奥知道，后空翻的难度更大，地上的两个轿夫不但没有放缓脚步，反而加快了步伐，小丑跳了起来，在空中飞腾了起来。雷奥傻了，他不敢再看，而是迅速捂住了双眼。当掌声和欢腾声再次响起时，雷奥看到，那个小丑正站在扁担桥上对着自己做鬼脸呢！

"玩会"的高潮是"打铁花"，上蔡人个个都知道一句民谣，叫"打花打花,越打越发”。潘进堂趴在雷奥耳边,用了两袋烟的工夫还是没有说明白什么是“打铁花”。雷奥听不懂“打铁花”这个词是正常的,在中国,能“打铁花”的地方也没有几处,在德国更是闻所未闻。“打铁花”是“玩会”中最危险的项目,因此地方选在了紧靠城墙处,其他三面用绳子围起,形成了一个晒谷场大小的空旷地盘。地盘中央,立着一座五六米高的大棚,上蔡人称“花棚”。“花棚”分层搭设,一般两层,每层顶部编织着密密麻麻的树枝,上蔡当地多用新鲜的柳树枝。新鲜的柳枝上面缀着花花绿绿的东西,那是人们绑上去的鞭炮、烟花、“二踢脚”和起火,对此在上蔡还有一个专有名词,叫“设彩”。“设彩”的地方还不止这一处,更大的“彩”设在“花棚”顶上一根一丈多高的长杆子上,这根长杆也有名称,人曰“老杆”。“老杆”身上一直到顶端缠绕着串串鞭炮和个头更大的爆竹烟花。

“打铁花”在一声哨音之后开始了。站在人群中的雷奥看到,三四个“打铁花”的艺人在寒冷的冬夜里个个赤膊上阵,光着脊背,腰里扎着根红绸带,头上反戴葫芦瓢,蹦着跳着来到了“花棚”旁的熔铁炉边,举起了“花棒”。

这里还得费两句口舌介绍一下“花棒”。上蔡当地的“花棒”与其他地方的不一样,也是就地取材,采用新鲜的粗柳树枝。“花棒”分上棒和下棒两种,上棒顶端掏有羊屎蛋子大小的圆形坑槽盛放铁水,下棒用来击打上棒迸发铁汁。

打花者取完铁水,一溜烟地跑到“花棚”之下,下棒猛击上棒发出一声脆响后,整个夜空顷刻间火树银花,耀眼璀璨,飞溅在“花棚”之中的铁汁点燃了鞭炮、烟花、“二踢脚”和起火,这时的“花棚”百花盛放,火光冲天,噼里啪啦之声此起彼伏。这才是开头,之后四五个打花者加快了步伐,一个跟着一个穿梭在熔铁炉和“花棚”间,一锅又一锅的铁花在“花棚”中绽开,一声接着一声地在空中炸响。最终,“老杆”身上和顶端的烟花爆竹被点燃了,空中犹如发生了一场激烈的战斗,百枪齐发,千炮轰鸣,霞光万道……忽然四周敲起了锣鼓,在密集的鼓响锣鸣中,高跷队、舞龙队、舞狮队,还有最使雷奥惊奇的“扁担桥”上场了,他们在铁水飞溅的空地上载歌载舞，在熙熙攘攘的人群前翻跟头、竖倒立、钻桌子、劈双叉……

村子里，雷奥与两个伙伴玩得最好，一个是桩子，另一个叫“毛妮子”，名字听起来像闺女，实际上是个男娃。初七上午，八仙和毛妮子爹又带着两个孩子来到了潘进堂家，潘进堂家里已经坐满了人。

大人在堂屋喷空，三个孩子在院子里玩耍。玩到半晌午，雷奥说去撒尿，桩子和毛妮子也说要撒尿，三个孩子一起进了屎茅子。

进了屎茅子，桩子把棉裤褪到大腿根，把尿喷得又高又远。毛妮子看到了，也学着桩子的样子，尽量往高处和远处滋。

两个孩子表演完毕，一起看着雷奥，意思很明显，轮到雷奥展示功夫了。雷奥不甘示弱，闭紧嘴巴，憋足气，一股水柱向远处飙去……

三个孩子大笑起来。

正月初九夜里，潘进堂家出事了。

这天夜里约莫十点光景，雷奥坐在师傅里屋床上的被窝中，和师傅师母两人一起对台词。《十八扯》中的一句“爷唱的秦汉三国那个唐宋元哪”，雷奥总是说不好，他反复跟着师傅学，坐在一旁的喜鹊时不时也插上几句话。为了省油，三个人坐在床上没有点灯，说话是不需要灯光的。三个人正在你一言我一语说着、唱着的时候，有人砰砰砰敲响了窗户。

“谁？”潘进堂问。

“小孩大舅！”窗户外传来了一个男人低沉的声音。

听到这四个字，潘进堂和喜鹊立马毛骨悚然，这四个字，上蔡无人不知，如果用另外四个字来代替或者解释的话，就是“大难来了”！

这里稍作停顿，唠唠这四个字的来历。上蔡 20 世纪 30 年代共有三帮悍匪，一帮叫“黑脸”，一帮叫“天下自由军”，一帮叫“陈家将”。老日来上蔡之前，国民党县党部花费五年时间剿灭了“黑脸”和“天下自由军”，“陈家将”因成员分散在民间外加训练有素，始终未被铲除。日本人来了之后，国民党县党部从县城跑到了七十里外的乡野，泥菩萨过河自身难保，就更没有精力再剿匪了，“陈家将”从此日益壮大。“陈家将”领头的叫陈杆子，自封“第一战区司令长官部少将参谋”，由于其始终不与日本人作对，日本人也对他视而不见。在上蔡，除了老日，乡民惧怕两个人，一个是孙宝康，另外一个就是陈杆子。孙宝康杀人用斧头，陈杆子不杀人，但剁人的脚。“陈家将”人人手里提着半截铡刀，一铡刀下去，一只脚就从脚腕上血淋淋地给卸了下来，剁下的脚陈杆子责令部下带回去，他的老巢内设有“百足堂”，一只脚一个匣子地整整齐齐摆着。“陈家将”纪律严明，入户抢劫前不得敲门，而是敲窗，敲窗的口号也一律用四个字：“小孩大舅”。“陈家将”每次行动，四人一伙，两人入室，两人屋外放哨。对不交出银圆、粮食、牲口、贵重衣物者剁脚，对反抗者剁脚，且剁脚前必须先洗脚，洗净后方一刀卸下，且一次只卸一只脚。“陈家将”人人腰里束着一条黑布袋，用来包裹卸下的脚。

到底“陈家将”卸过多少人的脚，无人知晓，但上蔡大一点的村子，庄庄都有缺脚的人。

再用几句话提前交代一下“陈家将”的结局。1948 年 5 月的一个深夜，陈杆子带领十几个铁杆弟兄打劫一家刚结婚的大户人家时，中了共产党县大队的埋伏，十几个人刚摸进洞房，满院子就燃起了麻秆火，几十支黑洞洞的枪口把他们堵在了大院内。第二天，县大队在村边庙门前举行公判大会，庙门口一溜烟摆着十几座铡刀，每座铡刀旁放着一个瓷盆，盆里盛满了清水。从四村八乡赶来的观众人山人海，站在最前面的是几十个拄拐杖的单腿男人、女人还有孩子。一个姓王的队长宣读判决书只用了三十秒钟：“陈家匪帮凶残至极，残害良民无数，今决定，以其人之道还治其人之身，惩暴除恶，以儆效尤！对所犯罪恶不悔者，先铡后毙，对恶性知悔者，只毙不铡。”王队长宣读完毕，哗啦啦上来了十几个单腿男人，把五花大绑的一众“陈家将”的鞋袜三下五除二地脱掉，哗啦啦洗起脚来，洗完脚的“陈家将”逐个被身背盒子炮的士兵拖到铡刀边，手握刀把的士兵掀开了刀口，洗净的双脚被士兵压在了铡刀座上。在这千钧一发的当口，那位姓王的队长来到了第一座铡刀旁，手托土匪的下巴，问了一句：“悔不悔?”“悔！俺悔了！”土匪赶紧回答。“悔了就好，赏你一颗枪子，让你免受皮肉之苦！”五分钟后，庙后响起了一声沉闷的枪声。王队长这时走到了第二座铡刀旁，手托耷拉着脑袋的土匪的下巴，再次问了一句：“悔不悔?”“俺，俺也悔了！”“悔了就好，也赏你一颗枪子，让你免受皮肉之苦！”枪声再次响起。

十几声枪响过后，只剩下了气势汹汹的陈杆子。陈杆子的脚还没有洗，盆里的水清澈见底。这时，从庙内走出了一个老太太，由另外两个妇女搀扶着来到了铡刀旁，走到跪着的陈杆子面前，老太太噼里啪啦就是一串耳光，边扇嘴里边骂：“你这个畜生不是俺生的，要知道你丧尽天良，俺当初非把你溺死在尿罐子里不可！”说完这话，老太太扑通一声跪在了地上，捣蒜似的面对众人磕起头来。

“这个鳖孙小的时候俺给他洗脚，今天，就让俺再给他洗一次脚吧！”磕完头，老太太号啕大哭起来。

令众人没有想到的是，刚才还气势汹汹的陈杆子也跟着号啕大哭起来，边哭边喊：“娘，俺悔了！”

五分钟后，庙后面又是啪的一声枪响……

一听“小孩大舅”四个字，潘进堂浑身像筛糠一般打摆不停，但潘进堂毕竟是见过世面之人，颤抖着身子的他赶紧回话：“小孩大舅请等等，俺正和老婆光着屁股呢，容俺们穿上衣裳就去开门！”话音刚落，潘进堂一把抱起雷奥就往床下跑，他跑到墙角边，掀起破蒲席，蒲席下边是一块厚木板，喜鹊迅速掀掉木板，潘进堂抱起雷奥就把孩子扔进了新挖的洞里，潘进堂还没有停下，他把床上雷奥的课本和作业本也都扔了进去。刚扔完，窗户上再次响起了急促的敲窗声和一个男人的呼喊声：“再不给小孩大舅开门，就对不住了！”

潘进堂点起了油灯，与此同时，喜鹊铺好了木板和蒲席，并且把尿罐子压在了破蒲席上。

门开了，手拎半截铡刀的一胖一瘦两个土匪闪进了屋里。

"王八蛋,一定是在藏东西,半天都没开门!"瘦土匪说。

"俺两口子穿衣裳误了点时间,让小孩大舅受冻了!"潘进堂哆嗦着回答。

这时,瘦土匪点燃了手中的火把,接着,两个土匪满屋子翻腾起来。借着火光,潘进堂发现,门外还站着两个人,手里的铡刀闪着冷光。

"王八蛋,红薯窖在哪?"翻腾一会儿之后,胖土匪把铡刀架到了潘进堂的脖子上。

红薯窖对土匪来说,是公开的秘密,瞒是瞒不住的,潘进堂无奈,只好说:"在床底下。"

瘦土匪举着火把下了红薯窖。红薯窖里的红薯和红薯干被一布袋一布袋托了上来,门外的两个土匪把东西拎了出去。

"就这些破东西?"胖土匪问。

"俺就这些口粮了!"潘进堂回答。

这时,瘦土匪突然说了一句话:"这个王八蛋不老实,刚才咱们在窗外明明听到两男一女三个人在说话,现在怎么只剩两个人啦?"

"再搜一遍!"两个土匪再一次忙开了,其中瘦土匪用铡刀把在地上东捣捣西敲敲,在尿罐子旁边敲地的时候,潘进堂和喜鹊一头冷汗,浑身颤抖不停,要不是潘进堂搀扶着喜鹊,她几乎瘫倒下去。

瘦土匪从尿罐子旁边退了回来,去了雷奥睡觉的房间。

十几分钟后,举着火把的瘦土匪回来了,说:"这是什么?"潘进堂看到了他手里的东西,原来是雷奥枕头下的两本字典。慌乱之中,潘进堂没有想起它们。

"王八蛋,快说!"胖土匪又一次追问。两个土匪拿着两本字典正着看看,倒着看看,始终没有看出门道。

潘进堂这时明白,两个土匪不识字。于是,潘进堂说:"那是戏谱!"

"拿回去烤火,和王八蛋磨蹭个啥!"瘦子说。

"不能烤火啊,要是其他戏谱也就算了,这两本不行啊!"

"咋啦?"

“那是《忠义关公》连本大戏的戏谱！听说你们的陈参谋最爱看这出戏，要是烧了，俺怎么给他演？”

一听这话，胖土匪把两本字典扔到了床上。

“那三个人的声音是怎么回事？”胖土匪问。

“就俺们两个人啊！”潘进堂说。

“这王八蛋睁眼说瞎话，剁他的脚！”瘦土匪恶狠狠地说。

“你再去问问门外的弟兄，看看他们听到了几个人的声音。”胖子说。

瘦土匪一分钟后回来了：“剁他的脚，两个兄弟都说听到了三个人的声音！”

胖土匪用铡刀背照着潘进堂额头就是一刀，砰的一声响后，潘进堂满脸鲜血摔倒在地。

瘦子三下五除二就把潘进堂右脚上的鞋和袜子剥了下来。门外的一个土匪拿来一条湿毛巾，抱起潘进堂的脚擦了一遍。

“再问一次，你们刚才和谁讲话，那个王八蛋在哪？”

“就俺们两个人！”潘进堂说。

“剁！”瘦子高喊一声。

胖土匪举起了铡刀。

“慢，俺说，俺说！”喜鹊一屁股瘫在了地上。

“不能说啊！”潘进堂大喊一声。

“快剁！”瘦子再次高喊一声。

胖土匪呼啦一下把铡刀举到了头顶。

“俺说，俺说，俺们在和老天爷说话！俺们每天夜里都跪在地上求水祈雨，老天爷终于显灵了，刚呜呜啦啦说上几句，俺还没听清说的什么，就被你们给敲走了！俺知道老天爷的事不能说，说出来要遭五雷轰顶的啊！”喜鹊边哭边嚷。

“不让你说你偏要说，剁一只脚是俺一个人的事，这下完蛋了，不但咱俩，就连这房子也保不住了！”潘进堂坐在地上嗷嗷痛哭起来。

两个土匪傻了。

胖子对瘦子说:“刚才好像确实一个声音呜呜啦啦的!”

瘦子愣了一会儿,突然哧溜一下跑到了屋外,边跑嘴里边喊:“兄弟,快跑,老天爷发怒要打雷了,老天爷发怒要打雷了!”

四个黑影消失在院子里。

第13章 德国吕贝克

10月下旬的一个下午，谢东泓和沃尔德约了时间，他要和教授谈谈自己读博士的事。从上次教授提这事已经过去好多天了，谢东泓一直下不了决心。促使谢东泓约教授谈谈的原因是这天上午他同时收到了两封来自上海的信，一封是父母的，一封是芮玮的。

接过教授秘书端来的咖啡，谢东泓坐在了教授对面的沙发上。

“谢，约我谈什么事呢？”

“沃尔德先生，经过慎重考虑，我决定跟您读博士。”谢东泓说明了自己的来意。

“说说您的理由！”沃尔德教授笑着说。谢东泓习惯了沃尔德教授的这句德式口头禅。每当有学生对他的观点表示赞成或者另提一个新的观点，沃尔德教授笑着说的总是这句话。谢东泓早就猜到教授今天也少不了说这句话。

对读不读博士这一问题，谢东泓思考了很长一段时间，自然腹稿已成。上午收到两封上海来信后，决定已经呼之欲出，因此回答起这个问题来，他就没有像上一次那样提心吊胆，而是得心应手。

“明年6月我就要毕业了，如果不出意外，拿到硕士学位应该是没有太大问题的。德国的硕士学位很吃香，特别是我们这个专业，教授您也知道，由于开设这个专业的大学少，而招聘市场上需要这个专业的学生多，我找个好工作应该是没有太大问题的。”谢东泓连用两个“没有太大问题”开始了自己的分析，沃尔德教授习惯了中国人的婉转，他神情悠然地听着。

“原来我没有准备读博士，而是想尽快找个好工作。”谢东泓切入了正题，这是一句关键的话，对于关键的话，沃尔德教授是一句不会放过的。

“说说您的理由！”沃尔德教授又说了一遍口头禅。

“我来德国四年，留学费用主要靠自己打工挣钱，父母一直为我挂念着，他们的经济条件不好，我想尽快工作，为家里分担些压力。读博士虽说可以得到一些当助教的费用，但与找到一个好工作比起来，钱还是比较少的。”谢东泓如实讲起了自己的想法。这一点，沃尔德教授是没有想到的，他原来认为，谢东泓约他谈，会说自己读博士是为了学真本事，回去报效国家之类的话，但他听谢东泓讲了五分钟，这样的话却一句也没听到。

沃尔德教授有些失落，但他还是欣赏眼前这个来自东方国度直白诚恳的年轻人。

“那您现在的态度呢？”沃尔德教授问。

“我今天上午收到了父母的信，他们支持我读博士，理由就一句话，他们希望自己的儿子知识多而不是钱多。他们说，钱越多越为钱活着，知识越多越能体会出生活的滋味。”谢东泓说完，沃尔德教授笑了。沃尔德教授笑，是因为他感到每个中国人说话都像孔夫子一样，那些话乍听起来令人好笑，但一细品，都有点黑格尔的味道。沃尔德教授的脑海里立刻浮现出唯心主义哲学大师黑格尔的一句名言，这句名言可以说是对谢东泓父母的话的最好诠释：“无知者是不自由的，因为和他对立的是一个陌生的世界。”

“但光有知识没有钱也是不行的。前一段，我让一位同学帮我打听了一下上海现在接收海归留学生的政策，今天上午，她的来信我收到了。她说，只要在国外取得博士学位，回上海到大学或企业任职后，很多单位会奖励房子，如果是硕士则是没有的。她还说，只有安居才能乐业……”听到这里，沃尔德再次哈哈大笑起来，谢东泓以为教授在笑自己朋友的话天真。但谢东泓估计错了，沃尔德实际上在笑他自己天真。几分钟前，他把中国人当成了唯心主义的黑格尔，听了谢东泓同学的话，他知道自己错了，中国人不但个个是黑格尔，还个个是唯物主义的费尔巴哈。费尔巴哈说：“人这个名称的意义，一般是指带有他的需要、感觉、心思的人。”“安居"是人最基本的需求,黑格尔不需要,他沃尔德需要,自己的学生谢东泓更需要,所以黑格尔是神,他们两个才是真正意义上的人。

"中国哲学家孟子有句话,叫'鱼,我所欲也;熊掌,亦我所欲也。二者不可得兼,舍鱼而取熊掌者也。'对我来说,读博士是熊掌,毕业后马上工作是鱼,我听孟子的话,继续读博士。"谢东泓用坚定的口气说。

"孟子是孔夫子的弟弟吗?"每个德国人都知道孔夫子,但并不一定知道孟子,沃尔德教授也一样。对谢东泓提出的作为论据的关键人物,沃尔德教授都要摸清底细。

谢东泓笑了,他说:"用唯心主义的观点看,是的!因为孔子有句名言,叫作'四海之内皆兄弟'!如果用唯物主义的观点来看,不是的!孔子死后一百零七年孟子才出生,孟子只能说是孔子学说的继承者。"

沃尔德对谢东泓的回答很是满意,几年来,他十分清楚地知道,面前的这位中国学生不但渔业生物学学得好,其他方面也毫不逊色。

"孟子吃鱼,我理解,但他怎么还吃熊掌啊?"

沃尔德教授说完,自己首先仰脖大笑起来。谢东泓知道德国人的冷幽默,对这种冷幽默,是不需要解释的,他自己也跟着哈哈大笑。

两个人笑完,沃尔德看着谢东泓:"谢,想听听我的想法吗?"

谢东泓知道,教授要对他读博士这件事发表长篇大论了,他赶紧点头表示愿意。

沃尔德这次没有像他在课堂上一样,眉飞色舞地发表一通高屋建瓴的谈话,而是放慢语速降低音调说了一段令谢东泓意想不到的话。

"谢,我教了三十多年的渔业生物学,学生当中有挪威渔业部的部长,有德国联邦渔业研究院的院长,还有一批学生成为德国、美国、日本、南非、阿根廷等十几个国家渔业方面的大老板和知名教授,但我至今没有带过一个中国的博士,今后去中国没有熊掌吃不要紧,我害怕没有人请我吃新鲜的远洋鱼虾,那我这个世界渔业大会的主席算是白当了……"

听完教授的话,谢东泓半天没有说出一句话。

后面两个人的谈话,是有关谢东泓 10 月底要进行的专业实习。按照课时计划,渔业生物学专业的学生要进行一个月的实习,沃尔德教授在课堂上向学生推荐了分布在四个城市的渔业公司,他们不但提供吃住,还有几百马克的实习补贴。

"您去吕贝克吧！去了以后就知道我为什么建议您去那里了!"最后,沃尔德教授说。

10月底,谢东泓去了吕贝克。

吕贝克位于德国北部,被联合国教科文组织列入世界文化遗产城市名录,从汉堡到吕贝克只有四十分钟的火车车程。吕贝克由于南边通过运河直通易北河,北边经特拉沃河和吕贝克湾直达波罗的海,所以是重要的港口城市,鱼类加工业特别发达。

10月底的吕贝克天黑得晚,吃过晚饭,谢东泓和同住一套公寓的四个人会一起来到老城区散步。散步是在其中一位家住吕贝克、名叫迈克的同学带领下进行的,谢东泓和其他三人特别惬意,不花一分钱雇了个"地陪"。迈克告诉大家,吕贝克美,美在老城区,老城区的东部和北部现已被划为保护区,基本上保持着中世纪时的原貌。说完这句话,迈克立即进行了补充,1942年,盟军对吕贝克进行了空袭,至少五分之一的老城区被炸弹摧毁,五六十年代,吕贝克人对摧毁的部分进行了修复,外地人看不出来,但吕贝克人看得出来。站在主体建筑一半为哥特式,另一半为丽娜莎挪式,其中门廊又是巴洛克式的市政厅旁,谢东泓看到的吕贝克像是一幅油画,油画的顶部是七座各式各样的教堂。迈克一五一十地讲解着,圣玛丽教堂是哥特式的,圣詹姆士教堂是后哥特式的,其他的几座是罗马式、洛可可式、非经典式……油画的中部,是红墙蓝瓦、铜像石雕,市旗猎猎,绿树婆娑;油画的底部则是街典衢雅、吊满花篮的窗户、熙熙攘攘的游客和百花争艳的花园草坪。迈克说,世界上最高的双塔砖结构的建筑圣玛丽教堂和附近圣彼得教堂的尖塔在空袭中被炸塌了,虽然战后照原样进行了修缮,但在造型风格与结构比例上还是没能完全复原。在迈克的带领下,他们还看到当年被炸毁的圣玛丽教堂的大钟碎片仍静静地躺在南尖顶楼的下方,好像在述说着并不遥远却又不堪回首的那段历史。

最后,迈克带领他们来到了吕贝克的象征——霍尔斯腾特尔城门前,这座 13 世纪建成的古城门主体是两座巨大的双圆塔,谢东泓从来没有见过如此独特的城门,如粮仓般浑厚大气,似城堡般古色古香。城门楼上镌刻着一行金色的文字,译成中文,大意是“对内和谐,对外和平”,这是当时包括吕贝克在内的汉萨城市的格言。在化干戈为玉帛的和平年代,昔日的城门被辟为了一座历史博物馆,里面陈列着古代的作战地图、兵器和战船模型。城门内外各种肤色的游客进进出出,川流不息,他们有的摆出各种古怪的姿势拍照,有的躺在城门前的草坪上休息,有的在互相嬉闹着。谢东泓不由得想,吕贝克城不仅是德国的,也是世界的,今天的吕贝克打开了城门,张开了双臂,把不同民族不同肤色的人都揽在怀里。

返回公寓的路上,迈克说:“我们吕贝克不仅是建筑名城,还是文化名城呢!”

谢东泓问:“什么样的文化名城啊?”

迈克接下来的回答使谢东泓大吃了一惊。

迈克不无得意地说:“我们二十来万人口的小城里出过两位诺贝尔奖得主,还有一位已经被提名好几次了!”谢东泓听完,心里又是羡慕又是嫉妒。

在随后的两个下午,应谢东泓等人的要求,迈克带领大家参观了两位诺奖得主的故居和博物馆。

第一天下午,谢东泓和其他三个人一起跟随迈克来到了吕贝克旧城,迈克事先没有说明今天到哪里去。在一座厚重朴素的建筑前,迈克停下了脚步,大声说:“瞧,这就是布登勃洛克之屋!”谢东泓情绪里兴奋的因子顿时被激活,原来这里就是托马斯·曼创作散文体巨作《布登勃洛克一家》的地方啊!

谢东泓读过德文版的《布登勃洛克一家》,这部作品被诺贝尔文学奖评委会赞誉为“德国首部格调高雅的现实主义长篇小说”。读这部小说时，谢东泓总爱拿它和中国的一部小说进行比较，那就是老舍先生的《四世同堂》。伟大的作品真是气质相近，气息相通，而且跨越时空，遥相呼应！从迈克那里谢东泓知道，托马斯·曼由于反纳粹的言行以及妻子的犹太血统，被迫流亡美国，最后客死瑞士。

第二天下午黄昏时分，吕贝克下起了小雨，烟雨笼罩中的吕贝克更像是《格林童话》里的一座城堡，城中每个人的脸上都挂着飘飘欲仙的神情。谢东泓四人跟随迈克，漫步在波光粼粼的特拉沃河边，眺望两岸一栋栋美轮美奂的贵族住宅，闻着空气里弥漫的杏仁糖果和蛋糕的芳香，一天的劳累顿时烟消云散。这天，他们参观的是吕贝克之子维利·勃兰特的旧居。这位联邦德国前总理的旧居还没有对外开放，一般外地的游客不知道这个地方。站在一座贵族式宅第的门口，迈克讲起了诺贝尔和平奖得主勃兰特那次"欧洲约一千年来最强烈的谢罪表现"。1970 年 12 月 7 日，地处东欧的波兰首都华沙寒风凛冽，结束对波兰的正式国事访问后，维利·勃兰特总理特意来到华沙犹太人死难者纪念碑前举行哀悼活动。向纪念碑献上花圈后，围观拍摄的上百名记者心里都十分清楚，哀悼活动就要结束了，但随后看到的一幕，令他们个个吃惊万分——脸色凝重、神情悲悯的维利·勃兰特总理突然双腿跪地，以最虔诚的方式为法西斯横行时代的德国赎罪。

迈克说，当媒体报道这个消息后，吕贝克轰动了，整个德国轰动了，世界也同样为之震动。当时的联邦德国总统赫利同时也向全世界发表了著名的赎罪书，波兰、捷克等东欧国家和分布在世界各地的犹太人感到了德国对战争的真诚忏悔，无数德国人和犹太人流下了激动的眼泪。

一年之后，维利·勃兰特获得了诺贝尔和平奖。

"尽管我很早就离开德国（二战期间勃兰特因反法西斯流亡国外），但对希特勒上台搞法西斯主义，我也感到有连带责任。出任总理后，我更感到自己有替纳粹时代的德国认罪赎罪的社会责任。"听着迈克一字一句复述维利·勃兰特的那句名言，谢东泓更加深刻地理解了一个人、一座城、一个总理、一个民族。

晚上，谢东泓和其他四人来到了吕贝克东城区一家叫作“海狼之屋”的酒吧喝啤酒。德国的酒吧谢东泓还是第一次去，令他没有想到的是，这里不是喧嚣沸腾之地，而是宁静安谧之所。谢东泓他们各要了一杯 Pils 清啤，杯子顶部是雪白的啤酒花，下面是金黄色的啤酒，五个人一齐轻轻举起了酒杯，口中不约而同地轻轻喊了一嗓：“Prost(干杯)！”一口清爽、略苦、凉凉的啤酒入喉，五个人都成了心旷神怡的“海狼”。

谈了好长一阵实习生活后，五个人的话题转到了吕贝克的第三位名人——文学家君特·格拉斯身上。谢东泓知道君特·格拉斯，不是因为读过他的文学作品，而是看过德国著名导演施隆多夫根据格拉斯同名小说改编的电影《铁皮鼓》。谢东泓算得上是个电影迷，在上海读大学时就经常跑到学校外语系的影像资料室去看奥斯卡、戛纳、柏林和威尼斯四大电影节的获奖影片。

迈克问谢东泓：“你们中国人知道君特·格拉斯这个人吗？”

“我想知道的不是太多，但电影《铁皮鼓》，看过的人不少。”

“我建议你有机会看看原著，虽然施隆多夫的电影把那个悲苦的时代展现得十分壮烈和逼真，但失去了小说原有的令人感慨万千的黑色幽默。”

“君特·格拉斯并不是吕贝克人，但他喜欢吕贝克这座小城，现在就住在市郊贝棱多夫的寓所里写作。作为作家，他的文字新颖，想象丰富，叙述手法独特，已经几次被提名为诺贝尔文学奖。文学之外，他还是一名忠实的和平主义者，这几年多次撰文和发表演说，极力反对仇外势力和新纳粹势力。我相信，他终将获得诺贝尔文学奖！”迈克意犹未尽，又补充了一段对君特·格拉斯的近况介绍。

“我们预祝他再为吕贝克得一个诺贝尔奖！”谢东泓举起酒杯提议。

“Zum Wohl，Zum Wohl(干杯)！”五个人同时喊道。

吕贝克是个古典浪漫的城市，如果说吕贝克是海边的女皇，特拉夫明登海滩就是女皇脸上的一双明眸。选了个风和日丽的日子，谢东泓专程来到特拉夫明登海滩,他要给自己心爱的女孩芮玮写信。

谢东泓想通过这封信,彻彻底底征服芮玮。

给心仪女孩写求爱信,必须要用席勒火样的激情、海涅诗意的语言、康德理性的思维、高斯缜密的思路,这是沃尔德教授一次下课后喝着咖啡在教室门口的经验之谈,听众之一的谢东泓记在了心上。名师出高徒,这次谢东泓要按照教授说的方法去做,只不过在他心里,四个德国人换成了四个中国人,四人所用的要素也适当地加以置换,他要用徐志摩《再别康桥》的柔情、刘半农《教我如何不想她》的诗意、鲁迅“我家门前有两棵树,一棵是枣树,另一棵也是枣树”的理性、陈景润推导哥德巴赫猜想的缜密,来给万里之外的芮玮写信。

谢东泓坐进了一个红色的帐篷内,坐下之后,他没有动笔,而是闭上了双眼,酝酿感情,谋篇布局。半个多小时后,他感到徐志摩、刘半农、鲁迅和陈景润先后走进了自己的脑海里,分别和自己耳语了好长一阵子……谢东泓迅速掏出了信纸和钢笔,文思泉涌,奋笔疾书起来:“亲爱的芮玮:你现在大概正在午间休息的美梦之中吧,而我正手托腮帮,坐在阳光普照的金色沙滩上,眼望波光粼粼的海面,心情像浪花飞溅的大海一样激动!我的这种激动不是因为美景,不是因为佳地,不是因为蔚蓝的天,不是因为湛蓝的海,而是因为思念着浩瀚大海那边的一位姑娘……”谢东泓写这封信之前有过周密的思考,他认为关键是怎样写好开头,正如柏拉图所言,“良好的开端是成功的一半”。谢东泓本来想先写上一段吕贝克迷人的风光和璀璨的文化,然后因景生情,因地生情,经过一番铺垫,夯实抒情的基础之后再自然过渡到最想说的话,但这一想法随即被他果断地否定了。因为那样的表达方式缺乏感染力,没有了感染力自然也就没有了魅力。

谢东泓前两页信很快写完了,使用的是徐志摩和刘半农式的句式,每写完一段他都停下来读上一遍,在几个关键的名词前又加上一个甚至两个形容词,另外还把几个句号改成了感叹号。

对自己的前两页信,谢东泓是满意的,因为他的笔法是感性的和诗性的,大多数女性都是感性和诗性的,所以他认为,这样的开头,芮玮一定会被打动。女性一旦被打动,事情就开了个好头。

有了个好的开头,谢东泓高兴归高兴,但不满足。他的前两页信重点展示的是感性和诗意,但光有感性和诗意对学工科的他来说是远远不够的,鲁迅的理性和陈景润的缜密还没有得以展现。谢东泓决定从第三页开始,自己要像中国神猴一样摇身一变,站到鲁迅和陈景润的队列里去。

"最近,在这里实习时,我常乘公司的测量船出海观测鱼类的生活习性,在湛蓝的大海里,在清清的海水中,我经常看到各种各样的鱼儿在海水中嬉戏游玩,它们不是一群,也不是独自一条,而是成双成对。它们在海水中一起遨游,一起翻滚,一起跳跃,一起歌唱……"写着第三页信的谢东泓的脑海里也像鲁迅先生创作小说时一样,存在着两条线,一条明线和一条暗线,"明线"是大海中的鱼,"暗线"就不再是鱼了。在中学学习鲁迅先生的文章时,一位姓宋的语文老师说过:"你们这群笨蛋,读鲁迅,不能眼里只盯着明线,心里还得想着暗线!"谢东泓至今仍然清晰地记得这位老师用《祝福》里的一段话教育引导他们的情景。鲁迅的"明线"和"暗线"让学理工科的谢东泓伤透了脑筋。来到德国后,谢东泓长舒了一口气,这回一定不会再受"明线"和"暗线"的折磨了。事情不像他想象的那样,沃尔德教授在批改完谢东泓和他的同学们的第一篇论文后,在教室里大发雷霆:"同学们,批改你们的一篇论文,比我捕一条金枪鱼都难!我找了半夜你们论文中的'rote Faden',比我找一本康德书中的'rote Faden'都难!""rote Faden"就是指文章的"暗线"。

历经"暗线"或者说"rote Faden"折磨的谢东泓怎么也没有想到,在给芮玮的信中,自己竟使用起了这一中德文化人共创的理性思维的结晶,从第三页开始到第四页结束,谢东泓在信中没有一次提到芮玮的名字,提到的只有海水中成对的鱼儿、天空中比翼的海鸥、大海中唇齿相依的两座岛屿、海岸上比肩而立的一对灯塔……

谢东泓在信的第五和第六页,重点突出的是陈景润式缜密的思路。

"亲爱的芮玮,在翻译整理雷奥信件的过程中,一个核心的问题越来越迫切地摆在我面前。这个问题不解决,不但直接影响后面几封信的翻译,也必将关系到我今后的实地论证是否可行。雷奥从德国汉堡先去了上海,我通过上一次的实地认证较为全面地了解到了他在上海生活、上学的情况。后来雷奥去了河南,到了豫南一个叫上蔡的县,有关上蔡的情况你也给我发来了许多。但他到底在上蔡的哪个村庄呢?雷奥在信中说,这个村庄叫'再见码头'。我思来想去,认为这个村不会叫这个名字,因为一是中国农村村名是两字的居多,王庄、张店、前杨、刘洼、后坡,诸如此类。村名是三个字的也占一定的比例,如小孙庄、九里半、湾里侯、司马店、三棵树等;村名是四个字或四个字以上的就极为罕见,就是有,也多以数字或村民的复姓命名,如十八里湾、二十里铺、欧阳山寨、白杨坝甸等。二是中国地方取名一般都用名词,既不用动词,也不用主谓结构和动宾结构的短语,你在档案馆工作,阅档无数,试问看过有叫'奔跑庄''跳动村''趴下庙'的吗?依此类推,'再见码头'也不太可能成为村名。三是中国特别是中原地区的村庄,由于历史悠久,村名里不可能有洋味十足的名词,'再见'是个洋词,'码头'也是个洋词。听一位河南来的留学生说,中原人分别时不会说'再见',而是道一声'天黑见''后个见','码头'只有城市人才说,农村人管'码头'叫'渡口''船埠''摆渡'等,所以,如果上海、青岛、重庆、杭州有个地方叫'再见码头'还说得通,上蔡的小乡村起这样的名字是不可能的。四是……五是……六是……"

谢东泓用两页纸洋洋洒洒写完六条理由,最后郑重其事地作了总结:"纵观以上六条分析,我认为'再见码头'不是雷奥所在村的真实村名。"得出这个结论后,谢东泓的思考才完成了一半,下一步,他要推测是什么使王家甫不用真实的村名。谢东泓经过一番苦思冥想,列出了六个假设:

"第一个假设,可能这个村的村名十分复杂,一时半会儿讲不清,王家甫为应付不懂汉语的雷奥,顺口编造了一个村名;第二个假设,可能这个村的村名没那么复杂,但王家甫为了雷奥的安全,怕他写信时无意间透露真实的名字,经过思考故意起了个让他人琢磨不清的'洋名';第三个假设,这个村名是王家甫根据汉语的意思翻译成德语的;第四个假设,这个村根本就不存在，而是在上蔡县城里或者县城边上，至于雷奥信中描绘的'进城'可能是王家甫、潘进堂他们为了雷奥的安全，故意带他在城边兜的圈子；第五……第六……"

谢东泓的信写到第八页的时候，他认为前面的六条分析和六个假设交代清楚了，是该下最终结论的时候了。于是，他写道："如果利用数学上的排除法来对六条假设进行审视的话，首先第五条和第六条是不可能发生的事件，所以可以直接排除；第四条属于小概率事件，小概率事件的排除要结合具体实际，在反复研究雷奥信件的基础上，我认为这个小概率事件不可能发生，所以也予以排除。排除了四、五、六三个假设，我认为真实的情况一定是前面三种中的一种。根据文本分析的原则，我目前只能进行到这里，至于这三个假设中哪一个可能性最大，必须留待今后实地考察后下定论！"

谢东泓写完九页纸的长信，长长地松了口气，从红色帐篷内走了出来，仰望蓝天白云，他在憧憬与自己心爱的姑娘结伴去河南调研的情景，那将会是何等快乐的爱情之旅啊！

第 14 章　中国上蔡

正月十五这天,天色阴沉,寒气逼人。后半夜,王家甫一家三口从上海来到了上蔡。

潘姨把背上睡了一路的保立在雷奥床上安顿好,雷奥还是没有醒来,仍然呼呼大睡着。

王家甫和潘姨围坐在另一间里屋内,看着床上坐着的头裹绷带的潘进堂,听着喜鹊嫂子的述说,几天前的遭遇把王家甫夫妇惊出一身冷汗。潘姨看着好几年没有见面的哥哥,方方正正的脸庞已明显比先时瘦了整整一圈,蜡黄的脸色中透出一些惨白,失却了往日在戏台上那奕奕的神采,脖子上的青筋一根根突出。潘姨眼里含着泪珠,她想,如果在其他地方看到床上坐着的这个人,绝对不会想到他就是自己的亲哥哥。潘姨从心里喜欢哥哥,敬重哥哥,虽然哥哥在她小时候常常摆出架势管她,甚至骂她,但她知道,眼前这个曾经既当爹又当娘的哥哥,实在不容易,他不但把戏班子续了下来,还把自己带大成人成家。老家大大小小的事靠哥哥撑着,戏班子靠哥哥撑着,可怜的雷奥也依靠哥哥舍命救护!要是哥哥出了事,天就会塌下来。

“这次多亏你嫂子,一声‘老天爷’保住了你哥的一只脚!”潘进堂看着王家甫和潘姨说。

喜鹊听完丈夫的话笑了,旋即又收起了笑容,嗔怪地说:“噫!你这个哥鬼得很,一声关公老爷也保住了两本字典!但用外国话唱《忠义关公》,俺唱不来,也没听过,现在妹妹、妹夫和外甥都回来了,天明后就请你哥在堂屋里唱两段,让咱们好好听听!”

屋子里的四人都笑了。

笑声止住,四人的谈话切入正题。

王家甫说:“哥嫂,俺这次只能在家待两天,原来准备提前几天回来,但实在回不来,日本人不批假。这次保立妈和保立可以在家多住几天,等过了二月二再回上海。”

“上海那边情况怎样?”潘进堂问。

王家甫知道,哥嫂关心的就是这个问题,所以他赶忙回答:“俺也正想和你们谈这个问题。离奇的死亡暂时没有了,上海的情况表面看起来风平浪静,但实际上却一点也没有好转,甚至可以说更糟。两个月前,日本和美国开战后,委员长也向德国宣战了,现在德国和日本为了对付美国和中国,穿起了一条裤子,所有的坏事都一起干。俺最近无意间从山本那里知道,德国已经和日本接触了好几次,谈的都是怎样处理上海犹太人的事,所以娃肯定是不能回上海了。”

“那就是说,得告诉娃他妈妈的事,让他死了回上海的心?”潘进堂问。

“是的!”王家甫回答。

“这次一定要告诉娃他妈妈的事吗?”喜鹊问。

“嫂子,不能再瞒孩子了,也瞒不住了。”王家甫再一次肯定地回答。

“哥嫂,家甫这一段老是心神不定的,日本那边对他有意见了,今后可能回来也不方便了。咱们当中就他一个人可以和娃沟通交流,趁着这次回来,和娃摊开谈吧!谈完之后,俺也可以在家照顾他一段时间。”潘姨这时不紧不慢地说话了。盯着她看的潘进堂和喜鹊这时才发现,妹妹瘦得不成样子,眼窝已经凹了进去,说起话来也没原来利索。他们两个哪里知道,三天前,潘姨才病愈下床。

四个人一阵合计后,决定告诉雷奥实情。

怎样告诉雷奥,四个人一直讨论到鸡叫。

雷奥一觉醒来,发现床那头躺着一个人。他爬过去一看,竟是两个月没有见面的保立,他使劲揉了揉惺忪的双眼,确认不是在做梦。在梦里,他几乎隔三岔五地会见到保立、“猴子”和他那一帮犹太小伙伴在舟山公园玩“黑森林猎人的眼睛”。

“保立，保立！”雷奥使劲摇动保立，保立“嗯嗯”了两声，继续转头睡去。

“师傅，师傅，保立来了！”雷奥大喊。

王家甫等四个人听到喊声，一齐来到了雷奥屋里。

雷奥“啊”了一声，呼啦一下从床上跳到了地上，扑进了潘姨的怀里。

“想我没有？”潘姨问。

“想，想！”雷奥大声回答。回答完这句话，雷奥哧溜一下从潘姨怀里钻了出来，重新扫视了一圈大人，急切地问：“我妈妈呢，她来了吗？”

潘姨听到孩子突然问了一句这样的话，她一下回答不上来了。

“雷奥，先洗脸吃饭，然后我告诉你妈妈的事情。”王家甫赶紧用德语和雷奥说起话来，一切都必须等娃吃了饭再说。

“好吧。”雷奥噘着小嘴说。

早饭，是四个大人围着雷奥一个人吃的，或者说是四个大人看着他一个人吃的。前一天夜里，潘进堂下到里屋洞里从小布袋内取了半碗白面，喜鹊发面给娃蒸了两个雪白的饼，蒸馒头的箅子下面还煮了一碗白米稀饭，米是这次王家甫从上海背回来的。潘姨从上海带回来的一洋铁皮桶中舀出一小勺油给雷奥煎了两个鸡蛋。鸡蛋盛在碟里后，潘进堂看到锅内还有一层油星，又让喜鹊炒了一碟萝卜丝，然后热气腾腾地端上了桌。

雷奥大口大口地吃了起来，这是他来到上蔡后吃到的最香的一顿饭。

“王先生，你们怎么不吃？”吃了一阵后，雷奥看着王家甫他们四个大人问。

“你先吃，我们等保立醒了一块儿吃！要不你娘还得再做一次。”王家甫笑着回答。

雷奥狼吞虎咽地吃了起来。

“娃，慢点，别烫着了！”喜鹊说。

“雷奥，慢点，汤太热！”潘姨说。

雷奥急吼吼地吃完了饭，抹了一把嘴，立马就对王家甫嚷嚷：“王先生，现在该给我说说妈妈的事了吧！”

王家甫愣在了桌边，他一时不知道该怎么开口。刚才看着雷奥狼吞虎咽地吃饭，王家甫心里香甜极了，幸福极了，感觉比他自己吃还香甜还幸福！王家甫从心底里希望：时间就此静止！他就这样默默地注视着多灾多难的小雷奥香甜地吃着饭，直到自己白发苍苍，两眼昏花，直到自己平静地离开人间！但他心里清楚，这只是他的一厢情愿。王家甫痛恨时间的无情，他担心那个可怕时刻的到来。为了应对那个可怕的时刻，他多少次辗转反侧，彻夜难眠；为了应对那个可怕的时刻，他与妻子在来上蔡的路上苦思冥想争论不休，也没能想出个万全之策；为了应对那个可怕的时刻，他与哥嫂合计到半夜，也还没拿出个稳妥的方案！为了在那个可怕的时刻把悲惨的事实告诉可怜的雷奥而不产生可怕的后果，王家甫白日夜里、忙中闲里、心里嘴边已经把预想好的几句话以不同的方式演练了无数遍：大声小声、高音低音、节奏快慢，他都想尽全力把握得分毫不差，甚至每个字的发音轻重，他心里都已经拿捏好了分寸！可以说，几句短话，寥寥数字，已经针刺刀刻般印在王家甫滴血的心上！可现在，他竟然一个字也说不出了……

王家甫哇地一下哭出声来，边哭边用双手扇自己耳光。

潘进堂、潘姨和喜鹊惊呆了，随即个个抱头呜咽。

雷奥惊呆了，他没有见过这样的场面，他意识到妈妈一定是出事了，也跟着哇哇哭叫起来。

哭声把保立惊醒了，保立揉着眼睛，光着脚来到了堂屋，他不知道出了什么事，看到满屋子人可怕的样子，吓得魂不附体，也跟着嗷嗷哭了起来……

屋子里的人哭到半晌午，雷奥知道妈妈已经不在人世了，她去了遥远的天国，去了很远很远的地方，撇下他一个人独自去寻找他的爸爸、姐姐去了……

雷奥不吃不喝一天时间了，他已经哭不出声来，面朝墙躺在床上，一声不吭，谁都不理。喜鹊和潘姨两个人低着头，静静地坐在床边上，她们心里在哭泣,但也已经流不出眼泪来了,两个月提心吊胆的日子不但折磨得她们精疲力尽,也抽干了她们的泪。两个女人寸步不离地坐在床边,四只眼睛一刻不停地望着被窝中的雷奥,沮丧和无奈的空气弥漫在整个房间,令人窒息。九岁的小保立一夜之间好像变了一个人,平常家里人多时,是他最开心活泼的时候,而今天,他站在雷奥床边的地上,头趴在床沿上,不吵不闹,像是自己做错了事,怕惹恼了哥哥雷奥一样。中午,喜鹊给雷奥蒸了一碗蛋羹,端到床边,用嘴一口一口吹凉后,趴到雷奥耳边,轻轻地说:"娃,娘给你蒸了碗蛋羹,起来喝口吧!"一连喊了十几声,雷奥都没有回音。一个小时过去了,喜鹊又到灶屋把蛋羹重新蒸了一遍,又用嘴一口一口吹凉,趴到雷奥的身边,声音更慢更低:"俺的好娃,听娘一句话吧,起来喝口蛋羹,喝一口就行!"雷奥没有回音,头轻轻动了一下,靠墙更近。喜鹊端着碗,在床边足足等了半个小时,最后只能端着碗回到灶屋,一个人蹲在灶膛前抱头傻坐。

天黑了,喜鹊给雷奥擀了一碗白面条,她切得特别细,煮得也特别烂,这样娃好嚼好咽也好消化。这次她没有自己端过去,而是请潘姨端了过去。

"雷奥,起来吧,吃点面条,都一天没有吃东西了。"潘姨几乎是在乞求。

雷奥还是一动不动。

"好孩子,起来一会儿吧,喝口稀汤也行啊!"潘姨苦苦地乞求着。

雷奥那边没有一丝声响。

潘姨也像喜鹊一样坐在雷奥的身边等了很长一段时间,面条由烫变热,由热变凉,最后又由凉变冷。她不得不端着碗移到床边,当潘姨双脚落地,准备站起来时,突然感到两眼发黑,头晕目眩,无计可施的她再也支撑不住自己的身体了,扑通一下摔倒在地上,盛着面条的瓷碗摔成了碎片,面条带汤泼了一地。

看到妈妈摔倒,保立吓得不知所措。

喜鹊看到了眼前的一切,她知道,妹妹是由于身体虚弱,外加心里极度难受晕倒的。正在堂屋焦急万分的潘进堂和王家甫没有等来雷奥吃东西的消息,却等来了潘姨晕倒的一声闷响,赶忙惊慌地从堂屋跑进了里屋。躺在地上的潘姨双眼紧闭着,脸色蜡白如纸,手脚颤抖不停,王家甫让喜鹊掐住潘姨的人中,自己慌忙地去找包裹里的药片。裹着绷带的潘进堂站在一旁,看着昏迷不醒的妹妹,心如刀绞,一句话也说不上来,剧烈疼痛的伤口使他的身子和双腿抖个不停。在潘进堂看来,地上躺着的这个人的生命,比自己的还重要。如果能够置换,他潘进堂会毫不迟疑地躺在地上,替妹妹去闯鬼门关。

保立大声喊着“妈妈,妈妈”,一声比一声撕心裂肺,王家甫、喜鹊跪在地上手忙脚乱,一人用力掐着潘姨的人中,一人往她嘴里放药片。屋子内的空气凝固了,因为每个人都知道,地上的这个人出一点事情,他们将失去生活的欢颜,失去生存下去所依赖的半壁江山。

躺在地上的潘姨还是一动不动,手脚冰冷,双眼紧闭。

保立不停地哭着,喊着。

王家甫、潘进堂和喜鹊木讷地趴在潘姨旁边,一动不动盯着潘姨的脸,他们在盼望潘姨苏醒,他们在从心底呼唤潘姨的名字,他们每个人都知道,自己的生命中不能失去这个人。

他们祈祷老天爷发发慈悲。

祈祷上天显灵的还有一个人,这个人就是雷奥。

从保立呼喊“妈妈”那时起,虚弱的雷奥就意识到,他敬爱的潘姨出事了。当众人趴在地上抢救潘姨的时候,他颤抖着坐了起来,他看到了潘姨躺在地上昏迷不醒,他知道自己已经失去了爱他的妈妈,再也不能失去同样爱他的潘姨了。

雷奥爬到床边,他要下床去看看潘姨,去呼喊潘姨。

看见雷奥坐起来并准备下床,王家甫赶紧跨到床边,把雷奥扶到了地上,雷奥扑通一声趴在了潘姨身边,用尽全身的力气呼喊起来:“潘姨!潘姨!”

潘姨还是一动不动。

“潘姨！潘姨！”雷奥嘶哑着嗓子哭着喊着，用力摇动着潘姨的身体。

“妈妈！妈妈！”

“潘姨！潘姨！”

雷奥和保立声嘶力竭地呼唤着。

潘姨在两个孩子绝望的哭喊声中慢慢地睁开了眼睛。

两行泪水顺着潘姨的眼角流了下来。

第二天大清早，天刚蒙蒙亮，喜鹊就起了床，她来到灶屋做一家人的早饭。王家甫也起来了，他要帮嫂子去烧火。潘进堂因伤口疼呻吟了一夜；潘姨虚弱不堪，连坐都已经坐不起来了；雷奥在梦里又哭又叫，“妈妈”的呼喊声一直没有停下。整整一个晚上，三间草屋内除了不懂事的保立，人人都在经受着人世间苦难的煎熬。

这天的早饭，几个人是分别在三间草房内吃的。

雷奥坐在床上，喜鹊端来一盆洗脸水，一把一把给他擦着脸，一天一夜的时间，在喜鹊眼里，娃已经瘦掉了一圈。雷奥有气无力地靠在墙上，两只眼睛又红又肿，看着神情黯然的雷奥，喜鹊心疼万分。喜鹊看雷奥的时候，雷奥也在看师母，平常穿戴和打扮干净利落的师母，今天也变了模样，一脸憔悴，头发蓬乱，眼圈乌黑。给雷奥擦完脸，喜鹊端来了那碗热了几遍的鸡蛋羹。每舀一勺，她都先吹两下，然后慢慢送进雷奥的嘴里，雷奥咽下后，喜鹊就把另一只手里握着的白面馍拧下指甲大小的一块让他嚼下，接着又舀来一勺鸡蛋羹……“娃，你不是天天祷告吗，妈妈虽然不在了，但上帝还在，上帝会保佑咱的，再苦再难，咬咬牙，都会过去的！”喜鹊喃喃低语，雷奥眼含泪水，轻轻地点了点头。半个小时后，雷奥喝完了那碗蛋羹，也吃下半拉馍。喝完最后一勺蛋羹，雷奥突然口中冒出了一句话：“娘，我饱了。”这句话，雷奥说得声音特别低，但喜鹊听得清清楚楚，她的双手抖动得难以拿稳手中的碗，眼里随即涌出了泪水。

另一间屋子内，王家甫也给潘姨端来了早饭，一碗白面条。潘姨让了几次，说白面要留给雷奥，最后硬是被喜鹊和潘进堂逼着端在了手上。潘姨靠在床头端着碗，愣愣地坐着，直到知道雷奥吃了一碗蛋羹和半个馒头后，她才低下头一口一口吃起来。

堂屋里的小桌旁，潘进堂、王家甫和保立围成一圈，每人一碗红薯干汤哧溜哧溜地喝着，保立边吃边说红薯干苦。上次土匪抢走家里的红薯和红薯干后，喜鹊进城买了一布袋带有霉点的红薯干，吃起来确实苦涩难咽。保立吃到一半的时候，就把碗推到一边，闹着不吃了，潘进堂和王家甫还是没有讲一句话，埋头一口红薯干一口汤地吃着。听到保立的叫声，喜鹊从里屋走了出来，把手里的半块白面馍递给了保立，保立边吃边说甜，堂屋里也就安静了下来。

吃过早饭，王家甫由八仙陪着进了城。快到晌午的时候，两个人背着两个布袋满头大汗地回来了，一个布袋里装的是红薯干，另一个布袋里是苞谷面，王家甫手里还提着一只双腿绑着的老母鸡。

整个下午，一家人谁都没有出门，雷奥和保立坐在床的一头，潘姨坐在另一头，其他人围坐在雷奥的床边，听王家甫讲中国神猴的故事，听潘进堂哼《程婴救孤》，听喜鹊唱《岳母刺字》……大人们看到雷奥的脸上出现了一丝笑容，每个人心里都是说不出的高兴。最后，王家甫说："雷奥，今后这儿就是你的家，每个人都是你的亲人。你要跟着大学唱戏，跟着娘学生活，还要跟着县城里一位姓任的先生学文化，他会英语、会数学、会自然常识，长大后要成为他那样的人，成为村里的大秀才……"

吃晚饭时，六个人又分成了三拨。喜鹊给坐在床上的雷奥端来了一碗鸡汤，又用碟子装了一个热腾腾香喷喷的鸡大腿，雷奥啃完鸡腿，也把一碗鸡汤喝光了。另外一只鸡大腿放在汤里端给了里屋的潘姨，潘姨这次没有答应哥嫂的要求，只喝了半碗鸡汤，鸡腿又被悄悄端回了灶屋。她怕保立看见这个鸡腿，就用两只碗上下对扣着放在了锅台的最里边。保立跟着爸爸和舅舅在堂屋吃的晚饭，红薯干汤变成了一人一碗苞谷糊糊、一张苞谷面饼。保立在堂屋的桌边坐着吃一会儿，不是跑到雷奥屋里去看看，就是跑到妈妈屋里去看看，最后他回来向王家甫嚷嚷："爸爸，雷奥哥哥只吃了一只鸡腿,还有一只鸡腿呢?"

王家甫笑着对儿子说:"咱上蔡的鸡和上海的鸡不一样,就长一条腿!"

保立也笑了:"我找了半天,妈妈碗里没有,雷奥碟里也没有,原来是这样啊!"

第二天一大早,王家甫启程回上海。潘进堂不放心,就请八仙陪着妹夫去县城。在县城西街买完汽车票,王家甫把剩下的钱塞给了八仙,说了声:"给桩子称斤棉花垫进破袄里吧,俺昨天看见孩的手都冻烂了!"没等八仙反应过来,王家甫就一头钻进了长途汽车。

王家甫走后的第三天,先生任天放来到了家里。

潘进堂和八仙赶着毛驴车接上任天放时,任天放说:"老潘,还化了装来接俺,今天不会再给俺演双簧了吧!"

头缠绷带的潘进堂笑了:"在您面前演双簧,就像戏词里唱的,俺那是班门弄斧,布鼓雷门啊!"

进到潘进堂家院子里,任天放这回还是大吃了一惊。两个画了脸的孩子迎了上来,俩孩子整个脸部涂成了黑色,只有额上画有白色的弯月。大一点的大大方方地来了一句英语:"Good morning, Sir!(先生,上午好!)"小一点的扭扭捏捏了半天,才说出一句话:"老师好!"

"老潘,这一进门就遇到俩小包拯,今天你不会用两口铜铡铡了俺吧?"任天放板着脸,望着潘进堂说。

潘进堂、喜鹊、八仙和潘姨一阵哈哈大笑。

喝过半碗白开水,几个大人和保立退到了里屋,任天放在堂屋里的小桌边开始授课,第一堂课上英语。任天放从包里掏出一本英语书,翻开了第一页,让雷奥跟他一起读。

晌午饭任天放和雷奥两个人在堂屋吃,每人一碗白面条、一个白面馍。其余的人都在灶屋吃，清一色黄澄澄的苞谷糊糊和苞谷饼。保立想端着碗去堂屋和哥哥一起吃，被潘姨一把拉住："哥哥边吃边学功课，你去会耽误事。"

吃过晌午饭，潘进堂给任天放和雷奥各端去了一碗开水，碗里还各放了一勺红砂糖，收拾罢两个人的碗筷后，一声不响地退出了堂屋。下午的数学课是用英语上的，开始之前，任天放让雷奥背段圆周率，雷奥只能背到3.1415926，任天放点了点头。任天放问雷奥想不想听他背背，雷奥说："想！"

任天放一口气背到小数点后的102位。

雷奥边听边点头，等任天放上气不接下气地背完，雷奥赶紧把红糖水递到了任天放手里，说："老师，您喝口水！"

数学课讲的是一元一次方程，任天放讲了三道例题，又出了四道练习题让雷奥算。数学里的英语词汇雷奥知道得较少，遇到一个较难的词汇，任天放就试着用简单的词语来解释或者替代，一道题下来，任天放额头上冒出了一层薄汗。

数学课在黄昏时刻结束，雷奥和老师各去了一趟屎茅子。接着任天放坐在堂屋里给雷奥上自然常识课。

这一次，任天放讲的是"天与地"，他从空气的成分讲到了雷电的形成，从外国的阳历讲到了中国的农历，从美国的甘蔗讲到了中国的红薯，从雨水的形成讲到了上蔡的旱灾……尽管任天放手脚并用，一个词接着一个词反复解释，雷奥还是听得晕晕乎乎，似懂非懂。虽然没有全部理解"天与地"，但雷奥喜欢上了这位自始至终板着冷峻长脸、没有一丝笑容的老师。

天色昏暗下来的时候，一天的课结束了。任天放给雷奥布置了英语、数学和自然常识三门课的作业。布置完作业，任天放站了起来，从包里拿出了一块半寸厚、两寸宽、一尺长的竹板，哗啦一下扔到了桌子上，背着双手神色严肃地说："下次上课前检查作业，一道题没做，手心打两板，做不好打一板,知道了?”

“知道了!”雷奥心惊胆战地回答。

任天放不但谢绝了留下来吃晚饭的邀请,也谢绝了潘进堂和八仙用毛驴车送他回城的好意,只用手绢拎了一碗白面。任天放对陪他来到村西头的潘进堂说:“老潘,你个唱戏的今天没有给俺演双簧,倒让两个屁孩给俺演了场戏,上海人俺见过,和咱们上蔡人长得不一样,吓不着俺,今后就别涂黑脸了!”潘进堂看着消失在夜色里的任天放,半天没回过神来。

从上课后的第二天开始,雷奥上午跟潘进堂学戏,下午做任天放布置的作业,晚上和保立一块儿玩,情绪慢慢稳定了下来,脸上也出现了孩子特有的红晕。雷奥原来在潘进堂和喜鹊面前,有时喊师傅和师母,有时喊大和娘,现在不管什么时候,都喊大和娘了。雷奥每喊一声,潘进堂和喜鹊都接连“唉,唉”地应两声。八仙经常开潘进堂的玩笑,“你这个人,娃叫一声大,像喝蜜似的,其他徒弟天天师傅长师傅短地喊,你的榆树皮脸像挂了霜!”

作为一个女人,喜鹊在雷奥刚来那一段时间,心里偷偷犯嘀咕:这样养一个不是自己亲生的孩子值不值得?但现在雷奥左一声娘右一声娘叫着,喜鹊不但不再犯嘀咕,还一天半晌见不着娃心里就发慌。老纪一次给雷奥剃“光马蛋”,不小心在雷奥头上划了一条口子,雷奥没有哭也没有叫,但喜鹊知道后,每天抱着娃的头看七八遍,后面几天每次见到老纪,都是一阵比戏台上快板还猛烈的奚落。老纪是刀子嘴,在村子里到处讲:“咱村两个人‘护犊子’不要命,王拐子护他的一窝猪娃,喜鹊护她家那个‘光马蛋’!”

潘姨白天搬个凳子坐在堂屋门外,夜里坐在被窝里,做着同样的一件事,就是为雷奥做一件棉袄、一件外套、两双布鞋。潘姨针线活做得好,五天时间新棉袄和外套就穿在了雷奥身上,潘姨说:“娃,平常咱穿旧的,等先生来时再穿新的!”保立看到雷奥有新衣服穿,哭闹了半天,潘姨对儿子说:“回到上海就给你做,现在做,路上不好带啊!”做完了衣服,潘姨开始纳鞋底和鞋帮。雷奥、保立和潘姨睡一张床，睡觉前，潘姨就把睡在床那头的两个小家伙的四只脚裹在自己怀里暖起来。有时半夜里雷奥感到有人动他的脚，他翻身坐起，看见床那头潘姨仍然坐着，在摸黑纳鞋底，滋滋的拉线声有时持续到天明。鞋子做完之后，潘姨还给雷奥缝制了厚薄不等的三个口罩，一切停当之后，交代雷奥说："娃，听大和娘的话，该戴时得戴上，咱命苦，得遭这份罪！"

半个月之后，潘姨和保立要回上海了。临走前的那天晚上，雷奥说："姨，妈妈听不到我唱大戏了，我给你们唱一段吧！"

潘姨含着泪回答："娃你唱，姨替你妈妈听！"

潘进堂和喜鹊拍着节奏，雷奥站在堂屋中间，泪流满面地唱了起来：

> 小苍娃我离了登封小县，
> 一路上受尽饥饿熬煎。
> 行路人都道我是杀人凶犯，
> 他怎知我小苍娃受屈含冤。
> …………

每年三月，惊蛰后的第五天，山陕会馆都会搭台唱戏。1942 年也一样，潘进堂带领戏班子去唱《岳母刺字》和《铡美案》。山陕会馆位于上蔡县城的西南角，建于明朝嘉靖年间，是一座青砖黛瓦的古雅建筑。会馆院内建有重檐拱角、歇山式戏楼一座，四个拱角各系一个铜铃，风一吹动，丁当声可以传到两里地外。戏楼上方悬挂一米见方的大匾，上书四个金色隶书：春风风我。

头天晚上，潘家戏班子唱《岳母刺字》，在上蔡开商铺和做生意的几十个山西和陕西的商人都来了，来时还带着老婆孩子，热热闹闹坐了满满一院子。快开演的时候，任天放来了，山陕会馆会长的两个儿子都是任天放的学生，搭台唱戏自然不会忘记任先生。化过装，一身士卒行头的雷奥看见了教自己学问的任先生，便偷偷跑了出去，在任天放的桌边走来走去，想和先生打个招呼，任天放明明看见了雷奥，却始终不搭不理。雷奥很是沮丧，回来告诉了潘进堂，没有想到，潘进堂火冒三丈，劈头盖脸就是一顿臭骂，不到登台不准他再离开化装的房间一步。

这一次，雷奥和桩子四个人演的是士卒。桩子演四个人的头旗，整个舞台上总共说过三句戏词，第一句是“遵令”，第二句是“遵令”，第三句还是“遵令”。雷奥和其他两人一句戏词也没捞到。四个人一上台就站在四个角，雷奥是站在后台的角落里。桩子每次“遵令”一喊出，其他三个人都跟着他在戏台上走上一圈，再丁零当啷随着八仙的锣鼓声走下台去。

“跑龙套”的简单角色在台下戏迷的眼中不值一提，但雷奥可不这么认为。雷奥兴奋得心脏怦怦直跳，这是他第一次登台唱大戏，他要把“大将军”的威武表现出来。上台时，雷奥双脚跺地，发出铿锵之声；站在戏台上，雷奥挺胸抬头，双眼瞪得比牛犊子的眼还圆；离开戏台时，雷奥双目平视向前，不紧不慢，不松不垮，按照潘进堂的要求，叫作“来时风风火火，去时火火风风”。

雷奥这么卖力演戏，还有一个只有他自己清楚的原因，那就是想在任先生面前好好表现一番。站在戏台上的雷奥，眼睛一直盯着坐在戏台最前面一张桌子旁的任天放。他也希望任先生能一直看着他，或者时不时地看他一眼，但任先生没有。任天放的眼光不是聚焦在戏台中心的“岳飞”潘进堂身上，就是随着“岳母”马兰兰的走动而晃动。雷奥有点沮丧，他从心里认为这位任先生不懂戏，四个威武的“大将军”他不看，光看戏台上哭哭啼啼的一对母子，实在缺乏情趣。

戏演完了。

会长和任天放带头鼓起了掌。

潘进堂、马兰兰和所有演员都走上台去，鞠躬谢幕。雷奥和其他两人也随着桩子走上了戏台，谢幕时四个扮演士卒的小孩站在了前排。整场大戏，雷奥还是第一次站在戏台的最前面，兴奋的心情无以言表。这时，雷奥又一次把目光紧紧地盯在了任天放身上。这一次，雷奥没有失望，他看见了任先生也在直愣愣地看着他，不但用眼睛看，任先生还举起了右手，竖起了大拇指！看到自己佩服的任先生给自己竖起了大拇指，雷奥更加兴奋，他的腰比其他三个“大将军”弯得都低，这个深躬，雷奥是鞠给任先生的。

这一次，任天放没有来潘进堂的戏班子评戏，而是直接回了武津中学。

又是一顿两荤两素的戏后饭，戏班子成员围坐在两张桌子上狼吞虎咽地吃着。商人家的孩子没有跟随父母离去，而是站在一旁嘻嘻哈哈地观看戏子们吃饭。他们从父母那里知道，戏子们吃饭比唱戏还好看。商人的孩子没有见过这么多一块儿吃饭的人，也没有见过戏子们吃饭的样子，好奇地用手一会儿指指这个，一会儿点点那个。他们指到哪个人，就一阵哄笑，被指的那个人并没有感到尴尬，而是冲孩子们一笑或者做个鬼脸，继续大口地吃着喝着。孩子们还看到，男戏子的手大，都是一手抓两个花卷，两口三口就吞下一个，女戏子的手小，手里只能抓一个花卷，但她们个个低着头，眼睛盯着花卷，刚仰脖咽下一口，手里的花卷就又送到了嘴边……雷奥坐在大和娘之间，四盘菜其中一盘是酥肉炖粉条，是上蔡的特色佳肴，酥肉主材一般用猪肉，潘进堂反复叮嘱后，这次猪肉换成了鸡肉。这道菜的做法是把肉切成指甲盖大小的块状，裹上面粉过油炸脆，再和粉条一起焖炖。雷奥还是第一次吃又脆又香的酥肉，所以筷子一直在盘里捞。坐在同一桌的桩子看见雷奥只捞酥肉，也想捞上一筷，哪知筷子刚伸到盘边，嘴里就“哎哟”一声大叫，原来，八仙在桌下面使劲踩了桩子一脚。

吃过晚饭，潘进堂的戏班子没有回村，因为明天下午还有一场更精彩的压轴戏。按照上蔡习俗，戏子们不住正堂正屋，山陕会馆因此预备了三间房子供戏班子用。班主潘进堂夫妇和雷奥住花匠房，十几个男人打地铺睡门房，四个女人则住在后院腾空的杂货间。夜深了，喧嚣了一天的山陕会馆安静了下来，搭台唱戏忙碌了一天的大人们都各自回屋睡觉。桩子带着雷奥和其他两个孩子来到了院子里，孩子们毫无睡意，难得的一顿饱餐使他们感到了久违的幸福和满足。四个孩子坐在戏台边，仰望星空，你一言我一句闲聊了起来。

“你们说说，长大了要干啥?”桩子问。

“像王拐子一样开个染坊，喂一窝猪娃!”毛妮子立刻接了话茬。

“王拐子整天一身臭猪屎味，你也一样?”桩子骂道。

雷奥和另一个孩子望着毛妮子，嘿嘿讥笑。

“娃，你呢?”桩子扭头问正在幸灾乐祸的雷奥。

“等我有钱了，买一架钢琴，边弹边唱歌!”雷奥说完，用手做出弹钢琴的样子。

“买个啥家伙?”桩子好像没有听清。

“钢琴！像个长桌子，上面有很多键，一按就发出不同的声音，可好听啦。”雷奥兴致勃勃地解释。

“桌子会响？你个屎上海货就是会瞎喷!”桩子不信，骂了一句。

其余的两个孩子看着雷奥，一脸不屑。

“你们说的都不中，知道俺想干啥?”桩子脸上露出神秘之色。

“干啥?”其他三个孩子异口同声。

“和今天来看戏的很多人一样，做生意!”桩子趾高气扬。

“为啥做生意?”毛妮子急切想知道。

“天天吃花卷，顿顿有酥肉!”

一提到吃的，三个孩子来了兴致。

“我也要跟着你做生意，可以天天吃‘xū’肉!”雷奥说。

“是酥肉，不是‘xū’肉!”桩子纠正说。

“好，吃‘sū’肉!”雷奥这次说得很慢，但说对了。

四个孩子一起嘻嘻笑个不停。

桩子这时扭过头，问毛妮子：“你呢?”

毛妮子先是扭捏了一阵，然后回答：“桩子，今晚上有钱人都带了三五个孩子来看戏，俺今后也跟着你做生意，将来可以娶个奶子大、屁股宽的老婆，生他一堆娃。”

桩子和另外一个孩子都哧哧笑了起来，雷奥没有听懂毛妮子的话，只有他一个人沉着脸。

桩子向雷奥解释起来。这次桩子不但用嘴讲,还加了手势:“女人,像马兰兰!”桩子说完,双手在自己胸前比画出圆圆鼓鼓的东西。雷奥明白了桩子的意思,含羞嬉笑起来。

桩子站了起来,继续他的解释。他在戏台上边走边扭屁股,两只手分别指着两边的屁股蛋,嘴里喃喃自语:“娃,快看,就这样的大屁股!”

雷奥和其他两个孩子笑得东倒西歪。

“为什么屁股宽好?”笑过之后的雷奥突然提了个问题。

“好生娃啊!”毛妮子爽快回答。

“孩子不是从肚子里生出来的吗?”雷奥还是不解。

毛妮子被问得哑口无言。

“娃,你明个问问马兰兰,她一定知道!”桩子嬉皮笑脸地说。

雷奥不好意思地低下了头。

“还等明个干啥,现在就去问马兰兰!”毛妮子一脸坏笑。

“走,去问马兰兰!”桩子说。

四个孩子扑通一声一齐跳下戏台,猫起腰,探着头,一声不吭地向后院溜去,像刚刚演罢的《岳母刺字》中金兀术派到岳营的密探。

睡在门房的十几个男人一个也没有入睡,他们正在热火朝天地喷空,晚上喷空的话题是老纪无意间寻找到的。老纪也和戏班子一起进了城,白天在街上支起砂锅剃头,晚上喝过半锅红薯干汤就到山陕会馆来听戏,门卫不让挑着剃头挑子的老纪进,潘进堂讲了一堆好话后老纪才被允许站在墙角听。八仙和老纪合睡一个被窝,一人一头,相互暖脚,上蔡人叫“打老腾”。两个老伙计“打老腾”还没有一袋烟的工夫,八仙用脚蹬了蹬那头的人。

“老纪,你闻闻被窝里啥个味?”

老纪掀开被角,把头埋了进去。忽然,老纪一把掀翻了整个被子,高声骂了起来:“你个王八蛋,放了一个臭屁坑你爹!”

八仙和全屋子的男人哈哈笑了起来。

老纪说："你个王八蛋，吃了顿好的，屁就臭起来了，咋个回事？"

八仙是见过世面的人，他重新盖好被子，不慌不忙地回答："屁里如果尽是空气，就不臭，如果臭，里面不但有空气，还有其他成分。你个王八蛋天天吃红薯干，红薯干没营养，屁也就没营养，光响不臭。老子今晚吃了四盘肉，一盘猪头肉、一盘肥肉片子、一盘卤大肠，还有一盘喷香喷香的小酥肉，盘盘有营养，五香八大味，屁不臭才怪！"

"王八蛋，歪门子事你倒能踅摸出道理来！"老纪一脸无奈。

屋子里又是一阵哄堂大笑。

老纪还有一个问题没有弄明白，用被子盖好腿脚后，他没有躺下，而是坐着："怎么没有听到你个王八蛋一声屁叫，就满被窝臭味？"

八仙说："王八蛋老纪，俺问你，吃好的都是什么人？"

老纪答："有钱人！"

八仙继续："有钱人都是什么人？"

老纪也继续："体面人！"

八仙哈哈大笑起来，冲着老纪就是一声大叫："这不就对了吗，体面人放屁，哪能像你这样没出息的大老粗，三分屁七分响！"

老纪恍然大悟："怪不得俗话说，响屁不臭，臭屁不响啊！"

那一晚，吃饱喝足的十几个大老粗喷到了兴头上。

桩子一行悄悄来到后院杂货间门前，四个人蹑手蹑脚扒着门缝往里瞧，想看看马兰兰她们睡觉没有。这么一看不要紧，四个屁孩的脸贴在门缝边一趴就是半天，没有一个人讲话，也没有一个人大声喘气。原来，屋子里亮着一盏煤油灯，还生着一个炭火盆，有三个女人已经钻进了被窝，露着头在说话。马兰兰和她们不一样，正赤裸着上身背对门，面朝墙用毛巾在擦白花花的身子。四个孩子眼睛放着光，看了一袋烟工夫，他们期待马兰兰转过身来，哪怕转上一次也行，但马兰兰始终面朝里背对着他们。

焦急地看过一阵之后，桩子用手扯了一下其他三个人的衣角，然后自己率先从门缝边轻轻地后退着出去，雷奥三人也学着桩子的样子恋恋不舍地离开了门缝。四个人躲在墙角,桩子说话了:“好看吗?”

毛妮子和另外一个孩子马上回答:“好看!”

雷奥低着头,不好意思说话。

“好看吗?”桩子又一次扯了一下雷奥的衣角。

“白白的,好看!”雷奥低着头回答。

“还想看更好看的吗?”桩子轻声说。

“想,想!”毛妮子和另外一个孩子异口同声地回答。

“娃,你呢?”桩子见雷奥没有回答他的问题,再次问雷奥。

“你们想,我也想!”说完这话,雷奥的脸红了起来。

桩子开始交代怎样才能看到更好看的。他趴在毛妮子和另外一个孩子耳边嘀咕了一阵,然后就对他俩说:“你们两个先去,等会儿咱们换换!”

毛妮子和另外一个孩子来到了离马兰兰住的杂货间二十几米远的地方站住了,这时候,桩子拉着雷奥的手重新回到了门缝边。雷奥刚刚趴好,桩子就举起了右手。

“猴屁股失火啦!”

“猴屁股失火啦!”

看见桩子举手,毛妮子和另外一个孩子扯起嗓子,拼命般跳着吆喝起来。

马兰兰一听门外有人吆喝失火,本能地转过身来,直愣愣地朝着门这边看。趴在门缝边的雷奥和桩子清清楚楚地看到了马兰兰雪白雪白的胸脯。

第二天下午,潘进堂带领戏班子开唱《铡美案》。山陕会馆里一如昨夜热闹非凡。任天放来了,还是坐在昨天晚上的座位上。第三遍热场鼓正在铿铿锵锵响着的时候,看门的老人慌张地跑进场内,趴在会长耳边一阵耳语。会长这时唰地一下站了起来,朝戏台上的锣鼓班一挥手,响声戛然而止。

高野中尉带着伪县长孙宝康、翻译刘房国看戏来了。

戏场内所有人先是哗啦啦站了起来，接着齐刷刷闪出一条道，一身便装的高野慢悠悠地走进场内。场内响起了欢迎的掌声。

“高野先生来看戏，俺们山陕会馆柴门有庆，蓬荜生辉啊！”会长伸出双手，大步流星地迎了上去。

“打扰，打扰！一时兴起，没有事先通告，万分惭愧！”高野礼貌地回答。高野三人被安排与会长同桌，当会长寻找任先生并想把他介绍给高野时，任天放迈着碎步，头也不回地朝门外走去。

这时，从门外跑进了八个戴着钢盔、手提“三八大盖”的日本兵，来到院子中间后，啪的一声立正，然后分成四个小组，每组两人跑到了四个角上，又是啪的一声立正，站定不动了。

又是一阵热场鼓，大戏拉开了帷幕。

《铡美案》是潘家班的拿手好戏。潘进堂唱黑老包，马兰兰唱秦香莲。一腔一词，两个主角都拿捏到位，场子里不时发出阵阵掌声和欢呼声。高野也和中国人一道鼓掌，有时也大声吆喝两嗓：“哟西！哟西！”见高野鼓掌，孙宝康和刘房国也一个劲儿地拍手附和。“秦香莲”马兰兰在台上表演的时候，高野对孙宝康说：“这位小姐演得好！”

“《铡美案》我小时候就听说过，包拯我很崇拜！”高野一通叽里呱啦的日语后，刘房国点头哈腰翻译。

“是啊，‘糟糠之妻不下堂’！”会长说。

“在这句话前面还有一句，叫‘贫贱之交不可忘’！我在日本的小学课本里学过！”高野说。

“高野先生真是地道的中国通，博览群书啊！”会长感慨道。

“孔府门前卖文章，关公面前耍大刀，献丑了！”高野不愧是中国通。

“秦香莲”来到了开封府，一番标准的甩袖动作和一阵痛哭陈词后，高野再一次对身边的孙宝康说了一句：“这位小姐演得好！”

《铡美案》这台戏，桩子四个人扮演的是王朝、马汉、张龙、赵虎。四个人的台词只有两句，一句是听到包拯高声下令给陈世美用刑后，众吼一嗓“遵令！”；另一句是戏的结尾，包拯在怒铡忘恩负义的陈世美前，一声高喊

"开铡",四人齐声呼应"开铡"。雷奥演的是赵虎,站在戏台最后。本来他想利用这次机会表现一番"赵将军"的英姿飒爽,让老师任天放再竖一次大拇指,但令他没有想到的是,任老师突然走了,来了令他惧怕万分的"日本县长",还有一群提枪带刀气势汹汹的日本兵。从同伴的嘴里他知道,日本人的头头比"日本县长"还厉害,杀个人和杀只鸡一样。看到"日本县长"在这个日本人面前毕恭毕敬的样子,还有八个端着明晃晃刺刀的日本兵进场站岗,雷奥知道了其他人说的话是真的。

轮到雷奥他们四个执杖上场了。雷奥突然发现自己的双腿不再听使唤,两腿筛糠,颤抖不停。桩子三人一个接一个走上台两米后,雷奥还没有抬起双腿,站在雷奥身后的喜鹊吓得额头上顷刻间冒出了层虚汗。喜鹊知道,这个时候出问题,不光是舞台"娄子"的小事故了,弄不好是要出大事的。她从后面轻轻地推了雷奥一把,一声叱喝:"上!"喜鹊一推一喊后,雷奥这才迈开了双腿,提杖朝他们三个跑着追去。戏台下几乎每个人都看出了这个明显的舞台"娄子",于是人群中爆发出了一阵大笑,高野懂中国戏,《铡美案》他不知看了多少遍,也禁不住哈哈大笑起来。

雷奥的"娄子"这才刚刚开始。

雷奥站在戏台上,双腿仍然颤抖不停。当他看到第一张桌子上的那个日本人时,双腿抖得更加厉害。雷奥自己心里清楚,再这样下去,非出问题不可。他在心里暗下决心,再不看那个文质彬彬的日本人一眼,而是把脸抬得高高的,眼睛盯向戏台对面的屋顶。这还不够,雷奥咬紧牙关,双手使劲握紧杖棍,尽量使自己的身体借助这根杖棍保持平衡,雷奥做到了,但他的额头上冒出了一层虚汗。驸马爷"陈世美"被带到台上,"秦香莲"一段痛哭流涕的唱腔和"黑老包"一段慷慨激昂的唱词后,只见潘进堂大喊一声:"王朝、马汉、张龙、赵虎,大刑伺候!"桩子和其他两人这时高举杖棍,齐声附和:"遵——令!"

舞台上竭尽全力想不出"娄子"的雷奥这次又出了"娄子"。他高举杖棍的同时,嘴里也大吼了一嗓,不过这一嗓和其他三个人嘴中吼出的两个字"遵——令"不一样,而是"开——铡"。

戏台下又一次响起了哈哈的笑声。

高野这次没有笑。

高野没有笑，孙宝康也不敢笑。

戏继续演着。

台后的喜鹊已经满头是汗，她用手捂住嘴，生怕自己失声惊叫，她多想自己换上戏服去替自己的娃把这场戏演完啊！但她办不到。戏台上的"黑老包"潘进堂早就看出来了雷奥的惊慌，但他也没有办法，潘进堂演过几百场大戏，很多戏台上的"娄子"都被他成功化解，但这一次，他实在想不出法子来，此时的潘进堂额头上也铺了一层虚汗。头上铺着一层虚汗的不光有潘进堂，还有正在打鼓的八仙。八仙不光额头上出虚汗，紧握鼓槌的双手也冒着汗，汗从手指间渗出，滴落在鼓面上，鼓面已经湿了一半。

戏继续演着，更大的"娄子"还没有到来。

戏的尾声，是包拯不畏权势，秉公执法，匡扶正义，用龙头铡惩杀负心汉陈世美。这场戏也是演出的高潮。按照剧情，雷奥扮演的赵虎手执铡把，待"包拯"一声怒吼和四个护卫附和一嗓后，手起刀落，让"陈世美"命归黄泉，于是帷幕闭合，大戏结束。

"包拯"一声怒吼："开——铡！"

"王朝""马汉""张龙""赵虎"紧接着附和："开——铡！"

"赵虎"手抓铡刀把，正准备向下压时，紧张万分的雷奥再也控制不住打摆的双腿，扑通一声瘫在了地上。

这一次，台下一片死寂，无人敢笑。

时间凝固，全场惊呆。

喜鹊扑通一声倒在了后台的地上。

八仙的双手剧烈地颤抖着。

一切都靠潘进堂了。

潘进堂毕竟是潘进堂！

潘进堂这时又是一声大吼："开——铡！"潘进堂的这一吼，比他演过的任何一场《铡美案》都雄壮、激昂、漫长。

雷奥从师傅悲壮的吼声中听出了异样，那是师傅在激励他站起来。

刹那间，一股神奇的力量倾注到雷奥身上，从头到脚。

他猛地一下从地上站了起来，和其他三人一起雄壮地吼出“开——铡”！

吼声一落，“赵虎”雷奥使劲压下了铡刀把……

戏到这里还远远没有结束。

谢幕之后，其他观众都纷纷起身离席，但高野却坐着一动不动。坐在一旁的孙宝康明白主子对这场漏洞百出的戏不满，就想设法弥补，于是，站起来大吼一声：“这演的是什么龟孙戏！‘陈世美’还没铡，自己就吓瘫了！”准备离席的观众听到他的喊声，又纷纷停了下来，个个站在桌边一动都不敢动。

高野坐在椅子上，还是一言不发。

“把刚才吓瘫的那个王八蛋给老子带过来，让太君给他说说戏！”满脸杀气、青筋涨凸的孙宝康高声喊话。

“不，四个都带过来，我要一个一个地说戏！”坐在椅子上的高野轻轻哼了一句。

“把四个王八蛋都带过来，太君要一个一个地说戏！”孙宝康咆哮着。

四个日本兵持枪跑进了化装的房间。

大难即将来临。

听见孙宝康的咆哮，潘进堂和喜鹊知道，这一回，天真要塌了！

四个日本兵冲了进来，抓着四个孩子的衣领就往外拽。

雷奥危在旦夕。

任何人回天无术。

“猴屁股失火啦！”

“猴屁股失火啦！”

这时候，房间外传来了疯狂的叫喊声。四个日本兵不知道外面发生了什么事，松开抓住四个孩子的手就往外跑。

“猴屁股失火啦!”

“猴屁股失火啦!”

站在墙角的老纪发疯般地上蹿下跳,手舞足蹈,歇斯底里地喊着同样的一句话,戏台下的观众不知发生了什么事,四处逃窜,院内顿时大乱。

另外四个日本兵惊慌地跑到了老纪面前,老纪不但没有停下上蹿下跳,而且叫喊的声音更大,不但站着喊,而且边喊边狂奔起来。跑在最前面的一个日本兵举起枪,一枪托狠狠地砸向了老纪的后脑勺。癫狂着的老纪不知道日本兵向他跑来,没有丝毫防备,日本兵的枪托一落下,老纪扑通一声摔倒在戏台前的砖地上。

倒地的老纪嘴一张一合,却发不出一句声响来。

高野走到老纪身边,用脚踢了踢老纪的头,他的头下流了一摊鲜血,眼睛直勾勾地瞪着,人已经动弹不得了。

“什么人?”高野扭头问山陕会馆的会长。

“一个剃头的!”会长回答。

“鲁莽!”高野冲着砸人的日本兵大骂。

“真是扫兴,今天就不说戏了,回去!”高野说完话,起身愤然离去。

孙宝康和一队日本兵尾随而去。

这天,潘进堂的戏班子没有吃戏后饭就装上道具匆匆回家了。

在回去的马车上,潘进堂把鼻孔、嘴巴和耳朵都在冒血的老纪紧紧抱在怀里。同一车厢里的喜鹊、八仙和雷奥看着老纪,哭啼不停。喜鹊用手绢给老纪擦从后脑勺上喷出来的鲜血,一遍擦过,新的一股又冒了出来。

“进堂,俺老纪老了,不行了!”潘进堂趴在老纪耳边,听清了老纪的话。

潘进堂看着老纪,一句话没有说。

老纪的嘴角又在动,潘进堂赶紧趴到他的耳边。“进堂,你让俺死个明白中不中?”

潘进堂不明白老纪的意思,只好点了点头。

"娃不是咱汉人吧？俺剃了一辈子头，没有见过这样的头发！"老纪抖动着嘴唇。

潘进堂点了点头。

"你点头，俺就明白了。娃的头发卷，密，难剃，今后就，就靠你了。剃之前，用热毛巾，焐两遍。一遍，不行，娃会痛……"

断断续续讲完这些话，老纪再也说不出话来。

老纪最后一个动作，是用手指了指上衣口袋。潘进堂赶紧去掏老纪的口袋，从里面摸出了一把剃头刀。

老纪看着潘进堂笑了一下，闭上了眼睛。

老纪死了。

两天以后，潘进堂、喜鹊带着雷奥在老纪的土坟前跪着磕了三个响头。

上蔡有句民谚："到了惊蛰节，锄头不停歇。"每年这个时候，麦田地沟里都会结着薄薄的霜冻，村子里的人大清早拿起锄头，在太阳出来前下地给麦苗锄松土壤，使地表的霜冻能顺着空隙进到土里，庄稼人叫"保墒"。潘进堂和喜鹊每天五点鸡叫起床，到村东头的麦田里去锄地，比村里其他庄户要早上一个钟头的时间，太阳出山时回来。因为雷奥有吃应时饭的习惯。雷奥后来从八仙嘴里无意间知道了这件事，当天晚上睡觉之前就对潘进堂和喜鹊说：

"大，娘，明早你们就别起那么早了，我不饿。"

"娃，大知道了。"潘进堂回答。

"娃，快睡吧，娘也知道了。"喜鹊笑着给娃掖好被角。

第二天早上，太阳爬到了半个树梢高，雷奥起床后，他的饭还是已经摆在了堂屋的小桌上。

第三天清早，潘进堂和喜鹊在地里埋头锄了一半地，抬头擦汗的时候，看到灰蒙蒙的地头蹲着一个人，两口子吓了一跳，定睛一看，不是别人，是他们的娃。

“娃,天这么冷,你咋来啦?”喜鹊心疼地叫。

“大和娘不怕冷,我也不怕!”雷奥站了起来。

“俺的娃小,要多睡会儿!”潘进堂说。

“你们不睡,我也不睡!”雷奥噘着小嘴回答。

“中,中,大听娃的。”潘进堂笑了。

“俺的娃懂事了,有你这句话,再累娘心里也舒坦。”喜鹊也抿嘴笑了。

雷奥来到了潘进堂和喜鹊中间,看他们锄地。潘进堂说:“娃,你娘的戏唱得好,你平常听得少,让她给你唱一段中不中?”

“还是让你大唱一段吧,他的声音高,这漫天野地里可以不着调地吆喝。”喜鹊看着雷奥,边锄地边向潘进堂使眼色。

“我来决定让谁唱!”雷奥摆着头,神气地说。

“中,大听娃的。”潘进堂说。

“中,咱家里娃做主。”喜鹊应。

雷奥背起了一双小手,一会儿抬头望天,一会低头看地,在麦田沟里转了两圈,像是思考天大的问题。潘进堂和喜鹊哧哧笑了起来,眼前的小家伙这是在学戏台上黑老包断案前的焦急样啊！雷奥最后停了下来,手指一上一下摆动着指向喜鹊,一字一句地说:“你快快唱来!”

村里人的话喜鹊经常不听,潘进堂的话喜鹊有时也可以不听,但自家娃的话她从来不敢不听。喜鹊收住嘻嘻哈哈的笑声,站到地沟中间,手扶锄头把,向后捋了一把汗淋淋的头发,看着雷奥,抬头唱了起来:

麦子呀那个锄三遍,麦缝像条线,
麦子呀那个锄三遍,地水麦根现,
麦子呀那个锄三遍,等着吃白面,
麦子呀那个锄三遍,
俺的娃,那个俺的娃,
不胖俺不见!
麦子呀那个锄三遍,
俺的娃,那个俺的娃,

长大把那花媳妇娶，

小两口被窝里那个，那个，

咕咕咚咚，

咕咕咚咚，

俺听见只当没听见……

时间到了4月底，正是青黄不接的季节，正常年景，上蔡的庄户人家到这时节存粮已经不多，由于去年的大旱，村子里每家每户的日子更加艰难起来。

八仙家变成了每天两顿饭，半晌午吃一顿，下午太阳落到半个树梢高时续下一顿。八仙家院子里有棵老榆树，两人合抱粗，过去这个时候，邻居家的孩子经常三五成群地来到院子里，爬上高高的榆树捋新鲜的榆钱吃，边吃还边唱："东家妞，西家娃，采回榆钱过家家……"今年没有一个孩子来，因为榆钱变成了八仙家的口粮，大人们告诫孩子不能去，去了就是偷人家的粮食。八仙让桩子腰里束根麻绳爬上树，再用绳把篮子提上去，然后从一枝蹿到另一枝上去捋榆钱。每捋满一篮，就用绳子吊到地上。桩子在树上捋，八仙也没有闲着，他在地上抱着簸箕围着树根来回转圈，捡拾散落下来的榆钱。

捋下的榆钱，除了当天下锅，剩下的则摊在扫得精光的地面上晒干。一个月以来，八仙和桩子都是早上每人一碗红薯干汤，晚上一碗红薯干面拌蒸熟的榆钱。往年，八仙都会在蒸好的榆钱上浇一层蒜汁和棉籽油，但今年，他浇不起了。在潘家戏班子里敲鼓，过去每次演出后，八仙都可以用分得的份子钱买盐买油，但今年搭台唱戏的机会少得可怜，挣到的一点钱还不够买盐的。往年这个时候，八仙还会挑着白旗去县城算卦，今年过完年，他去过两次县城，闭上眼睛装瞎子整整坐了一天，仍没听见地上的葫芦瓢里响过一声。

潘进堂家院子里没有榆树，但有一棵洋槐。四月正是洋槐花盛开的时节。但今年不知道是由于干旱还是什么，树上的槐花还不到往年的一半多。潘进堂腰里别着一根竹竿爬到树上，两脚跨在树杈上用竹竿打槐花，喜鹊和雷奥各扤着一只竹篮在地上拾。拾地上槐花的时候，雷奥光捡花不捡落下的树叶，喜鹊说："娃，树叶也一起捡，用面拌拌一蒸，就吃不出苦味了！"每次打完槐花，潘进堂都会给八仙家送去一篮，喜鹊给马兰兰家送一篮。这还没完，潘进堂和喜鹊还让雷奥给老纪老婆拎去两篮。

村两头的田野里、河滩上、河沟边、荆棘丛中、路边树下，到处都是挖野菜的人，有大人也有孩子，人人脸色青白。喜鹊带着雷奥也去挖野菜，但雷奥不清楚哪些能吃，哪些不能吃，他只在一边帮娘扤篮子。喜鹊说："春天的草，冬日的宝。"雷奥不懂这句话的含意，喜鹊就给他解释："春天野菜长得多，得赶紧挖，挖了以后晒干，冬天可以当菜吃。"雷奥明白了娘的话，因为娘有时给他炒的菜是干的，得提前用水泡半天，原来都是这些野菜啊！喜鹊还说："今年不一样了，年成坏啊，每家每户出来挖野菜，都是现在吃。"

喜鹊这时发现了一棵叶呈羽状、两边分叉不太整齐的野菜，就指着对雷奥说："娃，这是荠菜，野菜中最好吃的。可以凉拌，也可以做饺子馅。"说完这话，喜鹊还顺口教雷奥一句上蔡人经常讲的俗话："到了三月三，荠菜当灵丹。"雷奥问："娘，啥是灵丹？"喜鹊没见过灵丹，也不知道灵丹是个啥样的东西，所以这句俗语算是白讲了。

"娃，快来看，这棵是马齿草。你看叶子多肥，今年旱，要是不旱，还会更肥更厚呢！马齿草啊要用水焯，焯过之后可以炒着吃，也可以凉拌吃。"

喜鹊后面还给雷奥讲了蒲公英和苦菜。讲到苦菜时，喜鹊交代得特别仔细："娃，这棵是苦菜，生吃苦，热水烫过后就不苦了。不但不苦，还能解热、消肿和止血呢。所以苦并不是坏东西，现在俺的娃吃点苦，今后才能有大出息，懂了吗？"

雷奥说："娘，懂了。"

"懂了就是好娃。"喜鹊摸着雷奥的头说。

麦收之前的一天晚上，马兰兰村的崔保长，他家六十五岁的老爷子过世，第二天下午在村中垒了一个土台子，请潘进堂去演场《南阳关》。一生戏痴的老爷子在咽气前给当保长的儿子反复交代了一件事:"儿啊,听戏的人都说'听见进堂喊,吃饭扔了碗',明儿俺可能就吃不上饭了,最后让爹听着进堂那龟孙的戏把碗扔了吧。"崔保长不但是个孝子,也是个远近闻名的能人,替富人说话,也替穷人说话,两边不得罪。潘进堂答应了下来,但有一个要求,把戏后饭改在戏前吃,不吃点东西,吼不动。

那天下午,潘进堂带领戏班子吼得特别起劲,一是敬佩崔保长的孝心和为人,二是崔保长请了一帮有头有脸的朋友来看戏,潘进堂想给戏班子再扬一次名,便于今后多搭几次台,多混几口饭。崔保长把老爷子的棺材摆到了戏台前面,死人和活人一块儿听戏,这场景村里人没见过,唱了半辈子戏的潘进堂也没见过。

西门外放罢了催阵炮,
伍云召我上了马鞍鞒。
打一根素白旗空中飘,
那上面写着:
提兵调将我伍云召。
适才间小伍保一声禀报,
韩擒虎相逢来到了。
他那里的来意我知晓,
领人马把我的南阳剿。
小伍保你领我上了城道,
我去到城楼上啊去把兵瞧……

扮演伍云召的潘进堂唱这一段时字正腔圆,声情并茂,他是从心底里唱给两个老戏迷的。一个是躺在眼前棺材里的这位老爷子,另一个是土坟下埋着的老纪。唱给老爷子听,是要感谢他一生对戏的痴迷;唱给老纪听,是要感谢他对娃的救命之恩,再生之德。这段唱腔结束时,潘进堂已是泪流满面,这时他心里多了一层意思,刚才的一段唱词也是自己从心底唱给挚爱的故土的。戏里的伍云召遵循其父伍建章的教诲,宁死不屈,据城抗御外敌。眼前的故土与南阳城不是一样的吗，豺狼当道，灾害肆虐，这样的日子何时才是个尽头啊！

潘进堂这段戏刚刚唱完，崔保长扑通一声跪在了老爷子的棺材前，一把鼻涕一把泪喊了起来："爹，您都听清了吧，进堂他喊了半天了，伍云召也爬到城楼上去了，您就扔碗安息吧！"

戏场里的每个人看着棺材，眼噙泪水。

《南阳关》一结束，崔保长带领一个一个人物来到戏台上，一是致谢二是介绍，这些人物一一与潘进堂握着手，嘴里不停地说："唱得不孬，唱得不孬！"介绍结束，崔保长拉着潘进堂下了戏台，来到了一个一直坐在桌边没有起身的胖女人那里。

"你潘家班有压轴戏，今天老爷子的葬礼也有压轴的贵人啊！这位是专程从县城赶来的孙'县长夫人'。"崔保长给潘进堂郑重地介绍。

潘进堂大吃了一惊。

"'县长夫人'好！"潘进堂鞠躬致敬。

胖女人站了起来，脸上露出了笑意："进堂弟一出《南阳关》响遍半个上蔡城，不孬，不孬！"

"下次宝康的老娘过寿辰，也请你们去唱这出戏！"潘进堂这时想起来了，上次在孙宝康家唱戏时瞄过一眼这个女人，几个月不见，又胖了一圈。

"只要'县长'和夫人看得起俺们，一定效力，一定效力！"

"进堂老弟，大姐给你说个事中不中？"胖女人轻声说。

"当然中，当然中！"

"这里离你村就一条河，等会儿俺回县城时往你村里拐一下，到贵府讨口水喝。"胖女人拿腔捏调地说。

"当然中，当然中！俺这就回去扫扫院子。"潘进堂表面上客客气气，心里却急得像热锅上的蚂蚁，他不知道"县长夫人"葫芦里装的什么药。

"对了，把兰兰姑娘也叫上！""县长夫人"又交代了一句。

潘进堂安排好一帮人卸下戏幕收拾道具，就带着喜鹊、八仙、马兰兰还有雷奥与桩子匆匆往村里赶。一溜烟回到家，潘进堂吩咐马兰兰、雷奥和桩子在外面扫院子，自己和喜鹊、八仙赶紧把雷奥的东西藏进了地洞内。待屋内的东西收拾停当，三个人坐下来嘀咕开了。

"是不是胖女人发现了什么可疑之处？要是发现了，得让娃藏到别处去。"喜鹊急得满头大汗。

"俺看不像！俺在台上一直看着坐在正中的这位胖女人，当时就觉得她是个人物，看了一下午，没有发现她多看一眼娃！"八仙用肯定的语气说。

"俺也觉得不像！要是她发现了什么可疑之处，会立即在崔保长那里当面询问，还能让咱们先回来？"

喜鹊的心安定了一些。

"反正黄鼠狼给鸡拜年，没安啥好心！"喜鹊说。

"这倒是！"八仙附和喜鹊的话。

"要不要让娃躲到其他地方去？"喜鹊最关心娃的安全。

"不能到别的地方，这样反而会让人生疑！等会儿让桩子陪着娃躺在里屋床上睡觉，就说演戏演累了，千万不能出来！"

"县长夫人"带着三个人到了，一进门就从侍从手中接过两份三层的果子盒，一份递到喜鹊手里，一份递给了马兰兰，说："这是俺们家宝康的一点意思，上次你们大老远跑去给他老娘唱戏，这份情他在心里惦着呢！"

喜鹊和马兰兰赶紧鞠躬回礼。嘴上感谢不停，心中却是十五只吊桶打水——七上八下，忐忑不安。

宾主堂屋落座之后，先是叙了一阵家长里短，接着就聊开了《南阳关》。"县长夫人"也是一个戏迷，里里外外把整场戏给评了个底朝天。

两口红糖茶喝过，"县长夫人"入了正题。

潘进堂、喜鹊还有八仙从一开始就知道，"县长夫人"这次到家里来，不真是讨口水喝的，前面一段谈话只是铺垫，就像热场鼓一样，热场鼓一歇，大戏就要上演。

“兰兰姑娘，今年多大啦？”“县长夫人”把站在喜鹊背后的马兰兰拉到了自己身边。

“县长夫人”的问话让马兰兰立刻紧张起来。紧张不仅是因为“县长夫人”首先提问自己，更是因为“县长夫人”用了“兰兰姑娘”这么个客气的词。

紧张归紧张，问话还是要回答的。“二十二！”马兰兰小心翼翼地回答。

“兰兰姑娘戏唱得好，媒婆介绍的才子成堆成群吧？”“县长夫人”笑容可掬。

马兰兰脸红了，低头的瞬间两眼焦急地盯着喜鹊。

“兰兰是家里老大，家境贫寒，她娘想让她再唱两年，也好顾顾几个姊妹。”喜鹊帮马兰兰打了圆场，说的却也是马兰兰家的实情。

“进堂弟，俺这次到你府上讨口水是假，想给兰兰姑娘做个媒是真！”“县长夫人”是个不遮不掩的人。

潘进堂和所有的人恍然大悟，心里对雷奥的焦虑消除了，人人脸上露出了放松的神情。马兰兰也不小了，“县长夫人”亲自登门说媒，男方家一定不会差到哪里去。

“只要兰兰和她娘愿意，俺没意见。”潘进堂笑着回应。

马兰兰羞涩地低下了头。

“俺说的这个人可是不得了，他站在县城十字街吆喝一嗓，四座城门上都得往下掉砖，跟着他保证吃香的、喝辣的、穿花的、抹香的！”“县长夫人”神采飞扬。

躺在里屋的桩子捂住嘴笑了，他听懂了胖女人的话。雷奥没有听懂，他趴在桩子耳朵边低声问：“讲什么？”

桩子趴在雷奥耳朵旁说：“她要给马兰兰找男人！”这回雷奥听懂了桩子的话，也捂住嘴笑了起来。

“劳驾‘县长夫人’保媒，不知是何方神圣让兰兰有这福分啊？”潘进堂开玩笑地说。

"高野中尉!""县长夫人"说得气壮如牛。

潘进堂、喜鹊还有站在一旁没有资格讲话的八仙顿时惊慌失措。

桩子和雷奥一听"高野中尉"四个字,在被窝里怵然打了个寒战。

反应最明显的是马兰兰,她吓得差一点儿瘫在了地上。

"兰兰姑娘,这个人满意吗? 今后在咱上蔡,你就是老虎的屁股,摸不得了! 高野先生家在日本是个大家族,今后带你回去,也到东洋风光风光!""县长夫人"自己哈哈笑了起来,随从的三个人也都看着马兰兰抿嘴浅笑。

所有的人都盯着马兰兰。

马兰兰的嘴巴抖动不停,她吓得已经讲不出半句话来。

这时,潘进堂接茬了:"要不这样,让兰兰和她娘商量商量? 毕竟是终身大事,还得听从父母之命嘛。"

"还是进堂老弟说话在理。这样吧,三天之内给宝康和俺一个信。不过,俺可把话说在前头,高野先生自打来到咱上蔡,想做的事还没有泡汤的,别辜负了人家的一片痴情啊!"

潘进堂和其他人哑口无言。

高野中尉是日本长崎人,家里开了一家很大的船厂。其人有三个爱好,一是在东京读大学期间迷上的中国诗词,二是军刀,三是船模。他骑着洋马带着一队士兵到上蔡后,指挥部的桌子上放了三样东西:一本日文版《唐宋诗词佳篇》,一把明晃晃的军刀,还有一堆模型船。上蔡人知道高野中尉,皆与他这三个爱好有关。每次审讯抓到的中国军队和游击队的头领,高野都先背上一段诗词,也逼着对方背,文攻之后是武攻,皮鞭火钳一番折腾后,投降者收编,不投降者拉到门前的院子里用军刀劈杀,最后命士兵裹成船样扔入洪河,尸体投河之前,高野必定高呼一声"轮船下水"。在上蔡,小孩夜里闹哭,只要大人喊一声"高野来了"或者"轮船下水",孩子不但立即憋住不哭,而且个个都会"哎呀"一声钻进被窝。

善有善报,恶有恶果。这里把高野的后事提前交代一下。

高野中尉 1945 年 1 月死于共产党游击队的一次伏击,上蔡上了年纪的人无人不晓。据说那次高野带领人马悄悄包围了乡下的一个说书场,说书场内没有听众，只有一个拉三弦的和一个唱《说岳全传》的，两人面前摆张小桌，桌上一盏煤油灯忽闪忽闪地亮着弱光。当高野的包围圈缩小到六十米的时候，煤油灯扑哧一声熄灭，接着弦停书息。高野方知中计，急令机枪射扫，一阵枪声过后，又命人前去查看，书场里除了被打翻的那张书桌，人影全无。打着手电筒的日本兵回来向高野中尉报告，手电筒照在高野中尉脸上的瞬间，左右两侧黑暗处突然啪啪两声枪响，高野应声毙命。上蔡民间流传着一种更加神奇的说法：共产党头头姓寇的和姓王的那两枪不简单，一颗子弹从高野左耳孔中进，另一颗从右耳孔中入，在脑瓜子中间撞在一起炸了子儿，高野的脑浆稀里哗啦溅了一地，就像摔碎了的西瓜瓤。

高野中尉令人闻风丧胆，刚才“县长夫人”的最后一句话令潘进堂和其他人哑口无言。不答应高野的要求，潘进堂他们每个人都知道是什么下场。

堂屋里一片寂静。

寂静得让人毛发悚立。

正在这时，里屋传出了一个孩子的童声：“马兰兰不配好男人！戏班子的男人都看过她又白又大的奶子，俺也看过！”这是桩子的声音。

“县长夫人”听得清清楚楚。

“她的奶子上有个黑，黑——！”又是一个童音，是雷奥的。

“黑——痣！”桩子补充道。

“县长夫人”同样听得清清楚楚。

“里屋是什么人？”“县长夫人”大声讯问。

“‘县长夫人’别生气，俩没教养的屁孩，大的是他的娃，小的是俺的娃！”潘进堂用眼扫了一下八仙，赶紧回答。

“县长夫人”嘻嘻笑了。

马兰兰双手捂住了脸。

“都说童言无欺，这回俺验验！走，兰兰姑娘，到另一间里屋让俺看一眼,俺好回去如实禀报。”“县长夫人”拉着马兰兰就往里屋走。

五分钟后,“县长夫人”走了出来,马兰兰在里屋的哭声也传了出来。

“老祖宗说的真是不孬,童言无欺！要不是俩乖娃,今后高野知道娶了个人人都看过身子的‘破鞋’,非把宝康和俺一刀劈了不可。”

“县长夫人”带着三个随从气冲冲离去。

任天放还是六七天来一趟,上午来,晚上回城。他一来,雷奥就紧张,因为雷奥经常吃板子,手心被啪啪打得通红。每次任天放一走,喜鹊赶紧过来抱着雷奥的小手看了又看,嘴里不停地责怪:“这老师学问大,心咋也这么狠,看把俺娃打的!”

这天任天放又来了。一口白水喝过,慢慢悠悠批改起雷奥上一次的作业,批改完,嘴唇一动:“说说三元一次方程的解题方法。”

“通过代入法消元将三元一次方程转化为二元一次方程,再转化为一元一次方程。”雷奥低声回答。

“除了代入法还有其他方法吗?”任天放神色严厉。

“还有……”雷奥一下子想不起来了。

“伸手!”任天放大吼一声。

先是啪的一声脆响,接着就是“啊呀”一声喊叫。

“再想想!”

“还有……”

啪的一声脆响后,又是“啊呀”一声喊叫。

坐在里屋的潘进堂和喜鹊的心提到了嗓子眼上,板子像是打在了自己手上。

“还有加减消元！上次讲得好好的,怎么忘了！把这道题用加减消元法给我算算!”任天放把作业本扔到了雷奥面前。

雷奥算了起来。

一袋烟工夫后,雷奥把作业本递给了任天放。

“这还差不多！下次所有的题都用代入法和加减消元法给我算一

遍。”任天放责令道。

雷奥点了点头。

“今天讲平面几何，也叫欧几里得几何。”任天放掏出了新讲义，雷奥也拿出了笔记本准备记录。

“老师，什么叫几何？”雷奥问。

“问得好！先讲个插曲，再给你解释。希腊有个大学问家叫柏拉图，在希腊雅典讲学，那时没有学校也没有教室，在野外大森林的树身上挂个黑板就上课，叫‘学园’，是学校的前身。他在‘学园’大门上挂了一块木牌，上面写着：‘不懂几何者，不得入内！’”

“老师，不对呀，大森林哪有大门啊？”雷奥打断了任天放的话。

正准备往下讲课的任天放哈哈笑了起来……

数学课一直上到喜鹊把两个花卷和两碗汤面条端过来。这一回两人吃得很快，没等潘进堂过来收拾碗筷，雷奥就将空碗送到了灶屋里。潘进堂和喜鹊两个人低头坐在炉膛前，每人手里端着一口大碗哧溜哧溜地喝着，没有注意到雷奥进来了。他们没有看见雷奥，雷奥却看见了他们，两个人的大碗里是青色的菜汤，大半碗都是水。

“大，娘，你们怎么吃这个？”雷奥问。

“刚才和你大一人吃了个大花卷，噎得慌，喝碗汤顺顺。”喜鹊笑嘻嘻地看着娃说。

雷奥一时说不上话来。

“娃，乖，快去学，老师等着呢！”潘进堂也笑嘻嘻地劝雷奥。

下午的英语课开始了，雷奥朗读的声音比上一次大得多，任天放特别高兴……

那天下午照样也上了自然常识课，任天放说：“我给你讲过了美洲的美国，讲过了欧洲的英国、德国和法国，讲过了大洋洲的澳大利亚，这一次给你讲一讲亚洲。”

雷奥喜欢听先生讲自然常识课，因为自然常识课最轻松，没有作业。

“亚洲也和美洲、欧洲、大洋洲一样很大很辽阔，有很多美丽的国家，比如中国和日本,两个国家一衣带水,曾经友好相处……”

课讲到一半的时候,任天放泪水潸然。

每次课结尾,任天放都以一个小故事收场,但这一次他讲不下去了。留完作业,任天放就起身回城了。正在里屋用手绢给老师装白面的潘进堂听到了堂屋传来任天放的一句话:“今天俺的课没上好,就装半碗吧!”

那年的麦收季节,村里人慌了神。潘进堂家往年能收两百来斤的麦子,今年只收了不到五十斤。数量少不必说,麦粒又小又秕,手里握着一把麦粒就像抓着一把麸子。

大旱仍在继续,村子里的人脸上再也没有了笑容。

田间地头,挖野菜的人陡然增加了许多。

王拐子家里的老母猪饿死了,小猪娃也死了一半。

潘进堂到处跑,去大户人家打听要不要听戏,不收额外的戏钱,让戏班子吃顿饱饭就行,实在没有花卷,红薯干馍和苞谷面饼都中。潘进堂一连跑了半个月,仍没能搭起一次台。

终于有一天晚上,潘进堂来到了雷奥的床旁,说:“娃,今后咱不能吃花卷了,咱得喝红薯干汤,啃苞谷面饼了。这点白面,让老师带走吧!”潘进堂说这话的时候,喜鹊难过地站在一旁不出声,这句话本来该是她给娃讲的,但她张了几次嘴,实在说不出来。

雷奥躺在床上一动不动。

“娃,今年的年成不好,麦地不出白面啊。”潘进堂叹了一声长气。

雷奥躺在床上还是一动不动。

“娃,你大你娘实在没有办法了。”喜鹊哀求道。

雷奥从床上坐了起来,噘着小嘴,像是十分生气。

“大,娘,你们不好!”雷奥喊。

潘进堂和喜鹊怔在了床边。

“我不吃红薯干汤和苞谷面。”雷奥哭了起来。

潘进堂和喜鹊站在床边更加手足无措。

“我要和你们一起喝清水汤……”

说完这句话,雷奥一下子扑到了喜鹊的怀里。

麦收之后,到了播种苞谷的季节。潘进堂和喜鹊犁地时着实吃了一惊:正常年景,这时节犁地,犁铧一过,翻起的是成块的土,黑乎潮润,所以犁过之后还需耙碎土块;可是今年,犁铧下翻起的都是碎土渣子,随手抓起一把,当风一扬,土渣子变成了灰尘,飞得没了踪影。一个月之前种下的红薯秧苗根根歪趴在地面上,叶色枯黄,秧瘦如线,浇一点水,病恹恹的薯苗抬一下头;一天不浇水,第二天薯苗的茎叶见火就能燃着。上蔡人说“一年口粮够不够,必须等到秋收后”,夏粮只收了丁点儿,秋季的红薯又长成这样,现在苞谷也种不上了,本来,见惯了灾荒年景的庄稼人还心存一丝指望——老天爷总不至于绝人活路,可这次庄稼人彻底慌了神。

时间到了9月上旬,老天爷还是一滴雨点没有掉下。灰蒙蒙的天空中尘土飞扬,风一吹整个村子的天和地连在了一起,笼罩在黄色的沙尘里。村里的塘干了,沟枯了,村边的洪河见底了,就连村中央那口先时水深七八米的土井半天也只能涌出一桶水,每家每户吃水紧张起来,半夜里喜鹊就起床来到井边排队,等到天亮时才能聚到一桶水。

除了入锅的水,一家三口只能用一盆水洗脸。娃洗后,潘进堂洗,最后是喜鹊,喜鹊洗完,浑水还不能倒,要攒起来,潘进堂挑着走上一里多地,去浇苞谷地。雷奥随着潘进堂来到了村东头的田地里,眼前的景象使他惊呆了,大人小孩不是在挖野菜,而是在割草,田里的草割完后,再到沟边河沿上去割,割来的草不是喂牲口,而是给人吃。

雷奥看见了八仙和桩子,两个人一人一个篮子也混在人群里割草。八仙看见挑着担子的潘进堂和紧跟其后的雷奥后,拉着桩子一溜烟地跑开了。两天前,雷奥去找桩子玩,看见桩子在院子里的榆树上用竹竿到处乱敲,他们不是在敲榆钱,榆钱早就没有了,而是在打榆树叶。打落在地的榆树叶,八仙用扫帚扫成一堆,然后用水洗过后晾在了门板上……雷奥趴在八仙院子里的土墙上看了好长一阵子,始终没有勇气喊一声“桩子”,也没有进到八仙的院子里,他怕两人看见自己,于是像做贼一般悄悄爬下墙回了家。现在，八仙和桩子也一样，他们看见雷奥后，也像做贼一般消失在人群中。

9月底，到收苞谷的时候了。站在苞谷地里，潘进堂、喜鹊傻了眼。本该有小孩胳膊粗的苞谷棒现在只有三根指头粗，苞谷粒像被吸干了汁液和抽空了筋肉的甲虫一般紧紧粘在了棒芯上，根本无法掰下来。潘进堂和喜鹊还是把它们收回了家，在院子里用刀剁碎，又在石臼里咕咕咚咚捣了起来。堂屋里，雷奥正在高声朗读一篇课文。听到院子里的声音，他跑了出来，看着满头大汗的大和娘，哽咽了半天说不出一句话。

"娃，你读的啥?"气喘吁吁的潘进堂问。

"《夏威夷的海滩》!"雷奥回答。

"读一段，让俺们听听。"脸色煞白的喜鹊说。

这个时候，雷奥怎么也读不出来。

"读一段吧，娃一读书，俺们就不累了。"

雷奥捧着书，大声读了起来。琅琅的书声伴随着石臼里发出的咕咕咚咚的闷响回荡在潘进堂家的土院子里。

"娃，你读的啥呀，俺一句也没听懂。"潘进堂说。

"娃，给俺们翻翻译译，让俺们听听!"喜鹊接着说。

雷奥翻译不了，他只把散文的大意结结巴巴地讲解了一遍："夏威夷的海滩是世界上最美的海滩，在这里，天空蔚蓝，大海湛蓝；在这里，沙粒洁白细腻，光着脚踩上去，就像踏上了柔柔的地毯，一棵接着一棵的椰子树在习习海风的吹拂下摇曳不停，树下面，一帮人尽情地跳着草裙舞，另一帮人一边吃着夏威夷果或者香肠，一边惬意地喝着浓香醇厚的啤酒……"

听着雷奥拙笨的讲解，潘进堂和喜鹊脸上露出了久违的笑容，尽管两口子不明白雷奥说的这些内容，但他们相信夏威夷一定是个很好很好的地方。

"娃，等你将来有本事了，带着你大去看看大海吧!"潘进堂说。

"娃，你不能光带你大，也一定得带上娘!"喜鹊说。

“大,娘,我带,我带你们一起去!”

10月底,村里的人彻底明白这一年是难熬过去了。

红薯是上蔡人的主粮,上蔡无人不晓一句顺口溜:“红薯干红薯馍,离了红薯不能活。”这年的红薯出了大问题,原来一棵秧下能扒出五六个大人拳头大小的红薯,而现在能找到一个就算幸运了,就这一个也瘦得像拔光了毛的麻雀,掂在手里还没有一枚鸡蛋重。

村子里的人个个哭丧着脸,扒完金贵的红薯,也把往年喂猪的红薯秧担回了家,剁成寸长,用清水煮着吃。

任天放再来上课时,喜鹊只给他一个人备一个花卷和一碗“白面条”。说是白面条,实际上一点也不白,因为磨面时,喜鹊舍不得扫去麦麸子,她和潘进堂推了半夜的石磨,把麸子又磨了进去。吃饭时,任天放用花卷给雷奥换苞谷面饼,懂事的雷奥不同意,两人争执了半天,任天放生气了,举起了那把打人的戒尺,照着雷奥的小手啪啪就是两下,雷奥最终屈服了。从此以后,任天放喝一碗“白面条”吃一个苞谷面饼,雷奥吃一个花卷喝一碗红薯干汤。每回吃完饭,任天放用手抹过嘴巴,都会手摇戒尺,威严地对雷奥说一句:“我们换馍的事不能告诉你大你娘,告诉的话,四板子!”吃过晌午饭,雷奥也不敢主动收拾碗筷送到灶屋,因为有一次,炉膛前各自端着一碗红薯秧汤的潘进堂和喜鹊生气地骂了起来:“吃完在堂屋嚷一嗓,俺们过去端!你一个人跑掉,让老师孤孤单单地坐着,多没礼貌!”

腊月初十,雷奥从喜鹊嘴里得到一个消息,马兰兰和崔保长家的大儿子订婚了。

崔保长有俩儿子,小儿子富水精气,但大儿子福贵不行,外号“长鼻子”。二十三岁的福贵小时候得了癫痫,上蔡叫“羊角风”。不发病时,福贵鼻孔下一天到晚挂着半尺长的鼻涕,发起病来四肢抽搐,满地打滚,像条得了瘟病的瘦狗在地上蜷曲成一团。前几年,崔保长托媒婆给福贵提过两次亲，前半段事情还顺利，但到男女见面的那一天，福贵发起病来，活生生地把女方给吓跑了，从此崔保长对大儿子的婚事也就没了辙。

马兰兰家本来就揭不开锅，全家人饿得浑身浮肿，门都迈不出去。进入腊月，四个妹妹中最小的一个得了伤寒，三天之后就死掉了。用薄席卷着埋掉小女儿的第二天，村里一个叫"蚂蚱"的媒婆找上门来，给马兰兰提亲，对象就是福贵。"蚂蚱"对马兰兰娘说："嫂子，你掂量掂量，两斗苞谷中不中？"

听到马兰兰同意这门婚事的那天晚上，潘进堂、喜鹊和雷奥天刚黑就躺在了床上。屋子里静悄悄的，雷奥听见了另外一间屋子里娘的哭哭啼啼和大的长吁短叹。雷奥躺在床上，满脑子想的都是马兰兰。来到中国后，雷奥认为自己看到的最美的女人就是马兰兰。他当着马兰兰的面喊"兰兰姐"，私下里和桩子、毛妮子他们一起叫"马兰兰"。不管是喊"兰兰姐"还是叫"马兰兰"，雷奥都从心底喜欢这个人，他常常把她和自己的施密特老师相比，在他心里，马兰兰就是中国的施密特。施密特老师长得漂亮，马兰兰长得也漂亮；施密特老师爱笑，马兰兰也爱笑；施密特老师会弹琴，马兰兰会唱戏……雷奥在心窝里能一口气说出两个人的很多相同点，除了一个是德国人一个是中国人，他再也找不出两个人的不同点。有时看到马兰兰，雷奥甚至会产生错觉，他感到自己仿佛一下子回到了德国，回到了汉堡。好几次他听马兰兰在戏台上唱戏，听着听着戏台上的锣鼓声就变成了钢琴声，马兰兰的戏腔也变成了施密特老师的歌声，如果不是马兰兰下台后在他的小脸上拧了一把，他还沉醉在那梦一般的幻觉中。自从那次"猴屁股失火"后，雷奥再见到马兰兰，两个人都自觉地低着头；有时不得不搭腔，马兰兰的脸便会像化了妆一样红。施密特老师雷奥见不到，现在，马兰兰要嫁人了，雷奥从心里感到了一种莫名的失落，特别是下午他从娘嘴里听说马兰兰要嫁给一个得了"羊角风"的人，更是感到了从未有过的痛苦。其实，雷奥之前不知道什么是"羊角风"，他是从字典上查到的，看完"羊角风"的解释后，雷奥半天没有说出一句话，字典哗啦一声掉在了地上。

腊月中旬，马兰兰成亲那天，崔保长搭不起戏台唱整场戏，就单独邀请潘进堂去清唱了几段折子戏，潘进堂和喜鹊想带雷奥去吃顿饱饭，嘴皮子磨了一上午，雷奥还是没有去成晌午的喜宴。潘进堂和喜鹊出门后，雷奥一个人在院子里怀抱木海鸥呆呆地坐了一下午。

过去，每当想起爸爸妈妈和姐姐的时候，雷奥都一个人抱着木海鸥来到院子里，一遍一遍不停地走。潘进堂和喜鹊知道娃的心思，就在堂屋里一声不吭地坐着。看着院子里忧郁的娃，两口子的心情比娃还难受，他们从心里一遍一遍地思量，到底哪里惹娃不高兴了，想着想着两个人眼里就会涌出泪水来。雷奥心情好的时候，也会从床边上拿出木海鸥，手举过头，在院子里奔跑，边奔跑嘴里边喊："海鸥飞起来了，海鸥飞起来了！"潘进堂没有见过海鸥，就问雷奥："娃，海鸥是个啥样？"雷奥说："海鸥啊，比咱村地里的'小鸟（麻雀）'大，比树梢上的'花鸟（斑鸠）'也大，就和天空中飞得老高老高的'大鸟（大雁）'一样大！"喜鹊也跟着问："娃，海鸥穿的是啥衣服？"一句话把雷奥说得嘻嘻笑了起来，笑过之后，雷奥说："娘，咱们唱戏化装，海鸥也化装哩！海鸥嘴有的涂成绿黄色，有的涂成黑色，上半身穿褐衣，下半身的衣裳像雪一样白……"潘进堂最后对雷奥说："娃，想不想让海鸥飞起来？"雷奥说："大，想！"于是，潘进堂就让喜鹊找来了一根长长的棉线，一头绑在院子里的一棵树上，另一头系在木海鸥上，潘进堂轻轻一推，悬在空中的海鸥就前后荡来荡去地飞了起来。

海鸥飞到高处时，雷奥喊："看，海鸥在飞翔！"

海鸥回到低处时，雷奥喊："看，海鸥在戏水！"

时间到了腊月底，村子里开始死人了。

八仙和桩子两个人像得了一场大病，走起路来摇摇摆摆，一步挪作三步走。每天上午，八仙照例一个人晃晃荡荡来到村西头，满头虚汗地坐在歪脖皂角树下。他已经讲不了一个完整的故事了，一次只能讲上一段。靠在树根上，路边过来一个人，八仙就问身边的孩子："孩，睁大眼帮俺瞧瞧,是公的还是母的。”孩子说:“是个男的!”这时,八仙的双眼就会一亮,瞪着男的看上半天;如果听到是个女的,他连眼也懒得眨,继续发着癔症。

地狱般苦难的日子恍惚地过着。

一天中午,雷奥去找桩子,桩子躺在床上呜呜呀呀地呻吟着。雷奥从口袋里掏出半块苞谷饼,递给了被窝里的桩子。桩子看到饼,眼睛里喷出了一道凶狠无比的蓝光,他慌忙用双手抓着饼,颤抖着塞进嘴里,呼啦呼啦狼吞虎咽起来。桩子咀嚼的时候,嘴里的白沫从鼻子里冒了出来。雷奥从没有见过这样的吃相,也从没有见过人的鼻子里冒白沫,他害怕极了,他害怕自己在村子里最好的朋友会像王拐子家的猪娃一样死掉。

下午,雷奥扶着桩子一起来到了村东头的破庙里。庙里供奉着土地爷的神像,神像前放着一只豁口瓷碗,碗里放着一只干瘪的窝窝头,窝窝头上插着一双筷子。两个孩子是来偷窝窝头的。点子是雷奥想出来的,潘进堂和喜鹊带着雷奥到庙里拜过土地爷,雷奥看见桩子从鼻孔喷出的白沫,就自然想到了供神用的窝窝头。雷奥对桩子讲,那个窝窝头放很长时间了,土地爷不饿,没有吃,桩子可以去吃。桩子刚开始死活不同意,他说,偷吃土地爷的饭是要遭天打五雷轰的,雷奥心里的禁忌不如桩子多,跟桩子磨叽了半天,桩子最后没了主意。

桩子抓着干瘪发霉的窝窝头正往嘴里塞的时候,被前来磕头的一个老头看见了,老头扑通一声跪在了地上,吓得浑身筛糠。

晚上,村里主管祭祀、张罗红白两事的老怂带着十几个男人手提菜刀斧头来到了八仙家。

“俺才知道,为啥这地里干得冒烟,原来土地爷饿着呢!”老怂说。

八仙吓得说不出话来,他连打桩子的力气都没有了。

“老怂,你看着办吧!”八仙无可奈何。

“八仙,老祖宗立的规矩你也不是不知道,得罪了土地爷,咱整个村都得遭天打五雷轰,是左手还是右手,你言语一声。”老怂一把鼻涕一把泪地哭着说。

“反正都是死,你看着办吧!”八仙老泪纵横。

“那就剁左边的吧,利索点,别让娃遭罪!”老怂喊。

桩子吓得一句话也说不出来,两个汉子把他从被窝里拖了出来,另外一个汉子把桩子的左手平放到地上。

“孩,闭上眼,咬紧牙!”按着桩子左手的汉子喊了一嗓。

桩子号啕不止。

一个汉子手提斧头走了过来。

“等一会儿,等一会儿!”一个男人发疯似的跑了进来,是潘进堂。跑进屋里的潘进堂扑通一声跪在了地上。

“老怂,听俺说两句再动斧子!”潘进堂喊。

屋子里的人没有想到潘进堂会来。

“老怂,俺答应从明儿开始每天给土地爷蒸个白馍供着,每天再去磕三个响头。十天之后,你去请个道士,看看土地爷满意不满意,如果道士说,土地爷不满意,再剁这孬孩的手中不中?还有,俺明天就去赶集,给屋子里的老少爷们儿每人弄五斤苞谷作为赔罪。”

屋子里的人没有了言语,个个看着老怂。

“你自己天天吃红薯秧,哪有钱买粮食蒸白馍?”老怂问。

“老怂,你看,俺这里有块表,金的,俺妹夫娶俺妹时被俺逼着交出来的,明儿俺就进城当了!”

屋子里再一次寂静了下来……

最后,老怂发话:“就照你说的办,咱们十天后再说,不过,五斤苞谷不中,屋子里的人每人十斤。”

第二天一大早,喜鹊把白馍供到了庙里,潘进堂拉着车子进了城,晚上,老怂和十几个男人还有八仙都得到了十斤苞谷。

第三天,潘进堂还是没有闲着,他给隔壁村做法事的一个黄衣道士家也送去了十斤苞谷。

第15章　德国汉堡·法国巴黎

星期二晚上，谢东泓兴高采烈地做了顿生煎包。德国ZDF电视台八点钟新闻播报开始的时候，一锅香喷喷、油滋滋的生煎包端上了桌。

被邀请的杰瑞这次发现，谢东泓的神色与以往和自己一起吃生煎包时不一样。

“东泓，你有事！”杰瑞看着谢东泓滑稽的样子，嬉皮笑脸地说道。

“没事，没事！”谢东泓笑着回答。

“不！一定有事，而且还是好事！”杰瑞坚持自己的观点。

“你怎么知道是好事？”谢东泓有点松动。

“我爸妈看过一个中国人写的《生活的艺术》，也推荐给我看过。你们中国人和我们美国人不一样，悲伤藏着，兴奋也藏着，这次你藏不住了，肯定有好事，而且还是特别大的好事！”杰瑞又给谢东泓倒满了一杯啤酒，白白的啤酒花泛出了杯沿。

“你这家伙，还真有两下子！”谢东泓手指着杰瑞，嘿嘿地笑了起来。

“说说，快说说！”杰瑞紧追不放。

“你们美国人不是不打听别人私事吗？”谢东泓佯装认真地问杰瑞。

“正确的说法应该是，不允许别人打听自己的私事，但喜欢打听别人的私事！”杰瑞说。

谢东泓最终没有拗过杰瑞。

“今天上午收到了一封信。”谢东泓开始坦白。

“哈哈，我知道了，一定不是男同学的信。”杰瑞得意万分。

“嗯，的确是一位女同学的信。”

“我明白了，我明白了！”杰瑞一连说了两遍。

两个人一起哈哈大笑起来。

这天上午，幸福降临，谢东泓收到了芮玮的来信。芮玮分六个部分详细列出了谢东泓索要的河南上蔡的资料，包括上蔡所有乡村的名字、风俗节日、庙会的地点和时间、重要历史人物、抗战时期的重大事件和现在上蔡外事办、文化局、县志办、档案馆的联系人及通信地址，林林总总有八页之多，看完信的前八页，谢东泓出了一头热汗。出汗不是因为汉堡天气炎热，汉堡夏天的温度平均也只有二十七八度，不至于把谢东泓热成这个样子，他是心急脑热，因为六神无主的他想看到的字眼在过去的一小时内，一个都没有看到。

谢东泓还准备继续看下去，但沃尔德教授的课开始了。

沃尔德在黑板上驾轻就熟地画了一条密密麻麻的生物链，一直从黑板的左端画到右端。沃尔德教授画的这条生物链从海洋生物开始，经过三个环节来到了陆地，又经过十五个环节再次回到了海洋，形成了一个闭合的环状链。沃尔德的这个生物链在很多国家的教科书上也叫“沃氏生物链”，沃尔德自己也说，他半辈子基本上靠这条链撑着。所以，每次讲到这条链，沃尔德教授的声音都会比平常高出十来个分贝。在黑板前，他一会儿从链头走到链尾，一会儿又从链尾小跑到链头，台下的同学不敢稍有分神，尽管目不转睛，却也看得眼花缭乱。

这一次，谢东泓反常地没有坐在第一排，而是坐在了第二排。他原来打算趁教授不注意时，在课桌下偷看芮玮的信，但他怎么也没有料到，这次课沃尔德教授讲的是“沃氏生物链”。从上课的第一分钟开始，教授像打了一针兴奋剂，在不大的讲台上忽左忽右来回走动，活像鲛鲨在水中恣意游弋。这还在其次，教授的两只眼睛也像鲛鲨，眼观四路八方，一刻不停地紧紧盯着教室里的每一个人，生怕有学生漏听他的一个字。

每当谢东泓的手在课桌下面刚刚碰到芮玮的信，沃尔德教授的鲛鲨眼就扫到他，他紧张得触电般弹开了放在信上的手。

谢东泓始终没有机会取出芮玮的信。他人在课堂上，心里却想着芮玮信的第九页。他估计,第九页芮玮应该写及他期盼已久的内容了。

坐在第二排座位上的谢东泓恍惚的神情,早被眼光似鲛鲨般敏锐的沃尔德教授看得清清楚楚。今天一上课,谢东泓忽然坐到了第二排,沃尔德心里就狠狠地咯噔了一下,今天讲的可是"沃氏生物链",他实在理解不了自己一向器重的学生的这一举动。理解不了,沃尔德教授就只有耐心观察,这么一观察,谢东泓自然在劫难逃了。

"谢,您说说,我讲到十八个环节的哪一个了?"沃尔德教授再也忍受不了谢东泓的分神,正在链头和链尾间不停穿梭的他突然停了下来,对着谢东泓大吼了一嗓。

教室里一百多双眼睛齐刷刷地看向了谢东泓。

谢东泓心里念叨着芮玮来信的第九页,恍惚中听到教授的问话,便不假思索脱口而出:"九!"

无巧不成书,沃尔德教授讲的正是十八节生物链的第九节。

沃尔德教授笑了起来。

笑声一落,沃尔德教授讲话了:"同学们,你们今后都应该向谢学习,一边听课一边联想,上次谢之所以能写出'活学活用'的好论文,这与他的丰富联想是分不开的……"

下课后,谢东泓在芮玮来信的第九页中终于看到了关键的几个字。这几个字,谢东泓在空旷的教室里整整读了二十遍,一声比一声高亢,一嗓比一嗓浓烈。

这几个字是——"谢东泓,I love you!"

爱情的力量是伟大的,吃完生煎包喝干啤酒,与杰瑞握手告别后,仍然兴奋万分的谢东泓便转身开始研究芮玮寄来的材料。今晚,他首先要完成的任务是,从芮玮信中开列的一长串上蔡所有村庄的名字中找出哪一个是雷奥所在的"Aufwiedersehen Hafen(再见码头)"。

杰瑞房间里的传真机带有复印功能,谢东泓把芮玮写有村名的三页信纸复印了一份,坐在桌前,开始推敲起 262 个村名来。芮玮是以乡为单位列出这些村名的，乡和村的名字在芮玮前期寄来的地图上都能找得到。

这次，谢东泓又运用了自己最擅长的文本分析法。

第一步，谢东泓采用了界定法。在翻译整理前七封信时，他发现信中提及的许多事件发生在从县城到村子，或者说从村子到县城的路上。阅读信件时，谢东泓对这段路上的情形特别留意，且作了严谨细致的推理。他推理的结果是：按信件所述，如果是背着东西赶路，单程约需要走三个多钟头；不背东西走，则需要一到两个钟头。一到两个钟头的路程，正常的距离应在十至二十华里之间。界定完毕，谢东泓把上蔡地图摊在桌面上，从书包里取出直尺和圆规，按比例尺计算好十华里与二十华里在地图上应该是多少厘米，然后以县城所在的那个点为圆心，在地图上画出了两个实线圆。画好之后，谢东泓决定，下面分析的重点是小圆之外、大圆之内的所有村庄。

第二步，谢东泓采用的是关联法。虽然确定了分析的重点，但他并没有掉以轻心，对非重点的区域也不敢轻易放过。经过一番深思熟虑，习惯了理性思维的谢东泓又用圆规在地图上以县城所在点为圆心，以与二十五华里对应的地图上距离为半径再画上一个圆，不过这个圆不是实线圆，而是虚线圆。虚线圆画成后，谢东泓拿出早已备好的列有262个村名的三页信的复印件，对照刚刚在地图上画成的三个圆圈，将离县城距离在二十至二十五华里的村名统统留了下来。谢东泓之所以又画一个虚线圆，自然有他自己的考量。因为地图上一个圆点代表一个村庄，但这个圆点标示的村庄实际有多大范围则难以判断，如果武断地把二十华里以外的圆点都排除掉，“再见码头”说不定会恰恰成为“漏网之鱼”，如果加上这五华里的“缓冲地带”，“再见码头”必成瓮中之鳖。想到这里，谢东泓觉得自己离“老朋友”雷奥越来越近了。

谢东泓第三步采用的是直接排除法。他手里拿着一支铅笔，在三页信纸的复印件上首先画掉了116个名字，他认为这些村不可能是雷奥的藏身地。被谢东泓画去的这116个村，都是上蔡地图上落在小圆之内和虚线圆之外的。

谢东泓第四步采用的方法是地理排除法。在雷奥的信中，谢东泓知道潘进堂所在的村庄位于洪河附近。“附近”是个模糊的词，谢东泓再次启用了“缓冲地带”这个概念，即把洪河两岸五华里的村庄都纳入自己的分析视野，五华里之外的都予以排除。排除离洪河的距离在五华里之外的村庄，谢东泓还是留了一手，因为如果当初为了安全起见，明明不是洪河，王家甫和潘进堂把其他河说成洪河怎么办？谢东泓重新对“重点区域”进行了审视，果真发现黑河、杨岗河的一段也从“有效区域”内流过，谢东泓于是把这两条河附近五华里的村庄也列入了下一步分析的对象。

联想排除法是谢东泓第五步采用的方法。这次使用排除法，谢东泓细心的程度增加了一倍，因为这一轮分析的 63 个对象个个都可能是雷奥所在的村子，漏掉一个就意味着有可能前功尽弃。谢东泓从雷奥信中知道，潘进堂所在的那个村的名字听起来美丽而富有诗意，所以谢东泓从剩下的村庄中挑选出了两类予以排除。第一类村庄，名字都很土，土到与美丽或者说诗意沾不上一点边，比如小李庄、大霍庄、郭家寨、十里铺、八里坡等，自然不可能是雷奥所在的地方。另一类，都是新名字，如王大雷村、张发胜庄、红旗寨、向阳屯等。从芮玮寄来的材料中谢东泓知道，王大雷是抗美援朝的特级战斗英雄，他所在的王家庄后来改叫王大雷村；张发胜是解放战争时期开封战役中牺牲的上蔡籍营长，大张村后来就以他的名字来命名；红旗寨、向阳屯则都是新中国成立后从原来较大的村庄分出来的，分出后另起了新名，原来的老村名谢东泓已经排除掉。所以这些村子显然也不可能是雷奥的藏身之所。

经过前面五步的分析，雷奥待过的村庄只能是剩下 36 个中的一个。

对剩下的 36 个村庄谢东泓要逐一进行甄别了。

肖里侯，谢东泓分析了一阵，决定留下来，说不定村子是以一个叫“肖里”的大人物的名字命名的。

王营村，谢东泓思考了有吃完十个生煎包的工夫，决定留下来，说不定这里曾经是古代军队的大营。

榆木庄，谢东泓迅速画掉了，因为名字不美。如果是槐树湾、梨花村、樱桃寨之类,谢东泓一定会留下。

“石头桥……”

“无沟囤……”

分析到第二十七个村庄名字的时候,已经是凌晨一点。白天上了六节课,外加整个晚上四个多小时在桌边一动不动地坐着,谢东泓确实困了。但谢东泓知道自己不能睡,日思夜想的雷奥所在的村庄仍然毫无眉目。谢东泓去了浴室,哗啦啦一阵冲洗后,头脑清醒了许多,他重新坐到了桌边,嘴里一边读着村名一边思考着:

“土坊寺……”

“骡马店……”

“麻绳铺……”

“别津村……”

当谢东泓读到“别津村”三个字时,心里轻轻咯噔了一下。他再次读了起来,一个字一个字地读:“别——津——村! 别——津——村!”

读过三遍,谢东泓不读了,他在自己心里念叨起来:“别是分别的别,也是离别的别,分别和离别用德语讲就是 Aufwiedersehen!”

“津,津,津是什么呢?”谢东泓触电般从椅子上弹了起来,一步跨到床头,从枕边拿到一本汉语字典,迅速翻找起来。

“津,1. 天津简称;2. 唾液;3. 滋润;4. 渡口。”谢东泓大声朗读字典上的四个释义的同时,脑子在高速运转着。

“津——码头,津——码头,津——码头!”谢东泓的声音越来越大。

“别就是再见,津就是码头,合在一起就是‘再见码头’! 翻译成德语不正好是 Aufwiedersehen Hafen 吗!”

“别津! Aufwiedersehen Hafen!”谢东泓大声喊了起来。

“别津! Aufwiedersehen Hafen!”谢东泓哭着喊了起来。

“别津! Aufwiedersehen Hafen!”谢东泓笑着喊了起来。

第二天上午上完课，谢东泓坐在教室里给上蔡县外事办公室写了一封信。他在信中介绍了自己的身份，并提及五十多年前，一个叫雷奥·阿芬克劳特的德国孩子在上蔡的别津村待过，希望能借助力量找到救助过这个孩子的潘进堂、喜鹊、八仙、桩子或者王拐子，届时他将去村里拜访他们。此外，他也想打听一位叫任天放的先生，这位先生曾给这个德国孩子上过课，五十多年前是武津中学的老师。写完这封信，谢东泓突然又想起了一件事，他又续写了半页纸，请对方帮忙查找潘进堂妹夫王家甫一家的信息或者在上海的地址。

在大学旁边的邮局发完信，谢东泓长舒了一口气，他希望，万里之遥的上蔡能传来一个接一个的好消息。

时间转眼到了 12 月初，谢东泓硕士研究生阶段的学习剩下最后六个月。明年 6 月中旬答辩通过就可以毕业了。

谢东泓周末还去“汉华楼”端盘子，周一、周三、周五晚上还在 U3 地铁上卖报纸。这两件事要花去的时间谢东泓没有减省，也不敢减省。为了实现他自己定下的两个目标，谢东泓把每天的睡眠时间压缩到了五个小时。除此之外，谢东泓还练就了一项绝技，夜里从“汉华楼”或者从 U3 地铁上回家，一上车他闭眼就能睡着，下车的前一分钟又能神奇而准确无误地醒来。一次杰瑞看完晚场电影回宿舍，正好在地铁门口碰见谢东泓，两个人上车坐下，相互道了句“Hello”，谢东泓就歪在靠背上睡着了。到站的前一分钟，杰瑞刚准备开口叫醒身边的谢东泓，没有想到，睡得很香很甜的谢东泓忽然抖动一下身子，迅速睁开双眼，一眨眼工夫便做好了下车的准备，愣是把杰瑞吓了一跳。走在回家的路上，杰瑞说：“东泓，我没有去过中国，但我敢保证，你们中国肯定不生产也不需要两种东西，一种是 Schlafmittel(安眠药丸)，另一种就是 Weckuhr(闹钟)！”

一个星期后，谢东泓去了汉堡汉学研究所，他希望在那里能查询到二战结束犹太人从上海返回欧洲后的情况。谢东泓先到所里图书室归还了之前借阅的书籍,然后直接去了所长 Fuchs 博士的办公室。因为已经电话预约在先,谢东泓一跨进门,Fuchs 博士就热情地迎了上来。

“谢先生,多日未见,别来无恙?”博士用老到的中文问候。

“很好!谢谢博士,也谢谢你们对我的热情帮助!”谢东泓一脸真诚。

谢东泓坐下之后,Fuchs 博士给他端了一杯咖啡,两位老朋友聊开了。谢东泓告诉博士,八封信他已翻译整理了七封,最后一封大概这个月内就能完成。他还表示,整理完信件后,他除了将八封信的复印件赠送所里一份之外,同时也会将自己翻译整理的“作品”赠送给所里一份。

听完谢东泓的话,Fuchs 博士一连说了三声“谢谢”。谢过之后,博士有点激动:“您以文学手法来讲述五十多年前发生的这段真实的历史,对现在中国的年轻人来说,作用说不定比其他书籍还要大!不但对中国人,我们所里每天都会来很多学中文的德国学生,我也会把这些信和您的‘作品’介绍给他们,到时候,我还要请您来所里开个讲座呢,您得卖我个面子。”

谢东泓一向佩服博士流利的中文,博士刚才的一番话又说得真诚,于是他会心地笑了:“我一定来!”

“好!我们一言为定!”博士说。

“一言为定!”谢东泓承诺。

忙碌了整整半天,谢东泓在汉学所里没有找到他需要的材料,Fuchs 博士也亲自帮他翻阅了很多书籍,还是无果而终。正当谢东泓有点失落的时候,Fuchs 博士大叫了一声:“有了,我们可以找汉堡犹太人协会主席霍夫曼女士帮忙!”

Fuchs 博士马上给霍夫曼主席打去电话。

霍夫曼主席在电话里说:“这个中国小伙子的忙我乐意帮!二战结束后,在上海避难的犹太人回到欧洲的不少,但现在绝大多数已经不在人世了。下个星期回到德法两国的几十名犹太人要在巴黎聚会,如果你们乐意,可以乘我的车一同去。”

谢东泓、Fuchs 博士和霍夫曼主席一同去了巴黎。

到达巴黎的第一天晚上，谢东泓没有去看灯火辉煌的埃菲尔铁塔，也没有去人山人海的香榭丽舍大街游览，而是去见了四位六七十岁的犹太老人。约定晚上七点见面，谢东泓、Fuchs 博士和霍夫曼主席提前五分钟到达所住宾馆对面一家叫作“左岸”的咖啡店的时候，四个老人已经站在门口等候。

一位叫库尔的老妇人说：“侬来了？”

一句再熟悉不过的上海话使谢东泓兴奋异常。

另一位叫伊马斯的女士拉着谢东泓的手往店里走，边走边说：“阿拉上海人，走，到里厢待一歇！”

坐在一张大桌旁，七个人各点了一杯咖啡，霍夫曼主席还特意点了一盘松子蛋糕，Fuchs 博士为每人分好一块后，与霍夫曼主席一起静静地坐在一旁，默默倾听。谢东泓坐在四个“上海人”中间，在咖啡店沁人心脾的芳香里，五十多年前的情景如电影镜头一般在切换着回放。

齐恩先生首先追忆起他的上海岁月。他当时只有十二岁，1939 年 2 月随父母从汉堡到达上海后，表匠父亲在霞飞路一家法国钟表修理店找到了一份工作，母亲在一家英国公司当打字员，一家三口生活无忧，其乐融融。“我们啊，还学会了做上海菜，母亲跟一位姓崔的阿姨学做的生煎包，我一顿能吃下十个，第一次吃时，烫得我哇哇直叫，就是舍不得吐掉！”

霍夫曼主席和 Fuchs 博士笑了起来，谢东泓也笑了起来，他想起了雷奥在上海第一次吃生煎包时的情景。

“我那时在嘉道理学校上学，学德语、英语、数学、音乐和体育。我那时最喜欢体育，还是学校足球队的队员呢！”齐恩先生兴致勃勃地讲着。

嘉道理学校，多么熟悉的名字啊！谢东泓看着齐恩先生，再次想起了雷奥。雷奥应该比齐恩先生小三岁，雷奥会踢足球吗？谢东泓从已翻译整理的信中没有发现，但雷奥是学校鼓乐队的成员，说不定还曾经站在球场边为齐恩加过油呢！

“可是好景不长，我清楚地记得那是 1942 年 7 月，纳粹驻日本的头子梅辛格来到了上海，向占领上海的日本当局提出了一个屠杀犹太人的‘上海最后解决方案'，也叫什么'梅辛格计划'，要求日本马上建立三个集中营，抓捕关押在上海的所有犹太人，好等待时机秘密处置。方案制订后，因国际舆论的压力以及德日之间的分歧最后未能付诸实施，但可恨的日本人还是采取缓兵之计帮助纳粹，1943 年 2 月 18 日，在虹口建立了类似集中营的'无国籍难民隔离居住区'，强令我们这些 1937 年以来从德国、奥地利、波兰等国家来上海的所谓无国籍者登记入住，除一千多人跑到其他城市外，在上海的犹太人几乎全部被抓了进去，我们一家也一样，好日子从此过到了头！"讲到这里，齐恩先生的语气变了，变得低沉缓慢。

咖啡屋里的气氛开始逆转，将四个人的思绪带回到五十多年前上海的凄风苦雨之中。

"齐恩先生讲的是当时的实情。"一位叫艾坦的老人接了齐恩的话。

"我和父母是从维也纳逃到上海的，父母原来在一家钢琴店修钢琴，1943 年 3 月搬入'隔离区'后，他们在钢琴店的工作做不成了，就在舟山路上开了一家缝纫店。那时干洗、熨烫和缝补衣服的人很少，家里常常揭不开锅，管理'隔离区'的日本人又特别凶狠，动不动就打骂我们。我有一个哥哥，大我五岁，因为骂了日本人一句，他们就把他打得遍体鳞伤，三天后从禁闭室抬回家时，发现他的双腿被打断，当天夜里就断气了！"艾坦哽咽起来，桌子旁立刻寂静下来。

看到场面变得十分凝重，霍夫曼女士试图改变一下谈话的气氛。她看了一眼谢东泓说："谢，他们几个都知道梅辛格这个人的下场，您清楚吗？"谢东泓摇了摇头。霍夫曼女士说，1945 年底，"华沙屠夫"梅辛格上校被押送到美国首都华盛顿接受审讯。第二年，他被移交给二战受害国波兰，并在那里继续接受审判。最后，1947 年 3 月，这个被指控犯有战争屠杀罪的刽子手在华沙马佐夫舍监狱被执行死刑。

听完霍夫曼女士这段话，谢东泓痛痛快快地喝了一口咖啡。

伊马斯女士一直想开口说话，已经等了半天，现在轮到了她："刚才大家都谈了自己的上海记忆，我也说点我的！"

"谢先生，当时的情景你们现在的年轻人不会想到，舟山路一带本来就居住了很多中国人，还都是穷人，一下子又被日本人赶来了两万多外国人，那个地方实在是太拥挤了！我们这些人一去，就和他们争工作，争遮风避雨的房子，甚至争公共厕所，也有吵吵闹闹的时候，但吵过闹过就平静了，在我的记忆里，并没有任何一起中国人对犹太人动手动刀的事。在那样恶劣的环境下，更多的中国人对犹太人的态度是比较宽容的。一次一个中国人嫌一个犹太人在厕所里蹲的时间过长，刚开口骂一句，后面的几个中国人马上围拢来，指着鼻子一齐骂他：'人家的命都快保勿牢了，小瘪三侬多等一歇有啥关系?'我们一家住在一个叫王阿美的老太太家里，她养了一只猫，浑身雪白，她每天自己不洗澡也要给猫洗澡，她的猫不许别人碰一下。一次我不小心踩瘸了猫的一只脚，她哭了半天，但是始终没有骂我一句。现在，我家也养了一只大白猫！"

三个老人提到的虹口"隔离区"的事，雷奥的信里没有提及，因为那时他已经在遥远的上蔡了。留在上海的犹太人的艰难生活，谢东泓还是第一次从犹太人嘴里听到。几十年过去了，几位老人叙述故事，时间和地点都记得清清楚楚。谢东泓深深地感到，他们不是在用口述说，而是在用心追忆那段刻骨铭心的岁月。谢东泓把老人们的话一字一句记在了笔记本上，也一字一句记在了心里。

"在上海的那几年，我们一家和其他犹太难民一样，整天都提心吊胆，不知道日本强盗和纳粹恶魔什么时候下毒手，时不时听到犹太人离奇死亡的消息更使我们夜夜做噩梦。要不是当时受到中国的保护，不知道现在我们四个还能不能和你们坐在这里喝咖啡呢！"库尔说。

四个人你一言我一语地追忆着，时间不知不觉地过去了一个半小时。

"你们在上海时，听说过一个叫雷奥的孩子吗?"谢东泓终于问出了压抑在心头已经许久的问题。

四个人沉默良久，最后都摇了摇头。

谢东泓多么渴望他们四个人能认识雷奥，如果他们能够知道后来雷奥的去向，那更会令他欣喜万分！即使他们不知道雷奥的下落，哪怕从他们口中知道雷奥的模样、雷奥的动作、雷奥的腔调，甚至雷奥穿什么衣服，也会使他激动不已的！可是四个人都摇了摇头，谢东泓十分失落。

“那你们知道他的妈妈吗？一个叫莎拉·阿芬克劳特的中年妇女。”谢东泓再次提了个问题。谢东泓问完这话，又加了一句：“她在舟山路上开了一家面包店，后来死在一场离奇的车祸中。”

其中三个人摇摇头，因为他们当时都太小。

齐恩沉思着。

“我想起来了，有这个人。她死后，当时上海的德文和中文报纸都进行了大量的报道，中国外地的报纸也报道了此事，很多中国的名人都出来讲话，呼吁人道主义，反对法西斯秘密暗杀。”

谢东泓这时想起了王家甫，但他没有问他们认不认识这个人，这个令他尊敬、令他牵挂的王家甫，因为他知道，他们肯定不会认识这个隐姓埋名，担着天大风险暗中一直帮助犹太难民的普通中国人。

“我还有一个问题，你们几位听说没听说过两个人？”

“谁？”四个人几乎异口同声。

“卫登堡先生和在舟山公园门口修鞋的哈雷尔。”谢东泓一口气报出了两个人的名字。

卫登堡的名字刚从谢东泓的口中报出，四个人马上一片惊叫。

他们都知道这位大名鼎鼎的音乐家，他们一个接一个讲起了卫登堡的音乐会，讲起了卫登堡和邻居的关系，讲起了他培养出几位中国小提琴家的故事。霍夫曼主席和 Fuchs 博士也都知道卫登堡，他们两位把纳粹怎样驱逐他的故事也讲了一遍。最后，Fuchs 博士说：“我在上海当外教时，还去看过他在上海曾经居住过的房子。卫登堡先生二战后留在上海音乐学院当老师，美国很多乐团请他去，他都没有答应。1953 年夏，老人因心力衰竭瘫倒在上海家中的地板上，走完了他的人生历程。对面谱架上仍然摊放着巴赫的奏鸣曲，曲子却再也没能奏响过。听他的一位同事讲，那几天，他的中国学生啊，个个哭得双眼红肿……”

桌子旁的七个人都放下了手中的咖啡杯，个个低下了头。谢东泓的思绪来到了雷奥乘坐轮船的甲板上，来到了嘉道理学校的音乐会上，他的耳边响起了巴赫的奏鸣曲，响起了舒曼的《梦幻曲》，响起了舒伯特的《蜜蜂》，还有霍瑟的《摇篮曲》……

只有伊马斯女士知道哈雷尔这个人。

“我家住在舟山路上，我知道你说的这个人。他经常在舟山公园门口摆摊，他不光修鞋，还会修很多东西，我家的铝锅和铝盆坏了，都拿到他那里补，人可好了，整天笑眯眯的。”伊马斯女士边喝咖啡边愉快地回忆。

“后来呢？”谢东泓望着伊马斯女士，好奇地询问。

“后来，他和一个上海女人结了婚，那个上海女人好像家也住舟山路，经常给他端水送饭，两个人说话，一半是上海话一半打手势，我们围在他们旁边，一句也听不懂。”伊马斯女士继续回忆。

“那个上海女人端给他的开水是甜的还是淡的？”谢东泓问。

“您说什么？”伊马斯女士不知道谢东泓话中有话。

谢东泓把雷奥和保立喝哈雷尔开水的事叙述了一遍。知道了哈雷尔与孩子逗乐的事后，七个人哈哈大笑了很长一阵时间。

“后来呢？”谢东泓接着问。

“后来，他俩生了一个男孩，哈雷尔的嘴就更合不拢了，一天到晚乐呵呵的。二战后，我们准备回法国，听说哈雷尔带着那个上海女人和儿子去了波兰，到底去了哪个城市，就不知道了。”伊马斯女士最后说。

谢东泓的小本子已经记录了十几页，他恨不得把四个人的话一字不落，包括语气都记录下来。记录完这些谈话，谢东泓还用借来的相机为四个人拍了照，谢东泓拍每一个人的时候，他们的脸上都洋溢着幸福的微笑。谢东泓这时突然想起，他在柏林犹太人纪念馆里的照片上也看到过这种微笑，那是来自二战胜利后犹太幸存者的。这种微笑很浅又很深，很淡又很重，那是人世间最难得的微笑。因为这种微笑，是经受过历史的深悲剧痛、经受过世间的大灾大难、经受过人生的百折千磨后所特有的。

那天晚上令谢东泓感到失落的事情就是没有打听到他最想知道的雷奥的信息。他失落的表情被心细的霍夫曼主席看出来了。最后她对谢东泓说：“谢先生，从上海回到汉堡的犹太难民中，确实没有一个叫雷奥·阿芬克劳特的,要是有,我肯定知道。”

霍夫曼主席的话使谢东泓更失落,但主席的话还没有讲完。

“据我所知,二战后,上海的犹太难民除一小部分留在中国外,一部分回到了欧洲和中东,但还有相当多的人去了美国。我们汉堡犹太人协会与欧洲国家的协会有联系,也和美国的协会有联系,我来试一试和这些地方的协会联系一下,看看能否帮您寻找到这个人。”听完霍夫曼主席的话,谢东泓心里又有了希望,雷奥的名字已经深深地刻在他的心里,雷奥经历的苦难已经化作了他谢东泓情感体验的一部分。

“不过,有些话我也要说在前面,很多犹太家庭都通过我们协会打听亲人的下落,相当多的嘱托我们没有完成,因为他们的亲人可能几十年前就已经离开了人世。”霍夫曼主席说这句话时,脸色严肃了许多,谢东泓心中刚刚升起来的温暖立刻冷却了许多。谢东泓不希望这样的情景发生,因为他不愿意接受这样的事实。

“不,雷奥一定不会死,他一定活着! 拜托您了!”谢东泓说。

“我也相信雷奥一定活着!”Fuchs 博士说。

“我们也相信雷奥一定活着!”其他四个人几乎齐声说出这句话。

第16章　中国上蔡

1943年，三月的最后一天，上蔡东西南北四座城门上各贴出了两张署有“县长”孙宝康名字的告示。

第一张告示是缉拿本县东沟乡崔凤鸣和刘义堂两位保长的。告示开篇写道：“经查，崔凤鸣于十月廿日私自潜逃，刘义堂于廿二日封门全家躲避。”这事得作个简单交代。去年秋季，上蔡东沟乡除发生旱灾外，又雪上加霜，先是蚂蚱遮天蔽日地到来，接着是蝗蝻爬满了田间地头的沟沟坎坎，两虫过后寸草不留，狼藉一片。一般乡民自不必言，连家境较好的两位保长也经受不住如此这般折腾，带头逃荒去了，村里征粮和治保之事无人过问了。孙宝康闻之大为恼怒。告示最后说：“现罢免崔凤鸣、刘义堂保长之职，限十日之内到县府低头服罪，过期不至，罪加一等。”

老天有心绝人活路，就连两个保长也带头逃荒，过起浮家泛宅的日子。一大早在城门下看完第一张告示，任天放苦笑了一下。可是看完第二张告示，任天放心里一咯噔，连苦笑也挤不出来了。

第二张告示上写道：“接皇军训令，从欧陆逃至上海之犹太外寇一千余人，不听友善之邦德国和大日本帝国的戒令，至上月底不迁入规定之居住区，擅自潜逃鼠窜，现令五日之内抵县府自首，逾期不至者格杀勿论。凡发现长相奇异之外寇，吾县乡党务请立刻禀告，包庇窝藏者按同案犯处置，切切此布。”

看完告示，任天放携书本来到了潘进堂家。

任天放一踏进院子，潘进堂大吃一惊。家里已无半瓢白面，整天以树叶和干菜度日，怎么城里的任先生不请自来，难道也是饿疯了不成？满头虚汗的任天放明白潘进堂的惊诧，笑嘻嘻地说：“俺从西边路上路过你村，为省力气，今天就把前面隔了半个月的课补上吧，俺自己包里带了红薯干，麻烦你们给俺下锅煮一下。”

那次的课不是坐在堂屋桌旁上的，师生二人并排坐在雷奥的床上，脸色蜡黄的雷奥本来想下床，却被手握戒尺的任天放一声喝住，责令其半靠在床帮上听课。任天放对学生雷奥还有一个要求，只听不读，不明白之处摇头示意，听得明白则不必点头，并言称：“仅此一次，下不为例！”

半晌午，任天放的英语课开始了，这次他朗读的是美国女作家比彻·斯托夫人《汤姆叔叔的小屋》的片段。雷奥支撑着身体，斜靠在床帮上，聆听任先生语音轻缓却抑扬顿挫的朗读。

“……汤姆叔叔的小木屋紧靠着主人的大院，木屋前的菜圃里种满了蔬菜和瓜果。晚上，克洛依婶婶下班回来，就忙着给汤姆做丰盛可口的晚餐，喂养孩子。十三岁的乔治少爷照例在石板上写写画画，当汤姆的小先生，教他认字。木屋里一片温情……”

读到这一段，任天放幽咽含泪。

学生雷奥也一样，呜咽不停。

吃午饭的时间到了，喜鹊端来了一大一小两碗饭。大碗里盛着稠的红薯干汤，是给任先生的，给雷奥的小碗里盛的是苞谷糁加干菜粥。喜鹊走后，任先生要和雷奥换碗，懂事的雷奥不听，任天放拿起戒尺照雷奥手上就是一下，雷奥不得不接了大碗。

下午，数学课照常进行，雷奥精神了许多，任天放讲解的平面几何题，他每一道都明白了，按先生前面的要求，雷奥无须点头示意。

常识课任天放讲解的是雷电发生的原理。雷奥坐在先生对面，一直微笑地看着先生一会儿用嘴模仿雷声的轰鸣，一会儿用手比画闪电的迅疾，先生身体瘦弱，滑稽的声音和夸张的动作让雷奥觉得有些好笑。

最后，像每次课结束时一样，任天放又给雷奥讲了一个故事，这次是关于穷人和富人的。雷奥记得，先生已经讲述过二十几个穷人和富人的故事了。这次的故事是说很久以前的一天，村里最穷和最富的人一道进城买东西，穷人要买鞋，于是两人先进了鞋店。穷人想给自己买一双也想给儿子捎一双，但身上的钱不够，就想了一个法子，把小鞋塞进大鞋里给带出来了。富人于是受了启发，他这趟进城本是为上了年纪的老爹买棺材。进了棺材店，富人把孩子用的小棺材藏在大棺材里运回了家。一到家，凶狠的婆娘见状就骂开了："你难道想让儿子和你倒霉的爹一道入土？"

听完故事，雷奥开心地笑了。

"老师，您的故事为什么总是穷人聪明富人愚蠢？"笑过之后，雷奥问。

"因为啊，因为啊，老师很穷，但是个聪明的人！"

天色渐暗，任天放讲完了该讲的课程。他没让雷奥下床送他，潘进堂陪至院门外的时候，任天放迟疑许久终于开了口。

"进堂，今天俺在城门上看到了两张孙宝康的告示，要不要给你讲讲？"

"讲讲，请先生讲讲！"

任天放神色凝重地把两张告示的内容讲了一遍。

潘进堂听完后双腿筛糠一样哆嗦，任天放装作没有看到，驼着背低着头一声不吭地离开了。

当天夜里，潘进堂把院子的大门插上门闩后，又用两根粗木棍顶紧。觉得仍不够保险，潘进堂便把小桌子也搬了过去，并用往年装粮食的布袋装了满满的一袋黄土压在小桌子上，将门顶紧。

"娃，这一段时间盗贼可能来，不能让他们看见你，让你娘给收拾一下，从今晚开始，你得住洞里。"潘进堂把日本人换成了盗贼，他怕吓着孩子。他知道，这苦命的孩子再也禁不住惊吓了。

"洞里又黑又潮，等他们敲窗户后我再进去不行吗？"

"娃，不行啊，盗贼不像土匪会敲窗言语一嗓，他们一脚就把门踹开，到那时候，咱来不及啦！"喜鹊苦口婆心。

"娃，大和娘实在没啥法子，得委屈娃啦！"潘进堂趴在雷奥的床头，一边握着雷奥的小手，一边用乞求的眼光看着他。

"我听大和娘的。"雷奥回答。

一阵折腾后,雷奥进了狭窄潮湿的洞里。

雷奥入洞躺下之后,潘进堂和喜鹊气喘吁吁地坐在堂屋的凳子上,绷紧的神经才放松了一些。

"你把堂屋门堵严了不孬,但还有两扇窗户啊,破木窗人家用脚一踹不就进来了?"站在一旁的喜鹊突然说。

女人的这句提醒,使潘进堂大吃一惊:每到关键时刻,自己粗心大意,都是女人想得周全。他从坐着的凳子上触电般弹起,心有余悸,来回踱了几圈。

"走,和泥去!"潘进堂对喜鹊说。

"和泥干吗?"喜鹊不解。

"把两扇窗户垒起来。"潘进堂答。

潘进堂在院子里挖了一个小坑,喜鹊把麦秸用菜刀剁成寸把长,将泥块捣烂过筛之后,掺进碎麦秸,和成泥浆。夫妻俩忙碌到下半夜,两扇木窗被黄泥堵了起来。

对等庄稼吃饭的农民来说,每年的四月正是青黄不接的时候,而今年的境况前所未有地糟糕,村里死去了六个人,潘进堂家也只剩下了几瓢苞谷面。

家家户户都在地里挖野菜。4 月中旬的时候,地里能糊口的野菜已被挖得一干二净。人们只能在自家院子里捋树叶、剥树皮充饥。村子里十来户小孩多的人家,大人用棍牵着孩子,一路向东,到安徽界首一带要饭去了。

潘进堂和喜鹊顿顿以野菜和树叶充饥,人整个瘦掉了一圈,两个眼球暴突,两腿浮肿,走起路来一摇一晃,虚弱得大风都能刮倒。雷奥整天躺在床上,每顿还能吃上半碗苞谷糁,情况要好许多,但还是一天到晚喊饿。娃的喊声撕裂着大和娘的心。

"还是给家甫去封信吧,娃喊得俺实在受不了了。"喜鹊咬紧嘴唇对潘进堂说。

潘进堂坐在屋里抱着头一言不发。

"家甫也不容易,他一个人挣钱,除自家三口外,还得顾咱们和他姐姐家。听妹子讲,家里值钱的东西都当了,上次回来的车票还是家甫以看病名义从公司借钱买的。"潘进堂摇了摇头。

"那咋办呢? 娃都快饿疯了,娃在外国和上海没有遭过这样的罪啊!"喜鹊哭个不停。

潘进堂坐在屋里抱着头,仍然一言不发。

过了好长一会儿,潘进堂猛然抬起了头,在自个儿脸上哗啦扇了一记耳光:"俺不要这张老脸了,明天进城要饭去。"

第二天一大早,潘进堂夫妇出现在上蔡县城一户商人的家门前。喜鹊打着梆子,潘进堂扯起喉咙唱了起来。

下山来与韩郎休戚与共,
男砍樵女纺织共度一生。
韩家湾胜似那天仙美景,
夫妻情胜百倍苦心修行。
我只说人世间万般皆好,
又谁知还有那富贵贫穷。
…………

潘进堂含泪唱完了整整一段《白莲花》,商人家的大门始终未开。潘进堂又吼了一段《铡美案》中老包慷慨激昂的唱腔,商人家的大门还是没打开。几个月来,不知有多少灾民敲过商人家的门,他们也开不起这道门了。

拖着疲惫的身体,走走停停,站站坐坐,潘进堂和喜鹊一连唱了三家,还是一无所获。

"走,到山陕会馆会长家去,他喜欢听俺的戏。"已经到了半晌午,潘进堂拉着喜鹊的手向西街走去。在一家青砖瓦房大院的门前,喜鹊的梆子再次响起，潘进堂嘶哑的唱腔从胸中喷涌而出。

《卷席筒》唱得令人心碎。

《铡美案》吼得让人断肠。

《下陈州》喊得叫人丧魂……

突然，院子里传来了一声吆喝："听着咋像进堂的腔调呢？"

"会长，是俺啊！给您老人家唱戏的戏子进堂啊！"潘进堂停下了吼唱，立马回答。

两扇大门吱吱地打开了个缝，会长探出了头。

会长给了潘进堂三个窝头。

会长还让两个人进了院子，把树上的榆树叶用竹竿打了两大包带走。

临出门时，会长看着摇摇晃晃的潘进堂说："进堂，再这样喊下去，你的嗓子恐怕不行了。"

潘进堂和喜鹊默默无语，低头鞠躬。

大门关上了，夫妇俩饿狼般各自抓起一把榆树叶就往嘴里塞，两个人的腮帮鼓得圆圆的，呼啦呼啦使劲咀嚼起来。

每隔两天，潘进堂就进一次城或到附近较大的集镇上，站在富人家的门口，唱《卷席筒》，吼《铡美案》，喊《下陈州》。二十天后，他换了词，唱《杨家将》，吼《女驸马》，喊《南阳关》……

潘进堂的嗓子一天不如一天。

雷奥可以下床在屋子里走动了，他不再每天喊饿。

喜鹊有时分一点窝头和红薯干给八仙家的桩子。

潘进堂有时还让喜鹊兜一点窝头和红薯干给老纪的老婆，她的小孙女已经饿死了，剩下的两个孙子也奄奄一息。

面黄肌瘦的潘进堂和喜鹊出去唱戏要饭，次次都吓出一身冷汗。在县城和大集镇上要饭时，他们几乎每次都能听到孙宝康部下边敲锣边吆喝："各位乡党听清了，各位乡党听清了，凡包庇窝藏对皇军不友善匪徒和犹太外寇者格杀勿论，格杀勿论！举报者赏窝头两个，捉拿羁押者赏白面馍两个，白面馍两个！”

雷奥不知道这一切，他嚷着要到院子里玩，大和娘死活不同意。不但不同意，两个人出去要饭时，除了从外面锁好院门，还要反复叮咛娃从里面把大门和屋门顶好，一有动静必须马上钻进地洞里。一次夫妻俩傍晚回来，没有按约定的暗号敲堂屋门，喜鹊叫了一声“娃”，雷奥就打开了屋门。潘进堂进屋后，暴跳如雷，飞起一脚就踢在了雷奥的屁股上：“王八蛋，老子没敲够数，谁让你开门了！”

雷奥哇哇哭了起来，他没见过大发这么大的火，还第一次打了他。

喜鹊也哭了，边哭边叫：“你个王八蛋敢打俺娃，你个王八蛋敢打俺娃！”她发疯似的扑到潘进堂面前，揪着潘进堂的头发又抓又挠。

母子俩抱在一起哭成一团。

母子俩三天没有搭理潘进堂。

村子里有一个人打起了雷奥的主意，这个人就是老怂。

老怂在村里管着祭祀和婚丧大事，往年都能喝上几盅白酒，吃上几顿白面馍，今年不中了，不但一顿酒没有混到，还整天肚子饿得咕咕叫，一个人天天踢踏着破布鞋，东一眼西一睛地在村子里到处踅摸，看看能不能从哪里弄点东西填肚子。一天半晌午，老怂来到了村西头，和八仙一起蹲歪脖皂角树下喷空，遇到了几个进城回来的村民，其中一个村民告诉八仙和老怂，日本人到处在抓长相奇特的什么流寇，举报者赏窝头两个，捉拿者赏白面馍两个。

老怂想到了雷奥。

老怂说：“管他什么流寇不流寇，娃长得怪异，先弄两个窝头吃了再说，老子明天进城报告！”

老怂、进城回来的人喷完空回了家，八仙心里沉甸甸的。

这天半夜，老怂家院子里的麦秸和苞谷秆垛突然起了火。麦秸和苞谷秆是烧水做饭用的，一旦烧灶的柴火没了，就揭不开锅了。看到熊熊的火光，老怂吓傻了，张开破锣嗓子拼命吆喝：“火，火，救火啊，救火啊！”

八仙和几个年轻汉子光着膀子跑来了。

烧了一半的麦秸和苞谷秆垛上的大火被扑灭了。

老怂作揖感谢。

准备离开的八仙突然说:“老怂,你家门上好像有个字!”

老怂和一群人一起往门上看,果然门上写着一个字:“庙”。

老怂说:“啥意思?”

几个年轻汉子哑口无言。

八仙说:“庙,庙,咱村就一个土地庙,该不是庙里有啥事吧?”

土地庙是老怂的命根子,听了八仙的话,老怂神色慌张,大叫一声:“快去村东头土地庙!”

老怂前面跑,八仙和几个汉子跟在后面跑。

一脚踏进黑洞洞的庙里,老怂发现庙里没有着火,心放下了一半。

八仙和汉子们赶到了,八仙擦了一根洋火,火光一映,老怂扑通一声跪在了地上,原来,土地爷嘴里含着一团白布。

老怂磕了三个头,八仙和汉子们也跟着磕了三个头。

磕罢头,老怂把白布掏了出来。

打开白布,老怂发现上面写着一个字:祸。

老怂吓得双手颤抖不已。

洋火燃尽了,黑洞洞的破庙内阴森可怕。

黑暗之中,八仙说:“祸! 火! 祸就是火,火就是祸。土地爷嘴里吐出个祸字,你家就着火,如果俺没有说错的话,土地爷要烧了你啊!”

老怂又一次扑通跪在地上,咚咚磕起响头来。

“老怂,你哪里得罪土地爷了?”八仙问。

“天地良心,不要说得罪土地爷,俺在心里从不敢向土地爷说半个不字!”

“那是咋啦,为啥土地爷要烧了你?”八仙问。

“天地良心,俺也不知道咋了!”磕着头的老怂可怜兮兮。

庙里只有老怂的磕头声,几个年轻汉子毛骨悚然。

"写有祸字的白布,土地爷没有拿在手里,也没有搭在肩上,而是含在嘴里,暗示了一个道理!"八仙突然说。

"啥道理?"其中一个汉子问。

"祸从口出!"八仙回答得干脆果断。

"俺明白了,俺明白了,老怂说了不该说的话!"那个汉子恍然大悟。

"老怂,你这两天说了什么屁话?"八仙问。

老怂停下磕头,低头回忆起来。

庙里再一次沉寂下来,人人等着老怂开口。

"这两天俺饿得都快死了,没说过几句话,就是今天在村西头皂角树下喷空时才哼了几嗓。"老怂回答。

"你想想,当时都说过啥?想起来,马上在土地爷这里磕头认罪,或许土地爷能饶了你,要不然的话,今个烧你的麦秸垛,明天就会烧你家的草房!"八仙说话的语气忧心忡忡。

半个时辰过去,老怂终于想起来了。

"俺想明天一大早进城报告娃的事,弄两个窝窝头填填咕咕叫的肚子。"

"可能就是这句,可能就是这句!"八仙大呼。

老怂咣咣当当捣蒜似的磕起了头。

"土地爷,俺再也不说啦,俺再也不说!"老怂额头上磕出了血。

八仙也扑通一声跪了下去,嘴里念念有词:"土地爷,老怂一时糊涂说了句屁话,您大恩大德,千万别烧老怂家的房子,饶了他这一次吧,饶了他这一次吧!"

几个年轻汉子也扑扑通通跪在了地上,一个劲儿地磕起头来……

每天夜里雷奥都住在阴暗潮湿的地洞里。

一天,雷奥对喜鹊说:"娘,我手痒!"喜鹊赶紧说:"娃,让娘看看。"喜鹊捧着雷奥的双手,看到娃的手背上斑斑点点起了一片红色小丘疹,个别地方已经被挠破了。喜鹊不知道这是什么病,赶紧叫来了潘进堂。潘进堂一看，大吃一惊，说不好了，娃得了疥疮。

潘进堂让雷奥赶紧脱外衣，雷奥和喜鹊一时不解。但潘进堂坚持让雷奥脱，雷奥不得不脱。他看到雷奥腰里还没有红色的斑点。

潘进堂说："疥是一条龙，先从手上行，腰里缠三圈，屁股上扎老营。二十年前你还没嫁过来时，咱村里一家人得疥疮，六口人死了三口。"

"赶紧给娃治不就中啦？"喜鹊着急地问。

"可以是可以，得天天抹药，疥疮缠人得很！从今往后，咱们每天都得把娃洞里的被子和枕头晒一下，衣服也得天天烫。另外疥疮还传染，今后咱俩也得注意点！"潘进堂说。

"再注意也得给娃抹药啊！"喜鹊一句话提醒了潘进堂。

夫妻俩开始争论谁来给娃抹药。

潘进堂说："今后抹药，可能不光抹手上，还得抹娃的屁股蛋子。娃怕羞，他怕你看到他的小鸡鸡，还是俺这个当大的来抹吧！"

雷奥不明白大说的"小鸡鸡"是什么，愣愣地站在一边不言语。

喜鹊当然听得懂，嘻嘻地笑了起来："哪有娃在娘面前怕羞的理！再说俺传染上了没问题，大不了要饭唱戏时不敲梆子。你要传染上，谁还敢站在跟前听你的戏？"

潘进堂一时语塞。

夫妻俩说了一通买药的事，可家里却没有一文钱。

潘进堂急得在屋子里来回踱步，想了好一阵子，终于停下脚步："把戏班子的一对镲当了吧？"

喜鹊听后浑身一颤。她知道，老祖宗有规矩，再难也不能当戏班子吃饭的家什，当了就是败家子。

但雷奥的病把潘家戏班逼上了绝路。

一对镲换来的两瓶硫黄膏抹完，雷奥的疥疮仍然丝毫不见好转。不但这样，恰如潘进堂预料，疥疮延伸到了雷奥的背上和腰里。白天还好，每到夜里，洞里都传来孩子的呻吟声，潘进堂夫妻俩听到后，心都碎了。

每天傍晚，喜鹊要饭回来做的第一件事，就是用滚水烫过的毛巾给雷奥擦身子，然后抹药。但疥疮仍然继续在雷奥身上恣意蔓延，雷奥胳膊上和腰里开始起脓包。喜鹊给雷奥擦过身子，就用缝衣针一个一个挑脓包，挑破后再用硫黄膏轻轻抹上。每挑一针，雷奥就是一声惨叫，叫得喜鹊两眼泪汪汪的。潘进堂也听不得娃凄惨的叫声，双手捂着耳朵，坐在旁边唉声叹气，心神不宁。

三天后，戏班子的一面镗锣和一面小锣被当掉了。

五天后，鼓也被当掉了。

背着鼓去县城的路上，潘进堂坐在路边喘气时，就不停地敲鼓，手指擂得通红通红。这面鼓陪着戏班子响了十几年，今后潘进堂再也听不到鼓的响声了。潘进堂心里比谁都清楚，没有了鼓，从此潘家戏班的名号就不存在了。

咚咚鼓声中，潘进堂顿足痛哭。围观者当中有认识潘进堂的，也陪着老潘唏嘘不已。

又是两天过去了，不但雷奥的疥疮没见好，更坏的情况出现了，潘进堂发现喜鹊不停地挠手，他这时才明白，喜鹊传染上了疥疮。

实际上，喜鹊几天前就已经浑身起了一片又一片的红斑，她独自一人睡在原来雷奥睡的床上，对谁都没有讲。她每天给娃抹硫黄膏，自己却舍不得涂一点。

家里再没东西可当了，破旧的戏服和花花绿绿的令旗当铺不要。潘进堂在当铺门口一场大哭之后，去武津中学找了任天放，从他那里借了一点钱，一封电报的钱。

无计可施的潘进堂只有求助王家甫了。

三天之后的又一个半夜，王家甫背着一袋大米回到了上蔡。煤油灯下，看着枯瘦如柴的哥嫂和痒得嗷嗷直叫的雷奥，堂堂七尺男子汉顿时泪如雨下。

王家甫带回了四支昂贵的德国“606”针剂。

后半夜，一家人边哭边说，直到天蒙蒙发亮。大家都知道，天一亮王家甫就要动身返回上海，日本人只给了他一天病假，他必须趁礼拜天返回。

天亮了，王家甫从口袋里掏出个小布包，塞到了嫂子喜鹊的手中："哥嫂，就剩这点钱了，你们拿着吧！"这一次，潘进堂和喜鹊没有拒绝，收下了小布包，因为他们清楚，这小布包意味着什么。

分别的时刻还是到了。王家甫从自己上衣口袋里抽出一支钢笔，递给了雷奥，他抚摩着雷奥的光头，强忍着泪水说："娃，叔叔要走了，要听大和娘的话，听先生的话，好好跟着先生学，争取今后超过他的文化！"潘进堂、喜鹊和雷奥陪着王家甫往院子大门走，快走到门口时，王家甫停了下来，扭头问潘进堂："哥，你还有一双布鞋吗？"

"新鞋没有，还有一双旧的，鞋帮被你哥的脚指头顶了个洞。"喜鹊回答。

"给俺拿来好吗？"王家甫说。

喜鹊一路小跑回到里屋，取出了沾满黄土、鞋头有洞的鞋子。

潘进堂、喜鹊和雷奥怎么也不会想到，王家甫弯下腰，开始解自己脚上皮鞋的鞋带。

"你这是要干啥？"潘进堂喊。

王家甫没有回答，继续解着鞋带。

脱掉皮鞋，王家甫换上了布鞋，然后拿起皮鞋递给了潘进堂："哥嫂，这双鞋是俺在德国买的，平常都舍不得穿，送给任先生，当娃的学费吧！"

潘进堂没有接鞋，一双皮鞋掉在了地上。

王家甫扭头走出了门外。

雷奥哭着喊了起来："王先生！王先生！"

王家甫这次头也没回，大步流星地走了。

四支德国"606"针剂本来两支是给喜鹊的，但她看到雷奥打了两支后仍然没有好全，执拗地把剩下的两支也给雷奥打了下去。白天，喜鹊在娃和潘进堂面前从来不提自己的疥疮，到了夜里，她只是用热水擦洗，痒得实在厉害，就悄悄地挖来一盆黄土，用冷水和成稀泥涂满全身，一个人在冰冷的里屋地上翻来覆去地打滚。翻滚时，她都把一条毛巾咬在嘴里，不敢发出半点呻吟。

一周后，雷奥的疥疮慢慢结痂痊愈了，喜鹊的情况却越来越糟。

“进堂，今天俺陪不了你去要饭了，你一个人去吧，俺母子俩在家喷喷空。”喜鹊躺在床上，脸无半点血色。

“家里还剩一点钱，俺进城给你买支硫黄膏吧！”潘进堂心疼喜鹊。他一直想看看喜鹊身上的疥疮，但喜鹊一次也不让他看。每次，喜鹊都是笑着说：“俺怕羞！疥疮在俺屁股上扎完寨，肯定会有收兵打道回府的时候。剩下的一点钱，给咱娃留着吧，小王八蛋娇气，说不定今后还会有个头疼脑热！”

潘进堂一声叹气后，背着布袋出门要饭去了。

雷奥给娘烧了一碗开水，抖抖索索地端到娘的床头，喜鹊高兴得合不拢嘴。喜鹊看着站在床边的雷奥，说话了：“娃懂事了，娃懂事了，娘喝了娃的水，比喝什么药都好！”

雷奥勉强露出一丝笑容。喜鹊这时候多么希望张开双臂把娃搂在怀里啊，但她没有，她不能，也不敢。

“娃，你跟着娘一年多时间了，娘好不好？”喜鹊说。

“娘好！”雷奥笑着说。

“咱们上蔡有句话，叫‘花喜鹊尾巴长，娶了媳妇忘了娘’，等你长大中用了，娶了花媳妇，会不管你娘吗？”

“不会，娃管！”

“中，中，你这个儿娘没有白养。”喜鹊笑呵呵地说。

那一天，母子俩一直不停地喷空，两人一问一答，一来一往，话里夹杂着笑声带着温情，在这对本非母子却胜似母子的母子间传递。傍晚时刻，喜鹊突然向雷奥提了个问题。

“娃，如果娘死了，你会在娘的坟前给娘磕三个响头吗？”

雷奥一下子愣在了床边。

“娘，你不会死的。”

“傻孩子，谁都有死的时候。娘死了你会给娘磕头吗？”

“娘，娃会！娃给你磕一百个响头！”最后雷奥回答。

听过雷奥的话，喜鹊再也控制不住自己的情绪，捂脸抽泣起来。

“娃这样说，俺这个当娘的值了！”

“娃这样说，俺这个当娘的值了！”

哭声中，喜鹊反复念叨着这句话。

第二天，雷奥一大早就从地洞里钻了出来，他饿了，要让娘去给他蒸馍做稀饭。当他跑到娘住的里屋时，雷奥先是惊叫一声，接着跪在地上呼天喊地。

娘死了。

喜鹊的一只胳膊耷拉在床外，下垂的胳膊下边是一摊血，血迹边落着一把剪刀。

潘进堂两眼红肿地给喜鹊穿葬衣时，看到她浑身遍布着溃烂的脓包，还有清晰可见、渗着血迹的指甲印……

埋葬了用一床破被裹着的喜鹊后，潘进堂一连几天下不了床。清晨，当洞外传来鸡鸣之声，雷奥就钻出了地洞。用冷水洗过脸，他就一个人烧火做饭。锅里的水开了，雷奥先舀一瓢到瓷盆里，再加半瓢冷水，拿上毛巾来到大的床边。

“大，起来吧，娃给你擦脸！”雷奥说。

潘进堂支撑着虚弱的身体晃晃悠悠地坐了起来。雷奥就给潘进堂一把一把地擦脸。

“大，烫吗？”雷奥问。

潘进堂摇摇头。

“大，凉吗？”雷奥又问。

潘进堂接着摇摇头。

娃每次给大擦脸，都要“烫吗？凉吗？”问好几遍。洗完脸，潘进堂脸上的水被雷奥擦得干干的，但眼眶里的泪水总是流个不停。

给潘进堂擦完脸，雷奥回到灶屋做两个人的早饭。雷奥原来不会做早饭，是娘在去世的前一天教他的。当时雷奥觉得奇怪，从来不让他下灶屋的娘为什么突然让他学烧火做饭，现在，雷奥明白了。想明白娘的苦心，雷奥边做饭边流泪，泪水一滴一滴落在锅台上。

"大，喝碗菜'糊涂'。"雷奥捧着一瓷碗苞谷糁加野菜糊糊，送到了潘进堂手里。上蔡当地把无米的稀饭叫"糊涂"。

"大，烫，你慢点喝。"潘进堂接过碗后，雷奥又说。安顿好大，雷奥回到了灶屋，他把锅底稀稀的"糊涂"盛进小碗里，蹲在锅边呼啦哗啦地喝了起来。

"大，你饱了没有？"喝完"糊涂"，雷奥回到了潘进堂身边。

潘进堂说："娃，大饱了。"

潘进堂把空碗递给雷奥，用嘶哑的声音问："娃，你饱了没有？"

"大，俺和你一样喝了一大碗，饱了！"雷奥笑着回答。娘死后，雷奥变了，嘴里说起了原来不讲的上蔡话。

潘进堂不去要饭，家里顿顿都是"糊涂"。

第五天头上，马兰兰挺着大肚子来了。她用头巾兜着六个红薯干面窝窝头，放下后就回去了。六个窝窝头，每顿一个人半个吃了两天。

喜鹊死后第七天，潘进堂手里拄根棍，一摇一晃地进城要饭。

每次天黑之前，潘进堂才回到村里。这个时候，雷奥的菜"糊涂"也做好了，爷儿俩趴在桌边，吃顿一天来唯一的热饭。潘进堂把要来的半半拉拉的窝窝头塞到雷奥手里，雷奥赶紧掰下一半递给潘进堂。

潘进堂说："娃，大今天吃了好几个啦，你吃！"

雷奥说："大，俺不信你的话，你不吃娃也不吃！

漫漫长夜是雷奥最难度过的时光。

每天夜里睡觉前，雷奥都会面朝西方，默默祷告。雷奥心里坚信，上帝一直在保佑自己，自己一定要坚强，不能让上帝失望。祷告毕，雷奥钻进伸手不见五指的地洞,立刻感到了地狱般的万籁俱寂,这时候,他只有依靠一种东西才能安然入睡。雷奥轻轻躺平,双手抱着木海鸥,微微闭上双眼,三秒钟之后,施密特女士的钢琴声响起,黑暗的地洞里温暖了起来,贝多芬来了,巴赫来了,勃拉姆斯来了,肖邦也来了……

1943年5月底,终于到了麦收的季节。由于去年土地受了旱伤,潘进堂家收了百十斤大麦,只有往年的一半,但还是有了暂时救命的口粮。村子里饿死的人减少了,外出逃荒的人减少了,人们脸上出现了难得一见的一点点生气。

这年的秋庄稼种下后,雨水充足,土地经过犁耙保住了墒,大家都认为饥荒过去了。

但饥荒远远没有过去。

这年6月底,一场大灾难再次降临潘进堂所在的村子。

这天下午,雷奥正坐在院子里做任天放布置的数学作业,忽然听到远处天空中一阵嗡嗡作响。雷奥习惯了日本飞机的轰鸣,也就没有抬头。片刻之后,嗡嗡之声变成了遮天蔽日流动的黄色浮云,铺天盖地从房顶、树梢俯冲而来。成千上万的蚂蚱簌簌地落在了院子里的槐树上,树枝晃动不停,发出吱吱呀呀的声音。雷奥抬头望去,树上每片叶子上都趴满了蚂蚱,它们呼呼啦啦地吞噬着每一点绿色。一低头,又看见上百只蚂蚱随着碎叶掉在了桌边,满地的蚂蚱没有停歇,而是饿狼似的撕扯着光秃秃的叶柄。整个村子里哭爹叫娘,呐喊惊叫之声不绝于耳。雷奥惊呆了,他不知道发生了什么,忘记了大的叮嘱,便开门而出,想看个明白。

村中央,老怂和三五个老太太跪在地上不停磕头,边磕嘴里边嚷:“老天爷,给俺们留点口粮吧!老天爷,给俺们留点口粮吧!”雷奥看到,年轻人和老人们不同,个个手里举着竹竿和扫帚往东边庄稼地里跑。雷奥随他们来到了庄稼地,吓得扑通一声瘫在了地头。

庄稼地的上空,被一团黄色浮云笼罩,咀嚼之声嗡嗡作响。庄稼人都在拼命挥动着手里的工具敲打,一竹竿一扫帚下去,几十个蚂蚱落了地,黄云中出现了一条裂缝，但眨眼工夫，裂缝马上就弥合了。饿疯了的蚂蚱已经不顾死活，凶狠地扑，疯狂地吃，边扑边吃的同时还疯狂地拉屎。每个人的脚下都是蚂蚱的死尸，每个人的身上都落满了斑斑点点的屎粒……片刻工夫，田里的苞谷、谷子、高粱变成了条条光杆儿，庄稼人跪在地里，撕心裂肺地哭着喊着。

雷奥从地里赶回家的时候，屋子里的景象更使他目瞪口呆。堂屋里财神、中堂、老灶爷被"蚂蚱军"啃得满是窟窿，灶屋里的锅盖、馍筐、蒸布一片一片散了架，水缸里漂浮着一层厚厚的蚂蚱尸体。

五天之后，村里人还处在"蚂蚱军"余悸之中时，一夜之间，蝗蝻又来了。蝗蝻是蚂蚱的幼虫，不能飞，只能滚或者跳。被蚂蚱一扫而光的庄稼地里转眼间又全是蝗蝻。蝗蝻聚成团，像洪水般向前蠕动翻滚，所过之处，几天前被蚂蚱吃剩的庄稼秆和落叶立刻被一扫而光，裸露出灰色的土地。扑杀蝗蝻的村民一脚下去，二三十个蝗蝻被踩得扑哧作响，从蝗蝻肚子里迸出的浆液溅得满身灰黄。雷奥和潘进堂也加入了围剿蝗蝻的人群，他们在蝗蝻蠕动的前方挖出一米多深的壕沟，等蝗蝻落满之后，立即用黄土填埋。蝗蝻有趋光性，夜里，人们在田地里升起了上百堆篝火，半个小时后，篝火即被蝗蝻覆盖熄灭，紧接着，又有几百堆篝火燃了起来……

蝗蝻在地里折腾的第二天，老怂疯了。

那天，老怂一个人手敲梆子，从村东头走到村西头，又从村西头走到村东头，边敲边喊："吾辈作恶，天降惩罚，呜呼快哉！"老怂口冒白沫，扯着嗓门喊了一天，天黑的时候，扑通一声摔进了村东头的深沟里，蹬了两下腿之后便咽了气。

上蔡民谚说："一年粮食够不够，必须等到秋收后。"现在，还没等到秋收到来，田里已经赤裸裸、光秃秃一片。1943年的秋季对潘进堂村里的人来说比去年加倍难熬。

八仙在村子里待不下去了，他举着白旗去了上蔡四十多里外的邻县西甸。

西甸县城有个火车站，是郑汉铁路上的一座小站。白天八仙进不了车站，就在站门口算卦，算卦挣来的钱勉强能够填饱肚子，夜里的行动才是八仙来西甸的真正意图。每天半夜，八仙脱掉长褂，藏好白旗，腰里缠个空布袋就从四五里远的城外沿铁轨猫着腰进了车站，爬上货车车厢去偷日本人的煤炭。背着偷来的一布袋煤炭，八仙先是藏在一里外的铁路旁，接着又再次猫着腰进了车站。就这样，八仙一晚上要倒腾数个来回。天蒙蒙亮的时候，浑身灰黑的八仙把煤一布袋一布袋背进了县城边上的一家茶水铺，以市价的一半卖了出去。

每隔三四天，八仙就会背着一布袋红薯干回到村里，一半留给桩子，一半分给雷奥。

八仙每次从西甸回来，都给躺在床上的两个孩子谝上一段。不是说这次遇到了一个身着大红锦衣的富商，就是说碰到了一位手握雪白手绢的官太，还说他的卦一语道破天机，对方先是点头称是，然后俯首掏钱。

雷奥说："下次你带娃一起去西甸，俺想看看你算卦。"

"你活得不耐烦了，哪能让你往老日的枪口上撞！"八仙说。

桩子说："大，你下次带俺去趟西甸中不中？俺想瞧瞧火车啥个模样。"

八仙挂满得意笑容的脸沉了下来："火车是上百头牛拉的，如果哪头牛发疯，弄不好蹬你一蹄子，弄成咱村的王拐子一样，你将来还娶个狗屁媳妇！"

春节快到的时候，八仙又一次从西甸回来了，不过这次他没能背回一袋红薯干，而是空手摸黑回了家。八仙不但手空了，嘴里也空了，三颗门牙不见了。两个孩子不知道为什么，但潘进堂知道。半夜里八仙正在火车车厢往布袋里装煤时，被巡逻的日本兵发现了。八仙跳下车厢就沿着铁路跑，身后飞来的子弹在耳边嗖嗖乱窜，他一口气跑出四五里，最后摔倒在铁轨上。八仙的命捡回来了，但三颗门牙留在了西甸的铁轨上。

从此之后，八仙说话特别费劲，他老把"中"说成"冲"，把"红薯"说成

"风书"。雷奥笑他，八仙对雷奥说："这回俺的崔（嘴）变大啦，等你个王八蛋将来有尿本习（事）了，给俺蒸一锅好面馍，俺一嘴能吃虾（仨）！"

雷奥说："会噎死人的！"

八仙笑了，捂起豁牙嘴道："俺一辈子当的都是饿死鬼，临死前娃就让俺做次噎死鬼吧！"

八仙不敢再去西甸，就跟着潘进堂敲梆子要饭。

八仙的梆子一响，潘进堂就扯起嘶哑的喉咙唱起来。根据每个大户人家的年龄和从事的行当，潘进堂变换剧目，唱《对花枪》《三上轿》《宇宙锋》《春秋配》……

一次，潘进堂和八仙两个人来到一户人家门前。这家人死了当兵的儿子，潘进堂唱起了《三哭殿》。一袋烟工夫后，这家门没有打开，潘进堂没有停下，喊得更加起劲：

李世民登龙位万民称颂，
勤朝政安天下五谷丰登。
实可恨摩利沙犯我边境，
秦驸马守边关卫国干城。
…………

这一段唱毕，大门开了。门内，一对老人听得老泪纵横；门外，潘进堂和敲梆子的八仙眼眶里也满含泪花。

1944年的春节匆匆来了，上蔡县城里没有旱船，没有狮子舞，没有"扁担桥"，更没有"打铁花"。每个村头都多出了一座座的新坟。田野里一望无际的是白花花冷飕飕的积雪，像是给大地穿上了一身孝服，肃杀凄凉。凛冽的寒风在旷野上呼啸激荡，卷起了雪雾弥漫天空，扬起了坟头未被白雪盖住的土粒，撒落在白茫茫的雪野上，如同少女姣好面容上长出的瘆人恶斑，看了叫人心里发怵。

逝者不得片刻安宁，生者还得苟延残喘。

日子苦苦撑到了清明节，正当潘进堂和雷奥揭不开锅的时候，潘姨手牵保立从上海回上蔡给爹娘烧纸祭奠来了，她背回了一袋米和一壶菜油。

在爹娘的坟前，潘姨哭了半天，在嫂子喜鹊的坟前，潘姨也哭了半天。潘姨的爹娘没有去过上海，他们在潘姨长大之前就去世了，这给潘姨留下了终生遗憾。喜鹊嫂子活着时和哥哥嘟囔过多次，想去趟上海，最想看看中原大地看不到的大江大海。王家甫和潘姨盘算过，一定要让哥嫂到大上海去看一眼，看看城隍庙的杂耍儿，看看霞飞路上的洋人洋装，看看外滩边比院子里那棵槐树还高的大房子，最后，还要带着哥嫂去看看黄浦江。现在，嫂子不但上海没去成，连人也撒手离去，长眠地下。想起嫂子的不幸，潘姨心如刀绞，愧疚万分，在嫂子坟前泪如雨下。

细心的潘进堂发现，妹妹这次回来，似乎心事重重。问过几次之后，妹妹最后才吞吞吐吐说出了个中原委。

雷奥和保立在里屋床上吵闹不休的时候，潘进堂和潘姨兄妹两个坐在堂屋里低声细语。

"家甫最近一段时间心里苦得很，白天他在日本人那边当调度，看到大批的机枪、炸弹和迫击炮从他手中转运到苏北去打抗日的国军和新四军，他回到家里都一句话不说，唉声叹气到半夜。有时候，从噩梦里醒来，整个人像丢了魂似的。"潘姨低着头说。

"在那里干活只是为了混口饭吃，不要想那么多。"潘进堂安慰妹妹。

"俺也是这样说他的，但他不这样想，他说，自己像个汉奸！"潘姨说出了丈夫的苦恼。

"不在那里做了，换个地方不中吗？"潘进堂问。

"他整天想的也是这事，但就是下不了决心。因为之前有两个中国人不干了，回到家里没几天，一家人的尸体就漂在了黄浦江上。"潘姨说着说着哭了起来。

潘进堂沉默着，他不知道该怎样劝说妹妹。

"家甫跟俺说了好几回，让俺带着保立离开上海，去他同学那里找份工作，还说日本人是畜生，翻脸不认人。"沉默一阵后，潘姨接着说。

“要不你们回来吧，苦日子快过到头了，今年的麦子比往年强些。”潘进堂说。

“家甫不同意俺们两个回来，一是你这里支撑着娃已经不易了，二是家里人多口杂对娃不利。”潘姨转述王家甫的话。

“那你们去哪？”潘进堂问。

“这事还没有定，他的同学开封、重庆、北平都有。”潘姨回答。

“不管你们去哪，得给哥来个信。”潘进堂说。

潘姨看着苍老了许多的哥哥，点了点头。

最使雷奥高兴的是，潘姨给他带回了王家甫的一封长信和三本德语书。在长信里，王家甫告诉雷奥，上海的犹太人都被关进了虹口“隔离区”，但他们没有在日本人面前低头，而是在中国人的帮助下顽强地活着。王家甫的信中还提到了雷奥熟悉的露西·哈特维希校长、卫登堡先生和“骗子”哈雷尔，说他们都好好的，请雷奥放心。在谈到哈雷尔时，王家甫特别多写了三句，说现在那个“骗子”骗不了人了，他和给他端茶水的那位姑娘不但结了婚，还生了个胖儿子呢！

王家甫最后在信里交代雷奥，潘姨带回的三本书要一页一页地看完，不懂的字就查字典，下次他回到村子里，第一件事就是检查雷奥书读完了没有。

潘姨在村里待了五天，为雷奥和哥哥各做了一件夏天的单衣。第六天一大早，潘姨、保立和泪流不止的雷奥、潘进堂在村西头挥手告别，兄妹俩泪眼相望，依依不舍，保立和雷奥也一样。

保立望着雷奥：“哥哥，啥时候咱俩再见面呢？”

雷奥回答：“大雁每年都会飞来，到那个时候，你就和大雁一起唱着歌儿回来吧！”

潘进堂握着雷奥的手傻傻地站在原地，目送潘姨与保立，直到母子俩远去的背影消失在茫茫原野。

麦收之后，庄稼人的苦命勉强得以维持。

只要有口吃的，村子里的活气便多了几分。

王拐子关了一年多的染坊重新开了门。他要去县城买口水缸，便让儿子跟他拉着板车进城，桩子和毛妮子的爹娘也同意了自家孩子想跟车去看看的请求。雷奥知道了这事，也闹着想去，他已经半年没有离开村子了，夜里躺在洞里，白天困在院中，都快憋疯了。

雷奥跟潘进堂磨叽了一夜，潘进堂心疼孩子，最后不得不点头同意，但前提是他自己也跟着去。

第二天清晨，两个大人和四个孩子出发去了县城。雷奥戴着大口罩，走路时一直低着头，并且不能讲半句话，这是他答应过潘进堂的。

几年前，上蔡县城有两家卖水缸的店，一个在南街一个在北街。现在北街的一家歇了业，原因满城人都知道，南街店主的儿子在日本保安队当了副队长，有人半夜翻墙进入北街店，哗哗啦啦把上百口水缸砸成了碎片。南街水缸店门面不大，进了店门后是个打谷场般大小的露天场子，一片接一片摆着几百口水缸。

当两个大人挑选水缸的时候，雷奥和王拐子儿子、桩子、毛妮子穿梭在一口又一口水缸之间，东躲西藏，捉起了迷藏。四个孩子神出鬼没于偌大的场地之中。

雷奥已经很长时间没有玩"黑森林猎人的眼睛"了。当他用汉语说出游戏的洋名称时，其他三个孩子一个也没听明白。雷奥解释费了好大一会儿劲，听明白后的桩子说:"屎上海话就是啰唆，不就是'藏老母'吗!"上蔡把捉迷藏叫"藏老母"。雷奥从来没有见过如此多的大小不一、形状各异的水缸，在他眼里，每口缸都宛如一棵大树，这么多缸一排排、一行行地立着，不正是最适合捉迷藏的"黑森林"吗？雷奥这时好像回到了德国，来到了梦境中的"黑森林"……

潘进堂看到孩子们跑来跑去开心的样子，内心有着说不出的喜悦。

王拐子和潘进堂选好一口半大的缸，口朝下放到板车上，就一起到店门那儿付缸钱去了。店老板是个胖子，脸上没有一丝笑容，半躺在宽大的竹椅子上一动不动，王拐子问两句他答半句，一副爱搭不理的表情。

雷奥正在玩“黑森林猎人的眼睛”，看到一口水缸装在了车子上，他忽然想起了一件事，从“缸林”中钻了起来。他想起了任先生给他讲过的富人和穷人的故事。

现在，自己面前的几个人不正是富人和穷人吗？任先生的故事里，穷人个个聪明，怎样也让眼前的穷人聪明一回呢？雷奥思考着。

雷奥找到了答案。他迅速喊来了王拐子儿子、桩子和毛妮子，一番耳语之后，四个孩子手忙脚乱地行动起来。

王拐子和潘进堂正在店里和精明的店主讨价还价，店主的算盘打得啪啪响。

缸场里的四个孩子满头大汗地做了一回聪明人。

傍晚时分，六个人一起回到了村里。当潘进堂帮王拐子从车上卸下半大的水缸后，不禁大惊失色：怎么车板上突然冒出了一口小水缸？

有了饭吃后，潘进堂不再去要饭。

一天晚上，爷儿俩坐在煤油灯下，潘进堂说要和雷奥谈一件重要的事。

“娃，你也听到了，大的嗓子不行了，一辈子的戏看来大是唱到头了。大的心里憋屈啊！”潘进堂声音低沉。

雷奥不知道大后面要讲什么，也就没有插话。

“你娘戏唱得好，人没了，马兰兰的戏也唱得好，但有了两个吃奶的娃，也不唱了，大现在的嗓子坏了，咱潘家戏班子算是毁在大的手里了！”潘进堂开始哽咽。

雷奥不知道自己该说些什么，两眼盯着大一动不动。

“白天在地里干活，苦点累点俺心里啊倒舒坦，但一到夜里，大满脑子都是戏，吼了一辈子戏，现在唱不了啦，这心里啊像没了魂！”潘进堂哽咽得更加厉害。

雷奥这时候想起来了，好几个月以来，自己躺在洞里，经常在半夜听到，大不是在呼喊娘的名字，就是一句接一句地吼着戏词。有几次，雷奥不知道发生了什么事，从漆黑的洞里爬上来看，才发觉大原来是在做梦。大一边打着呼噜一边在梦中吼戏，吼累了又打起呼噜，呼噜一阵后又是一阵断断续续的戏词……

潘进堂坐在板凳上，双手抱头，抽泣不断。

雷奥也哭了起来，自从娘走后，他还没有见大如此伤心过。

“大，你教娃吧，俺今后替大唱。”一阵哭泣后，雷奥轻轻说了一句。

潘进堂的抽泣戛然而止。

潘进堂直愣愣地盯着雷奥，半天没有说出一句话。

从第二天开始，天蒙蒙亮，潘进堂下地干活。雷奥也差不多同时起床，起床后，一个人来到灶屋生火做饭。半晌午，潘进堂满身汗泥回到院子里时，雷奥就会端上一盆温水：“大，你洗洗，咱们马上吃饭。”潘进堂在院子里洗脸洗手的当儿，雷奥已经把馍筐和盛好的两碗“糊涂”端在了桌子上。雷奥跟着大学会了发面、饧面、和面、揉团、装锅和蒸馍，蒸出的苞谷馍或者红薯窝窝头虽然大小不一，但潘进堂看了总是夸奖不停：“大小有什么关系，反正到嘴里都要嚼碎的。”雷奥做“糊涂”也没有经验，有时稠得像糨糊，有时稀得如寡水。如果瓷碗的“糊涂”稠成一团，潘进堂就鼓励道：“俺娃心疼大，给俺一顿吃俩馍，手里一个碗里一个。”如果“糊涂”做成清汤，潘进堂就笑呵呵地说：“中，中，还是俺娃知道俺下地干活又渴又饿，‘糊涂’解渴，窝窝头管饿。”

两个人吃过早饭，雷奥把锅碗洗干净后，便来到堂屋，说：“大，咱们开始吧！”

潘进堂唱一句，雷奥就跟着唱一句。

潘进堂做出一个动作，雷奥也跟着做这个动作。

潘进堂来一个“丁步”，雷奥马上一只脚跟紧贴另一只脚跟，走出个丁字形；潘进堂迈出的是“八字步”，雷奥便即刻两脚跟并拢，脚尖向两侧方向分开，形成八字形；潘进堂在堂屋中间来了一个冲掌，只见雷奥一手按掌于同侧前下方，一手端掌于肋前……三个多月的光景，雷奥学会了好几场戏的片段，掌握了不少舞台演出的基本功。

从第四个月开始，潘进堂教雷奥较长较难的唱段，两个人唱得口干舌燥后，不再练唱，而是改学动作。龙摆尾雷奥练了三天，兰花指练了五天，平转扇练了半个月，拧滚身则整整练习了一个月。最使雷奥头疼的是“泪眼”，一个月过去了，他仍然没有掌握。“泪眼”是豫剧舞台上常见的一个表演悲痛心情的动作，眼半闭，含泪哀唱。如《铡美案》中秦香莲半抱琵琶演唱“接过这杯茶，两眼泪如麻”一句时，演员要先让泪水藏于眼眶，待唱出“泪如麻”仨字时，泪珠便夺眶而出，啪啪滚落下来。潘家戏班二十多人，只有潘进堂、喜鹊和马兰兰有这个绝活儿。

雷奥唱不出“泪眼”，潘进堂伤透了脑筋，到最后，他不得不拿出了他心里不愿使用的方法。

“娃，唱‘泪眼’时，你别把自己当成在唱戏，而是把角色当成你自己。你看到剃头的老纪死时是个什么心情就按那个样子唱。”潘进堂说。

这一招果然奏效，后来雷奥唱“泪眼”时，老纪后脑和鼻孔汩汩冒血的情景便立马浮现眼前。唱到最后关键的几个字时，强抑着悲伤的雷奥突然一声痛哭，泪珠哗啦啦流了下来，全然忘却自己是在唱戏。

后来，有一次，潘进堂生病，八仙、马兰兰和过去跟着戏班子唱过戏的人来到他家。八仙领着桩子在洪河里摸了半夜，抓了一条黄鳝，用盐水炖了端了过来，几个徒弟有的端着半碗白面，有的手里拿着两个白馍，马兰兰除了给师傅带了鸡蛋，还给雷奥缝了一件夏天穿的背心和裤衩。这是戏班散了之后大家第一次聚在一起，每个人心里都格外酸楚，大家围在潘进堂床边喷空。喷完一阵后，潘进堂说：“让俺娃给你们唱段戏，你们听听中不中。”那晚，雷奥唱了段《宋世杰告状》，里面有个“泪眼”，雷奥一段悲腔唱毕，窝在眼里的一团泪水哗啦啦流了下来，八仙和一帮能唱会拉的惊呆了，几乎一齐惊叫：“‘泪眼’！老天爷，是‘泪眼’！”他们谁也不敢相信娃有这样的功夫。马兰兰看着个子比刚来时长高了整整一头、满脸泪痕的雷奥，先是高兴地笑了一会儿，接着低下头，捂起脸哭了起来。

任天放还是每隔几天来村里一趟为雷奥上课。数学，他已教完了厚厚的三本,从代数教到了解析几何,雷奥的作业本叠在一起已经有半个桌腿高;今年年初,任天放新加的物理课也讲完了惯性、力学三要素、阿基米德定律,开始讲牛顿三定律;雷奥的英语更是突飞猛进,已能和任天放对话了。每次上英语课时,潘进堂从地里下工回来,就会搬个凳子坐在一边,尽管一句话听不懂,但还是咧着嘴傻笑。老师和学生休息的时候,潘进堂忙个不停,端茶倒水,穿梭于堂屋和灶屋之间。

“任先生,俺娃的英语像不像美国人嘟囔的?”潘进堂问。

“像,娃的汉语是咱上蔡口音,娃的英语有洛杉矶口音呢!”任天放一边喝水一边说,雷奥听后嘿嘿地笑了起来。

“落汤鸡?咋起这个孬名呢!”潘进堂一脸惊奇。

“大,不是落汤鸡,是 Los Angeles,洛——杉——矶!”雷奥纠正道。

堂屋里充满了三个人哈哈大笑的声音。

英语课结束的时候,任天放让雷奥把自己用英语写的一篇作文读给忙前忙后的潘进堂听。潘进堂说:“您这不是给瞎子点灯吗?俺一个洋码子不识,甭读了!”

任天放说:“娃读英语,俺给你翻译。”

潘进堂说:“那中!那中!”

雷奥大声朗读起他写的作文《我的家乡》。

“俺的家乡是个不大不小的村庄,俺和大住在村中的三间草房内。村西头有条大路,人们都从那里进城赶集,大路上每天都有很多人,也有很多车,车有驴拉的,也有马拉的,马拉的车不但比驴拉的大,跑得也快!”

雷奥读完一段停了下来,让任天放翻译。任天放摇着头翻译着。

“俺娃是个实在货,说得一点不假!”听完任天放的翻译,潘进堂笑了。

“村的南边,是滔滔的洪河。洪河里的水白天向东流,夜里也向东流,从来没有改变过方向。俺问过大和娘,他们说,打他们小时候起,看到的洪河水就是向东流,俺想,洪河心中只有一个方向,那应该就是东方吧!”

任天放翻译完,潘进堂这次没有笑,只是默默地点了点头。

“村的东头是大和娘下地干活的地方。春天,大和娘在那里挖野菜;

夏天,大和娘在那里割麦子;秋天,大和娘钻进密密麻麻的苞谷地里掰棒子;冬天,大和娘弯着腰在地里翻地,天很冷,风也很大,但他俩满脸却是热腾腾的汗水。看着他们辛苦的样子,俺每次都恨自己为什么不快快长大!”

任天放翻译完雷奥一口气朗读的这一段,潘进堂眼里涌出了泪花。

“俺们村这几年有说不完的故事,讲起每个故事俺都想哭。剃头的老纪死了,过去他经常笑俺骂俺,但俺还是想念他;待俺最亲的娘也死了,俺夜里常常梦见她。如果有人问俺最大的愿望是什么,俺会说,俺希望娘再抱上俺一回……”

任天放翻译到这里已经泣不成声。

潘进堂捂起脸蹲在了地上。

转眼到了 1944 年的冬天,又到了大雪飘飞的日子,风卷着雪花飞扬数日之后,大平原已是白皑皑的一片。雪后初晴,潘进堂领着雷奥、桩子和毛妮子坐在堂屋门口,一边晒太阳,一边用竹筛子捉麻雀。

桌面大小的竹筛子翻过来用一根木棍顶起,斜立在了院子中央,竹筛子下面撒着一把谷子,在厚厚的积雪上发出黄澄澄的亮光,木棍的底部拴着一根长长的线绳,一直拉到了堂屋门口雷奥的手里。四个人坐在堂屋门口,屏住呼吸,眼望前方的院子,等待猎物的到来。

上蔡这种捕猎麻雀的方法,雷奥在德国汉堡时没有见过,在上海时也没有玩过,因为这两个地方家家户户的院子里很少飞来麻雀。雷奥心里想,这样的方法只有一个地方才会有,那就是德国南部的黑森林。一想到这是只有在黑森林里才能玩到的游戏,雷奥激动万分,他瞪大眼睛好奇地等待着。

等了三五分钟,雷奥扭过头来问潘进堂:“大,麻雀什么时候飞来啊?”潘进堂轻声回答:“娃,做事得耐着性子。”雷奥和几个孩子安静了一会儿。很快,又是五分钟过去了,雷奥再一次问潘进堂:“大,麻雀怎么还没有来啊?”

"娃，俺听见了麻雀翅膀扑棱棱的声音，飞到咱村东头啦！"潘进堂把手卷成筒状放在耳朵旁，做出侧耳倾听的动作。

"桩子，你听到了吗？"接着潘进堂问桩子。

桩子也学着潘进堂的样子，静静地听了一会儿，说："俺没有听到！"

"毛妮子，你听到了吗？"潘进堂又问了下一个。

毛妮子一阵忙活后也说没有听见。

"娃，那你听见了吗？"潘进堂最后问雷奥。

雷奥这次把两个手都卷成了筒状，一个耳朵边放了一个，静静地倾听起来，除了其他三个人的呼吸声，雷奥什么都没有听到。

"大，俺不但听了村东头，把村西头也听了，没有麻雀扑棱棱的声音啊。"雷奥放下双手，愣愣地看着潘进堂。

"娃，俗话说，心空万事空，心有万物有！只要咱们心诚地等待，麻雀一定会飞来的。"潘进堂讲出了几句拗口的话。

雷奥说："大，你说的是啥？"

雷奥边说边摇头，桩子和毛妮子也学着雷奥接连摇头。这时，潘进堂突然意识到，给三个十几岁的牛犊子讲这些古戏里的训词，不是对牛弹琴是什么？

"心空就是心里不相信。比如你们几个拿着杖棍在舞台上演戏，如果自己都不相信戏里演的道理，嘻嘻哈哈，马马虎虎，戏台下的观众自然不会相信你们演的戏，一场大戏不就空了！"潘进堂用演戏来解释。

"那啥叫'心有万物有'呢？"桩子问。

"'心有万物有'，比如咱们上台演戏，演隋唐、演大宋，演黑包拯、演杨家将，演开明君主、演七侠五义，谁见过他们啊？但只要咱们心里装着他们，把他们唱出来演出来，这么一唱一演，自己信了，观众也信了，他们的形象和功名不就有了吗？"

三个孩子懵懂地点了点头。

三个孩子刚点过头，两只麻雀就飞了过来。

潘进堂说："说曹操，曹操到！"

雷奥和其他两个孩子虽然还没弄懂这句话的含义，但看到两只麻雀飞来了，这回他们对潘进堂打心底里佩服得五体投地。

两只麻雀左顾右盼地蹦到竹筛子的边上，雷奥呱嗒一下拉倒了木棍，麻雀扑棱棱飞走了，竹筛子扑了个空。

“娃，心急吃不了热豆腐，性躁蒸不熟窝窝头！要等到麻雀钻进竹筛子里面，吃几口食后再拉！”潘进堂开导雷奥。

“大，为什么呢？”雷奥问。

“咱上蔡话说，占小便宜吃大亏！你们瞧，为了几粒谷子，刚才那两只麻雀肯定还会回来！咱们唱过《十五贯》，娄阿鼠因为十五贯钱，蹲了半辈子大牢；咱们也演过《铡美案》，陈世美贪图功名享受，结果被包拯的铜铡一分两截。人都如此，小麻雀也一样！”

其他两个孩子明白潘进堂的话，雷奥只是知晓了个大意。

一袋烟工夫后，两只麻雀果真重新飞了回来。

潘进堂说：“贪小便宜的家伙回来了！”

两只麻雀再一次左顾右盼地蹦到竹筛子边，雷奥记住了大的话，没有慌张地拉线。麻雀蹦到了竹筛子底下，雷奥还是没有拉，因为他看到麻雀还在四处观望。麻雀观望了片刻，见没有丝毫动静，便放松了警惕，低头啄起雪地上的谷子来，呱嗒一声，雷奥拉倒了木棍。

两只麻雀成了雷奥的“阶下囚”。

到了晌午，三个小伙伴按照潘进堂教的方法捉住了五只麻雀。

潘进堂最后说：“娃，记住了，做人不能像麻雀！”

雷奥点了点头。

其他两个孩子一人要去了一只麻雀，要回家养起来。

雷奥问他们：“你们把麻雀养在哪里？”

桩子说：“用绳子拴在院子里的榆树根上。”

毛妮子说：“俺把麻雀捆在俺的床帮上。”

雷奥说：“你们都把麻雀拴着捆着，它飞不起来了，不好玩，你们知道俺放在哪里吗？”

桩子和毛妮子摇了摇头。

“俺把它们养在俺住的地洞里,让它们陪俺睡觉!”雷奥说。

桩子和毛妮子很惊奇。

“你怎么住在地洞里?带俺们去看看!”毛妮子说。

雷奥领着两个伙伴就往里屋走。

站在一旁的潘进堂突然冲了过来,朝着雷奥大喝一嗓:“什么地洞,就是家里的红薯窖。”

雷奥刚想开口讲不是红薯窖是地洞,头上被潘进堂重重地扇了一巴掌。雷奥委屈地看着潘进堂的时候,潘进堂朝他一个劲儿地使眼色。

雷奥明白了大的用意。

潘进堂领着三个孩子来到了自己的里屋,指着床下的红薯窖说:“就在这里,你们家里也有,回去就把麻雀放进去吧!”

1945年是中国农历乙酉鸡年,是雷奥来到上蔡的第四个年头。离春节还有七天的时间,潘进堂的村子里出了事,一件比天还大的事。

这件事与雷奥有关。

这天是腊月二十三,在上蔡当地是“小年”。半晌午,雷奥和潘进堂一起打扫完灶屋,雷奥正在院子里饶有兴趣地跟着大学一段当地的顺口溜:

腊八鸡叫,
年节来到,
闺女要花,
小子要炮,
老婆要一件花衣裳,
老头急得打饥荒……

八仙慌慌张张地从村西头跑进了院子,脚上的一只鞋没有了。

“娃,快,快,快躲进屋子里,老日来了!”八仙说。

天空宛如响了一个炸雷。

潘进堂和八仙手忙脚乱，把雷奥藏进了地洞里，把雷奥所有的书本和字典也都扔了进去。

“娃，天塌下来都别哼一声啊！”潘进堂喊。

“娃，听见了吧，天塌下来都别哼一声啊！”潘进堂又一次喊。

“大，俺知道了！”雷奥在洞里回答。

潘进堂把洞口收拾好，赶紧又从院子里端来了空尿罐，压在了洞口的砖块上。

“快，脱了裤子尿泡！”潘进堂对着八仙喊，上蔡人把撒尿叫尿泡。

“俺这会儿没尿。”八仙说。

“快，有屎没有？屙屎也中！”潘进堂喊。

八仙蹲在尿罐上憋得脸红脖子粗，终于拉出了半泡屎。

八仙拉过，潘进堂又往尿罐里撒了一泡尿。潘进堂撒尿的时候，身体颤抖不停，一半的尿撒在了地上。

这时候，村中央响起了一声紧一声的铜锣声。

“乡亲们，乡亲们，皇军和‘县长’前来视察训话，快到村西头的戏台集合，快到村西头的戏台集合，不到者按通匪处置，不到者按通匪处置！”

潘进堂愣愣地站在地洞口，半天没有移动半步。

村里的锣声再一次响起。

潘进堂蹲下身去，趴在尿罐旁，再一次歇斯底里地吼叫：“娃，听大的话，天塌下来你可别哼一声啊！”

洞里传来了雷奥微弱的答应声。

潘进堂从地上爬起，看着洞口的位置，一步一步地后退着来到门口。他关好堂屋门，并没有离开，而是趴在门缝里朝里吼：

“娃，你要听大的话，天塌下来可别哼一声啊！”

村西头的戏台前，整个村子里的人都被铜锣唤来了，大人们立在后面，孩子们站在前面，戏场上黑压压的一片。戏场上的人谁都没有见过如此大的阵势，东张西望，惊魂不定。

戏场周围的一圈榆树上，拴着二十几匹高头大马，马是枣红色的，背上的鞍座、皮带、缰绳也都是枣红色的，枣红色的马立在树旁，没有一声嘶叫，没有一蹄动弹，也没有一尾摆动，像庄稼地里吓鸟用的假马，呆呆地存在着。牲口当中，庄稼人最喜欢马，各色马中又特别喜欢枣红色的马，对于村民而言，活生灵被摆弄成今天这个样子，他们都是第一次看到。此时枣红色的马不但在村民心中失去了灵性，而且带给他们一种凄凉和揪心。

每匹马的左侧，站着一个手握"三八大盖"的日本兵，戏场周围共有二十几个之多。日本兵一身土黄，头上的钢盔、身上的军装、腰里的皮带、两肋的子弹夹、屁股上的手雷袋、脚上的皮靴都是土黄色的，活脱脱一只只竖立着的"蚂蚱"。村子里的人吃尽了土黄色蚂蚱的苦，直到现在，一看见能动的土黄色的东西，心里都还发毛发怵。今天他们遇到了比蚂蚱还大还凶的东西，个个心中慌了神。村民们在呼呼的北风中，茫然不知所措。

村民们实际上都想错了。

那天戏场上的气氛开始时是"融洽"的。

一身黑衣、头戴礼帽的孙宝康第一个登上了戏台，一个鞠躬过后，他开腔了："乡亲们，今天，对咱们村里的老少爷们儿来说是个好日子，一是腊八鸡叫，年节来到，听着鸡叫过鸡年，不孬啊！二是大日本皇军年前慰问犒劳大家来了，高野中尉在全县选了三个村来视察慰问，第一个就选中了咱们村，大家知道为什么吗？因为咱们的老祖宗给起了个好村名，文武双全的高野中尉特别喜欢这个名字！这是咱们村的荣耀啊！"

孙宝康满脸谄媚地说完这一段话，接着就是振臂一嗓："过年了，现在请高野中尉给大家致辞祝贺鸡年！大家鼓掌！"

稀稀拉拉的掌声过后，一个日本军官模样的人走到了戏台上，上台之前，他把腰里的军刀取了下来，递给了身边的人。上蔡人个个惧怕的高野面挂微笑地走到戏台中央，毕恭毕敬地向乡亲们鞠了一个躬。

村民的心放松了下来，传说中青面獠牙的高野原来是个温文尔雅的人。

"乡亲们，在中国农历乙酉鸡年来临之际，我来村里看望大家，祝大家新的一年,鸡鸭成栏,猪羊满圈,五谷丰登,马叫人欢!"高野一句一顿,抑扬顿挫,翻译官刘房国也学着高野的样子,原汁原味地翻译着。

高野在台上讲话的时候,穿着光鲜的一对男女手握照相机,跑前跑后地拍摄,一会儿一股白烟从男人头上升起,一会儿另一股白烟又从女人头上腾空。村民们不知道他们是在干什么,耳朵里听高野讲话,心思却全部在这两个人身上。

"中日一家,两国一衣带水,天皇建立大东亚共荣圈,为日亦为中,务请乡亲理解我皇军来华之要义,在于帮助中国开发资源,消贫积富,使中国和日本一样成为繁荣之国度!大家不要听从蒋贼共匪颠倒黑白之宣传,诋毁皇军形象,贻误东亚共荣之美好前景……"

村民们在底下静静地听着,没有人敢说一句话,也没有人敢摇一下头。

"现在,国际之战争形势对我皇军节节利好,欧洲德邦、意邦盟军与我皇军遥相呼应,相互共勉,他们已势压欧洲全境,我军已完全控制长江南北、黄河两岸!务请乡亲们明辨是非,不入蒋帮之队伍,不与'八路'相媾和,不窝藏犹太之流寇,不发诋毁皇军之言语……"

台下的村民看着台上一个日本人和一个汉奸的一唱一和,个个感到好笑,脸上露出了不屑的笑容。两个手握照相机的人一看到村民脸上呈现了难得的笑意,都撅着屁股把照相机对准台下,一股接一股的白烟升腾着。

"现在,请高野中尉给孩子们发糖!"高野咕咕噜噜终于讲完了,孙宝康走到台前,大声喊了一嗓。

高野走下了戏台,从旁边的一个日本兵手里接过一个小布口袋,走到了人群前面的孩子当中,每发一颗糖豆,手握相机的一男一女便左蹲右立,频频地照相。孙宝康跟在高野后面,笑嘻嘻地和口含糖豆的孩子们说着话。

"甜不甜?"孙宝康问王拐子的儿子。

"甜!"王拐子的儿子高兴地回答。

"甜不甜?"孙宝康走到了毛妮子面前又停了下来。

“甜!”毛妮子兴奋地回答。

“问你一个小问题,答对了再赏你五颗糖豆!”孙宝康摸了一下毛妮子的头。

“真的?”毛妮子问。

“俺还骗你?”孙宝康说完,从口袋里摸出了一把五颜六色的糖豆,在手里晃了起来。

“你们村子里有卷头发的人来过吗?”孙宝康微笑着说。

毛妮子想了一会儿,摇了摇头。

“那你们村有大鼻子的人吗?”孙宝康摇着手里的糖豆,还是微笑着说。

毛妮子想了一会儿,这次没有摇头。

“大人没有,和俺一样大的有一个!”毛妮子看着孙宝康手里的糖豆,笑呵呵地回答。

“在哪?你给俺指出来!”孙宝康把摊开的手迅速攥紧,收起了笑容。

毛妮子扭过头来,在人群中寻找着雷奥。

毛妮子后面的大人都在聚精会神地盯着高野和他旁边两个照相的人,谁都没有留意孙宝康和毛妮子的对话。

“娃,你在哪?快来吃糖豆!”毛妮子在人群中瞄不到雷奥,冲着人群喊了起来。

这一声呼喊无异在潘进堂头上炸了一个惊雷。

这一声呼喊同样使八仙感到五雷轰顶。

毛妮子见没有人回应,转过身来对孙宝康说:“娃没来,他可能在家睡觉呢,不过俺知道他在家里哪个地方睡觉!”

孙宝康松开握着的手掌,取出一颗糖豆给了毛妮子,笑着说:“在家里哪个地方?”

孙宝康问这句话的时候,八仙和潘进堂已经围了上来,站在了毛妮子的背后,他们想着法子要打断毛妮子的回答,但已经来不及了。

“他天天在家里的地洞里睡觉!”毛妮子回答。

孙宝康大吃一惊。

潘进堂立刻感到天旋地转。

八仙的双腿前后晃荡。

天要塌了!

孙宝康拉着毛妮子就往前面走,高野正在前面给孩子们发糖豆。毛妮子边走边喊:“快给俺剩下的糖豆,快给俺剩下的糖豆!”

潘进堂蹲在了地上,他已经站不稳了。

孙宝康拉着毛妮子来到了高野跟前。八仙一把把原来站在毛妮子身边的桩子拽到了后面,叽里咕噜趴在桩子耳边说起话来。

孙宝康和高野一阵耳语后,只见刚才温文尔雅的高野一脸杀气,冲着旁边的一个日本兵叽里呱啦说了一通日语。

戏场上的气氛瞬间逆转。

那个日本兵冲着四周的日本兵又是一通日语。

日本兵个个端起了“三八大盖”,明晃晃的刺刀射出逼人的寒光。

高野明白藏匿的孩子是潘进堂家的之后,命令两个日本兵扭住了蹲在地上的潘进堂。

孙宝康拉着毛妮子走在前面,一队日本兵跟在后面,然后是被押着的潘进堂,后面跟着高野。日本人离开戏场,向潘进堂家进发。

戏场上顷刻间乱成了一团,村民们呼啦啦把日本人围在了中间,想知道事情的缘由,但孙宝康不说一句话,翻译刘房国也不说一句话,人潮向前慢慢挪动。

毛妮子边走边哭,孙宝康边哄边将他使劲往前推。村里所有人的心都吊到了嗓子眼儿,但谁都不敢说一句话。

双臂被反扭的潘进堂步履沉重。在他心里,自己是死是活已经无所谓了,但可怜的娃看来是躲不过这次大难了! 娃来到村里三年,他没有睡过一次囫囵觉,没有一天不惊慌,没有一夜不做噩梦,哪里想到,到头来还是这个结果。毛妮子这个贪吃的孩子不懂事,不能怪他,只怪自己太粗心,太大意,虽然千叮咛万嘱咐娃不要跟任何人讲他住在哪里,可是没想到捕了几只麻雀后，娃一高兴说漏了嘴。这次娃就是有天大的运气看来也是在劫难逃了！娃如果出事，他怎样向娃死去的两个娘交代啊，怎样向妹夫妹妹交代啊，娃一家的香火断在了自己手里，想到这里，潘进堂悔恨交加，五内俱焚。

潘进堂泪如雨下。

毛妮子把日本人带到潘进堂院门口，村民们才知道发生了什么事。一行人挤进了潘进堂的院子里。

来到院子后，孙宝康一把把毛妮子摔到一边，揪着潘进堂，跟在高野后面，带着五六个端枪的日本兵，踹开堂屋门冲了进去。

毛妮子的父母吓瘫在了戏场上，没有来到潘进堂的院子。八仙这时把毛妮子从地上扶起，拉到了墙角，搂在了自己怀里，一边替孩子擦泪，一边趴在他耳边说话。

孙宝康来到里屋后，大吼一声："王八蛋犹太兔崽子，快给老子滚出来！"

屋子里一片寂静，没有一丝声响。

"王八蛋犹太兔崽子，俺再喊一声，快给俺滚出来！"孙宝康疯狂起来。

屋子里还是一片寂静。

"搜！"高野大喊一嗓。

五六个日本兵用枪托砸着地面，开始搜查起来。

潘进堂被一个日本兵的刺刀顶住喉咙站在墙角，既不能讲话，也动弹不得。

一个日本兵的枪托很快砸到了尿罐边。潘进堂知道，只要再往里面砸一点，天就会塌下来。这时，潘进堂两眼一黑，瘫倒在地。

"俺在这里！"突然，床底下发出了声音。

尿罐旁边的日本兵站着不动了，所有的日本兵都站着不动了，人人看着高野。

潘进堂睁开了双眼，他听见了是床底下发出的声音："老天爷啊，俺的可怜的娃，你怎么跑到了红薯窖里！"

高野向孙宝康嘀咕了一句,孙宝康爬进了床底下,移开红薯窖的草盖子,大声朝里面喊:“王八蛋,俺给你递一根绳,马上上来的话,俺保证你的脑袋不搬家!”

一根粗绳递进了红薯窖里。

几分钟过去了,没有人上来。

孙宝康再次爬进了床底下,对着窖口吼叫:“王八蛋,俺再喊一次,再不上来,俺保证让你的脑袋搬家!”

又是几分钟过去了,还是没有人上来。

屋子里所有人的眼光一齐聚到了高野脸上。用手绢捂住鼻子的高野这时移开了手绢,指着两个日本兵说:“你们两个带着火柴下去确认一下!确认是的话,就没有必要再让他上来了!”高野讲的是日语,刘房国翻译给孙宝康听时,潘进堂也听到了。

潘进堂知道,一切都完了,他用手捂起自己的双眼,不敢再看即将发生的一切。

两个日本兵手握短军刀,顺着粗绳滑溜进了红薯窖。

屋子里的人焦急地等待着。

红薯窖内传来了一阵打骂声,接着就是一个孩子的冲天惨叫。

屋子里的人不知道地下发生了什么事,只能焦急地等待。

一个日本兵爬了上来,接着另一个日本兵也爬了上来。两个人围在高野面前,你一句我一句地嘀咕着什么。

“是个十三四岁的孩子,头发是直的,不是卷的!”一个日本兵说。

“鼻子也不高,我们扒光了他的衣服,皮肤不是白的,是黄颜色的。我们还特别看了看他的屁股,确实是黄皮肤!”另一个日本兵说。

停顿了一下,高野再次问:“你们两个确定?”

两个日本兵点头。

当刘房国把日本人的对话翻译给孙宝康时,旁边的潘进堂像是在做一场噩梦,他不知道自己这时候是在人间还是在地狱。自己的娃他看过了千遍万眼,头发短看不出卷直还有可能,但高挺的鼻子却是一点不假啊，还有娃的皮肤白，屁股更白，日本人难道是瞎了眼？

地下依然传来一声接一声的惨叫。

高野看着两个日本兵问："下面叫什么？"

"报告中尉，我在他双腿上各戳了一刀！"一个满手是血的日本兵回答。

地下的惨叫不停，地上的潘进堂心如刀剜。

"把屋外那个小王八蛋带过来！"高野一声咆哮。

毛妮子被孙宝康扯着头发带了过来。

"你说是大鼻子，为什么不是？"高野问。

毛妮子哭个不停。

孙宝康上去就是一脚，毛妮子扑通一声摔倒在地。孙宝康没有罢手，哗哗啦啦几个耳光打得毛妮子眼前发黑。

"说，再不说，老子毙了你！"孙宝康从腰里掏出盒子炮，枪口顶在毛妮子的额头上。

"俺，俺骗你的，俺只想吃，吃那几颗糖豆！"睁着惊恐的双眼，毛妮子结结巴巴说出了一句话。这句话说完，毛妮子先是哭了一阵，接着笑了起来，最后又哭了，鼻涕拖了半尺长，嘴里喊叫不停："俺吃糖豆，俺吃糖豆！"

毛妮子傻了。

高野、孙宝康愣住了。

潘进堂看着可气又可怜的孩子，心在流血。

高野这时走到了潘进堂面前，用手使劲掐着潘进堂的下巴说："上次演戏时孩子耍我，这次又拿不是犹太猪的孩子骗我。说，你为什么把小孩藏进洞里？"

潘进堂这时才明白，洞里的孩子不是雷奥，但他不知道洞里到底是谁，危急时刻只能顺水推舟，把戏演下去了。

"俺那个龟儿子胆小，一见皇军就拉一裤裆屎，俺怕吓傻孩子，就把他藏在了红薯窖里！"蹲在地上的潘进堂颤抖着抬头说完这句话，再次捂起了双眼。

高野站在潘进堂旁边，一动不动，凶狠地盯着潘进堂足足有三分钟。

面无血色的高野没有罢休，正当潘进堂松开捂脸的双手，抬头打探对面的高野时，哪里想到高野猛地一下抬起皮靴，重重地踢在了蹲着的潘进堂脸上。

潘进堂顿时口鼻喷血。

高野一连朝潘进堂的头上和脸上踢了十几脚，潘进堂满地打滚痛苦号叫。

“支那猪，不是念你能唱一口戏，老子今天劈了你！”高野掏出白色手绢，边擦皮靴上的血迹边恶狠狠地说。

最后，高野把沾满血迹的手绢扔在了潘进堂脸上，又朝潘进堂身上吐了一口唾沫，一摆手，向屋外扬长而去。

孙宝康、刘房国和日本兵跟着走出屋外。

浑身打战、满头满脸鲜血的潘进堂心想，一场大难就要过去了。

可他万万没有想到，真正的大难即将降临。

快走到院门口时，高野突然站住了，他在身边的一个日本兵耳朵旁说了两句话，然后径直朝门外走去。

那个日本兵从腰间拔出了一颗手雷，跑进了里屋，投进了红薯窖。

随着一声巨响，地动山摇……

第二天，八仙用床单裹着桩子七零八落的尸骨埋进村东头的土坑时，毛妮子的爹娘用麻绳捆着儿子在坟前磕头，每磕一个头，毛妮子嘴里就喊一嗓：“俺吃糖，俺吃糖。”

1945 年 4 月底，任天放来到潘进堂家给雷奥上课时，带来了一个消息：“五天前，美国的部队和苏联的部队在易北河会师了！”

桩子死后两个多月来，潘进堂和雷奥的脸上没有一丝笑容。他们对一切都不再感兴趣，苦难和悲伤已经把他们折磨得万念俱灰，他们不知道这苦难和悲伤何时才是个尽头。任天放的这个消息，他们感觉离自己很遥远，与他们暗无天日的生活没有关系。任天放心里明白，他要一五一十地给爷儿俩讲清楚。如果不讲清楚，这爷儿俩往后的日子不长了。

“你们打点精神，听俺说几句！”任天放乞求爷儿俩。

潘进堂和雷奥慢腾腾抬起了头。

“可别小看这两支部队会师，意义可不一般，俺前两天听到这个消息，高兴了半夜呢！”

潘进堂和雷奥谁都没有言语。

“会师的地点你们知道在哪吗？”

潘进堂和雷奥摇了摇头。

“在德国东部的德累斯顿！到德国首都柏林火车只要两小时。这次会师，说明两个国家的部队拦腰把德国截成了两段，如果他们一起攻打柏林，希特勒的日子就要到头了！”任天放说到这里，脸上挂着微笑。

潘进堂和雷奥的眼里都放出了一道亮光。

“世界上一共有三个国家结成王八帮欺负其他国家，德国、意大利和日本。意国已于前年9月支撑不下去，跪在地上投降了，如果德国被打败，三个咬人的王八就只剩下了日本。一窝仨王八死了两个，今后美国和苏联帮咱们中国一起打日本，剩下的那只缩头王八还能长久吗？”

潘进堂和雷奥的脸上出现了一丝笑容。

“娃，老师今天给你上堂世界地理课中不中？”

“中！”雷奥激动起来。

“任先生，您给俺指指德累斯顿在哪里。”任天放从拎包里一取出破烂不堪的欧洲地图，雷奥就急不可耐地请求。

任天放找出了地图上的一个小圆点，那是德累斯顿。

“任先生，您给俺指指柏林在哪里。”雷奥问。

任天放找出了地图上的一个大圆点。

雷奥用直尺在地图上量了起来，他按任先生教的方法，实际距离等于两点之间的数字乘上比例尺，计算后得出了和先生所述一致的结论。

“地图上丁点大的距离，走起来不会太久了！”任天放说。

“俺也相信，不会太久了！”雷奥笑了起来。

潘进堂看到娃笑，心里舒畅了许多。

“任先生,俺也有个请求,不知道能不能提?”潘进堂问。

“你说!”任天放马上回应。

“听俺妹夫说过,德国有一个城市叫汉堡,您能给俺指指在哪吗?”潘进堂吞吞吐吐,他想知道娃的家乡,但又不能明说。

“你看,就是这,在德国北部,是座有大河靠大海的大城市,据说可漂亮了!”

潘进堂趴在地图上看了半天都没有抬头,实际上地图上什么都没有,只有一个小圆点。

潘进堂最后抬起头时,眼里窝着泪。

“今天的课,老师上得中不中?”任天放打破寂静。

“中!”雷奥答。

“进堂,你呢?”

“中!”潘进堂回答。

“你们爷儿俩都说中,那应该给俺两碗白面!”任天放拍了两下自己的胸脯,最后冲着潘进堂和雷奥,来了这么一句。

上完课的那天晚上,八仙来到了潘进堂家里。桩子死后,八仙基本上每天都会来坐一会儿,说一天不和娃喷两句,晚上的觉就睡得不踏实。这时的八仙虽然六十岁刚出点头,但头发已经花白,走路也驼起了背,从后面看,俨然一个七八十岁的龙钟老人。八仙原先碰见人总要调侃逗趣两句,现在再也说不了了,也不再举着白旗去县城装瞎子算卦,除了和娃唠两句,整日木然无语,不是在田里有一搭没一搭地干活,就是孤零零蹲在村西头的那棵歪脖皂角树下半闭着眼睛打瞌睡。

村里人都说八仙老了。孩子们也不再围着八仙听故事,说他讲故事像不中用的毛驴拉屎,半天挤不出一个囫囵的驴屎蛋子。只有一个人像个跟屁虫一样随着八仙,那就是毛妮子。当八仙半靠在皂角树根一侧时,毛妮子就坐在他旁边的地上,拖着半尺长的鼻涕,嘴里重复着唯一的一句话:“俺吃糖,俺吃糖。”

这天晚上，八仙刚一进门，雷奥就说："伯，有个好事告诉你！"

"啥好西(事)？"八仙问。

"美国和苏联在易北河会师了！"雷奥一字一句地说。

八仙没有明白雷奥的话："娃，你放的西(是)哪种屁啊，俺咋听不懂？"

"希特勒快不行了，你等着俺的好消息吧！"

"中，俺等！"

5月10日这天，任天放来了。一进潘进堂的院子，他就一声高喊："等来好消息啦！等来好消息啦！"

"啥个好消息？"潘进堂和雷奥一齐问。

"两天前，德国投降了！"这时候的任天放像个孩子。

潘进堂和雷奥听完，脸上并无笑意，只是站在原地一动不动，举头望天，无语泪流。

日本人还在，他们还得苦撑苦等。

6月中旬的一天，任天放来上课时给潘进堂带来了一封信。潘进堂心急火燎地打开，是从重庆寄来的信，外甥保立写的。为了雷奥的安全，潘进堂跟王家甫和妹妹商量过，没事就不写信，如果非要写，信要经过任先生转一下。和任天放商量这事，任天放笑了起来："要俺转没问题，但你们得在俺的名字后面加个括弧，括弧里写上'转外甥'，要不俺稀里糊涂拆了信，知道了你们家金窖的位置，金条得分给俺一半！"

保立在信里说，他和妈妈上个月到了重庆，重庆和上海一样大，街上的人也一样多，但重庆的菜又辣又麻，吃一口菜他要赶紧吞三口米饭。一大堆对重庆的介绍后，保立写到了妈妈。他说，爸爸的朋友为他和妈妈安排了住处，妈妈在一家被服厂工作，他自己在一所小学读书，一切都挺好的，请大舅和哥哥不要挂念。信的结尾，保立还特别说，他很想哥哥。今后，哥哥来重庆，他会陪他去吃"龙抄手""麻婆豆腐"和"肥肠酸辣粉"，这些菜会把哥哥辣得哭鼻子。

妹妹和外甥去了重庆，那么妹夫王家甫呢？潘进堂一连读了三遍信，始终没有从信中寻觅到一点妹夫的消息。读外甥保立的信时，潘进堂清楚地感觉出了信的前半部分和后半部分写法不一样。信的前半部分是孩子的口气，鸡毛蒜皮的事写得仔仔细细；而后半部分，应该是读信人最希望了解的东西，却写得模模糊糊，点到为止，显然是外甥按大人说出的话写下的。潘进堂仔细研究了信的后半部分的用词，凭经验，他知道这个大人不是妹夫王家甫，而是他的亲妹妹，很多词都是他妹妹经常说的，为使用这些词，保立在信上写了好几个错别字。

妹妹和外甥现在好好的，潘进堂放心了，但信里没有提到妹夫，他又担心起来。这种担心他不敢对娃讲，而是藏在心里。他笑着对娃说："他们一家三口都去了重庆，还要你去重庆吃好吃的呢！"

7 月初，潘进堂写给重庆的信有回音了。

信还是保立写的。一看到保立的字迹，潘进堂心里就是一沉，因为如果王家甫在重庆，他是不会让儿子替他写信的。保立一五一十地介绍他在学校学习的功课后，关于妈妈的情况他写了半页，说妈妈上班如何辛苦，如何哄他做作业，如何哄他上床睡觉；而写到爸爸的情况时，只有一句"爸爸很忙，要我向大舅和哥哥问好，他很想念你们"。

潘进堂躲在里屋读完信，两行泪落到了信纸上。

这是一个大灾过后的好年成。

8 月初的上蔡，赤日炎炎，人在野外，目之所及众色缤纷、生机勃勃。地里的苞谷长到了小孩个头高，施穗肥、掰除多余分蘖穗棒后的苞谷棵棵茁壮，拔完苞谷丛中疯长的野草，庄稼人往往头枕地垄惬意地打着盹儿。已经多少年他们没有见过这么粗壮的苞谷棵，就是庄稼人头枕黄土打盹儿的片刻，丰收的喜悦也会氤氲着他们的甜梦。田间的各色作物把土地涂染成一色青绿后，又铺成了一层厚厚的地毯。村里的孩子个个手拎竹编的笼子，在厚密的青纱帐中穿梭往来，聚精会神地捉黄色的"老扁"[1]，逮

① 蚱蜢，俗称"老扁"。

绿色的“老母蚰”[1]。竹编的笼子已经空置了好几年，孩子们捕捉的技术也生疏了许多。知了们在树上嘶鸣，从清晨一直叫到天黑，一会儿独唱，一会儿和鸣，此起彼伏，热闹非凡，好像提前宣示着今年的夏天意义非凡，有意要让树下的万千生灵听清楚自己的鼓噪喧哗。

洪河水在太阳的照射下，早上的河面红光灿灿，半晌午变成了金黄，到了炎热的中午，则变成了白色，波光粼粼，河面上如同撒了一层碎银。午饭过后，挽起裤腿的女人们端着木盆，手握棒槌来到了河边，蹲在垂柳下的石板旁洗衣服。屁股后面跟来的孩子这时候不声不响地脱去了身上的衣衫和裤衩，随手扔到低头洗衣的娘头上，然后扑通一声扎进了河里，与河中间一群戏水打闹的孩子会合去了……这种景象，村子里的男女老少已经在心底盼望了好多年。翠柳垂，阴凉密，堤岸满，河水清，今年他们又见到了。

雷奥也想和孩子们一样下到洪河里，游到河中间，扎上一个深猛子，挖上一把黑黑的河泥，胡乱抹在自己头上和脸上，像一个只有两个黑窟窿的鬼怪的头，然后又一个猛子扎进水中，再次浮出水面时，鬼怪变成了一个眉目清秀的少年，嘻嘻哈哈地向河岸边的大人们招手。

但潘进堂不许娃白天下河。只有到了晚上，他才叫上八仙，带着雷奥来到河边，三人一起下河游泳。

潘进堂和八仙一左一右陪伴在娃的身边，到了河中间，三人站成三角形，先是相互击水，然后掏起脚下的河泥砸向对方。第一次河泥战，潘进堂和雷奥一齐攻击八仙，八仙被折腾了一袋烟的光景后，呼喊着举手投降；第二次的攻击目标是潘进堂，潘进堂投降的声音喊了半天，人还是被八仙与雷奥糊成了“黑夜叉”；最后一次，目标轮到了雷奥。雷奥狡猾，当两个大人掏起一把河泥钻出水面时，他忽然来到了潘进堂的身后，双手抱着他的脖子，一跃跨到了大的背上，八仙一把稀泥扔过去，把潘进堂砸了个满脸开花。过了一会儿，雷奥故技重演，八仙被潘进堂的稀泥糊得嗷嗷

① 雌蝈蝈。

乱叫时，躲在他背后的雷奥狂笑不止……夜晚的洪河水是温热的，三个人的心此时也是暖暖的。

潘进堂和雷奥爷儿俩每天大清早下地干活，半晌午回到家里练嗓子练步法。吃过晌午饭，两个人便会坐在院子里的槐树下，在风吟蝉鸣中各自忙碌。雷奥趴在小桌上写作业，潘进堂坐在娃身后摇着芭蕉扇。摇着摇着，潘进堂头一歪睡着了，芭蕉扇吧嗒落在了地上，这时，雷奥总会一声急喊："大，热！"潘进堂磕了一下头醒了过来，赶忙去捡落在地上的扇子，继续哗啦哗啦朝娃的背上扇着风。雷奥刚刚做完一道物理题，潘进堂的扇子又落地了，接着又是一嗓大喊："大，热！"

……

日子日复一日地过着，终于到了 1945 年 8 月 15 日的夜晚。

那晚的月色虽算不上皎洁，但还是把这个历尽劫难的村庄包裹得祥和静谧。

潘进堂、雷奥和八仙从洪河里玩水之后回来，坐在院子里喝着井水喷空。

"娃，你抬头看，那是'勺把星'！"八仙说。

雷奥朝八仙手指的方向凝望夜空。

"不对，那应该叫北斗星，任先生教俺的！"雷奥喊。

"洋名叫北斗星，俺大老粗叫'勺把星'，你看看，它的样子像不像一个勺把？"八仙问。

"还真像！"雷奥回答。

"教你几句话！"八仙看着雷奥说。

"中！"雷奥答。

斗柄东指，天下皆春。

斗柄南指，天下皆夏。

斗柄西指，天下皆秋。

斗柄北指，天下皆冬。

雷奥没有明白八仙的话，八仙用漏风的嘴说了三遍，又用手指着夜空嘟囔了好长时间，惹得坐在旁边的潘进堂咧嘴笑个不停，最后雷奥终于明白了。

“现在是夏天，斗柄果真指向南边！”雷奥惊喜地叫了起来。

“俺算了一辈子卦，难道还会骗你这个光肚孩！”八仙说。

三个凝望夜空的人一齐笑了起来。

看完了星星，三个人一齐瞧月亮。

潘进堂接着给娃讲了玉兔捣药的故事。

潘进堂说：“娃，你睁大眼睛看，月亮上面有棵树呢！”

“有！”雷奥说。

“那棵树相传叫桂树，树下有个兔子吧？”

“有！”

“兔子身边有个石臼吧？”

“啥？”雷奥不明白潘进堂说的“石臼”是什么。

潘进堂从灶屋里捧出了捣蒜糜子用的小蒜臼。

“就这东西，不过个头大多了！”潘进堂说。

“有，有，有！”雷奥一连喊了三下。

潘进堂开始讲故事，说相传月亮上住着一只浑身雪白的兔子，因为毛白如玉，就叫“玉兔”。白兔啊很勤奋，夜夜握着玉杵，跪在地上捣药，制成的药叫“蛤蟆丸”。吃粒“蛤蟆丸”啊，可以长生不老……

“大，是真的吗？”雷奥好奇地问。

“真的！”潘进堂肯定地回答。

“伯，是真的吗？”雷奥又转向八仙，看着他问。

八仙一本正经地回答：“当然是真的！”

“那‘蛤蟆丸’贵不贵？”雷奥又问了一个问题。

“贵！”潘进堂和八仙都这么说。

“那俺将来每天早上要很早起床，晚上要很晚睡觉！”

“为啥？”两个大人一齐问。

“俺要好好犁地、耙土、除草、浇水，打很多很多粮食，卖了钱，买两颗‘蛤蟆丸’给你们吃！”雷奥看着潘进堂和八仙说。

“真的？”潘进堂问。

“真的！”雷奥回答。

“真的？”八仙问。

“真的！”雷奥回答。

那天晚上，潘进堂和八仙躺在床上激动得流了半夜眼泪。

第二天清晨，潘进堂和雷奥还在睡梦中，忽然有人敲窗户。

“谁？”潘进堂一下子从被窝里撅了起来。

“小孩大舅！”

对这四个字，潘进堂刻骨铭心。

天啊！潘进堂感到五雷轰顶。

潘进堂来不及披衣，光着膀子扑通一声从床上跳了下去，扑向雷奥的洞口，去盖上盖子。

窗户外传来了一阵哈哈大笑声。

潘进堂愣住了。

“进堂，俺不是土匪，俺是任天放！”窗户外传来了一个熟悉的声音。

潘进堂还是愣在那里。

“你写信时，说娃是俺外甥，那俺不就是小孩大舅吗？”任天放大声笑着说。

潘进堂愣在那里，傻笑了一下。

“进堂，告诉你和娃一个天大的好消息！”任天放喊。

潘进堂还在傻笑着，他还没有从惊慌中缓过神来。

“日——本——投——降——了！”

院子里传来了歇斯底里的呼喊声。

潘进堂哭了。

潘进堂顿足痛哭。

潘进堂仰天大哭。

潘进堂几步跨到娃的洞口，一遍又一遍地呼喊着：

“娃，出来吧，老——日——完——蛋——了！”

“娃，出来吧，老——日——完——蛋——了！”

……

9月5日晚上，潘进堂家里忽然来了两男一女三个人。

当那位女士揭开围在头上的黑色纱巾时，雷奥惊呆了。

原来裹着头巾的女士不是别人，是嘉道理学校的露西·哈特维希校长。

雷奥一下子扑进了哈特维希女士的怀里肆意地号啕起来。哈特维希女士抱着雷奥，轻轻地抚摩着娃的光头，泪水夺眶而出。

哈特维希女士说：“这两位先生是上海犹太人协会的，他们和我一道来，是接雷奥回上海的。一个星期前，我们接到了一个来自重庆的电话，获知了雷奥的地址。”

潘进堂期待了很久的时刻终于来到了。

潘进堂担心了很久的时刻也终于来到了。

三年多了，潘进堂时时刻刻都在盼望这一天早点来到。自从妹夫带着娃来到村子里，他潘进堂接受了这份沉重的托付，白天夜里都在等待这一天。为了这一天，老纪没了，喜鹊没了，桩子没了，潘家戏班子也没了。一场接一场的灾难，一天连一天的苦水，他潘进堂受尽了，也尝够了，他已经不知道啥是难，啥是苦了。只要娃平平安安等到这一天，就是天塌了，地陷了，他认为也值得，也在所不惜。对过去的大难大苦，他潘进堂没有怨恨过一声，也没有后悔过一次，对今后可能的大难大苦，潘进堂早已不在乎，他随时准备拿出自己的一条老命去堵大难，去吞大苦，只要有一天诺言兑现，责任完成，就算第二天要他潘进堂人头落地，他都会含笑着赴死。

但当这一天真的到来的时候，他潘进堂却受不了了。

自从任天放二十天前告知日本投降后,潘进堂就隐隐约约地感到他担心的一件事将会发生,他担心的那一天终将到来。但他怎么也不会想到,这一天会来得这么快、这么急。二十天来,他潘进堂变了样,变得婆婆妈妈,变得谨谨慎慎,变得疑神疑鬼。雷奥走到哪,他就跟到哪。雷奥在院子里荡木海鸥,他搬个凳子坐在一旁守着;雷奥在屋里趴在桌子上做功课,他潘进堂立在娃身后瞧着;有时雷奥去蹲屎茅子,他自己也蹲在墙头外等着,他怕世界上唯一的亲人变成一只鸟飞走了,变成一条虫钻进地缝里不见了。二十天来,他每夜都搂着娃睡觉,娃翻一下身,他醒了,娃动一下腿,他又醒了,他生怕娃半夜里被神仙诱走了,被鬼怪拐跑了……白天黑夜,他潘进堂舍不得离开娃半步,没有了娃,他不知道自己今后该怎样过;没有了娃,他不知道自己还能不能活得下去。

"潘先生,谢谢您这三年多对雷奥的照顾和关心,您妹妹把您和村里人所做的一切都告诉了我们。"哈特维希女士说。

听到"谢谢"两个字,潘进堂放声痛哭。

潘进堂最怕听到这两个字。娃是自己的娃,别人说"谢谢",他心里实在受不了。三年多时间里,只要娃喊一声"大",他潘进堂就是再苦再难心里也乐开了花。不光他自己这样,妻子生前也是这样,只要娃叫一声"娘",喜鹊在灶屋的锅台边就会一个人傻笑半天,在被窝里也会抹上半夜泪。有一次,娃生气,一天没有叫一声"大"和"娘",潘进堂和喜鹊整天失魂落魄。大和娘养自己的娃是天经地义的事,别人说"谢谢",他潘进堂觉得自己受了天大的屈,也觉得地底下的喜鹊受了天大的屈。

潘进堂的哭声更大。

"潘先生,我们理解您的心情!"两个男人中的一个讲话了。

"潘先生,这三年多,你们也太不容易了!"两个男人中的另一个也讲话了。

潘进堂没有答话,这个时候,他已经讲不出一句话了。三年多了,他潘进堂没有乞求别人的赞许,他觉得,娃受尽千辛万苦来到村里,是他和娃的缘分,是老天爷冥冥之中的安排。保护娃、照顾娃都是他心甘情愿的事，自从答应了妹夫，他心里就知道算是答了天，应了地，从此义无反顾，生死不弃！三年多来，他潘进堂从来没有觉得容易。因为他比谁都清楚，这件事本来就不容易。如果容易，妹夫就不会找到他！如果容易，一个万里之遥的外国孩子就不会跑到这个穷乡僻壤！正是因为不容易，天才会把这件事交给他潘进堂，地才会把这件事托给他潘进堂。在潘进堂眼里，不容易的事就是该自己主动承担的事，承担了也就不必说容易不容易！三年多来，大苦大难他认了，大灾大祸他受了。他潘进堂都认为是应该的。

“潘先生，我们想明天上午就带雷奥回上海。”哈特维希女士说。

“俺不去上海，俺要和大待在一起！”雷奥大声喊。

喊完，雷奥再一次痛哭起来。

潘进堂一把把娃搂在了怀里。

“潘先生，我们没有其他意思，主要考虑到咱们这里环境苦，不利于孩子的成长。上海的大部分犹太人即将去美国，也有一部分会回到欧洲，在那里，孩子今后上学、生活和工作都会更好一些。”一位先生缓缓地劝说。

“另外，国内的不确定因素太多，请您多考虑考虑。我们想把孩子送到美国，那里不打仗，生活相对安定。”另一位先生接着说。

雷奥还在哭着，边哭边说：“俺不去美国，俺要和大待在一起。”

潘进堂不哭了。

潘进堂傻傻地站在原地，一言不发。

半夜里，潘进堂叫醒了八仙，让他到城里去叫任天放，说娃要走了，请先生再来见一面。

八仙听说娃要走，愣坐在床上好半天，两只手颤抖得连衣服都穿不上。

天刚蒙蒙亮，潘进堂又去叫了三个人，一个是马兰兰，一个是老纪的老婆，第三个是傻子毛妮子。叫他们时，潘进堂没有说什么，只说娃忽然想他们了，来见个面。

潘进堂一个人坐在锅台边，取出了家里所有的白面，烙了整整两筐白面饼，又从王拐子家借了三个鸡蛋煮在稀饭锅里。

一屋子人围在堂屋里喝着稀饭吃着面饼，没有一个人吭声。

潘进堂给雷奥剥了一个鸡蛋，也给毛妮子剥了一个鸡蛋，剩下的一个在自己的衣服上擦干水，交给了哈特维希女士。

“这个鸡蛋，让俺娃在路上吃吧！吃完后给他喝口水，鸡蛋黄干，别噎着俺娃。”

那天早上，潘进堂一口汤没喝，一口饼也没有吃，而是一直坐在雷奥的旁边看着他吃东西。

“娃，大该给你炒个菜就着饼吃，但家里没有，你可别在心里怪大啊！”

雷奥吃着吃着眼泪扑簌簌地流了下来……

吃过早饭，雷奥走到潘进堂面前，什么话也没有说，拉着潘进堂的手就往外走。哈特维希女士一行赶紧跟在他们后面，任天放、马兰兰和老纪老婆也赶紧跟了上去，八仙拽着毛妮子也紧紧跟在后面。

雷奥来到了桩子的墓前，磕了三个头。八仙哭了。

雷奥来到了老纪的墓前，磕了三个头。老纪老婆失声痛哭。

雷奥最后来到了喜鹊的墓前，哭着喊：“娘，娃来给您磕头了！”

磕了三个响头之后，双眼含泪的潘进堂想扶雷奥起来，雷奥没有理会潘进堂，继续给喜鹊磕着响头。

五十个响头磕完了，雷奥的额头磕青了。

一百个响头磕完了，雷奥的额头磕破了。

分别的时刻到了。

雷奥扑进了潘进堂的怀里。

任天放和八仙拉了好久才把两个人分开。

雷奥、哈特维希女士和两位先生上了停在村西头的一辆马车。

马车的轮子滚动了。

潘进堂、八仙、任天放、马兰兰、老纪老婆，还有傻子毛妮子跟着马车向前走。

马车速度加快了，后面的人跟着跑了起来。

马车和人群之间的距离越来越大。

这时，大口大口喘着粗气的潘进堂突然收了脚，站在马路中间，扯起嗓子大喊起来：

“娃，你，你听着，你去吧，去了日子就安定了，你在俺这儿整天过得提心吊胆，受了大罪，大和娘对不住你，去了就忘了俺们这个穷地方吧！”

潘进堂周围的人都哭了起来。

马车上的人个个泪水潸然。

潘进堂没哭，他喊完这段话，突然仰起头，手里高高举起雷奥留给他的木海鸥，眼闭口张，用嘶哑的喉咙吼唱起来：

贼娃子，
听孤唱。
此一别，
天一方。
你那日头起，
俺这月星晃。
期待有一天，
娃儿威武归，
大在村西头，
打起鼓，
敲起锣，
仰起脖，
吼一嗓，
升堂！
那个升堂！
升——堂！
……

尾 声

二月的汉堡是冬天还是春天，对于在这座城市生活了五年的谢东泓来说，仍然是个不大不小的问题。

说是冬天吧，寒意渐渐离去，春色已现端倪，海鸥成群结队地在易北河上空边飞翔边鸣叫，从海鸥悠扬清脆的鸣唱声中，人们可以看出鸟儿期待春天到来时的欢悦；说是春天吧，这时节天气常常乍暖还寒，头上的阳光虽然明亮，但少了一份温煦与妩媚，大街小巷里人们仍穿着厚厚的外衣。

1995 年 2 月的第二个星期天，谢东泓翻译整理完了最后一封信。对这封信的翻译整理，谢东泓花去的时间最长，耗费的心血也最多。随着翻译整理工作的推进，谢东泓的心情越来越沉重，这种沉重开始于他翻译第七封信的一个晚上。那天晚上，当谢东泓从发黄的信纸上获得老纪凄惨死去的信息时，他的情绪低落到了极点，趴在书桌前哽咽了好长时间，说什么也接受不了这样残酷的事实。三天之后，谢东泓的情绪才渐渐平复，他鼓起勇气继续翻译和整理后面的信。

从那天开始，心情沉重的谢东泓翻译信件时，手里的钢笔有时会微微颤抖，他害怕信件中提及的人物会在经历大灾大难即将见到曙光的时刻突然遭受不幸。令谢东泓担心的事终于还是来了。几天后的一个下午，坐在图书馆翻译信件的谢东泓从信中读到喜鹊自杀了，极度悲伤的他面壁而坐，掩面而泣。整整一个下午加一个晚上坐在椅子上动也没动，直到图书馆关门。第二天，谢东泓甚至想到放弃后面的翻译，因为他知道，后面信中肯定还会提到其他人的命运，而这些人的悲欢离合、生死吉凶不但与雷奥的命运休戚相关，现在也已经与他谢东泓紧紧相连。谢东泓不愿看到他们一个个不幸离去的事实,他希望这群历尽人间悲苦、尝遍世道艰难的小人物能够平平安安活下去,直到苦尽甘来,祥光普照。因为谢东泓敬佩他们的品格,赞赏他们的义举,同情他们的遭遇,在心底里已经把他们当作了自己的亲人。

2 月底,谢东泓所有硕士课程的考试都已经结束,五门课程中他两门得了 1 分,其他三门都是 1.5 分。德国的考试成绩评分为 6 分制,1 是 sehr gut(优秀),2 为 gut(良好),剩下的 3 至 6 分依次是 befriedigend(中等)、ausreichend(及格)、mangelhaft(不及格)和 ungenügend(差)。谢东泓实现了他以优异成绩毕业的目标。他写了两封信发往上海,把这个喜讯告诉了自己最想告诉的三个人。

谢东泓取得硕士学位的最后一关就是完成一篇毕业论文。毕业论文的选题是沃尔德教授和他一起讨论决定的,题目叫作“因特网技术条件下的海洋渔业加工——以吕贝克厂为例”。从 1993 年起,因特网在世界范围内迅速普及,这一既经济又快捷的技术和渔业生物学有着什么关系呢?谢东泓对这个问题的思考一直没有停止,直到他去吕贝克实习前还在琢磨。沃尔德教授知道谢东泓一直在考虑这一问题后,告诉他:“您就带着这个问题去吕贝克,注意收集工厂的资料,看看哪些方面能够用因特网技术加以改进,为今后的硕士论文做准备。”

大学的课程结束了,不需要到处跑着赶课,谢东泓每天都坐在图书馆里撰写硕士论文。写累了,就在图书馆门前的草坪上散散步,散步时他喜欢抬头仰望天空,看看蓝天,看看白云。一看到在蓝天上缓缓移动的片片白云,谢东泓总会联想到那是他寄往万里之外上蔡外事办公室的一张张白色的信笺。

就这么焦急地等着。

3 月中旬,还没有收到上蔡外办的回信,汉堡犹太人协会霍夫曼主席的电话来了。在电话里,主席把最近一段时间与德国及欧洲其他城市犹太人协会联系的事详详细细说了一遍,其要旨可以归结为一句话:雷奥确实没有回到德国,也没有回到欧洲。听完主席的这番话,谢东泓接电话的声音低沉了许多,细心的霍夫曼女士明白电话那头谢东泓的所思所想,她赶紧在话筒里提高了嗓门:"谢先生,您不用着急,雷奥很大可能是去了美国,我们协会正在和美国联系。"

两个星期后,谢东泓终于收到了来自河南上蔡的回信。捧着这个航空挂号信件,谢东泓的双手抖动不止,他没有马上拆开信封,而是闭上眼睛祈祷起来。谢东泓祈祷信封里装着的是一个又一个令人欣慰的好消息,他默默祝愿好人有好报,希望那些善良的人能够平安吉祥。

谢东泓关上宿舍门,坐在桌子旁,轻轻地拆开了上蔡的来信。

信是由上蔡外事办和县志办联合回复的。谢东泓手捧信笺,边祈祷边朗读了起来。

"谢东泓先生:您好! 一个多月前收到您的来信后,我办即向县领导汇报了信函的主要内容。县领导对您以高度的历史责任感,锲而不舍探寻历史真相的态度和行动表示钦佩,指示我办会同县地方志办公室共同调查此事,现在给您一个客观和负责任的答复。

"我们两个办公室经过近一个月的资料查找,走访相关部门(档案馆、公安局户口室、学校等)和几个村庄,寻访了六十岁以上的村民、武津中学的教师以及原山陕会馆商人后代等五十多人后,您询问的几个问题基本摸清,现一一答复。"

读到这里,谢东泓心跳加速。

谢东泓知道,尘封许久的历史即将被揭开。

谢东泓再度闭眼祈祷,他希望自己看到的是一场历史喜剧,而不是人间悲剧。

"首先,回答您信中提到的村名问题。我县确实有个村叫'别津',该村离县城十六里,在洪河的北岸。据传,这个村原来的名字很土,至于叫什么,没有一个人知道。现在使用的村名非一般人所起,而是当年周游列国的孔子困于陈蔡从这里渡河时起的。"

双手捧信,谢东泓知道真正的大戏开场了。

“关于您信中提到的一个叫任天放的人，我们先谈谈他的情况。我们县这两年正在修编县志，聘请了十几位离退休的老同志来帮忙，其中就有两位是原来武津中学的老师，他俩看过您的信后，都说认识这个叫任天放的。据他们回忆，任过去在美国待过几年，说一口流利的英语，因身体生病无奈返回上蔡，来到武津中学后教英语和数学，人有点傲慢清高，骂人、训人常用英语，但总体上来说还容易相处。您来信询问，任是否教过一个德国学生，他俩说，从40年代到50年代中期，他俩一直在武津中学教书，那时学校里没有外国学生，更不可能有德国学生。他俩从未见过任天放给外国孩子上课，也没有听他说过给外国学生上课。

“抗战结束后，任天放领着学生贴反内战反独裁的标语，受他影响，上蔡城里的学生天天到县政府前游行。1945年12月初的一天，任天放白天领着学生到县府门前游行抗议，半夜他屋内砰砰响了两枪。第二天一大早学生发现，任先生死在床上，满枕头都是血，身边的一本《吾国与吾民》也被血水浸得通红……”

谢东泓读到这里，泪水一下子流了出来。任天放原来早就不在人世了，现在，“任天放”三个字在历史的天书里只不过是个冰冷的文字组合，已经被绝大多数人遗忘了。

历史真的如同落花随水流！谢东泓的泪水为无情的历史而落。

谢东泓哽咽许久。

“您在信中说，一个名叫雷奥·阿芬克劳特的德国孩子在别津村待过。为查证这事，我们一共去过两次别津村。第一次去，村委会把村里六十岁以上的老人叫到一起，询问他们五十多年前村里住过一个外国小孩没有，他们个个摇了摇头都回去了，其中一位老人出门时说，五十多年前老日也问过他们这个问题，现在怎么又问这个问题？第二次去，其中一个得了面瘫、嘴歪眼斜的老人终于开口说话了。他支支吾吾地说，村里五十多年前确实没有来过外国人，但他补充道，当时的戏班班主潘进堂领养过一个外地人，将他认作儿子，名字叫‘娃’，这个外地人是村里一个叫八仙的捡来的，是上海娃。除了这个娃，村子里几十年中新来的都是迎娶的媳妇，再没有来过外村男性。老人说，这个娃在村里待了估摸三四年，那时不是打仗就是天灾，村里人串门少，来往得不多，但村里人都很喜欢这娃，懂事！不知道什么原因，后来娃就跑了，从此再没见过他。老人还笑着回忆起一件事来，有一年，他大与姓潘的戏班班主带他们四个孩子去县城买缸，那个叫'娃'的还替他大多'买'了一口小水缸……"

读到这里，谢东泓心中的一块石头终于落了地，雷奥千真万确就生活在别津村。直到如今，村里人仍然认为那个懂事的娃是上海娃，不是外国娃。

谢东泓知道，自己离令他魂牵梦萦的雷奥越来越近了。

谢东泓继续读信。

"您要我们打听一下村子里几个村民的下落，他们的情况大致如下：50年代，八仙已经干不动庄稼活，天好时，白旗不敢举，就戴着黑眼镜装瞎子一个人去县城魁星楼下替人算卦；天阴时，就袖着手和潘进堂一道蹲在村西头那棵歪脖皂角大树下，从早到晚两人讲不上几句话，四只眼睛半闭半瞅着西边马路上的动静，村里人都反映，这两人对来往的女人不感兴趣，对路上行走的陌生人总是瞧了又瞧……60年代搞'破四旧'和'立四新'，八仙被作为反面典型接受批斗，游过三次街后大病一场，最后死于家中。坟地与儿子桩子挨在一起。

"潘进堂的情况是，新中国成立后村里重新组建了业余豫剧团，那时他的嗓子彻底坏了，不能登台就没被选中。但听村里的老人讲，剧团走到哪，他带着干粮就跟到哪，剧团里有几个演员过去是他的徒弟，每次戏后吃饭时，都会偷偷塞一个或半个白面馍给戏台后的他，他接白馍的手总是颤抖不停。60年代初，剧团演《狸猫换太子》，他场场不落，每次都搬个凳子坐在戏台最前边，边看边哼，边哼边哭……潘进堂死于1975年8月豫南的一场大洪水。那次，当洪水从村西头涌进村时，男女老少都往村东头高高的土冈上逃，但谁都没想到，快跑到土冈边的潘进堂突然往回跑，他舍不下家中枕头底下的那个木海鸥。后来人们在倒塌的草房下挖出他的尸体时，发现他右手死死抓住那只木海鸥，入殓时怎么掰都掰不开，只好把木海鸥和他一起入土下葬了……”

谢东泓读完信，趴在桌子上痛哭不止。

在翻译信件的过程中，每当读到“八仙”二字，谢东泓的脑海里总会浮现出一个嬉闹好笑的人物形象来，这个人心里虽时时被悲伤剜割，但脸上从来不挂半点哀愁。谢东泓为八仙的智慧而哭——他一辈子神机妙算，无数次让小雷奥转危为安；谢东泓也为八仙的无能而哭，他一辈子为人算卦祈福，却无论如何也算不出自身命运的波折，更没有办法实现自我救赎。

谢东泓更为潘进堂而哭。

谢东泓不但在翻译整理信件的过程中时常想着潘进堂，他在电视中、书本里、报刊上看到与中国戏曲相关的消息和照片时，也总会想起潘进堂。一想到潘进堂，谢东泓就会情不自禁地想起一句话来，“听见进堂喊，吃饭扔了碗”。谢东泓不懂豫剧，但他喜欢音乐，他知道音乐的魅力。豫剧对上蔡人对河南人来说，是最好的音乐，最有吸引力的音乐，那种魅力他谢东泓能想象得到。戏班之主潘进堂在舞台上唱包拯，唱寇准，唱宋世杰，唱诸葛亮，台下万众称颂；在生活中，他为了一句诺言，舍弃舞台上的威武雄壮，当大，当娘，当乞丐，当“败家子”……他高兴时唱，悲伤时也唱；白天在田间地头唱，晚上坐在煤油灯下也唱；在台上穿着戏服、踩着鼓点威风凛凛地唱，在院子里饿得东倒西歪、眼冒金星仍然强装笑脸吼唱……现如今，再也听不见“进堂喊”了，再也看不到戏迷为他“扔了碗”了，再也听不到傍晚时分喜鹊坟前的哭泣，再也看不到木海鸥忽高忽低飞翔在那棵老槐树下……一切都随着潘进堂的去世变得无影无踪，变得烟消云散，谢东泓真真切切感到了世事变幻、人间无常的悲凉。

颤抖的谢东泓举着手中信纸，面朝东方，呆呆站立，静默许久。

上蔡来信的最后一段说，村里没有人知道王家甫的下落，只知道他儿子保立在潘进堂下葬时回来过一次，那时，他在重庆一家被服厂工作。两个星期前，他们和重庆的民政部门联系，就在给谢东泓回信的前一天，重庆来消息了，保立还在重庆！重庆的民政部门同时提供了保立的地址。

谢东泓读上蔡来信第一次露出了笑容，保立还在，这对他来说是多么大的好消息啊！保立还在的话，谢东泓可以通过他知道王家甫的音讯，知道潘姨的音讯，这些音讯已经煎熬他谢东泓很长很长时间了，得不到这些音讯，他今后时时刻刻都将备受折磨和煎熬。

汉堡的五月到了。

世界各地的游客蜂拥而至，早上汉堡码头的鱼市人头攒动，游客们个个嘴里品尝着烤鱼，汉堡本地人则个个手里拎着一袋袋新鲜的海货。下午的阿尔斯特湖周围热闹异常，游客们参观完德国最大最壮观的建筑——汉堡市政厅后，便会来到阿尔斯特湖边，随着导游的指引，坐进船舱，喝着啤酒，戴着耳机听着船上英文、法文、中文、日文和西班牙文的解说，沉醉在汉堡迷人的风光里，不知不觉中，游船穿过肯尼迪大桥，从内湖进入了水面辽阔、碧波荡漾的外湖。夜晚，人潮涌进了圣·保利，游客们在那里歌唱，在那里狂欢，直至深夜……

5 月初的一天晚上，谢东泓宿舍走廊里的公用电话机响了，电话是霍夫曼主席打来的。

“谢先生，我们刚从美国得到一个消息，向您通报一下，不过您得控制一下自己的情绪！”霍夫曼主席在电话那头安静地说。

谢东泓知道，一定是雷奥的消息。

但谢东泓不知道消息是喜是悲，是好是坏。

谢东泓闭眼祈祷。

谢东泓紧握听筒的手颤抖起来，呼吸也急促起来。他已经控制不住自己。

显然对方已经听出了谢东泓的激动，话筒里再次传来了霍夫曼主席的声音：“谢先生，您控制住自己的情绪，听我一字一句给您说清楚！”

谢东泓握听筒的手抖得更加厉害，他把所有的注意力全部集中在了双耳上，嘴巴里已经说不出半个字了。

“雷——奥——找——到——了!”霍夫曼主席突然提高嗓门,异常激动地喊了起来。

“真的吗?”谢东泓问了一句话。

“千真万确!”霍夫曼主席用颤抖的声音回答。

“在哪里?”

“美国纽约!”

谢东泓听过这句话之后,再也控制不住自己的情绪,来不及挂上电话,就在走廊里哭着一遍又一遍地大喊着:

“雷——奥——找——到——了! 在——纽——约!”

“雷——奥——找——到——了! 在——纽——约!”

听到哭声和喊声,杰瑞出来了,他站在门口,看着几近疯狂的谢东泓,泪水也一下涌出来了。

整栋宿舍楼上下三层的学生听到哭声和喊声都跑来了,来自波兰、德国、喀麦隆、日本、法国、英国、冰岛等国家的十几个学生看着谢东泓,听完杰瑞动情的介绍,个个眼眶里都满含泪水……

谢东泓连夜写了两封信,一封写给美国纽约的雷奥,一封写给中国重庆的保立。他含着泪从跳蚤市场写起,一直写到上蔡县最近的来信。

“尊敬的阿芬克劳特先生,不,雷奥小朋友,还不对,应该叫娃,我与您素昧平生,但现在我觉得与您是上海的邻居,是别津村儿时的伙伴,我们曾经一起在舟山公园玩‘黑森林猎人的眼睛’,一起看‘骗子’哈雷尔修鞋补锅,一起踏上去河南学戏的艰难路途,一起在别津村喝苞谷糁吃窝窝头,一起跟着戏班子学唱戏混顿饱饭,一起经历那不堪回首的疾病、灾难、饥荒和屠杀,一起感悟那刻骨铭心的慈母之爱、父子之情、故乡之亲、邻里之善……”写完这一段话,谢东泓停顿了很长时间,因为下面他要写出自己一年多来最强烈的愿望,更是他整理完八封信后最大的梦想,所以他谢东泓要特别慎重。谢东泓一字一句地打起了腹稿,半个小时后,理清思路的他奋笔疾书。

"半个世纪过去了,战争结束了,杀戮停止了,和平到来了!风雨如晦的往昔已变作风和日丽的今朝,上海变了,上蔡变了!摩西会堂在等待您,舟山公园在等待您,上蔡县城在等待您,别津村的一草一木在等待您!躺在村东头坟地里给过您人间至爱的'大'和'娘'也在等待您。他们已经等了很多很多天,他们已经盼了很多很多夜,他们思子心切,早已望眼欲穿!回来吧,离别故乡的游子!回到上海,回到上蔡!我从信中认识了您,也想在现实中走近您,了解您,感悟您……"

写完给雷奥的信,谢东泓也给保立写了一封长信。

当谢东泓把寄往美国纽约和中国重庆的航空信塞进大学旁一家邮局门口的信箱时,他抬起头来仰望天空。汉堡五月的天空是一年中最湛蓝、最明媚、最温馨的,在湛蓝、明媚、温馨的天空中,谢东泓看到了朵朵轻盈柔美、飘浮游荡的白云。谢东泓凝望天空,内心思绪万千,他多么希望自己的信也像这些白云一样快快地飞跑,越过高山,跨过大海,穿过浩瀚的大西洋,跃过无垠的西伯利亚,早点到达大都会纽约和长江边的山城重庆!

谢东泓的硕士论文答辩结束了。在论文里,他首先分析总结出吕贝克渔业加工厂出海捕捞、生产加工、分类储存、运输销售、客户服务等基本流程,构成他论文的背景。在此基础上,他选取运输销售和客户服务两个环节作为研究对象,对这两个环节,谢东泓借鉴学习当时刚刚提出的"电子商务"理念,做了两件事:一是为吕贝克厂设计了运输销售和客户服务的"因特网全德电子图";二是编了一套程序,使吕贝克工厂总部可以通过网络与所有运输中转点和客户服务点保持及时沟通联络。谢东泓整篇论文是以《论语》中的一句话收尾的:"工欲善其事,必先利其器!"

谢东泓的论文得到了优秀。答辩结束后的那天晚上,谢东泓邀请了十几个朋友欢聚庆祝,他不但煎了四锅生煎包,做了两只白斩鸡,还买来了两大箱青岛啤酒,啤酒是杰瑞开车从火车站旁的一家亚洲商店拖回来的。

杰瑞也要毕业回美国了，那天晚上，他喝得很尽兴。

“东泓，今后你的生煎包和白斩鸡看来是吃不到了，我会很想念的。”杰瑞说。

“想的话就到中国来呀！”谢东泓回答。

“我跑到中国去了，你还在汉堡读博士，还是吃不到啊。”杰瑞说。

“我的女朋友和爸妈不都在中国吗？在我读完博士回中国之前，他们会接待你！”谢东泓笑了起来。

“好！但我还有两个要求！”杰瑞端着啤酒杯，原来的嬉皮笑脸变得一脸严肃。

“昨天，我和美国的父母通了电话，我和他们再次谈到了你翻译整理雷奥信件的事，等你的作品出版后得送给我们一本，还要签上名。”杰瑞说。

“我用的是中文，你看不懂啊！”谢东泓说。

“有中文的，后面就会有英文的、德文的、法文的、希伯来文的、日文的……”杰瑞说。

“还有一个要求呢？”谢东泓望着杰瑞问。

“我爸妈说了，等你读完书，我们一家就去一趟中国，去雷奥生活过的上海和河南上蔡看看，还要拍很多照片，回来讲给美国朋友听……”

两个朋友最后拉钩为约。

6 月下旬，雷奥从纽约来信了，他在信中说，已经五十年了，他日日夜夜都在盼着这一天。

保立从重庆来信了，他说，给他一个雷奥何时回上蔡的准信儿，他计划好时间以便到时赶回上蔡见雷奥。

芮玮从上海来信了：“亲爱的，我是学档案管理的，我也跟你去，老馆长说了，这是一次整理活档案的好机会！”

谢东泓收到各方来信的第二天，就到邮局给上蔡外办挂了个国际长途，外办冀主任在电话里干脆地回答：“中，中，欢迎你们 8 月中旬回来，那时咱们上蔡的西瓜最解渴!”

一句“回来”和一句“咱们”把谢东泓说得差点流出泪来。

谢东泓购买了8月12日回上海的航班。回国的前一天晚上,他去了沃尔德教授家。教授和他商谈好9月开始攻读博士学位的事宜后,就没有再和他谈学习之事,而是让夫人端上来一盘又一盘拌的、煮的、煎的、烤的各式美食,意大利田园沙拉、南德白水香肠、北海三文鱼、阿根廷烤羊腿……夜已经很深了,沃尔德教授没有让谢东泓乘公交车,而是让没有喝酒的夫人开车送。谢东泓和教授并排坐在汽车后座上,教授年纪大,又喝了不少酒,上车不一会儿就睡着了。汽车停在了谢东泓宿舍门口,他不愿打搅睡着的教授,轻轻拉开车门准备下车,哪里想到,教授醒了:“谢,一个建议给您,回家见到雷奥他们要多拍些照片,记住,照片也是文本分析的重要形式和载体。再见!”

说完这话,沃尔德又耷拉下脑袋睡着了。

谢东泓在机场取完行李,走向出口大厅时,就听见了远处一声接一声的呼喊:“东泓,东泓!”

谢东泓知道,那是芮玮的声音,女朋友芮玮的声音。

谢东泓看见了出口外,站着一位穿白色连衣裙、手捧一束鲜花的姑娘,那是他日思夜想的芮玮。

芮玮手捧鲜花奔了过来。

谢东泓没有接鲜花,而是把芮玮整个人连同鲜花抱在了怀里……

按照约定,所有的人都先去上蔡。因为8月16日下午,上蔡县要举办“欢迎游子回家”仪式,说是省里和市里的电视台都要来人。在上蔡待两天后,他们再一起去上海。

16日清晨,谢东泓和芮玮手拉手走出了上蔡汽车站。这是他们两个上海人第一次来到河南的一座县城,前两天冀主任来电话问是否需要接站,谢东泓和芮玮婉言谢绝了。因为雷奥和保立接近中午时才能来到上蔡,他俩想自己在县城里到处走走。在信中,在地图上,在想象里,在梦乡中,谢东泓亲近过上蔡不知多少回了,这一次他才真正看清她的芳容,闻到她的气息。上蔡西街入城处是一座三十多米高的城门,车辆行人从巍峨的门楼下入城出城,宛如两条盘旋的长龙,谢东泓清楚地记得,王家甫就是从这座城门下把雷奥带到上蔡的;东街的尽头是白圭园,一个有几百年历史的大集和庙会所在地,园门外高大的木雕牌坊既向过往的行人昭示着这座古城经历过的辉煌,也诉说着岁月长河中曾经有过的伤痛;南街的城墙边耸立着青砖结构的魁星楼,这里是八仙常来算卦的地方;北街城门内是一个巨大的露天广场,现在被一个挨一个的小商品摊铺占满了,过去这里就是雷奥进城看旱船、看舞狮、看“扁担桥”、看“打铁花”的地方。去过这些地方,谢东泓和芮玮在街边的早餐铺里,各喝了碗“糊涂”,吃了个烧饼,手拉着手又去了山陕会馆,去了武津中学,去了十字街的老邮电局,去了幼儿园(原水缸店旧址)……

十点钟的时候,两个人来到了县外办,冀主任握着谢东泓的手道了三遍“谢谢”后感慨万分地说:“没有你这个留学生,这段历史就可能被埋没了,俺在上蔡生活了一辈子,也不知道有这事!”

县里派了两辆车,分别去郑州机场接雷奥,去西甸火车站接保立,说是他们十一点左右到。

冀主任不停地和工作人员还有记者打招呼,忙得不亦乐乎。谢东泓坐在外办的会议室内焦急地等待。他在等待一个历史时刻,他在等待一次意义非凡的重逢。这一刻他在脑海里想象了不知多少遍,这一刻在他梦中上演了不知多少回,今天,这一刻终于就要来临了。

坐在会议室内,谢东泓的眼睛开始模糊起来,他的思绪回到了八封信中,回到了五十多年前……他依稀看到潘进堂身穿黄袍、脚蹬白靴、头戴官帽威风凛凛地走来了,身后跟着的是一身红色锦缎、手握白色手绢、浅笑盈盈的喜鹊;喜鹊后面的那位飘飘如仙的女子该是马兰兰吧?那么白皙,那么轻盈,那么丰腴,还有四个手执杖棍、口呼“升堂”“威武”和“开铡”的衙役,三个他认识,是雷奥、桩子和毛妮子,另外一个不认识;在外办会议室的墙角,坐着一个鼓乐班,摇头晃脑的是八仙,在领头打鼓呢,鼓响锣鸣,站在一旁的老纪乐得像个傻子……

“来了,来了!”突然门外有人大声喊道。

芮玮一把拉醒了谢东泓,两个人跟着冀主任走出会议室,来到了办公楼前。这时,两辆小汽车几乎同时开进了大门内。

记者纷纷举起相机。

谢东泓睁大眼睛看着,所有的人都瞪眼瞧着。

谢东泓看清后,突然发出“啊”的一声惊叫。

左边那辆车上走出的是两个中国人。首先下来的是一个三十来岁的青年人,下车后弯下腰从车里搀出一个白发驼背的老者。

右边那辆车上出来了三个外国人。车门一开,立即蹦出来一个八九岁的孩子,跟着下来的是个四十来岁的中年人,最后从车里走出的是位满头白发但精神矍铄的老人。

两位白发老人不是谢东泓心目中想象的雷奥和保立!在他的心目中,雷奥十四五岁,保立十二三岁,都是懵懂少年,怎么下来的人一个都对不上啊?!

两位白发老人都站在各自汽车旁,相互凝望着对方,谁也没有挪动一步,谁也没有说出一句话。

他们谁都不相信自己的眼睛。

他们谁都不认识站在对面的人。

时间无情,将一对曾经亲密无间的兄弟变成了互不相识的陌生人。

“雷奥?”一位老人哭着喊。

“保立?”另一位老人也哭着喊。

两声毕,两位老人同时朝对方奔去,最后紧紧抱在了一起,禁不住老泪纵横。

大楼前的每一个人都哭了。

芮玮哭着扑到了谢东泓怀里,眼前的情景她受不了。

那天上午的欢迎会本来准备了好几项议程,雷奥讲话,保立讲话,县领导讲话,可惜一样都没有实施,因为两个人抱在一起哭了半个钟头,两个人谁也讲不出一句囫囵话。来到会议室里,两个人和谢东泓握手时,有很多话想说,但最后说出口的只有两个字:"谢谢!"

"Opa",一声童音提醒了雷奥小孙子的存在,雷奥拉过儿子和孙子,把他们一一介绍给保立,又向儿子汤姆说,这就是他经常挂在嘴边的保立叔叔,还拉着小孙子的手让他喊保立爷爷。保立也把儿子向雷奥一家作了介绍,说孙子也有十二岁了,明年要升初中,假期忙着补习就没有跟着一起来。介绍完,雷奥的儿子汤姆紧紧拥抱了保立叔叔,嘴里叽里咕噜地说着英文,快得让谢东泓来不及翻译。

本来安排在县城吃完饭后再去别津村,但两位老人坚持一刻也不能等,一定要先到村子里去。

谢东泓和两家人坐在一辆车内,雷奥这时的汉语已经不太流利,有时候需要谢东泓做翻译。

一上车,雷奥就一个劲儿地问王家甫先生和潘姨的情况。

保立流着泪叙述起来:

"爸爸其实早在1945年4月就已经不在人世了,只不过妈妈不让我告诉你们,她怕你们受不了。那年4月,五天前知道日本人要把满满一船毒气弹、手雷和机关枪运到苏北去的消息后,爸爸就逼着妈妈和我乘船赶快去重庆。后来听在吴淞码头做工的其他中国人回忆,爸爸主动提出押船到苏北,说自己熟悉长江水路,出了事好处理。总管山本经常吃爸爸带的德国面包,对爸爸很信任,就让爸爸押船随行。夜里,装有毒气弹、手雷和机关枪的大船在一前一后两艘机动船护卫下出发了,轮船驶到上海吴淞口几十里外的江面时,突然船舱里起了火,然后就是霹雳般的爆炸声,爆炸产生的火光映红了整个十几里宽的江面,大船沉没了,爸爸再也没有回来……第二天,一队日本兵扑到家里,烧了我家的房子,但妈妈和我那时已经在去重庆的路上了!"

雷奥听罢失声痛哭。

谢东泓掩面而泣。

保立边哭边说:“爸爸死后,我和妈妈在重庆一起生活了五年。后来,妈妈抑郁成疾去世了。去世前,她拉着我的手说:‘一定要找到雷奥哥哥,你和他一起到吴淞口江边,跪下给你爸爸磕三个头……’”

车子来到了别津村。

雷奥和保立在村西头下了车,相互搀扶着来到了那棵歪脖皂角树旁。这时,一位老人走了过来,一下子拉着雷奥的手喊了起来:“娃,还记得俺吗?俺爹在村里开了一个染坊,你给他还多买了一口缸呢!”

雷奥使劲点头,不知道自己是该哭还是该笑。

“娃,你走后,你大和八仙整天坐在这棵皂角树下瞅着西边的马路,一瞅就是几十年啊!”老人继续说。

雷奥望着皂角树下空空的位置,嘴唇抖动不停。

人群一阵沉默,谁也不愿说一句话。

老人最后转过身来,指着旁边一个拄着拐杖、满脸皱纹、颤颤巍巍的老妇人说:“娃,你看看,这是谁?她一大早就来到村里等你了!”

老妇人脸上流淌着泪水,想张嘴说话,但一个字也说不出来。

雷奥看了老妇人好长一阵儿,摇了摇头。

“娃,马兰兰你还记得吗?”

雷奥怎么会忘记。

马兰兰是雷奥第一个喜欢的女孩。

马兰兰是雷奥心目中的美丽女神。

“你是兰兰姐?”雷奥喊。

老妇人没有讲话,只是一个劲儿地点头。

雷奥伸开双臂,紧紧抱住了马兰兰……

雷奥随着人流向村东头走去,他要去看看等待他多年的亲人。

大在那里,娘在那里,八仙在那里,桩子在那里,老纪在那里,还有许许多多认识他的人都静静地躺在那里,翘首期盼娃的归来,为了这一天,他们等待了快五十年。

雷奥要求,他要以孝子的身份按上蔡的风俗祭拜。往村东头坟地去的路上,响器班跟在披麻戴孝的雷奥身后,吹着哀乐,缓缓前行。来到坟地前,净鞭一响,几百号人肃然无声。面对一个个坟头,雷奥遵司仪口令行三揖九叩二十四拜大礼……

"大,娘,五十年了,娃回来了!"

"大,娃回来了,您怎么不出来喊一声'升堂'呢?"

"娘,您身上还痒吗,咱现在有钱买药了,娃给您买好吗?"

大礼完毕,浑身沾满泥土、跪在地上的雷奥声音嘶哑地哭着喊着。听着雷奥半是汉语半是英语的哭喊,周围的人无不掩面而泣。

雷奥在地上长跪不起,时间在肃穆的旷野中静静流淌,哭声在凝重的天地间缓缓弥漫……最后,站在一旁的保立拉了几次才将雷奥搀起。雷奥站起来后,用手绢擦去满脸的泥土和泪水,挺胸抬头,面朝坟地,周围的人谁都没有想到,披麻戴孝的他竟然仰天举头吼唱起来……

那天晚上,很多上蔡人从电视里看到了一条新闻,说一位名叫雷奥的美籍犹太著名歌唱家抗战期间在别津村住过将近四年时间,抗战胜利后辗转去了美国,为了能够联系到中国亲人,他寻找了五十年。在这五十年时间内,他写了六十封寻亲信。新中国成立前写了八封给一个叫任天放的,由于战乱杳无音讯;新中国成立后,他又给任天放写了六年的信,仍然没有得到回音,他哪里知道,任天放已经离世多年。后来,寄往上蔡的几十封美国来信要么在"大跃进"和"反帝反修"中,要么在"文化大革命"时期,被邮电局里的革命群众或者造反派烧毁了。80年代,这位美国人还托中国朋友两次来上蔡调查,由于种种原因却始终没有找到朝思暮想的中国亲人。

在一位名叫谢东泓的中国留学生长达一年半时间的不懈努力下,他的梦想终于实现了。

新闻里最后说:"这位歌唱家在亲人的坟前说不出半句话来,他只能用自己的歌声来表达内心的无限思念，这首歌曲的名字叫作《在东方》。”

电视里播放着雷奥在坟前含泪高唱英文歌《在东方》的镜头，荧屏下方打出了歌词的汉语翻译。

镜头里，所有站在雷奥周围的别津村村民无不掩面而泣。

所有电视机前的上蔡人无不哽咽落泪。

在东方，
漂荡一叶方舟。
星辰稀，
路迷离，
天地凄惶，
幸有月明照异乡。

在东方，
飘摇十里洋场。
浦江岸，
吴淞口，
船笛依旧，
亲人凋零我独留。

在东方，
漂寓一方村落。
庄西头，
高台上，
锣喧鼓响，
悲喜大戏场连场。

在东方，
漂坠一处魂乡。

黄土垄，

洪河畔，

坟茔苍苍，

埋着我的大和娘……

1995—1999 年探访于德国、波兰、法国、捷克

2000—2010 年探访于上海、开封、上蔡

2011—2013 年创作于扬州、上蔡、柏林